BLOOD & BONES: DODGE

EINE MOTORRADCLUB-ROMANZE

BLOOD FURY MC
BUCH ZEHN

JEANNE ST. JAMES

Übersetzt von
LITERARY QUEENS

Midnight
ROMANCE

* * *

Fotograf/Cover Artist: Golden Czermak bei FuriousFotog

Cover Model: Ian Daviau

Herausgeber: Lektorat durch Page Editors

Beta-Leser: Andi Babcock, Sharon Abrams & Alexandra Swab

Blood-Fury-MC-Logo: Jennifer Edwards

❀ Erstellt mit Vellum

INHALT

HOLEN SIE SICH IHR KOSTENLOSES BUCH!   v

Ohne Titel   vii

Liste der Charaktere   ix

Song-Playlist   xiii

Prolog   1

Kapitel 1   11

Kapitel 2   29

Kapitel 3   50

Kapitel 4   73

Kapitel 5   86

Kapitel 6   97

Kapitel 7   119

Kapitel 8   138

Kapitel 9   156

Kapitel 10   176

Kapitel 11   196

Kapitel 12   208

Kapitel 13   229

Kapitel 14   242

Kapitel 15   265

Kapitel 16   284

Kapitel 17   299

Kapitel 18   317

Kapitel 19   336

Kapitel 20   355

Kapitel 21   374

Kapitel 22   395

Epilog   413

Vorschau auf Blood & Bones: Whip   425

Wenn Ihnen dieses Buch gefallen hat   437
HOLEN SIE SICH IHR KOSTENLOSES BUCH!   439
Bücher von Jeanne St. James   441
Über die Autorin   443

HOLEN SIE SICH IHR KOSTENLOSES BUCH!

Tragen Sie sich in meine E-Mail Liste ein, um als erstes von Neuerscheinungen, kostenlosen Büchern, Sonderpreisen und anderen Zugaben zu erfahren.

https://geni.us/jungfrauunddervampir

OHNE TITEL

LISTE DER CHARAKTERE

Um Spoiler zu vermeiden, enthält diese Liste nur Figuren, die in den vorherigen Büchern bereits erwähnt wurden.

BFMC-Mitglieder:

Trip Davis – *President* – Sohn von Buck Davis, Sigs Halbbruder, Mutter ist Tammy, leitet Buck You Recovery

Sig Stevens – *Vice-President* – Sohn von Buck Davis, Mutter ist Silvia, drei Jahre jünger als Trip, hilft bei der Leitung von Buck You Recovery

Judge (Judd) **Scott** – *Sergeant at Arms* – Vater (Ox) war ein *Original*, Inhaber von Justice Bail Bonds

Deacon Edwards – *Treasurer* – Judges Cousin, Zielfahnder/Kopfgeldjäger bei Justice Bail Bonds

Cage (Chris Dietrich) – *Road Captain* – Dutchs jüngster Sohn, Mechaniker bei Dutch's Garage

Ozzy (Thomas Oswald) – *Secretary* – *Original* – leitet das clubeigene Lokal The Grove Inn.

Rook (Randy Dietrich) – Dutchs ältester Sohn, Mechaniker bei Dutch's Garage

Dutch (David Dietrich) – *Original* – Inhaber von Dutch's Garage, Söhne: Cage & Rook

Dodge – Manager des Crazy Pete's Bar, hat mit Rook im Gefängnis gesessen

Whip – Mechaniker bei Dutch's Garage (vorher bekannt als Prospect Sparky)

Rev (Mickey Rivers) – Mechaniker bei Dutch's Garage (vorher bekannt als Prospect Mouse)

Shade (Julian Bennett) – arbeitet bei Tioga Pet Crematorium (früher bekannt als der Prospect Shady)

Easy – arbeitet bei Tioga Pet Crematorium

Tater Tot – *Prospect* – Arbeitet im Crazy Pete's

Possum – *Prospect* – Arbeitet im Crazy Pete's

Castle – *Prospect* - Arbeitet bei Shelter from the Storm

Scar – *Prospect* - Türsteher im Crazy Pete's

Bones – *Prospect* - Arbeitet bei Shelter from the Storm

Old Ladys:

Stella – *Trips Old Lady* – die Tochter von Crazy Pete, Inhaberin von Crazy Pete's Bar

Autumn (Red) – *Sigs Old Lady* – Buchhalterin für die Geschäfte des Clubs

Cassidy (Cassie) – *Judges Old Lady* – leitet das vereinseigene Tioga Pet Crematorium

Reese – *Deacons Old Lady* – Anwältin für Zivilrecht

Jemma – *Cages Old Lady* – Hospiz-Schwester, Judges jüngere Schwester

Chelle (Rachelle) – *Shades Old Lady* – Grundschulbibliothekarin

Jet Bryson – *Rooks Old Lady* – Arbeitet bei Justice Bail Bonds, Schwester von Adam Bryson

Reilly - *Revs Old Lady* - Leitet Shelter from the Storm, Reeses jüngere Schwester

Shay - *Ozzys Old Lady* - Website-Designerin/Grafikerin

Ehemalige Originals:

Buck Davis – *President* – Verstorben, Vater von Trip und Sig
   Ox – *Sergeant at Arms* – Verstorben, Vater von Judge und Jemma
Crazy Pete – *Treasurer* – Verstorben, Stellas Vater

Andere:

Tessa – Trips jüngere Schwester, die Hausmaus von Cage und Jemma
   Henry (Ry) – Judges Sohn
   Daisy – Cassies Tochter
   Syn Stevens – Sigs Halbschwester
   Saylor – Revs Schwester, Judge und Cassies Hausmaus
   Dyna – Cages Tochter
   Josie (Josephine) – Chelles jüngere Tochter
   Maddie (Madison) – Chelles ältere Tochter
   Jude – 12 Jahre alt, von Shade gerettet, Shade und Chelles Adoptivsohn
   Liz - Ehemalige Sweet Butt, Crashs Old Lady, Stellas Halbschwester und die Tochter von Crazy Pete
   Silvia Stevens – Sigs Mutter, Razors ehemalige Old Lady
   Tammy Davis – Trips Mutter, Bucks ehemalige Old Lady
   Bebe Dietrich – Cage und Rooks Mutter, Dutchs ehemalige Old Lady
   Clyde Davis – Bucks Vater, Trips und Sigs Großvater, verstorben
   Billie/Angel/Amber/Crystal/Brandy – Sweet Butts
   Max Bryson – *Chief of Police* – Manning Grove PD, Bryson-Bruder

Marc Bryson – *Corporal* – Manning Grove PD, Bryson-Bruder

Matt Bryson – *Officer* – Manning Grove PD, Bryson-Bruder

Adam Bryson – *Officer* – Manning Grove PD, Cousin der Brysons, Teddys Verlobter

Leah Bryson – *Officer* – Manning Grove PD, Marcs Frau

Tommy Dunn – *Officer* – Manning Grove PD

Teddy Sullivan – Eigentümer von Manes on Main, Ehemann von Adam Bryson

Amanda Bryson – Max' Frau, Besitzerin der Boneyard Bakery

Carly Bryson – Matts Frau, Ärztin für Gynäkologie und Geburtshilfe

Levi Bryson – Adoptivsohn von Matt und Carly Bryson (leibliche Mutter: Autumn)

SONG-PLAYLIST

Lieder, die in diesem Buch erwähnt werden:

Get It On - T. Rex
Smells Like Teen Spirit - Nirvana
Creep - Radiohead
Lightning Crashes - Live
Dream On - Aerosmith
Wanted Dead or Alive - Bon Jovi
My Heart is Broken - Evanescence
Ride Like The Wind - Christopher Cross
Wicked Game - Chris Isaak
Fade into You - Mazzy Star

PROLOG

Leerlauf

Seine Lunge brannte.

Ein unsichtbares Messer stach ihm in die Rippen.

Er verlängerte seine Schritte, kämpfte sich durch den Schmerz und drängte sich noch mehr vor.

Sein Ziel war klar.

Er musste fliehen.

Je weiter er sich von diesem Haus und von ihnen entfernte, desto besser waren seine Chancen.

Seine Turnschuhe klatschten auf den Beton, als er den Bürgersteig hinuntersprintete.

»Halt! Polizei!«

Dieses verdammte Haus. Er wusste, dass er sie dort finden würde.

»Halt!«

Er fand sie immer dort.

Bekifft und ohnmächtig auf dem Boden auf einer fleckigen, dreckigen Matratze. Was früher ein heller Stoff war, war jetzt schwarz und braun. Und an manchen Stellen sogar dunkelrot.

»Halt!«

Heute Nacht war ihr Second-Hand-Kleid bis zur Taille hochgezogen worden. Ihre Beine und andere Stellen lagen frei. Stellen, die ein Sohn nicht an seiner Mutter sehen sollte.

»Halt!«

Ihre Augen waren geschlossen und schienen zu schlafen. Ihr Mund war schlaff. Der Gummischlauch war noch immer oberhalb des Ellbogens um ihren Arm gebunden.

»Wir wollen dir doch nur helfen!«

Lügner.

Der Polizist, der das geschrien hatte, keuchte jetzt.

Das war gut. Vielleicht würden sie bald aufgeben.

»Hey, Junge, hör auf zu rennen!«

Nadeln.

Spritzen.

Feuerzeuge.

Löffel.

Pfeifen.

Verbrannte Aluminiumfolie.

Leere Plastikflaschen. Leere Getränkedosen.

Leere Gesichter.

Leere Körper.

Leere.

Leere.

Alles verdammt leer.

Junkies in den Ecken der zerfallenden, dunklen Räume. Auf den Fluren. Auf den Treppen. Alle von ihnen sind high. Einige von ihnen sind halb wach, die meisten nicht. Einige von ihnen waren vielleicht sogar tot.

Das war ihm scheißegal. Sie war der einzige Junkie in diesem Haus, der für ihn von Bedeutung war.

Er war nur dort, um die Frau zu finden, die für ihn verantwortlich sein sollte.

Es sollte nicht andersherum sein.

Er versuchte, seine Verfolger über sein angestrengtes Keuchen und sein rasendes Herz hinweg zu hören. Um abzuschätzen, wie nah sie waren.

Sie hatten noch nicht aufgegeben.

Noch nicht.

Er musste sie abhängen.

Er bog nach links in eine dunkle Gasse ab.

Und blieb wie angewurzelt stehen.

Verdammt. Er hatte sich die falsche verdammte Gasse ausgesucht.

Scheinwerfer schossen durch die enge Gasse. Er zuckte zusammen und schirmte seine Augen ab, als ihn ein Scheinwerfer direkt ins Gesicht traf.

Fuck!

Er drehte seinen Kopf hin und her und suchte verzweifelt nach einem Fluchtweg.

Er war sich nicht sicher, ob seine Mutter tot war. Er hatte keine Gelegenheit, nachzusehen, bevor das Haus von Uniformierten überrannt wurde. Aber tot oder nicht, wenn die Bullen in einem Crackhaus auftauchten, war das nie gut.

Dass sie ihn verfolgten, war noch schlimmer.

Ein geschlossener Müllcontainer wurde gegen eine Backsteinwand gedrückt, aber selbst wenn er darauf kletterte, konnte er das Dach des zweistöckigen Gebäudes nicht erreichen.

Er saß in der Falle. Es gab nur einen Weg nach draußen.

Den Weg, den er hereingekommen war.

Er biss die Zähne zusammen und rannte los, direkt auf das Polizeiauto zu, das den Eingang blockierte und in seine Richtung fuhr.

Er schrie so laut er konnte und rannte direkt auf das Auto zu.

Er sprintete so schnell er konnte, aber das Fahrzeug war schneller.

Schlimmer noch, es war viel größer.

Bevor er dem Fahrzeug ausweichen konnte, wurde er von einer gefühlten Mauer von den Füßen gerissen. Er fiel nach hinten und versuchte vergeblich, mit den Armen das Gleichgewicht zu halten.

Die ganze Luft schoss aus seinen Lungen, als er hart auf dem Bürgersteig aufschlug. Auch sein Gehirn ratterte in seinem Schädel, als er aufschlug.

Es war vorbei.

Erledigt.

Er schloss die Augen und kapitulierte.

Sein Leben war genau wie die Gasse.

Eine Sackgasse.

* * *

DIE FINGER, die seine Schulter packten, gruben sich tiefer ein. Eine stumme Warnung, nicht zu fliehen. Aber wenn er die Chance dazu hätte, würde er es tun.

Er wollte nicht hier sein.

Nicht auf dieser Treppe.

Nicht bei diesen Leuten. Weder mit denen draußen noch mit denen drinnen.

Einer der beiden Polizisten, die ihn flankierten, drückte erneut mit dem Finger auf die schicke Türklingel.

Ein paar Schlösser klickten, dann öffnete sich eine Seite der Doppeltür, kühle Luft aus der Klimaanlage strömte heraus und eine große, schlanke blonde Frau stand auf der anderen Seite und blickte sie mit gerümpfter Nase an.

Victoria Collins.

Die Frau, die Dodges Mutter aus irgendeinem Grund Tricky Vickie nannte. Dodge war es egal, warum, er wusste nur, dass die Frau nur dem Namen nach seine Stiefmutter war.

Mit verkniffenem Gesicht überflog ihr Blick die beiden Polizisten und fiel dann auf Dodge, der zwischen ihnen stand.

Ihre Lippen verzogen und ihre Augen verengten sich, als sie ihren Blick langsam von ihm zurück zu einem der Polizisten hob. »Kann ich Ihnen helfen?«

»Guten Tag, Ma'am. Wir sind auf der Suche nach Kevin Collins«, verkündete das Bullenschwein zu seiner Rechten.

Offenbar wurde die unsichtbare Zitrone, an der sie lutschte, immer bitterer. »Worum geht es hier?« An ihren Worten hätten genauso gut Eiszapfen hängen können.

»Wir suchen nach seinem Vater, Ma'am.«

Dodge verdrehte die Augen. Dann waren sie also im falschen Haus. Der Mann, der dort wohnte, hat sich nicht ein einziges Mal wie sein Vater verhalten. Das Arschloch, das immer wieder bei seiner Mutter lebte, war für ihn mehr wie ein Vater als der Mann an dieser Adresse.

Und das sagte nicht viel aus.

Tricky Vickie rümpfte die Nase. »Warum?«

»Sind Sie seine Frau?«

»Natürlich.«

Fuck, natürlich.

»Seine Mutter hat eine Überdosis genommen und liegt derzeit im Krankenhaus. Wenn sie entlassen wird, muss sie clean werden, um das Sorgerecht für ihn zu bekommen«, Polizist Nummer eins neigte seinen Kopf in Richtung Dodge, »und bis dahin muss sich jemand um ihn kümmern. Also, Ma'am, ist Kevin Collins zu Hause?«

Ihr Gesichtsausdruck erinnerte Dodge an einen Kapuzenpulli, nachdem jemand die Kapuzenschnur zugezogen hatte.

Verdammte Schlampe.

Dodge zuckte wieder mit der Schulter, um den Polizisten zum Aufhören zu bewegen. Er blickte sich um und fragte sich, ob die beiden fetten Bullen ihn einholen könnten, wenn er einfach abhauen würde.

Sie waren schon so verschwitzt, dass ihre Kragen durchnässt waren.

»Er ist es, aber ... *Ihn* wollen wir nicht.«

Dodges Aufmerksamkeit glitt von den verschwitzten Polizisten zurück zu der Frau seines Samenspenders.

»Ich muss mit Kevin Collins sprechen, Ma'am«, sagte Polizist Nummer zwei mit mehr Nachdruck. Die Geduld der schmelzenden Polizisten musste am Ende gewesen sein.

Sie starrte den Polizisten noch ein paar Sekunden lang an, dann drehte sie den Kopf und rief zurück ins Haus. »Kevin!«

Dodge gab seiner Schulter wieder einen kleinen Ruck und schaffte es, sich so weit umzudrehen, dass er einen Blick auf den großen silbernen Mercedes in der Einfahrt werfen konnte, und fragte sich, was für andere überteuerte Autos in der Dreiergarage geparkt waren.

Autos, die wahrscheinlich viel mehr kosteten als die Jahresmiete ihrer Wohnung.

»Mom? Wer ist an der Tür?«, fragte eine Teenagerstimme von weiter hinten im Haus.

Dodges Augen verengten sich. Er fragte sich, wie alt Kevins *anderer* Sohn war. Der Wunschsohn.

»Es ist niemand«, rief Kevins Frau über ihre Schulter.

»Kann ich Chad und Preston zu uns zum Schwimmen einladen?«

»Ja, Kevin, kannst du.«

Kevin. Wahrscheinlich Kevin Jr. oder Kevin III. Oder sogar Kevin der Dreiundzwanzigste, verdammt. Er wusste es nicht, denn er wusste nichts über diese Seite seines Stammbaums.

Was er wusste, war, dass nur normale Kinder aus normalen Familien normale Namen bekamen.

Im Gegensatz zu seinem. Im Gegensatz zu seinem. Als seine Mutter ihn auf dem Rücksitz eines Wagens herausdrückte, erhielt er den Namen Dodge.

Er war kein Kevin, Chad oder Preston.

Für die Frau, die dort stand, und den Mann, der seine Mutter gefickt hatte, war er ein Niemand.

Ein völlig unsichtbarer Niemand.

Ein Fehler, den sein Samenspender vor über vierzehn Jahren machte, als er sich in einer Sportbar betrank und jemanden fickte, den er nicht hätte ficken sollen. Etwas, von dem Dodge sicher war, dass Kevin Collins es von dem Augenblick an bereute, als er wieder nüchtern wurde.

»Kevin, sag deinem Vater, er soll nach vorn kommen«, rief Vickie über ihre Schulter.

»Warum?«, kam es weinerlich.

»Tu es einfach«, zischte sie. Sie trat hinaus und schloss die Tür hinter sich.

Wahrscheinlich, damit Dodge keinen Blick auf das Leben erhaschen konnte, das er verpasst hatte.

Dodges Mutter hatte es wahrscheinlich auf Kevin Collins abgesehen, weil der Mann Geld hatte. Vielleicht dachte sie, sie würde achtzehn Jahre lang einen fetten monatlichen Gehaltsscheck von ihm bekommen.

Das tat sie aber nicht.

Jeden Monat schickte er nur das Nötigste. Nur das, wozu er gezwungen war, auch wenn er viel mehr zahlen konnte. Leider konnte sich der Mann die besten Anwälte leisten und seine Mutter nicht. Sie meckerte ständig darüber, dass der Betrag, den sie von ihm bekam, ein Witz war. Und Dodge zu haben, war es nicht wert gewesen.

Egal, ob es ein Witz war oder nicht, es reichte aus, um ihren nächsten Rausch zu bezahlen. Vorausgesetzt, sein ›adoptierter‹ Vater oder Onkel nahmen es ihr nicht vorher weg.

Vergiss, dass das Geld für den Unterhalt ihres Sohnes gedacht war.

Vergiss das Essen oder die Nebenkosten.

Vergiss neue Kleidung oder Schuhe.

Vergiss all das.

Die vier standen schweigend vor dem Haus, das größer war als sein Wohnhaus, die braun gebrannten Arme seiner Stiefmutter über ihren riesigen, falschen Titten verschränkt.

Als er hörte, wie sich die Tür wieder öffnete, schlug Dodge das Herz bis zum Hals und er konnte kaum noch atmen.

Der Mann, den er seit Jahren nicht mehr gesehen hatte, warf einen Blick auf ihn, verbarg seine Überraschung schnell und ersetzte sie durch einen finsteren Blick, trat auf die steinerne Treppe hinaus und schloss die Tür hinter sich.

»Was soll das alles?« Sein Blick glitt von einem Polizisten zum anderen und wich Dodge völlig aus. »Hat er etwas getan, um verhaftet zu werden? Seine Mutter ...«

»Sie ist nicht in der Lage, sich jetzt um ihn zu kümmern. Sie müssen Ihren Sohn zu sich nehmen, bis sie wieder in der Lage ist, das zu tun.«

Sein Mund klappte auf. »Was?«

Die Leute in diesem Haus müssen gerne an Zitronen lutschen.

Die beiden uniformierten Bullen blickten sich an.

»Ich habs euch gesagt«, sagte Dodge. Er klang *nicht* wie eine kleine weinerliche Schlampe wie Kevin Jr.

»Entweder das oder er geht ins System«, warnte Polizist Nummer eins und blickte sich um. Auf den Mercedes. Das große Haus. Den perfekt angelegten Garten. »Er ist Ihr Sohn, richtig?«

»Das sagt das Gericht«, murmelte sein Vater.

»Nun, dann ...« fing Polizist Nummer zwei an und fuhr sich mit der Hand über die schweißnasse Stirn.

Es war keine Überraschung, dass Kevin Collins ihn nicht einmal zur Kenntnis genommen hatte. Kein: ›Hallo, mein Sohn.‹ Kein: ›Wie geht es dir? Brauchst du etwas?‹

Nichts.

»Versuchen Sie es bei seiner Großmutter. Sie wird ihn wahrscheinlich nehmen.«

Polizist Nummer eins schüttelte seinen kahl geschorenen Kopf. »Der Junge sagt, sie ist tot.«

»Was ist mit dem Mann, bei dem sie wohnt? Der Biker?« Er spuckte die letzten beiden Worte aus, als wäre ihm ein Stück Scheiße in den Mund geflogen.

»Ich habe die Wohnung überprüft, aber es war niemand da. Und bevor Sie ihn als Nächstes vorschlagen: Der Onkel war auch nicht da. Der Junge sagte, sie würden zurückkommen, aber wir können ihn nicht einfach unbeaufsichtigt lassen. Nicht ohne zu wissen, ob und wann sie zurückkommen. Sie sind der Einzige, der zur Verfügung steht.«

»Dann …« Kevin strich sich mit den Fingern durchs die Haar, das jetzt nicht mehr ordentlich gekämmt war, sondern zu Berge stand. »Ich muss wohl meinen Anwalt anrufen und sehen, was wir für Möglichkeiten haben.«

Die Augenbrauen von Polizist Nummer zwei hoben sich. »Optionen? Wie wärs, wenn Sie ihn einfach reinlassen?«

»Unsere Kinder sind drinnen.«

Arschloch.

Die beiden Polizisten blickten sich wieder an, keiner verbarg seinen Unglauben.

Polizist Nummer eins schob sein Kinn in Richtung Dodge. »Er ist auch Ihr Kind.«

»Nur auf dem Papier.«

Nicht einmal das. Dodge trug den Nachnamen seiner Mutter, nicht den von Kevin, und er war sich nicht sicher, ob der Name des Mannes offiziell in seiner Geburtsurkunde stand.

»Er ist nicht Ihr Blut?«, fragte Polizist Nummer zwei und verengte seine dunklen Augen, weil er die Antwort bereits kannte.

»Nicht aus freien Stücken.«

Polizist Nummer eins atmete frustriert aus. »Nun, Sir, im Moment hat Ihr Sohn auch keine Wahl. Wenn Sie nicht bereit sind, ihn zu nehmen, dann müssen wir ihn mit aufs Revier nehmen, bis das Jugendamt ihn abholen kann.«

Das Arschloch, das Dodges Mutter geschwängert hat, zuckte mit den Schultern. »Okay.«

»Nur um das klarzustellen, das ist es, was Sie wollen?«, fragte Polizist Nummer eins.

Die beiden Polizisten waren vielleicht überrascht, aber Dodge war es nicht. In den letzten vierzehn Jahren hatte er nie eine Karte oder ein Geschenk von dem Mann erhalten. Warum sollte er sich jetzt wie ein Elternteil verhalten wollen?

Vor allem, wenn Dodge ein Elternteil am meisten brauchte. Selbst wenn es ein beschissenes war.

»Danke, dass Sie uns auf dieses Problem aufmerksam gemacht haben, aber es tut mir leid, wir werden ihn nicht in unser Haus lassen«, sagte der Spermasack. »Ich muss tun, was das Beste für meine Familie ist.« Er wandte sich an seine Frau. »Victoria.«

Sie nickte ihrem Mann zu und ging ins Haus.

Ohne ein weiteres Wort begann der Mann, seiner Frau zu folgen. Die Polizisten standen fassungslos da.

»Yo, *Daddy*!«, rief Dodge, als der Polizist ihn an der Schulter zog und versuchte, ihn umzudrehen, um zu gehen.

Kevin Collins hielt inne.

Dodge hob seine Hand.

Aber nicht, um sich zu verabschieden.

Stattdessen zeigte er mit dem Mittelfinger in den Himmel.

Und grinste.

1

Dodge folgte der Frau die Treppe hinunter, die von seiner Wohnung in den Lagerraum und die kleine Küche des Crazy Pete's führte. Trip hatte es nicht geschafft, eine komplette Küche einzubauen, also konnten sie aus Platzmangel nur Fingerfood servieren. Aus diesem Grund hielten sie es es einfach. Neben Erdnüssen, Chips und Brezeln - salziges Zeug, das die Leute zum Trinken anregt - hatten sie eine Doppel-Fritteuse, um gefrorenes Zeug wie Wings, Käse-Sticks, Chicken-Nuggets und all den anderen Mist zu machen. Der President der Fury hatte auch einen Kühlschrank installiert, um diesen Mist zu lagern - er war kleiner als der in der Schlafbaracke des Clubs - und eine handelsübliche Mikrowelle, um den Mist warm zu machen.

Nicht viele Kunden bestellten Essen, es sei denn, sie waren verdammt besoffen. Oder sie hatten einen Bärenhunger. Oder sie hatten keine Lust, gefrorenen Massenmüll zu essen, der in einen Bottich mit Fett geworfen wurde.

Wie auch immer. Es brachte trotzdem mehr Geld für die Bar ein. Und damit auch für den Club.

Abgesehen davon, dass er ein anständiges Trinkgeld bekam, zahlte Stella ihm ein gutes Gehalt für die Leitung der Bar. Er verdiente jeden verdammten Penny davon, denn die meiste Zeit lebte er praktisch in der Bar von morgens bis abends. Oben umsonst zu wohnen war bequem, aber es band ihn auch an das Geschäft. Dem Teufel sei Dank für die Prospects. Und für einige andere lokale Helfer, die sie sich nun leisten konnten.

Am Anfang, als Dodge nach seinem letzten - und wie er hoffte, *endgültigen* - Gefängnisaufenthalt in die Stadt kam, arbeiteten er, Stella und Trip sich den Arsch wund, um das Crazy Pete's aus den roten Zahlen in die schwarzen zu bringen.

Er liebte es, für Stella zu arbeiten, denn sie war eine knallharte Schlampe und er hatte den größten Respekt vor ihr. Trip war ein glücklicher Mistkerl.

Natürlich wusste der Fury-President das.

Wenn er sich für den Rest seines Lebens an eine Frau binden müsste, wäre eine Frau wie Trips Old Lady vielleicht nicht wie eine weitere Gefängnisstrafe.

Die Blondine um die dreißig - er konnte sich ihren verdammten Namen nicht merken, aber das war auch egal -, der er jetzt aus dem Lagerraum, durch die Schwingtür und zurück in die Bar folgte, war keine knallharte Schlampe, sondern verdammt nervig.

Gut, dass sein Schwanz die meiste Zeit der kurzen Zeit oben in ihrem Mund gewesen war und sie verdammt noch mal ruhig gehalten hatte. Er hätte es dabei belassen sollen, aber er war ihr einen verdammten Orgasmus schuldig, und verdammt noch mal, als ob er sie geleckt hätte. Dann wäre sie durchgehend am Sabbeln gewesen und er wäre versucht gewesen, sie mit einem seiner Kissen zu ersticken.

Das konnte schlecht fürs Geschäft sein. Wahrscheinlich auch für ihn.

Als er sie nach oben gebracht hatte, erkannte er seinen Fehler, aber dann war es schon zu spät.

Er zog es durch, denn er war kein verdammter Drückeberger.

Er begleitete Frauen immer aus seiner Wohnung, um sicherzugehen, dass sie gingen. Das eine Mal, als er das nicht tat, kam er nach Feierabend wieder nach oben und fand sie immer noch in seinem verdammten Bett.

Sie war nicht lange dort. Sie kam auch nie wieder die Treppe hinauf.

Jetzt hoffte er nur, dass seine Klarmachen-und-Wegschicken-Alte nicht bis zur letzten Runde bleiben würde. Egal, was sie denken mochte, sie würde keine zweite Runde bekommen.

Ein Gespräch würde sie von ihm auch nicht bekommen. So wie es in der Bar zuging, hatte er zumindest eine gute Ausrede, um sie für den Rest des Abends zu ignorieren, wenn sie in der Nähe blieb.

Wie immer, wenn er eine ›Pause‹, einlegte, erkundigte er sich entweder bei Stella oder einem der Prospects, ob es etwas gab, das er wissen musste.

»Probleme?«, fragte Dodge Possum, als er hinter die Theke trat und die Klappe hinter sich schloss. Wenn er das nicht tat, würde irgendein Arschloch denken, er könne zurückkommen und sich selbst bedienen.

Das konnten die Arschlöcher nicht und Scar sorgte dafür, dass sie diesen Fehler nie wieder machten.

Der schlaksige, schmalgesichtige Prospect schüttelte den Kopf. »Nö. Aber eine Tussi hat nach dem Manager gefragt.«

»Fuck.« Dodge runzelte die Stirn. Mit der Hand den Mund verdeckend, fragte er: »Ist es eine Tussi, die ich geknallt habe?«, nur für den Fall, dass die andere Tussi, die er gerade geknallt hatte, in der Nähe war und zuhörte.

»Ich kann mir nicht merken, wen du alles geknallt hast. Aber wenn ich raten müsste, wahrscheinlich.«

»Sag mir, wo sie ist, ohne sie anzuschauen.«

»Auf zehn Uhr.«

»Deine zehn oder meine zehn?«

Possum blinzelte.

Dodge schüttelte den Kopf. »Zeig einfach wo, verdammt.«

Der junge Prospect zuckte mit dem Daumen über seine Schulter. Dodge hob seinen Blick in diese Richtung. Die Bar war so voll, dass es unmöglich war, zu erkennen, auf wen er zeigte.

Doch bevor er Possum bitten konnte, noch einmal auf sie zu zeigen, stand die Frau, die er mit nach oben genommen hatte, über den Tresen gelehnt da und schob ihm einen Zettel über das lackierte Holz zu.

Was zum Teufel.

»Das hast du vergessen, Baby«, sagte sie mit ihrer heiseren Stimme. Ihre Titten und ihre Stimme waren es, die seine Aufmerksamkeit erregt hatten. Aber weder ihre Titten noch ihre Stimme waren den nervigen Scheiß wert, den sie sagte, wenn sie nicht gerade an seinem Schwanz nuckelte.

Fuck, nein, er hatte nicht vergessen, sich ihre Nummer zu besorgen. Er blickte auf den Zettel, auf dem auch ihr Name stand. Er riss sein Kinn zu ihr hoch, nahm den Zettel, zerknüllte ihn und warf ihn in den überquellenden Mülleimer unter der Bar.

Ihre blauen Augen weiteten sich für einen Sekundenbruchteil, dann verengten sie sich. »Schön. Kann ich wenigstens einen Rum-Cola bekommen?«

Dodge drehte sich zu Possum um, der gerade dabei war, ein Bier vom Fass einzuschenken. »Sie will einen Rum-Cola. Bonier es.«

»N...«, stotterte sie. »Nach all dem lässt du mich nicht umsonst trinken?«

»Du trinkst umsonst, das kommt aus meiner Tasche.« Das stimmte nicht, aber das musste sie ja nicht wissen.

»Was wir gemacht haben, ist es dir nicht wert, mir einen Drink zu spendieren?«

Er hob eine Augenbraue. »Willst du die Wahrheit wissen oder ziehst du eine Lüge vor?«

Ihr blieb der Mund offen stehen, und als er sich wieder schloss, schnaubte sie und riss ihre Handtasche von der Theke. »Hier ist die Wahrheit für dich, Arschloch ... Du warst beschissen. Du hast einen Mikro-Penis und ich musste einen Orgasmus vortäuschen, nur damit du dich beeilst und fertig wirst. Außerdem ist deine Wohnung schäbig. Genau wie du.«

»Ja«, war alles, was er mit einem Grinsen sagte. Er nahm ein sauberes Glas unter der Theke hervor und hob es in die Luft. »Willst du immer noch was trinken oder nicht?«

»Fick dich. Ich trinke lieber woanders als in dieser Rattenfalle.« Sie rutschte vom Hocker, grüßte ihn mit *einem* Finger und bahnte sich einen Weg durch die Gäste, die sich um die Bar drängten.

»Stella mag es nicht, wenn du die Kunden so vergraulst.«

»Stella ist aber nicht hier, oder?« Die Chefin ging jetzt immer früh nach Hause, seitdem sie mit Trips Baby in ihrem Bauch so groß geworden war. Trip wollte nicht, dass sie lange arbeitete, zu lange auf den Beinen war oder sich überarbeitete. Dodge nahm es dem Fury-President nicht übel, dass er ein Machtwort gesprochen hatte, aber in manchen Nächten, in denen er nicht über ein zusätzliches Paar Hände verfügte, geriet Dodge dadurch in Schwierigkeiten.

»Ich glaube auch nicht, dass sie es mag, wenn du alle Kunden mit Titten vögelst.«

»Nicht alle.« Er bumste nur die, denen er nicht hinterherlaufen musste. Wenn sie auf ihn zukamen und ihr Interesse bekundeten, beachtete er sie. Aber wenn sie sich nicht trauten und so taten, als ob sie schüchtern wären, dann scheiß auf sie.

Possum beugte sich vor und als er sich wieder aufrichtete,

hatte er den zerknitterten Zettel in der Hand. »Kann ich den haben?«

Dodge sah ihn an und zuckte mit den Schultern. »Ja, aber wenn sie zustimmt, sich mit dir zu treffen, bring einen Knebel mit.«

Possum grinste. »Ich kann sie knebeln mit …«

»Hab ich schon versucht.« Er drehte seinen Kopf in Richtung des Endes der Bar, das dem Eingang am nächsten ist. »Jetzt zeig mir noch mal die Tussi. Diesmal aber verdammt deutlich.«

Possum suchte den Bereich ab, den er zuvor angezeigt hatte, und runzelte dann die Stirn. »Ich sehe sie nicht mehr. Vielleicht lädt sie ihre Waffe, um dich zu erschießen. Du hast sie wahrscheinlich falsch behandelt.«

»Oder ich habe sie richtig behandelt und sie kam für einen Nachschlag zurück. Aber für alle Fälle werde ich den Rest des Abends hinter dir stehen.«

Der Prospect schnaubte und schüttelte den Kopf.

»Scheiß drauf. Du bist viel zu dünn. Ich werde stattdessen Tater nehmen. Er ist ein größeres Ziel und ein besserer Schutzschild.«

Possum blickte sich erneut um. »Ich kann sie nicht finden. Vielleicht hatte sie das Warten satt.«

»Vielleicht«, murmelte er. »Ich werde mir keine Sorgen machen.«

»Warte … Da ist sie.«

»Wo?«

Possum neigte seinen Kopf in Richtung der anderen Seite des Crazy Pete's. »Sie steht auf der Bühne.«

Dodge drehte seinen Kopf in Richtung der niedrigen Plattform. Sie war zwar nicht riesig, da die Bar weder die Grundfläche noch die Deckenhöhe für eine richtige Bühne hatte, aber sie funktionierte. Wenn freitags und samstags Bands auftraten, egal ob aus der Gegend oder nicht, brachte das eine Menge Geld ein.

Manchmal war eine Band sogar so beliebt, dass sie Eintritt verlangte. Sie versuchten, das nicht zu oft zu tun, da die Leute in Manning Grove und Umgebung verdammt geizig waren.

Den Studenten aus Mansfield machte es nichts aus, das Geld auszugeben, um eine Band zu sehen, aber sie gaben ja auch das hart verdiente Geld von Mama und Papa aus.

Dodge hasste es, wenn Bands das ›Ich bin kein Kind, aber ich bin auch kein Erwachsener‹-Publikum anzogen. Das ging dann meistens schief. Außerdem hatte er zu viel Zeit damit verbracht, nach solchen Abenden die Kotze aufzuwischen. Oder fehlende Billardkugeln zu suchen.

Oder die Dartscheiben zu ersetzen.

Oder benutzte Tücher im Badezimmer zu finden. Eine Seite seiner Lippe kräuselte sich nach oben. Künftig würde das die Aufgabe eines Prospects sein.

Die Frau, die von der Plattform herunterkam, nachdem sie sie einmal umrundet und zur Jukebox gegangen hatte, schien ungefähr in diesem Alter zu sein.

Ärger.

Danach sah sie aus.

Zu jung, um es besser zu wissen, zu alt, um sich damit herauszureden, ein Kind zu sein.

Es würde ihn überraschen, wenn sie überhaupt einundzwanzig wäre.

»Warum zum Teufel hat Scar einen Teenager reingelassen?« Er wandte sich an Possum. »Hast du sie bedient? Ist sie alt genug, um hier drin zu sein?«

»Sie trinkt nicht«, sagte Possum, »also habe sie auch nicht nach ihrem Ausweis gefragt.«

Sie stand mit dem Rücken zu ihm und hatte den Kopf gesenkt, während sie das studierte, was er für die Musikauswahl der Jukebox hielt.

»Ich bin mir verdammt sicher, dass ich sie nicht geknallt habe«, murmelte Dodge, »denn der Scheiß da ist ein Köder für den Knast. Keine Muschi ist es wert, eingesperrt zu werden.«

Sie trug eine schwarze Skinny-Jeans, schwarze klobige Stiefel mit dicken Sohlen, bei denen der Saum der Jeans und die losen Schnürsenkel in den Schaft gesteckt waren, und einen schwarzen, durchsichtigen Strickpullover, der zu groß aussah und lose von einer Schulter und halb über ihren Arm hing. Darunter trug sie so etwas wie ein enges, weißes Tanktop. Ihr *vielleicht* schwarzes oder zumindest sehr dunkelbraunes Haar war lang und glatt und hing ihr fast bis zur Hälfte des Rückens herunter.

»Vielleicht ist sie hier, um dir zu sagen, dass sie deine lang verschollene Tochter ist.«

Dodges Blick drehte sich wieder zu ihm. »So alt ist sie nicht, du Arschloch.«

»Keine Ahnung. Du bist verdammt alt.«

»Einen Scheiß bin ich.«

»Du hast ein paar graue Stellen in deinem Bart und deinem Haar.«

Dodge runzelte die Stirn und strich sich mit den Fingern über den Bart. »Fick dich. Die Haare werden früher grau, das ist alles. Verdammt noch mal.«

»Du siehst langsam wie ein Opa aus, das ist alles.«

Er zog sich seine graue Strickmütze tiefer über den Kopf, um das frühe Ergrauen zu verbergen. »Für wie alt hältst du mich eigentlich?«

»Fünfzig.«

Dodge schüttelte den Kopf. »Du bist so ein Arschloch.«

Tater lümmelte hinten an der Bar entlang, um sich eine Bierflasche aus dem Kühler zu holen und öffnete sie für einen Kunden.

»Hey, Tater, was glaubst du, wie alt Opa hier ist?«, fragte Possum den anderen Prospect.

Tater erstarrte wie ein Reh, das von Fernlichtern geblendet

wird, starrte Dodge an und zuckte dann mit den Schultern. »Keine Ahnung … äh … fünfzig?«

»Was zum Teufel!«, grummelte Dodge. »Ich bin nicht fünfzig. Ich bin nicht mal vierzig. Verdammt, ich bin gerade fünfunddreißig geworden.« Ja, vor sechs Monaten, aber das mussten die Wichser ja nicht wissen.

»Verdammt, ist das alt«, flüsterte Possum mit großen Augen. Eine Sekunde später brach er in Gelächter aus. »Ich verarsche dich nur, alter Mann.«

»Der einzige Fury-Bruder, den du ›alter Mann‹ nennen kannst, ist Dutch. Er ist der Einzige, der in die Kategorie der Alten fällt.«

Außer bei seinem Sexleben. Der Original war beeindruckend, wenn es darum ging, eine ganze Reihe von Frauen zu vögeln. Dabei spielte das Alter, die Rasse, die ethnische Zugehörigkeit oder sonst etwas keine Rolle. Dutch liebte sie alle und schnappte sie sich irgendwie alle.

Alle kratzten sich an ihren verdammten Köpfen.

Tater warf den Kronkorken auf den hoch aufgetürmten Mülleimer. Natürlich prallte er ab und landete auf dem Boden neben Dodges Stiefel. »Er sagte, er würde uns erschießen, wenn wir ihn so nennen.«

»Okay, dann musst du ihn das nächste Mal so nennen, wenn du ihn siehst. Wir könnten ein paar neue Prospects gebrauchen. Solche, die den verdammten Müll rausbringen und nicht verfehlen, wenn sie die Scheiße in den Müll werfen. Sieh zu, dass du das aufhebst, Tater Twat. Wenn du das nicht tust, zwinge ich dich, dich auf den Boden zu legen und es mit den Zähnen aufzuheben.«

Tater verzog das Gesicht und beugte sich dann stöhnend vor, um den Kronkorken vom Boden aufzuheben. Es sollte nicht so verdammt schwer sein, sich zu bücken.

»Bring den Müll raus, sobald du kannst. Ich sehe mal nach, was die Tussi will.«

»Wahrscheinlich will sie dich Daddy nennen«, rief Possum.

Dodge hob den klappbaren Riegel an und ließ ihn wieder zurückfallen. »Vergiss, dass Dutch dich erschießen will. Schlaf lieber mit einem offenen Auge, Arschloch.«

»Was zum Teufel glaubst du, was wir gemacht haben, seit Scar in unseren Schlafsaal eingezogen ist?«, rief Tater Tot laut genug für Dodge, aber nicht laut genug für Scar, um ihn von dort aus zu hören, wo der andere Prospect am Eingang stand.

»Es gibt Gerüchte, ihr Kreiswichser«, warf er über die Schulter, während er sich durch die überfüllten Tische zur Jukebox vorarbeitete, die gerade den Klassiker *Get It On* von T. Rex spielte.

Dem Teufel sei Dank hatte Stella ihm die Auswahl der Musik für die Jukebox überlassen.

Jetzt, wo die neue Jukebox digital war, konnte er die Musik je nach Lust und Laune immer wieder wechseln. Er konnte auch Lieder blockieren. Unter anderem die, die wie die Paarungsrufe der Hinterwäldler klangen.

Zu viele Leute in dieser Gegend mochten Country-Musik, und zwar nicht die gute, sondern das Zeug, das Dodge dazu brachte, sich das Trommelfell aufzustechen. Der Scheiß, der Jagdhunde zum Heulen brachte.

»Ich habe gehört, dass du mich suchst.«

Sie fuhr fort, durch die Musikauswahl zu scrollen. Ihre kurzen Fingernägel waren schwarz lackiert und erinnerten ihn an Billie. An ihren schlanken Fingern befanden sich einige Ringe. Sie hatte ein winziges Tattoo auf der Haut zwischen ihrem rechten Daumen und Zeigefinger und ein silbernes Kettenarmband mit einem Anhänger hing an ihrem linken Handgelenk.

Zuerst dachte er, es sei ein Herz, dann erkannte er, dass es wie ein Gitarrenpick geformt war.

»Du brauchst bessere Musik«, murmelte sie.

Fuck, dafür, dass sie so zierlich war, klang ihre Stimme

verdammt rauchig. Er hatte eine Schwäche für so etwas. Wie die von Stella. Die Old Lady des Presidents hatte eine Stimme, die ihm einen Steifen verpassen konnte, wenn er die Augen schloss und einfach nur zuhörte. Und wenn er es zuließ.

Das tat er nicht, denn er atmete viel zu gern.

»Die Musik in dem Ding ist völlig in Ordnung.«

Sie drehte sich um und hätte ihm einen Tritt in die Brust verpassen können.

Er zwang sich zu atmen, als die seelenverwandten dunkelbraunen Augen auf ihm landeten. Sie waren mit schwarzem Eyeliner betont, der nicht zu dick aufgetragen war, aber genug, um ihre Augen hervorzuheben. Der Rest ihres Make-ups war leicht, nicht so übertrieben wie Billies bevorzugter Gothic-Look.

Sie neigte ihr Gesicht zu ihm und legte ihren Kopf leicht schief. »Hast du hier das Sagen?«

»Der Manager.«

»Heißt das, du hast das Sagen?«

Der Sarkasmus war nicht zu überhören. »Genau das bedeutet es.«

»Ich habe auf eurer Website gesehen, dass ihr Freitag- und Samstagabend Bands auftreten lasst.«

Es hatte tatsächlich geholfen, dass Shay die Website der Bar erstellt hatte. Zuerst war er skeptisch, aber jetzt war er froh, dass er sich nicht dagegen gewehrt hatte.

»Jep.« Er ließ seinen Blick über ihr Gesicht und darüber hinaus gleiten, ließ sich Zeit und machte sich nicht die Mühe, seine Neugierde zu verbergen.

Er hatte recht. Sie war zu verdammt jung. Aber der Blick in ihren Augen sagte etwas anderes.

Er kannte diesen Blick. Nur zu gut.

Er ignorierte ihn und ging weiter.

Trotz des schwarzen Pullovers, der das darunter liegende Tanktop verdeckte - vor allem, weil das Tanktop weiß war -

konnte er erkennen, dass sie keinen BH trug. Und was sich unter der Baumwolle befand, war munter und definitiv verdammt wach.

Er hatte schon viele Titten gesehen und ihre sahen aus wie frisch aus dem Teenageralter. Das hieß aber nicht, dass er sie nicht zu schätzen wusste.

Deshalb blieb ihm sein antwortendes »Ja« im Hals stecken. Er räusperte sich und wiederholte seine Antwort.

»Fickst du Frauen immer so mit den Augen?«

Sie klang nicht beleidigt, sondern eher so, als ob sie emotional ausgelaugt wäre. Das verstand er auch. »Frauen, manchmal. Gefängnisköder, nein.«

»Ich bin weit davon entfernt, ein Gefängnisköder zu sein.«

»Das ist mir egal.« Sagte er das mehr für sich selbst als für sie? Fuck, wenn ja. Sie sah nach Ärger aus, den er nicht gebrauchen konnte.

Dann ertönte der Song *Smells Like Teen Spirit* von Nirvana aus den Lautsprechern des Crazy Pete's.

War das nicht die verdammte Wahrheit?

Heilige Scheiße.

»Mir auch«, sagte sie. Sie blickte sich im Inneren der Bar um. »Meine Frage ist, ob ihr Bands bucht und ob ihr ein paar Plätze in eurem Kalender füllen müsst.«

»Für wen?«

»Für eine Band.«

»Ach was. Für wessen Band?«

»Meine.«

Er blinzelte. »Wir buchen keine Teenie-Bands.«

»Gut. Denn ich hasse Teenie-Bands.«

Was zum Teufel war hier los? »Wie alt bist du?«

Sie neigte den Kopf zur Seite. »Wie alt bist du?«

Heilige Scheiße. Sie war vielleicht winzig, aber ihre Einstellung war es nicht. Er knirschte mit den Zähnen. »Gott ... Was für eine Band hast du denn?«

»Die Art, die Musik macht.«

Dodge holte langsam Luft. »Dann ist ja gut. Du kannst dich selbst hinausbegeben. Scar dort an der Vordertür wird sie für dich aufhalten.« *Und dir einen Stiefel auf den Hintern drücken, um dir da durchzuhelfen.*

Er machte eine Drehung auf seinem Stiefel und bevor er einen zweiten Schritt machen konnte, packte ihn eine Hand am Arm und hielt ihn auf. »Warte.«

Er zögerte, drehte sich aber nicht um, obwohl er auf die Hand blickte, die seinen Arm umklammerte. Ja, das Tattoo auf der Hand an der Stelle des Hegu-Punktes war entweder ein W oder ein M, je nachdem, wie er es betrachtete.

Nicht, dass es ihn interessierte.

»Meine Band ist auf der Suche nach Auftrittsmöglichkeiten. Wir brauchen … Nun, ihr müsst uns nicht einmal bezahlen, wir spielen auch für Trinkgeld. Wir müssen nicht einmal die Headliner an einem Freitag oder Samstag sein. Wir nehmen jeden Abend, solange wir in der Gegend sind.«

Was zum Teufel?

Headliner? Für was für einen Ort hielt sie Crazy Pete's denn?

Und Trinkgeld? Was für eine ›Leben unter der Brücke‹-Band hatte sie denn?

Als er sich wieder zu ihr umdrehte, ließ sie schnell ihre Hand fallen und ging einen Schritt zurück. Er tat sein Bestes, um seine Augen über ihren Titten zu halten, wo eine fast durchsichtige, mit Baumwolle bedeckte Brustwarze versuchte, durch eines der Löcher des Pullovers zu entkommen.

Was zum Teufel sollte ein Pullover mit so großen Löchern? Sollte er etwa schick sein? So wie ihre zerrissene Jeans?

Ihre schwarze Skinny-Jeans hatte ein paar ausgefranste Löcher, bei denen er sich nicht sicher war, ob sie absichtlich entstanden waren oder weil sie es sich nicht leisten konnte, sie zu ersetzen.

Aber das spielte keine Rolle, denn sie war nicht sein Problem.

Sie war *nicht* sein verdammtes Problem.

»Hast du überhaupt richtige Instrumente? Oder schlägst du Töpfe, Pfannen und Fünf-Gallonen-Plastikeimer mit Metall- und Holzlöffeln?«

Ihre zarten Nasenlöcher blähten sich auf und als sie es taten, bemerkte er ein kleines Edelsteinpiercing auf einer Seite ihrer Nase. Definitiv kein echter Diamant.

Wenn er echt wäre, hätte sie ihn wahrscheinlich schon verhökert.

Er erinnerte sich an diese Zeiten. In der Vergangenheit war er selbst nur allzu oft an diesem Punkt gewesen. Deshalb machte es ihm auch nichts aus, über dem Crazy Pete's zu wohnen und die langen Arbeitszeiten als Manager der Bar auf sich zu nehmen. Er wollte verdammt noch mal nichts mehr.

Es regnete zwar nicht grün, aber seine Brieftasche war nicht mehr so trocken wie die Wüste.

Und der Umgang mit dem gelegentlichen Säufer war verdammt viel besser als der tägliche Umgang mit den Arschlöchern, wenn er hinter einem Stacheldrahtzaun lebte.

»Wir haben richtige Instrumente«, sagte sie mit zusammengebissenen Zähnen.

»Was für Musik spielt ihr?«

»Rock.«

»Welche Art?«

»Was auch immer zu dem Ort passt, an dem wir spielen.« Ihr Blick schweifte wieder durch die Bar. »Das scheint ein älteres Publikum zu sein …«

»Das kommt auf den Abend an.«

Sie richtete ihre Aufmerksamkeit wieder auf ihn. »Wir können spielen, was immer du willst.«

»*Was immer* ich will?«

Sie nickte. »Wir sind flexibel und kennen eine Menge Sachen aus den Sechzigern bis hin zu aktuellem Zeug.«

Sechzigern? Das war Jahrzehnte bevor sie in eine Windel geschissen hat. »Was machst du in dieser Band?«

»Singen.«

»Das ist alles?«

»Reicht das nicht?«

Dodge starrte sie an.

Sie zuckte mit den schlanken Schultern. »Ich kann auch spielen.«

»Was spielen?«

Warum zum Teufel interessierte es ihn, was sie spielen konnte? Was zum Teufel war los mit ihm? Er musste ihr den Weg zur Tür weisen und ihr einen Schubs in diese Richtung geben.

»Gitarre, Bass, Keyboard, Schlagzeug«, sie hob eine schlanke Schulter, »Kuhglocke.«

Sein Kopf ruckte zurück. »Kuhglocke?«

»Ich wollte nur sehen, ob du zugehört hast und eine richtige Antwort wolltest oder ob du nur ein Idiot bist.«

»Es war eine berechtigte Frage.«

»Du solltest dich mehr für die Band als Ganzes interessieren. Nicht nur für mich.«

Stimmt, aber sie war diejenige, die vor ihm stand. »Spielst du tatsächlich Kuhglocke?«

»Manchmal. Tamburin auch.«

»Es braucht kein Talent, um Kuhglocke oder Tamburin zu spielen.«

»Weißt du das aus Erfahrung?«

Nein, aber er hatte zwei gute Augen in seinem verdammten Kopf und in den letzten Jahren hatten viele Bands auf Crazy Pete's Bühne gespielt. Manche besser als andere.

Seine Augenbraue senkte sich. »Wie lange ist deine Band schon zusammen?«

25

JEANNE ST. JAMES

Ihre senkte sich ebenfalls. »Ist das wichtig?«

»Ich habe Fragen. Ich brauche Antworten. Wenn du sie nicht beantworten willst, dann brauchst du den Gig wohl doch nicht so sehr, wie du glaubst.«

Ihr Kinn klappte herunter.

Das gefiel ihr nicht.

Ihm war das egal.

»Wir können morgen Abend für Trinkgeld spielen, wenn du willst. Wenn wir dann gut sind und du uns bezahlen willst …«

»Morgen ist erst Mittwoch. Da ist nicht viel los.«

Sie zuckte mit den Schultern. »Dann spielen wir ein Set für Essen. Und an einem freien Abend zu spielen, ist die perfekte Möglichkeit für dich, um zu sehen, wie gut wir sind und ob wir einen belebteren Abend verdient haben.«

Das Mädchen wusste, wie man sich durchsetzt, das stand fest. Menschen wie ihr wurde im Leben normalerweise nichts geschenkt. Sie mussten alles, was sie hatten, mit Schweiß, Blut und Tränen bezahlen.

Aber eine Band zu füttern, ohne ihr eine Gage zu zahlen, klang nach einem ziemlich guten Deal. Es sei denn, sie waren total scheiße und ihre Musik war so schlecht, dass die Kunden absprangen.

»Ich habe gefrorene Chicken-Nuggets und Pommes.«

»Ist das echtes Hähnchen?«

»Das bezweifle ich. Hat deine Band einen Manager?«

»Ich bin es.«

»Sind sie alle über einundzwanzig?« Rechtlich gesehen mussten sie nur achtzehn sein, solange kein Alkohol ausgeschenkt wurde, aber irgendetwas an der ganzen Sache ließ seinen Spiderman-Sinn kribbeln.

»Wir sind alle über einundzwanzig.« Sie hob eine dunkle, perfekt geformte Augenbraue.

Nein, das war kein verdammtes Kribbeln, das war ein Tornado, der in seinem verdammten Bauch wütete.

Diese Frau faszinierte ihn und machte ihm gleichzeitig verdammt viel Angst. Er mochte dieses Gefühl nicht.

Er rieb seine Handfläche im Nacken hin und her, während er sie betrachtete.

Sie bettelte nicht, sie jammerte nicht über sein Zögern, sie hielt einfach ihren Mund und wartete.

Das gefiel ihm, denn wenn sie ihn weiter bedrängt hätte, hätte er sie wahrscheinlich selbst aus dem Pete's begleitet.»Ich sag dir was, wenn du morgen Abend spielen willst, geht der Abend für dich und deine Bandmitglieder aufs Haus, vorausgesetzt, ihr liefert ein anständiges Set ab. Falls ihr scheiße seid, ist der Deal geplatzt.«

»Wir werden nicht schlecht spielen.«

»Das habe ich schon mal gehört«, murmelte er.

»Ich schwöre, wir werden es nicht tun.«

»Aber ihr spielt für verdammtes Essen.«

»Du tust, was du tun musst«, sagte sie achselzuckend, ohne dass es ihr peinlich war, in dieser Situation zu sein.

Normalerweise mochte er diese Art von Einstellung, aber diese Worte von ihr ließen ihm die Nackenhaare zu Berge stehen.»Nur eine Warnung: keine Drogen, keine Prostitution. Ich werde diesen Scheiß nicht tolerieren. Der große, hässliche Wichser, an dem du vorbeigegangen bist, als du reingekommen bist? Mit einem Wort von mir wirft er dich und deinen Scheiß auf den Bürgersteig, und er wird dabei auch nicht zimperlich sein. Hast du das verstanden?«

Sie nickte.»Verstanden.«

»Warne auch deine Freundinnen.«

Sie schaute ihn stirnrunzelnd an.»Freundinnen?«

»Ja, den Rest deiner Band.«

Ein dünnes Lächeln erschien auf ihrem Gesicht. Das erste Lächeln, das er bei ihr sah. Allerdings erreichte es nicht ihre Augen.»Ich werde es sie wissen lassen.«

»Wir werden auf der Website ankündigen, dass ihr kommt,

aber ich bin mir nicht sicher, ob das etwas bringt, da es in letzter Minute ist. Du kannst ein Trinkgeldglas aufstellen, aber ich bin mir nicht sicher, ob jemand hier so großzügig ist. Es gibt viele geizige Arschlöcher. Wie lautet der Name eurer Band?«

»The Synners.«

»Die was?«

»The Synners. Mit einem Y.« Sie ging an ihm vorbei und warf ihm über die Schulter zu: »Wir freuen uns über die Gelegenheit. Wir sehen uns morgen Abend.«

»Ihr seid um acht dran«, rief er. »Aufbauen um sieben.«

Sie ging weiter und warf eine Hand über ihren Kopf, um ihm zu zeigen, dass sie ihn gehört hatte.

Er hoffte verdammt noch mal, dass er das nicht bereuen würde.

Aber bisher in seinem Leben hatte er immer, wenn er dachte, dass er etwas bereuen würde - wie den Fick mit Blondie vorhin -, festgestellt, dass er es immer tat.

Jedes verdammte Mal.

Eines Tages würde er es verdammt noch mal lernen.

2

Dodge schüttelte den Kopf und fluchte leise vor sich hin, als er zwei Bullen bemerkte, die in seine Richtung liefen.

Zwei Bullen, die zufällig verheiratet waren.

Er seufzte.

Da sie beide Uniform trugen, wusste er, dass sie nicht zum Trinken da waren. Fuck, nein. Sie waren in irgendeiner offiziellen Angelegenheit dort.

Das war nie gut.

Die Band hatte noch nicht angefangen zu spielen, und eigentlich - er blickte auf sein Handy - hätten sie schon vor einer halben Stunde da sein sollen.

Vielleicht würden sie am Ende doch nicht auftauchen. Aber so wie er ihre Einstellung kannte, würde es ihn überraschen, wenn sie abspringen und ihn vielleicht sogar enttäuschen würde.

Das konnte nicht richtig sein. Er hatte keinen guten Grund, sie wiedersehen zu wollen.

Keinen.

Aber die Wahrheit war, dass das Ausbleiben ihrer Band kein

verdammter Verlust für die Bar sein würde, da es nur ein Mittwochabend war. Wenn es aber ein Freitag gewesen wäre …

»Was?« bellte er, als Marc Bryson an die Bar trat, gefolgt von seiner Frau Leah.

»Dir auch Hallo, Dodge«, sagte Leah mit einem Lächeln und scherte sich einen Dreck darum, dass ihr Anblick Dodge zu einem launischen Wichser machte.

»Dass ihr hier auftaucht, ist nicht gut fürs Geschäft.«

Marc Bryson stützte seine Hände in typischer Bullenmanier auf seinen Dienstgürtel und blickte sich um. »Warum? Fast jeder hier kennt uns.«

»Warum seid ihr hier?«, fragte er, wobei es ihm völlig egal war, dass die Brysons so ziemlich jedem bekannt waren, der in oder um Manning Grove lebte.

»Wir haben ein kleines Problem …«, begann Bryson.

»Normalerweise schon, wenn einer von euch auftaucht. Es muss ein großes Problem sein, wenn du deine Frau brauchst, um dich zu unterstützen. Zu viel für dich, um es allein zu bewältigen, *Officer*? Hat sie größere Eier?«

»Ihre sind verdammt groß«, stimmt Bryson zu. »Aber meine hängen ein bisschen schwerer.«

Leah Bryson wandte sich ab und tat so, als würde sie die wenigen Kunden, die bereits in der Bar waren, mustern. Dodge entging nicht, dass ihre Schultern zitterten.

Von allen Bryson-Bullen war Leah die coolste. Wahrscheinlich, weil sie in die Familie hineingeheiratet hatte, anstatt in sie hineingeboren zu werden. Außerdem war sie verdammt heiß.

Wenn Dodge auf diesen Typ stand.

Der Typ, der jeden Tag zur Arbeit in eine Bullenhaut schlüpfte. Die Sorte, die Spaß daran hatte, jemandem das Leben zur Hölle zu machen, nur weil er einen *Fehler* gemacht hatte. Oder zwei.

Er hatte keine Ahnung, wie sich Rook in Jet Bryson verknallen konnte.

Okay, er wusste es. Wie Leah war auch Jet für eine Bullin ziemlich heiß. Sie war nur noch heißer geworden, als sie diese verdammte Bullenhaut für immer ablegte.

Er wettete, dass Rook und sie verdammt guten Sex hatten. Jet mochte es wahrscheinlich hart und …

Bryson räusperte sich. »Wie auch immer, ein Schulbus blockiert die hintere Gasse. Das können wir im Falle eines Brandes oder eines medizinischen Notfalls nicht gebrauchen.«

»Ein was?« Er muss das falsch verstanden haben.

»Schuuuulbuuuus«, sagte Bryson. »Ich schätze, du bist auf einem der kleineren mitgefahren.«

Dodge kippte sein Kinn und starrte den Bullen an. »Willst du sagen, dass ich langsam bin?«

»Ich sage nicht, dass du es bist, aber ich denke, du bist nicht allzu schnell.«

»Arschloch.«

Marc Bryson grinste und zuckte mit den Schultern. »Wie haben die Fenster geschmeckt?«

»Marc«, schimpfte Leah und schlug ihrem Mann auf den Arm.

»Nachdem du sie geleckt hast, haben sie verdammt sauber geschmeckt«, sagte Dodge ihm.

»Wie auch immer, er muss bewegt werden. Also, kümmer dich darum.« Bryson tippte mit dem Finger auf die Theke, um Nachdruck zu verleihen.

»Je eher, desto besser, Dodge«, fügte Leah mit ihrem typischen Lächeln hinzu. Sie lächelte warm und freundlich, es sei denn, du kamst ihr in die Quere, dann konnte der Elektroschocker ganz schnell gezogen werden. Sie würde erst wieder lächeln, wenn du auf dem Rücken liegst und versuchst, dir nicht in die Hose zu machen.

»Verstanden, Leah.«

Bryson verzog das Gesicht, als Dodge seine Frau bei ihrem

Vornamen nannte. Leah zupfte an seinem Arm. »Wir kommen in etwa fünfzehn Minuten wieder. Sieh zu, dass er weg ist.«

Dodge antwortete nicht, sondern schaute den beiden Bullen beim Weggehen zu. Zu ihrem Glück arbeitete Scar heute nicht an der Tür, denn es war ein typischer Tag, an dem wenig los war. Stattdessen war es die Nacht des Prospects, auf Hillbilly Hill Wache zu halten, um zu beobachten, was die Shirleys vorhatten.

Die Antwort war einfach. Nichts Gutes, verdammt.

»Ich sehe mal nach, was zum Teufel da los ist«, rief er Micah zu, seinem neuesten Barkeeper. Er war zwar noch etwas jung, aber er arbeitete wie ein Besessener. »Behalte die Scheiße im Auge.«

Micah hob sein Kinn an und trocknete die Gläser mit einem Geschirrtuch ab.

Dodge tastete seine Kutte ab, um sicherzugehen, dass er seine Dose und ein Feuerzeug dabeihatte, und ging dann in Richtung des hinteren Teils des Crazy Pete's. Jeden verdammten Schritt in diese Richtung begleitete er mit einem gemurmelten Fluch, denn seine Befürchtung hatte sich bestätigt. Diese Tussi von gestern Abend machte nur Ärger.

Als er die Hintertür aufstieß, stieg ihm der stinkende Dieselgeruch eines Schulbusses in die Nase, der definitiv die Gasse blockierte.

Verdammter Mistkerl.

Der Bus wurde mit schwarzer Grundierung gestrichen und ›The Synners‹ wurde im Graffiti-Stil auf die Seite gesprüht. Die Fenster waren alle schwarz lackiert. Er vermutete, dass das der Privatsphäre diente.

Er hatte schon ein paar umgebaute Schulbusse gesehen, aber dieser hier … Wenn das Innere auch nur annähernd so aussah wie das Äußere … Er zog eine Grimasse.

Kopfschüttelnd zog er eine handgerollte Zigarette aus dem Metallbehälter, in dem er sie aufbewahrte, und klemmte sie zwischen seine Lippen. Mit einem Schnipsen des BiC-Feuerzeugs zündete er sie an, sog zwei Lungenflügel voll Rauch ein und blies ihn dann langsam in die kalte Dezemberluft aus.

Er ging langsam an dem Schulbus entlang, der etwa zehn Meter lang sein musste, bis er zu einem der speziell angefertigten Ablagefächer unter dem Bus kam, das weit geöffnet war und aus dem zwei Typen das herausholten, was wie das Zeug einer Band aussah.

Zwei Kerle. Er saugte kurz an seinen Zähnen, bevor er einen weiteren Zug an seiner Zigarette nahm.

Die Freunde der weiblichen Bandmitglieder?

Das war ihm scheißegal. Ihn interessierte nur, dass ihr Sattelschlepper die Gasse komplett blockierte.

»Yo«, sagte er, als er hinter ihnen herging und ihnen dabei zusah, wie sie Gitarrenkoffer, Teile eines Schlagzeugs und alles andere, was die Band zum Spielen brauchte, herausholten. Keiner der beiden hörte auf mit dem, was sie taten, also sagte er es noch einmal, dieses Mal viel lauter. »Yo!«

Sie schafften es, eine Bass Drum aus der Enge zu befreien und dann sich richteten beide auf.

»Yo«, antwortete einer von ihnen.

»Beeilt euch und ladet das Zeug aus und schiebt den Bus weg. Sonst lassen die Bullen ihn abschleppen. Und«, er ließ seinen Blick über den Bus schweifen, bevor er dasselbe mit ihnen tat, »ich bezweifle, dass ihr euch die Rechnung leisten könnt.«

»Wir haben es vor. Wir müssen nur noch unser Zeug ausladen.«

»Dann macht es schneller. Ihr solltet schon vor einer halben Stunde fertig sein.«

Der eine nickte und kehrte zurück, um noch mehr Scheiße abzuladen. Der andere, der mit dem langen dunklen Haar, das er zu einem kurzen Pferdeschwanz zusammengebunden hatte, stemmte die Hände in die Hüften und sah Dodge an. »Bist du der Manager?«

»Höchstpersönlich.«

»Danke, dass du uns eine Chance gibst.«

»Ich widerrufe diese Chance, wenn du dich verdammt noch mal nicht beeilst. Die Band muss vor acht Uhr fertig sein und sich aufwärmen.«

Der Mann mit den zotteligen blonden Haaren holte einen Mikrofonständer aus dem Lager und blickte auf sein Handy. »Fuck.«

Dodge schüttelte sein Kinn in Richtung Bus. »Machen sich die Mädchen da drin fertig?«

Der Mann hob seinen Blick von seinem Handy und runzelte die Stirn. »Ja. Klar.«

Dodge nickte. »Okay. Pack deinen Scheiß zusammen und dann bring diesen Schrotthaufen weg.«

Der Typ mit dem Pferdeschwanz schielte zu ihm hinüber. »Weißt du, wo wir ihn parken können?«

»Um die Ecke. Fifth Street Church. Die haben einen anständig großen Parkplatz und der ist um diese Zeit leer.«

Der dunkelhaarige Mann nickte. »Danke, Kumpel.« Er ging zurück, um seinem zotteligen blonden Freund zu helfen.

»Sind sie gut?«, fragte Dodge.

»Sie?«

»Die Gruppe.«

Der Mund des Blonden öffnete sich, dann schloss er ihn wieder. »Ja. Die besten.«

»Gut.« Dodge drehte sich auf dem Absatz und ging zurück zur Tür. »Die Tür ist nicht verschlossen. Ich habe dort einen Zementblock, um sie aufzustemmen. Wenn du dein Zeug reingebracht hast, musst du sie schließen, denn hier draußen ist es kälter als eine Hexentitte.«

»Klar, Bruder.«

Dodge biss bei dem »Bruder« wieder die Zähne zusammen

und nahm dann einen weiteren Zug von seiner handgerollten Zigarette, bevor er das Ende herausdrückte und die Tür aufriss. Er steckte den Rest der Zigarette zurück in die alte Münzdose, während er den kurzen Flur hinunterging, um sich wieder an die Arbeit zu machen.

Mit drei Jungs war das Equipment der Band in Rekordzeit auf der niedrigen Plattform aufgebaut. Er schickte Possum rüber, um ihnen Wasser in Flaschen zu bringen und ihnen eine Runde Drinks aufs Haus anzubieten, da Dodge mit einer Frau flirtete, die an einem der Hochtische im Billardbereich saß.

Das bedeutete, dass er nicht genau beobachten konnte, was da gerade aufgebaut wurde. Aber Micah und Possum wussten Bescheid, wenn es um Bands ging, also vertraute er darauf, dass sie ihm Bescheid geben würden, wenn es irgendwelche Probleme gab.

In der Zwischenzeit hatte er wichtigere Dinge, über die er sich Gedanken machen musste ... wie zum Beispiel darum, wer heute Abend seine Klarmachen-und-Wegschicken-Alte werden würde, nachdem er sich die Band angehört und ihre Leistung bewertet hatte, um zu sehen, ob sie würdig waren, eine belebte Nacht zu spielen.

Im Moment schien die Erdbeer-Blondine, die ihre Freundinnen beim Billardspielen anschaute, eine gute Kandidatin für eine Reise in den Norden zu sein, um seine Stange zu reiten. Im Gegensatz zu der kleinen Sängerin mit der großen Klappe hatte diese Frau genug große Titten und dicke Schenkel, um ihn zu erdrücken.

Eine Seite seines Mundes verzog sich nach oben.

Er neigte seinen Kopf in Richtung ihres leeren Glases. »Willst du noch ein Bier?«

Sie schenkte ihm ein Lächeln, das sein Blut in den Süden fließen ließ. »Klar.«

Er nahm ihr Bierglas von dem kleinen runden Tisch und zwinkerte ihr zu. »Ich hole dir eins.«

Nachdem er aus dem Billardbereich in den Hauptbarbereich getreten war, blickte er in die hintere Ecke zur Bühne hinüber. Die Band sollte besser bald anfangen, sich aufzuwärmen.

Er runzelte die Stirn, als er nur die drei jüngeren Jungs auf der Bühne sah. Zwei von ihnen waren dieselben, die das Equipment abluden. Der dritte war ein Rotschopf, der hinter dem Schlagzeug arbeitete und ihm den letzten Schliff verpasste.

Es sah nicht nach einer Girlgroup aus. Im Grunde genommen sah es genau nach dem Gegenteil aus. Bevor er sich umdrehen und in diese Richtung gehen konnte, tauchte eine dunkle Gestalt aus dem hinteren Gang auf.

Er konnte nicht erkennen, ob es der Leadsänger war, denn wer auch immer es war, er trug einen schwarzen Kapuzenpullover. Die Kapuze mit den Katzenohren war über den Kopf gezogen und verdeckte das Gesicht.

Das musste sie sein, denn die Person war winzig. Zierlich.

Sie.

Fuck, er hatte sie nicht einmal nach ihrem Namen gefragt.

Das war auch nicht wichtig.

Da sie endlich aufgetaucht war, würde er sie in Ruhe aufwärmen lassen und dabei Abstand halten. Im Moment machte er sich Sorgen, dass es gefährlich sein könnte, ihr zu nahe zu kommen. Wie eine Motte, die zu nah an eine Flamme fliegt.

Heilige Scheiße. Was zum Teufel war los mit ihm?

Er setzte seinen Weg fort und duckte sich hinter die Theke. Dort legte er den Schalter um, um das Scheinwerferlicht auf der Bühne einzuschalten. Es war nichts Besonderes, aber er erfüllte seinen Zweck.

Im Moment beleuchtete er die Leadsängerin, die die Kapuze mit den Katzenohren heruntergeschoben hatte und so ihr langes dunkles Haar entblößte. Als sie dem spärlichen Publikum den Rücken zuwandte, öffnete sie den Reißverschluss der

Sweatjacke, zog sie aus und warf sie auf einen leeren Tisch in der Nähe.

Davon gab es heute Abend eine Menge. Mittwochs ist normalerweise nicht viel los, aber da es zwischen Thanksgiving und Weihnachten war, waren heute sowieso nicht so viele Leute unterwegs. Einige ihrer Stammgäste bereiteten sich finanziell auf die Feiertage vor. Für sie blieb mehr Geld in der Tasche, wenn sie zu Hause tranken.

Das Scheinwerferlicht beleuchtete sie, als sie sich umdrehte und auf das Mikrofon zuging. Er vergaß für eine Sekunde zu atmen.

Sein angehaltener Atem raste aus ihm heraus, als er seinen Blick von ihrem dunklen Kopf bis zu ihren Stiefeln schweifen ließ. Anders als gestern Abend waren es keine schweren Biker-Stiefel mit dicken, flachen Gummisohlen. Die schwarzen Leder-stiefel, die sie heute Abend trug, reichten bis über die Knie, hatten einen Mörderabsatz und waren vorne geschnürt.

Und *verdaaaammt* ...

Sie trug heute Abend zwar einen BH, aber sonst hatte sie nicht viel an. Über dem schwarzen BH trug sie ein schwarzes, durchsichtiges, langärmeliges Croptop aus Netzstoff. Der untere Saum endete direkt unter ihrem BH. Ihr Bauch war flach. Ihre nackte Haut war milchig weiß und glatt. Er konnte sogar einen silbernen Ring an ihrem Bauchnabel erkennen.

Wie gestern Abend trug sie eine *verdammt enge*, schwarze, zerfetzte Jeans. Es könnte sogar das gleiche Paar sein.

Ihr Augen-Make-up war dunkler und kräftiger. Ihr Eyeliner wurde über die Augenwinkel hinaus gezogen und nach oben geschwungen, um sie noch verführerischer aussehen zu lassen. Leuchtend roter Lippenstift betonte ihre Lippen im Scheinwerferlicht. Sie trug auch mehr Lidschatten, aber er konnte die Farbe von dort, wo er im Innenraum des Pete's stand, nicht genau erkennen.

Was er von seinem Platz aus sehen konnte, war der Farbtupfer, der über jeden hohen Wangenknochen lief. Er war nicht zu aufdringlich, aber dennoch auffällig.

Zumindest für ihn.

Er konnte sich nicht entscheiden, ob sie mit dem Make-up von heute Abend älter oder jünger aussah.

Die Finger, die jetzt das Mikrofon hielten, waren wieder von Ringen umschlossen. Um ihr zierliches Handgelenk trug sie dasselbe Silberarmband mit dem Gitarrenpick-Anhänger. Ein großes silbernes, verziertes Kreuz hing tief um ihren Hals und reichte fast bis zu ihrem gepiercten Bauchnabel. Er bezweifelte, dass sie es aus religiösen Gründen trug, denn der Name der Band war The Synners. Mit einem verdammten Y.

Es fiel ihm schwer, auf das Bier zu achten, das er gerade einschenkte, denn seine Augen klebten an der Einbuchtung ihrer Wirbelsäule, als sie sich drehte und etwas zu ihren männlichen Bandkollegen sagte.

Er war so ein verdammter Dummkopf, dass er dachte, sie hätte eine reine Mädchenband.

Er hatte fälschlicherweise vermutet, obwohl er es besser wusste. Das Leben hatte ihn gelehrt, nie einen Scheiß zu vermuten.

Er neigte das Glas, um die Schaumkrone zu verringern, und trug es, sobald es voll war, zurück zum Billardtisch.

Er hatte vor, ein offenes Ohr für die Band und das andere für seine heutige Eroberung zu haben. Solange die Erdbeer-Blondine dachte, dass er ihr Aufmerksamkeit schenkte, dann ...

Er grinste.

Dieses Grinsen verschwand schnell aus seinem Gesicht und fiel zu seinen Füßen auf den Boden, als er auf halbem Weg zu seinem Ziel stehen blieb und fast ein Schleudertrauma bekam, als er seinen Kopf in Richtung Bühne drehte.

Und zu ihr.

Die Tussi, von der er nicht einmal ihren Namen wusste.

Aber diese verdammte Stimme.

Gott.

Wie konnte eine so zierliche Frau eine so rauchige, kraftvolle Stimme haben, die ihm einen Funken in den Nacken schoss und ein Feuer in seinen verdammten Eiern entfachte? Er blickte auf das Bier, das er gerade servierte. Sein Blick hob sich zum Billardbereich, wo die Erdbeer-Blondine um die Ecke und außer Sichtweite versteckt war. Er schaute zurück zur Bühne.

Hat er gerade seinen ganzen verdammten Abend überdacht? Wegen dieser verdammten Stiefel und dieser fesselnden Stimme?

Verdammt! Er hatte sich schon ganz schön ins Zeug gelegt, um die Blondine zu bearbeiten. Wollte er all diese Energie vergeuden?

Er blickte wieder auf das Bier hinunter. Während er es anstarrte, erfüllte *ihre* Stimme weiterhin seine Ohren. Sie übernahm sein Gehirn und zog seine Eier zusammen.

Ertränkte seine Gedanken.

Er kratzte sich im Nacken, während er über seine Optionen nachdachte.

Fuck. Er hatte keine Optionen mehr.

Es war verdammt klar, dass er nur noch eine hatte.

Seine Füße bewegten sich in die entgegengesetzte Richtung, in die er sie haben wollte, und als er an der halben Wand vorbei in den Bereich mit den Billardtischen trat, blieb er an dem Hochtisch stehen, an dem - Gott, er wusste ihren Namen auch nicht - Blondie saß. Sie schenkte ihm ein kokettes Lächeln und neigte anzüglich ihren Kopf.

Die Frau vor ihm war die richtige Wahl. Das war sie.

Sie war ein bisschen älter und lebenserfahrener. Und was noch wichtiger war, sie hatte wahrscheinlich mehr Erfahrung im Bett.

Sie wusste auch, was Sache war. Es war eine einmalige Sache. Er bezweifelte, dass sie mehr erwarten würde, und das war auch der Grund, warum er sich auf sie und nicht auf ihre Freundinnen konzentrierte.

Er war gut darin geworden, Frauen einzuschätzen und zu erkennen, ob sie danach anhänglich sein würden oder auf derselben Seite wie er. Eine Seite, auf der gegenseitige Zufriedenheit stand und nicht mehr.

Er schob ihr das Bier vor die Nase. »Geht aufs Haus.«

Ihr langer roter Fingernagel umkreiste den Rand des Glases, dann strich er spielerisch über seine Hand. »Danke, Baby.«

»Wenn du noch etwas brauchst, wird Possum es für dich holen.«

Ihr blieb der Mund offen stehen. »Was?«

»Ja, tut mir leid, ich muss arbeiten«, murmelte er und setzte dabei einen enttäuschten Gesichtsausdruck auf.

»Aber ...«

»Für dich gehen die Drinks den Rest des Abends aufs Haus. Ich freue mich darauf, dich an einem anderen Abend wieder hier zu sehen.«

»Ein anderes Mal ...« Sie stieß zischend die Luft aus.

Er klopfte mit den Fingerknöcheln auf den Tisch, dann drehte er sich auf dem Absatz seines Stiefels um und ging nach vorn, wo er die Bühne sehen konnte.

Und *sie*.

Was zum Teufel war das gerade?

Warum nur?

Er hatte gerade eine sichere Sache sausen lassen, und wofür? Eine Frau, die aussah, als hätte sie erst vor sechs Monaten aufgehört, einen Mädchen-BH zu tragen? Eine Frau, die so aussah, als würde sie nichts als Ärger mit sich bringen?

Die sich wahrscheinlich nicht so leicht zu irgendetwas überreden lassen würde?

Mit ihr würde wahrscheinlich alles zu einem Kampf werden. Eine verdammte Herausforderung.

War sie diese Herausforderung überhaupt wert?

Wenn er seine Zigaretten nicht selbst gedreht hätte, würde er denken, dass die letzte, die er geraucht hatte, mit irgendetwas gestreckt war.

Das könnte die einzig vernünftige Erklärung sein.

Er hatte nicht nur nie ihren verdammten Namen erfahren, er hatte auch keine Ahnung, wie alt sie war. Sie konnte kaum achtzehn sein.

Gott.

Er blickte über seine Schulter zurück zum Billardtisch und biss die Zähne zusammen.

Das erste Lied, *Lightning Crashes*, endete und eine stille Pause erfüllte die Luft.

Das lenkte seine Aufmerksamkeit zurück auf die Frau auf der Bühne. Sie hatte den Mikrofonständer neben das Keyboard gestellt, sodass sie stehen konnte, während sie gleichzeitig sang und spielte.

Die ersten Noten des nächsten Liedes flossen durch den Takt und landeten mitten in seiner Brust. Ihre beringten Finger mit den dunkel lackierten Nägeln bewegten sich langsam und anmutig über die Tasten.

Er konnte die Vorstellung nicht abschütteln, wie ihre Finger ihn auf die gleiche Weise berührten. Leicht, aber selbstbewusst. Ihre Berührung löste eine ähnliche Reaktion aus wie die Musik.

Ihre dunklen Augen fingen seine ein und hielten ihn dort fest. Verzaubert. Wie eine verdammte Hexe.

Was zum Teufel war hier los?

Plötzlich erkannte er das Lied. Es war eine verlangsamte, gefühlvollere Version von *Creep*, im Original gesungen von Radiohead.

Ein Lieblingslied von ihm.

Eines, das er sogar in die Jukebox geladen hatte. Hatte sie den Song gestern Abend entdeckt, als sie durch die Musikliste blätterte?

Sie hatte ihm gesagt, er brauche eine bessere Auswahl, aber *Lightning Crashes* war auch in der Jukebox.

Sie hatte verdammt gut aufgepasst. Sie hatte sich die Musik-auswahl gemerkt. Vielleicht absichtlich.

Wenn der dritte Song war ...

Scheiß auf den dritten Song.

Seine Füße bewegten sich in Richtung Bühne, als sie *Creep* auf die gleiche Art und Weise sang, wie der Schauspieler Tom Ellis es in der Netflix-Serie ›Lucifer‹ gesungen hatte. Eine Art und Weise, die ihm im Gedächtnis geblieben war, seit er diese Folge in den frühen Morgenstunden gesehen hatte, als er nach einer langen Nacht schlafen gehen wollte. Eine Angewohnheit, die er entwickelt hatte, um zu versuchen, ein paar Stunden Schlaf zu bekommen.

Er hielt inne, als ihm klar wurde, was er da tat. Er atmete tief durch die Nase ein und wandte sich ab, um die Verbindung zwischen ihnen zu unterbrechen.

Das war total abgefuckt.

Seine Brust war eng und sein Herz pochte in seiner Kehle.

Mit dem Rücken zur Bühne schloss er die Augen, atmete einfach die Musik und die verdammte sexy Stimme ein und spürte, wie ihre Augen zwei Löcher durch seine dicke Kutte, sein Hemd und seine Haut brannten. Direkt in das Zentrum seiner Seele.

Was.

Zum.

Teufel.

Er würde den Rest der handgerollten Zigarette nicht rauchen.

Er öffnete die Augen und konzentrierte sich absichtlich auf die Bar. Sein Gehirn befahl seinen Füßen, sich zu bewegen. Dem Teufel sei Dank taten sie das und er schaffte es durch das Scharnier, bevor er wieder in ihren Bann gezogen wurde. Er wünschte, er hätte eine verdammte Möglichkeit, sie zu verriegeln, um sicherzustellen, dass er nicht entkommen konnte.

Ein Schlag gegen seine Schulter ließ ihn zusammenzucken und sich innerlich schütteln. Stella schaute sich die Band auf der Bühne an und beobachtete sie. Genau wie der Rest der Kunden. Alle sahen so gebannt aus wie er.

Wie er es gewesen war.

Als sie mit dem Radiohead-Song fertig war, ging sie nahtlos in *Dream On* von Aerosmith über. Wieder verlieh ihre raue Stimme dem Lied einen unverwechselbaren, eindringlichen Klang.

Er erstarrte, um den Schauer zu stoppen, der ihn zu durchlaufen drohte.

»Verdammt. Sie ist gut.«

Sein Blick fiel auf die andere Frau, deren Stimme alles Mögliche mit ihm anstellen konnte. Eine Stimme, die auf eine große Bühne gehörte, nicht auf eine wie die des Crazy's Pete.

Aber die von Stella konnte nicht annähernd das, was die Frau auf der Bühne konnte.

Es war Stellas Stimme auf leistungssteigernden Drogen.

Die Töne, die ihren Lippen entkamen, wickelten sich um sein Herz und zerrten daran, als wollten sie es aus seiner Brust reißen.

Er schlug eine Hand über sein Herz, um zu verhindern, dass es ihm gestohlen wurde.

»Wo hast du sie gefunden?«

»Habe ich nicht. Sie hat mich gefunden.«

»Sie? Mich?«

Er schüttelte sich noch einmal innerlich. Das sah ihm verdammt noch mal nicht ähnlich und wenn er sich nicht normal verhielt, würde Stella schnell merken, dass etwas mit ihm nicht stimmte.

Das wäre nicht gut. Sie würde ihn deswegen zu Tode jagen.

»Sie haben uns gefunden«, erklärte er.

Stellas Blick hüpfte von Dodge zurück zur Bühne. »Nun ...
Ich habe gerade einen Anruf von der Band bekommen, die wir
für diesen Freitag gebucht hatten. Der Leadsänger hat Strepto-
kokken und muss den Termin verschieben. Meinst du, sie
wären bereit, den Platz zu übernehmen? Ich kann die Website
ändern, wenn sie das können.«

Dodge ließ seinen Blick über Stella hinweg zur Bühne
schweifen, auf der The Synners jammten. »Sie arbeiten heute
Abend für Essen. Ich denke, sie brauchen Gigs, die Geld
bringen.«

Stella drehte sich mit verdrehten Augen zu ihm um. »Sie
machen was?«

Fuck. »Ja. Sie hat gefragt, ob sie heute Abend für Trinkgeld
spielen können. Ich habe das Essen angeboten. Sie ist darauf
angesprungen, weil sie hofft, dass sie an einem Abend spielen
können, an dem mehr los ist. Ich glaube, sie sind total pleite,
also kann ich ihnen anbieten, den Platz am Freitag mit etwas
Geld zu füllen.«

»Nicht nur ein bisschen, Dodge. Du hast zwei funktionie-
rende Ohren. Die sind gut. Besser als das, was wir sonst haben.
Sie spielen eine gute Auswahl an Covers. Zahl ihnen, was wir
den Bands normalerweise zahlen.«

»Sie würden wahrscheinlich weniger nehmen.«

Stella riss den Kopf zurück. »Ich bin mir ziemlich sicher,
dass du gehört hast, was ich gesagt habe. Lass mich dich daran
erinnern, dass das Geld nicht aus deiner Tasche kommt. Ich
denke sogar, wir sollten sie regelmäßig einsetzen.«

»Ich glaube nicht, dass sie von hier sind.«

»Und woher weißt du das?«

Er wusste es nicht, aber er hatte noch nie von ihnen gehört,
also war das ein ziemlich gutes Zeichen. Besonders in einer
Stadt von der Größe von Manning Grove. »Der beschissene
umgebaute Schulbus, mit dem sie gekommen sind.«

Die Old Lady des Presidents runzelte die Stirn. »Ein umgebauter Schulbus? Glaubst du, sie leben darin? Alle von ihnen?«

»Vielleicht. Ich habe ihn gesehen, als sie ihre Ausrüstung ausgeladen haben. Warum sollten sie sonst etwas so Großes haben? Die meisten lokalen Bands haben einen Lieferwagen. Und die bekannteren Bands haben einen Kastenwagen. Ich habe noch nie eine Band gesehen, die mit so einem Bus vorfährt. Es sei denn, es ist die Partridge Family.«

Ihr Gesicht verzog sich. »Das hast du dir angeschaut?«

Er zuckte mit den Schultern. »Wenn man drinnen ist, hat man keine Wahl, was man sich anschaut.«

»Ich bin überrascht, dass das keinen Aufstand ausgelöst hat.« Stella rümpfte die Nase. »Glaubst du, sie wohnt mit den drei Typen da drin? Ich könnte mir vorstellen, dass die Jungs so leben. Die meisten jungen Kerle scheren sich einen Dreck um vieles, aber sie?«

Er zuckte mit den Schultern. »Vielleicht hat sie irgendeinen Vorteil davon.«

»Was für einen Vorteil? Männer sind Schweine. Zum Teufel, wenn ich mit drei von ihnen auf engstem Raum leben müsste.«

Er zog eine Augenbraue in die Höhe. »Dann ist es gut, dass Trip nicht unordentlich ist und dein Haus groß ist. Vor allem, wenn du am Ende mit zwei Jungs dastehst.«

»Trip ist verdammt unordentlich. Das weißt du doch.«

Dodge grinste. »Ja, das weiß ich.«

»Im Gegensatz zu dir.«

»Das kann ich nicht bestreiten.«

Stella rollte mit ihren blauen Augen. »Da fällt mir ein, dass ich den Kammerjäger noch mal zum Sprühen holen muss.«

»Wenigstens ist es nicht für Filzläuse.«

Stella warf ihm einen Blick zu. »Noch nicht.«

»Witzig.«

»Das wird es nicht, wenn du sie fängst.« Sie drehte sich

wieder um, um sich die Band anzuschauen, und Dodges Blick fiel auf den Bauch der Lady Boss-y.

Neulich hatte sie seine Hand genommen und sie auf die Stelle gedrückt, an der Trips Sohn sie verprügelte. Es machte ihm verdammt viel Angst, dass sie in diesem Moment einen ganz anderen Menschen in sich gebären würde.

Ein ganzes verdammtes menschliches Wesen, das eines Tages laufen, sprechen und vielleicht sogar Ärger machen würde.

Nicht vielleicht. Es würde. Das war eine Garantie, wenn Trip seinen Willen bekam und Jungs hatte.

Er fragte sich, ob sie schon wussten, was sie bekommen würden. Sie hatten es nicht gesagt und er wollte auch nicht fragen.

Was auch immer es in ihrem Bauch war, sie hatten es nicht anders gewollt. Trip wollte Jungs, aber das Universum musste diesem Wunsch zustimmen.

Stella schnappte sich ein Bierglas und füllte es mit Eis und Wasser. Mit einer Hand hielt sie ihren Bauch fest, als ob er jeden Moment zu Boden fallen würde, und trank fast die Hälfte davon. Als sie fertig war, wischte sie sich mit einer Hand über den Mund und seufzte. »Die sind fast so gut wie Dirty Deeds.«

»Ja«, murmelte er. »Fast.« Dirty Deeds spielten auf Stellas und Trips Hochzeit, als der Dirty Angels MC auftauchte, um mit ihnen zu feiern. Nash war ihr Leadsänger und ein langjähriges Mitglied des Clubs.

Diese Band war eines Plattenlabels würdig.

The Synners waren verdammt nah dran. *Sie* war gut genug; bei einigen ihrer Bandkollegen war er sich nicht so sicher. Aber mit den richtigen Musikern im Rücken ...

Was zum Teufel kümmerte es ihn, ob sie gut genug war oder nicht?

Verdammter Wichser!

Er biss die Zähne zusammen.

»Okay, ich muss jetzt pinkeln und von hier verschwinden, bevor Trip anfängt, mein Telefon in die Luft zu jagen. Mach ihnen das Angebot und schick mir eine SMS, sobald du es weißt, damit ich online gehen und den Zeitplan aktualisieren kann.«

Dodge nickte, machte sich aber nicht die Mühe, etwas anderes zu sagen. Stattdessen schaute er Stella zu, wie sie hinter der Bar hervorkam und in den hinteren Teil des Crazy Pete's ging, wo sich die Toiletten befanden.

Er bemerkte, dass sie anfing zu watscheln. Reese tat das gegen Ende auch oft. Außerdem beschwerte sie sich, wie unwohl sie sich fühlte. Vor etwa drei Wochen hatte sie endlich Deacons Kind zur Welt gebracht.

Ausnahmsweise konnte er ihre Beschwerden verstehen, denn sie war so groß geworden, dass Dodge dachte, ihr würde ein Alien aus dem Bauch platzen.

Deke war jetzt in Papa-Euphorie. Er nahm die Vaterrolle an wie ein Fisch das Wasser. Aber im Moment konnte ihr Junge nur daliegen, weinen, scheißen und an Reeses Vorbau lutschen. Sie würden sehen, wie sehr er es genoss, wenn Dane älter wurde.

Und vielleicht sogar eine Einstellung wie Crazy Daze, die Tochter von Judge und Cassie, bekam.

Nachdem er Daisy erlebt hatte, beschloss Dodge, dass es für ihn völlig in Ordnung war, seinen Samen nirgendwo zu platzieren.

Scheiß drauf, er war damit einverstanden, seine Schwimmer in einen Wickel zu schießen, den Scheiß in den Müll zu werfen und zum Abschied zu winken.

Tschüss, Kinder.

Der einzige Weg, wie sein Samen im Bauch einer Frau landen würde, war über ihren Mund.

Seine Aufmerksamkeit richtete sich wieder auf die Bühne und diese verdammten roten Lippen, aus denen der Text kam.

Bon Jovis *Wanted Dead or Alive.*

Sie war der Hammer. Auf eine gute Art und Weise. Auf die bestmögliche Art und Weise.

Ihre Stimme war einfach unglaublich.

Jetzt stand sie wieder am vorderen Rand der Bühne, das Keyboard hatte sie aufgegeben. Beide Hände waren um das Mikrofon im Ständer geschlungen, ihre Augen geschlossen, während sie den Song einfach durch sich hindurchfließen ließ.

Heilige Scheiße.

Dieser winzige Körper schmetterte diesen überlebensgroßen Sound mit voller Seele.

Ihre Hüften wippten langsam hin und her, während sie sich am Mikrofon festhielt. Wenn sie loslassen würde, würde sie einfach verschwinden.

Sich in Nichts auflösen.

Aber sie war nicht nichts. Sie war etwas.

Und Dodge mochte es nicht, wie dieses Etwas ihn fühlen ließ. Wie sie an ihm zerrte, nur weil sie verdammte Lieder sang.

Magische Zaubersprüche.

Böse Absichten.

Aber er hatte recht. Jedes Lied war aus einem bestimmten Grund ausgewählt worden. Jedes Lied war in dieser verdammten Jukebox.

So viel Zeit hatte sie gestern Abend gar nicht vor der Jukebox verbracht. Hatte sie ein fotografisches Gedächtnis oder war es verrücktes Glück?

Er konnte nicht weiter zuhören. Er musste sich aus dem Netz befreien, das sie um ihn gewoben hatte.

Er zwang seinen Blick von der Bühne zu Micah. »Yo«, rief er. Sobald er die Aufmerksamkeit des Mannes hatte, wies er ihn an: »Sobald ihr Auftritt vorbei ist, nimmst du ihre Essensbestellung auf. Alles geht aufs Haus. Was immer sie wollen. Sie sind sicher am Verhungern.«

»Wo willst du hin?«

»Ich muss …« Ein paar neue Zigaretten drehen. Eine Flasche Jack in Ruhe runterkippen. Irgendwas. Irgendetwas, außer weiterhin von *ihr* verhext zu werden. Die namenlose Frau in einer Band namens The Synners. »Es spielt keine Rolle, was ich tun muss. Tu einfach, was ich dir sage. Schick mir eine SMS, wenn ihr Auftritt vorbei ist. Ich muss mit ihnen reden.«

Micah starrte ihn ein paar Sekunden lang an, dann nickte er.

Er musste verdammt noch mal abhauen, bis sie fertig war.

Wenn sie den Gig am Freitagabend annahmen, war er am Arsch. Aber er hatte keine andere Wahl, als es ihnen anzubieten.

Lady Boss-y hatte es gesagt.

Wenn er tief genug in sich hineinblickte, wollte er, dass sie auch am Freitagabend zurückkam.

Er tat einfach so, als würde er es nicht sehen.

So war es schlauer.

3

A ls er die Stufen von seiner Wohnung hinunterging, steckte er sein Handy in seine Gesäßtasche.

Warum fühlte sich jeder verdammte Schritt so an, als würde er ins Verderben laufen?

Oder auf Treibsand?

Oder durch die feurigen Pforten der Hölle?

Wenn er schlau gewesen wäre, hätte er Possum überlassen, ihnen das Angebot für Freitagabend zu machen.

Aber natürlich war er ein Dummkopf. Und natürlich konnte er nicht widerstehen, diese verdammten Stufen hinunterzugehen, um sie wiederzusehen.

Verdammte. Scheiße.

Als er vorhin nach oben gegangen war, hatte er alle handgedrehten Zigaretten in seiner Dose im Klo runtergespült, sich die letzte Tüte Tabak geschnappt, die er von den Amish bekommen hatte, und neue gedreht.

Weil er ein Dummkopf war.

»Fuck!«, rief er in den leeren Lagerraum, dann zog er eine Grimasse.

Mit einem kurzen Blick sah er, dass die Fritteusen noch an

waren und auf dem kleinen Tresen daneben eine Sauerei hinterlassen wurde.

Possum und Micah wussten es besser, als dass sie nicht aufräumten, sobald die ›Küche‹ für die Nacht geschlossen war. Das könnte bedeuten, dass die Band noch am Essen war.

Das Erste, was ihm auffiel, als er die Schwingtür aufstieß und in den Barbereich trat, war, dass alle Kunden weg waren.

Auch Micah war weg.

Possum stand hinter der Bar und wischte den Tresen ab, räumte die Scheiße weg. Er erledigte die Routinearbeiten, die vor der letzten Runde erledigt werden mussten. Es war erst etwa elf Uhr, aber es war schon dunkel. Es waren noch drei Stunden bis zur Schließung.

Vielleicht würden sie heute Abend früher schließen. Es machte keinen Sinn, Possum bis spät in die Nacht hierzubehalten, wenn es kein Geschäft gab.

Sein Blick schweifte durch die leere Bar und entdeckte die Band, die an einem der größeren quadratischen Tische neben der Jukebox saß, die Köpfe gesenkt und sich das Essen in die Rachen stopfend. Wie ein Rudel wilder Kojoten, die eine frische Beute fraßen.

Es würde ihn nicht wundern, wenn sie ihre Teller abschlecken würden.

Er ging um die Bar herum und blieb auf der gegenüberliegenden Seite von Possum stehen. »Hey, geh nach hinten und wirf mehr Chicken-Nuggets und Pommes in die Fritteuse. Bring auch mehr Ketchup und Senf mit. Wenn du schon mal da bist, nimm auch ein paar Tüten mit Knabbereien für sie mit. Bringe ihnen mehr Wasser. Bier. Was auch immer sie wollen.«

»Aber ...«

Dodge warf Possum einen Blick zu. »Diskutiere nicht. Tu es einfach.«

Der Prospect nickte, warf den Lappen, den er benutzte, in

den Wäschekorb, der hinter der Bar für schmutzige Handtücher aufbewahrt wurde, und verschwand hinter der Schwingtür.

Dodge holte tief Luft und ging hinüber zu ihrem Platz.

Vor den drei Jungs stand Bier vom Fass, und da Possum wusste, dass man Minderjährigen keinen Alkohol ausschenken durfte, war das ein Zeichen dafür, dass sie älter als einundzwanzig waren.

Eine Flasche Wasser und etwas, das wie ein Glas Cola aussah, standen vor der Leadsängerin.

Fuck.

Sein erster Verdacht könnte richtig sein. Sie war minderjährig. Nicht im Knastalter, aber auch noch nicht im Trinkalter. Gestern Abend hatte sie gesagt, dass alle in ihrer Band über einundzwanzig waren, aber sie wäre nicht die Erste, die beim Lügen über ihr Alter erwischt wurde.

»Possum macht euch mehr Futter«, sagte er, als er ihren Tisch erreichte. Er kam mit seinen Fingern nicht in die Nähe ihrer Teller oder Münder, während sie das Wenige, was von ihrem Essen übrig war, hinunterschlangen.

Die Jungs hoben den Blick, hörten aber nicht auf zu essen.

»Danke, Mann«, sagte der zottelige Blonde schließlich und sprach mit vollem Mund. Er wischte sich die Hand an seiner Jeans ab und streckte sie Dodge entgegen, der sie kurz schüttelte. »Nico.« Der Bassgitarrist schob sein Kinn in Richtung des dunkelhaarigen Typen mit dem Pferdeschwanz, der die Leadgitarre spielte. »Rex. Und das ist Eddie«, beendete er und neigte seinen Kopf in Richtung des rothaarigen Schlagzeugers. »Und Syn hast du gestern Abend schon kennengelernt.«

Syn. Er wettete, dass es mit einem Y geschrieben wurde wie der Bandname. Er fragte sich auch, ob es ihr richtiger Name oder ein Künstlername war und wenn es ihr richtiger Name war ... Warum? Welche Mutter hat ihre Tochter Syn genannt?

Er dachte an all die Old Ladys der Originals. Frauen wie sie taten es. Auch Mütter, die ihr Kind nach einem verdammten Dodge Dart benannten.

Vielleicht war es eine verkürzte Version eines längeren Namens. Wie Syndee oder Synder.

Sein Blick glitt zu ihr. Sie saß mit dem Rücken zu ihm und stocherte in ihrem Essen herum, anstatt es wie die anderen in sich hineinzuschlingen. Obwohl ihr Teller praktisch leer war. Sie hätte schon alles aufessen können, was Possum ihr serviert hatte.

»Syn«, wiederholte Dodge.

Ihre Wirbelsäule richtete sich auf und ihr Kopf hob sich, aber sie drehte sich nicht um, um ihn anzuschauen.

»Ich brauche eine Minute mit dir.« Als sie nicht antwortete, fragte er Nico:»Sie hat doch das Sagen, oder?«

Nico runzelte die Stirn und blickte zu Syn.»Ja, sie hat das Sagen. Es ist ihr Gig, wir haben nur Glück, dass wir sie unterstützen.«

War das nicht die verdammte Wahrheit?»Dann muss ich mal kurz mit ihr reden.«

»Du kannst hier sagen, was immer du zu sagen hast«, sagte sie schließlich. Sie klang müde. Ihre Stimme klang jetzt ein bisschen rauer als vorher.

Sie hatten am Ende zwei Sets gespielt, anstatt nur eines. Wahrscheinlich waren auch ihre Stimmbänder müde. Da er kein Musiker war und man ihm das letzte Mal, als er ein Lied schmetterte, gesagt hatte, er solle seine verdammte Klappe halten, war er sich nicht sicher, ob das überhaupt möglich war.

»Ich könnte«, begann Dodge langsam. Er neigte seinen Kopf und starrte auf ihren Hinterkopf.»Aber ich werde es nicht tun.«

Alle drei Jungs hörten auf zu essen und starrten sie an, keiner von ihnen verbarg seine Verwirrung.

»Ich brauche nur eine Minute deiner Zeit, bevor Possum mehr Essen herausbringt. Dann könnt ihr weiteressen.«

Sie schob den Teller vor sich beiseite, hob ihre Wasserflasche auf und nahm einen langen Schluck daraus. So lange, dass sie sie fast geleert hätte.

»Es geht ums Geschäft«, fügte er hinzu. »Ich habe etwas, das dich interessieren könnte.«

»Geld. Ich bin an Geld interessiert.«

»Sind wir das nicht alle?«, murmelte er. »Wenn du jetzt nicht reden willst, können wir später reden.«

Er machte einen Schritt zur Seite, um seine Schienbeine zu retten, als sie abrupt ihren Stuhl mit einem lauten Scharren auf dem Boden zurückschob.

Als sie sich umdrehte, konnte er es in ihrem Gesicht sehen. Die Erschöpfung. Nicht nur körperlich, sondern auch geistig.

Sowohl in ihren Augen als auch unter den Augen.

Er neigte seinen Kopf zur Bar und ging, ohne zu warten in diese Richtung, in der Hoffnung, dass sie ihm folgen würde. Wenn sie es nicht tat, war es ihr Pech. Er würde ihr nicht in den Arsch kriechen.

Nun, er würde es gerne tun, aber nicht auf diese Art und Weise.

Er duckte sich hinter die Theke, holte eine weitere Flasche Wasser aus der Kühlbox und drehte sich um.

Erstaunlicherweise kam sie in seine Richtung.

Sie war wie ein Magnet in Bewegung und seine Augen waren der Stahl. Er konnte sie nicht losreißen, als ihre schlanken Hüften wippten und rollten, während sie sich durch den Raum bewegte. Das musste heute Abend an den hochhackigen Stiefeln liegen, denn gestern Abend hatte er diese Bewegung überhaupt nicht bemerkt.

Sie hatte sich ihre Sweatjacke wieder übergeworfen und den Reißverschluss zugemacht, sodass er die freiliegende Haut ihres Bauches oder ihren BH durch das Netzshirt nicht mehr sehen konnte. Oder die anmutige Linie ihrer Wirbelsäule.

Die Linie, über die seine Zunge so gerne lecken wollte.

Verdammte Schande.

Als sie ihm gegenüber an der Bar stehen blieb, bot er ihr die inzwischen verschwitzte Wasserflasche an.

Sie nahm sie und murmelte ein »Danke«.

»Du trinkst nicht, um deine Stimme zu schonen, oder liegt das an deinem Alter?«

»Ich trinke nicht, weil ich nicht trinken will.«

Er betrachtete sie einen Augenblick. »Wie alt bist du?«

»Wie alt bist du?«

Gott. »Das haben wir gestern Abend schon gehabt.«

»Haben wir. Und mein Alter sollte keine Rolle spielen.«

Das sollte es nicht, aber das tat es.

»Was zählen sollte, ist, wie wir spielen.«

»Du bist besser als sie«, sagte er.

»Nicht viele Musiker wollen durch das Land reisen, in Kneipen spielen und in einem beschissenen Bus leben.«

»Es gibt keine treffenderen Worte ...«

»Das heißt, ich muss nehmen, was ich kriegen kann.« Sie drehte ihren Kopf leicht, wahrscheinlich um sicherzugehen, dass ihre Bandkollegen sie nicht hören konnten. »Sie sind loyal.«

Er betrachtete ihr Profil. »Loyalität ist wichtig.«

»Und sie lassen mich alle Entscheidungen treffen«, murmelte sie.

»Auch das ist wichtig. Wenn du weißt, was du tust.«

Sie drehte sich wieder zu ihm um, ihr Blick war nun hart. Er hatte einen Nerv getroffen.

»Du glaubst, ich weiß es nicht?«

Er war sich unschlüssig, was das anging. Als Manager vom Crazy Pete's wusste er genug darüber, dass eine gut geführte Band erfolgreich sein konnte und nicht mehr als ›hungernde Künstler‹ galt. So wie sich ihre Band ernährte, waren sie mehr als hungrig. Sie waren verzweifelt.

»Das war schlau.«

Ihre Augenbrauen hoben sich und ihre dunklen Augen fixierten die seinen. »Was war?«

»Was du da oben gesungen hast. Vor allem, nachdem du gesagt hast, dass meine Songauswahl scheiße ist.«

»So habe ich es nicht gesagt.«

»So ähnlich.«

»Ich schätze, du warst es, der die Jukebox gefüllt hat.«

»Meinst du?« Er gab sich keine Mühe, seinen Sarkasmus zu verbergen.

Sie hob die Schultern leicht an.

»Die Lieder, die ich gehört habe, haben mir gezeigt, dass du vielseitig bist.«

»Aber du bist nicht dageblieben, um sie alle zu hören.«

Tja, Fuck. Sie hatte bemerkt, dass er verschwunden war. »Das war auch nicht nötig. Was ich gehört habe, hat es bewiesen.«

»Okay?«

»Es ist gut, dass du mit verschiedenen Menschenmengen spielen kannst.«

Sie blickte sich prüfend um. »Du hast verschiedene Leute hier drin?«

Er kratzte sich an der Augenbraue und beschloss, dass es das Beste war, die Beleidigung zu ignorieren. »Ja, manchmal. Die Mansfield University ist nicht weit weg von hier, also kommen manchmal auch jüngere Leute zu uns. An den Abenden, an denen wir Billard- oder Dartturniere veranstalten, haben wir eine bunte Mischung.«

»Muss ich wissen, warum das so ist?«

Gott. Normalerweise würde mich diese Einstellung sofort abtörnen. Aber überraschenderweise war das bei ihr nicht der Fall. Stattdessen machte sie ihm Lust auf etwas Heißeres. »Musst du nicht.«

Sie nickte, verbarg aber schnell die Enttäuschung in ihren Augen. Doch er hatte sie bemerkt. Er hatte sie mit dem Versprechen, über das Geschäft zu reden, von ihren Bandkollegen weggelockt. Dazu musste er kommen, bevor sie einfach abhaute. Dann würde Lady Boss-y ihm den Marsch blasen, weil er die Bühne am Freitagabend nicht besetzt hatte.

»Wenn du willst, kannst du deine Ausrüstung auf der Bühne lassen.«

Ihre dunklen Augenbrauen zogen sich zusammen. »Warum sollten wir das tun? Wir brauchen sie für Auftritte.«

»Wann ist euer nächster Auftritt?«

Ihre Lippen wurden schmaler und sie blickte auf die Wasserflasche hinunter, wo ihre kurzen, dunkel lackierten Fingernägel das Etikett zerpflückt hatten.

Genau das, was er dachte. Sie hatten keinen Auftritt geplant. So wie sie ins Crazy Pete's kam, würden sie wahrscheinlich eine andere Bar finden, hineingehen und mit dem Manager sprechen. Sie hatten keinen festen Zeitplan.

Vielleicht brauchte sie jemand anderes als sie, um ihre Band zu managen. Jemanden, der Beziehungen hatte.

Aber das war nicht sein Problem, sondern die Bühne am Freitagabend zu besetzen. Die Bar machte immer Geld, wenn sie eine Band hatte. Auch die Karaoke-Nacht war ein lukrativer Abend. Die meisten Leute mussten beschwipst sein, um auf der Bühne zu singen. Die meisten Sängerinnen und Sänger brachten seine Ohren jedoch zum Bluten. Er hatte sogar schon Ohrstöpsel eingesetzt, um einige Möchtegern-Sänger zu überleben.

»Am Freitag ist ein Platz frei geworden. Wollt ihr einspringen?«

»Wir waren gut genug«, murmelte sie. Das war keine Frage, aber ihr Tonfall enthielt trotzdem Überraschung.

»*Du* warst.«

»Ich kann nicht ohne Band singen.«

»Das erwarte ich auch nicht von dir. Du tust, was du tun

musst, um über die Runden zu kommen. Niemand versteht das besser als ich.«

Sie hob ihre dunklen Augen zu den seinen. *Verdammt noch mal,* er hatte das Gefühl, dass sie plötzlich Dinge sehen konnte, die sie nicht sehen sollte. Instinktiv presste er eine Hand auf seine Brust und benutzte sie als Schutzschild. Als ob er sich schützen müsste.

Vor ihr. Vor dem, was sie immer wieder aus ihm herauszog.

Er mochte das nicht. Ganz und gar nicht.

»Willst du den Platz?« Als sie nicht sofort antwortete, fuhr er fort: »Es sei denn, du hast morgen Abend irgendwo einen Auftritt, falls nicht, dann kannst du, wie ich schon sagte, deinen Scheiß auf der Bühne lassen. Da ist er sicher. Keiner macht was kaputt.«

Possum stieß die Schwingtür links von der Bar auf. Auf seinen Händen und Unterarmen balancierte er Teller mit gebratener Scheiße.

»Wir haben nur zwanzig Dollar an Trinkgeld verdient«, murmelte sie, während ihre Augen dem Prospect und dem Essen folgten.

»Essen und Trinken war ein Haufen mehr als das.«

Ihr verengter Blick wanderte zurück zu ihm. »Du hast gesagt, die Rechnung geht aufs Haus.«

»Ich weiß noch, was ich gesagt habe, und das stimmt. Auch am Freitagabend geht sie aufs Haus. Lady Boss hat auch gesagt, ich soll euch ein paar Kröten geben, wenn ihr bleiben wollt.« Er achtete darauf, das Y wegzulassen, als er seinen Spitznamen für Stella benutzte.

Sie runzelte die Stirn. »Kröten? Wie viele?«

»Was bekommt ihr normalerweise für eure Gigs?«

Ihre Augen verengten sich wieder. »Was zahlst du Bands normalerweise?«

Verdammt. »Hundert Dollar pro Kopf.«

»Für wie viele Sets?«

»Nicht weniger als zwei. Wenn ihr mehr spielen wollt, ist das eure Sache, aber ihr bekommt trotzdem das gleiche Geld.«

»Können wir unser Trinkgeldglas aufstellen?«

Er zögerte, denn das war nicht normal für die Bands, die sie buchten. »Ja. Aber ich warne dich, die Stadt ist voll von geizigen Arschlöchern.«

»Jede Stadt ist voll von geizigen Arschlöchern.«

»Das ist keine Lüge«, murmelte er. »Also, seid ihr dabei? Oder musst du sie erst fragen?« Er wies mit dem Kinn auf den Tisch hinter ihr, wo ihre drei Bandmitglieder gerade das frisch gelieferte warme Essen verzehrten.

Possum kam mit leeren Tellern in ihre Richtung zurück und warf Dodge im Vorbeigehen einen bösen Blick zu.

»Hast du noch alle Finger?«, fragte Dodge den Prospect.

Possum grunzte und verschwand hinter der Schwingtür.

»Also gut. Bist du dabei oder nicht?«

»Dabei. Solange du uns versorgst mit«, sie hob einen Finger, »Essen.« Einen zweiten. »Getränke.« Einen dritten. »Vierhundert in bar.« Und schließlich ihren kleinen Finger. »Wir können unser Trinkgeldglas aufstellen.«

»Frau, wurdest du in der Mafia geboren oder so was? Du spielst nicht rum.«

Sie schenkte ihm ein Lächeln. Das erste, das er heute Abend bei ihr gesehen hat. Das erste echte, das er überhaupt an ihr sah, auch wenn es nicht einmal annähernd ihre Augen erreichte.

»Nah dran. Eine Sache fehlt noch …«

Verdammt. »Was?«

»Einen Platz für unseren Bus, es sei denn, die Kirche hat nichts dagegen, dass wir auf ihrem Parkplatz kampieren.«

»Oh, es wird ihnen verdammt noch mal nichts ausmachen. Lass ihn heute Nacht dort stehen, macht keine Sauerei und ich finde auch morgen Abend und am Freitag einen Platz für ihn. Abgemacht?«

Sie nickte ihm nur zu. »Abgemacht.«

»Sieht so aus, als hätten wir einen Deal. Jetzt geh und iss zu Ende. Wenn du noch etwas brauchst, wird Possum es für dich besorgen.«

Er drehte sich um und ging hinter der Bar wieder nach oben. Und weg von der Versuchung. Je weiter weg, desto besser.

»Hey.«

Ihre rauchige Stimme hielt ihn auf, als er mit der Handfläche an der Tür stand. Er blickte über seine Schulter.

»Danke.«

Er fragte sich, ob es für sie schmerzhaft gewesen war, das zu sagen. Mit einem Grinsen, das er vor ihr verbarg, stieß er die Tür auf und ließ sie hinter sich zufallen.

»Bring ihnen, was sie sonst noch wollen. Sobald sie fertig sind, schließt du ab und fährst zurück zur Farm. Es hat keinen Sinn, den Laden offen zu halten, wenn niemand da draußen ist.«

»Geht klar, Bruder.«

Das erinnerte ihn daran. Sowohl Possum als auch Tater waren auf ihn zugekommen und hatten ihn gefragt, ob er wüsste, wann sie endlich ihr komplettes Set von Patches bekommen würden.

Es war an der Zeit und beide hatten sie sich verdient. Er würde mit Trip darüber reden müssen, wenn er den President das nächste Mal sähe.

* * *

DODGE ARBEITETE SICH DIE DUNKLE TREPPE HINUNTER, in der einen Hand die Jack-Flasche, die er geleert hatte, die andere in seiner Boxershorts, in der er aus Gewohnheit seinen Schwanz hielt. Unten an der Treppe legte er den Schalter um und die Leuchtstoffröhren über ihm flackerten kurz auf. Er war erleichtert, als er sah, dass die Fritteusen ausgeschaltet waren, die winzige Theke abgeräumt war und kein Chaos zurückblieb.

Wie immer tat Possum, was getan werden musste. Er hatte sich seine Patches redlich verdient. Sein Jahr als Prospect sollte jetzt vorbei sein.

Dodge hatte Glück. Nachdem er aus dem Gefängnis von Lycoming County entlassen worden war, musste er nur sechs Monate als Prospect arbeiten, da Rook ihn bei der Fury gesponsert hatte. Diese sechs Monate waren trotzdem noch beschissen, aber am Ende waren sie es wert.

Damals suchte Trip verzweifelt nach Mitgliedern für den wiederauferstandenen MC. Der Prez wollte zwar immer noch, dass der MC weiterwächst, aber er hatte es nicht mehr so eilig, neue Mitglieder zu finden. Er wollte sichergehen, dass sie zum Club passten, loyal waren und hart arbeiteten.

Er wollte nicht, dass sich das wiederholt, was die Originals durchgemacht haben.

Aber die Prospects waren im Moment nicht Dodges Problem, sondern eine weitere Flasche Jack Daniel's zu ergattern. Vielleicht holt er sogar seine versteckte Flasche Sinatra Select. Außerdem musste er sich vergewissern, dass sowohl die Vorder- als auch die Hintertür von Crazy Pete's verschlossen waren.

Sowohl Possum als auch Tater waren ziemlich gut darin, abzuschließen, bevor sie gingen, aber trotzdem ... Es war schwer für Dodge zu schlafen, ohne nachzusehen. Eine Angewohnheit, die er sich angeeignet hatte ... Er vergewisserte sich, dass er sicher war, bevor er die Augen schloss.

Während seines letzten Gefängnisaufenthalts hatte Rook ihm den Rücken freigehalten und er wiederum Rooks. Aber jetzt lebte er allein und war mitten in der Nacht und in den frühen Morgenstunden auf sich allein gestellt. Er bewahrte einen Baseballschläger hinter der Bar auf und hatte immer eine .40er mit einer Patrone in der Kammer oben in seiner Wohnung. Wenn er Jeans trug, hatte er gewöhnlich ein Messer an der Wade befestigt.

Im Laufe der Jahre war er schon mehrere Male dem Tod im Gefängnis entgangen. Es brauchte nicht viel, um einen Mitgefangenen zu verärgern. Manchmal brauchte es sogar gar nichts, um sie zu verärgern.

Der verdammte Knast fickte einen, aber nicht auf eine gute Art und Weise. Dein Kopf war ständig in Bewegung. Du musstest Augen im Hinterkopf haben und du musstest jemanden finden, der dir den Rücken freihielt.

Er hatte Glück, dass er die Zelle mit Rook teilen konnte. Dieser Wichser war das ultimative Arschloch, und der Mann machte deutlich, dass er nicht zögern würde, anderen in den Arsch zu treten. Oder sie mit einem Bettlaken zu erdrosseln. Oder sie in einem Mop-Eimer zu ertränken.

Oder sie sogar ›versehentlich‹ in der Wäscherei mit einem Stromschlag zu töten.

Er grinste und drückte seine Eier zusammen, als er mit der Schulter die Tür aufstieß und in den dunklen Barbereich hinausging. Das einzige Licht kam von den Regalen an der Wand hinter der Bar. Er ging dorthin zurück, warf die leere Flasche in den Mülleimer und nahm sich eine bereits geöffnete Jack-Flasche aus dem Regal unter der Bar.

Den Sinatra Select würde er sich für einen anderen Abend aufheben.

Er stellte die Flasche auf die Theke, die der Schwingtür am nächsten lag, damit er sie auf dem Rückweg mitnehmen konnte.

Er arbeitete sich an der langen Holztheke entlang und benutzte seine nackten Füße, um einige der Hocker, die nicht richtig ausgerichtet waren, hineinzuschieben. Während er gedankenverloren seine Finger an seinem Schwanz auf und ab gleiten ließ, überprüfte er den Riegel und die Schiebeschlösser an der Eingangstür.

Verriegelt.

Er drehte sich um und ging an der Bar vorbei zurück zur Hintertür, immer noch an seinem Ding ziehend. Da er heute

Abend niemanden mit nach oben genommen hat, sollte er vielleicht Pornhub einschalten und ...

Er sprang auf und riss seine Hand aus seiner Boxershorts, sein Herz raste wie ein Lauffeuer, das sich in einem trockenen Wald ausbreitet.»Heilige Scheiße!«

Eine Gestalt saß an einem der Tische.

In der verdammten Dunkelheit.

Allein.

Sie saß auf einem Stuhl und hatte die verdammte Kapuze mit den Katzenohren über ihren verdammten Kopf gezogen.

Er schlug sich mit einer Hand auf die nackte Brust, um sein Herz wieder in die richtige Position zu bringen.»Was zum Teufel! Wie bist du wieder hier reingekommen?«

Possum würde den Arsch aufgerissen bekommen, wenn er die Hintertür unverschlossen gelassen hatte.

»Ich war nie weg.« Ihre Worte kamen schleppend, als wäre sie entweder betrunken oder im Halbschlaf. Hatte sie gesoffen, nachdem Possum gegangen war, weil er sie nicht bedienen wollte, weil sie minderjährig war?

»Possum hätte dich rausgeschmissen.«

»Ich habe mich in der Damentoilette versteckt, bis er gegangen ist.«

Dodge blinzelte und ließ das auf sich wirken.»Was? Warum zum Teufel hast du das getan?«

Schweigen.

»Du hast mein Zeug getrunken?«

»Ich trinke keine Scheiße. Ich habe gehört, es hat einen schlechten Nachgeschmack.«

Dodge schloss die Augen und zog die Luft durch seine Nasenlöcher ein. Als sein Herzschlag von neunzig Meilen pro Stunde auf etwa fünfzig gesunken war, öffnete er die Augen wieder.»Bleib beim Singen. Comedy ist nicht dein Ding.«

»Du weißt doch gar nicht, was mein *Ding* ist.«

»Okay, Kleine ...« Er zeigte auf die Hintertür. »Der Ausgang ist da entlang.«

»Was hast du in deiner Unterhose?«

Er ließ seinen Arm fallen. »Was?«

»Du hast dich an etwas festgehalten. Es muss wichtig sein.«

Er lachte laut auf. »Okay, vielleicht bist du verdammt witzig.« Er hielt Daumen und Zeigefinger zusammen und ließ eine kleine Lücke. »Nur ein bisschen.«

»Ich wollte nicht witzig sein.«

»Ja, das wollte ich auch nicht, wenn ich dir gezeigt habe, wo die Hintertür ist.« Er schob sein Kinn in Richtung des Flurs. »Der gleiche Weg, den du vorhin reingekommen bist.«

Sie blieb auf dem Stuhl sitzen. Er konnte ihre Gesichtszüge mit der Kapuze kaum erkennen und fragte sich, ob sie sich die ganze Scheiße schon aus dem Gesicht gewaschen hatte. Oder ob sie sich überhaupt die Mühe gemacht hatte, das auszuziehen, was sie auf der Bühne getragen hatte. Er war versucht, unter den Tisch zu spähen, um zu sehen, ob sie immer noch diese verdammten, heißen Stiefel trug.

Er unterdrückte diesen Drang. Das würde er noch früh genug sehen können, wenn er sie nach draußen begleitete.

Aber sie bewegte sich immer noch nicht.

Gut, dass es sein Schwanz war und nicht das Pfefferspray in seinen Boxershorts, denn sonst wäre er versucht gewesen, dasselbe zu tun, was die Wärter mit ihm gemacht hatten, als er sich weigerte, in seine Zelle zurückzukehren.

Ihm wurde direkt ins Gesicht gesprüht. Das war eine harte Lektion, die er aber nie vergessen hat. Er würde jederzeit einen Elektroschocker dem Pfefferspray vorziehen. Der Schock eines Elektroschockers war vorbei, sobald der Knopf losgelassen wurde. Das Brennen des Pfeffersprays hielt verdammt lange an. Und das hatte ihn nur noch wütender gemacht.

»Dieser Possum-Typ sagte, du wohnst oben.« Sie zog sich die Kapuze vom Kopf.

»Was hat das damit zu tun, dass du gehen sollst?«

Er rückte näher an den Tisch heran und sah, wie sie sich über die Lippen leckte. Nicht auf eine verführerische Art, sondern eher mit einer nervösen Geste.

Was zum Teufel machte sie so nervös?

Er hatte nicht vor, ihr die Polizei auf den Hals zu hetzen oder so. Selbst wenn sie seinen Schnaps getrunken hatte und minderjährig war. Er war kein Verräter. Er hatte im Knast schon oft genug gesehen, was mit ihnen passierte. Verräter wurden entweder getötet oder bekamen einen Kaiserschnitt. Im Knast lernst du, wegzusehen. Noch klüger war es, alles zu vergessen, was du gesehen oder gehört hast. ›Nichts Böses hören, nichts Böses sehen, nichts Böses sagen‹ war eine Lebensweise im Knast und ein guter Weg, um am Leben zu bleiben. Es half auch dabei, dein Arschloch intakt zu halten.

»Wir haben in dem Bus gelebt ... und ...«

Ja, er hatte ihn von außen gesehen, er konnte sich vorstellen, wie er von innen aussah, wenn vier Leute darin lebten.

»Und er hat nicht dieselben Eigenschaften wie ein Wohnmobil ...«

Wollte sie ihn um einen weiteren Gefallen bitten? Einen, der viel persönlicher war als die Bitte um einen Shot, um in der Bar zu spielen?

Wenn ja, brauchte sie nicht zu Ende zu reden. Er hatte es verstanden. Sie brauchte sich nicht zu rechtfertigen. Das würde sie auch nicht tun.

Was er verstand, war, wie es sich anfühlte, mit einem Mangel an Privatsphäre und sauberen Toiletten zu leben. Er verstand das nur zu gut. Es war ätzend und man fühlte sich weniger wert als ein Mensch.

Als einzige Frau in einem beschissenen Bus mit drei Typen um die zwanzig zu leben, musste noch viel beschissener sein.

»In Ordnung.«

Sie hob ihren Blick, aber ihre Augenbrauen sanken nach unten. »In Ordnung?«

»Ja. In Ordnung.« Er neigte seinen Kopf in Richtung Hinterzimmer. »Lass uns gehen.«

»Ich will nur klarstellen, dass ich nicht …«

»Ja«, sagte er schnell und unterbrach sie. »Ich weiß, was du willst. Hab ich hinter mir. Lass uns gehen.«

Sie schob ihren Stuhl zurück und griff unter den Tisch. Als sie aufstand, zupfte sie sich den Riemen eines überfüllten Rucksacks über die Schulter.

War sie gegangen und hatte sich wieder reingeschlichen, bevor Possum abschloss? War sie zu ihrem Bus gegangen, hatte sich umgezogen und kam mit dem Zeug zurück, das sie zum Duschen brauchen würde?

Er fragte sich, ob sie den Überblick über all die Rastplätze, an denen sie geduscht hatte, verloren hatte. Oder die Tankstellen-Toiletten, die sie für ein Waschbeckenbad benutzt hatte.

Fuck.

Er erinnerte sich an diese verdammten Tage.

Er drehte sich um und achtete nicht darauf, ob sie ihm folgte, aber als er die Treppe erreichte, spürte er sie direkt hinter sich und hörte dann ihre leisen Schritte, als sie die Stufen hinaufstieg.

Er öffnete die Tür zu seiner Wohnung, wartete, bis sie eintrat, und schloss dann die Tür hinter ihnen, ohne sie abzuschließen.

Das war auch nicht nötig, denn sie würde nicht lange oben bleiben.

Er ging zu dem Wäschekorb, der auf dem Boden neben der Couch stand, und holte ein Badetuch heraus. »Es ist sauber«, sagte er, als er es ihr zuwarf.

»Ich habe eins.«

»Aber du kannst es nirgendwo waschen. Ich schon. Also nimm meins.«

Sie starrte viel zu lange auf das dunkelblaue Handtuch in ihren Händen. Als sie endlich ihr Gesicht hob, war ihre Stimme schwer. »Wo ist dein Badezimmer?«

Das verstand er auch. Ein wenig Freundlichkeit konnte verdammt viel bewirken.

»Es ist kaum zu übersehen. Das Haus ist nicht groß.«

Sie blickte sich um, wobei sie seinen Blicken bewusst auswich. Was sie sah, war sein ungemachtes Bett. Und die restlichen Klamotten, die in seiner Wohnung verstreut lagen. Zusammen mit dem übervollen Müll und den leeren Flaschen, die auf dem Couchtisch vor der Couch lagen. Der überquellende Aschenbecher mit halb gerauchten handgerollten Zigaretten und Joints. Sogar die Bong, die neben seinem Bett stand. Und sein Spülbecken voll mit schmutzigem Geschirr.

Wenigstens hatte er keinen Porno auf dem Großbildschirm pausiert. Dem Teufel sei Dank dafür. Es gibt nichts Besseres, als ein überlebensgroßes Standbild eines Frauengesichts zu sehen, das sich mitten in einem vorgetäuschten Orgasmus befindet.

»Es ist nicht viel, aber es ist besser als dieser verdammte Bus.«

»Nicht *viel* besser.«

Autsch. »Hast du alles, was du brauchst?«

»Ich brauche nicht viel.«

Er nickte und musterte sie. Er fragte sich, warum sie sich nicht in Richtung Badezimmer bewegte. Vielleicht fühlte sie sich nicht wohl unter der Dusche, wenn er noch in der Wohnung war.

Andererseits war er sich nicht sicher, ob er sie allein in seiner Wohnung lassen wollte. Er hatte vielleicht nicht viel Zeug, aber er war sich verdammt sicher, dass er mehr hatte als sie.

Er hatte die Flasche Jack Daniel's auf dem Tresen stehen lassen. Das war eine gute Ausrede, um wieder runterzugehen und sich rar zu machen. Er musste nur darauf vertrauen, dass sie nichts von seinem Zeug klauen würde. Falls doch, würde er hoffentlich noch vor Freitagabend wissen, was fehlte.

Dann würde er es entweder vom Lohn der Band abziehen oder es sich von ihr zurückholen.

»Ich gehe nach unten. Komm einfach runter, wenn du fertig bist.« Es war sowieso das Beste, wenn er nicht dort oben blieb.

Sie mochte zwar jung sein, aber sie reizte ihn trotzdem.

Die Wahrheit war, dass sie eine Versuchung war, die er nicht brauchte.

Zu wissen, dass sie nur wenige Meter von ihm entfernt nackt in der Dusche stehen würde ...

Ja, er musste nach unten gehen.

Sie nickte und verschwand in seinem Badezimmer.

Er nickte und machte sich verdammt noch mal aus dem Staub.

* * *

Dodge saß auf einem Hocker an der Bar, den Kopf in beide Hände gestützt, die Jack-Daniel's-Flasche vor sich. Ein Glas mit etwa zwei Fingern Whiskey stand ebenfalls neben der Flasche.

Er hatte es nicht angerührt.

Seine Gedanken waren oben in der Dusche.

Seine Gedanken waren bei der Bühne.

Seine Gedanken waren bei der blöden Sweatjacke und den bescheuerten Katzenohren.

Er wollte ihre Geschichte wissen.

Aber er bezweifelte, dass sie sie erzählen würde. Es war sowieso das Beste, wenn sie es nicht tat.

Sie sang heute Abend, sie würde Freitagabend wieder singen und dann könnten sie mit diesem Scheißbus zu ihrem nächsten Ziel fahren.

Ein Klopfen an der hinteren Tür ließ ihn zusammenzucken, sich aufsetzen und den Kopf in Richtung des Geräusches drehen. Er hörte es wieder, dieses Mal begleitet von einer schwachen Männerstimme, die von hinten kam.

»Heilige Scheiße!«, murmelte er, als das Hämmern und Rufen weiterging. Er schüttelte den Kopf und rutschte vom Hocker, seine nackten Füße klatschten auf den Boden, als er sich schnell bewegte.

Er drehte den Riegel und schob die beiden Schiebeverschlüsse auf, von denen der obere und der untere strategisch platziert waren, um zu verhindern, dass jemand die Tür eintrat. Nachdem er tief durchgeatmet hatte, riss er die Tür auf, bereit, denjenigen fertigzumachen, der es war.

Die eisige Dezemberluft schlug ihm sofort entgegen und ein Schauer durchfuhr ihn, sodass seine Brustwarzen aus Protest kribbelten. Als er sah, wer es war, verflog sein Drang, die Person in den Boden zu stampfen, und stattdessen ruckte er mit dem Kopf in Richtung des Innenraums des Crazy Pete's.

Nachdem Rex eingetreten war, schlug Dodge die Tür hinter sich zu und schloss die kalte Winternacht aus.

»Ich suche nach Syn. Ist sie noch hier drin?«

»Du weißt nicht, wo sie ist?«

»Sie sagte etwas von einem Platz zum Duschen …«

»Ja. Da ist sie auch.«

»Und wo ist das?«

Er musterte den Mann vor ihm. Der Drang, ihn zu verprügeln, kehrte zurück. »Was glaubst du, wo sie ist, verdammt?«

»Bring mich zu ihr.«

Dieses Arschloch dachte, er könnte Forderungen stellen. Er irrte sich. »Nein. Sie hat wahrscheinlich keine Privatsphäre. Lasst sie erst mal in Ruhe.«

»Wir lassen sie nicht hier«, beharrte Rex.

Wir? Nur ein einziger Mann stand vor ihm in dem engen Gang. Dodge hatte sich absichtlich so positioniert, dass er Rex daran hinderte, sich weiter hineinzubewegen.

»Gut für dich. Gut, dass du ihren Arsch beschützt. Ich will

auch nicht, dass du sie hier zurücklässt. Sie ist keine verdammte streunende Katze.« Obwohl sie diese blöden Katzenohren trug. »Wenn sie fertig ist, scheuche ich sie zurück zu deinem Schrotthaufen auf Rädern.«

»Ich werde auf sie warten.«

Jemand war verwirrt, wer die Verantwortung für den Raum hatte, in dem er sich befand. »Hier ist sie sicher.«

Rex' Blick glitt über Dodges nackte Brust, seine Tätowierungen, seine weißen Boxershorts und seine nackten Beine. Nicht auf sexuelle Weise, sondern eher, um Dodge zu begutachten. »Mit dir?«

Er sollte verdammt beleidigt sein. »Ja, mit mir. Ich musste mich noch nie einer Frau aufdrängen. Damit fange ich heute Abend auch nicht an.«

»Woher sollen wir das wissen?«

Wieder *wir*. »Das wisst *ihr* nicht. Aber so wie ich ihr vertraut habe, als sie mir sagte, dass eure Band gut ist, muss sie mir genug vertraut haben, um mich zu bitten, meine Dusche zu benutzen.«

»Ich warte auf sie«, brummte er wieder und ließ seinen Blick über Dodges nackte Schulter ins Innere der Bar schweifen.

»Machst du es mit ihr?«

Ein Muskel in Rex' glatt rasiertem Kiefer zuckte.

Das musste die einzige Erklärung dafür sein, dass Rex so verdammt beschützend war. Entweder das oder er war besorgt, dass seiner Essensmarke etwas zustoßen könnte. Denn ohne sie würde die Band höchstwahrscheinlich nicht einmal angeboten bekommen, aufs Haus zu trinken. Vielleicht in einer College-Bar, wo die meisten Gäste sturzbetrunken waren und Justin Bieber für gute Musik hielten.

Dodge versuchte es erneut. »Macht *irgendwer* von euch es mit ihr?«

Die Muskeln des Leadgitarristen zuckten in seiner Wange. »Keiner von uns macht es mit ihr. Wir wissen es besser, als eine gute Sache zu vergeigen. Wir sind nicht dumm und wissen, dass wir ohne sie aufgeschmissen wären. Ohne sie würden wir irgendwo für einen Mindestlohn arbeiten und jeden verdammten Tag ein bisschen mehr innerlich sterben. Wir verdienen vielleicht nicht viel Geld mit dem, was wir tun - noch nicht - aber wenigstens lieben wir, was wir tun. Wir können zufrieden ins Bett gehen und sind nicht jede verdammte Nacht unglücklich.«

Plötzlich empfand er ein wenig Respekt für den Mann vor ihm. »Geld ist nicht alles.«

»Aber es hilft.«

»Das kann man nicht bestreiten. Unserem Club gehört ein Motel auf der anderen Seite der Stadt ...«

Rex unterbrach ihn schnell. »Uns geht es gut. Wir sind es gewohnt, im Bus zu leben.«

Ja, Geld ist nicht alles, aber es war nötig, um ein Motelzimmer zu mieten. Er seufzte.

Er konnte sie nicht umsonst in einem Motel unterbringen. Er hatte nicht die Macht, diese Entscheidung zu treffen. Außerdem bezweifelte er, dass Trip oder Ozzy sich darüber freuen würden, wenn sie mitten in der Nacht wegen einer fast obdachlosen Band geweckt würden.

»In Ordnung. Geh zurück zu deinem Bus. Ich werde dafür sorgen, dass sie sicher zurückkommt.«

Rex starrte ihn noch ein paar Sekunden an, dann verzogen sich seine Lippen und seine Miene wurde leicht verlegen. »Hast du noch ein paar Flaschen Wasser?«

Dodges Augenbrauen hoben sich.

Rex fuhr schnell fort. »Wir haben nur einundzwanzig Dollar Trinkgeld verdient und das reicht nicht einmal für genug Diesel, um einen Laden zu erreichen. Selbst wenn wir dort ankämen, hätten wir nichts mehr ...«

Gott. War es wichtiger, dass sie jeden Abend zufrieden ins Bett gingen? Oder mit vollen Bäuchen? Er verstand, dass ein beschissener Job scheiße war, aber manchmal musste man sich zusammenreißen und Verantwortung übernehmen.

Dodge ließ ihn ein paar Sekunden zappeln, bevor er »Ja« sagte und seinen Kopf zum Ende des Flurs neigte. »Komm mit mir.«

Rex folgte ihm in den Lagerraum und Dodge zeigte auf eine Kiste mit Wasserflaschen. »Nimm jetzt eine Kiste. Ich gebe euch morgen eine weitere, wenn ihr zum Essen kommt. Ich übernehme euer Essen bis nach eurem Auftritt am Freitagabend, dann wars das. Und außerdem ist unsere Essensauswahl beschissen.«

»Besser als gar nichts«, murmelte Rex, während er eine Kiste in seine Arme wuchtete.

Stimmt. Etwas war besser als nichts. Trips Worte, nach denen man leben sollte.

Dodge schnappte sich auch eine Kiste Cola und stellte sie auf das Wasser in seinen Armen, sodass Rex durch das Gewicht ein wenig absackte. »Hier, bitte.«

Er hielt die Schwingtür auf und folgte Rex zurück zum Hintereingang der Bar.

»Danke, Kumpel«, sagte Rex, als Dodge fröstelnd nur in seiner Unterhose dastand und die Hintertür aufhielt. Sobald der Leadgitarrist wieder in die dunkle Dezembernacht hinausging, zog Dodge die Tür zu und verriegelte alle drei Schlösser.

Er drehte sich um und starrte den dunklen Gang hinunter in das Innere der Bar. Sie musste inzwischen mit ihrer Dusche fertig sein.

Als er zurück in den Barbereich ging, war dieser immer noch leer. Er drängte sich durch die Schwingtür und rannte die Treppe hinauf.

4

Vorsichtig öffnete Dodge die Tür zu seiner Wohnung und lauschte.

Das Letzte, was er gebrauchen konnte, war, dass sie schrie, er hätte etwas Unangemessenes getan. Er ging nicht wieder hinein für irgendwelche Missverständnisse.

Nicht für sie.

Nicht für irgendjemand.

Er hoffte verdammt noch mal, dass er es nicht bereuen würde, sie seine Dusche benutzen zu lassen.

Er zog die Stirn in Falten, als er bemerkte, dass die Badezimmertür weit offen stand, aber - was zum Teufel - das Licht war aus.

Er drehte sich im Kreis und hoffte, dass sie sich nicht irgendwo versteckte, um ihm aufzulauern und ihm in die Eier zu treten.

Oder ihm die verdammte Kehle durchzuschneiden.

Er sollte es besser wissen. Seit er hier gelandet war, hatte er es sich viel zu bequem gemacht und seinen verdammten Verstand verloren. Nach dem ersten Mal hinter Gittern hatte er sich angewöhnt, genau auf seine Umgebung zu achten.

Er warf einen vorsichtigen Blick hinter den Tresen in seiner Pantryküche, um sicherzugehen, dass sie sich nicht dahinter versteckte. Er blickte in Richtung des gegenüberliegenden Endes der Wohnung. Die Fenster waren geschlossen ... Es gab nur einen anderen Weg nach draußen ...

Es sei denn, sie versteckte sich unter dem verdammten Bett. Aber warum zum Teufel sollte sie das tun? Es sei denn, sie dachte, sie sei *wirklich* eine Katze.

War sie total durchgeknallt? Wenn sie in einem beschissenen Bus mit drei Kerlen lebte, könnte sie das sehr wohl sein.

Sein Blick wanderte zu seinem unordentlichen Bett.

Verdammter Scheiß.

Wie konnte er ihren Rucksack auf der Couch übersehen?

Und die neue Beule in seinem Bett.

Sein verdammtes Bett!

Was zum Teufel sollte das?

»Fühl dich einfach wie zu Hause«, brummte er und schüttelte den Kopf.

Er wusste nicht, wann er das letzte Mal seine verdammten Laken gewaschen hatte, aber sie kroch trotzdem zwischen sie und schlief ein. Das musste bedeuten, dass diese Rattenfalle, in der sie unterwegs waren, definitiv schlimmer war als seine Wohnung.

Das war beunruhigend.

Er öffnete den Mund, um ihren Namen zu rufen, aber als er ein paar Schritte näher kam, hörte er es und hielt sich die Klappe zu.

Leichtes Schnarchen.

Es spielte keine Rolle, ob sie schlief oder bewusstlos war. Oder sogar tot. Sie musste verdammt noch mal aus seinem Bett und aus seiner Wohnung verschwinden. Er war schon mehr als großzügig genug zu ihr gewesen, ohne etwas dafür zu bekommen.

Also, scheiß drauf. Er ließ sich nicht aus seinem eigenen

verdammten Bett vertreiben. Er hatte zu viele Jahre auf einer Metallpritsche mit nur einem dünnen ›Kissen‹ zum Schlafen verbracht. An einem normalen Tag war das nicht gerade bequem, aber es wurde noch schlimmer, wenn er seinen Stoff darunter verstecken musste, damit er nicht gestohlen wurde.

Er starrte auf die zierliche Frau hinunter, die wie ein verdammter Burrito in seine zerknitterten Laken und seine Decke eingewickelt war und von der man nur ihr unordentliches dunkles Haar sah.

Er wollte sie wachrütteln, doch als er sie an der Schulter packen wollte, hielt er inne und betrachtete sie noch einmal. Er krümmte seine Finger in der Handfläche, richtete sich auf und saugte an seinen Zähnen, während er sie anstarrte.

Scheiß drauf.

Er griff wieder nach unten, diesmal nicht, um sie aufzuwecken, sondern um die feuchten Strähnen aus ihrem Gesicht zu streichen.

Ihre Haut war so verdammt blass. Die Schatten unter ihren Augen waren dunkel. Und ihre Lippen, die jetzt von dem roten Lippenstift befreit waren, den sie auf der Bühne getragen hatte, waren leicht geschürzt.

Fuck, sie konnte doch nicht älter als achtzehn sein, oder?

War das der Grund, warum sie nicht antworten wollte, nachdem er sie zweimal gefragt hatte?

Selbst wenn es so wäre, wurde ihm klar, dass sie das Bett viel mehr brauchte als er.

Er blies einen Atemzug aus seiner Nase, ließ seine Fingerspitzen über das seidige Haar auf seinem Kissen gleiten und richtete sich wieder auf.

Er fragte sich, wen sie außer den drei Jungs in ihrer Band noch in ihrem Leben hatte. Er fragte sich, warum ihre Familie ihr erlaubte, in so einem verdammten Bus durch das Land zu ziehen. Sie war praktisch am Verhungern. Körperlich so erschöpft, dass sie in das Bett eines Fremden kriechen würde.

Er sollte sie nicht bleiben lassen.

Er wäre ein verdammter Vollidiot, wenn er das täte.

Ihre Bandkollegen würden sich fragen, wo sie war. Vielleicht würden sie sogar die verdammten Bullen anrufen.

Sein Blick wanderte zu ihrem Rucksack. Er schnappte ihn sich und setzte sich auf die Couch, legte ihn auf seinen Schoß und tastete die Außentaschen ab.

Er fand schnell, was er suchte. Ihr Handy.

Er drückte den seitlichen Knopf und sah, dass der Strom fast aufgebraucht war. Aber auch, dass es gesperrt war. Das war klar.

Er stand auf, nahm es mit zum Bett, schob vorsichtig ihre Hand unter dem Laken hervor und bemerkte, dass sie zumindest ein T-Shirt trug. *Dem Teufel sei Dank.*

Vorsichtig und langsam legte er ihre Fingerspitze auf die Rückseite des Telefons, um ihren Fingerabdruck zu scannen und hoffte, dass er den richtigen Finger zum Entsperren ausgewählt hatte.

Das hatte er.

Er könnte neugierig sein und ihr Telefon durchsuchen, aber er wäre stinksauer, wenn das jemand mit ihm machen würde. Stattdessen ging er direkt zur SMS-App, fand den SMS-Verlauf mit Rex und sah, dass er einen Haufen SMS verschickt hatte, bevor Dodge ihn unten reingelassen hatte. Syn hatte keine einzige beantwortet, und alle waren ungelesen. Kein Wunder, dass der Gitarrist irgendwann an die Tür klopfte.

Dodge schickte Rex eine SMS zurück: *»Mir gehts gut. Zu müde. Schlafe hier. Wir reden morgen früh.«*

Er hoffte, das würde reichen, um ihre Sorgen zu zerstreuen. Er schaltete das Telefon auf lautlos und wartete eine Minute.

»Mit ihm? Bist du sicher????«

Dodge klappte die Kinnlade herunter und schrieb schnell zurück: *»Mir gehts gut. Wir sehen uns morgen früh.«*

Er schaltete das Telefon aus und schloss es an das Ladegerät neben seinem Bett an. Auf diese Weise würde sie am nächsten Morgen wenigstens ein volles Handy haben.

Er starrte sie noch ein paar Sekunden lang an, schüttelte den Kopf und ließ sich mit einem Stirnrunzeln auf seiner verdammten Couch nieder.

Ihr leises, gleichmäßiges Schnarchen ließ seine Augenlider schwer werden. Als es ihn in das Nimmerland zog, wurde ihm klar, dass das Nimmerland ein Ort war, an dem Syn bleiben musste, egal wie sehr sie ihn faszinierte.

* * *

Sie keuchte, als sie im freien Fall vom Himmel fiel und hart auf dem Rücken aufschlug. Ihre Augenlider sprangen auf und ihr pochendes Herz blieb ihr im Hals stecken.

Syn blinzelte und versuchte, wieder zu Atem zu kommen.

Sie brauchte ein paar Sekunden, um sich daran zu gewöhnen, wo sie gelandet war, als sie aus ihrem Traum herausfiel. Oder Albtraum. Oder was auch immer es dieses Mal war und wo auch immer sie war.

Auf jeden Fall nicht in einem Bus. Oder umgeben von einem Trio schnarchender, rülpsender und furzender Männer.

Okay, jemand schnarchte, aber in der Einzahl. Nicht im Gleichklang wie ein Rudel betagter Möpse.

Außerdem lag sie in einem richtigen Bett. Sie hatte seit einer gefühlten Ewigkeit nicht mehr in einem richtigen Bett geschlafen.

Sie war so verdammt müde. Sie wollte sich nur für ein paar Minuten hinlegen und ihre Augen ausruhen. Sie hatte gedacht, dass sie aufwachen würde, sobald sie seine Füße auf der Treppe hörte. Leider hatte sie vergessen, dass er barfuß war.

Ihr Fehler.

Sie rümpfte die Nase. Sie glaubte nicht, dass sie es war, die einen komischen Geruch hatte. Gestern Abend hatte sie sich nach dem Schwitzen auf der Bühne den Gestank von der Haut geschrubbt.

In seiner Dusche ging alles den Abfluss hinunter.

Sie setzte sich auf und blickte sich um.

In *seiner* Wohnung.

So ein Mist!

Sie hob den Saum der Decke und des Lakens nur so weit an, dass sie sich vergewissern konnte, dass sie noch genauso gekleidet war wie zu dem Zeitpunkt, als sie zwischen die beiden gekrochen war. Und scheinbar hatte sie sich eingerollt wie ein *Beef-Taquito.*

Aber wenigstens *waren* da Laken gewesen. Vielleicht sollte sie deswegen nicht erleichtert sein. Sie ließ sie schnell wieder los, denn sie wollte nicht herausfinden, woher der Gestank kam oder ob die Laken Flecken hatten.

Ein tiefes Schnarchen, das von der Couch kam, ließ ihren Kopf in diese Richtung schnellen. Sie konnte sein Gesicht nicht sehen, aber ein Arm war über die Seite gestreckt und seine Hand lag mit der Handfläche nach oben auf dem Boden.

Sie konnte auch die Oberseite eines nackten Knies mit dunklem Flaum sehen, da sein Bein angewinkelt war und der Fuß des anderen Beins am Ende herunterhing. Offensichtlich war er zu groß für die Couch.

Kein Wunder.

Warum zum Teufel hatte er sie nicht geweckt und rausge-schmissen?

Als sie sich aus ihrem warmen Kokon befreite, spürte sie sofort die leichte Kälte in der Luft. Mit einem Schauer stellte sie ihre nackten Füße auf den Boden - erleichtert, dass sie auch ein Paar Leggings anhatte -, schob das Bettzeug beiseite und starrte auf ihren Rucksack, der vor der Couch stand.

Dort hatte sie ihn nicht hingestellt.

Sie beeilte sich, aufzustehen und versuchte, so leise wie

möglich zu sein, und ging näher an den Mann heran, der neben ihren Sachen auf der Couch schlief.

In diesem Moment bemerkte sie seine andere Hand, die tief in seiner Boxershorts steckte. Der Klumpen an der Stelle, an der sein Schwanz sein sollte, schien viel größer zu sein, als er tatsächlich war. Sie wusste zwar nicht aus erster Hand, wie groß er wirklich war, aber er hatte gestern Abend in seinen Boxershorts herumgefummelt.

Er war kein furchterregendes Monster, aber er war definitiv groß genug, um aufzufallen. Auf jeden Fall hielt er ihn aus irgendeinem Grund gerne fest.

Wie eine verdammte Kuscheldecke oder so.

Als Erstes suchte sie nach dem Bündel Einser und dem Fünfer, die zusammen mit dem Kleingeld einiger Geizhälse die einundzwanzig Dollar aus dem Trinkgeldglas von gestern Abend ausmachten. Sie atmete erleichtert aus, als das Geld noch da war. Was nicht mehr da war, war ihr Telefon. Es war verschwunden.

Sie nahm dem Barmanager ihren Rucksack ab und legte ihn auf das Bett. Ihr Herz begann panisch zu rasen, als sie alle Fächer mit den Reißverschlüssen durchsuchte und dabei versuchte, nicht zu viel Lärm zu machen. Sie konnte es nirgends finden.

Scheiße! Sie konnte es sich nicht leisten, es zu ersetzen.

Sie stöhnte, setzte sich auf die Bettkante und stützte den Kopf in die Hände. Was sollte sie nur ohne ihr Handy machen?

Sie hob ihren Kopf wieder und blickte zur Couch hinüber. Hatte er es genommen?

Und warum? Warum sollte er das tun?

Sie musste ihn aufwecken und ihr Telefon zurückfordern.

Gott. Sie wollte ihn nicht wecken. Sie wollte verdammt noch mal abhauen, bevor er sich aufrichtete und zu Bewusstsein kam.

Die Art, wie er sie ansah …

Es wühlte etwas in ihr auf.

Und das nicht auf eine schlechte Art.

Auch nicht auf eine gute Art.

Sein dunkelbraunes Haar, seine tiefen, dunkelbraunen Augen. Die Intensität seines Blicks.

Dieser verdammte Körper.

Sie schluckte den Speichel hinunter, der sich in ihrem Mund zu sammeln begann.

Sie musste unbedingt aus der Wohnung verschwinden.

Sie brauchte keinen Ärger wie ihn in ihrem Leben. Sie neigte dazu, selbst in eine Menge Scheiße zu treten.

Wenn sie musste, würde sie bis später warten, wenn die Bar öffnete, um zurückzukommen und ihr Telefon zu verlangen. Denn er musste es ja haben. Sie hatte es in die Seitentasche ihres Rucksacks gesteckt, nachdem sie sich gestern Abend ausgezogen hatte und bevor sie unter die Dusche gestiegen war. In der Dusche blieb sie, bis das Wasser kalt wurde.

Es hatte sich so verdammt gut angefühlt. Das winzige Bad war zwar nicht super sauber, aber viel sauberer als die Rastplätze, an denen sie normalerweise anhielten. Aber das dampfende, heiße Wasser raubte ihr auch die letzte Energie.

Das war wahrscheinlich der Grund, warum sie in seinem Bett gelandet war.

Sie konnte sich nicht einmal daran erinnern, dass sie hineingeklettert war. Ihr voller Magen, die heiße Dusche und die ganze Energie, die sie darauf verwendet hatte, ihr Bestes zu geben, um ihn zu beeindrucken, in Kombination mit der späten Stunde, müssen sie in einen hirnlosen Zombie verwandelt haben.

Sie seufzte leise und kämmte sich mit den Fingern durch ihr Haar. Sie hatte keinen Föhn dabei und wollte auch nicht in seinen persönlichen Sachen wühlen, um zu sehen, ob er einen hatte, also trocknete es lockiger als gewöhnlich. Vor allem, weil sie mit feuchtem Haar schlafen gegangen war.

Sie holte Socken aus ihrem Rucksack, hoffte, dass es ein

sauberes Paar war, zog sie sich über die Füße, dann zog sie ihre Secondhand-Winterstiefel und ihre Sweatjacke an.

Das hatte sie auch in einem Konsignationsladen gekauft. Als sie die Katzenohren an der Kapuze sah, musste sie es einfach haben, auch wenn die Jacke für die Wintermonate im Norden nicht warm genug war.

Sie musste zum Bus rennen, der hoffentlich noch an der Kirche geparkt war, damit sie sich nicht den Arsch abfror, bevor sie dort ankam. Es war an der Zeit, den Bus umzudrehen und in den Süden zu fahren, wo sie sich keine Frostbeulen holen würden, denn die Heizung des Busses funktionierte entweder gut oder gar nicht. Meistens gar nicht.

Als sie sich umdrehte, um ihren Rucksack zu holen, entdeckte sie es. Ihr verdammtes Handy war an ein Ladegerät auf dem Nachttisch angeschlossen. Sie brach fast vor Erleichterung zusammen.

Sie hatte zwar die Nummer ihres Bruders nicht mehr, aber sie hatte immer noch die Hoffnung, dass er eines Tages irgendwie ihre Nummer finden und sie anrufen würde.

Sie hatten sich schon seit Jahren aus den Augen verloren. Das letzte Mal hatte sie mit ihm gesprochen, als sie zehn war. Das war vor dreizehn verdammten Jahren. In einer Zeit, in der er immer wieder in Gewahrsamszellen saß und sogar für längere Zeit ins Gefängnis musste.

Sie musste annehmen, dass er nach ihrem letzten Gespräch wieder verhaftet worden war. Vielleicht war er sogar immer noch eingesperrt. Damals schien er auf einem steinigen Weg der Katastrophe zu sein.

Aber sie hatte immer gehofft, dass er sich wieder fangen würde. Als sie das letzte Mal miteinander sprachen, flehte sie ihn deshalb an, sie zu holen. Sie weinte sogar so sehr, dass sie nicht mehr sprechen konnte.

Er hatte sie einmal gerettet.

Sie hatte gehofft, dass er sie wieder retten würde.

Er sagte, er würde es versuchen.

Aber stattdessen verschwand er.

Daraufhin verschwand auch sie. Sie verdrängte, wer sie war, wo sie war und tat so, als wäre sie jemand anderes, irgendwo anders.

Irgendwo, nur nicht dort, wo sie war.

Bis zu dem Punkt, an dem sie nicht mehr alles ignorieren konnte. Denn es ging nicht mehr nur um sie.

Sie schüttelte heftig den Kopf und versuchte, die kratzenden, schmerzhaften Gedanken abzuschütteln, dann drückte sie die Handballen auf die Augenhöhlen und versuchte, die Visionen zu vertreiben, denen sie nicht entkommen konnte.

Sie konnte es nicht.

Sie konnte nicht zurückgehen.

Aber sie musste es.

Fuck.

Die Hitze ihrer Wut stieg aus ihrem Bauch in ihre Kehle und brannte dort bis zum Anschlag.

Sie ließ ihren Blick wieder auf den Mann fallen, der immer noch schlafend auf der Couch lag. Er schnarchte immer noch. So wie er schlief, war er gerade verletzlich. Sein Körper entspannte sich und er hatte keine Ahnung, dass sie nur einen Meter entfernt stand und ihn anstarrte.

Er hatte sie nicht berührt.

Er hatte sie nicht gezwungen, im Austausch für eine heiße Dusche oder Essen mit ihm zu schlafen. Er hatte sie auch nicht darum gebeten oder es vorgeschlagen.

Er ließ sie ungestört in seinem eigenen verdammten Bett schlafen.

Er verbannte sich selbst auf eine unbequeme Couch.

Er hätte sie aufwecken und rausschmeißen können.

Er hatte es nicht getan.

Er hätte Nein sagen können, als sie fragte, ob ihre Band spielen dürfe, auch wenn nur für Trinkgeld.

Er hatte es nicht getan.

Er hätte Nein sagen können, als sie fragte, ob sie seine Dusche benutzen dürfe.

Er hatte es nicht getan.

Sie schloss ihre Augen und atmete einfach.

Ein …

Aus …

Er musste mit nichts davon einverstanden sein. Aber er war es. Alles für sie.

Und warum? Sie war ein Niemand für ihn. Wahrscheinlich tat sie ihm leid. Wegen ihrer Situation. Eine Situation, von der er nichts wusste.

Sie lebten in diesem verdammten Bus. Eigentlich waren sie nicht obdachlos, aber sie könnten es genauso gut sein. Meist waren sie auf die Großzügigkeit der anderen angewiesen. Ob es nun Kleingeld war, abgelaufene Lebensmittel oder sogar Trucker, die ihr Duschguthaben spendeten.

Großzügige Menschen wie er.

Dodge.

Der Name auf der Vorderseite seiner Weste, die er gestern Abend trug.

Sie erkannte diese Art von Weste. Was sie war. Was sie bedeutete. Sie hatten in der Vergangenheit schon in einigen Biker-Bars gespielt.

Diese Bars waren rau. Sogar ein bisschen unheimlich.

Im Crazy Pete's herrschte nicht dieselbe Stimmung. Es schien eher eine Nachbarschaftsbar zu sein. Eine Mischung aus verschiedenen Leuten.

Aber er war ein Biker. Seine Weste verriet es, auch wenn sein Aussehen es nicht verriet.

Der junge Kerl, der große Dünne, der mit ihm an der Bar arbeitete, war auch einer. Aber sein unterer Rocker wies ihn als Prospect aus. Auf seinem vorderen Namensschild stand ›Possum‹.

Gestern Abend trug niemand sonst in der Bar eine ›Kutte‹. Ein Begriff, den sie in einer dieser Biker-Bars gelernt hatte, als ein stämmiger, bärtiger Biker viel zu freundlich wurde.

Zu handgreiflich.

Zu fordernd.

Rex hatte eine Faust ins Gesicht bekommen und Nico endete mit einem blauen Auge, nur damit sie sie da rausholen konnten.

Ein weiterer Grund, warum sie ihre Bandkollegen nie einfach so abservieren würde. Rex, Nico und Eddie waren die Einzigen, die für sie da waren.

Wenn sie nicht gewesen wären …

Sie starrte weiter auf Dodge, der tief und fest schlief.

Sie musste unbedingt aus seiner Wohnung verschwinden, und zwar sofort. Sie hatte keine Ahnung, wie spät es war, aber das war auch egal. Es war Zeit, zu gehen.

Sie ging zurück zum Bett, trennte ihr Handy vom Ladegerät, schnappte sich ihren Rucksack und wandte sich zum Gehen. Sie ging nur ein paar Schritte, bevor sie ihn sah.

Seine Kutte. Sie hing über die Lehne eines der Hocker an der kleinen Küchentheke. Wahrscheinlich aß er dort, denn die Wohnung war zu klein, um zusätzlich zu den beiden Hockern am Tresen noch einen Küchentisch aufzustellen.

Seine Wohnung war einfach. Ein Bett. Eine Couch, eine Pantryküche, ein Bad. Und natürlich einen Großbildfernseher. Es war nichts Ausgefallenes, es war nicht einmal sauber. Oder gar ordentlich.

Aber es war sein Reich.

Es bewahrte seinen Duft. Es bewahrte ihn.

Ein Biker. Ein Barmanager. Ein Mann, der ein wenig Mitgefühl für ihre Notlage hatte, obwohl er nicht einmal alles wusste oder verstand.

Sie machte die paar Schritte, die sie brauchte, um zu seiner

Kutte zu gelangen und fuhr mit ihren Fingern über die großen gestickten Patches auf der Rückseite.

Genau wie das große Tattoo, das sie auf seinem nackten Rücken gesehen hatte, stand auf dem oberen Rocker ›Blood Fury‹. Auf dem unteren stand ›Pennsylvania‹. Ein kleiner quadratischer Patch an der Seite bestand aus zwei Buchstaben: MC. Der große Patch in der Mitte war ein Totenkopf mit gekreuzten Knochen, aus dessen leeren Augenhöhlen und dem Mund Blut tropfte.

Blood Fury MC.

Sie kaute auf ihrer Unterlippe und starrte ihn noch ein paar Sekunden lang an.

Dann machte sie sich so schnell und leise wie möglich aus dem Staub.

5

Die Bustür öffnete sich mit einem ohrenbetäubenden, Kopfschmerzen verursachenden Knarren, das sie zusammenzucken ließ und Syn daran erinnerte, dass sie eine neue Dose WD-40 brauchten. Nico kletterte die Treppe hinauf und trug einen großen Karton in den Armen. Was daraus hervorkam, sah nach Essen aus.

Sehr viel Essen.

»Wo kommt das denn her?«, fragte Rex mit hochgezogener Stirn.

Syn wollte das auch wissen.

Nico neigte den Kopf in Richtung der offenen Tür, durch die die ganze Kälte nach drinnen und das bisschen Wärme, das sie hatten, nach draußen drang. »Ich war draußen und habe hinter einem Busch gepinkelt, als eine Tussi mit einem Chevy vorfuhr und diese Kiste ablieferte.«

Rex drückte sich hinter ihn und zog die Tür zu.

»Was?«, fragte Syn. »Irgendeine Tussi?«

Nico zuckte mit den Schultern und schob die Kiste auf den kleinen Tresen. »Nein. Sie sagte, sie wurde beauftragt, das Essen abzuliefern.«

Ihre ›Küche‹ war viel kleiner als das, was Dodge in seiner Wohnung hatte. Es war ein Witz, sie überhaupt als Küche zu bezeichnen. Sie hatte nur einen Meter Arbeitsfläche, eine winzige Spüle mit einem undichten Wasserhahn, eine etwa dreißig Jahre alte Mikrowelle, die ein Feuerrisiko darstellte, und einen verbeulten Kühlschrank, der mit Magneten von den Orten, an denen sie gespielt hatten, beklebt war. Eine Einrichtung, wie man sie normalerweise in einem kleinen Wohnmobil findet. Eines aus dem Jahr 1978. Genau wie der Rest des Busses. Alt und überholt.

Sie hatten ihn billig gekauft, nachdem der ältere Mann, der in ihm wohnte, gestorben war. Der Sohn wollte ihn einfach nur loswerden und verkaufte ihn ihnen für zweihundert Dollar. Sie konnten es nicht ablehnen. Es war besser, als zu viert in einem alten Lieferwagen zu leben. Natürlich musste der Bus auf Vordermann gebracht werden und das musste er immer noch, aber Syn und die Jungs reparierten, was sie selbst konnten.

Syns Augenbrauen zogen sich zusammen. »Diese Tussi war jemand von der Kirche?«

Nico zog eine Grimasse. »Ich glaube nicht, dass sie zur Kirche gehört.«

»Wo gehört sie denn hin?«, fragte Eddie, als er aus dem winzigen Badezimmer kam, den Reißverschluss zuzog und die Plastik-Akkordeontür hinter sich schloss.

Das bedeutete, dass er gerade einen Häufchen in die Toilette gesetzt hatte. Sie versuchten, die Toilette nicht zu oft zu benutzen, denn der Wassertank und der Fäkalientank im Bus waren klein, besonders für vier Erwachsene. Außerdem wurde überall eine Gebühr für das Auffüllen von Wasser oder das Entleeren des Tanks erhoben.

Geld, das sie nicht hatten.

Aber die Strafe war höher als die Gebühr für das legale Entsorgen, wenn sie dabei erwischt wurden.

Ein Grund, warum Nico hinter einen Busch bei der Kirche

ging, wo sie geparkt hatten, war, um zu verhindern, dass sie zu schnell den Tank auffüllten. Alle Jungs pissten draußen, wann immer sie konnten. Manchmal tat das auch Syn, wenn sie einen Platz fand, der privat genug war.

Vielleicht hatte die Kirche irgendwo einen Schlauch, wo sie zumindest den Wassertank auffüllen konnten. Allerdings lagen die Temperaturen nachts unter dem Gefrierpunkt und niemand ließ im Winter im Norden seine Wasserhähne im Freien aufgedreht.

»Sie sagte, das meiste Zeug käme von den Amish aus der Gegend.« Nicos Worte lenkten ihre Aufmerksamkeit wieder auf ihren Bassisten.

»Ist in der Kiste was zum Frühstücken dabei?«, fragte Eddie und drängte Nico aus dem Weg. Er holte etwas heraus, das wie ein selbst gebackenes Brot aussah und einen Behälter mit irgendetwas. Er fuhr fort, Sachen herauszuziehen und stöhnte: »Heilige Scheiße. Selbstgemachte Erdbeermarmelade. Apfelbutter. Frisch gemachte Butter. Eier.« Er hob etwas, das in weißes Papier eingewickelt war, hoch und hielt es über seinen Kopf, während er ›Bacon!‹ schrie, und dann drückte er die Packung mit einem breiten Lächeln der Begeisterung auf seinem Gesicht an seine Brust.

»Toll«, sagte Rex trocken. »Ich hoffe, wir haben noch genug Propangas, um es zu kochen.«

»Wenn ja, haben wir danach vielleicht keins mehr«, sagte Syn genauso trocken wie Rex.

»Das ist mir egal«, sagte Nico, immer noch aufgeregt. »Wir haben morgen Abend einen Gig. Mit den vierhundert Dollar können wir Wasser und Propangas auffüllen und das Scheißhaus leeren.«

Er vergaß dabei, dass der Kraftstofftank aufgefüllt werden musste, was wirklich wichtig war. Aber das behielt Syn vorerst für sich, denn ihr lief das Wasser im Mund zusammen bei dem Gedanken an ein Frühstück mit Bacon, Ei und Toast. Auch ihr

Magen knurrte zustimmend. »Lagere alles, was du nicht für das Frühstück verwendest und gekühlt werden muss, in einem der Fächer unter dem Bus. Da bleibt es kalt genug.«

Der Bacon würde nicht lange genug halten, um gelagert zu werden. Zu viert würden sie ein Pfund sofort verschlingen. Wahrscheinlich würde er es nicht einmal bis zu ihren Papptellern schaffen.

Eddie trat an die Kiste heran und holte zwei Tomaten und Salat heraus. »Wenn noch Bacon übrig bleibt, können wir später Sandwiches machen.«

»Oder wir können in der Bar essen gehen. Er hat gesagt, dass er uns heute Abend und morgen auch füttern wird«, sagte Syn.

Drei Augenpaare drehten sich in ihre Richtung und ihre Begeisterung über die Kiste mit Essen war schnell verflogen.

»Was musstest du tun, um uns das zu besorgen? Wenn du ...« Eddie schüttelte den Kopf und legte das Gemüse zurück in die Kiste. »Ich will den Scheiß nicht, wenn er dich gezwungen hat, dass du ...« Er runzelte die Stirn.

»Hat er das?«, fragte Nico und ließ seinen Blick über sie schweifen.

Syn verdrehte die Augen. Selbst wenn er es so gewesen wäre, was zum Teufel konnte Nico sehen? Sie war in ein paar Schichten Kleidung eingewickelt und hatte eine Decke um sich gewickelt, damit sie nicht erfror. Das Einzige, was von ihr zu sehen war, war ihr Gesicht unter der Kapuze mit den Katzenohren.

Rex hob Syns Füße mit den doppelten Socken an, um Platz auf der Couch zu schaffen, die sich in ihr Bett verwandelte, wenn sie ausgezogen wurde. Er setzte sich an die Stelle, an der ihre Füße gestanden hatten, legte sie zurück auf seinen Schoß und legte eine Hand auf ihren Knöchel. »Syn ...«

Sie schüttelte den Kopf. »Rex, ich musste gar nichts tun.«

»Du bist letzte Nacht bei ihm geblieben.«

»Ich bin eingeschlafen. Das ist alles. Er hat mich nicht gezwungen ...« Sie schüttelte wieder den Kopf. »Hat er nicht.« Sie ließ es dabei bewenden.

»Wo hat er denn geschlafen?«

»Auf seiner Couch.«

Rex' Augenbraue senkte sich. »Er hat nicht ...«

»Nein. Und wenn er eine Gegenleistung verlangt hätte, hätte ich ihm gesagt, dass er sich verpissen soll.«

»Und warum hilft er uns dann?«, fragte Eddie, dessen Worte von Misstrauen durchdrungen waren.

»Warum hilft uns jemand? Wahrscheinlich, weil wir so aussehen, als hätten wir es nötig.« Ihre Augen begannen zu brennen und sie rieb sich die Augen. Wenn sie wegen eines verdammten Nichts anfing zu weinen, würde sie auf sich selbst wütend sein. Das war ihr jetziges Leben. Daran sollte sie sich inzwischen gewöhnt haben. Es würde doch besser werden, oder? »Wir leben in einem beschissenen Bus. Wir sind verdammt pleite. Wir haben nichts außer uns selbst. Es ist offensichtlich, dass wir Hilfe brauchen.«

»Wir haben auch unser Talent«, sagte Nico. »Wenigstens betteln wir nicht.«

Genau. Ihr Talent.

»Dir ist doch klar, dass wir wegen unseres Talents in diesem Drecksloch leben, oder?«, fragte sie und blinzelte das Brennen zurück.

Das Leben war manchmal so verdammt überwältigend. Sie versuchte, weiterzumachen, in der Hoffnung, dass sich eines Tages alles zum Guten wenden würde. Sie hoffte, dass sie eine Chance bekämen und alles besser werden würde.

Es war nicht heute und es würde auch nicht morgen sein. Aber sie konnte hoffen.

Und wenn sie ihre Zukunft in Ordnung gebracht hatte, konnte sie zurückgehen und ihre Vergangenheit in Ordnung bringen.

Vielleicht war ›in Ordnung bringen‹ nicht die richtigen Worte.

»Nachdem wir gegessen haben, müssen wir den Bus wegfahren, damit die Kirche nicht meckert. Außerdem müssen wir zu einem Waschsalon«, murmelte sie.

»Wir brauchen einen verdammten Mechaniker«, sagte Rex. »Oder wir fahren nach Süden.«

»Wir müssen erst diesen Gig spielen. Er wird uns bezahlen. Dann können wir vielleicht sehen, wie viel es kostet, die Heizung zu reparieren.«

»Zu viel«, murmelte Rex.

Eddie hatte versucht, die Heizung in Gang zu bringen. Bis jetzt hatte er kein Glück gehabt. Er war ein Schlagzeuger, kein Busflüsterer.

Ein lautes Klopfen an der Bustür ließ Syn aufspringen und ihren Kopf in die Richtung drehen. Auch Nico starrte mit großen Augen in die Richtung, aus der es kam. »Scheiße. Ich wette, die Kirche will, dass wir umparken.«

»Ohne Scheiß«, sagte Eddie.

»Die Kirchen sollen den Menschen helfen«, flüsterte Nico. »Aber sie helfen nur sich selbst.«

»Wir wissen nicht, was für eine Kirche das ist«, zischte Syn im Flüsterton, falls es jemand von der Kirche war. »Manche helfen den Menschen.«

Das Klopfen kam wieder. »Sieh nach, wer es ist«, wies Syn Eddie an.

Eddie warf ihr einen Blick zu und stieß dann die Tür auf. Er ging schnell die Treppe hinauf, als ihm ein weiterer Mann ins Innere folgte.

Ein Mann, der viel breiter war als ihr Schlagzeuger.

Er trug diese Kutte jetzt über einer schwarzen Lederjacke. Außerdem hatte er eine schwarze Mütze über sein dunkles Haar gezogen. Eine Sonnenbrille bedeckte seine braunen Augen.

Eine dunkle Augenbraue hob sich über den Rahmen seiner verspiegelten Sonnenbrille.»Ich wollte nur sichergehen, dass Angel das Essen vorbeigebracht hat.«

»Das hat sie«, sagte Rex und lenkte damit Dodges Aufmerksamkeit auf sich.

Seine Augen richteten sich auf die Stelle, wo Syns Füße auf Rex' Schoß lagen. Die andere Augenbraue schloss sich der ersten über dem Rahmen an.

Als er die verspiegelte Brille abnahm, waren beide Augenbrauen wieder an ihren Platz zurückgefallen, aber sein Blick blieb dort, wo Syn auf der Couch lag.

»Ich müsst ...«, begann Dodge.

Syn hielt den Atem an, als sich ihre Blicke trafen.

»Dieses Ding umparken.«

»Weißt du, wo wir es abstellen können?«, fragte Rex, dessen Finger sich besitzergreifend um Syns Knöchel schlangen.»Wir haben kein Auto, um uns fortzubewegen, also können wir nicht auf irgendeinem Feld mitten im Nirgendwo parken.«

»Rex«, warnte sie unter ihrem Atem.

Rex hatte keinen Grund, besitzergreifend zu sein. Keinen. Beschützend, ja. Besitzergreifend, nein. Sie waren wie Geschwister. Das waren sie alle. Deshalb fühlte sie sich so wohl dabei, mit ihnen in einem verdammten Bus zu leben. Sie wollte nicht, dass sich das änderte.

Das würde alles kaputt machen.

Sie wackelte mit dem Fuß, um ein Zeichen zu setzen, woraufhin er seine Hand wegzog und ihr ein Stirnrunzeln zuwarf. Sie starrte ihn mit großen Augen an.

Dodge ging einen Schritt weiter in den Bus hinein und unterbrach damit das stille Gespräch zwischen ihr und Rex.

In einem Augenblick fühlte sich der Bus durch ihn voller an als durch ihre drei Bandkollegen zusammen.

»Am östlichen Ende der Stadt gibt es ein Einkaufszentrum. Ihr könnt auf dem Walmart-Parkplatz parken.«

»Haben die dort einen Waschsalon?« Sie würden keine Gigs bekommen, wenn sie wie nasse, eine Woche alte Socken stinken würden.

»Keine Ahnung.« Er blickte sich um, schürzte die Lippen und strich sich über sein bärtiges Kinn. Es war ihr schon gestern Abend aufgefallen, aber jetzt fiel ihr wieder auf, dass er ein paar graue Strähnen im Bart hatte.

Sie glaubte nicht, dass er alt genug war, um grau zu werden. Bevor sie sich mitten in der Nacht hinausschlich, bemerkte sie auch ein paar in seinem Haar.

Sie antwortete ihm nicht, als er sie fragte, wie alt sie sei. Zweimal. Er hatte ihr auch nicht geantwortet.

Es spielte keine Rolle. Er war nichts für sie. Nicht für eine Nacht. Nicht einmal für eine Stunde.

Aber sie konnte ihren Blick nicht von seinen breiten, in schwarzes Leder gehüllten Schultern abwenden, während er sich Zeit nahm, alles zu inspizieren, was er sehen konnte. Was er nicht sehen konnte, war nicht viel anders.

Ein ungewohntes Flackern machte sich in ihrem Bauch breit, als seine dunklen Augen wieder auf ihr landeten und sie festhielten. »Warum zum Teufel ist es so kalt hier drin?«

Sie öffnete den Mund, um ihm zu antworten, aber Rex murmelte zuerst: »Die Standheizung ist ein launisches Miststück.«

»Ihr habt keine Heizung an.« Es war keine Frage, sondern eher ein Knurren, und seine Augen klebten immer noch an ihr.

Sie nahm sich nicht einmal eine Sekunde Zeit, um zu erkunden, was dieses Knurren mit ihr gemacht hatte. Auf keinen Fall. Nicht eine verdammte Sekunde.

Welches Kaninchen auch immer versuchte, in dieses Loch zu entkommen, musste mit einem Tritt in den Hintern wieder herausgezwungen werden.

»Kommt drauf an«, sagte Nico hinter Dodge.

Der ältere Mann blickte über seine Schulter. »Warum habt ihr keine Heizung an?«

Syn versuchte, sich von der Enge in ihrem Hals zu befreien, bevor sie sagte: »Er hat dir gerade gesagt, warum.«

Er neigte den Kopf, als er sie wieder ansah. »Lasst es reparieren.«

Sie schluckte ihre typische Antwort: »*Danke für den Rat, du Genie.*« Er war nichts als hilfreich gewesen. Sie wollte die Möglichkeit, morgen Abend etwas Geld zu verdienen - und das Versprechen von mehr kostenlosem Essen - nicht verlieren, nur weil sie ihren inneren Klugscheißer-Dämon herausließ. Stattdessen schlug sie vor: »Vielleicht können wir das, wenn du uns einen Vorschuss für unseren Auftritt morgen Abend gibst.«

»Ja, klar. Ich gebe euch das Geld und ihr verschwindet einfach.« Er schnippte mit den Fingern, um das zu betonen.

»Wir werden nicht verschwinden«, versprach sie.

»Und woher weiß ich das?«

Er wusste es nicht. Er hatte recht. Wenn sie an seiner Stelle wäre, würde sie das Geld auch nicht vor Ende des Auftritts rüberschieben.

Sie zuckte mit den Schultern. »Dann lass es doch. Nach unserem Auftritt am Freitagabend gehen wir an einen wärmeren Ort. Dann ist die Hitze kein Thema mehr.«

»Doch, das wird es, denn die Klimaanlage funktioniert im Moment auch nicht«, verriet Eddie, *so verdammt hilfreich.*

Syn seufzte.

»Was funktioniert in diesem verdammten Bus?« Dodge knurrte wieder.

»Wir.«

Seine dunklen Augenbrauen zogen sich zusammen.

Syn drückte ihre Handfläche über der Decke auf ihre Brust und wiederholte: »Wir. Wir *funktionieren*.«

»Das habe ich nicht gemeint.«

Sie wusste, was er meinte, aber sie beschloss, so zu tun, als ob sie ihn missverstanden hätte.

»Solltet euch ein besseres Fahrzeug besorgen«, wagte er als Nächstes zu sagen.

»Vielleicht machen wir das mit den vierhundert Dollar, die du uns gibst.« Sie hob die Augenbrauen, während sich seine noch einmal senkten.

Ein Augenwinkel von ihm zuckte.

Sie wartete ab.

Seine Nasenlöcher blähten sich auf.

Sie wartete noch etwas länger.

In ihrem peripheren Blickfeld konnte sie sehen, dass Rex, Nico und Eddie zu Steinstatuen geworden waren.

Sie bewegte ihre Füße von Rex' Schoß, setzte sich auf, hob ihr Kinn und wartete immer noch.

Plötzlich löste sich die Kälte im Inneren des Busses - die definitiv nicht vom Winterwetter draußen herrührte - als sich Dodges Muskeln lockerten. »Hör zu, mein Club hat ein Motel. Ihr könntet dort ein Zimmer bekommen ... Ein paar Zimmer ...«

»Umsonst?«, fragte Nico, der seine Vorfreude darauf, in einem richtigen Bett zu schlafen und eine richtige Dusche zu haben, nicht verbergen konnte. Mit *heißem* Wasser. So wie sie es letzte Nacht getan hatte.

Jetzt fühlte sie sich schuldig, dass sie nicht das Gleiche bekommen hatten.

»Das wird nicht umsonst sein.«

»Danke, aber ...« Nico machte sich auch nicht die Mühe, seine Enttäuschung zu verbergen.

Syn hatte genug davon, dass der Barmanager-Biker-was-auch-immer Befehle erteilte. »Ich glaube nicht, dass wir mit den vierhundert Euro einen neuen Bus kaufen *und* ein paar Motel-zimmer bezahlen können. Glaubst du das etwa?«

Dodge fuhr sich mit der Hand über den Mund. Nicht einmal. Nicht zweimal. Sondern dreimal. Als er fertig war, sah sie, dass sein Kiefer so fest geworden war wie eine von Eddies Trommeln. Sogar unter dem dicken, dunklen Bart. »Habt ihr genug Sprit, um mir ein paar Meilen durch die Stadt zu folgen?«

»Wohin?«, fragte Eddie und trat näher heran. »Zum Walmart?«

Dodge schüttelte den Kopf. »Nein. Zu jemandem, der vielleicht mit der Heizung helfen kann.«

Schweigen erfüllte den Bus.

»Das ist eine alte Dieselheizung«, warnte ihn Syn.

»Okay? Ich habe keine Ahnung davon. Kenne aber vielleicht jemanden, der welche hat.«

Der Gedanke, dass die Heizung im Bus repariert werden sollte, ließ die Aufregung darüber, warum der Mann ihnen immer wieder half, in den Hintergrund treten.

Ihr erster Instinkt war, zu fragen, wie viel sie das kosten würde. Das war immer die erste Sorge. Aber er würde diese Antwort nicht wissen.

Und wenn derjenige, der es sich ansah, ihnen einen unverschämten Preis nannte, konnten sie einfach weiter zum Walmart-Parkplatz rollen.

Es war nicht das erste Mal, dass sie vor diesem Geschäft schliefen, und es würde auch nicht das letzte Mal sein.

Aber sie wollte sich keine allzu großen Hoffnungen auf eine mögliche Reparatur der Heizung machen. Zu oft waren ihre Hoffnungen zu Boden gestürzt und zu Scherben zerbrochen.

Sie konnte nicht noch mehr Enttäuschungen verkraften. Sie hatte schon mehr als genug für ein ganzes Leben erlebt.

Außerdem war sie es leid, am Boden entlang zu kriechen.

Aber vielleicht …

Vielleicht …

Könnte es für sie wieder aufwärtsgehen?

Sie hoffte es jedenfalls sehr.

Denn so wie die Dinge im Moment standen, konnte es nur noch in eine Richtung gehen: nach oben.

6

Dodge blickte zum hundertsten Mal in den Rückspiegel seines 79er Power Wagon, um sich zu vergewissern, dass der Bus noch hinter ihm war. Und dass er nicht irgendwo auf der Main Street liegen geblieben war. Die schwarze Rauchwolke, die aus den Auspuffrohren quoll, war kaum zu übersehen.

Sein restaurierter Dodge 4x4 war wahrscheinlich viel älter als der Bus, aber sein Ungetüm war in tadellosem Zustand und er musste auch nicht darin wohnen. Als er vor einer halben Stunde in den Bus stieg, musste er seine Reaktion so gut wie möglich verbergen. Das Innere des Busses war genauso schlimm, wenn nicht sogar schlimmer als das Äußere.

Er war nicht nur unordentlich, sondern stank auch und war verdammt eng.

Noch schlimmer war, dass Syn mit drei Typen darin wohnte.

Was. Zum. Teufel.

Er knirschte mit den Zähnen, als er sich daran erinnerte, wie dieser Wichser sie angefasst hatte.

Als gehöre sie ihm.

Der Lead-Gitarrist hatte ihm gesagt, dass sie nicht ficken würden. War das eine verdammte Lüge?

Sein Kiefer bewegte sich mit der gleichen Kraft, wie er beim Abbiegen seinen Drei-Gänge-Truck in einen niedrigeren Gang schaltete, während er auf den Parkplatz der Werkstatt fuhr.

Er erinnerte sich zum wiederholten Mal daran, dass es keine Rolle spielte, wer sie fickte.

Das alles spielte keine Rolle.

Sie war nichts für ihn.

Er blickte über seine Schulter, um sich zu vergewissern, dass Eddie, der Schlagzeuger der Band, ihm auf den Parkplatz von Dutch's Garage folgte. Dodge machte sich nicht die Mühe, den Original anzurufen, um ihn vor ihrer Ankunft zu warnen, da der Bus ohnehin vom Kirchenparkplatz weggebracht werden musste.

Er stellte seinen Wagen auf einen der freien Parkplätze vor der Werkstatt ab und stieg aus. Er deutete auf die andere Seite des Parkplatzes und gab Eddie zu verstehen, dass er den Bus dort abstellen sollte.

Er wartete nicht, bis sie ausgestiegen waren, sondern ging direkt hinein und wurde an der Ladentür von einem kläffenden, vierbeinigen Arschloch begrüßt, das einem zweibeinigen, neunzig Kilo schweren Arschloch gehörte.

Oder vielleicht war es auch andersherum.

»Verpiss dich, du kleiner Scheißer.« Er schubste den Chihuahua mit seinem Stiefel von sich weg. Er tat es sanft, auch wenn der kleine Scheißer knurrte und schnappte. Er wusste, wie er das Problem lösen konnte, aber …

Ja, nein.

Wenn der Hund Rook liebte, musste er ein paar mentale Probleme haben, für die er nichts konnte. Dodge konnte Cujo nicht vorwerfen, dass er nicht ganz richtig im Kopf war.

»Yo, Cujo!«, kam es vom anderen Ende der Werkstatt.

Der Hund umkreiste Dodge einmal, dann flitzte er an den

vier Werkstattbuchten vorbei zurück zu seinem Papa. Natürlich bellte er den ganzen verdammten Weg. Das Kläffen schien den kleinen Scheißer vorwärtszutreiben.

»Kann der Wichser endlich mal die Fresse halten?«, grummelte Dutch, als er um einen in der ersten Halle geparkten Truck herumkam und sich mit einem schmutzigen Lappen die Schmiere von den Fingern wischte. »Was zum Teufel willst du?«

»Hallo, auch an dich«, brummte Dodge. »Begrüßt du alle deine Kunden so?«

»Bist du ein Kunde?«

»Nein.«

Dutch zuckte mit den Schultern und grinste dann.

»Wenn du dich das nächste Mal auf einen Hocker in meiner Bar setzt, werde ich dir genau diese Frage stellen.«

»Das ist nicht *deine* Bar.«

»Fast.«

»Nicht mal annähernd. Die Bar gehört dem Club«, grummelte Dutch.

»Gehöre ich nicht zum verdammten Club?«

Rook tauchte aus dem Nichts auf und unterbrach die beiden. Sie reichten sich die Hände und rempelten sich an den Schultern an. »Arschloch«, begrüßte er sie.

»Arschloch«, grinste Dodge zurück.

»Du vermisst es, mir beim Scheißen auf einem Edelstahlthron zuzusehen, oder? Bist du deshalb hier?«, fragte sein ehemaliger Zellengenosse grinsend.

»Ja, ich kriege ein bisschen Heimweh nach dem Gestank, der jedes Mal aus deinem Arschloch kam, wenn du eine Bombe in unsere Zelle deponiert hast.«

»Den Gestank hat er wohl von seiner Mutter. Denn wir müssen das Scheißhaus eine Stunde lang lüften, wenn er drin war. Ich weiß, dass er das nicht von mir hat, denn meine Scheiße stinkt nicht«, erklärte Dutch. »Bist du hier, um über sein Arschloch zu reden, oder bist du geschäftlich hier?«

»Geschäftlich.«

Dutch verengte seine Augen. »Ich habe gerade deinen Truck inspiziert. Der Schlitten ist für die Saison im Schuppen geparkt. Woran zum Teufel willst du, dass ich schraube?«

»An einen Bus.«

»Einen was?«

Dodge schlug die Hände vor den Mund und schrie: »Bus! Du weißt schon, das lange Metallgefährt, das Rotzlöffel transportiert?«

Dutchs buschige, salz- und pfefferfarbene Augenbrauen zogen sich fest zusammen. »Warum zum Teufel hast du dir einen Schulbus gekauft?«

»Habe ich nicht, ich …«

Die Ladentür öffnete sich und Syn kam herein, die kalte Luft folgte ihr auf den Fersen.

»Mach die verdammte Tür zu, bevor die ganze Hitze rauskommt«, brummte Dutch.

Syn knallte sie hinter sich zu.

Sie trug ihre schwarze Sweatjacke mit der Katzenohren-Kapuze, die sie über ihr Haar gezogen hatte. Das war nicht einmal eine verdammte Winterjacke. Hatte sie denn nichts Wärmeres dabei?

In der Ferne ertönte wieder Maschinengewehrgebell.

»Halt die Klappe, Arschloch!«, brüllte Dutch. Er warf seinem ältesten Sohn einen finsteren Blick zu. »Dieser kleine Ratte muss sich einen anderen Ort suchen, wo er den ganzen Tag bleiben kann. Er kann doch nicht die Kunden verjagen.«

»Erstens verjagst du die verdammten Kunden weg. Du hast gerade eine angeschrien, sie solle die Tür schließen. Ich würde es ihr nicht verübeln, wenn sie sich umdreht und verdammt noch mal wieder rausgeht. Zweitens ist Cujo schon seit einem Jahr hier, falls dein altes Erbsenhirn das vergessen haben sollte«, erinnerte Rook seinen Vater.

»Das heißt, du solltest ihn schon längst trainiert haben.«

Rook schüttelte den Kopf. Er richtete seine Aufmerksamkeit wieder auf Dodge. »Brauchst du mich?«

»Nur für einen Gutenachtkuss.« Dodge schürzte seine Lippen und machte Kussgeräusche. »Ich vermisse deine Streicheleinheiten, Kleiner.«

Rook lachte, dann drehte er sich um, beugte sich vor und tätschelte seinen mit einem Arbeitsoverall bedeckten Hintern. »Küss das, du Arschloch.«

»Ich wusste, dass du mich heimlich vermisst.«

Rook zeigte ihm den Vogel und ging zurück in die hinterste Werkstattbucht. Der Höllenhund hielt endlich das Maul.

»Gehört sie zu dir?«, fragte Dutch.

Dodge drehte sich wieder zu ihm um und neigte den Kopf zu Syn, die immer noch an der Tür stand. »Ja. Sie hat eine Band und sie leben alle in einem verdammten Bus. Der«, *ist ein Stück Scheiße,* »hat ein paar Probleme.«

»Wie die Partridge Family?«, fragte Dutch.

»Die haben nicht in ihrem Bus gelebt.«

»Oh ja. Ich hätte es mit der Mutter gemacht.«

»Warum überrascht mich das nicht?«

»Eine verdammte MILF.« Dutch schürzte seine Lippen und strich sich über seinen langen, buschigen Bart. Er verbarg sein offensichtliches Interesse nicht, als er Syn von oben bis unten musterte.

Dodge räusperte sich scharf und Dutch drehte seinen Kopf mit einem breiten Grinsen und einem Funkeln in den Augen zu ihm zurück.

Ficker.

Der alte Mann bewegte sich zur Werkstattbucht hinter Dodge und blickte durch eines der kleinen Fenster auf den Parkplatz hinaus. »Das ist wirklich ein verdammter Bus.«

»Ja, danke, Captain Obvious«, sagte Dodge trocken.

Dutch zuckte mit den Schultern. »Wir sind keine Dieselmechaniker. Das Scheißding hat wahrscheinlich einen Cummins-

Motor drin. Wir arbeiten nicht an diesen Dingern. Keiner von uns tut das. Ihr müsst euch einen Busmechaniker, einen Wohnmobilhändler oder jemanden suchen, der sich mit solchen Motoren auskennt.«

»Es ist nicht der Motor. Die Standheizung geht nicht.« Oder anscheinend auch die Klimaanlage, aber der erste Schritt war, für Wärme zu sorgen.

Dutch kratzte sich im Nacken. »Das klingt nach einem verdammten Problem. Aber eines, das ich nicht lösen kann.« Sein Blick fiel auf Syn, als sie ein paar Schritte auf sie zuging.

Sie hatte ihre Kapuze runtergeschoben und ihr langes dunkelbraunes Haar fiel ihr nun frei um die Schultern.

Dodge wartete darauf, dass sie etwas sagen würde, aber sie tat es nicht. Trotzdem konnte er die Enttäuschung auf ihrem Gesicht nicht übersehen, auch wenn sie versuchte, sie zu verbergen. Es war ihr nicht gelungen.

Heilige Scheiße. »Kennst du jemanden, der das kann, ohne dass man eine verdammte Hypothek aufnehmen muss?«

Dutch zog nachdenklich an seinem Bart, während seine Augen zur Decke rollten. Als er schließlich seinen Blick wieder auf Dodge richtete, grunzte er: »Nö.«

Dodge schüttelte den Kopf. »Das ist kein Motorproblem. Es hat etwas mit dem Heizungssystem zu tun.«

Dutch hob eine buschige salz- und pfefferfarbene Augenbraue. »Weißt du etwas über Busse?«

»Nein.«

»Dann halt die Fresse.«

»Wie auch immer, alter Mann, ich versuche nur zu helfen.«

»Wem helfen? Dir oder mir?«

Er ruckte mit dem Kopf in Richtung Syn. »Denen. Sie stecken in der Klemme.«

Dutch zupfte wieder an seinem Bart und blickte zu Syn hinüber. »Sie, meinst du. Versuchst du, deinen Schwanz in ihre engen Röhrenjeans zu zwängen? Mit deinem Bleistiftschwanz könnte es gerade so passen.«

»Du weißt, dass sie dich hören kann, oder?«

»Ja. Und du auch.« Er wackelte mit dem Kopf und sagte: »Ich habe gesagt, was ich gesagt habe.«

Er hat gesagt, was er gesagt hat? »Mann, du musst aufhören, junge Weiber zu bumsen. Sie färben auf dich ab.«

Dutch hob eine Augenbraue in Richtung Syn. »Du solltest jetzt nicht mit Kiesel werfen.«

»Du meinst Steine.«

»Du weißt, was ich meine.«

Dodge seufzte. »Kannst du wenigstens rausgehen und dir ihre Standheizung ansehen? Vielleicht gibt es etwas, was du oder einer deiner Leute tun kann.«

»Du willst mich in die Kälte schicken?«

»Seit wann hat sich ein harter alter Ficker wie du in ein Weichei verwandelt?«, fragte Dodge, denn er wusste, dass es Dutch nicht gefallen würde.

Der alte Mann brummte, schob sich an Syn vorbei und knallte die Tür hinter sich zu.

Dodges Blick hüpfte von der Tür zu Syn und er schenkte ihr ein Lächeln.

Ihre dunklen Augen weiteten sich, sie blinzelte und dann konnte er sehen, wie sie sich innerlich schüttelte.

Na ja, Fuck. War es, weil er sie anlächelte?

Nein.

Oder doch?

»Soll ich mit ihm ausgehen?«, fragte sie.

»Nein. Du hast drei erwachsene Männer da draußen, die ihm die Sache zeigen können. Bleib hier drinnen, wo es warm ist.« Er rückte näher. »Willst du einen Kaffee?«

Sie nickte. Er neigte seinen Kopf in Richtung des Pausenraums hinter dem Büro. »Da hinten.«

Als er an der Bürotür vorbeiging, warf er einen Blick hinein. »Hey, Lee.«

Reilly hob ihren Kopf von dem, was sie gerade am Computer betrachtete und zog einen ihrer Ohrstöpsel heraus. »Hey, Dodge! Was machst du denn hier? Ich habe dich da draußen nicht gehört.«

»Wahrscheinlich, weil du gerade Musik hörst.«

Sie schüttelte den Kopf. »Podcast.«

»Worüber?«

Sie lächelte nur.

Dodge schüttelte den Kopf. »Ich will es nicht wissen.« Er klopfte zweimal mit der Handfläche an den Türpfosten und ging dann weiter. Syn war direkt hinter ihm. Er brauchte nicht einmal hinzusehen, um es zu wissen. Er spürte sie dort.

Als ob sie irgendwie miteinander verbunden wären.

Die ganze Sache mit ihr war beschissen. Er verstand es nicht und war sich nicht sicher, ob er es überhaupt wollte.

Er wusste nur, dass, was auch immer es war, nicht zu seinem Lebensplan gehörte.

Er betrat den kleinen Pausenraum und ging zur Kaffeemaschine hinüber. Dem Teufel sei Dank hatte Reilly wohl eine frische Kanne koffeinhaltigen Treibstoffs gemacht. Er füllte zwei Einwegbecher und hielt Syn einen hin. »Schwarz?«

»Ich habe mich an schwarz gewöhnt.«

Natürlich hatte sie das. Kaffee war auch ohne die ganzen Extras teuer. »Lee hat immer Milch und Zucker auf Lager. Bedien dich.«

Syn trat neben ihn und begann, ihren Kaffee zu frisieren. Er drückte eine Hand auf seinen Oberschenkel und krümmte die Finger seiner anderen Hand fester um seinen Becher, um nicht die Hand auszustrecken.

Um eine körperliche Verbindung herzustellen.

Sie war so verdammt nah dran.

Eine Sekunde später blieb ihm der Mund offen stehen, als

sie etwa ein Pfund Zucker in den Becher kippte, ein paar Schlucke nahm, um mehr Platz zu schaffen, und dann einen Haufen französische Vanillesahne hineinschüttete und den Becher bis zum Rand füllte.

Der schwarze Kaffee war jetzt fast weiß. Seine Zähne schmerzten, wenn er nur daran dachte, wie süß er sein musste. »Verdammt«, flüsterte er. »Das ist kein Kaffee mehr.«

Sie zuckte mit den Schultern, nahm einen kleinen Strohhalm und rührte kurz um. Dodge konnte seinen Blick nicht von ihr lösen, als sie den Becher an ihre lippenstiftfreien Lippen hob und einen Schluck nahm.

Der einfache Akt, dass sie Kaffee trinkt, sollte nicht jede beschissene Zelle in seinem Körper aufwecken. Seine verdammte Haut sollte nicht kribbeln, als hätte er eine Gabel in eine Steckdose gesteckt.

Aber das tat es.

Die Art und Weise, wie ihre Kehle beim Schlucken rollte. Das Vergnügen auf ihrem Gesicht, als der Kaffee ihre Geschmacksknospen traf und die Wärme ihren Bauch erreichte.

Schlimmer noch, das leise Stöhnen, das alles begleitete.

Leck mich doch am Arsch.

Er musste diese Scheiße abschütteln. Das war nicht er. Er musste zu viel starkes Kush geraucht haben oder so. »Wie alt warst du, als du angefangen hast, Kaffee zu trinken?«

Ihre Augen öffneten sich und sie nahm einen weiteren Schluck. »Wie alt warst *du*?«

Oh Gott. »Wirst du mir jemals eine meiner Fragen beantworten?«

»Wirst du?«

Er musste lachen und war dankbar, dass ihre sture Art ihn in die Realität zurückholte. Mit einem Kopfschütteln drehte er sich um, lehnte sich gegen den Tresen und musterte sie. »Du bist heute Morgen früh aus meiner Wohnung abgehauen.«

Normalerweise hatte er einen leichten Schlaf, deshalb war er überrascht, als sie zu einer verrückten Zeit aus seiner Wohnung floh, ohne ihn zu wecken. Als er schließlich aufwachte, fiel es ihm schwer, sich von der Couch zu erheben. Teile von ihm waren steif und schmerzten und das nicht ohne Grund.

»Ich bin nicht weggelaufen.« Sie hob ihren Kaffeebecher an die Lippen und ließ ihn dort schweben. »Tut mir leid, dass ich in deinem Bett eingeschlafen bin. Du hättest mich sofort wecken und rausschmeißen sollen, als du mich gefunden hast.« Sie lehnte sich in dem schmalen Raum an die gegenüberliegende Wand und schöpfte mit beiden Händen ihren Kaffee. Klein, wie sie selbst.

Der Platz im Pausenraum war eng, denn soweit er wusste, war er ursprünglich eine Art Lagerraum gewesen. Er war ungefähr so lang und so schmal wie die Küche in seiner Wohnung, wenn überhaupt.

So wie sie sich gegenüberstanden, waren ihre schwarzen Kampfstiefel nur ein paar Zentimeter von seinen entfernt.

Ihre Füße waren winzig im Vergleich zu seinen.

Alles an ihr war zierlich.

Aber nicht zerbrechlich.

Fuck, nein. Er erkannte eine Überlebende, wenn er sie sah.

Er erkannte es an ihren Augen, an ihren Reaktionen und an ihrem Auftreten.

Sie mochte jung sein, aber sie hatte schon ein Leben gelebt.

Er wollte ihre Geschichte kennen.

Wer sie war, woher sie kam, was sie zu dem machte, was sie war.

Er wollte diese Schichten abtragen und zu ihrem Kern vordringen.

Diesen Drang hatte er noch nie verspürt.

Es gefiel ihm nicht, diesen Drang jetzt zu verspüren.

Langsam hob er seinen Blick von ihren Stiefeln auf ihren Skinny-Jeans, die diesmal blau waren, aber ein paar Risse aufwiesen, ähnlich wie bei dem schwarzen Paar. Ihre Hüften waren nicht breit oder kurvig und ihre Oberschenkel schlank. Er hielt an ihrer unförmigen Sweatjacke inne, die die obere Hälfte ihres Körpers verbarg.

Syn war nicht seine normale Menüwahl.

Er hatte noch nie einen Salat bestellt, sondern ein dickes verdammtes Steak mit A1-Soße. Karotten waren für Kaninchen.

Er fickte wie ein Kaninchen, aber er aß nicht wie eines.

Trotzdem ... Im Moment hätte er nichts dagegen, sich etwas Salat aus den Zähnen zu picken.

Der Reißverschluss ihrer Katzen-Sweatjacke war bis zum Anschlag hochgezogen und verbarg, was sie darunter trug.

»Stehst du auf Katzen?«

Er wartete darauf, dass ihr »Stehst *du* auf Katzen?« wie ein Bumerang zu ihm zurückkommen würde, und war überrascht, als sie ihm tatsächlich eine Antwort gab. »Nein. Ich hasse sie. Sie sind oft Arschlöcher.«

»Warum trägst du dann eine Katzen-Sweatjacke?«

»Es ist keine Katzen-Sweatjacke. Es ist eine Sweatjacke mit Katzenohren.«

Diese Tussi ... »Ich schätze, du kannst über alles diskutieren.«

Sie nahm einen langen Schluck von ihrem Kaffee, während sie über seine Worte nachdachte. »Ich schätze, das kann ich.« Sie neigte ihren Kopf. »Es tut mir leid, dass ich letzte Nacht in deinem Bett geschlafen habe. Ich kann mich nicht einmal daran erinnern, dass ich hineingeklettert bin. Aber es gab keinen Grund, dich auf deine eigene Couch zu schicken.«

Er hob eine Augenbraue. »Du meinst, ich hätte mich zu dir legen können?«

Ihr Mund klaffte kurz auf, dann klappte er zu. »Wie gesagt, du hättest mich wecken sollen.«

»Du sahst erschöpft aus und nachdem ich das gesehen hatte ...« *Diese Hütte auf Rädern.* »Wo du jede Nacht schläfst ...

Verdammt, sogar davor wusste ich, dass du das Bett letzte Nacht mehr gebraucht hast als ich.«

Ihr Oberkörper hob sich langsam, als sie einen langen, tiefen Atemzug tat. Sie atmete ihn ebenso langsam wieder aus. »Danke.«

»Das muss verdammt wehgetan haben.«

»Ich nehme es zurück.«

»Zu spät. Kein Rückzieher.«

Ihre Lippen zuckten. »Kein Rückzieher?«

»Hast du das noch nie gehört?«

»Nicht seit«, sie schüttelte den Kopf, »ich weiß nicht ... seit ich zehn war, vielleicht?«

»Wie lange ist das her?«

Ihre Augen verengten sich. »Warum interessiert es dich, wie alt ich bin? Es ist, als ob du davon besessen wärst.«

Vielleicht ist er das ja auch. Sein Interesse an ihr machte ihm eine Heidenangst. Wenn sie zu jung war, könnte das helfen, es zu unterdrücken. Oder er hoffte, dass es so sein würde. »Ich bin nur neugierig, das ist alles.«

»Warum?«

»Ich weiß es nicht. Je mehr du der Frage ausweichst, desto mehr will ich die Antwort wissen.«

»Warum?«

Er hob eine Schulter, schürzte die Lippen und starrte eine Sekunde lang auf den Kaffeebecher in seiner Hand. Als er den Kopf wieder hob, fragte er: »Willst du die Wahrheit wissen?«

Sie nickte, ihr Blick blieb an seinem hängen. Sein Herz klopfte heftig, denn alles an dieser Sache, alles an der Anziehung, die ihn zu ihr zog, machte ihm Angst. Schlimmer noch, es war, als könnte sie durch ihn hindurchsehen.

Nein, nicht durch ihn hindurch. Sie konnte sein Zentrum sehen. Sein Innerstes. Sie konnte alles über ihn sehen.

Woher er kam, was er durchgemacht hatte und vielleicht

sogar, wohin er gehen würde. Genau das, was er über sie lernen wollte.

Hexerei.

Pure verdammte Hexerei.

Er sollte lügen. Scheiße, natürlich tat er das nicht. Denn er war ein Vollidiot. »Weil ich interessiert bin.«

»Willst du die Wahrheit wissen?«, schoss sie zurück.

Das würde er noch bereuen ...»Ja.«

»Ich aber nicht.« Sie stieß sich von der Wand ab, bewegte sich aber nicht weg. »Wenn du uns nur hilfst, um mir an die Wäsche gehen zu können, so wie der alte Mann gesagt hat, wirst du keinen Erfolg haben.«

Sie klang dabei viel zu selbstbewusst. Normalerweise verschwendete er keine Zeit mit Herausforderungen wie ihr. Aber seine Reaktion auf sie überraschte ihn. Es war so gegensätzlich zu dem, was er normalerweise mit jemandem wie ihr oder mit einer seiner typischen Klarmachen-und-Wegschicken tun würde. »Erstens: Lass Dutch nicht hören, dass du ihn so nennst. Zweitens: Stehst du nicht auf Männer?«

»Erstens: Ich habe gehört, wie du ihn so genannt hast. Und du stehst hier vor mir und atmest noch. Zweitens: Ich bin vielleicht vom Pech *verfolgt*, aber ich *verfolge* nicht das Ziel, diese Tatsache zu ändern.«

Er betrachtete sie einen Augenblick lang. Er war nicht beleidigt, dass sie das zu ihm sagte. Im Gegenteil, er respektierte diese Antwort. »Darum habe ich nicht gebeten.«

»Warum hilfst du uns dann?«

»Aus zwei Gründen ... Erstens, weil ich in der Vergangenheit da war, wo ihr jetzt seid.«

Hinter ihren Augen blitzte etwas auf. Wenn er Glück hatte, hatte er sich ein bisschen Respekt bei ihr verschafft. »Und zweitens?«

Ein Mundwinkel hob sich leicht. »Weil ich es kann.«

»Nach dem, was ich gesehen habe, hast du auch nicht viel.«

Da sie beide mit Wahrheitsbomben um sich warfen ...»Ich habe viel mehr als du, du kannst nur nicht alles sehen, was ich habe.«

Ihre dunkelbraunen Augen verengten sich auf ihn. »Was meinst du damit?«

»Materieller Scheiß bedeutet gar nichts ohne den Rest.«

»Ohne den Rest von was?«

Er ruckte mit dem Kopf in die Richtung, in der der Bus geparkt war, auch wenn sie ihn nicht sehen konnten. »Diese drei Typen da draußen ... Was sind sie für dich?«

Sie zog die Stirn in Falten. »Was meinst du? Sie gehören zu meiner Band.«

Er schüttelte den Kopf. »Nein. Sie sind mehr als das.«

Wut färbte ihre Wangen und ihre Worte. »Ich ficke mit keinem von ihnen.«

Das war schön zu hören. Nicht, dass es wichtig gewesen wäre ... Denn es war nicht wichtig. Fuck, nein. »Ich spreche nicht über Sex. Was bedeuten sie für dich? Was sind sie für dich? Ihre musikalischen Fähigkeiten kommen nicht einmal an deine heran. Sag mir, warum du sie um dich hast.«

»Das habe ich dir schon gesagt.«

»Geh tiefer.«

»Bist du etwa ein verdammter Therapeut?«

Sie regte sich über etwas auf, über das sie sich nicht aufregen sollte. Er musste diesen Schutzwall, den sie ständig aufbaute, durchbrechen.

Um Leute fernzuhalten.

Dummköpfe wie ihn.

Oder um ihren eigenen Ballast zu verstecken.

»Fuck, nein.« Dodge schnaubte. »Nicht mal annähernd. Ich sag dir mal was ... Bis ich in dieser Stadt, in diesem Club, in meiner Bruderschaft gelandet bin, hat mir etwas gefehlt. Ich wusste nicht, was. Ich wusste nicht, warum. Ich war auf einem Weg ins Nirgendwo. Mein Leben fühlte sich auch ... unvollständig an. Es dauerte eine Weile, bis ich begriff, warum das so war, denn ich hatte mir nie die Zeit genommen, es herauszufinden. Ich war immer in Bewegung und versuchte, dem davonzulaufen, was mich verfolgte. Ob es nun die Bullen waren oder meine Vergangenheit. Oder eine wütende Frau.« Er schluckte einen weiteren Schluck Kaffee und ließ seine Worte sacken, bevor er fortfuhr.

»Okay?«, drängte sie.

Ihre Einstellung sollte ihn verdammt noch mal abtörnen. Aber das machte ihn nur noch entschlossener, weiterzumachen, anstatt ihr einfach zu sagen, dass sie sich verpissen soll, wie er es normalerweise tun würde. Normalerweise würde er weder Zeit noch einen Gedanken an jemanden wie sie verschwenden.

Aber, *verdammt noch mal*, seine normalen Reaktionen wurden auf den Kopf gestellt, als die Frau vor ihm stand.

Er stürmte vorwärts, bevor er beschloss, dass sie es nicht wert war.»Während meines letzten Aufenthalts im Gefängnis hat mich mein Zellengenosse Rook - der Typ mit dem lauten Chihuahua - hierher eingeladen, um der Fury beizutreten. Von da an ging es Schlag auf Schlag. Ich hatte keinen Grund mehr, wegzulaufen, denn ich fand, was mir fehlte.«

»Eine Bruderschaft?«

»Eine Familie.« Er neigte den Kopf in Richtung der offenen Tür des Pausenraums und der Werkstattbuchten.»All die Jungs da draußen sind jetzt meine Familie. Reilly, die Blondine im Büro? Sie ist die Freundin von Rev.«

Sie wusste zwar nicht, wer Rev war, aber das war auch egal, denn er hatte etwas zu sagen. Sie schien klug genug zu sein, um zu verstehen, was er sagen wollte. *Falls* sie sich das selbst erlauben würde. Sie schien es vorzuziehen, verschlossen und abgeschottet zu bleiben. Seine Worte brauchten nur einen winzigen Spalt, um sich ihren Weg zu bahnen. *Falls* sie sie zuließ.

»Aber schon bevor Rev sie für sich beanspruchte, gehörte

Lee zur Familie.« Er stellte seinen Kaffeebecher hinter sich auf den Tresen und richtete sich auf. »Also, die Sache ist die ... Nach außen hin sieht es vielleicht nicht so aus, aber diese Leute bedeuten mir alles. Außerdem habe ich jetzt einen guten Grund, nicht mehr in den Knast zu gehen. Neben der Familie habe ich mehr, als ich je hatte. Das ist kein schlechter Deal. Im Gegensatz zu deiner jetzigen Situation.«

Dutchs *Ich habe gesagt, was ich gesagt habe«* landete wieder in seinem Kopf. Dodge hatte etwas Wahres gesagt. Es lag an Syn, seine Worte zu nehmen und entweder daraus zu lernen oder sie zu verwerfen.

Wenn sie Letzteres tat, war das ihr Verlust, nicht seiner.

»Weshalb warst du im Gefängnis?«

Das war nicht der Teil, von dem er erwartet hatte, dass sie sich darauf konzentrierte. »Welches Mal?«

»Mein Bruder war sein ganzes Leben immer wieder im Gefängnis, wir haben den Überblick verloren ...«

Dutch stand plötzlich kopfschüttelnd und murrend in der Tür und brachte sie dazu, den Rest ihrer Worte zu verschlucken. Natürlich würde der alte Mann sie unterbrechen, wenn er gerade etwas über sie erfahren wollte.

»Das verdammte Ding kann man nicht reparieren. Es ist eine Dieselheizung. Sie müssen ein paar elektrische Heizgeräte kaufen, bis sie jemanden finden, der das Scheißding durch eine neue, effizientere Propangasheizung ersetzt.«

»Wir haben nicht genug Propan.«

»Da hast du Pech gehabt.« Sein Blick wanderte wieder langsam an Syns Körper hinunter. »Aber ich könnte dich ...«

»Nein«, sagte Dodge schroff. Beide Augenpaare drehten sich in seine Richtung. Das ältere Paar zeigte sich verärgert über seine Einmischung. »So funktioniert das nicht.«

»Du ...«

Er unterbrach den alten Mann erneut. »Nein.«

Syn runzelte die Stirn und ihr Blick hüpfte zwischen ihm

und Dutch hin und her. Er konnte es in ihrem Gesicht sehen, sie wusste genau, was Dutch vorschlug.

Ein Tausch von Sex gegen Dienstleistungen von einem Mann, der alt genug war, um ihr Großvater zu sein.

Das würde nie passieren.

Er hatte erwartet, dass Syn Dutch für diesen Vorschlag in die Knie zwingen würde, oder besser gesagt, für den Versuch eines solchen Vorschlags. Deshalb war Dodge überrascht, als sie einfach sagte:»Wir haben auch keine Steckdose, um elektrische Heizungen zu benutzen, selbst wenn wir welche hätten.«

Was sie nicht sagte, war, dass sie auch kein Geld hatten, um sie zu kaufen.

Gott. Er erinnerte sich daran, wie es war, so vom Glück verlassen zu sein, dass jede Richtung, die man einschlug, verdammt viel Kohle kostete.

Er war zwar immer noch nicht flüssig, aber wenigstens hatte er das Nötigste. Er fror sich nicht den Arsch ab oder ging mit einem leeren Magen ins Bett. Er trank so viel, wie er wollte. Er rauchte auch so viel, wie er wollte.

Er hatte mehr Muschis die Stufen zu seiner Wohnung hinaufgehen lassen, als er zählen konnte. Wenn er keinen Bock auf neue Tussi hatte, konnte er im Handumdrehen eine Sweet Butt in seinem Bett landen lassen. Es brauchte nur eine SMS.

Eines war sicher: Mit dem Club, der Bar und den Frauen war er verdammt noch mal nie einsam. Wenn er etwas Zeit für sich brauchte, fuhr er mit seinem Schlitten eine lange Runde.

Doch je tiefer sie in den Winter kamen, desto weniger Gelegenheiten gab es zum Fahren. Er war nicht so hartgesotten wie einige seiner Fury-Brüder. Er zog es vor, alle seine Finger - und vor allem seine Eier - davor zu bewahren, abzufrieren und abzubrechen.

Dodge nahm seinen Kaffee von der Theke, leerte den Rest und warf den leeren Becher in einen Mülleimer in der Ecke.»In

Ordnung, danke, dass du das für mich gecheckt hast. Wir werden uns schon etwas einfallen lassen.«

Dutch strich sich über den Bart, als er seine Aufmerksamkeit von Syn auf ihn richtete. »Werdet ihr?«

Eingebildeter Wichser. »Ja.«

»Ich würde sie ja den Bus hier anschließen lassen, aber nicht umsonst, und ich kann es wirklich nicht gebrauchen, dass dieser Schulbus den ganzen Platz auf meinem Parkplatz einnimmt.«

»Verstanden«, brummte Dodge. Er konnte sie auch nicht an der Bar anschließen lassen, da es dort keinen Platz zum Parken gab. Außerdem könnte Stella einen Wutanfall bekommen, da die Stromtarife für gewerbliche Kunden höher waren als die für Privatkunden. Er konnte sich nur vorstellen, wie viel Strom dieses Monster verbrauchen würde.

Aber er hatte eine andere verdammte Idee.

Wenn seine Idee Erfolg haben sollte, könnte er sich bei Walmart ein paar Heizgeräte besorgen und die Kosten von deren Gage abziehen.

Oder er könnte ein netter Kerl sein und sie einfach kaufen.

Er war sich noch nicht sicher, ob er so großzügig sein wollte. Oder so nett. Er hatte noch viel Zeit, sich zu entscheiden.

»Ich muss einen Anruf machen.« Er wollte dabei seine Ruhe haben, aber er konnte Syn auf keinen Fall mit Dutch allein lassen. »Geh raus zum Bus. Ich treffe dich draußen.«

Dodge schnappte sich die Schachtel mit frischen Donuts von Coffee and Cream, die auf dem Tresen stand, und schob sie Syn zu. »Hier, nimm das mit. Für die Jungs. Und für dich.«

»Hey, die sind …«, protestierte Dutch.

»Die brauchst du nicht«, unterbrach ihn Dodge, legte seine Hand auf Syns Sweatjacke und führte sie an dem Werkstattbesitzer und dem Büro vorbei zurück nach draußen.

Sobald sie ein paar Schritte auf den Bus zuging, trat Syn auf die Bremse und drehte sich zu ihm um, um die Verbindung zu unterbrechen.»Wir werden den Bus bei Walmart parken.« Er schüttelte den Kopf, aber sie fuhr fort:»Ich bin dir dankbar für alles, was du getan hast, aber die Heizungen müssen warten.«

Er machte einen Schritt auf sie zu und neigte sein Gesicht nach unten, um ihr Gesicht zu sehen.»Lass mich kurz telefonieren, dann können wir weitermachen.«

»Warum tust du das?«, flüsterte sie.»Wir sind doch nur eine Band wie jede andere, die in deiner Bar gespielt hat.«

Nein, das waren sie nicht.

Nein, das war *sie* nicht.

Es gab kein ›nur‹ bei ihr.

»Ich habe schon erklärt, warum.«

»Weil du interessiert bist.«

Er bereute es jetzt, ihr das gesagt zu haben. Er hätte es tief vergraben sollen, wo es hingehörte.»Wollen wir das hier draußen in der verdammten Kälte wieder aufwärmen?«

Sie starrte zu ihm auf, ihr Blick war unerschütterlich.»Ich verstehe das nicht.«

»Dann sind wir schon zwei.« Er zog seine Mütze tiefer auf den Kopf, um zu verhindern, dass er die Hand nach ihr ausstreckte und sie erneut berührte. Denn, *verdammt sollte er sein*, er wollte ihr das Misstrauen aus dem Gesicht wischen. »Geh«, befahl er leise.»Geh und warte im Bus.«

Sie stand weiterhin da und tat nicht, was er befahl. Er wusste genau, warum.

Ich bin genauso verdammt verwirrt wie du, Frau. Das kannst du mir glauben.

Sie nickte, als ob er das laut gesagt hätte. Ihre Antwort ließ sein Herz einen Moment lang höherschlagen, weil er dachte, dass er das vielleicht tatsächlich in die Welt hinausposaunt hatte.

Ohne ein weiteres Wort drehte sie sich um und ging auf den Bus zu.

Er atmete aus und zwang seine Muskeln, sich zu entspannen, dann ging er ein paar Meter vom Bus weg, wo er wusste, dass ihn niemand hören würde. Er drehte dem Schulbus und der Werkstatt den Rücken zu, suchte die gewünschte Nummer und drückte dann auf *Anrufen*.

Er hoffte inständig, dass alles, was er für sie tat oder auch nur zu tun versuchte, ihm nicht in den Arsch beißen würde. In seinen dummen Arsch.

»Ja«, kam als schroffe Antwort nach dem zweiten Klingeln.

»Ich habe hier eine Band, die einen alten Schulbus ohne Heizung hat. Sie brauchen einen Unterschlupf, bis sie morgen Abend im Pete's auftreten.«

Am anderen Ende des Telefons war es still.

»Stella wollte, dass ich sie engagiere. Um für eine Band einzuspringen, die abgesagt hat.« Das könnte seinem Anliegen bei dem Fury-President etwas mehr Gewicht verleihen.

»Dafür gibt es Campingplätze, Bruder«, sagte Trip.

Das war nicht so einfach, wie es sich anhörte. »Sie können sich keinen Campingplatz leisten.« Unter anderem.

Noch mehr Schweigen.

Er wusste, dass Trip es nicht gut finden würde, wenn Fremde auf der Farm übernachteten. Dodge nahm ihm das nicht übel, aber er hoffte auf eine Ausnahme. Selbst wenn der President Nein sagen würde, dann hätte Dodge es wenigstens versucht.

Er musste sich einfach mehr anstrengen, um eine verdammte Lösung zu finden.

Auch wenn es nicht sein Problem war.

Sie waren nicht sein Problem.

Sie war nicht sein Problem.

Verdammt noch mal.

Er machte sie immer wieder zu seinem Problem.

»Das haben wir alle schon erlebt«, erinnerte Dodge ihn mit leiser Stimme. »Jeder Einzelne von uns, verdammt noch mal.«

»Stimmt«, murmelte Trip. »Du weißt, was ich davon halte, wenn Außenseiter auf der Farm sind.«

»Ja.«

Nach einer langen Pause fragte Trip: »Hat Stella sie getroffen?«

»Sie hat sie spielen sehen.« Gestern Abend war sie nicht lange genug geblieben, um die Band zu treffen. Normalerweise nahm sie sich nur dann die Zeit, mit einer Band zu sprechen, wenn sie entschied, ob sie sie buchen sollte oder nicht.

Sie hatte ein gutes Gehör, denn offenbar war ihr Ex Musiker gewesen. Dodge wusste zwar nicht viel über ihre Vergangenheit, aber so viel wusste er schon.

»Gib mir ein paar Minuten. Ich schreibe dir gleich.«

»Hey«, rief Dodge, bevor der Fury-President auflegen konnte. Trip grunzte.

»Es könnte auch für morgen Abend sein. Ich bin mir nicht sicher, ob sie gleich nach dem Gig am Freitagabend aufbrechen oder ob sie Samstagmorgen losfahren.«

Diesmal verstummte das Telefon nicht nur, sondern wurde auch dunkel. Dodge starrte es ein paar Sekunden lang an und tippte sich dann mit dem Rand an die Stirn, während er darüber nachdachte, was er als Nächstes tun könnte, um ihnen zu helfen, falls Trip Nein sagte.

Mit jeder Minute, die verging, wurden ihre Möglichkeiten kleiner.

Er ließ die Hand, in der er sein Handy hielt, fallen und starrte den beschissenen Schulbus auf der anderen Seite des Parkplatzes an.

Warum zum Teufel machte er sich überhaupt die Mühe, ihnen zu helfen? Warum mischte er sich überhaupt in etwas ein, das nichts mit ihm zu tun hatte?

Seine Antwort ging an der Rückseite des Busses vorbei.

Verdammte Scheiße.

Er war noch nie ein Sklave von Muschis gewesen.

Nicht ein einziges Mal.

Noch schlimmer, er hatte sie nicht einmal gefickt. Wenn er klug war, sollte er das auch nicht vorhaben.

Vor allem, weil es der Frau schwerfiel, zuzuhören.

Ich habe gesagt, was ich gesagt habe.

Dutchs Worte waren eine weitere Sache, die er aus seiner Melone kratzen musste.

»Ich habe dir doch gesagt, dass du im Bus warten sollst«, rief er.

Als sein Handy klingelte, las er die lange, Trip-typische Nachricht, die auf seinem Display erschien.

Sag ihnen, dass sie spätestens am Samstagmorgen draußen sein müssen. Keine Ausnahmen. Kein Herumschnüffeln. Wenn ich höre, dass sie neugierig sind, schleppe ich den Scheißbus vom Grundstück ab. Mit oder ohne sie drin.

Dodge grinste auf sein Handy. Dieser Mann würde es auch tun. Er machte keinen Spaß, wenn es darum ging, die Sicherheit aller in der Fury zu gewährleisten. Was in der Fury geschah, blieb in der Fury.

Vor allem, wenn es um einige der Aktivitäten ging, in die sie in der Vergangenheit mit den Shirleys verwickelt waren. Aktivitäten, in die sie in naher Zukunft wieder verwickelt werden könnten, da der Bergclan den Hillbilly Hill wieder zu befallen schien.

Eine weitere SMS kam herein.

Kirche heute Abend. 8. Sei dort.

7

Syn konnte ihren Blick nicht von Dodge abwenden, als seine langen Beine den Abstand zwischen ihnen aufzehrten.

»Ich habe dir gesagt, du sollst im Bus bleiben«, knurrte er.

Er war ein herrisches Arschloch. Sie war stolz auf sich, wenn es ihr gelang, diese Bemerkung für sich zu behalten.

Heute war ihr Arschloch-Meter kaputt. Das war auch gut so, denn sie waren ihm gerade irgendwie ausgeliefert.

Nein, nicht nur irgendwie, sie waren es. Sie saßen fest.

Sie hasste dieses hilflose Gefühl. Dass sie nicht in der Lage waren, ihre eigenen Probleme zu lösen. Nicht in der Lage zu sein, für ihre ›Familie‹ zu sorgen.

Denn egal, wie sehr er ihr auf die Nerven ging, er hatte recht.

Alles, was er in diesem Pausenraum gesagt hatte, war wahr. Rex, Eddie und Nico waren ihre Familie. Aber sie brauchte ihn nicht, um das zu wissen. Sie wusste es schon seit Langem.

Sie liebten die Musik genauso sehr wie sie. Sie brauchten sie genauso sehr wie Syn.

Musik war für sie wie Sauerstoff für jemand anderen.

Ohne sie würde sie sterben.

Im Moment war Musik das Einzige, was ihr gehörte und worüber sie die volle Kontrolle hatte.

Denn alles andere? Hatte sie nicht.

Ihr verdammtes Leben war ein Scherbenhaufen. Sie trat so schnell sie konnte, um sich über Wasser zu halten. Gelegentlich wurde das Wasser so rau und unruhig, dass sie einen Schluck verschluckte und erstickte.

So wie jetzt.

Sie hatte die falsche Entscheidung getroffen, im Norden zu bleiben. Sie hätte Eddie sagen sollen, dass er den Bus nach dem letzten bezahlten Gig in Williamsport nach Süden lenken sollte. Davor hatten sie eine Kneipe in Scranton gefunden, in der sie spielen konnten.

Leider hatte der Besitzer der Bar sie um das Geld betrogen, das er ihnen versprochen hatte. Als Syn das Geld abholen wollte, nachdem sie ihre Ausrüstung verladen hatten, sagte der Besitzer, er müsse das Geld aus dem Safe in seinem Büro holen und sie solle ihm folgen.

Ihr erster Instinkt war, sich zu weigern, aber sie brauchten das Geld und der Wichser sagte, er würde es nur ihr geben. Als sie das hörte, sträubten sich die Haare in ihrem Nacken und ihr Magen drehte sich um.

Sie hatte schon öfter mit Männern wie ihm zu tun gehabt.

Zu viele Male, um sie zu zählen.

Männer, die glaubten, sie hätten die ganze Macht über das >schwächere< Geschlecht.

Sie schwangen ihre Frauenfeindlichkeit wie ein Schwert.

Während der Barbesitzer das Geld fest in der Pfote hielt, sagte er, dass ihr >Auftritt< noch nicht beendet sei. Mit einem Lächeln, das Syn die Galle hochkommen ließ, forderte der Wichser sie auf, auf die Knie zu gehen.

Stattdessen zwang sie ihn in die Knie.

Er landete auf seinen eigenen Kniescheiben - die sie hätte

brechen sollen - und nicht sie, und sie machte sich aus dem Staub, während er vor Schmerz und Wut heulte. Die Jungs wollten wieder reingehen und ihm eine Lektion erteilen. Leider hatte keiner von ihnen die Fähigkeiten, zu kämpfen. Es half auch nicht, dass ein paar Freunde des Besitzers aus der Bar stürmten und anfingen, sie zu verfolgen.

Sie sprintete zurück zum Bus und brach sich dabei fast den Knöchel in den hochhackigen Stiefeln, die sie auf der Bühne trug. Als sie die Treppe hinauflief, schrie sie Eddie an, er solle sie verdammt noch mal da rausschaffen. Er gab Gas und ließ die beiden Männer in einer Wolke aus schwarzen Dieselabgasen zurück, sodass sie sich ihre Lungen aushusten mussten.

Leider blieben auch die versprochenen zweihundert Dollar zurück. Das Einzige, was sie mitnahmen, waren ein paar zusammengeknüllte Kaugummipapiere, ein paar Erdnussschalen, drei Vierteldollar und eine Handvoll Pennys aus der Trinkgeldbüchse.

Lass sie dich nie weinen sehen.

Lass sie dich nie weinen sehen.

Lass ...

»Es ist zu kalt für dich, wenn du hier draußen nur in dieser verdammten Sweatjacke stehst.«

Reiß dich zusammen, Syn. Er muss dir nicht helfen. »Im Bus ist es auch nicht viel wärmer.«

»Ich werde dieses Problem lösen.« Das Selbstvertrauen des Mannes sickerte aus seinen Poren.

Auf der einen Seite fand sie das anziehend, sogar verdammt sexy, aber auf der anderen Seite auch beunruhigend, denn es brauchte nicht viel, damit Selbstvertrauen in Arroganz umschlug. »Wie?«

»Steig in meinen Truck und du wirst es herausfinden.«

Sie blickte über ihre Schulter zurück zum Bus. »Was ist mit ihnen?«

»Wir sind gleich wieder da.«

»Es wird ihnen nicht gefallen, dass ich mit dir wegfahre.«

»Glaubst du, das interessiert mich einen Scheiß? Sie wollen Wärme?«

Er bewegte sich momentan auf der Grenze zur Überheblichkeit. Geradezu ein grenzwertiges Arschloch.

»*Zeig mir, wie sehr du das Geld willst, Mädchen. Du bekommst nicht, was du willst, solange ich nicht bekomme, was ich will.*«

Ihr Herz war ihr im Hals stecken geblieben, als sie darauf bestand: »*Wir haben zwei Sets gespielt. Genau wie du es wolltest. Bezahl mir, was du uns schuldest.*«

»*Zuerst wirst du noch eins spielen. Auf deinen Knien.*«

Sie kniff die Augen zusammen und schaffte es irgendwie, ein »Ja« herauszubekommen.

Als ein Finger unter ihr Kinn gelegt und ihr Gesicht angehoben wurde, öffnete sie die Augen und versteckte schnell die Wut, die immer auf ihre Panik folgte.

»Was zum Teufel?«, flüsterte er und zog die Augenbrauen zusammen.

Sie schüttelte den Kopf. Es war nicht das einzige Mal, dass so etwas passiert war, aber es war das letzte Mal und aus irgendeinem Grund konnte sie es nicht abschütteln.

»Wir haben nur einundzwanzig Dollar«, erinnerte sie ihn. »Und wir müssen tanken.«

»Es gibt eine Tankstelle ein paar Blocks westlich von hier. Sag ihnen, sie sollen tanken und uns dann wieder hier treffen.«

»Wie lange werden wir brauchen? Sie werden fragen.« Sie war sich nicht sicher, ob sie das tun würden oder nicht, aber das brauchte er nicht zu wissen.

»Hoffentlich nicht lange. Ich habe heute viel zu tun, abgesehen von der Rettung von ein paar Streunern.«

Sie ruckte mit dem Kopf und seine Hand fiel weg.

Ohne ein weiteres Wort zu sagen oder ihm den Rücken zuzuwenden - was sie nur mit Mühe unterlassen konnte -, drehte sie sich auf den Absätzen um und ging zurück zum Bus, bevor sie den Kampf verlor.

»Ich warte in meinem Truck«, hörte sie ihn rufen.

Sie presste die Lippen zusammen, um ihn nicht zu beschimpfen, und ging weiter.

* * *

SYN BLICKTE IN DEN BEIFAHRERSPIEGEL, um sich zu vergewissern, dass der Bus noch hinter ihnen war, während Dodge den Weg zu einem unbekannten Ziel anführte.

Sie hasste es, die Kontrolle in seinen Händen zu lassen.

Sie hasste es, sich auf seine Hilfe verlassen zu müssen.

Du hast im Moment keine andere Wahl. Nimm die Hilfe an, wenn du sie bekommen kannst. Vor allem, wenn man nicht erwartet, dass du mit deiner Würde für sie bezahlst.

Im Inneren der Fahrerkabine war es bis auf das Straßen- und Motorgeräusch still. Der Dodge Pick-up war zwar alt, aber in einem wirklich guten Zustand. Perfekt, um genau zu sein. Er kümmerte sich um ihn. Im Gegensatz zu seiner Wohnung.

In dem großen Laden hatte er zwei kompakte Keramikheizungen gekauft, die allein seine angekettete Brieftasche um hundert Dollar erleichterten. In dieser Summe waren die persönlichen Dinge, die sie brauchte, noch nicht enthalten. Er sagte ihr, sie solle auch diese Dinge mitnehmen.

Sie widersprach ihm nicht und versteckte auch nicht die Sparpackung Tampons, die sie zusammen mit einer großen Flasche Shampoo und einer Großpackung Toilettenpapier gekauft hatte.

Er starrte auf das Zeug an der Kasse, sagte aber nichts.

Da er nichts sagte, schnappte sie sich eine Rolle Pfefferminzbonbons, einen Hershey-Riegel und ein Viererpack AA-Batterien aus den Regalen entlang der Kasse und warf sie ebenfalls auf das Band.

Nach einem kurzen Blick auf die hinzugekommenen Artikel sagte er immer noch nichts.

Also schnappte sie sich die neueste Ausgabe des Rolling-Stone-Magazins und warf sie auf das Band.

Er schnappte es sich und sagte:»Entweder du benutzt das Klopapier oder die Zeitschrift, um dir den Hintern abzuwischen. Entscheide dich.«

Die Zeitschrift wanderte zurück ins Regal.

Sie verbarg ihr Grinsen, indem sie ihren Kopf wegdrehte. Sie mochte seine Rechthaberei nicht besonders, aber es konnte unterhaltsam sein, wenn sie sich nicht davon irritieren ließ.

Auf dem Weg zum Walmart hatte er nichts versucht und auf der Rückfahrt auf der Sitzbank einen großen Abstand zwischen ihnen gehalten. Sie waren zurück zur Werkstatt gefahren, um den Bus abzuholen.

Jetzt fuhren sie auf einem langen Feldweg nicht weit außerhalb der Stadt.

»Du wohnst über der Bar. Also, wer wohnt hier?«, fragte sie, als sie an einem Bauernhaus vorbeikamen, das gut gepflegt aussah. Dem Baustil nach zu urteilen, musste es Ende des neunzehnten Jahrhunderts gebaut worden sein.

Nicht ihr Geschmack, aber jemand liebte es genug, um es in Schuss zu halten.

»Der President unseres Clubs und seine Old Lady.«

Eine riesige Scheune tauchte vor ihnen auf. Sie sah aber nicht wie eine typische Scheune aus. Oben gab es riesige Fenster, aber unten nichts. Es gab keine Zäune für das Vieh und auch keine Tiere.

Zu ihrer Linken befand sich ein langer Lagerschuppen mit mehreren Garagentoren und ein paar kleinere Schuppen sowie ein großer überdachter Pavillon links von der Scheune. Dahinter lagen Felder, und hinter den Feldern standen Bäume. Auf der anderen Seite einer Reihe kahler Bäume zu ihrer Linken befand sich eine Reihe von Häusern. Im Gegensatz zum

Bauernhaus sind sie neuer und nicht so groß. Wenn es nicht Winter wäre, hätte sie sie vielleicht nicht sofort bemerkt.

Der Weg, dem sie folgten, zweigte zu diesen Häusern ab, also mussten sie zum selben Grundstück gehören.

»Was ist das für ein Ort?«

»Das Zuhause der Blood Fury«, sagte er.

Sie blickte sich erneut um. »Das verstehe ich nicht. Wohnen hier alle?«

»Hauptsächlich. Ein paar von uns aber nicht.«

»Da drüben gibt es nicht viele Häuser. Wie groß ist dein Club?«

»Nicht groß, aber ein paar meiner Brüder leben in einer Schlafbaracke hinter der Scheune.« Er neigte den Kopf in Richtung des langen Gebäudes rechts von ihnen. »Hinten gibt es auch ein paar Wohnungen im zweiten Stock.«

»Wie viele von euch sind dort?«

Er verlangsamte seine Fahrt bis zum Ende des langen Schuppens, schaltete die Gangschaltung in den Leerlauf und betätigte die Handbremse. Er drehte seinen Oberkörper zu ihr hin. »Dreizehn voll gepatchte. Fünf Prospects, zwei davon bekommen bald ihre Patches.«

»Was ist ein normal großer Club?«

»Es gibt nichts Normales in einem MC. Wir sind alle unterschiedlich. Wir haben verschiedene Statuten, Regeln und Vorschriften. Jeder macht sein eigenes Ding, auch wir. Unseren Club gibt es noch nicht so lange. Er wächst noch.«

»Wer hat ihn gegründet?«

Er schürzte kurz die Lippen und sie dachte schon, er würde nicht antworten, aber schließlich tat er es doch. »Die Originals haben ihn vor langer Zeit gegründet, aber sie haben ihn auch zerstört. Trip, unser President, baute den Club von Grund auf neu auf, nachdem sein Vater für die Zerstörung verantwortlich war.«

»Der President hat seinen eigenen Club zerstört? Etwas, das er aufgebaut hat?«

»Er war nicht der Einzige«, murmelte er und blickte über seine Schulter und durch das hintere Fenster des Pick-ups auf den Bus ihrer Band. »Bleib mal kurz hier. Ich werde deinen Jungs ein paar Anweisungen geben. Bleib im Warmen.«

Er öffnete die Fahrertür, kletterte hinaus und lehnte sich dann wieder hinein. »Nur ein kleiner Rat: Ihr seid hier, weil unser President so großzügig ist. Ich rate euch, nicht herumzulaufen, nicht neugierig zu sein und keine Fragen zu stellen. Vor allem nicht über den Club. Ich habe dir schon zu viel verraten.«

Er hatte ihr fast gar nichts verraten.

Er knallte die Tür zu. Sie drehte sich auf der Sitzbank um und starrte ihn durch die große Heckscheibe an, als er sich dem Bus näherte und im Inneren verschwand.

Ein paar Sekunden später standen er und Eddie vor dem Schulgebäude und Dodge zeigte auf ein Feld hinter der Scheune.

Er wollte, dass sie auf einem Feld parken? Wie sollten sie so den Strom für die Heizungen bekommen?

Sie schaute sich an, wie Eddie den Kopf zustimmend auf und ab wippte, egal, was Dodge ihm sagte. Ein Lächeln huschte über das sommersprossige Gesicht ihres Schlagzeugers und er streckte seine Faust für einen Fistbump aus.

Syn rollte die Lippen nach innen, als Dodge für den Bruchteil einer Sekunde auf Eddies Faust starrte, den Kopf schüttelte, so wie jemand mit den Augen rollen würde, und mit langen Schritten zurück zu seinem Truck ging. Er riss die Tür auf, kletterte hinein und knallte sie zu, sodass die Dezemberluft nicht mehr ins Fahrerhaus strömte.

Syns Aufmerksamkeit wurde auf den Bus gelenkt, der an ihnen vorbeifuhr und auf das Feld zusteuerte. Sie knirschte mit den Zähnen, als sie sich das Fahrzeug ansah, wie es über das unwegsame Gelände holperte und rollte. Wenn bei dieser

Offroad-Fahrt die Federung oder irgendetwas anderes kaputt-
ging, waren sie aufgeschmissen. Dann konnten sie genauso gut
mit ihren Instrumenten auf dem Rücken nach Süden trampen.

Als sie sich wieder zu Dodge umdrehte, setzte ihr Herz
einen Schlag aus und raste dann weiter. Er hatte sie angeschaut.
Er machte sich auch nicht die Mühe, es zu verbergen, als sie
ihn erwischte.

Was sie in seinen Augen sah, machte ihr Angst, aber nicht,
weil sie befürchtete, dass er ihr wehtun würde, sondern weil sie
befürchtete, dass es genau das Gegenteil war.

Er gab ihr gegenüber zu, dass er interessiert war.

In diesem Moment war das verdammt offensichtlich. Plötzlich wurde die Fahrerkabine viel kleiner.

Die Hitze, die sie spürte, kam nicht mehr aus den Lüftungs-
schlitzen.

Sie räusperte sich. »Wohin fahren sie? Sie parken auf einem
Feld …«

»Sie parken nicht auf einem Feld.«

»Dann …«

»Sie fahren dorthin, um den Fäkalientank zu entleeren.«

Langsam schloss sie ihren klaffenden Mund. »Ist das nicht
illegal?«

Sein Kopf neigte sich leicht zur Seite. »Sieht es aus, als ob es
mich einen Scheiß interessiert, wenn es so ist?«

Nein, das tat es nicht.

»Willst du, dass er geleert wird?«

Heilige Scheiße, ja. Sie nickte und konnte ihren Blick nicht
von ihm abwenden, um nachzusehen, wo der Bus gelandet war.
Hoffentlich hatten die Jungs alles unter Kontrolle.

»Wenn sie damit fertig sind, werden sie ihn neben dem
Schuppen abstellen. Dort gibt es Wasser und einen Stroman-
schluss, den ihr nutzen könnt. Habt ihr noch Fragen?«

»Ist es die richtige Amperezahl?«

»Ja.«

»Woher weißt du das?«

»Weil er für einen meiner Brüder und seine kleine Tochter installiert wurde.«

»Sie lebten in einem Wohnmobil?«

»So etwas Ähnliches.«

Syn konnte ihren Blick nicht von seinem Hals losreißen, als sein Adamsapfel beim Schlucken rollte.

Ohne den Blick von ihr abzuwenden, griff er in seine Kutte, die zwischen ihnen auf dem Sitz gelegen hatte. Als sie ihn vorhin fragte, warum er sie nicht trug, sagte er, dass sie ihre Kutten nicht in einem Fahrzeug trugen. Und wenn doch, dann trugen sie sie mit ihren Farben nach außen.

Er erklärte ihr nicht, was der Grund dafür war und sie beschloss, nicht zu fragen. Aber jetzt holte er eine Dose und ein Feuerzeug aus einer Innentasche, öffnete sie und steckte sich etwas, das wie ein Joint aussah, zwischen die Lippen.

Er kurbelte das Fenster einen Spalt herunter und zündete ihn an.

Sofort wusste sie, dass es sich nicht um Gras, sondern um Tabak handelte. Er wandte seinen Kopf nur für die Sekunden von ihr ab, die er brauchte, um den Rauch aus der schmalen Öffnung zu blasen. Seine dunkelbraunen Augen suchten das Feld ab und kehrten dann zu ihr zurück.

»Später werde ich eines der ... äh ... Mädchen bitten, eine weitere Kiste mit Essen zu bringen.«

»Mädchen?« Warum zögerte er so?

»Ja, wie Angel es getan hat. Wir haben heute Abend ein Treffen in The Barn - so heißt unsere Scheune. Wenn ihr danach im Pete's was Warmes essen wollt, passen zwei von euch in meinen Truck. Possum oder Tater können euch nach dem Essen wieder hierherbringen. Ja?«

»Possum oder Tater?«, wiederholte sie.

»Possum hast du gestern Abend kennengelernt. Tater ist ein weiterer Prospect. Sie wohnen hier in der Schlafbaracke, also wird derjenige, der zuerst zurückkommt, eure Ärsche zurückschleppen. Klingt das gut?«

Das hörte sich verdammt geil an und sie wollte ihn schon wieder fragen, warum zum Teufel er ihnen helfen wollte. Es machte keinen Sinn, dass er das alles nur tat, weil er einfach ›interessiert‹ war. Vor allem, weil er bisher seine Hände bei sich behalten oder seine Hilfe nicht als Erpressung benutzt hatte, um mehr zu bekommen, als sie bereit war zu geben.

»Was ist mit den anderen beiden?«

Er nahm einen langen Zug von seiner Zigarette und blies sie wieder aus der Ritze aus. Ein Teil des Rauchs blieb darin gefangen und wirbelte wie eine mystische Wolke um sie herum. Er stützte seine Hand mit der angezündeten Zigarette auf dem Lenkrad des Trucks ab, dann ertönte seine volle Baritonstimme wieder im Fahrerhaus. »Ich kann auf dem Treffen jemanden finden, der sie in die Bar bringt, weil alle da sein werden. Shade oder Ozzy vielleicht, da sie nicht hier vor Ort wohnen.«

Den letzten Teil sagte er mehr zu sich selbst als zu ihr, denn sie hatte ohnehin keine Ahnung, von wem sie sprach.

Aus den Augenwinkeln sah sie den Bus auf sich zukommen.

»Bleib im Truck und halt dich warm, während sie die Sachen anschließen. Ich werde ihnen zeigen, wo sie parken können.«

Innerhalb von Sekunden war sie wieder allein, während die Heizung noch immer auf Hochtouren lief.

Sie kaute auf ihrer Unterlippe und schaute sich an, wie er Eddie zeigte, wo er parken sollte. Der dunkelhaarige Mann mit den dunklen Augen und der herrlich satten Stimme stand dann da, die Hände in die schmalen Hüften gestemmt, und beaufsichtigte ihre Bandkollegen, während sie sich darum kümmerten, alles anzuschließen.

Diesmal befolgte sie seine Anweisung nicht und wartete nicht auf seine Rückkehr. Stattdessen kletterte sie aus dem Truck und ging dorthin, wo sie für die nächsten Nächte parken würden.

Als sie zu ihnen stieß, konnte sie zwei Dinge nicht übersehen. Das Lächeln auf den Gesichtern der Jungs, weil sie wussten, dass sie heute Nacht weder frieren noch hungern würden und ...

Dodge.

Nach ein paar weiteren Sekunden brummte er:»Ich hole dich später ab.« Er hob zum Abschied das Kinn und war weg.

Als sie sich seinen Truck auf demselben Weg anschaute, auf dem sie hereingefahren waren, fühlte sie sich plötzlich verloren und verdammt allein.

Und das war einfach nur verrückt.

* * *

»ICH WOLLTE NUR EIN PAAR WORTE DARÜBER VERLIEREN, was auf dem Hillbilly Hill los ist. Ich habe überlegt, ob ich eine Gruppen-SMS verschicken soll, aber seit wir die Clubfahrten für die Saison eingestellt haben - es sei denn, es gibt einen verrückten Tag, an dem wir Glück haben und es warm genug ist -, sind wir nicht oft alle an einem Ort. Ich verstehe ja, dass wir alle viel zu tun haben und unsere Familien wachsen, aber wir müssen in Verbindung bleiben und Informationen austauschen. Um es kurz zu machen, deshalb habe ich ein Treffen einberufen.« Trip stand auf der Kiste, die er normalerweise in der Kirche benutzte, damit er gesehen und gehört werden konnte.

Auch Sig stand wie normal auf dem Boden zu seiner Rechten, Judge zu seiner Linken. Jury, Judges amerikanische Bulldogge, saß auf ihren Hüften und lehnte sich an das Bein des mürrischen grünen Riesen, während der Enforcer ihr die Ohren rieb.

Von einem der Billardtische aus konnte Dodge sehen, wie die Augenlider der Hündin schwer herabhingen, und er vermutete, dass sie vielleicht im Halbschlaf war. Da er kein wildes, ohrenbetäubendes Kläffen hörte, musste Rook Cujo heute

Abend nicht bei sich haben. Normalerweise versuchte der kleine Scheißer, es mit Jury und Justice, Dekes Rüpel, aufzunehmen, als könnte er ihnen in den Arsch treten.

Das konnte er nicht.

Aber das kleine Arschloch würde es trotzdem versuchen, auch wenn er dabei starb.

»Ja, auch wenn das Scheißwetter endlich da ist, scheinen sich diese Wichser darauf vorzubereiten, sich wieder auf dem Berg niederzulassen. Scar, Bones und Castle gehen immer noch abwechselnd dorthin, um zu sehen, wie es weitergeht. Ich will nur alle darauf aufmerksam machen, dass ihr eure Sicht- und Hörklappen offen halten solltet.«

»Wir müssen den Ziegenfickern aus den Bergen einen Schritt voraus sein«, fügte Sig hinzu.

»Was sollen wir denn machen? Die Hände in den Schoß legen und warten, bis sie uns wieder angreifen?«, fragte Deacon.

Trip riss sich seine schwarze Baseballkappe vom Kopf, fuhr sich mit den Fingern durch das Haar und setzte sie wieder auf. Obwohl Dodge nicht in der Nähe war, konnte er sehen, wie der Kiefer des Presidents klappte. Es brauchte nicht viel.

»Diesmal will ich nicht warten, um mich mit diesen Wichsern anzulegen. Sie denken wahrscheinlich, dass wir die Bundespolizei eingeschaltet haben und werden sich rächen wollen«, fuhr Deke fort. »Ich muss mich jetzt um meinen Sohn kümmern. Cassie und Stella sind schwanger. Dyna ist verdammt verwundbar. Daisy ist den ganzen Tag ungeschützt in der Schule. Jude auch. Das Risiko für uns ist jetzt höher als je zuvor.«

»Das wissen wir. Aber wir wissen auch nicht, ob die Feds diese Wichser beobachtet«, antwortete Judge seinem Cousin.

»Ja, wir müssen unsere Frauen und Kinder schützen, aber wir müssen es so tun, dass wir nicht alle in den Arsch gefickt werden. Und du weißt, was ich damit meine. Wenn wir alle eingesperrt werden, wer soll sie dann beschützen?«

Alle Männer in der Scheune wussten, dass die Frauen sich selbst beschützen konnten, aber Dodge verstand, was Judge meinte. Wenn wir verhaftet würden, weil wir den Clan rücksichtslos auslöschen, würde nicht nur der Club und die Bruderschaft zerbrechen, sondern auch die Familien.

»Jet kann den Chief nicht nach Details über die Feds fragen, nachdem ...«, Rook schüttelte den Kopf. »Nachdem wir alle wissen, was verdammt noch mal passiert ist. Aber wann immer sie in der Nähe ihrer Familie ist, hat sie ein offenes Ohr für alles Neue. Die Shirleys sind kein Gesprächsthema bei den Bryson-Treffen. Der Oberbulle weiß, dass jedes Gerücht über diese Ziegenficker zu uns gelangen wird, und er versucht, den Krieg zu vermeiden, von dem wir dachten, dass wir ihn haben würden, bevor die Bundespolizei eingriff.«

»Wir haben darüber geredet, den Feds einen Tipp zu geben«, sagte Rev. »Sie würden wahrscheinlich gerne wissen, dass diese Kakerlaken wieder den Berg hinaufwuseln.«

Trip ließ den Kopf sinken und kratzte sich im Nacken. »Wie Judge schon sagte, wissen sie es vielleicht schon und das könnte es für uns noch riskanter machen.«

»Ich habe keine Lust, irgendwelchen Bullen zu helfen, egal ob Feds oder nicht. Nicht für etwas, das wir selbst erledigen können«, sagte Ozzy neben ihm.

»Einverstanden«, sagte Rook. »Scheiß auf diese verdammten Bullen.«

»Ich will nur nicht, dass diese Bullen uns ficken. Das würden sie sofort tun, wenn sie die Chance dazu hätten«, antwortete Judge. »Wenn einer der Prospects da oben erwischt wird, ist das nur Hausfriedensbruch.«

»Wir könnten sie auf dem Rückweg abfangen«, schlug Shade vor. »Im Moment sind es nur die Männer und sie kommen langsam zurück. Wahrscheinlich, um die Lage zu erkunden.«

»Wie gesagt, am Ende geht es darum, was wir mit ihren Frauen und Kindern machen«, erinnerte Trip sie, »auch wenn wir ihre Männer einen nach dem anderen abknallen. Du weißt, wenn die Shirley-Männer erst einmal fertig sind, werden auch ihre Frauen und ihre Brut zurückkehren.«

»Scheiß auf diese Zuchtweibchen und Rotzlöffel«, bellte Sig. »Sie sind eine Bedrohung für unsere Familie, dann sind wir eine Bedrohung für ihre.«

Um Dodge herum ertönten ein paar ›Ja‹-Rufe. Er hatte zwar keine Frau oder Kinder wie die meisten seiner Brüder, aber er stimmte Sig zu.

Vor allem, nachdem eine dieser Inzuchtschlampen ihm fast den Kopf mit einer Schrotflinte weggeschossen hatte, als sie Dyna retten wollten. Das war nicht das einzige Mal, dass der Shirley-Clan versuchte, Dodge zu töten. Er hatte immer noch eine Narbe am Arm, wo ihn eine Kugel gestreift hatte, als sie auf dem Weg zurück in die Berge waren, nachdem sie Cages kleines Mädchen zurückgebracht hatten.

Sie hatten Glück, dass keiner von ihnen an diesem Tag ernsthaft verletzt wurde oder gar tot war.

Scheiß auf diese Wichser.

»Also gut, im Grunde war das heute Abend nur ein kurzes Update und eine Warnung. Die Prospects werden die Situation weiter beobachten und Bericht erstatten. Ich werde ihnen sagen, dass sie die Erlaubnis haben, das zu tun, was sie tun müssen, wenn sie einen dieser Männer allein da oben erwischen. Danach können Shade«, Trip ruckte mit dem Kopf in Richtung des langhaarigen Mannes, »und Easy das tun, was sie am besten können.«

Müll in Asche verwandeln.

»Wir brauchen noch mehr verdammte Prospects«, sagte Ozzy. »Wir brauchen die Zahlen auf unserer Seite.«

»Und das ist, wie der Umgang mit den Shirleys, keine einfache Sache«, erinnerte Trip den Motelmanager.

»Apropos Chancen«, rief Dodge, »ist es nicht an der Zeit,

darüber abzustimmen, ob Possum und Tater ihre Patches bekommen?«

»Wahrscheinlich schon«, antwortete Trip mit einem Nicken. »Da wir jetzt alle hier sind, lasst uns endlich abstimmen. Wie ihr alle wisst, muss die Abstimmung einstimmig sein.« Er musterte die kleine Gruppe ihrer Brüder. »Hat jemand Einwände? Wenn ja, dann schreit es jetzt heraus oder haltet für immer eure verdammte Klappe.«

»Wir brauchen sie weiterhin im Pete's«, erinnerte ihn Dodge. »Aber sie haben schon danach gefragt. Sie haben in der Bar gute Arbeit geleistet und Stella kann das bestätigen.«

Trip nickte. »Das kann ich auch, denn ich bin öfter da als die meisten von euch, mit Ausnahme von Dodge. Sie sind sehr loyal. Sie arbeiten sich den Arsch ab. Keiner von ihnen hat irgendein verdammtes Drama verursacht. Im Gegensatz zu Scar.«

»So sehr mich Scar auch genervt hat«, sagte Rook. »Ich erkenne an, dass ein Mann ohne Seele ein Gewinn ist, wenn es darum geht, mit so einem Scheiß wie den Shirleys fertig zu werden.«

»Er ist auch ein guter Rausschmeißer«, sagte Ozzy, der Scar kürzlich in dieser Funktion erlebt hat.

»Wenn seine hässliche Visage nicht gerade ein paar Kunden verscheucht«, fügte Dodge hinzu. »Aber ja, er ist gut darin, die Wichser rauszuschmeißen, wenn ich ihn brauche.«

»Okay, vergiss Scar für den Moment. Wir müssen uns nur noch für Possum und Tater entscheiden. Keine Einwände?«

Trips Antwort aus der Gruppe war Schweigen.

Er nickte. »Sind alle dafür?«

Ein lauter Aufschrei ging durch die Gruppe.

»Alle dagegen?«

Wieder Stille.

»Es ist verdammt noch mal einstimmig«, verkündete Trip

und blickte zu Deacon hinüber. »Stellt ihre Patches zusammen. Wir werden sie Sonntagabend überraschen.«

»Was ist mit ihren Namensaufnähern?«, fragte Deke.

»Die können sie bekommen, wenn sie sich entschieden haben, wie sie heißen wollen. Ich bezweifle, dass sie ihre Prospect-Namen behalten werden. Aber niemand sagt etwas, bis wir uns treffen und ihnen ein komplettes Set von Patches überreichen. Lasst uns ein bisschen Spaß mit ihnen haben und wenn wir sie am Sonntag anrufen, werden sie das Schlimmste denken.« Trip grinste. »Vielleicht wird sich einer von ihnen in die Hose machen. Vor allem, wenn Judge mit dem *Punisher* in der Hand dasteht.« Er wandte sich an seinen Halbbruder. »Sig, sag den Sweet Butts, sie sollen zwei Zimmer in der Schlafbaracke für sie vorbereiten. Sag ihnen aber, dass sie nicht verraten sollen, warum.«

Sig nickte und nahm einen langen Zug an seiner selbst gedrehten Zigarette.

»Bevor ich es vergesse ... Die Schwesternschaft plant bereits die jährliche Weihnachtsfeier. Wir werden sie wieder an Heiligabend veranstalten, damit Cassie und Judge Daisy an Weihnachten zu ihren Schwestern bringen können. Außerdem haben wir dann Zeit für alle, die die Feiertage mit Blut verbringen wollen. Zum Beispiel Jet. Ich bin sicher, die Brysons können es kaum erwarten, dass du mit ihnen am Tisch sitzt und das Brot brichst, Rook.« Er schnaubte, dann klatschte er einmal kräftig. »Okay. Gibt es sonst noch etwas zu besprechen? Wir sind offen für Vorschläge, Probleme und Beschwerden, da der Führungsausschuss nach oben geht, um das Thema Shirley weiterzudiskutieren, sobald wir hier unten fertig sind.«

»Sollen wir uns beschweren?«, fragte Easy in der Nähe, »wie beim Fest?«

Dutch griff sich in den Schritt und schüttelte ihn. »Ich habe eine Stange, um die du dich versammeln kannst.«

Cage täuschte ein lautes Würgegeräusch vor, woraufhin einige von Dodges Brüdern lachten.

»Also gut«, rief Trip, dem man die Ungeduld deutlich anhörte. »Wenn niemand etwas Wichtiges zu sagen hat ...«

»Ich schon. Ich wiederhole das, weil wir es nicht oft genug wiederholen können. Haltet immer Augen und Ohren offen. Bleibt wachsam. Jetzt ist nicht die Zeit, um nachlässig zu werden«, warnte Judge. »Niemand will noch einmal auf diesen Berg steigen, um jemanden zu holen, den wir lieben, egal ob Kind oder nicht. Also, denkt daran.«

Nach ein paar gemurmelten Zustimmungen verkündete Trip: »Normalerweise würde ich jetzt unser Motto verkünden, aber Fuck, ich arbeite gerade an einem neuen. Ich werde es zuerst mit dem Führungsausschuss besprechen. Da wir nicht die Originals sind, müssen wir das alte Motto über Bord werfen. Als die Originals fertig waren, hatte das Motto nicht mehr die richtige Bedeutung.«

Dodge fand den alten Spruch nicht schlecht, aber er verstand, warum Trip ihn nicht mochte. Trip, Sig, Judge, Rook und Cage hatten alle die Zerstörung des Clubs ihrer Eltern durch die Originals miterlebt. Er hatte das Gefühl, dass das Motto: »*Für einen, für alle, für unsere Brüder leben und sterben wir!*«, nichts mehr bedeutete, da es für keinen von ihnen mehr etwas bedeutete.

Letztendlich hatten die Originals keinerlei Loyalität zueinander. Die meisten von ihnen hatten sich gegeneinander gewandt. Als die Dinge anfingen, sich aufzulösen, brauchte es nur ein paar Wochen, um eine Bruderschaft zu zerstören, die über Jahre hinweg aufgebaut worden war.

Dodge musste Trip zugestehen, dass der President sein Bestes tat, um zu verhindern, dass sich dieser Scheiß jemals wiederholte.

Im Moment war die Fury solide, aber es gab keine Garantie, dass es so bleiben würde. Die beste Vorbeugung wäre, alle

Anzeichen von Fäulnis im Club zu beseitigen, bevor sie sich ausbreitet. Mit allen nötigen Mitteln. Genau wie sie es mit den Shirleys tun mussten.

Es brauchte ein Dorf, um Kinder aufzuziehen, aber auch eines, um sie zu beschützen.

Dodge war ein Teil dieses Dorfes. Er würde alles tun, was von ihm verlangt wurde, wenn es darauf ankam.

Denn die Menschen in diesem Dorf waren jetzt seine Familie, auch wenn sie nicht blutsverwandt waren.

8

Ihr war warm, ihr Magen war voll und sie hatten morgen Abend einen bezahlten Auftritt. Sie wusste, dass sie ihn dieses Mal mit echtem Geld in der Hand verlassen würde. Für andere mochte das nicht viel sein, aber für Syn war es eine große Sache.

Es ging aufwärts. Sie mussten nur weiter in diese Richtung gehen und nicht wieder in den Sturzflug übergehen.

Sie steckte einen weiteren Vierteldollar in die digitale Jukebox und scrollte durch die Musik, bis sie einen Song fand, den sie schon lange nicht mehr gehört hatte. *My Heart is Broken.*

Natürlich war es ein Lied, das sie nicht so singen konnte wie das Original von Evanescence, aber sie konnte ihm gerecht werden, wenn sie ihm ihren eigenen Stempel aufdrückte. Sie beneidete die Band um ihr Talent und konnte nur davon träumen, eines Tages auch so gut zu sein.

Sie mochte es, den Covers, die sie sang, ihren eigenen Stil zu geben. Ihre eigenen Originale sang sie kaum, denn in den Lokalen, in denen sie spielten - Bars wie Crazy Pete's und ähnliche -, wollten die Gäste in der Regel nichts Unbekanntes hören. Sie hörten lieber Musik, die sie kannten.

Das hieß aber nicht, dass sie nicht gelegentlich ihre eigenen Lieder schrieb. Auch Nico und Rex schrieben manchmal coole Texte. Aber normalerweise hatten sie keinen Platz, um sie als Band zu üben, es sei denn, sie sangen während der Fahrt a capella im Bus. Das war nicht annähernd das Gleiche wie das Üben mit der Begleitmusik.

Wenn sie Glück hatten, erlaubte ihnen der Besitzer oder Manager einer Bar, dass sie sich frühzeitig einrichten konnten, bevor die Bar für die Öffentlichkeit geöffnet wurde. In dieser Zeit konnten sie an ihren eigenen Songs arbeiten, aber diese Gelegenheit war selten.

Im Moment war es das Wichtigste, dass die Leute ihnen mehr als nur ein Taschengeld gaben. Um das zu erreichen, mussten sie Lieder spielen, die die Gäste hören wollten. Manchmal wurden sie sogar darauf reduziert, nur Musikwünsche entgegenzunehmen.

Syn zog eine Grimasse, als sie weiter durch die Liste der Lieder blätterte und nach einer anderen Auswahl suchte.

Aus irgendeinem Grund gingen ihr die Wünsche auf die Nerven. Es kam ihr vor, als wären sie Zirkusaffen, die auf Zuruf auftreten, und keine richtigen Musiker. Es gab nicht viel, was sie in ihrem Leben kontrollieren konnte, aber das, was The Synners aufführten, gehörte dazu. Die Wünsche nahmen ihr die kreative Kontrolle weg.

Vielleicht war sie kleinlich, aber das war ihr scheißegal.

Sie hatte nicht viel im Leben, aber ihre Stimme war ein Gut, das ihr gehörte. Deshalb kümmerte sie sich um sie. Sie trank nicht, rauchte nicht und versuchte, sie zu schonen, wenn sie konnte.

Dodge hatte auf der Fahrt zum Pete's nicht viel zu ihr oder Rex gesagt. Aber als sie ankamen und er hinten parkte, sagte er ihnen noch einmal, dass die Rechnung aufs Haus ging und nichts auf der Speisekarte oder hinter der Bar verboten war.

Syn hatte das Gefühl, dass er das nicht ohne Grund so formuliert hatte.

Dodge würde höchstwahrscheinlich hinter der Bar stehen. Wenn sie ihn wollte, konnte sie sich nur schwer vorstellen, dass er sie abweisen würde.

Das sollte ihr Blut nicht in Wallung bringen.

Doch das tat es.

Eddie und Nico waren mit einem Mann namens Shade mitgefahren. Er setzte sie nur hinten ab und fuhr dann schnell weg. Der Subaru-Kombi, den er fuhr, passte nicht zu ihm. Aber wie Dodge konnte sie den langhaarigen Mann auf einer Harley sehen.

Mit Rex im Truck war Syn gezwungen gewesen, in der Mitte der Sitzbank zu sitzen und versuchte zu ignorieren, wie nah Dodges Hand an ihrer Hüfte und ihrem Oberschenkel war, wenn er nicht schaltete. Es gelang ihr nicht, denn die meiste Zeit der Fahrt konnte sie ihre Augen nicht von seinen langen Fingern mit den dicken Silberringen abwenden. Schlimmer noch, sie konnte nicht aufhören, daran zu denken, wie sie sich anfühlen würden, wenn sie über ihre Haut glitten.

Und an anderen Stellen.

Diese Gedanken waren gefährlich.

Normalerweise stand sie nicht auf One-Night-Stands. Da sie auf der Straße lebte, war es schwierig, eine Beziehung zu jemandem aufzubauen, selbst wenn sie an jemanden interessiert war.

Dodge hatte gesagt, er sei ›interessiert‹.

Und überraschenderweise fühlte sie sich in seiner Nähe schon nach kurzer Zeit wohler als bei den meisten Männern, denen sie begegnete. Vielleicht hatte es damit zu tun, dass er sie letzte Nacht ungestört in seinem Bett schlafen ließ.

Sollte sie überrascht sein? Nein. In einer perfekten Welt sollte sie das nicht. Aber in Wirklichkeit war diese Welt verdreht und dunkel, und es gab schon zu viele Situationen, die ihr Misstrauen gegenüber Männern verstärkt hatten. Besonders gegenüber Fremden.

Als sie The Synners zusammenstellte und sie anfingen zu touren, dauerte es eine Weile, bis sie auch Eddie, Nico und Rex vertrauen konnte. Es dauerte Wochen, bis sie nachts die Augen schließen konnte, ohne sich Gedanken darüber zu machen, ob sie sich in eine schlechte Situation gebracht hatte, indem sie mit drei Männern in einem Bus lebte.

Es dauerte auch eine Weile, bis sie nicht mehr jedes Mal aufwachte, wenn einer von ihnen in der Nacht aufstand oder ein Geräusch machte.

Für sie kam das Vertrauen nicht automatisch. Genau wie Respekt musste es verdient werden.

Dodge verdiente sich beides schnell.

»*Willst du die Wahrheit wissen?*«, hatte er gefragt und dann geantwortet: »*Weil ich interessiert bin.*«

Damals hatte sie ihm gesagt, dass sie nicht interessiert sei.

Das stellte sich als eine verdammte Lüge heraus.

Während der junge Barkeeper namens Micah ihnen das Essen brachte, saß sie mit den Jungs zusammen und hatte absichtlich einen Stuhl am Tisch gewählt, der mit dem Rücken zur Bar stand. Andernfalls hätte sie Schwierigkeiten gehabt, nicht die ganze Zeit den Barmanager anzustarren.

Er musste mindestens zehn Jahre älter sein als sie, wenn man von den paar grauen Strähnen in seinem Bart und seinem Haar absah. Er war auch neugierig auf ihr Alter, denn er fragte zweimal nach.

Sie wusste, dass sie jünger aussah, als sie war. Dass sie so zierlich war, machte das Ganze nicht besser. Einige Barbesitzer hatten sie beschuldigt, einen gefälschten Ausweis zu benutzen, wenn sie ihn sehen wollten, bevor sie sie buchten. Auch wenn sie nicht minderjährig war, versicherte sie ihnen immer, dass sie nicht trinken und ihr Lokal in Schwierigkeiten bringen würde.

Sie suchte ein anderes Lied, wählte es aus und drehte sich dann wieder zu ihrem Tisch um.

»Wir gehen jetzt Billard spielen«, verkündete Rex, als er aufstand. Da er fast eins-achtzig groß war, überragte er sie. »Willst du Doppel spielen?«

Rex war ein Profi im Billard, und manchmal verließen sie sich darauf, dass er auf Spiele wettete, damit sie etwas zusätzliches Geld für Benzin oder Lebensmittel hatten.

Syn hingegen war eine Niete im Billard.

Sie schüttelte den Kopf und hob beide Augenbrauen. »Vielleicht findest du ja noch jemand anderen als uns, den du heute Abend schlagen kannst.«

Rex starrte sie kurz an, dann nickte er. »Ja, du hast recht. Wir könnten etwas zusätzliches Geld gebrauchen.« Er blickte sich um. »Heute Abend sind aber nicht allzu viele Leute hier. Und die beiden Tische im Billardbereich sind leer. Vielleicht können wir morgen Abend früher hier sein, dann kann ich vor unserem ersten Auftritt ein paar Spiele spielen.«

»Verärgere nur niemanden«, warnte Syn. »Wir wollen nicht, dass jemand schreit, dass du schummelst und der Manager uns rausschmeißt, bevor wir spielen und bezahlt werden können.«

»Ich schummle nicht«, sagte Rex mit fester Stimme.

»Das wissen wir, aber du weißt, wie die Leute reagieren, wenn du ihr Geld nimmst.«

»Ja, das eine Mal in der Biker-Bar wären wir fast nicht mehr lebend rausgekommen. Dem Teufel sei Dank hatten wir die Ausrüstung schon verladen und waren startklar«, erinnerte Nico sie.

Das war eine weitere hässliche Nacht und eine knappe Sache. Offensichtlich verlieren Biker nicht gerne ein Eight-Ball-Spiel oder ihr Geld. Noch schlimmer, wenn es beides ist.

Lektion gelernt.

»Wähle morgen weise«, warnte Syn Rex.

Er nickte. »Ich könnte heute Abend erst mal ein bisschen

mit den beiden üben. Es ist auch schwer zu wetten, wenn man nichts hat, womit man wetten kann.«

»Das hast du aber gut drauf«, sagte Nico und drückte Rex' Schulter.

»Es sei denn, sie wollen erst das Geld sehen«, warf Eddie ein.

Stimmt. Keiner wollte gegen jemanden mit leeren Taschen wetten.

»Kommst du mit uns mit oder bleibst du am Tisch?«, fragte Nico sie.

»Geht. Vielleicht schaue ich mir das Ganze später an.« Sie blickte sich schnell um. »Ich weiß nicht, wann wir wieder zum Bus zurückfahren können.«

»Ich denke, das wird noch eine Weile dauern. Wenn du willst, kann ich ihn fragen?«, bot Eddie an.

Syn schüttelte den Kopf. »Nein, ich habe es nicht eilig, zurück in den vollgestopften Bus zu kommen. Außerdem wollt ihr sicher noch eine weitere Runde Essen und Trinken.«

»Nur eine?«, scherzte Rex mit einem Augenzwinkern. »Ich bin sicher, dass wir auch deinen Anteil essen werden. Aber im Ernst, Syn, iss so viel, wie du kannst. Wir wissen ja nicht, wann wir das nächste Mal …«

Ihr Gitarrist brauchte seinen Gedanken nicht zu Ende zu führen.

Es hatte Tage gegeben, an denen sie sich ein einziges günstiges Essen aus einem Fast-Food-Restaurant teilen mussten. Oder sie hielten an einem Lebensmittelladen an, um eine Packung Ramen-Nudeln zu kaufen. Nur um etwas in ihre knurrenden Mägen zu bekommen.

»Das werde ich«, versicherte sie ihnen.

Die Jungs verschwanden in einem Nebenraum im vorderen Teil der Bar und damit aus ihrem Blickfeld, um Billard zu spielen. Sie krümmte ihre Finger um die Lehne eines leeren Stuhls und starrte auf das niedrige Podest, das das Geschäft als Bühne nutzte.

Sie war nicht in der Stimmung, heute Abend zu singen. Sie wollte ihre Stimme für den Auftritt morgen Abend schonen, aber ihre Finger juckten danach, etwas zu tun, wozu sie in letzter Zeit nicht oft Gelegenheit hatte.

Anstatt sich an den Tisch zu setzen, der jetzt mit schmutzigem Geschirr und leeren Gläsern und Tassen übersät war, kramte sie die restlichen zwei Vierteldollar aus ihrer Tasche, warf sie in die Jukebox und wählte schnell ein halbes Dutzend weiterer Lieder von verschiedenen Künstlern aus.

Sie ging hinüber zu den Geräten, die immer noch aufgebaut waren, und schlängelte sich um sie herum zu Eddies Schlagzeug.

Sie hatten zwar nicht viel, aber was sie hatten, war von guter Qualität. Wenn ihren Instrumenten etwas zustoßen würde, hätten sie es schwer, sie zu ersetzen.

Dodge hatte ihr versichert, dass ihre Sachen in seiner Bar sicher waren. Da musste sie ihm vertrauen.

Sie beugte sich hinunter, holte Eddies Drumsticks aus seinem üblichen Versteck und ließ sich auf dem Hocker hinter dem Schlagzeug nieder.

Sie schloss die Augen, nahm sich ein paar Sekunden Zeit, um die Musik aus den Lautsprechern in sich aufzunehmen, dann hob sie die Sticks und begann mitzuspielen. Sie war nicht annähernd so gut wie Eddie, aber sie liebte es, Schlagzeug zu spielen.

Als das Lied zu Ende war, waren ihre Augen noch geschlossen, als das nächste Lied begann. Sie hatte diese Lieder aus einem bestimmten Grund ausgewählt. Es waren Lieder, zu denen sie ohne große Anstrengung Schlagzeug spielen konnte. Sie würde nie einen Song von einer Band wie Rush auswählen, denn manche Schlagzeuger wie Neil Peart würden ihre Fähigkeiten mehr als amateurhaft klingen lassen.

Aber heute Abend spielte das keine Rolle, denn sie spielte

nur zum Vergnügen. Kein Druck. Niemand musste sie beeindrucken. Es war einfach für sie.

Es sollte sie in ihre eigene kleine Welt entführen, in die Welt, für die sie lebte. Die Musik.

Ohne sie war sie nichts.

Mit ihr gab ihr jedes Lied, was sie brauchte. Ein Gefühl von Frieden, die Wärme der Liebe und ein Stückchen Glück. Und sei es nur, bis der letzte Ton verklungen war.

Als das aktuelle Lied zu Ende war, leckte sie sich über die trockenen Lippen. Sie hätte eine Flasche Wasser mit auf die Bühne nehmen sollen.

Sie öffnete ihre Augen und blinzelte schnell und überrascht.

Sie folgte der Hand, die eine schwitzende Wasserflasche hielt, bis zu der Person, die sie anbot.

Hatte sie ihn sich eingebildet? Sie dachte an Wasser und er erschien einfach mit dem, was sie sich wünschte?

Sie blendete ihre Gedanken aus, nur für den Fall, dass er sie lesen konnte.

Sie nahm beide Drumsticks in eine Hand und schnappte sich die bereits geöffnete Flasche von ihm. »Danke.«

»Du musst das meinen, was du sagst.« Seine Stimme erinnerte sie an die Musik, die sie so sehr liebte.

Das Timbre, die Kadenz, die Tonlage. Die Art und Weise, wie sie sie umspielte, fast wie eine warme Umarmung.

»Ich meine es ernst. Ich weiß es zu schätzen. Genauso wie ich alles schätze, was du für uns getan hast.«

»Du musst heute Abend nicht spielen.«

Sie hob ihren Blick, um seine dunklen Augen zu treffen. »Ich spiele für niemanden außer für mich selbst.«

Er starrte sie viel zu lange an, dann nickte er nur noch. »Sag mir Bescheid, wenn du noch etwas brauchst.«

Als er sich umdrehte, sagte sie: »Das tue ich.«

Er blieb stehen, mit dem Gesicht von ihr weg, und wartete.

»Ich hatte gehofft …«

Nach ein paar Sekunden drehte er sich wieder zu ihr um. »Gehofft?«

»Deine Dusche wieder zu benutzen.«

Wieder starrte er sie an. Zum ersten Mal wünschte sie sich, sie könnte die Gedanken eines Mannes lesen. Vor allem, weil sein Gesicht nicht lesbar war.

Sie wusste, dass sie seine Großzügigkeit mit ihrer Frage überstrapaziert hatte. Aber mit dem niedrigen Propantank hatten sie nicht genug für lange Duschen. *Verdammt, nicht einmal für kurze Duschen.*

Wenn er ihr erlaubte, seine Dusche noch einmal zu benutzen, könnten die Jungs wahrscheinlich genug heißes Wasser für ihre eigenen herausquetschen.

Nach dem Auffüllen des Kraftstofftanks, sobald sie morgen Abend bezahlt wurden, würde der Propantank als nächstes auf der Liste stehen. Zwanzig Dollar für Diesel hatten die Nadel kaum bewegt.

»Wenn du mit dem Spielen fertig bist, kommst du zu mir. Ich werde hinter der Bar sein.«

»Nichts hinter der Bar verboten ist verboten.«

Er wollte sich wieder abwenden, hielt aber inne und legte die Stirn in Falten. Er fuhr mit der Hand tief in die Vordertasche seiner Jeans und zog eine Handvoll von so etwas, was wie Vierteldollar-Münzen aussah, heraus. »Streck deine Hände aus.«

Das war keine Aufforderung, sondern ein Befehl.

Hatte er normalerweise so viele Münzen bei sich? Seltsam.

Sie klemmte die Drumsticks zwischen ihre Schenkel und streckte ihre Hände aus. Er ließ die Münzen in sie fallen.

Als er fertig war, wickelte er ihre Finger um das Wechselgeld und sagte mit leiser Stimme: »Spiel weiter.«

Heilige Scheiße.

Die Berührung ihrer Hände ließ eine seltsame Energie auf ihrer Haut kribbeln.

Sie spannte sich an, um den Schauer zu vermeiden, der ihr über den Rücken zu laufen drohte und ihre Brustwarzen zucken ließ. Das hat wohl nicht geklappt, denn sein Blick fiel auf ihre Brust.

»Nettes T-Shirt« war das Letzte, was er über seine Schulter sagte, als er sich wieder auf den Weg zu seiner Arbeit machte und sie aufstand, um weitere Münzen in die Jukebox zu stecken. Sie hatte das T-Shirt ausgesucht, weil es sauber war, nicht wegen des Aufdrucks auf der Vorderseite. Auf dem schwarzen T-Shirt war eine große weiße Grafik mit einer Hand, die den Mittelfinger zeigte.

Sie presste die Lippen zusammen, als sie die Aussage ihres Shirts laut und deutlich hörte. Dann benutzte sie jeden verdammten Vierteldollar, den er ihr gab, und spielte auf Eddies Schlagzeug, bis sie keine Energie mehr zum Spielen übrig hatte.

Dabei verbarg sie ihr Lächeln nicht.

Es war ihr auch völlig egal, wer es sah.

* * *

»Hast du sie schon wieder runterkommen sehen?«, fragte Dodge Micah eine Stunde, nachdem Syn mit dem Schlagzeug- spielen fertig war.

Als sie zu ihm kam, um zu duschen, waren ihre Haare noch feucht vom Schweiß. Ihre Wangen waren von der Anstrengung gerötet. In ihren Augen lag ein Funke, der seine Aufmerksam- keit erregte und festhielt.

Obwohl sie erschöpft aussah, weil sie fast zwei Stunden lang intensiv gespielt hatte, vibrierte ihr Körper noch immer. Fast so, als wäre sie selbst an einen Verstärker angeschlossen worden.

Heute Abend hatte er sich mehrmals dabei ertappt, wie er mitten während seiner Arbeit innehielt und einfach über die Bar starrte. Auf die dunkelhaarige Frau, die auf dem Schlagzeug alles gab. Sie steckte ihr Herz und ihre Seele in jeden Schlag mit den Drumsticks gegen die Trommeln oder Becken. In jeden Tritt auf das Pedal der großen Trommel oder der Hi-Hat.

Sogar von der anderen Seite des Raumes aus konnte er sehen, dass sie jedes Quäntchen Energie, das sie hatte, in ihr Spiel steckte.

Ihre Band und ihre Musik waren nicht nur eine Möglichkeit, Geld zu verdienen, sondern für sie auch eine Lebenseinstellung.

Verdammte Hexerei.

Es gab keine andere Entschuldigung dafür, dass er so verdammt fasziniert von diesem kleinen Pulverfass von einer Frau war, die sich selbst bewachte.

Abgeschottet.

Als sie schließlich vor ihm stand, ihre blasse Haut noch immer mit einem leichten Schweißfilm überzogen und mit dunklen Halbmonden unter den Augen, musste sie kein Wort sagen.

Er kramte automatisch in seiner Tasche, holte seinen Wohnungsschlüssel heraus und hielt ihn ihr hin. »Hier. Du hast gesehen, wo ich letztes Mal das saubere Handtuch herausgezogen habe.«

Sie riss ihm den Schlüssel aus den Fingern und hielt ihn in der Hand, als hätte sie Angst, dass er es sich anders überlegen könnte. »Du hast deine Wäsche noch nicht weggeräumt?«

»Sie wartet auf dich.«

Sie blinzelte. »Du willst wirklich, dass ich deine Unterwäsche wegräume?«

Seine Lippen zuckten. »Es ist ja nicht so, dass du mich nicht darin gesehen hättest.«

»Männer verstecken Scheiße in ihrer Unterwäscheschublade.«

»Ich will nicht lügen, du wirst überrascht sein, was in meiner ist. Grabe nur nicht zu tief.«

Ihre Lippen wölbten sich ein klein wenig nach oben. Fast ein Lächeln. Nicht so wie das, das sie aufsetzte, als sie auf der

Bühne den Scheiß aus den Trommeln schlug, als würde sie Dämonen zurückschlagen.

»Du könntest wahrscheinlich jemanden verletzen, so wie du die Drumsticks schwingst.«

»*Nicht* wahrscheinlich«, war alles, was sie antwortete.

Er grinste, als er sich vorstellte, wie sie einem Arschloch, das es verdient hatte, eine Tracht Prügel verpasste.

Er wollte weiter mit ihr reden, denn irgendwo unter der Oberfläche, unter der Rüstung, die sie trug, war ihre wahre Persönlichkeit. Sie versteckte sie aus irgendeinem Grund.

Außerdem schien es ihr Mühe zu machen, Small Talk zu führen. Es war nicht selbstverständlich für sie.

Dodge war schon immer in der Lage gewesen, mit jedem zu reden. Diese Fähigkeit machte ihn zu einem guten Manager und Barkeeper. Vor allem aber rettete sie ihm den Arsch, als er im Gefängnis saß. Und sogar außerhalb des Gefängnisses.

Vielleicht öffnete sie sich nur, wenn sie auf der Bühne das tat, was sie am meisten liebte. Denn bei dem, was er gestern Abend und heute Abend gesehen hatte, war klar, dass ihre Liebe zur Musik groß war.

Er fragte sich, ob sie die gleiche Leidenschaft für etwas anderes hatte.

Er fragte sich auch, wer sie verletzt hatte.

Denn jemand hatte es getan.

Er wusste nicht, wie, wann oder warum, aber in den Jahren, die er auf sich allein gestellt - im Gefängnis, als Barkeeper und sogar als Mitglied der Fury - verbracht hatte, hatte er gelernt, die Zeichen zu erkennen.

Selbst wenn jemand sein Bestes tat, um es zu verbergen.

Er erinnerte sich zum hundertsten Mal daran, dass sie nicht sein Problem war. Ihre Band war es auch nicht.

Nach dem morgigen Abend würden sie weg sein.

Sie würden den Weg weitergehen, den kämpfende Musiker eingeschlagen haben, in der Hoffnung auf den großen Durchbruch. Den, den nur einige wenige haben. Syn und ihre Band würden dieses Leben nur eine bestimmte Zeit lang führen können, bevor es seinen Tribut forderte.

Aber er sagte nichts davon zu ihr, weil sie ihn ausschloss wie eine Zellentür, die zuschlug. Diese geschlossene Tür hatte ihn vor den Gefahren der Menschen geschützt, die ihm Schaden zufügen wollten. In seinem Fall vor anderen Häftlingen.

Ihre Tür war zwar unsichtbar, aber sie schützte auch sie vor anderen Menschen.

Nicht sein verdammtes Problem.

»Sie, wer?« Micahs Frage riss ihn aus seinen abschweifenden Gedanken. »Ich dachte, du lässt sie oben nicht mehr allein.«

»Dafür ist sie nicht da oben.«

»Warum ist sie dann da oben?«

Dodge rollte so heftig mit den Augen, dass ihm wahrscheinlich eine Ader platzte. »Mein Gott. Vergiss es.«

Er öffnete die Klappe des Tresens und blickte sich um, um sicherzustellen, dass sie nicht unbemerkt wieder nach unten geschlüpft war. Er schritt hinüber zu dem Tisch, an dem der Rest ihrer Band saß, nachdem sie weitere Teller mit frittiertem Essen aufgegessen hatten.

»Hast du Syn gesehen?«, fragte er sie.

»Nein, ist sie nicht nach oben gegangen, um deine Dusche zu benutzen?«, fragte Nico in einem besorgten Ton.

»Ja, ich wollte nur sichergehen, dass ich sie nicht verpasse, wenn sie wieder runterkommt.«

»Wir haben sie nicht gesehen. Sollen wir nach oben gehen und nach ihr sehen?«, fragte Rex mit gerunzelter Stirn.

»Ich mach das schon.« Er drehte sich auf seinem Stiefelabsatz, hielt aber mitten in der Drehung an. »Ich habe Possum gesagt, dass er, sobald er mit seiner Arbeit fertig ist, zurück zur Farm fahren kann, und ihr könnt mit ihm mitfahren.«

»Was ist mit Syn?«

»Sie kann mit Tater mitfahren, wenn sie nicht fertig ist, bevor Possum es ist.«

Er wartete nicht auf eine Antwort - hauptsächlich, weil es ihm scheißegal war, was sie von dem, was er gerade gesagt hatte, hielten - und ging zurück in den Barbereich und durch die Schwingtür links davon.

Er nahm zwei Stufen auf einmal und stellte oben fest, dass seine Wohnungstür verschlossen war.

Verdammte Scheiße.

Wenn sie wieder in seinem Bett schlief …

Egal, was war, heute Nacht würde er nicht auf seiner verdammten Couch schlafen.

Er machte sich nicht einmal die Mühe, an die Tür zu klopfen, falls sie noch in der Dusche war. Es war einfach einfacher für ihn, die Treppe hinunterzujoggen und die Ersatzschlüssel für die Bar dort zu finden, wo er sie im Lagerraum versteckt hatte. Als er diesmal wieder nach oben ging, war er etwas langsamer als beim ersten Mal.

Okay, viel langsamer, denn, *verdammt noch mal*, er war nicht genug in Form, um die Treppe rauf und runter zu rennen.

Er schloss die Tür auf, stieß sie auf und blieb stehen.

Sie war nirgendwo in Sicht. Nicht einmal in seinem Bett. Nicht auf seiner Couch. Sie plünderte auch nicht seinen Kühlschrank.

Er konnte auch nicht hören, wie die Dusche lief.

Es war viel zu still für seinen Geschmack.

Instinktiv blickte er zu den hinteren Fenstern, um sicherzugehen, dass sie nicht gesprungen war, denn das war der einzige andere Weg aus der Wohnung. Dem Teufel sei Dank waren alle Fenster noch fest verschlossen.

Er ging zur Badezimmertür, lehnte sich näher heran und lauschte.

Nichts.

»Syn.«

Immer noch nichts.

Sein Herz begann zu klopfen.

Die Tür stand einen Spalt offen, wahrscheinlich um den Dampf beim Duschen herauszulassen, da der Abluftventilator in seinem winzigen Badezimmer kaputt war. Er musste immer mit weit geöffneter Tür duschen, um nicht zu ersticken.

Er hielt sein Auge an die Öffnung und spähte hinein.

Er fühlte sich wie ein verdammter Perversling, aber er war mehr besorgt als alles andere.

Er sah, wie ein dünner Arm aus der Wanne heraushing und hinter dem Duschvorhang hervorlugte.

Verdammt noch mal, sie hat sich doch nicht die Pulsadern aufgeschnitten oder so was Verrücktes, oder?

Er stieß die Tür auf und blieb stehen, als er sie hörte.

Ihr leises Schnarchen.

Schon wieder.

Was zum Teufel?

Sie schlief? In der verdammten Wanne?

Er riss den Vorhang zurück und schrie:»Syn!«

Sie wachte ruckartig auf und setzte sich aufrecht hin. Das Wasser spritzte auf seine Jeans und Stiefel, schwappte über den Rand und durchnässte den Boden im Bad.

»Was?«, murmelte sie träge und verwirrt. Als sie sich wach blinzelte, sah er, dass ihre dicken, schwarzen Wimpern vom Wasser verklumpt waren. Oder von der hohen Luftfeuchtigkeit. Denn sie muss in der Wanne wie ein Topf amischer Hühner-Mais-Suppe geköchelt haben.

Was nicht träge war, war sein Blut, das von seinem verdammten Gehirn nach Süden zu seinem Schwanz floss.

Sie war glitschig von der Seifenlauge.

Und nackt.

In seiner verdammten Badewanne.

Dem Teufel sei Dank war sie noch am Leben, aber jetzt wollte er sie umbringen, weil sie ihn zu Tode erschreckt hatte.

Schnell wandte er sich ab, verließ den kleinen Raum und schlug die Tür hinter sich zu.

Er brauchte plötzlich mehr als eine Tür zwischen ihnen.

Nicht einmal zwei würden ausreichen.

Er brauchte mindestens zwei Städte, zwei Bezirke, zwei Staaten. *Zur Hölle*, ein Ozean zwischen ihnen würde es auch tun.

»Warum warst du hier drin?«, hörte er sie schreien, die jetzt nicht mehr träge, sondern ein bisschen panisch klang.

Sie war nicht die Einzige.

Gott.

»Warum warst du hier drin?«, schrie sie erneut durch die geschlossene Tür.

Er versuchte, die Vision zu verdrängen, die sich nun in sein Gehirn eingebrannt hatte.

Syn, *verdammt noch mal*, völlig nackt.

Ohne ihre Kleidung sah sie noch zarter und zerbrechlicher aus.

Alles an ihr war milchig weiß, bis auf den Schock ihrer nassen, dunklen, strähnigen Haare, ihrer großen, dunklen Augen und ... dem dunklen Haarfleck, den er unter Wasser kaum sehen konnte.

Aber ihre Titten ...

Klein, aber perfekt, mit gespitzten Brustwarzen.

Verdammt! »Du bist verdammt noch mal nicht wieder runter gekommen. Ich habe mir Sorgen gemacht.«

»Aber warum warst du hier drin?«

»Weil ich dachte ...« *Fuck. Weil ich dachte, du hättest dich verletzt. Oder ohnmächtig geworden. Oder ...*

Er riss sich die Wollmütze vom Kopf, weil er zu schwitzen begann, und fuhr sich mit den Fingern durch das Haar. »Ich habe nichts gesehen.«

Fuck! Er hat *alles* gesehen.

Stille kam von der anderen Seite der Tür.

Dann plätscherte Wasser.

Fluchen.

Getrampel.

Noch mehr gemurmelte Flüche.

Ein paar Sekunden später flog die Tür auf und sie trat heraus, nur mit einem Handtuch umwickelt. Sie hatte sich nicht die Zeit genommen, sich abzutrocknen, denn ihr Haar war immer noch tropfnass und die entblößte Haut, die er sehen konnte, glänzte immer noch.

Schnell ließ er seine Mütze vor seinem Ständer fallen und da seine Küche direkt neben dem Badezimmer lag, ging er auf die andere Seite der kleinen Cücheninsel. Er fühlte sich bereits wie ein verdammter Perverser und das Letzte, was er brauchte, war, dass sie seine Reaktion darauf bemerkte, sie nackt zu sehen.

Sie würde wie eine verdammte Muschel dicht machen.

»Schön«, sagte sie, als ihr Blick auf seine Erektion fiel. Sie zog das Handtuch fester um sich.

Er zog eine Grimasse und warf dann seine Mütze auf den Tresen. »Ich wollte nicht …«

»Du wolltest nicht, aber du hast es getan.«

»Es ist meine verdammte Wohnung.«

»Und ich werde sie wieder verlassen. Danke, dass ich die Dusche benutzen durfte.«

»Du hast doch gar nicht geduscht.«

»Ich habe sie übrigens geputzt, bevor ich sie benutzt habe. Nichts zu danken.«

»Nichts zu danken auch an dich, für all den Scheiß, den ich für dich getan habe«, sagte er schroff. »Zieh dich an und komm wieder runter. Possum wird dich bald zu deinem Bus zurückbringen. Dafür auch: nichts zu danken.« Er schnappte sich seine Mütze vom Tresen und zog sie sich über den Kopf. »Du hast fünf Minuten.«

Sie schloss ihre Augen und stieß einen langen Seufzer aus. »Tut mir leid.«

»Mir auch. Ich bekomme genug Frauen, ohne ein unheimlicher Spanner sein zu müssen.«

Ihre Augen öffneten sich und sie nickte.

»Trip will, dass deine Band und der Bus bis Samstagmorgen von der Farm verschwinden. Sieh zu, dass das klappt.«

Sie nickte wieder.

»Es ist das Beste«, fügte er hinzu.

»Finde ich auch.«

Als er sich umdrehte, bemerkte er seinen Wäschekorb auf der Couch.

Er war leer.

Sein Blick glitt hinüber zu seiner Kommode. Alle Schubladen waren geschlossen, aber etwas lag obenauf.

Entgegen seiner Warnung hatte sie tief gegraben.

Er musste annehmen, dass das mit Absicht geschah.

Er wandte sich ab, um sein Grinsen zu verbergen und ging wieder nach unten.

Vielleicht war sie doch kein so scheues Kätzchen und verbarg nur ihre innere Löwin.

War es nicht so, dass eine Löwin immer die Anführerin ihres Rudels war?

Wenn dem so wäre, würde es ihm nichts ausmachen, diese Krallen auf seiner Haut zu spüren.

9

S ie parkten den Bus bei der Kirche und gingen ins Crazy Pete's. Sie fuhren früh hin, damit die Jungs zuerst etwas zu essen und trinken bekommen konnten. Und mit etwas Glück konnte Rex ein paar Spiele Billard spielen und gewinnen, bevor sie um acht auf die Bühne gingen.

Syn würde erst nach dem Auftritt etwas essen, da sie mit vollem Magen nur schwer singen konnte. Das machte sie schläfrig und lähmte sie.

Aber jetzt beendeten sie ihr zweites Set, nachdem sie eine fünfzehnminütige Pause zwischen den beiden Sets eingelegt hatten, um Wasser zu trinken und sich den Schweiß abzutrocknen.

Rex hatte außerdem sechzig Dollar mehr in seinem Portemonnaie. Leider wollte niemand mehr gegen ihn spielen, nachdem er drei Spiele in Folge gewonnen und das Geld der Konkurrenz kassiert hatte. Diese Einnahmequelle versiegte schnell.

Aber, *hey*, sechzig Mäuse waren sechzig mehr, als sie hatten. Damit und mit den vierhundert Dollar, die sie am Ende des

Abends bekommen würden, konnten sie den Bus volltanken und sich auf die Suche nach ihrem nächsten Gig machen. Hoffentlich irgendwo, wo es wärmer war.

Zwischen dem Parkplatz der Kirche und dem hinteren Teil des Crazy Pete's mussten sie durch etwa zwei Zentimeter Schnee stapfen. Mit ihren hochhackigen Stiefeln musste sie sich den ganzen Weg über an Nico festhalten, damit sie nicht hinfiel und sich etwas brach. Zum Beispiel ihr Genick.

Sie hätte einfach ihre Kampfstiefel anziehen sollen, aber sie zog sich so an, um auf der Bühne mehr Trinkgeld zu bekommen.

Heute Abend trug sie ihre schwarzen, über dem Knie liegenden Schnürstiefel mit sieben Zentimeter hohen Absätzen, zusammen mit einem Paar schwarzen Kunstlederleggings, die wie eine zweite Haut saßen. Sie trug einen schwarzen Push-up-BH mit Spitzenbesatz unter einem weiten weißen Oberteil mit drapiertem V-Ausschnitt, der den größten Teil ihres Körpers freilegte.

Sie scherte sich einen Dreck darum, sexy auszusehen oder Männer anzuziehen, ihr ging es nur darum, genug Geld zu verdienen, damit sie überleben konnten.

Sie hatte sich außerdem Smokey Eyes und knallrote Lippen verpasst. Ihr Haar hatte sie mit Haarspray zu einem ›frisch gefickt‹-Look frisiert, auch wenn das nicht der Wahrheit entsprach. Es war so lange her, dass sie die Berührung eines Mannes willkommen geheißen hatte, dass ihr Körper vergessen hatte, wie es war, sich danach zu sehnen.

Wenn sie ehrlich zu sich selbst war, hatte sie es vergessen, bis sie den Mann hinter der Bar traf, der sich gerade abmühte, ein volles Haus zu bedienen.

Seine Berührungen, selbst wenn sie noch so kurz waren, schienen jeden einzelnen Nerv unter ihrer Haut zu erwecken. Wenn er sie mit seinen intensiven, dunkelbraunen Augen anstarrte, wurde ihr ganz warm ums Herz.

Er war gefährlich.

Auch wenn er nichts Unangemessenes getan hatte.

Er war gestern Abend nicht ins Bad gekommen, weil er sich ihr aufdrängen wollte, sondern um nach ihr zu sehen. Er hatte keine bösen Absichten, als er in das winzige Zimmer platzte, sondern sagte, er habe sich Sorgen gemacht.

Sie glaubte ihm.

Seine aufrichtige Sorge machte ihn noch attraktiver.

Sicher. So fühlte sie sich in seiner Nähe. Abgesehen von ihren Bandmitgliedern konnte sie sich nicht daran erinnern, sich jemals bei jemandem des anderen Geschlechts so sicher gefühlt zu haben.

Zumindest nicht in einer sehr langen Zeit. Bevor sie herausfand, dass sie keinem Mann trauen konnte, bis er sich als vertrauenswürdig erwies.

Leider hatten zu viele das Gegenteil bewiesen.

Sie hatten nur noch zwei Lieder für dieses letzte Set.

Sie war müde, hungrig und durstig.

Sie beendete ihre Version von Christopher Cross' *Ride like the Wind*. Sie verlangsamten es gegenüber dem Original ein wenig und gaben ihm einen gefühlvolleren Klang. In der Regel kam das bei einem älteren Publikum besser an als in einer College-Bar voller knapp einundzwanzigjähriger Leute, die keine Ahnung hatten, wer Christopher Cross war.

Sie gingen direkt zu ihrem letzten Song des Abends über, ihrer einzigartigen Version von *Wicked Game* von Chris Isaak. Einer ihrer Lieblingssongs.

Sie liebte eine Vielfalt an Musik und deshalb spielten The Synners eine große Auswahl, aber einige Songs blieben ihr einfach im Gedächtnis. Wenn sie das taten, nahmen sie die Songs in ihre Rotation auf, solange sie den Gesang beherrschte. Oder zumindest ihre eigene Note einbringen konnte, sodass es gut klang.

Als der letzte Ton verklungen war und sie nur noch vom

Lärm der Bargäste umgeben waren, nahm sich Rex die Zeit, noch einmal zu verkünden, wer sie waren, und sich bei ihnen für ihr Kommen zu bedanken. Er bedankte sich immer für das großzügige Trinkgeld, auch wenn es nicht der Wahrheit entsprach.

Das war eine passiv-aggressive Art und Weise, um einige der Zuschauer dazu zu bringen, ein wenig großzügiger zu sein. Manchmal funktionierte es, manchmal nicht.

Als der Applaus einsetzte, drehte sie sich um und schenkte ihren Jungs ein Lächeln. Nico lächelte und nickte ihr zu, während Eddie den Kopf schüttelte.

Rex schaute an ihr vorbei. In Richtung der Bar. Sein Gesicht war eine Maske.

Ein heißer Schauer durchfuhr sie, denn sie wusste genau, wen er anstarrte.

Sie räusperte sich und rief:»Hey«, um ihre Aufmerksamkeit zu erregen.»Noch einen.« Sie war nicht überrascht, als ihre Gesichter voller Verwirrung waren.»Für mich.«

Sie nannte ihnen den Namen des Liedes, trat dann zurück zum Mikrofonständer und wickelte ihre beringten Finger um das Mikrofon.

Dann entdeckte sie, was - oder wen - Rex angestarrt hatte. Da das Podest nicht hoch war, war es zunächst schwierig, ihn durch die Menge zu sehen, während er die Rückseite der Bar bearbeitete. Aber er war da. Wie eine Motte, die von einer Flamme angezogen wurde, nahm sie ihn schnell ins Visier.

Als sie begann *Fade into You* von Mazzy Star zu singen, stand plötzlich niemand mehr zwischen ihnen. Es gab niemanden außer ihnen beiden in der Bar. In dieser Zeit. In diesem Raum.

In diesem verdammten Augenblick wusste sie, wie ihre Nacht enden würde.

Er würde ihr mehr geben als die vierhundert Dollar, die er ihnen schuldete.

Und sie würde alles andere nehmen, was er zu geben bereit war.

* * *

Nico schlug die Luke zu dem Fach unter dem Bus zu, in dem sie ihre Ausrüstung lagerten.

Wieder einmal waren ihre Bäuche voll. Dank Dodges Großzügigkeit war sie nicht mehr hungrig oder durstig, aber sie war über den Punkt der Müdigkeit hinaus.

Sie war am Ende.

Sie blickte auf ihr Handy. Es war bereits ein Uhr nachts und zu spät, um sich auf den Weg zu machen. Das Beste wäre, mit dem Bus zurück zur Fury-Farm zu fahren, sich dort für die Nacht einzuschließen und bei Sonnenaufgang zu verschwinden.

Aber ihre Nacht war noch nicht vorbei.

Es blieb noch eine Stunde bis zur letzten Runde in der Bar. Als sie fertig damit waren, sich die Bäuche vollzuschlagen und ihre Sachen wegzupacken, war das Publikum auf eine Handvoll Leute geschrumpft.

Außerdem hatte es vor ein paar Stunden wieder zu schneien begonnen, was die Gäste dazu veranlasst haben könnte, früher als normal nach Hause zu gehen. Mit geschlossenen Augen hob sie ihr Gesicht an und ließ einige der großen Flocken, die langsam vom Himmel fielen, auf sich niederfallen. Sie streckte ihre Zunge heraus und fing ein paar der gefrorenen Kristalle auf, aber die schmolzen schnell wieder weg.

»Bist du bereit?«, fragte Rex.

Sie öffnete die Augen und sah ihn auf der unteren Stufe der offenen Bustür hocken.

Sie warteten auf sie.

»Nimm den Bus zurück zur Farm.«

»Das war schon der Plan«, sagte er mit einem Stirnrunzeln.

»Warte …« Seine Augen verengten sich. »Du meinst, ohne dich?«

Sie nickte, während weitere kalte, kristallisierte Flocken auf ihre Wangen fielen und schnell schmolzen. Sie zitterte und ihre Worte verwandelten sich in weiße, wolkige Schwaden. »Ich lasse mich von einem der Prospects zurückfahren.«

»Syn.«

»Ich komme schon klar.«

»Das gefällt mir nicht«, sagte Rex.

»Das muss es auch nicht.«

»Wir müssen morgen früh von der Farm weg sein.«

»Das werden wir«, versprach sie.

Er starrte sie an und sie starrte zurück. Schließlich schüttelte er den Kopf. »Wir lassen unsere Handys an.«

Sie schätzte es, dass er sich um sie sorgte, und sie machte sich immer Sorgen, wenn einer der Jungs mit irgendeiner Frau durchbrannte, die sie bei ihren Gigs kennlernten.

In Wahrheit konnten Frauen genauso gefährlich sein wie Männer. Ob mit falschen Anschuldigungen oder mit Gewalt. Die Welt war voll von labilen Menschen, die ohne triftigen Grund einfach einen anderen Menschen verletzen würden.

Sie hatte den Glauben an die Menschheit schon vor langer Zeit verloren.

»Ruf an, wenn wir dich abholen sollen«, betonte er.

»Danke, Rex.«

»Für dich tue ich alles, Syn.«

Schnell wandte sie sich ab, denn sie wollte nicht, dass er sah, wie sehr diese Worte sie berührten.

Das war die ganze Sache wert.

Der Kampf.

Die Beharrlichkeit.

Die Hoffnung.

Ihre kleine Patchwork-Familie.

Leider fehlte ihrer Familie ein Mitglied. Ein wichtiges Mitglied. Vielleicht nicht für die Jungs, aber für sie.

Sie konnte nicht zulassen, dass diese Dunkelheit sie verschluckte. Nicht heute Abend.

Heute Abend würde sie etwas für sich selbst tun. Nicht für jemand anderen.

Sie riss die Hintertür des Crazy Pete's auf, trat den Ziegelstein, der sie davor bewahrte, draußen eingesperrt zu werden, aus dem Weg, machte einen kurzen Boxenstopp in der Damentoilette und ging dann zurück in die nun unheimlich ruhige Bar.

Es lief nicht einmal Musik aus der Jukebox.

Die Nachzügler schienen verschwunden zu sein.

Nur zwei Männer standen noch hinter der Bar. Keiner von ihnen war Dodge.

Verdammt.

Sie ging zu ihnen hinüber.

»Wir dachten, du wärst weg«, sagte der Prospect namens Tater.

»Nein, noch nicht.«

»Brauchst du noch etwas?«, fragte er.

Ja, deinen Chef. »Kann ich eine Flasche Wasser bekommen?« Sie hatten bereits eine weitere Kiste aufgeladen, die Micah zu ihrem Bus getragen hatte, als sie anfingen, ihre Ausrüstung wegzupacken.

Mit einem Nicken kramte Tater in einer Kühlbox, drehte den Deckel ab und stellte die Flasche vor sie hin. »Ist das alles?«

»Ich muss mit dem Manager sprechen.«

»Hat er dich nicht bezahlt?«

Das hat er. Er hatte Nico das Geld gegeben, bevor sie ihre Ausrüstung abbauten und von der Bühne entfernten. »Ja, aber ich wollte sehen, ob er uns wieder auf den Spielplan setzt.«

Das stimmte nicht ganz. Auch wenn die Trinkgelder heute Abend anständig waren, würden sie nicht in Nord-Pennsylvania bleiben. Sie hätte nichts dagegen, zurückzukehren, wenn das Wetter milder wäre, aber das war nicht der Grund, warum sie mit Dodge sprechen musste.

Eigentlich wollte sie gar nicht mit ihm sprechen. Was sie wollte, hatte nichts mit Reden zu tun.

Als sie vorhin bei ihm geduscht und sich bequemere Kleidung angezogen hatte - Jeans, ihre Kampfstiefel und ihr letztes sauberes Hemd - war er gar nicht erst nach oben gekommen. Sie achtete auch darauf, dass sie nicht einschlief. In seinem Bett, in der Wanne oder sogar auf seinem verdammten Boden.

Er hatte sich von ihr ferngehalten, sodass sie vielleicht das stille Gespräch falsch verstanden hatte, das sie durch die Bar führten, während sie den Mazzy-Star-Song direkt für ihn sang.

Vielleicht hätte sie es deutlicher machen sollen.

Jetzt ist es zu spät.

Ihr Herz setzte einen Schlag aus, als sich die Schwingtür auf der linken Seite der Bar öffnete und der Mann selbst heraustrat.

Seine Augen fielen sofort auf sie und ohne ihren Blick zu unterbrechen, fragte er:»Sind die Kunden weg?«

»Ja«, antwortete einer der Jungs.

»Dann könnt ihr beide gehen.«

»Wir sind noch nicht fertig ...«

»Ich mach den Rest. Geht.«

Ein paar Herzschläge lang herrschte Stille um sie herum, dann wurde sie von drei Augenpaaren angestarrt.

Nach einer sichtbaren Bewegung seines Kiefers sagte er: »Häng bei den Billardtischen ab. Ich komme vorbei, um die versprochene Partie Billard zu spielen, sobald ich abgeschlossen habe.«

Er hat was versprochen?

Als sie ihren Blick zu den anderen beiden Männern gleiten ließ, war es, als hätte jemand einen Schalter umgelegt und sie begannen sich zu drängeln.

Wahrscheinlich, um die Gunst der Stunde zu nutzen.

Oder um ihren Chef nicht zu verärgern.

Vielleicht auch beides.

Sie schnappte sich ihre Wasserflasche von der Bar und ging hinüber zum Billardzimmer. Sie hatte keine Lust, mit dem Queue rumzuspielen, aber sie hatte kein Problem damit, wenn jemand mit seinem Queue an ihr rumspielen würde.

Langsam umrundete sie einen Tisch, schnappte sich die Billardkugeln, die auf dem grünen Filz verstreut waren, und rollte sie so stark, dass sie von den Banden abprallten und ineinander krachten. Ein paar von ihnen fielen sogar in die Taschen.

Mit dem rasenden Schlag ihres Herzens und dem Rauschen des Blutes in ihren Ohren summte ihr Körper, als hätte sie einen Strom führenden Draht ergriffen.

Sie hoffte, dass sie das nicht bereuen würde.

Bitte, lass mich das nicht bereuen.

Wenn sie schlau wäre, würde sie diese Idee verwerfen und mit Tater zur Farm zurückfahren. Genau das sollte sie tun.

Ja, das war eine dumme Idee.

Es spielte keine Rolle, dass sie so lange niemanden mehr an sich herangelassen hatte. Es spielte auch keine Rolle, dass sie sich nach der Art von Berührung sehnte …

Die Art von Berührung, die erwünscht und willkommen war. Eine Berührung, die ihre Haut in Brand setzen konnte.

Da sie sich bei Dodge sicher fühlte, hatte sie keine Ahnung, wann und mit wem sie es wieder tun würde, wenn sie nicht die Gelegenheit nutzte, es mit ihm zu tun.

Die Anzahl der Männer, mit denen sie freiwillig Sex hatte, konnte sie an einer Hand abzählen.

In Wahrheit waren es sogar nur drei Finger.

Drei Männer in den letzten fünf Jahren, seit sie achtzehn Jahre alt wurde. Und mit diesen drei Männern jeweils nur einmal. Von diesen drei Malen war eines unangenehm, schmerzhaft und eine Erfahrung, die sie nie wiederholen wollte. Die anderen beiden waren … okay.

Das war die beste Art, sie zu beschreiben. Einfach nur okay. So wie Dodge sich bewegte, so wie er sich gab, hoffte sie, dass er besser sein würde als »nur okay«. Sie hoffte, er würde ihr in Erinnerung bleiben und den Drang befriedigen, den sie verspürte, wenn sie ihn sah oder seine Stimme hörte.

Sie schnappte sich einen Queue, der in der Ecke des Billardraums lehnte, und steckte ihn zurück in das Regal an der Wand, wo er hingehörte. Sie ging hinüber und holte einen anderen, um dasselbe zu tun.

Sein »Das musst du nicht tun« ließ sie zusammenzucken und ihr Herz einen Schlag aussetzen.

Sie rieb sich mit den Handflächen über die Außenseite ihrer Oberschenkel und wischte sich die Klamotten von der Jeans. Langsam drehte sie sich um und sah ihn an der Öffnung der beiden Halbwände stehen, die den Bereich, in dem sie stand, vom Hauptteil der Bar trennten.

»Ich will kein Billard spielen«, zwang sie ihre verengte Kehle hinauf.

»Ich auch nicht.«

Warum stand er dann einfach so da?

»Was willst du, Syn?«

Er hat gerade seine eigene Frage beantwortet. Das war genau das, was sie wollte, was manche Leute als Sünde ansehen.

Sie nahm einen Schluck von ihrem Wasser und versuchte, den Kloß hinunterzuschlucken, der sich in ihrem Hals verkeilt hatte. Der Klumpen, der sie daran hinderte, einfach auszusprechen, was sie wollte.

Meist konnte sie so offen sein wie er.

Nur nicht dieses Mal und nicht in dieser Sache.

Ihre Schwäche war der Umgang mit Männern, wenn es um Sex ging. Das war unter anderem ein Grund, warum sie noch nicht viel erlebt hatte. Aber sie erinnerte sich daran, dass es nur Sex war. Nicht mehr. Und auch nicht weniger. Die Menschen taten es ständig. Sie machte eine größere Sache daraus, als sie sollte.

Wer nicht wagt, der nicht gewinnt. Oder?

»Das wird nicht passieren, bis du mir sagst, wie alt du bist. Wenn du dieses Mal nicht antwortest, rufe ich Tater an, damit er deinen Arsch abholt und dich in der Rattenfalle auf Rädern abliefert, die du dein Zuhause nennst.«

Ehrlich gesagt, ist das vielleicht das Beste.

»Ich weiß, das ist nicht das, was du willst.«

Er war so verdammt selbstbewusst. Sie war hin- und hergerissen, ob es sie ärgerte oder ob sie neidisch war. Sie hob ihr Kinn an. »Was will ich denn?«

»Das Gleiche wie ich.«

»Du könntest recht haben, aber auch falsch liegen.« Sie stöhnte innerlich über ihre dumme Nichtantwort. Warum schob sie das vor sich her? Sie wollte ihn und er war offensichtlich bereit, ihr den Gefallen zu tun.

Wollte sie sich diese Gelegenheit absichtlich entgehen lassen?

Im Gegensatz zu ihr hatte er wahrscheinlich jede Menge Sex und musste sich nicht anstrengen, um jemanden dazu zu bringen, mit ihm zu schlafen.

»Ich liege nicht falsch. Ich werde auch keine Spielchen spielen. Das war nie nötig und ich werde auch nicht damit anfangen. Wenn du also Spielchen spielen willst, und ich rede nicht von Billard, dann lass mich Tater eine SMS schicken.« Er holte sein Handy aus der Gesäßtasche.

Bevor er die Nachricht zu Ende tippen konnte, bewegte sie sich.

Sie blieb stehen, als sie auf gleicher Höhe mit ihm war und legte ihre Hand auf sein Handy, um ihn am Anrufen zu hindern. »Nicht«, flüsterte sie und neigte ihr Gesicht zu ihm hinauf.

Eine seiner dunklen Augenbrauen hob sich. »Was soll ich nicht?«

»Ruf ihn nicht an.«

»Du brauchst ihn, damit er dich zu deinem Bus zurückbringen kann.«

»Ich will nicht zurück zum Bus.«

»Was willst du dann, Syn? Ich muss es hören. Laut. Deutlich. Keine verdammten Spielchen.«

Sie klemmte ihre Unterlippe zwischen die Zähne, atmete tief ein und ließ dann langsam wieder los. »Dich.«

Er schüttelte leicht den Kopf. »Mich was?«

Er wollte es laut und deutlich. »Ich will dich.«

Er fuhr mit seinen Fingern seitlich an ihrem Kopf entlang und in ihr Haar, um damit ihr Gesicht noch höher zu heben. »Du weißt, was ich noch brauche.«

Das tiefe, fordernde Timbre seiner Stimme brachte sie dazu, gegen einen Schauer anzukämpfen. »Ein Kondom?«

Sein Kiefer verkrampfte sich, seine Finger glitten aus ihrem Haar, er trat einen Schritt zurück und hob erneut sein Handy.

»Dreiundzwanzig«, sprudelte es aus ihr heraus, bevor sie die ganze Sache vermasselte.

Er starrte sie ein paar Sekunden lang an, während ihr Herzschlag in ihren Ohren pochte. Sie war nicht minderjährig, aber war sie trotzdem zu jung für ihn? Auch nur für Sex? Vielleicht bevorzugte er eine ältere, erfahrenere Frau.

Was sie nicht war.

Hatte sie in ihren dreiundzwanzig Jahren schon viel erlebt? Ja. Aber sie hatte beim Sex nicht das gleiche Selbstvertrauen wie bei anderen Dingen.

Wie bei der Musik.

Liebe machen sollte wie Musik machen sein. Die Leidenschaft und die Verbindung sollten aus der Seele kommen. Aber sie wusste, dass das, was sie vorhatten - zumindest hoffte sie das - nichts mit dem Akt der Liebe zu tun hatte. Was sie von ihm wollte, war nur eine körperliche Verbindung und keine emotionale.

Danach würde es keine Erwartungen an mehr geben. Es würde nur um das »Hier und Jetzt« gehen. Aber sie brauchte seine Bereitschaft und musste aufhören, diese Gelegenheit zu sabotieren.

Andernfalls sollte er Tater eine SMS schicken und sie »nach Hause« bringen.

Das wollte sie aber nicht.

Sie wollte ihn. Der Mann, der vor ihr stand, sagte jetzt kein Wort und sein Gesichtsausdruck war unleserlich.

Sie hatte es doch nicht versammelt, oder?

Ihr stockte der Atem, als er sich nach vorn drängte und sie mit seinem viel größeren Körper fast umpflügte. Aber mit seiner Hand in ihrem Haar und der anderen an ihrer Hüfte konnte er sie davon abhalten, zu Boden zu gehen. Er drückte sie nach hinten, bis ihr Hintern auf dem Billardtisch hinter ihr aufschlug.

Er sagte nichts. Andererseits brauchte er auch nichts mehr zu sagen.

Es *konnte* auch nichts gesagt werden, denn ihre Münder waren zu sehr beschäftigt, als er ihren nahm. Seine Zunge vermengte sich mit ihrer und drang in ihren Mund ein, sein Gewicht drückte sie gegen das Ende des Billardtisches und sein dicker Ständer war unverkennbar.

Hitze durchströmte sie wie eine wilde Welle. Diese Hitze sammelte sich zwischen ihren Beinen und ließ ihre Muschi so heftig pulsieren, dass sie den Kuss vor Überraschung fast abbrach.

Heilige Scheiße!

Sie krallte ihre Finger in das Thermoshirt, das er unter seiner Kutte trug. Nicht um ihn fernzuhalten oder wegzustoßen, sondern um sich aufrecht zu halten, denn ihre Beine waren durch seinen Kuss schnell zu Gummi geworden.

Dieser Mann wusste, was zum Teufel er da tat.

Sie wusste nur, dass sie nicht wollte, dass er aufhörte.

Sie war so viel kleiner, und als er sich an sie presste, fühlte sie sich völlig verschlungen. Als ob er sie einfach verschlucken und verschwinden lassen könnte.

Für eine Weile würde sie damit einverstanden sein.

Es würde ihr helfen, einige der Dinge zu vergessen, die sie ständig belasteten. Die Dinge, die versuchten, sie in den Abgrund zu ziehen.

Das, wenn auch nur vorübergehend, beiseitezuschieben, worauf sie hinarbeitete. Warum sie so hart darum kämpfte, erfolgreich zu sein.

Um diesen Augenblick - diese Augenblicke - für sich selbst zu nutzen und für niemanden sonst.

Aus irgendeinem verrückten Grund wollte sie diesen Mann - der sie jetzt fast schmerzhaft an den Haaren packte, der sie so sehr küsste, dass sie sich ihm einfach ergeben wollte - mehr als jeden anderen Mann, den sie je getroffen hatte.

Das sollte sie zwar nicht überraschen, aber die Reaktion ihres Körpers auf ihn schon.

Ein Stöhnen drang aus ihrem Inneren und konnte nicht anders, als sich in seinem Mund zu verfangen, als er den Kuss vertiefte und seinen Kopf noch mehr neigte. Die Hand auf ihrer Hüfte wanderte nach oben, um den Reißverschluss ihrer Sweatjacke zu öffnen und unter ihr Shirt zu gleiten.

Sie trug keinen BH, da sie ihn hauptsächlich nur auf der Bühne trug und auch nur dann, wenn er zu ihrem ›Outfit‹ gehörte. In Wahrheit waren ihre Brüste nicht groß genug, um einen zu brauchen. Und sie hasste diese Folterwerkzeuge sowieso.

Als seine Finger ihre Brustwarze berührten, hob sich ihr Rücken instinktiv und drückte ihre Brust tiefer in seine Handfläche. Sie legte ihre andere Hand auf seine und drückte sie, um ihm zu zeigen, was sie wollte, was sie brauchte.

Er folgte ihrem Beispiel und, was noch besser war, er

umkreiste die Spitze ihrer Brustwarze, als würde er einen kleinen Kieselstein unter seinem Daumen rollen.

Herum und herum.

Rollen, rollen, rollen.

Heilige Scheiße, flüsterte es ihr durch den Kopf.

Ihr Kitzler schien direkt mit ihrer Brustwarze verbunden zu sein und alles, was er tat, fühlte sich an, als würde er dasselbe mit ihr da unten machen. Aber das tat er nicht.

Noch nicht.

Bitte!

Oh, bitte.

Als er ihre Brust drückte und knetete und sich dann der anderen Brust zuwandte, konnte sie nicht verhindern, dass ein weiteres Stöhnen seinen Mund erfüllte.

Dann noch eins.

Ihr Körper stand in Flammen. Sie war der Zunder und er das Streichholz.

Als er ihr Stöhnen mit seinem eigenen kombinierte, rutschte die Nässe von ihr ab und rann über ihre erhitzte Haut. Sie musste ihre Jeans ausziehen. Sie musste seine Haut an ihrer spüren.

Sie könnte sterben, wenn sie das nicht bekäme. Und zwar bald.

Bitte!

Oh, bitte.

Sie wollte keine Zeit mit Küssen verschwenden, aber sie wollte auch nicht, dass er aufhörte. Sie war noch nie so geküsst worden, als ob er sie verschlingen wollte.

Aber er hörte auf. Er trennte ihre Münder, drückte seine Stirn an ihre und stieß ein zittriges »Hexerei« aus.

Hexerei? Was meinte er damit?

Sie kam nicht dazu, ihn das zu fragen, denn er trat zurück, riss sie herum, als wäre sie nur das Gewicht einer Feder, packte sie an den Haaren, warf ihren Kopf zur Seite und legte seine Lippen auf ihren Hals.

Wie konnte etwas so Einfaches die Flammen, die bereits an ihr leckten, zu einem lodernden Lauffeuer anfachen?

Während er ihr Haar festhielt, öffnete er den Knopf ihrer Jeans und schob den Reißverschluss herunter, wobei seine Finger über ihre erhitzte Haut strichen und ihr ein weiteres Stöhnen entlockten.

Dann war er da … Er berührte ihr glitschiges und geschwollenes Fleisch, das mit jedem Schlag ihres Herzens pulsierte.

Ein unerwarteter Schauer überkam sie. Allein durch seine Berührung. Von seinem Finger, der ihre Klitoris umkreiste, von seinem Saugen an ihrem Hals. Das Gewicht seiner Erektion drückte nun auf ihren Rücken.

Obwohl ihre Jeans eng war und er nicht viel Platz hatte, schaffte er es, seinen Mittelfinger in sie zu stecken.

»Verdammtes Hexenwerk«, murmelte er gegen ihre Haut.

Noch nie wollte sie jemanden so sehr in sich haben.

Nicht ein einziges Mal.

Ja, er hatte recht. Es war Hexerei.

Sie schloss ihre Augen und konzentrierte sich auf das, was er tat. Mit seiner Hand, seinem Mund.

Sie wollte …

Sie brauchte …

»Lass dich fallen«, knurrte er gegen ihre Haut.

Sie schüttelte leicht den Kopf.

»Lass dich verdammt noch fallen.«

»Ich … kann nicht.« Sie wollte es aber. Nicht ein einziges Mal hatte sie sich einfach fallen lassen.

»Du kannst. Hör auf, dich zurückzuhalten.« Seine knurrende Aufforderung ließ noch mehr Gänsehaut auf ihrer Haut entstehen.

Lass dich von ihm dorthin bringen, wo du hinwillst.

Lass ihn.

Vertraue ihm. Er weiß, was er tut.

Obwohl er nicht viel Platz zum Arbeiten hatte, glitt sein Mittelfinger leicht in sie hinein und wieder heraus. Immer und immer wieder.

Er ließ ihr Haar los, griff nach ihrer Brust, dieses Mal über ihr Shirt, und zwirbelte ihre schmerzende Brustwarze durch die Baumwolle.

Er führte seinen Mund an ihr Ohr, leckte über die äußere Hülle, nahm ihr Ohrläppchen zwischen die Zähne und biss leicht hinein.

»Lass dich fallen.« Seine schroffe Aufforderung und sein warmer Atem, der über ihr Ohr strich, ließen sie erneut erschaudern.

Lass dich fallen!

Fallen lassen.

Fallen lassen.

Endlich tat sie es. Sie ließ sich fallen.

Ein kleiner Schrei entkam ihr, als sich die Wellen von ihrer Muschi und seinem Finger bis zu ihren Brüsten ausbreiteten, die sich jetzt geschwollen und schwer anfühlten.

Er ließ seinen Finger los, löste seine Hand aus ihrer engen Jeans und drehte sie noch einmal herum.

Ohne ein Wort zu sagen, sah er ihr in die Augen, hob langsam seine Hand, steckte sich den Mittelfinger in den Mund und saugte ihn sauber.

Ihre Muschi pulsierte wieder heftig. Allein bei diesem Anblick.

»Jeans aus.« Sein Befehl war leise und knurrig. »Jetzt, bevor ich sie dir vom Leib reiße.«

Sie konnte es sich nicht leisten, ein Paar Jeans zu verlieren. Sie zog ihre Kampfstiefel aus, schlüpfte aus ihrer Jeans und dem Tanga und warf sie auf den Billardtisch hinter ihr.

Die hellen Lichter waren ihr egal. Sie kümmerte sich nicht darum, ob jemand sie dabei erwischen würde.

Es war ihr egal, dass sie die einzige war, die von ihnen beiden halbnackt war. Während sie das tat, holte er eine große Brieftasche aus seiner Gesäßtasche, kramte ein Kondom heraus und steckte es sich zwischen die Zähne, während er seinen Gürtel abschnallte, seine Jeans öffnete und sie gerade so weit herunterschob, dass er seinen Schwanz herausziehen konnte.

Seine Augen verließen sie nicht ein einziges Mal, als er ihn ein paar Mal streichelte.

Als ob er es sich anders überlegt hätte, warf er plötzlich das eingepackte Kondom auf den Billardtisch neben ihr, packte sie an der Taille und drückte ihren nackten Hintern auf die Tischkante.

Er grub seine Daumen in ihre Schenkel, spreizte sie und sagte: »Ich muss mehr davon kosten.«

Diese Worte und die Art und Weise, wie er sie sagte, ließen Funken von Feuer in ihr auflodern. Keiner. Keiner der drei Männer, mit denen sie zusammen gewesen war, hatte sie dort unten mit dem Mund berührt.

Kein einziger von ihnen.

Sowohl vor Angst als auch vor Erregung verkrampfte sie sich, als er vor ihr auf die Knie sank und ihre Beine noch weiter auseinanderdrückte.

Fuck. Er sah sie an.

Er sah sie *wirklich* an.

Was konnte er sehen?

Was würde er entdecken?

Von der Hüfte abwärts nackt auf der Kante des Billardtisches sitzend, fühlte sie sich entblößt, verletzlich.

Aber ihre Sorge verflog schnell und ihre Muskeln lockerten sich ein wenig, als er nichts sagte und stattdessen sein Gesicht zwischen ihre Beine legte.

Das Kratzen seines Bartes an der Haut ihrer Innenschenkel und das Kratzen der drahtigen Haare an ihren empfindlichen Falten ließ sie in Erwartung die Augen schließen.

Lass. Dich. Einfach. Fallen.

Sobald sein Mund sie dort unten berührte, zuckten ihre Hüften. Nicht vor Schreck, sondern vor Lust. Und als er an ihrer Klitoris saugte, konnte sie sich einen Schrei nicht verkneifen.

Der Mann wusste, wie man seinen Mund einsetzt. Und das nicht nur zum Küssen.

Er saugte an jeder Falte und schabte dann mit den Zähnen darüber, sodass sie zwar zusammenzuckte, aber nicht vor Unbehagen. Seine Zunge teilte und eroberte sie. Er saugte an ihrer Klitoris, dann schnippte er daran und trieb zwei Finger in sie hinein.

Ein dicker Finger war eine Sache gewesen, aber zwei …

Es war schon so lange her. Da sie in einem Bus ohne Privatsphäre lebte, hatte sie nicht einmal die Möglichkeit, sich selbst zu befriedigen.

Jedes sexuelle Verlangen wurde unterdrückt und begraben.

Heute Abend öffnete Dodge die Schleusen und ließ all die aufgestauten Begierden frei, die sie immer unterdrückt hatte.

Seit Jahren.

Lass. Dich. Fallen.

Sie versuchte gerade, aus ihren Gedanken herauszukommen und genau das zu tun, als er innehielt.

»Verdammt noch mal, du bist so verdammt eng. Erzähl mir nicht, dass du noch Jungfrau bist.«

Diese Anschuldigung sollte eigentlich zum Lachen sein, aber in diesem Moment fand sie es nicht lustig. »Mach weiter«, stöhnte sie, griff nach unten, legte eine Hand um seinen Hinterkopf und eine um seinen Nacken und hob zur Ermutigung ihre Hüften leicht an. »Hör nicht auf.«

»Sag mir, dass du keine Jungfrau mehr bist«, forderte er lauter.

»Bin ich nicht. Bitte!« Sie war weit, weit, weit davon entfernt, Jungfrau zu sein. Konnte er das nicht erkennen?

Konnte er nicht sehen, dass das Leben Spuren in ihr hinterlassen hatte? Dass es sie verändert hatte? Vielleicht bemerkte er es nicht und sie machte sich umsonst Sorgen.

Nur einmal in ihrem Leben hatte sie um etwas gebettelt. Aber wenn er nicht weitermachte, würde sie ihn nur noch anflehen können.

Sie wollte sich fallen lassen.

Sie brauchte ihn, um ihr zu helfen.

Wenn irgendjemand das tun konnte, dann war er es.

Er musste es sein.

Es dauerte nicht mehr lange, bis er es *war*.

Als er sie ein zweites Mal zum Höhepunkt brachte, war der Orgasmus noch intensiver als beim ersten Mal. Sie fuhr mit ihren Fingern in seinen Nacken, während ihre Hüften in die Höhe schossen.

Der erste Orgasmus war gut gewesen. Der zweite noch besser.

Würde es noch einen dritten geben?

Konnte es einen dritten geben?

Sie hoffte es jedenfalls.

10

Dodge richtete sich auf und strich mit einer Hand über seinen Mund und seinen Bart.

Verdammt noch mal, sie sagte, sie sei keine Jungfrau, aber sie war viel enger, als er erwartet hatte.

Außerdem war sie so verdammt jung. Älter, als er zuerst gedacht hatte, aber trotzdem ...

Für einen kurzen Augenblick überlegte er, ob er die Sache nicht lieber gleich beenden sollte, bevor er weiterging. Sie hatte bereits zwei Orgasmen, er wäre der Einzige, der etwas verpassen würde.

Na ja, nicht ganz.

Er hatte jede Sekunde genossen, in der er sie dazu brachte, sich ›fallen zu lassen‹. Und sobald er nach dem ersten Orgasmus ihre Säfte von seinem Mittelfinger gesaugt hatte, wusste er, dass er mehr haben musste.

Aber reichte es aus, sie zu befriedigen, um ihn zu befriedigen? Wenn er tief genug suchte und sich verdammt noch mal nicht selbst belog, nein.

Ihre Wangen waren gerötet, ihre Augen unscharf und sie blinzelte langsam zu ihm hoch, während er sie überragte. Er konnte nicht leugnen, dass er sie nackt haben wollte. Oder dass er sie in seinem Bett haben wollte. Aber er hatte im Moment keine Geduld, um darauf zu warten, dass eines der beiden Dinge passierte.

Also, scheiß auf das Überdenken.

Er wollte sie. Sie wollte ihn. Genug verdammt noch mal gesagt.

Ihr »Bitte« kam schwerfällig und schleppend heraus, fast so, als wäre sie betrunken. Er wusste ganz genau, dass sie heute Abend nichts getrunken hatte. Nicht einmal einen Tropfen Alkohol. Und warum? Weil er darauf achtete, worauf er normalerweise nicht achtete, es sei denn, eine potenzielle Alte war so betrunken, dass sie keine gute Entscheidung treffen konnte. Und schlampige Betrunkene waren nicht nur unattraktiv, sondern auch ein absolutes No-Go für ihn.

Er musste sich klarmachen, dass sie nicht anders war als die anderen Frauen, die er in der jüngsten Vergangenheit gehabt hatte. Er hatte mit vielen Frauen Sex zur gegenseitigen Befriedigung, mehr nicht. Das hatte er immer deutlich gemacht, bevor er sie mit nach oben nahm. Sie konnten zustimmen oder er würde gehen.

Was Erwachsene mit gegenseitigem Einverständnis taten, war eine Sache zwischen diesen Beteiligten. Mit niemandem sonst.

Syn war definitiv ein Erwachsener. *Dem Teufel sei Dank.*

Ein weiteres geflüstertes »Bitte« bewies, dass sie einwilligte. Keine Zweifel von ihrer Seite aus. Aber bei ihm? Würde es danach welche geben?

Normalerweise bereute er nichts, solange die Frau willig war und ihn nicht nervte, auch nicht für die kurze Zeit, die er mit ihr verbrachte. Syn war nicht nervig, aber sie war frustrierend.

»Dodge.«

Sein Name riss ihn aus seinen Gedanken. Er schnappte sich

das Tuch vom Billardtisch, riss es auf und rollte es über seinen unangenehm harten Schwanz, der pochte, als hätte er ein eigenes Herz. Gleichzeitig schrien ihm seine Eier zu, dass er Erleichterung brauchte und sich mit seinen Zweifeln *verpissen* sollte.

Die Frau, die jetzt wieder auf dem Billardtisch lag, sollte nur das sein. Erleichterung. Mehr nicht.

Nur ein weiteres Klarmachen-und-Wegschicken.

Vergiss nicht, dass es um nichts anderes geht, Dummkopf. Sie sollte nicht anders sein als der Rest von ihnen.

Ihre dunklen Augen, ihre geöffneten Lippen ohne Lippenstift, das lange dunkle Haar, das sie umspielte. Ihre Brustwarzen, die versuchten, durch ihr Baumwollshirt zu stechen. Die glatte, elfenbeinfarbene Haut ihrer nackten Beine, die dunklen Haare, in dem er sein Gesicht wieder vergraben wollte … Warum war das alles so verdammt faszinierend?

Süchtig machend.

Seelenaussaugend.

Warum ließ er es zu, dass sie ihm den Kopf verdrehte? Selbst wenn sie es nicht mit Absicht tat, geschah es trotzdem.

Er packte ihren Arm und riss sie vom Tisch.

Er sollte die Verpackung von seinem Schwanz ziehen, ihr sagen, sie solle sich anziehen und gehen, solange er noch konnte.

Aber zum Teufel, so etwas tat er natürlich nicht.

Fuck, nein. Denn er war ein Idiot, der mit hundert Kilometer pro Stunde die Dumbass Lane in einem Käfig mit einem losen Lenkrad hinunterraste, das kurz davor war abzufallen.

Er drehte sie wieder herum, beugte sie über den Billardtisch und schob seine Jeans noch weiter nach unten, wobei er eine Hand auf ihren Rücken legte, um sie in Position zu halten.

Auf diese Weise war es besser. Um sie nicht ansehen zu müssen. So konnte er verhindern, dass er in den Bannkreis geriet, den sie beschwor, selbst wenn sie sich dessen nicht bewusst war.

Diesen Weg weiterzugehen, war gefährlich.

So verdammt gefährlich.

Aber, *Heilige Scheiße*, ihr Arsch. Zwei perfekte handgroße Pobacken, so blass, dass sie seit Jahren nicht mehr das Licht der Welt erblickt haben konnten. Ein scharfer Schlag mit seiner Handfläche würde einen roten Fleck auf dieser perfekten Haut hinterlassen.

Er war versucht, so verdammt versucht, aber er schaffte es, sich zurückzuhalten, weil er nicht wusste, ob sie darauf eingehen würde oder nicht. Sie schien so stur zu sein, dass sie ihm ein blaues Auge verpassen würde, wenn er ihr den Hintern versohlte, und sei es nur spielerisch.

Mit einer Hand spreizte er die Backen, mit der anderen schob er seinen Schwanz durch ihre Spalte und platzierte ihn genau dort, wo er sein sollte. Genau dort, wo es nur einen kleinen Stoß brauchte, um in ihr zu sein.

Hielt sie vor lauter Vorfreude den Atem an, so wie er es tat?

Er machte sich Sorgen, dass er ihr wehtun würde. Er war nicht riesig, aber sie war viel enger als erwartet. Er war durchschnittlich lang, aber was den Umfang anging … Er hatte keine Beschwerden bekommen. Deshalb kämpfte er gegen den Drang an, so richtig loszulegen, wie er es normalerweise tat. Stattdessen würde er es langsam angehen lassen, sich Zeit nehmen und sie an die neue Situation gewöhnen.

»Fuck!«, rief er überrascht, als sie ihren Arsch nach hinten schlug und sich aufspießte, bevor er sie aufhalten konnte.

Fuuuuuck. Ihre inneren Wände krampften sich zusammen und lösten sich wieder, als ob sie versuchen würde, das Sperma aus seinen Eier zu melken.

Er biss die Zähne zusammen und hielt still, während er darauf wartete, dass sich ihr Körper um ihn herum ausdehnte und sie es sich bequem machte. Sie war eine heiße, enge Hülle, die noch glitschig von ihren vorherigen Orgasmen war, und er kämpfte damit, nicht einfach loszulegen wie ein Hund, der eine läufige Hündin bestieg.

Denn, verdammt noch mal, er wollte es.

Er wollte schnell und tief in sie eindringen, um der gleichen Euphorie nachzujagen, die sie nach ihrem Orgasmus verspürte. Zweimal.

Er wollte ihr Zeit geben, aber je mehr sie um ihn herum pulsierte, desto weniger konnte er widerstehen.

»Steh nicht einfach so da.« Ihre Beschwerde kam in einem kombinierten Zisch-Stöhnen heraus. Ein irritiertes Flehen.

Okay, dann ...

Ausnahmsweise versuchte er, rücksichtsvoll zu sein, *aber scheiß drauf*, wenn sie wollte, dass er sie bumste, war er bereit, ihr entgegenzukommen.

Vielleicht einen Scheiß mehr als bereit.

Er grub seine Finger in ihre schmalen Hüften und gab ihr genau das, was sie wollte. So sehr, dass sich ihr Körper bei jedem Stoß in und aus ihrer glitschigen Hitze vorwärts bewegte.

Seine Finger juckte es, diese makellose Haut zu markieren. Um eine Erinnerung zu hinterlassen. Er schloss die Augen, ließ den Kopf sinken und atmete durch diesen Drang hindurch.

Als er sich wieder aufraffen konnte, öffnete er die Augen und sah, dass sie beide Hände auf den grünen Filz des Billardtisches gelegt hatte und ihr Rücken gekrümmt war. Das galt auch für ihren Nacken, sodass ihr langes dunkelbraunes Haar wie ein Umhang über ihren Rücken fiel.

Er konnte ihr Gesicht nicht sehen und auch nicht, ob ihre Augen geöffnet oder geschlossen waren. Er konnte nicht sehen, ob sie das genauso genoss wie er.

Vielleicht war es ein Fehler gewesen, sie von hinten zu nehmen.

Aber das tat er nur, um sich selbst zu schützen. Er wollte

verhindern, dass er in ihren Strudel gesogen wurde und nicht mehr entkommen konnte.

Sie musste einfach nur ein Fick sein. Das wars. Ein Fick, der nach heute Abend abhauen und den er nie wieder sehen würde. Es war ein perfektes Szenario.

Er nahm sich einige Strähnen ihres Haares und wickelte sie um seine linke Hand. Er zerrte an dem seidigen Seil und drehte ihren Kopf zur Seite, so dass die zarte Linie ihres Halses zum Vorschein kam.

Er beugte sich über sie und fuhr fort, in ihren engen, heißen Kanal zu stoßen, der seine Länge wie die Finger einer Faust zusammenpresste und wieder freigab. Wieder und wieder.

Es war der totale Wahnsinn. Wenn sie so weitermachte, würde es nicht mehr lange dauern, bis er seine Ladung abspritzen würde. Und wenn das passierte, wäre es zu früh.

Denn, *verdammt*, er wollte spüren, wie sie um seinen Schwanz kam. Er wollte die gleiche Intensität spüren, die er mit seinen Fingern erlebt hatte.

Er fuhr mit seiner Zunge an ihrem Hals entlang, sodass er eine Gänsehaut bekam, und saugte an der zarten Stelle hinter ihrem Ohr. Er ließ ihre rechte Hüfte los und kreiste mit seinen Fingern um ihre gedehnte Kehle, wobei er nur so viel Druck ausübte, dass er ihre Reaktion ablesen konnte.

Er drückte leicht zu und ihr Stöhnen vibrierte gegen seine Handfläche.

Fuck, ja.

Er drückte ihre Kehle etwas fester zu und gleichzeitig tat sie das Gleiche mit seinem Schwanz. Er würde ihre Reaktion gerne noch ein bisschen mehr erkunden, um es noch weiter zu treiben, aber er spielte mit dem Feuer.

Nicht mit ihr. Sondern mit sich selbst.

Er lockerte seinen Griff, ließ seine Hand an ihrem schlanken Hals hinaufgleiten, um ihr Kinn zu umfassen und ihren Kopf nach hinten zu heben, und schob seinen Daumen in ihren

Mund. Sie presste ihre Lippen fest darauf und saugte kräftig daran.

Fuuuuck. Damit hatte er auch nicht gerechnet.

Seine Hüften stotterten bis zum Stillstand, weil er keine andere Wahl hatte, als innezuhalten.

Er brauchte eine Sekunde. Oder zwei.

Oder, *verdammt,* fünf.

Da er sie am Kinn hochhielt, konnte sie eine Hand vom Tisch nehmen. Sie griff nach seiner nackten Arschbacke und grub ihre Nägel in sein Fleisch. Der Schmerz, den sie ihm zufügte, ermutigte ihn, ihren Weg der Lust fortzusetzen.

Als er sich wieder bewegte, war ihr Arm nicht lang genug, um ihn festzuhalten, und ihre Nägel fuhren über seine Arschbacke und markierten ihn, so wie er sie hatte markieren wollen.

Verdammt!

Er lächelte in ihren Nacken und drückte ihre Wange gegen den Tisch, wo er sie festhielt, während er seinen Daumen im gleichen Tempo in ihren Mund steckte, wie er seinen Schwanz in ihre Muschi schob.

Je länger er es tat, desto härter wurde er, und er hörte keine einzige Beschwerde. Sie hielt ihn auch nicht auf. Stattdessen lockerten sich ihre Muskeln, als jeder Stoß ihr Ende erreichte. Er machte sich keine Sorgen mehr, sanft zu sein.

»Ja«, hauchte sie mit einem raschen Atemzug um seinen Daumen herum. Nicht hart genug, um die Haut zu durchbrechen, aber hart genug, um seine Hüften erneut zum Stottern zu bringen.

Verdammt! So etwas hatte er nicht von ihr erwartet. Nicht einmal annähernd. Passierte das wirklich oder bildete er sich das nur ein? Spielte sein Verstand immer noch mit ihm, indem er sie zu einer Frau formte, nach der er sich sehnte?

War das, was er gerade erlebte, eine Fantasie? Oder war sie wirklich diese Frau?

Konnte sie diese Frau sein?

Zuerst hatte er sich Sorgen gemacht, dass sie noch Jungfrau sein könnte, aber jetzt ...

Jetzt fragte er sich, worauf sie stand.

Er fragte sich, wie weit sie zu gehen bereit war.

Ihr Bus und ihre Band fuhren erst morgen früh, wenn sie also bereit war, hatten sie noch viel Zeit, um herauszufinden, wie sehr sich ihre Vorlieben und Bedürfnisse deckten. Um herauszufinden, ob sie auf dieselben Dinge stand wie er. Normalerweise nahm er sich bei den Frauen, die er mit nach oben nahm, nicht die Zeit, das zu erkunden. Das lag hauptsächlich daran, dass es sich um schnelle Treffen handelte. Für gewöhnlich war er am Arbeiten und hatte keine Zeit zum Spielen. Er kümmerte sich einfach um das Kribbeln und ging wieder an die Arbeit.

Wenn ihm gelegentlich die richtige Frau über den Weg lief, fragte er sie, ob sie nach Ladenschluss noch etwas Zeit mit ihm verbringen wollte, damit sie mehr Zeit hatten. Aber selbst dann erlaubte er ihr nie, länger als ein paar Stunden in seinem Bett zu bleiben.

Wenn er sie bleiben ließ, könnte sie einen falschen Eindruck bekommen.

Von den wenigen Frauen mochten sogar noch weniger alles, was er tat.

Er war nicht superpervers, aber er war auch nicht gerade Vanille. Er hielt sich selbst für die perfekte Geschmacksrichtung.

Vanille-Gewürz.

Während Vanille für die meisten Nächte in Ordnung war, konnte eine Prise Gewürz die Sache aufpeppen.

Wenn er mehr als nur eine Prise wollte, suchte er Billie auf, die sadistische Sweet Butt. Wenn er in der richtigen Stimmung war, konnte sie ihn so verletzen, dass er sich erst nach einigen Tagen davon erholte. Deshalb konnte er mit Billie nur in kleinen Dosen umgehen.

Aber es war nicht Billie, in die er gerade hinein- und wieder herausglitt.

Es war Syn, die nach hinten griff und ihre Finger um seinen Nacken schlang.

Sie war es, die ihre Nägel auch dort in sein Fleisch grub.

Sie war es, die ihm ein Zischen entlockte, als sie mit ihren Nägeln über seine Haut fuhr und dieses Mal zweifellos Spuren hinterließ. Möglicherweise sogar Blut.

»Soll ich aufhören?«, fragte er. Um sicher zu sein. Um sicherzugehen, dass es genau das war, was sie wollte.

Verdammt noch mal, sag mir Nein.

»Nein«, stöhnte sie auf ihre heisere Art. Mit dieser verführerischen Stimme, die ihn vom ersten Augenblick an in ihren Bann gezogen hatte. »Fick mich.«

Das brauchte sie ihm nicht zweimal zu sagen. Er hatte nicht vor, aufzuhören, es sei denn, sie sagte es ihm, aber sie gab ihm grünes Licht, weiterzumachen.

Je härter er sie fickte, desto tiefer gruben sich ihre Nägel in seine Haut. Sie kratzte sie durch seinen Bart und in seine Kehle.

Das war zwar keine Folter wie bei Billie, aber es machte ihn auf jeden Fall an.

Sie krallte sich weiter in ihn und das Einzige, was seine Arme davor bewahrte, zerfetzt zu werden, war sein langärmeliges Thermoshirt.

Dem Teufel sei Dank waren ihre Nägel nicht so lang oder spitz wie die einiger Sweet Butts. Sonst hätte er am Ende vielleicht ausgesehen, als hätte er sich mit einer wilden Katze angelegt.

Obwohl er keinen Zweifel daran hatte, dass Syn ein wenig animalisch veranlagt war. Vor allem, weil er gesehen hatte, wie misstrauisch sie anfangs gegenüber ihm gewesen war. Sie schien bei Leuten, die sie nicht kannte, vorsichtig zu sein. Vielleicht lag es aber auch nur an den Männern im Allgemeinen.

Daran war zwar nichts auszusetzen, aber er fragte sich, was

der Grund dafür war. Einen Grund gab es immer. Ob es nun an ihrer Erziehung lag oder an dem, was sie erlebt hatte.

Er hoffte verdammt, dass es der erste war und nicht der zweite.

Im Moment sollte das nicht seine Sorge sein. Eigentlich sollte es ihn überhaupt nicht kümmern. Sie würde nicht hierbleiben.

Stattdessen musste er sich darauf konzentrieren, sie zum Höhepunkt zu bringen, denn er war dabei, sich selbst in diese Richtung zu katapultieren.

»Sag mir, was du brauchst«, flüsterte er ihr ins Ohr.

Sie schüttelte den Kopf, zumindest so sehr, wie es ihr möglich war, da er ihr Haar festhielt und ihre Wange in den grünen Filz gedrückt war.

»Sag es mir«, forderte er, denn er sprintete schnell auf seine eigene Ziellinie zu und wollte nicht, dass sie das Rennen aufgibt. Als sie immer noch nicht antwortete, knurrte er ihren Namen. »Syn.«

»Ich ... weiß es nicht. Mach ... mach einfach weiter.«

Das war nicht möglich. Wenn er so weitermachte wie bisher, würde sie nicht mit ihm zusammen das Ende erreichen.

Sie hatte ihm vertraut, damit sie das überhaupt tun konnten, und er wollte nicht, dass sie das bereute. Er wollte nicht, dass sie enttäuscht war.

Er hielt inne.

Warum sollte ihn das überhaupt interessieren? Normalerweise würde er nur halb darüber nachdenken, vor allem, wenn die Frau schon gekommen war, aber bei Syn ...

Verdammte Hexerei.

Sie hat ihm Dinge entlockt, auf die er nicht vorbereitet war.

Als ob ihn das wirklich interessieren würde.

Was. Zum. Teufel!

»Komm oder lass es bleiben. Es ist mir scheißegal.« *Lüge.*

»Ich weiß es nicht«, sagte sie wieder und klang dabei selbst frustriert. »Ich …«

Sie was?

Mit einem weiteren Knurren zog er sich zurück und machte einen halben Schritt nach hinten. Er packte sie am Haar und riss sie auf die Beine. »Du hast mich gefragt, was du brauchst und kannst mir keine Antwort geben. Wenn du mir nicht sagen kannst, was du brauchst, um dich zum Ziel zu bringen, dann werde ich mir nehmen, was ich will und dich vergessen.«

Wieder eine verdammte Lüge.

Er packte sie um die Taille, hob sie so weit an, dass ihr Hintern wieder auf der Tischkante lag, genau wie damals, als er sie vernascht hatte, und trat zwischen ihre Beine, um sie weiter auseinanderzudrücken.

»Leg die Beine um meine Taille«, befahl er und schob seine Jeans noch ein Stückchen weiter nach unten. Sobald sie gehorchte, spießte er sie mit seinem Schwanz auf.

Ihre Wangen erröteten, ihre Augen waren halb geschlossen und ihre Fingernägel gruben sich wieder einmal fest in seinen Hintern, sodass es sich anfühlte, als würde sie seine Haut aufschneiden. Außerdem spannte sich sein Schwanz tief in ihr an.

Auf keinen Fall wollte er ihr sagen, dass sie sich entspannen sollte, denn das wollte er nicht. Alles, was sie ihm zu geben bereit war, würde er nehmen.

Wenn sie ihn mit ihren Nägeln blutig kratzen wollte, würde er sie lassen.

Wenn sie ihn anketten und reiten wollte, bis er nur noch Staub schoss, wäre er auch damit einverstanden.

Er zog nur bei bestimmten Dingen eine Grenze, aber er bezweifelte, dass sie diese Grenze jemals überschreiten würde. Sie schien nicht erfahren genug zu sein, um auch nur die Hälfte von dem zu wissen, was er in seiner Vergangenheit getan hatte.

Sein Sexleben war eine interessante Reise und er sagte selten Nein, wenn er neue Dinge ausprobierte.

Das war auch der Grund, warum er dazu neigte, sich auf erfahrenere Frauen einzulassen, und diese Frauen waren in der Regel etwas älter. Das war vielleicht nicht immer so, aber er hatte festgestellt, dass es die Mehrheit war.

Shade hatte die richtige Idee, als er Chelle als seine Old Lady beanspruchte. Zum ersten Mal war Dodge tatsächlich ein bisschen eifersüchtig auf einen seiner Brüder. Vor allem, nachdem er sich das Video von ihm und Chelle angeschaut hatte, wie sie es auf dem Rücksitz ihres Subaru trieben. Es war zwar nicht pervers, aber verdammt heiß.

Das war der Augenblick, in dem ihm klar wurde, dass Sex mit jemandem, zu dem man eine Beziehung hat, das Erlebnis um so viel besser machen kann. Im Moment war er noch nicht auf der Suche nach dieser Art von Beziehung, aber wenn er sich entschlossen hatte, nicht mehr auf dem Spielfeld zu spielen, dann würde es ihm vielleicht nichts ausmachen, ›sesshaft‹ zu werden oder zumindest irgendeine Version davon.

Mit seinen fünfunddreißig Jahren hatte er es nicht eilig, das zu finden, was die meisten seiner Brüder gefunden hatten. Die meisten wurden erst sesshaft, wenn sie ›die Eine‹ gefunden hatten. Die Frau, die perfekt zu ihnen passte.

Ein paar von ihnen, wie Trip und Judge, hatten jedoch gedacht, sie hätten ›die Eine‹ gefunden und es endete in einem totalen verdammten Desaster. Ein Problem, das er vermeiden wollte. Das, was Trip mit seiner ersten Frau erlebt hatte - der Grund, warum er im Knast gelandet war - und auch der Mist, den Judge mit seiner ersten Frau erlebt hatte, und die Tatsache, dass er verpasst hatte, wie sein Sohn Ry aufgewachsen war.

Aber noch einmal: Warum zum Teufel verarbeitete sein Gehirn diesen Scheiß gerade jetzt?

Syn war nicht ›die Eine‹. Sie war nur ›die Richtige im Moment‹.

Halte es einfach, Dummkopf.

Er musste den Scheiß aus seinem Kopf bekommen und Syn ans Ziel bringen. Auf diese Weise konnte er ihr schnell folgen.

Jetzt, wo sie ihm gegenüberstand, wollte er diese Titten schmecken. Die Titten, von denen er heute Morgen geträumt hatte, während er sich ausruhte, bevor er versuchte, etwas Schlaf zu finden. Winzig, aber verlockend, vor allem, nachdem er sie nass in der Badewanne gesehen hatte.

Er schob ihr Shirt hoch, sodass sie zum Vorschein kamen, klemmte seine Lippen um eine ihrer Brustwarzen und saugte so fest er konnte. Mit einem Wimmern und einem Heben des Rückens bohrten sich ihre Fingernägel erneut in seinen Hintern, dieses Mal jedoch mit beiden Händen.

Als er seinen Mund zu ihrer anderen Titte bewegte, ließ er ihr Shirt los und klemmte seine Hand zwischen ihre aneinanderschlagenden Körper, um die Stelle zu berühren, an der sie miteinander verbunden waren und wo er in sie hinein- und herausfuhr. Er fand ihren glitschigen Kitzler.

Er wusste, was sie brauchte, auch wenn sie es nicht wusste.

Sie würde kommen, *verdammt noch mal*. Dafür würde er sorgen.

Er stieß sie so hart, wie er in dieser Position konnte, und spielte mit seinen Fingern an ihrer Klitoris. Mit seinem Mund spielte er mit ihren Brustwarzen, saugte an dem weichen Fleisch, schabte mit den Zähnen über die Spitzen und schnalzte mit der Zunge über die harten Enden.

Je mehr er sie bearbeitete, desto lauter wurde sie. Verdammte Musik in seinen Ohren. Sogar noch fesselnder als die Art, wie sie auf der Bühne sang. Denn in diesem Fall sang sie für ihn. Jeder Ton sagte ihm, dass er tat, was sie brauchte.

Als sie sich überall anspannte, sogar die Finger an seinem Hintern, biss er die Zähne zusammen und machte weiter, denn er wusste, dass sie nahe war. Sie war fast da.

Sie brauchte nur noch den kleinsten Schubs.

Ihr leises Keuchen, das sich in ein leises Stöhnen verwandelte, und die Art, wie sie seinen Schwanz umklammerte, sagten ihm, dass sie endlich die Ziellinie überschritten hatte. *Dem Teufel sei Dank.* Er drückte sein Gesicht in ihren Nacken und stöhnte, als er kam. Seine Hüften zuckten fast so stark wie sein Schwanz, als er sich in ihr entleerte. Selbst als ihre Krämpfe nachließen, seine Muskeln sich entspannten und er nur noch leise keuchend atmen konnte, blieb er noch ein paar Augenblicke lang genau dort, wo er war.

Sie forderte ihn nicht auf, sich zu bewegen, und versuchte auch nicht, ihn von sich zu stoßen, sondern umklammerte weiterhin seinen Hintern, fast so, als wollte sie ihn dort halten. Um diese Verbindung aufrechtzuerhalten. Als ob sie nicht wollte, dass es schon vorbei war.

Es war noch nicht vorbei. Sie hatten noch den Rest der Nacht und den frühen Morgen vor sich.

In der ganzen Zeit, in der er der Manager des Crazy Pete's war, hatte er noch nie jemanden auf einem der Billardtische gefickt. Nach dieser Nacht würde er nie wieder den Tisch ansehen können, an dem sie gefickt hatten, ohne an Syn zu denken.

An die meisten Frauen, mit denen er in den letzten Jahren zusammen gewesen war, konnte er sich nicht erinnern. Er konnte sich weder Namen noch Gesichter merken. Aber er wusste schon jetzt, dass er sie nicht vergessen konnte.

Er ignorierte das Gefühl, dass es ein großer Fehler gewesen sein könnte, sie zu ficken.

Nicht, weil es scheiße war, denn das war es nicht.

Nicht, weil er sie innerhalb von ein oder zwei Tagen vergessen würde, denn das würde er nicht.

Diese Erkenntnis ließ ihn in Bewegung geraten.

Er kreiste mit seinen Fingern um die Wurzel seines Schwanzes, um die Umhüllung an Ort und Stelle zu halten, während er ihn herauszog. Nachdem er die Umhüllung entfernt hatte, verknotete er das Ende und warf es in den Mülleimer in der Ecke des Billardraums. Als er das tat, sprang sie vom Billardtisch und das Licht fiel auf den feuchten Schimmer ihrer Haut an den Innenseiten ihrer Oberschenkel. Ihre Reaktion auf seine Aufmerksamkeit. Ihre Erregung.

Seine Nasenflügel blähten sich.

Manchmal lernte er nicht aus Fehlern oder hörte nicht auf sein Bauchgefühl. Vor allem dann nicht, wenn er sich direkt in die Scheiße geritten hat, obwohl er wusste, dass es eine schlechte Idee war.

Er war ein Dummkopf, das war er. Und er war dabei, es zu beweisen.

Sie wandte sich ab, unterbrach ihren Blick und traf sich mit ihren Sachen. »Kannst du mich zurück zum Bus fahren?«

Ihr Arsch war immer noch perfekt weiß und er wollte etwas Farbe hineinbringen. »Nein.« Er schob sich seine Jeans und Boxershorts über die Hüften, machte sich aber nicht die Mühe, sie zu schließen.

Ihr Kopf schnellte hoch, als sie die zusammengeknüllten Klamotten an ihren Unterbauch drückte, um die dunkle Haarpartie zu verdecken, die das Ergebnis ihrer Orgasmen verbarg. »Ich werde anrufen müssen …«

Er schüttelte den Kopf. »Nein.«

Ja, er würde es heute Abend bereuen. Aber nicht aus dem Grund, aus dem er es normalerweise tat.

»Rex«, beendete sie schwach.

»Du rufst deinen Jungen nicht an.«

Ihre Augenbrauen zogen sich zusammen. »Wie soll ich denn zurückkommen?«

»Das wirst du nicht. Und mach dir nicht die Mühe, den Scheiß wieder anzuziehen, sonst ziehst du ihn am Ende wieder aus. Ich bin noch nicht fertig mit dir.«

Die dunklen Augenbrauen zogen ihre Stirn in die Höhe. »Und wenn ich mit dir fertig bin?«

Er neigte seinen Kopf und starrte sie an. »Bist du das?«

»Ich sollte es sein.«

Glaub mir, Frau, ich spüre diese Antwort bis in mein Innerstes.

»Ich habe oben ein bequemes Bett, das du schon getestet hast wie Goldlöckchen. Als Bonus habe ich sogar die Laken gewechselt.«

»Ich bin kein Goldlöckchen.«

Das war verdammt sicher.

»Und saubere Laken sind immer ein Bonus, aber ... Wenn Sex so sein kann, habe ich nicht vor, in diesem Bett zu schlafen oder die Laken sauber zu halten. Du etwa?«

Wenn Sex so sein kann ... »Dann hast du wohl die falschen Leute gefickt.«

»Ich kann dir sagen, dass ich bei keinem von ihnen dreimal gekommen bin.«

Als er das hörte, zuckten seine Lippen mit einem kleinen Anflug von Übermut. Nur ein bisschen.

Er würde wetten, dass keiner von ihnen sie auch nur einmal hat kommen lassen. Wahrscheinlich hatte sie mit Jungs gefickt, die sich als Männer ausgaben, denn solche Arschlöcher interessierten sich nur für eins ...

Sich selbst.

Er hatte nicht vor, die Tatsache zu analysieren, dass er sich auch immer nur um sich selbst gekümmert hatte. Aber wenigstens tat er sein Bestes, um eine Frau zum Orgasmus zu bringen. Wenn sie nicht kam, lag das nicht daran, dass er es nicht versucht hatte.

Also, ja, er kümmerte sich um sich selbst, aber er war nicht total egoistisch.

»Ich stehe hier halb nackt«, erinnerte sie ihn und schüttelte seine Gedanken ab.

»Nicht mehr lange«, sagte er, schnappte sich ihre Stiefel vom Boden und schob sie ihr zu. »Nimm die hier.«

Sie nahm sie automatisch in eine Hand, während sie mit der anderen ihre Jeans und den Tanga festhielt.

Bevor sie realisieren konnte, was er vorhatte, ging er in die Knie und hob sie in seine Arme. Sie wog wahrscheinlich genauso viel wie Justice.

»Ich brauche dich nicht, um mich zu tragen«, beschwerte sie sich, als er begann, über die Bar zu hoppeln.

»Ich weiß, dass du das nicht brauchst. Ich tu es trotzdem.«

»Warum?«

»Weil ich es kann und weil ich es will. Ist das gut genug?«

»Nicht wirklich.«

»Verdammt schade.«

»Du bist ein Arschloch.«

Er lächelte. »Und ob ich das bin.«

Sie schlang einen Arm um seinen Hals und hielt sich mit dem anderen an ihren Kleidern und Stiefeln fest. Ihr Daumen rieb über eine lange Beule an seinem Hals hin und her. »Ich wollte dich nicht so aufkratzen.«

»Doch, das wolltest du.«

Sie neigte ihr Gesicht zu ihm hinauf, als er durch die Schwingtür trat. »Stört dich das nicht?«

»Fuck, nein«, antwortete er, während er die Treppe zu seiner Wohnung hinaufging.

Als er den obersten Treppenabsatz erreichte, holte er seine Schlüssel aus der Tasche, öffnete die Tür und schloss sie hinter sich, ohne sie fallen zu lassen.

Er ging geradewegs zum Bett und warf sie auf das Bett.

Mission erfüllt.

Ohne abzuwarten, ob sie mit dem Ausziehen fertig war, drehte er sich um und machte sich auf den Weg zu seiner Kochnische, schälte sich aus seiner Kutte und legte sie über die Lehne eines der Hocker am Tresen.

»Hast du das gestern Abend benutzt?«

Ihre Frage ließ sich ihn umdrehen. Sie saß im Schneidersitz in der Mitte seines Bettes und starrte auf seinen Nachttisch.

»Nein.«

Darauf lag das, was sie aus seiner Unterwäscheschublade ausgegraben hatte. Sein blauer Best Friend Jelly Pocket Sleeve, der nicht nur innen gerippt war, sondern auch Massageperlen hatte. Es war wirklich sein ›bester Freund‹.

»Heute Morgen«, gestand er.

Daneben lag eine halb leere Tube Gleitgel. Er notierte sich, dass er mehr besorgen musste.

Sie musste es vorhin gesehen haben, als sie nach oben kam, um zu duschen. Nicht, dass es ihn interessierte. Sonst hätte er es in seiner Schublade versteckt.

Er hatte ihn draußen gelassen, weil er eigentlich vorhatte, ihn heute Abend wieder zu benutzen. Aber das war gar nicht nötig, denn die Fantasie, die er heute Morgen in seinem Kopf durchgespielt hatte, während er sich zum Orgasmus streichelte, lag jetzt in seinem Bett.

Und nach dem, was er bereits mit ihr erlebt hatte, würden sie beide auch kein Gleitmittel mehr brauchen.

»Keine Scham, was?«, fragte sie, nahm die Tube mit dem Gleitmittel, las das Etikett und warf sie dann zurück auf den Nachttisch.

»Nicht im Geringsten.«

»Du hast mich gestern Abend nackt gesehen.«

»Ja, danke für die Hilfe.«

Sie rollte ihre Lippen für eine Sekunde nach innen. »Freut mich, dass ich dir helfen konnte.«

»Wie findest du das? Das hast du heute Morgen auch zu mir gesagt.« Eigentlich hat sie das nicht. In der Fantasie von heute Morgen hat sie nicht viel gesprochen. Genau wie im richtigen Leben.

»Du dachtest, ich sei jung.«

»Aber ich wusste, dass du alt genug bist.«

»Macht das einen Unterschied, wenn es um deine Fantasien geht?«, fragte sie und die Belustigung verschwand aus ihren Augen.

»Fuck, ja, das tut es. Ich würde mir selbst in den Arsch treten, wenn ich mir zu einer Minderjährigen einen runter- holen würde.«

»Was ist mit dem Wichsen mit ahnungslosen Erwachsenen?«

»Hättest du es gewusst, wenn ich es dir nicht gesagt hätte?«

Sie hob und senkte eine schlanke Schulter. »Nein.«

»Dann ist das eben so. Kein Leid, kein Problem.«

»Aber jetzt weiß ich es.«

»Das tust du verdammt sicher. Ich muss pissen. Sei nackt, wenn ich wieder rauskomme.«

»Bist du immer so herrisch?«

Er dachte an Billie. Als sie sich trafen, gab es nur einen Boss. Und das war nicht er. »Nicht immer.«

Er war fertig mit dieser Fragestunde. Er drehte sich um und ging zum Badezimmer.

Dort hielt er vor dem Waschbecken inne und blickte in den kleinen Spiegel darüber.

Rote Striemen zogen sich über seinen Hals. Er drehte seinen Kopf hin und her und hob dann sein Kinn an, um die Striemen auf dem Rücken, den Seiten und am Hals zu sehen. Er fuhr mit einem Finger über einen der tieferen Kratzer und sah, dass er leicht geblutet hatte.

Er grinste und murmelte: »Verdammt, du kleine Höllenkatze.«

Ja, die ganze Sache war ein Fehler, denn jetzt wollte er derje- nige sein, der versuchte, sie zu zähmen. Dann wollte er ihr zeigen, wie toll Sex sein kann.

Vielleicht musste er sie und ihre Band auf eine regelmäßige Rotation setzen.

Das klang nach einem verdammten Plan, mit dem er leben konnte.

Jetzt musste er sie nur noch dazu bringen, auch zuzustimmen.

Er hatte noch ein paar Stunden Zeit, um sie zu überzeugen.

11

Syn hatte beide Hände auf seiner Brust und stützte sich mit den Armen ab, während sie sich langsam auf seinen Schwanz auf und ab bewegte.

Es war ein schöner Schwanz. Sie hatte noch nicht viele gesehen, aber von dem, was sie gesehen hatte, sei es in Natura oder auf Bildern und Videos, gehörte seiner zu den schönsten.

Er schien auch stolz auf ihn zu sein. Als wäre er mit dem blauen Band ausgezeichnet worden oder so.

Die breite schwarze Ledermanschette, die sie jetzt um ihr linkes Handgelenk trug, war das Einzige, was sie im Moment anhatte. Sie hatte sie sich von seiner Kommode geschnappt, als sie vorhin vom Bett kroch, um sich fertig auszuziehen. Wie er es verlangt hatte.

Sie musste die Manschette zweimal um ihr Handgelenk wickeln, bevor sie sie befestigen konnte. Selbst dann war sie lockerer, als sie ihre eigenen ähnlichen Manschetten trug, da ihr Handgelenk viel schmaler war als seines.

Er hatte die Manschette natürlich sofort an ihr entdeckt, aber er hatte nichts gesagt. Stattdessen hatte er sich ebenfalls ausgezogen, als er sich zum Bett geschlichen hatte.

Alles andere geriet schnell in Vergessenheit, als sie ihn betrachtete, während er sich allmählich seiner Kleidung entledigte und sich in Stücken entblößte.

Diese Show gefiel ihr viel besser, als wenn er einfach nur nackt aus dem Bad gekommen wäre. Auf diese Weise hatte sie, während er jeden Teil seines Körpers entblößte, einen Moment Zeit, den entblößten Bereich zu genießen, bevor sie sich dem nächsten widmete.

Jetzt verstand sie den Reiz eines Striptease. Und wie die Vorfreude das Verlangen steigert.

Heute Abend war sie das erste Mal oben. Sie hatte unten angefangen, und er ließ sich Zeit, in sie einzudringen, damit sich ihr Körper langsam an seine Weite anpassen konnte. Dann, nach nur wenigen Hüftstößen, drehte er sich plötzlich um und nahm sie mit, sodass sie dort landete, wo sie jetzt war. Mit seinem Schwanz tief, *tief* in ihr. Zuerst war es etwas unangenehm, aber diese Position wurde sofort zu ihrer Lieblingsstellung.

Vielleicht nicht mit jedem Mann, aber mit diesem? Auf jeden Fall.

Sobald er auf dem Boden lag, bewegte er seine Hüften nicht mehr so, wie er es sonst immer tat. Er überließ es ihr, das Tempo zu bestimmen, und ließ ihr die Zeit, verschiedene Bewegungen und Winkel zu erkunden. Erstaunlicherweise hatte er seine Anweisungen für sich behalten, anstatt ihr zu befehlen, was sie tun sollte.

Aber ununterbrochen schaute er sie an, seine intensiven, dunkelbraunen Augen glitten über ihren Körper, hielten auf ihren Brüsten, ihrem Bauch und dem, was er von ihrer Muschi sehen konnte, die seinen Schwanz verschluckte, inne. Als er sich langsam wieder nach oben arbeitete, begutachtete er noch einmal jeden Zentimeter, den er sehen konnte, bevor er ihr in die Augen sah.

An einem Punkt hatte sie ihre Reaktion vor ihm verborgen,

JEANNE ST. JAMES

da ihr Gesicht, ihre Mimik, völlig entblößt waren. Normalerweise neigte sie dazu, ihre Gefühle zu verbergen. Sie hatte schon früh gelernt, dass man verletzbarer wurde, wenn man emotional war und jemandem seine Schwäche zeigte. Emotional zu werden wegen etwas, das man nicht kontrollieren konnte, war auch nicht gut. Manchmal machte es die Dinge sogar noch schlimmer.

Aber davon wollte er nichts wissen. Mit einem Stirnrunzeln packte er ihr Kinn, zog es herunter und warnte: »Versteck nichts vor mir.«

Der einzige Befehl, den er ihr gab, seit er mit ihr im Bett war, hatte das Blut in ihren Adern zu Lava werden lassen. Mit einem gezielten Blick bemerkte er auch, dass sich ihre Brustwarzen bei dieser Aufforderung so stark zusammenzogen, dass sie schmerzten.

Nicht nur vor Unbehagen, sondern auch wegen seiner Aufmerksamkeit.

Aus irgendeinem Grund schenkte er ihnen diese nicht. Er bewegte sich überhaupt nicht. Er schaute nur zu, wie sie entdeckte, was ihr gefiel und was nicht, während sie oben lag.

Auch das fand sie richtig heiß. Ein Mann wie er, der die Kontrolle beim Sex an sie abgibt.

Sie verstand auch, warum. Er hatte erkannt, wie wenig Erfahrung sie in Sachen Sex hatte, ohne dass sie es laut zugeben musste.

Die anderen drei Männer, die sie für den Sex ausgesucht hatte, hatten die Zügel in die Hand genommen, als sie sich trafen. Aber keiner von ihnen hatte sie gefragt, was sie von ihnen brauchte, um zum Orgasmus zu kommen, im Gegensatz zu dem Mann, der gerade unter ihr war.

Einer fragte, ob sie schon gekommen sei, und als sie verneinte, machte er sich nicht die Mühe, dafür zu sorgen, dass sie es tat.

Dodge hatte sich die Mühe gemacht.

Er war verdammt herrisch, aber auch erstaunlich selbstlos.

Als sie die leicht hervorstehenden Sehnen in seinem zerkratzten Nacken und einen Muskel in seinem Kiefer sah, erkannte sie auch, dass es ihn etwas kostete, ihr die Führung zu überlassen, wenn er einfach auf dem Rücken lag und sich von ihr in ihrem eigenen Tempo ficken ließ.

Das Wissen, diese Macht über ihn zu haben, machte ihn auch an. Doch diese Macht konnte sich schnell ändern. Wenn er sie sich zurückholen wollte, konnte sie ihn nicht aufhalten.

Sie hielt inne, setzte sich aufrechter hin und streckte ihre beiden Hände aus.

Ohne das geringste Zögern und als ob er ihre Gedanken lesen könnte, legte er seine viel größeren Hände in ihre und verschränkte ihre Finger. Sie hob seine rechte Hand an ihren Hals und schlang seine Finger darum. Nachdem sie die andere Hand auf ihre Brust gelegt hatte, beugte sie sich vor, legte ihre Hände auf seine schwere, tätowierte Brust und sah ihn mit ihren Augen an.

Als sie ihn anlächelte, kroch langsam ein erwiderndes Lächeln über sein Gesicht.

Es sollte illegal sein, so umwerfend zu sein. Normalerweise empfand sie Männer nicht als schön. Für sie war er es.

Sein dunkles Haar mit ein paar grauen Strähnen war etwas länger, aber nicht so lang, dass es ihm bis zu den Schultern reichte. Der dicke, aber ordentlich getrimmte, dunkle Bart hatte auch ein paar graue Haare. Diese geschickten, bissigen Lippen. Seine breite Nase und seine etwas dunklere Hautfarbe, die nicht so geisterhaft weiß war wie ihre, ließen darauf schließen, dass er nicht ganz europäischer Abstammung war.

Und ein Lächeln, wenn es an sie gerichtet war, konnte ihr Höschen feucht werden und ihr Herz ein wenig schneller schlagen lassen. Vor allem, wenn es von einem Gesichtsausdruck begleitet wurde, der eindeutig sagte, dass er sehr schmutzige Gedanken hatte.

Bis zu dem Augenblick, als sie ihn kennenlernte, war sie noch nie so sehr mit sich selbst im Reinen gewesen. Am Anfang hatte sie es nicht verstanden und die Reaktion ihres Körpers war ihr unangenehm gewesen. Ihre überraschende Reaktion auf ihn betraf jeden Teil von ihr. Von ihrem Kopf bis zu ihren Zehen.

Zuerst fühlte sie sich unwohl mit den Gefühlen, die er in ihr auslöste. Heute Abend nahm sie es an und verstand es ein bisschen besser. Sie freute sich auch auf die verbleibenden gemeinsamen Stunden, um zu erfahren, warum sie das nie mit jemand anderem erlebt hatte.

Nur mit ihm.

In ihrem Hinterkopf machte sie sich Sorgen, dass sie mit niemandem sonst jemals wieder solche Gefühle haben würde. Es würde nur er sein.

So seltsam und unerwartet es auch war.

Trotzdem konnte er nicht der Einzige sein. Das ist unmöglich. Er war zufällig der Erste, der das Feuer entfachte, der die Flammen aus der kalten Asche schürte, die das klaffende Loch in ihr füllte.

Dunkel, kalt, leer.

Eine Zukunft, die düster aussah, egal wie sehr sie sie ändern wollte, wie sehr sie sich bemühte, das Gleiche zu tun.

Aber Dodge wärmte sie nicht nur auf neue Weise, er gab ihr auch einen Funken Hoffnung. Tief in ihrem Inneren ärgerte sie das, denn es machte keinen Sinn.

Als sie am Dienstagabend das Crazy Pete's betrat, war sie verzweifelt und hatte das Gefühl, dass nichts besser werden würde, dass sich nie etwas ändern würde. In dem Moment, in dem er zustimmte, sie spielen zu lassen, flammte ein Funke der Hoffnung auf.

Aber das kann doch alles nicht mehr sein, als ein Gig zu ergattern, oder?

Oder war es etwas anderes?

Ging es mehr um den Mann als um das Geld?

Und wenn ja, war das überhaupt wichtig? Sie war nicht auf der Suche nach einem Retter, ob er nun einer war oder nicht. Auf jeden Fall wollten sie nicht hierbleiben. Sie mussten sich auf die Suche nach Gigs in wärmeren Staaten machen. Sie hatte keine Zeit, diese ungewohnten Gefühle zu erkunden. Und sie hatte auch keine Lust dazu. Das konnte nur Ärger bedeuten. Sie brauchte diesen Mann nicht auch noch zu ihrem Stapel von Hindernissen im Leben hinzuzufügen.

Ihr wurde im Leben noch nie etwas geschenkt. Auf ihrem Weg nach oben hatte sie sich jeden verdammten Nagel eingerissen. Nicht einmal bis zur Spitze, sie wäre einfach froh, eine sichere Ebene zu erreichen. Eine, die sie für eine Pause nutzen konnte, bevor sie weiter nach oben kletterte. Irgendwie purzelte sie immer wieder an den Fuß des nicht enden wollenden Berges zurück. Dort musste sie sich wieder aufrappeln und es noch einmal versuchen.

Sie arbeitete daran, so gut sie konnte, indem sie die einzigen Fähigkeiten nutzte, die sie hatte. Ihre Stimme, ihr Gespür für Musik und ihre natürliche Fähigkeit, bekannten Liedern ihren eigenen Stempel aufzudrücken, damit sie neu klingen.

Sie tat das alles für sich selbst. Und auch für Rex, Nico und Eddie.

Aber keiner von ihnen war heute Abend in diesem Raum. Es gab nur sie und Dodge.

Und im Moment glaubte sie nicht, dass er es zu schätzen wusste, wie faul sie auf ihm ritt.

Er machte sich nicht die Mühe, seinen Kampf zu verbergen, um nicht die Kontrolle zu übernehmen. Sie war sogar darauf gefasst, dass er seinen Körper wieder verdrehen und sie mitnehmen würde, damit er wieder oben war und die Kontrolle hatte.

Für den Moment wollte sie die Dinge so belassen, wie sie waren.

Anstatt ihr Tempo zu erhöhen, beschloss Syn, die Dinge zwischen ihnen auf eine andere Art und Weise zu beschleunigen. Da ihm die Kratzer an seinem Hals nichts auszumachen schienen, fuhr sie mit ihren kurzen Nägeln über seine Brust und seine beiden Brustwarzen, ohne sich die Mühe zu machen, sanft zu sein. Die Haut entlang ihres Weges hob sich an und wurde rot, während sie seinen Oberkörper in ein abstraktes Kunstwerk verwandelte. Oder in eine Karte voller Straßen mit Sackgassen.

Sein Bauch wölbte sich leicht, als sie mit ihren Fingernägeln darüberfuhr, dann folgte sie der Linie der schwarzen Haare, die seinen Nabel mit seinem Schwanz verband. Als sie die Stelle erreichte, an der sie miteinander verbunden waren, berührte sie ihn zaghaft dort, bevor sie den gleichen Weg zurück zu seiner Brust nahm.

Sie legte beide Handflächen auf seine Brustwarzen, beugte sich vor, um ihm ihr Gewicht zu geben, und flüsterte ihm ein Wort ins Ohr. »Fester.«

Sie machte daraus einen Befehl, keine Bitte, und sie fragte sich, wie er wohl reagieren würde, wenn er von jemandem, der nur halb so schwer und groß ist wie er, gesagt bekäme, was er tun sollte.

In ihr spannte sich erst sein Schwanz an, dann klammerten sich seine Finger fester um die zarte Spalte ihres Halses. Sie musste ihm genug vertrauen, um zu wissen, wie viel Druck er ausüben musste.

Es war keine Überraschung, dass er das perfekte Maß kannte.

Nicht genug, um ihr den Atem abzuschneiden, aber genug, um die Zurückhaltung und die Kontrolle zu spüren, die er in seinen Fingern hatte. Wie verletzlich sie sich machte, indem sie ihn dazu ermutigte, an einer Stelle zuzugreifen, an der er, wenn er fest genug zudrückte, ihr Leben beenden konnte. Oder es zumindest auf eine lähmende Weise verändern.

Als sie ihn mit diesem Befehl ermutigte, merkte sie schnell, dass sie ihm noch mehr Macht gab.

Diese Macht und auch das Risiko in seiner großen Hand zu haben, ließ jeden Nerv auf ihrer Hautoberfläche aufflammen. Wie ein sich schnell bewegendes Lauffeuer bei Orkanböen.

Sie war zwar müde von einer langen, energieraubenden Nacht, aber jeder Zentimeter von ihr war lebendig und hellwach. Auch alle ihre Sinne waren wach, und alle trugen zu diesem Erlebnis bei.

Sein rauchiger Geruch, das Gefühl seiner Finger an ihrer Brustwarze, als er sie drehte, das Geräusch des Grunzens, das er von sich gab, als sie begann, ihn härter und schneller zu ficken, der salzige Geschmack auf ihrer Zungenspitze, als sie sie von seinem Ohr entlang des sichtbaren Pulses bis in die Kehle zog. Dort saugte sie an seiner Haut und nahm dann seinen Mund.

Sie gab ihm dasselbe zurück. Der Duft ihrer Erregung, der Geschmack ihrer Zunge auf seiner, die Berührung ihrer Lippen, das Stöhnen, das ihr entwich und in seinem Mund hängen blieb.

Als sie ihre Augen öffnete, während sie sich noch küssten, sah sie, dass auch seine offen waren. Die Dunkelheit zog sie an, saugte sie in einen sich drehenden Strudel und hielt sie in der Macht gefangen, die er über sie hatte.

Die intensive Hitze verwandelte ihre Knochen in Asche und ihr Fleisch in Flüssigkeit. Als ihre Muskeln schmolzen und sie noch lockerer wurde, behielt er eine Hand an ihrem Hals, während sie sich weiter küssten, und ließ die andere von ihrer Brust über ihre Rippen und ihre Hüfte zu ihrem Hintern gleiten.

Dann drehte er sich blitzschnell um, drehte sie auf den Rücken und stieß mit seinem viel schwereren Gewicht in sie hinein, vergrub sie in der weichen Matratze und nahm sie mit voller Wucht und ohne Rücksicht auf Verluste. Er spießte sie immer wieder mit seinem Schwanz auf.

Das Kratzen ihrer Zähne an seiner Unterlippe veranlasste

ihn, ihre zwischen die Zähne zu nehmen und zuzubeißen, bis sie wimmerte und der metallische Geschmack von Blut ihre Zunge traf.

Alles an ihr begann im Takt seines Rhythmus zu pulsieren. Ihr Herz hatte sich so sehr ausgedehnt, dass es sich nicht mehr in ihrer Brust befand und sie nun vollständig umschloss.

Überall, wo er sie berührte, innerlich und äußerlich, pochte es heftig. Ob diese Berührung nun von seinen Augen, seinem Mund, seinen Fingern oder seinem Schwanz ausging. Oder einfach nur der Zug seiner Haut auf ihrer.

Er beendete den Kuss und ihre Atemzüge vermischten sich, als sie beide keuchten. Der Schatten, der sich hinter seinen Augen abzeichnete, überraschte sie und ließ ihr einen Schauer über den Rücken laufen.

Gefährlich. So verdammt gefährlich.

Er wollte Kontrolle, die sie ihm vielleicht nicht geben wollte. Aber sie hatte das Gefühl, dass er nicht darum bitten würde. Er würde sie sich einfach nehmen. Als ob sie ihm gehörte.

Er war ihr rechtmäßiger Besitzer.

Die Kontrolle, die er ihr gab, während sie oben war, war nur noch eine flüchtige Erinnerung. Sie wird bald vergessen sein und nie wieder erreicht werden.

Er wollte sie mehr als das.

Er wollte sie besitzen.

Das spürte sie in jeder pulsierenden Zelle, in jedem rauen Atemzug, in jedem schnellen Herzschlag. Das Gefühl wurde mit jeder Sekunde stärker, mit jedem Stoß seiner Hüften. Bis es anfing, sie zu überwältigen, sie zu erdrücken.

Es jagte ihr eine Scheißangst ein.

Nicht, weil er ihr wehtun würde. Davor hatte sie keine Angst.

Sondern, weil er sie zu einer Sklavin seiner Begierde machen würde.

Das sollte sie ihm nicht erlauben. Sie sollte verhindern, was immer auch geschah.

Aber das konnte sie nicht.

Was auch immer es war, was sie an ihm anzog, es war, als würde er ihr Heroin direkt in die Vene spritzen. Er verschaffte ihr einen Rausch, der nie genug sein konnte, eine Euphorie, der sie immer wieder nachjagen wollte. Eine unzerbrechliche Sucht.

Genau aus diesem Grund mied sie Drogen und trank keinen Alkohol. Sucht kann vererbt werden und sie fürchtete, in die gleiche Falle zu tappen wie ihre Mutter.

Nur heute Abend ging sie bereitwillig hinein, ohne zu wissen, dass Sex ähnlich sein könnte.

Es konnte nicht nur der Sex sein, es musste auch der Mann sein, mit dem sie ihn hatte. Denn sie hatte schon einmal Sex gehabt. Nur nicht auf diese Weise.

Der Sauerstoff verließ ihre Lungen, als er seine Lippen an ihr Ohr legte und mit einem leisen Knurren forderte: »Ich will, dass du kommst, wenn ich es dir sage.«

War das überhaupt möglich, auf Kommando zu kommen? Konnte er sie mit seinen Worten bis zum Orgasmus treiben?

Auf keinen Fall. Unmöglich.

Das würde nicht nur körperliche, sondern auch geistige Kontrolle erfordern. Ein einfacher Geist über die Materie.

»Hände über den Kopf, Handgelenke verschränken.«

Als sie ihre Arme hob und tat, was er verlangte, legte er sofort seine freie Hand darüber, hielt sie zusammen, drückte sie auf die Matratze und hielt sie fest.

Mit seinem Gewicht auf ihr, seinen Fingern um ihre Kehle und ihren Händen, die von seinen ›gefesselt‹ waren, war sie …

Gefangen.

Völlig unter seiner Kontrolle.

Sie spürte keine Panik, keine Angst, sondern eine unerwartete Gelassenheit, die sie durchströmte.

Sie wehrte sich nicht gegen diese Kontrolle. Sie begrüßte sie.

Das Gewicht der Welt, das sie herunterzog, verschwand plötzlich. Sie würde diese Erleichterung für den Moment annehmen, auch wenn sie nicht von Dauer war.

Natürlich würde sie nur vorübergehend sein, denn in ein paar Stunden würde sie abreisen und sie wusste nicht, wann oder ob sie jemals zurückkehren würde.

Sie würde sich das für den Moment gönnen. Und ihm auch.

»Komm für mich«, erklang es in ihren Ohren. »Jetzt.«

Verdammt noch mal, diese Stimme, diese Forderung. Der Ton, der ihr sagte, dass sie keine andere Wahl hatte, als zu gehorchen.

Mit einer Kraft, von der sie nicht wusste, dass sie sie hatte, schossen ihre Hüften nach oben und prallten gegen ihn, sodass er tiefer in sie eindrang, als er es je getan hatte, selbst als sie oben gewesen war.

Sie riss eine ihrer Hände aus ihrem Gefängnis und schnitt ihre Nägel tief genug in seine Brust, um Blut zu vergießen.

Er zuckte als Reaktion darauf, auch sein Schwanz trieb immer noch unerbittlich tief in sie hinein. Seine Faust schloss sich noch fester um ihre Kehle und schnürte ihre Atmung so sehr ein, dass ihr schwindelig wurde.

Aber sie konnte immer noch sprechen.

Sie konnte immer noch Nein sagen.

Ihm sagen, dass er aufhören soll.

Aber das wollte sie nicht.

Seine Worte hatten die Lawine ins Rollen gebracht, seine Taten ließen sie außer Kontrolle geraten. Gleitend, gleitend, gleitend, an Geschwindigkeit gewinnend, bis die Lawine auf dem Boden aufschlug und um sie beide herum explodierte.

Er stieß ein weiteres Mal in sie hinein, alles an ihm wurde fester, auch die Stelle, an der er sie festhielt, der Druck auf ihren Hals und das Handgelenk, das er immer noch nicht losgelassen hatte.

Sie sollte in Panik geraten, sie *würde* in Panik geraten, wäre es nicht er.

Und das war so verdammt beschissen.

Hatte sie ihren verdammten Verstand verloren?

Warum sollte ihr das gefallen?

Das sollte es nicht.

Sollte es nicht.

Aber, *verdammt noch mal*, es gefiel ihr.

12

Seine Augen waren geschlossen und eine tief sitzende Befriedigung, die er noch nie zuvor erlebt hatte, floss durch seine Knochen. Sie drang bis in sein Innerstes vor, einschließlich seines Gehirns.

Er hatte schon einige verrückte Sachen gemacht und der Sex mit Syn war überhaupt nicht verrückt gewesen. Aber es hatte etwas in ihm aufgewühlt, das anscheinend nur auf der Lauer lag. Es wartete darauf, sich zu zeigen, wenn die richtige Frau auftauchte.

Das *war* der verrückte Teil.

Normalerweise brachten ihn Muschis nicht aus der Fassung. Bei Syn ging es überhaupt nicht um den Sex und es war auch nicht der Grund, warum er seine Handlungen oder Reaktionen infrage stellte.

Sie hatten gerade zum dritten Mal gefickt und er bezweifelte, dass es ein viertes Mal geben würde, bevor sie sich aus seinem Bett und seinem Leben zurückzog und an einen wärmeren Ort weiterzog.

Wollte er ein viertes Mal? Fuck, ja.

Konnte er genug Kraft aufbringen? In der Zeit, die sie

noch hatten, wahrscheinlich nicht. Normalerweise war er ziemlich gut darin, sich wieder aufzurappeln, aber er hatte immer noch seine Grenzen, und er wollte nichts anfangen, was er nicht beenden konnte. Das wäre ein schwerer Schlag für sein Ego.

Sie dachte wohl, er sei eingeschlafen, denn es war das erste Mal in den letzten Stunden, dass sie ihn berührte, ohne dass sie Sex hatten.

Ihre Finger strichen über sein unordentliches Haar und einen Teil seines Bartes und er wusste genau, warum. Sie berührte ihn dort, wo die wenigen grauen Strähnen zu finden waren. Wieder einmal erinnerte sie ihn daran, dass sie jung war und er nicht.

Dodge war nicht so *alt* wie Dutch, aber er war älter als sie.

Dreiundzwanzig, verdammt.

Praktisch ein Baby.

Mit dreiundzwanzig dachte er, er wüsste, wie die Welt funktionierte. Er glaubte, er wüsste so verdammt viel. Dieses falsche Denken machte ihn einfach nur arrogant.

Diese Überheblichkeit führte auch dazu, dass er seine Freiheit verlor.

Damals und auch noch einige Male danach.

Heute wusste er, dass er in diesem Alter nicht das Geringste wusste. Denn wenn er gewusst hätte, was er jetzt wusste, hätte er auf seinem Weg vielleicht andere - und hoffentlich bessere - Entscheidungen getroffen.

Andererseits würden die meisten Menschen, wenn sie zurückgehen könnten, wahrscheinlich das Gleiche tun.

Mit der Erfahrung kommt das Wissen. Gutes, schlechtes und sogar unnützes.

Das Leben konnte einem in die verdammten Eier treten, wenn man es am wenigsten erwartete. Entweder man lernte daraus und wiederholte den Fehler nie wieder, oder man wiederholte ihn immer und immer wieder, bis man endlich eine verdammte Erkenntnis daraus zog. Diese Botschaft wird in der Regel durch einen Schlag auf die Stirn überbracht.

Oder man landete auf dem Boden der Tatsachen, weil man zu dumm oder zu stur war, um zu lernen.

Dodge kannte auch einige dieser Leute. Sein sogenannter ›Stiefvater‹ und sein Onkel waren zwei perfekte Beispiele für Hautsäcke voller nutzloser Winde, die zu dumm zum Leben waren.

Der kollektive IQ der Welt hat sich nicht verringert, als die beiden verschwanden. Vielleicht stieg er sogar noch ein bisschen an.

Er hatte das Gefühl, dass Syns Lebenserfahrung im Schnelldurchlauf gesammelt wurde.

Vielleicht nicht, wenn es um Sex ging, aber überall sonst. Sein Gefühl sagte ihm, dass sie barfuß über einen Weg voller Glasscherben und gefährlicher Abgründe gelaufen war.

Aber sie war auch eine Überlebenskünstlerin.

Als die Spitze ihres Fingers leicht über seine Lippen strich, öffnete er sie und biss leicht hinein.

Ihre Hand zuckte überrascht weg und sie stürzte mit dem Gesicht in seine Seite, während ihr Körper bebte.

Vor Lachen?

Er öffnete seine Augen und hob den Kopf, um es zu sehen.

»Syn«, murmelte er und wollte sehen, was sie verbarg.

Als sie ihr Gesicht hob, war jegliches Lachen bereits weggewischt. Falls es überhaupt existiert und er es sich nicht nur eingebildet hatte.

»Ich habe heute Abend etwas entdeckt«, sagte sie, ihre braunen Augen waren genauso sanft wie ihre Stimme. Sie hielten die seinen fest. Er könnte sich in der Tiefe dieser verdammten Augen verlieren.

Er verdrängte diesen beschissenen Gedanken und machte sich Sorgen, dass sie überhaupt nicht geschlafen hatte. Die Halbkreise unter ihren Augen waren jetzt die dunkelsten, die er bisher an ihr gesehen hatte. Er gab sich selbst die Schuld daran, denn er konnte nicht genug von ihr bekommen und wollte die begrenzte Zeit, die er mit ihr in seinem Bett verbringen würde, ausnutzen.

Hoffentlich würde sie etwas Schlaf nachholen, sobald sie und die Band aufbrechen würden. »Was?«

»Ich mag Sex.«

Von all den Dingen, die sie hätte sagen können, hatte er das nicht erwartet. Er hatte eigentlich mit einer Stichelei gerechnet.

Er gab sich keine Mühe, das Zucken seiner Lippen zu verbergen. Aber er wollte nicht lachen oder grinsen, wenn sie keinen Scherz machte. »Das hast du erst heute Abend herausgefunden?«

»Ist es erbärmlich, diese Frage mit einem Ja zu beantworten?«

Verdammt.

Das war es, aber nicht aus dem Grund, den sie vielleicht dachte. Also antwortete er mit »Fuck, nein. Es ist eher überraschend, vielleicht sogar enttäuschend, als erbärmlich. Es sei denn, du hast schon viel erlebt, dann tut es mir leid, dass du so ein Pech hast. Wenn du nur wenige Erfahrungen gemacht hast, dann ist es wohl keine Überraschung.« Alles deutete eher auf das zweite als auf das erste Szenario hin. »Nur für den Fall, dass du es nicht mitbekommen hast: Ich mag auch Sex.«

»Ich glaube nicht, dass das infrage stand.«

Er mochte diese weiche Seite an ihr und fragte sich, wie lange sie anhalten würde. Es schien, als ob ihr erster Instinkt darin bestand, ihre Gefühle immer zu verstecken. Sie trug eine Rüstung, um sich zu schützen.

Er verstand das nur zu gut. Aber er war froh, dass sie diese Rüstung bei ihm ablegte. »Nicht einmal für eine Sekunde?«

»Nein.« Sie ließ den Finger, den er geknabbert hatte, über sein Kinn und den aufgekratzten Hals gleiten, umkreiste die

Vertiefung seines Halses und zeichnete dann ein paar der tieferen Kratzer nach, die seine Brust zierten.

Die verdammte Höllenkatze.

Er mochte es. Die Kratzer würden heilen und vergessen werden, aber die Art und Weise, wie er diese Kratzer bekommen hatte, würde sich in sein Gehirn einbrennen.

Der meiste Sex, den er mit fremden Frauen hatte, war vergesslich.

Die heutige Nacht würde er nie vergessen.

Beunruhigend, aber wahr.

»Es erinnert mich an Musik.«

Er runzelte die Stirn und neigte sein Kinn, um sie besser sehen zu können. »Was genau?«

»Sex. Der Rhythmus, die Beats, der gleiche Verlust des Selbstbewusstseins, weil du dich so sehr darin verlierst. Ich könnte völlig darin aufgehen, wie ich es beim Singen tue. Ich kann mich darin verlieren, aber mich gleichzeitig auch geerdet fühlen. Ich weiß nicht, wie ich es sonst erklären soll. Vielleicht liegt es daran, dass Musik und Sex sowohl den Geist als auch den Körper beanspruchen. Es scheint, dass toller Sex nicht nur körperlich, sondern auch geistig ist.«

Ihre Worte trafen ihn unvorbereitet. Normalerweise unterhielt er sich nicht mit den Frauen, die er fickte, zumindest nicht so tiefgründig wie mit der jetzigen. Wenn er sich mit Frauen unterhielt, dann blieb es gewöhnlich oberflächlich und belanglos. Meist ließ er sie einfach weiterreden und grunzte gelegentlich, um so zu tun, als würde er zuhören.

Aber diese Frau ... Syn war tiefgründiger, als er je erwartet hatte.

Auch das war ein gutes Zeichen dafür, dass sie ein härteres Leben geführt hatte, als es eine Dreiundzwanzigjährige je sollte.

»Ich sage das nur, weil ich mich nach Stunden auf der Bühne genauso fühle wie nach dem Sex mit dir.«

»Meinst du, das ist etwas Gutes?« Er hoffte es, verdammt noch mal, dass es das war.

Verdammt noch mal, noch nie hat er sich um so einen Scheiß gekümmert. Warum zum Teufel jetzt?

»Ich verliere mich in meiner Musik, genau wie ich mich beim Sex mit dir verloren habe.«

Okay, er ging davon aus, dass das eine gute Sache war. »Stört dich das?«

»Nein. Der einzige Unterschied war, dass alle meine Sinne beim Sex geschärft waren. Normalerweise blende ich alles andere aus, außer der Musik, wenn ich singe. Ich kann hyperfokussiert sein.«

»Aber das hängt doch vom Lied ab, oder?«

Sie dachte darüber nach. »Das ist wahr. Es gibt einige Lieder, die ich nicht so gerne singe wie andere. Das ist ein Grund, warum ich es hasse, Anfragen anzunehmen. Ich bin kein DJ oder eine Jukebox oder gar eine Maschine. Es gibt Songs, die ich absolut hasse und überhaupt nicht singe.«

»Dann ist es bei Männern genauso. Du verbindest dich mit einem Lied auf die gleiche Weise wie mit einem Mann. Oder mit einer Frau. Es kommt darauf an, worauf du stehst.«

»Ich hatte noch nie Sex mit einer Frau.«

Er würde es sich gerne anschauen, wenn sie sich jemals dazu entschließen würde, es zu versuchen. Sein Schwanz versuchte tatsächlich, sich bei dieser Vorstellung zu erheben.

Runter, Junge. Fang nichts an, was du nicht zu Ende bringen kannst. Das war bisher eine gute Erfahrung für sie, lass uns das nicht kaputt machen.

Er schaffte es, wieder in die Spur zu kommen. »Wenn er gut ist, kann Sex wie ein Rausch sein, weil der Körper Endorphine produziert. Fühlst du dich auch so, wenn du auf der Bühne stehst?«

Hat er sich selbst um den Verstand gebracht, während er ihr

den Boden unter den Füßen weggezogen hat? Wann zum Teufel wurde er zum Arzt oder Therapeuten oder so?

»Manchmal. Manchmal fühlt es sich so an, als würde die Musik die Kontrolle übernehmen. Ich bin nicht mehr ich, sondern ein Teil der Musik selbst geworden. Das klingt wahrscheinlich ... seltsam.«

»Das ist nicht seltsam, aber interessant. Mir gefällt, dass du dich mir genauso hingegeben hast, wie du dich deiner Musik hingegeben hast. Genau das ist ...«

Dieses Gespräch bewegte sich auf ungewohntem Terrain. Wann, verdammt noch mal, hatte er jemals mit jemandem über Gefühle gesprochen?

Niemals, das war der Zeitpunkt.

Sogar als Barkeeper hörte er nur mit einem halben Ohr zu, wenn die Kunden über ihre Probleme sprachen. Wenn sie Glück hatten.

Normalerweise war es ihm scheißegal, ob Jimmy-Johns Frau Betty-Jo seinen Arsch verließ und er in sein verdammtes Bier weinte. Er reichte solchen Kunden eine Cocktailserviette für ihre Tränen, eine Schale mit Erdnüssen und einen kurzen und knappen Ratschlag. »*Es gibt genug andere Muschis da draußen, such dir eine andere Möse. Keine Frau war es wert, dass du ihr nachweinst. Nimm deinen Schwanz und nagle ihn in eine andere.*«

Einfach? *Fuck, ja.*

Effektiv? Es war ihm scheißegal, ob es das war oder nicht.

»Ist?«, stieß sie mit einer ihrer dunklen Augenbrauen hervor und lenkte seine Aufmerksamkeit wieder auf sich.

»Das ist ein verdammt großes Kompliment. Aber es geht nicht nur um mich. Es geht auch um dich. Du hast es dir erlaubt, dich fallenzulassen und dich mir so hinzugeben.«

»Passiert das nicht ständig?«

Fuck, nein, das passierte nicht ständig. Dass sie das nicht wusste, war ein Beweis dafür, dass sie noch nicht viele Sexualpartner hatte.

Wenn er normalerweise Sex hatte, war es selten ein ›Erlebnis‹. Es waren nur zwei Körper, die aneinander klatschten, bis das Ziel erreicht war. Das wars.

Das war bei Syn nicht der Fall.

Eigentlich sollte er darüber verdammt nervös sein.

Er war auf dem besten Weg dorthin, also musste er diesen Gesprächsfaden abreißen lassen. Er konnte das auf zwei Arten tun. Entweder er wirft sie aus seinem Bett und seiner Wohnung oder er wechselt das Thema.

Er wollte nicht seine normale Methode anwenden, um eine Frau abzuwimmeln - zumindest noch nicht - also entschied er sich für die zweite Möglichkeit. »Woher kommst du?«

Sie runzelte die Stirn, wahrscheinlich wegen des plötzlichen Themenwechsels. Sofort sah er, wie ihre Mauern wieder hochgingen und sich verschlossen. *Fuck.*

»Nirgendwo. Du hast gesehen, dass ich in einem Bus wohne.«

Sie wurde aber nicht in diesem verdammten Bus geboren. »Keine Heimatbasis?«

»Das ist mein Zuhause.«

Verdammt noch mal, sie war wieder so schwierig. Vielleicht konnte er diese Mauer einreißen. »Wo bist du aufgewachsen?«

Sie zögerte. »Ich bin in West Virginia geboren.«

»Du bist dort aufgewachsen?«

»Ja.«

»Sind deine Eltern noch dort? Familie?«

Sie zögerte wieder. »Nein.«

Sie wechselte von der Plaudertasche zu Ein-Wort-Antworten. Das war verdammt frustrierend.

»Dann gibt es also nichts mehr für dich in West Virginia?«
Ihr längeres Zögern veranlasste ihn, seinen Kopf wieder zu heben und sie wirklich anzusehen. »Dort gibt es nichts mehr für dich? Keine Familie? Gar nichts?«

Bevor er noch mehr Fragen stellen konnte, fand sie einen

Weg, ihn mit seiner eigenen Taktik von ihrem aktuellen Gesprächsfaden abzulenken. »Was ist mit dir? Wie bist du in einem MC gelandet? Hast du schon immer in dieser Stadt gelebt?«

Normalerweise sprach er nicht über seine Vergangenheit oder seine persönlichen Angelegenheiten, schon gar nicht mit Frauen, die in seinem Bett landeten. Aber wenn er einige ihrer Fragen beantwortete, würde sie vielleicht mehr von seinen beantworten. Es war einen Versuch wert.

»Fuck, nein. Ich bin nur hierhergekommen, weil ich in einem Bezirksgefängnis nicht weit von hier gesessen habe und mein damaliger Zellengenosse mich überredet hat, einem Club beizutreten, der gerade erst gegründet wurde. Rook. Aus der Werkstatt, weißt du noch?«

»Du bist also nicht mit Bikern aufgewachsen oder so? Du wurdest einer, ohne etwas über das Leben zu wissen?«

So ungefähr. »Ich wusste über das Leben Bescheid. In Wahrheit war ich als Kind kein großer Fan von Bikern.«

»Wirklich? Und warum?«

»Wegen der Scheiße, die mein sogenannter ›Stiefvater‹ meiner Mutter angetan hat. Mein Onkel, der Bruder meiner Mutter, war auch ein totaler Arsch.«

»Sie waren beide Biker?«

Ihm entging nicht, dass sie sich an ihn schmiegte und wieder anfing zu reden, jetzt, wo sie nicht mehr im Mittelpunkt stand. Stell dir das mal vor.

»Ja. Sie gehörten demselben Club an und haben sie beide benutzt. Sie haben unsere Wohnung nur als Schlafplatz benutzt, wenn sie nicht unterwegs waren, um das zu tun, was auch immer für einen Scheiß sie gemacht haben. Hauptsächlich nichts Gutes. Die Arschlöcher tauchten nur dann auf, wenn sie keine Kohle hatten. Oder wenn Smokey eine kleine Nummer wollte. Komisch, dass diese Wichser immer dann auftauchten, wenn meine Mutter ihre monatlichen Schecks bekam. Dann, ein paar Tage später, hüpften sie auf ihre Schlitten und verschwanden wieder für lange Zeit. Manchmal monatelang am Stück. Einmal haben wir sie ein ganzes Jahr lang nicht gesehen.« Dodge hatte gehofft, dass keiner von ihnen wieder auftauchen würde.

Leider taten sie das. Es war schwer, Kakerlaken zu töten. Aber irgendwann muss es jemandem gelungen sein. Dodge wünschte sich, er könnte demjenigen, der diese Scheißkerle erledigt hatte, ein Bier ausgeben. Oder zwei. Oder gleich eine ganze Kiste.

»War deine Mutter sauer, dass sie sie so im Stich gelassen haben? Dass sie ihr Geld genommen haben und abgehauen sind? Und nicht in der Nähe geblieben sind, um zu helfen oder so?«

»Das Einzige, worüber sie sich aufgeregt hat, war, dass sie ihr verdammtes Geld genommen haben. Das wars.« Man konnte keine Drogen kaufen, wenn man kein Geld hatte, um sie zu bezahlen. Stattdessen musste sie sich ihr Heroin auf andere Weise besorgen.

»Ja, natürlich. Sie hatte dann kein Geld für Essen und Miete, richtig? Um sich um dich zu kümmern?«

»Das hatte nichts mit sich um mich kümmern zu tun. Ich musste mich hauptsächlich selbst versorgen. Es hatte mit ihrer Drogensucht zu tun.«

Syn bewegte sich, bis sie sein Gesicht sehen konnte, legte ihren Unterarm auf seine Brust und lehnte sich dagegen. Warum ließ das Gespräch über die Sucht seiner Mutter sie so aufhorchen?

In der Nacht vor so verdammt langer Zeit, als er sie in dem Drogenhaus fand und vor den Bullen wegrannte, hatte sie die Überdosis irgendwie überlebt. Aber wie? Er hatte keinen verdammten Schimmer. Vielleicht war sie damals auch unverwüstlich wie eine Kakerlake. Wie ihr Bruder Breaker und dieser nutzlose Ficker, der aus irgendeinem Grund wollte, dass er ihn Dad nannte.

Dodge hatte keine Ahnung, warum, denn der Wichser hatte den Vaterinstinkt eines Flohs. Wahrscheinlich war es nur ein Trick, um bei seiner Mutter gut dazustehen. Und vielleicht sogar bei seinem Onkel.

Dodge wusste es nicht, aber es war ihm auch scheißegal.

Nach dieser Nacht hatte sie sich für eine Weile gebessert. Der Hauptgrund dafür war, dass sie im Gefängnis saß, einen Entzug machte und dann in einem Übergangswohnheim lebte, wo sie gezwungen war, clean zu bleiben.

Der andere Grund war, dass man während ihres Krankenhausaufenthaltes herausfand, dass sie schwanger war.

Verdammt noch mal, schwanger.

Er hatte keine verdammte Ahnung, wie das Baby überlebt hatte. Er lernte das Kind auch nie kennen, da seine Mutter es nach der Geburt zur Adoption freigab. Ausnahmsweise tat sie mal etwas Kluges und Selbstloses. Allerdings vermutete er, dass sie dazu gezwungen worden sein könnte.

»Was hat sie genommen?«

Was?

Fuck.

»Alles, was billig war und was sie in die Finger bekommen konnte.«

Als sie das Kind fertig gebacken hatte und aus dem Heim entlassen wurde, fiel sie wieder in ihr altes Verhalten zurück. Sie weigerte sich, über das Baby zu sprechen. Dodge wusste nicht, ob es ein Junge oder ein Mädchen war, gar nichts.

Er hoffte nur, dass das Kind ein besseres Leben hatte, wo auch immer es landete. Jemand, der sich wirklich um das Kind kümmerte und ihm das Gefühl gab, geliebt und gewollt zu sein.

»Was ist mit ihr passiert?«

»Vor fünf Jahren, als ich einen kurzen Aufenthalt im Knast hatte, erhielt ich die Nachricht, dass sie tot aufgefunden wurde, nachdem sie in einem Drogenhaus vergewaltigt und missbraucht worden war.«

Wieder in einem verdammten Drogenhaus. Das Einzige, was ihn damals überraschte, war, dass sie so lange überlebt hatte. Er dachte, sie würde an einer Überdosis sterben, aber er hatte sich geirrt.

Seine Lippen kräuselten sich, als er sich an den Augenblick erinnerte, in dem er es herausfand. Ein Wächter hatte es ihm durch die massive verschlossene Tür seiner Zelle gesagt.

Sie musste seine Informationen irgendwo aufbewahrt haben. Es hätte ihn nicht überrascht, wenn sie seinen Namen und seine Nummer hatte eintätowieren lassen, für den Fall, dass sie tot auftauchen würde.

Es war ihm genauso wichtig, dass sie starb, wie er ihr wichtig war, als sie noch lebte.

Andererseits war Sandra Duke niemand wichtig. Nicht Dodge. Und auch nicht das Baby, das sie aufgegeben hatte. Denn wenn sie wichtig wären, wäre sie clean geblieben und hätte das Kind behalten. Ganz zu schweigen davon, dass sie sich um das Kind gekümmert hätte, das sie bereits hatte.

Das, das sie immer wieder vergessen hatte.

»Heilige Scheiße.«

Ihr Flüstern lenkte ihn von Gedanken ab, die ihn schnell auf einen dunklen und gefährlichen Weg bringen konnten. Einen, von dem er sich bemühte, fernzubleiben. »Sagen wir mal so: Es war kein Schock. Das Einzige, was mich überrascht hat, war, dass es nicht schon früher passiert ist. Wenn sie nicht für ihre Kinder clean werden wollte, für wen zum Teufel sollte sie dann clean werden? Sicherlich nicht für sich selbst.«

»Aber sie hat dich doch großgezogen, oder? Obwohl sie eine Süchtige war?«

»Kaum. Wenn du dich nur darauf konzentrierst, woher du deinen nächsten Schuss bekommst, vergisst du, dich um dein

Kind zu kümmern. Manchmal vergisst du sogar, dass du eins hast.«

Während ihrer Zeit im Gefängnis und ihrer Genesung wurde er vorübergehend in eine Pflegefamilie gesteckt. Überraschenderweise kam sein Onkel zwei Monate später und holte ihn ab. Vermutlich, um die Schecks einzutreiben. Breaker hatte Dodge in eine schäbige Wohnung gebracht, war dort ein paar Tage geblieben und hatte ihn dann allein gelassen, um sich selbst zu versorgen.

Und das hat Dodge getan. Er hat sich selbst aufgezogen.

Er stahl, um Geld zu verdienen. Er stahl für Essen. Er fälschte alle Schecks, die im Briefkasten landeten, sofort, damit Breaker und Smokey sie nicht stehlen konnten. Dazu gehörten auch die Unterhaltszahlungen für die Kinder, die an diese Wohnung weitergeleitet wurden.

Dodge tat alles, was er tun musste, um zu überleben.

Was er nicht tat, war, zu Kevin Collins zurückzukehren.

Er brauchte diesen Wichser nicht. Er hatte vielleicht nicht viel, aber er hatte seinen verdammten Stolz.

Dodge verwandelte sich in einen Wilden und rannte durch die Gegend, während er lernte, sich so gut wie möglich vom Radar der Bullen fernzuhalten. Er lernte auch, sich aus vielen Situationen herauszureden und sein Alter als Ausrede zu benutzen. Er war ›zu jung‹ um es besser zu wissen.

Er ging nur noch wegen des kostenlosen Frühstücks und Mittagessens in die Schule. Für die Duschen, wenn das Wasser in der Wohnung abgestellt wurde. Für die Wärme, wenn auch die Heizung abgestellt wurde. Und natürlich für die Mädchen.

Indem er einige seiner Mitschülerinnen ansprach, lernte er schnell, dass sie ihn nachts durch ihre Fenster klettern und in ihrem Bett schlafen ließen. Noch besser: Sie ließen ihn auch andere Dinge tun.

Irgendwie schaffte er es, seinen Abschluss zu machen, ohne in den Jugendknast zu kommen oder aus der Wohnung geworfen zu werden. Trotzdem hat er seinen Abschluss kaum geschafft. Aber das Zeugnis - nur mit Vieren versehen - das er erhielt, sah genauso aus wie das des Klassenprimus. Dasselbe Zertifikat, nur ein anderer Name. Wer war also in diesem Fall wirklich der Schlaue?

Er sah Breaker und Smokey nur, wenn sie gelegentlich in die Stadt zurückkehrten. Und wenn sie das taten, machte er sich rar.

Dann, vor etwa zehn Jahren, hörte er von keinem der beiden mehr etwas. Er hatte hier und da Gerüchte gehört, dass der Club, dem sie angehörten, die Shadow Warriors, dezimiert worden war.

Anders als bei den Fury ging die Geschichte um, dass der Untergang des MC nicht von innen, sondern von außen kam. Er vermutete, dass ein rivalisierender Club es auf sie abgesehen hatte und beschloss, dass es einfacher wäre, wenn sie nicht mehr existierten.

Dodge vergoss keine Träne über diese Nachricht.

Er trank sogar ein paar Kurze, um zu feiern. Es könnten auch mehr als ein paar gewesen sein.

Was es nicht bewirkt hatte, war, ihn den Wunsch verspüren zu lassen, einem MC beizutreten. Nicht in einen MC, der voller nutzloser Scheißkerle war wie sein Onkel und Smokey.

Nicht bevor die Fury ihm einen Platz zum Landen und ein Versprechen auf etwas Solides angeboten hatte.

»Tut mir leid«, sagte sie. »Nicht jeder sollte ein Elternteil sein.«

Es gibt keine wahreren Worte. Aber, *verdammt*, jetzt bereute er es, diese ganze verdammte Unterhaltung angefangen zu haben. Er wollte die Vergangenheit nicht noch einmal erleben.

Wenigstens funktionierte der Versuch, sie dazu zu bringen, sich zu öffnen, auch wenn er dadurch in eine Zeit zurückversetzt wurde, die er vergessen wollte.

Er ließ seinen Blick von dem Ort, an dem er an die Decke

gestarrt hatte, auf die Frau fallen, die jetzt auf seiner Brust lag und ihr Kinn auf ihren Unterarm stützte, während sie ihn mit Augen anstarrte, die ihn wie Treibsand anzogen. Sie konnten ihn leicht in die Tiefe ziehen und ein Entkommen unmöglich machen.

»Es sollte eine Liste mit Anforderungen oder einen Elterntest geben, bevor man überhaupt Kinder bekommen darf. Meine leibliche Mutter hatte eine ähnliche Geschichte wie du. Sie hat sich tatsächlich zu Tode getrunken. Auch ihr war es wichtiger, ihre Sucht zu stillen als ihre Kinder.«

Allmächtiger Gott. Manche Menschen mussten wie Kleintiere kastriert werden. »Ist sie kürzlich gestorben?«

»Nein.«

»Was ist mit deinem Vater?«

»Keiner wusste, wer er war. Ich glaube, sie wusste es auch nicht.«

Verdammt.

»Nachdem ich …«

Nachdem sie was?

Warum zum Teufel interessierte er sich so sehr für ihre Geschichte? Warum hing er an jedem verdammten Wort von ihr?

War ihre Muschi mit irgendeiner Droge versetzt?

Sie schüttelte den Kopf, als wolle sie sich von etwas befreien, und sagte dann: »Weil Alkoholismus genetisch bedingt sein kann, trinke ich selten. Ich will nicht so enden wie sie. Wo man dem Alkohol oder den Drogen den Vorrang gibt über die Versorgung der eigenen …«

»Deine?«

»Verantwortungen.«

»Was ist danach mit dir passiert?«

Sie schüttelte den Kopf. »Nichts.«

»Du hast dann nicht mit ihr zusammengelebt?«

»Nein. Ich habe nie wirklich bei ihr gelebt.«

Es war selten, dass ein Kind aus der Obhut seiner Mutter genommen wurde. Egal, wie mies diese Fürsorge war.

»Deshalb ...«

Nach einigen schweigenden Augenblicken wollte er schreien: »Deshalb was?«

Sie schüttelte wieder den Kopf. »Nichts.«

»Es ist nichts. Beende, was du sagen wolltest.« Vielleicht hat er das etwas energischer gesagt, als er es hätte machen sollen. Er wollte nicht, dass sie ihre Mauern wieder hochzog. Aber ihr Zögern machte ihn verdammt noch mal verrückt.

Schließlich wiederholte sie: »Deshalb trinke ich nicht viel und nehme keine Drogen.«

So ein Quatsch. Das war nicht das, was sie sagen wollte. Aber er ließ es durchgehen. Jeder hatte Geheimnisse.

So auch Syn.

Wollte er ihre wissen? Fuck, ja.

Wollte er alle seine Geheimnisse teilen? Fuck, nein.

»Hat dich deine Familie stattdessen aufgezogen?« Seine ganz sicher nicht.

»Nein. Gleich nach meiner Geburt hat mich mein Bruder aus unserem Wohnwagen geschmuggelt und mich einer anderen Familie gegeben.«

Warte, verdammt noch mal! »Er hat verdammt noch mal was getan? Was meinst du damit, er hat dich einer anderen Familie gegeben?«

»Er hat versucht, mich zu retten.«

»Vor was?«

»Vor einem furchtbaren Leben. Eine verkorkste Kindheit. Wie ich schon sagte, war meine Mutter eine Säuferin - sie hat getrunken, bis sie ohnmächtig wurde - und obwohl mein Bruder mir nicht alles erzählt hat, konnte ich, als ich älter wurde, verstehen, warum er tat, was er tat.«

Wenn Syns Mutter so war wie die von Dodge, konnte er es

auch verstehen. Jetzt war er verflucht dankbar, dass seine Mutter ihr zweites Kind aufgegeben hatte.

Syns Situation klang ähnlich.

Zu verdammt ähnlich.

Allerdings musste es für ein Mädchen, das in einer solchen Umgebung aufwächst, schlimmer sein als für einen Jungen. Vor allem, wenn fremde Männer in ihrem Haus ein und aus gingen. Oder in ihrem Fall, im Wohnwagen. Etwas, das passieren konnte, wenn die Mutter verzweifelt nach Geld suchte, um ihre Sucht zu stillen. Wie Dodge wäre auch Syn schutzlos zurückgelassen worden, während ihre Mutter betrunken oder high war.

Syn wäre wahrscheinlich nicht ungeschoren davongekommen.

Ihr Bruder musste viel älter sein als sie, um so eine Entscheidung zu treffen.

Hätte er dasselbe getan, wenn seine Mutter das Baby nach Hause gebracht hätte? Oder hätte er das Kind genauso aufgezogen, wie Reese es mit Reilly getan hatte?

Er wusste, dass es schwieriger gewesen wäre, zu überleben, wenn er einen weiteren Mund zu füttern und einen Körper zu kleiden gehabt hätte. Jemand anderes, für den er verantwortlich war, während er kaum für sich selbst verantwortlich sein konnte.

Er konnte sich sogar vorstellen, dass seine Mutter das Baby im Tausch gegen die Droge ihrer Wahl für diese Woche verkaufte.

Allein der Gedanke daran drehte ihm den verdammten Magen um.

Waren die Menschen so verzweifelt auf der Suche nach ihrem nächsten Rausch, dass sie ihre eigenen Kinder verkauften?

Natürlich würden sie das tun. Manchmal war die Menschheit nicht so menschlich. Kranke Scheißkerle.

»Und hat er dich damit gerettet?« Er hoffte wie verrückt, dass sie in einer besseren Situation gelandet war.

»Das ist … fraglich.«

Das war nicht die Antwort, die er hören wollte. Wahrscheinlich würde ihr Bruder sie auch nicht hören wollen. »Wo ist er jetzt?«

»Mein Bruder? Ich weiß es nicht. Er war häufig im und außerhalb des Gefängnisses. Vor ein paar Jahren haben wir uns aus den Augen verloren.«

Vor ein paar Jahren? Sie war erst dreiundzwanzig. »Wann hast du ihn das letzte Mal gesehen?«

Sie ruckte mit einer Schulter. »Er kam eines Tages auf mich zu, als er noch ein Teenager und ich noch ganz klein war. Ich hatte keine Ahnung, wer er war, bis er es mir sagte, nachdem ich gedacht hatte, er wolle mich entführen. Gefahr durch Fremde und all so ein Scheiß. Komisch, dass es meistens nicht die Fremden sind, vor denen man Angst haben muss.«

»Ja, es sind Leute, die du kennst. Die Leute, die dich eigentlich beschützen sollten, sind manchmal die Schlimmsten.« Sie waren zwei Beispiele dafür.

Verdammt, sein ganzer Club war voller guter Beispiele.

Sie schloss für ein paar Sekunden die Augen und ließ ihn mit den Fingern an ihrem Kinn entlangfahren.

Während er darauf wartete, dass sie weitersprach, studierte er ihren Hals. Sie war verdammt sexy. Mit dem sinnlichen Klang, der auf der Bühne oder während er sie fickte, aus ihr herauskam. Es war sogar noch sexier, wenn seine Finger ihren Hals umschlossen.

Sein Blut rauschte nach Süden und sein Schwanz fing an, sich zu regen. Vielleicht konnte er noch ein viertes Mal, ohne sich zu blamieren. Wenn sie mit dem Gespräch fertig waren, würde er vielleicht wieder voll aufgedreht sein und sich keine Sorgen mehr über einen Fehlstart machen müssen.

Das einzige Problem war, dass das Thema, über das sie sprachen, nicht so sexy war wie die Frau, die gerade sprach.

»Er hat mir versprochen, dass er sich immer wieder bei mir melden würde, wenn er kann. Ich war zu der Zeit im Kindergarten und auf dem Spielplatz. Eine Lehrerin sah ihn und jagte ihn weg. Danach habe ich ihn noch ein paar Mal gesehen, hier und da, aber nur für sehr kurze Zeit. Dann war er eine Zeit lang verschwunden. Eines Tages brachte er mir ein Prepaid-Handy und sagte mir, ich solle es vor meinen Eltern verstecken. Er hatte Angst, dass sie es mir wegnehmen würden. Ab und zu rief er es an oder schrieb eine SMS. Dann, eines Tages, hörte es einfach auf. Ich habe nie wieder etwas von ihm gehört. Ich weiß nicht, was passiert ist. Ich rief ihn an und schrieb ihm SMS, bis die Minuten abliefen.«

»Vielleicht hat er sein Telefon verloren oder es wurde zerstört und er hat deine Nummer nicht gespeichert.« Oder ihm ist etwas Schlimmes zugestoßen.

»Ja, vielleicht«, murmelte sie.

»Er ist nie wieder in deiner Schule aufgetaucht?«

»Nein. Meine Eltern - meine Adoptiveltern - haben mich zu Hause unterrichtet, nachdem wir umziehen mussten.«

»Er hatte also auch keine Ahnung, wo du warst«, murmelte Dodge.

»Nein, ich habe ihm unsere neue Adresse per SMS geschickt. Unsere Telefone waren unsere einzige Verbindung. Ohne dieses Kommunikationsmittel hatten wir nichts.« Sie leckte sich über die Unterlippe und hinterließ einen feuchten Schimmer. »Ich möchte ihn wirklich wiederfinden, aber ich habe keine Ahnung, wo ich noch suchen soll. Ich glaube, ich habe alle Möglichkeiten ausgeschöpft.« Sie runzelte die Stirn.

»Google?«

»Hab ich schon versucht. Ich weiß, dass er ein paar Mal im Jugendgefängnis und dann im Knast war, bevor wir den Kontakt verloren haben. Wenn er verhaftet wurde, rief er mich immer an, sobald er wieder draußen war. Ich habe sogar versucht, online in den Insassenakten zu suchen. Ohne Erfolg.«

»Du reist doch oft genug, fragst du auch mal herum? Es ist reine Spekulation, aber man weiß ja nie, vielleicht hast du ja Glück. Irgendwo da draußen könnte ihn jemand kennen.«

»Das Problem ist, dass ich nur seinen Vornamen kenne. Das macht es noch schwieriger.«

»Ihr habt nicht denselben Nachnamen? Wurde er geändert, als du adoptiert wurdest?«

Sie seufzte leise. »Ich bin mir nicht sicher, was auf meiner Geburtsurkunde steht, da ich sie nicht habe. Ich habe auch keine Ahnung, in welchem Krankenhaus ich geboren wurde. Was eine offizielle Adoption angeht … Wenn du deiner betrunkenen Mutter weggenommen und von einem anderen Kind illegal in eine andere Familie gegeben wirst, hast du keine Papiere wie eine Sozialversicherungsnummer oder eine Geburtsurkunde dabei.«

Es war fast so, als würde man ein Baby auf dem Schwarzmarkt kaufen. Dodge fragte sich, wie alt ihr Bruder zu dem Zeitpunkt gewesen war, als er diese Entscheidung traf, und welche Schritte er unternahm, um sicherzustellen, dass die Familie, der er sie gab, würdig war, sich um sie zu kümmern und für sie zu sorgen. Woher wusste er, dass er sie nicht in eine schlimmere Situation brachte als die mit ihrer richtigen Mutter?

Wahrscheinlich wusste er es nicht.

Das musste verdammt beängstigend sein.

»Niemand außer deinem Bruder hat nach dir geschaut? Keiner hat sich vergewissert, dass es dir gut geht?«

»Nein. Wenn ich über eine Agentur adoptiert worden wäre …« Ihre Augen schlossen sich wieder und blieben geschlossen. »Ich habe immer gehofft, dass Sig zurückkommt und mich holt.«

Verdammt noch mal, warte mal. Was zum Teufel hatte sie

gerade gesagt? War er so verdammt müde, dass er sich verhört hatte? Er musste sie missverstanden haben, oder? »Wie bitte? Von wem hast du gesprochen?«

Ihre Augen öffneten sich und sie sah ihn stirnrunzelnd an. »Mein Bruder. Über den haben wir gerade gesprochen.«

Ohne Scheiß, aber ...»Wie war sein Name?«

Ihr Stirnrunzeln vertiefte sich. »Sig.«

Oh Fuck.

Die Wahrscheinlichkeit, dass es sich um ein und denselben Mann handelte, war gering, aber definitiv nicht gleich null.

Heilige Scheiße.

13

Sobald sich die Matratze bewegte, öffnete Dodge blitzartig die Augen. Die Wohnung war noch dunkel, und es musste viel zu früh sein, denn die Sonne war noch nicht aufgegangen, da kein Licht durch die Jalousien schien. Das bedeutete, dass sie höchstens eine Stunde Schlaf bekommen hatten, nachdem er die Energie aufgebracht hatte, sie ein viertes Mal zu ficken.

Obwohl er es nicht laut aussprach, war er stolz auf seine Leistung. Es war nicht schnell und wild, sondern eher entspannt und gemütlich und definitiv befriedigend für sie beide. Aber es war keine Überraschung, dass sie beide kurz danach einschliefen.

Jetzt benutzte Syn ihn nicht mehr als Körperkissen. Als sich die Matratze wieder bewegte, drehte er seinen Kopf und sah, wie sie versuchte, sich vom Bett zu schleichen.

So müde er auch war, seine Reflexe waren immer noch scharf genug, um seine Hand auszustrecken und ihr Handgelenk rechtzeitig zu erwischen, um sie aufzuhalten. »Wo will du hin?«

»Ich muss los.« Sie hob ihr Handy und drehte das leuc

tende Display zu ihm hin. Er konnte eine Sprechblase sehen, aber nicht, was sie sagte. »Sie warten da draußen auf mich.«

Sie taten was? »Jetzt gleich?«

Sie nickte.

Was zum Teufel.

Er neigte den Kopf und hörte den Auspuff des Dieselmotors draußen rumpeln. »Hast du sie angerufen, damit sie dich abholen?« Als sie nicht schnell genug antwortete, fragte er: »Hast du ihnen eine SMS geschickt?«

Sie nickte.

»Warum so verdammt früh?«

»Es ist Zeit für uns, zu gehen. Du wolltest, dass wir bis morgen früh von der Farm weg sind.«

Er wollte nicht, dass sie von der Farm verschwinden, Trip schon, aber ... *Verdammt.* Jetzt schon? Es war verdammt noch mal zu früh.

»Bitte bedanke dich bei deinem President, dass wir dort unterkommen durften. Und danke für die Heizungen.«

Danke für die Heizungen.

Verdammt.

Er blickte auf das Handgelenk, das er hielt. Das Handgelenk, das er mit der Ledermanschette umschlossen hatte. Er öffnete den Mund, um sie zurückzufordern, schloss ihn dann aber wieder. Aus irgendeinem verrückten Grund wollte er, dass sie sie behielt.

Vielleicht wollte sie sie auch behalten. Als Andenken. Um sich an ihn zu erinnern. Um sich an diese Nacht zu erinnern.

Vielleicht. Vielleicht war sie aber auch einfach nur eine Diebin, so wie sie versucht hatte, sich hinauszuschleichen.

Wenn das stimmte, hatte sie jedes Mal, wenn sie allein in seiner Wohnung war und duschte, während er unten war, reichlich Gelegenheit, andere Sachen zu stehlen. Er hatte nicht bemerkt, dass etwas fehlte.

Selbst wenn sie etwas genommen hatte, brauchte sie es

wahrscheinlich dringender als er. In Wahrheit gab es in seiner Wohnung nichts, ohne das er nicht leben konnte. Vielleicht seine Waffe. Aber die hatte er in einem Schließfach gesichert und das war am Boden seiner Kommode versteckt.

Als sie ihren Arm zurückzog, ließ er sie widerwillig los. Sie ging sofort durch die Dunkelheit zu seiner Kommode, wo sie ihre ordentlich gefalteten Klamotten aufgestapelt hatte.

Ihre Haut war so verdammt blass, dass ihr nackter Körper in der Dunkelheit fast leuchtete.

Ein Geist, der ihn verfolgte.

Sie drehte sich mit dem Rücken zum Bett und streifte ihre Kleidung über, steckte ihre Füße in die Stiefel und zog sich dann ihre Sweatjacke mit den Katzenohren über.

Er knirschte mit den Zähnen. Sie brauchte einen richtigen, verdammten Wintermantel. Nicht diese verdammte Kapuzenjacke. Zu schade, dass er keine warmen Mäntel im Fundbüro unten hatte.

Fuck, er war noch nicht bereit, sie gehen zu lassen. Noch nicht.

»Hey«, rief er, als sie sich bückte, um ihre Stiefel zu schnüren.

Als sie fertig war, richtete sie sich auf und drehte sich zurück zum Bett. Jetzt war sie nicht mehr so leicht zu erkennen, denn ihre Sweatjacke war schwarz, genauso wie ihre Jeans und ihre Stiefel. Sie war kein Geist mehr, sondern ein Schatten, der mit der Dunkelheit verschmolz. Wenn sie ihre Kapuze hochzog, würde sie einfach verschwinden.

So wie sie es gerade versucht hatte.

Wenn er nicht aufgewacht wäre, wäre sie gegangen, ohne ein weiteres Wort mit ihm zu wechseln. Das sollte ihn nicht so sehr beunruhigen, wie es das tat.

»Ich habe nachgedacht«, fuhr er fort.

Sie hielt inne.

»Ich würde deine Band gerne in die regelmäßige Rotation aufnehmen. Wir haben schon ein paar Bands, die einmal im Monat spielen. Wir könnten das Gleiche für The Synners machen. Hast du Lust dazu?«

Hörte sich das wie ein verzweifelter Versuch an, sie davon abzuhalten, ganz zu verschwinden?

Das war es wirklich nicht. Die Wahrheit war, dass sie eine der besten Bands waren, die sie seit Langem hatten. Und keiner der Leadsänger, die sie regelmäßig gebucht hatten, war auch nur annähernd so gut wie Syn.

»Wir müssen nach Süden fahren.«

Verdammt noch mal, es ging nicht nur um die Band. »Ja, mach das. Vielleicht, wenn es ein bisschen wärmer wird. Oder du eine bessere Heizung hast.« Oder wir finden heraus, dass Sig eigentlich dein Bruder ist.

Er hatte diese Möglichkeit für sich behalten, da er noch nicht wusste, was er mit dieser Information anfangen sollte.

Nachdem sie den Namen ihres Bruders erwähnt hatte, dauerte es eine Weile, bis seine Gedanken aufhörten zu spinnen. Der einzige Grund, warum er das tat, war die vierte Runde Sex. Ein Rekord für ihn und definitiv ein Rekord für sie.

Als ihn die Erschöpfung übermannte, hatte sein Gehirn endlich abgeschaltet. Jetzt, wo er wach war, musste er ernsthaft über diese Möglichkeit nachdenken, auch wenn es noch viel zu früh war.

Er sollte es ihr sagen.

Aber er war unschlüssig. Er schuldete Sig zuerst seine Loyalität. Seine Loyalität gegenüber seinem Club und seinen Brüdern würde immer ganz oben auf seiner Liste stehen. Deshalb hatte er auch kein Problem damit, sich die Clubfarben dauerhaft auf den Rücken stechen zu lassen.

Ein Beweis für seine Loyalität. Ein Beweis dafür, dass er endlich zu den Leuten gehörte, die sich verdammt noch mal für ihn interessierten. Loyalität ging in beide Richtungen.

Während sie ihren Bruder finden wollte, wollte ihr Bruder sie finden? Oder war er aus gutem Grund aus ihrem Leben verschwunden?

Dodge konnte sich nicht vorstellen, was das für ein Grund sein könnte. Aber es war Sig und ...

Ja, genug gesagt.

Wenn sie einen anderen Bruder als Sig erwähnt hätte, dann würde er vielleicht anders an die Situation herangehen. Abgesehen von dem Wenigen, das sie ihm erzählt hatte, wusste Dodge nicht die ganze Geschichte oder auch nur die Vorgeschichte.

Es wäre klug, diese Möglichkeit zuerst mit dem Vice-President zu besprechen und es wäre auch das Richtige, das zu tun. Dann wäre es an Sig, den nächsten Schritt zu planen, falls sich herausstellen sollte, dass sie Geschwister waren.

Syn war noch ein Säugling, als ihr Bruder sie ihrer Mutter wegnahm und sie, wie Dodge annahm, an Leute abgab, die nicht zur Familie gehörten. Deshalb vermutete er, dass ihr Bruder ihr nicht alles erzählt hatte.

Aber Dodge wollte unbedingt ihre Nummer haben. Nicht nur aus Eigennutz, sondern auch, um sie Sig zu geben, damit der Vice-President derjenige sein konnte, der sie anrief.

Sig war kein beliebter Name, aber es musste mehr als einen da draußen auf der Welt geben. Es konnte nur Zufall sein, dass sein Bruder und sie zufällig denselben Namen trugen.

Sein Bauchgefühl sagte ihm etwas anderes, aber er sagte seinem Bauch, er solle die Klappe halten, verdammt. Er würde es stattdessen seinem Verstand überlassen. Wahrscheinlich war das ein Fehler, aber er hatte in seinem Leben schon einen Haufen Fehler gemacht. Was war schon ein weiterer?

Aber dieser könnte ein großer sein. Wenn sie Sigs Schwester war und Sig herausfand, dass Dodge sie gefickt hat ... *Verdammt, sie auf dem Billardtisch im Pete's gefickt ...*

Ja, er war sich nicht sicher, wie das ankommen würde. Obwohl er eine ziemlich gute Vorstellung davon hatte.

Ein Schritt nach dem anderen von einer bröckelnden Klippe. Zu Sig gehen, ihn nach Syn fragen, dann …

Von da aus weitermachen.

Vielleicht ist es am Ende gar nichts.

Oder es wird zu einem verdammten Problem. Besonders bei Sigs kurzer Zündschnur.

Er sollte es wahrscheinlich zuerst mit Trip besprechen. Oder zumindest Trip dabeihaben, da sie Halbbrüder sind. Oder vielleicht sogar Red in der Nähe. Nur für den Fall …

»Vielleicht, wenn es wärmer wird«, sagte Syn schließlich und lenkte ihn auf ihr Gespräch zurück.

Er schnappte sich sein Handy vom Nachttisch und drückte auf den Einschaltknopf, um es aufzuwecken. »Gib mir deine Nummer. Ich schaue im Terminkalender nach und sage dir, welche Plätze ich nach März noch freihabe.«

Sie blickte kurz auf das Telefon in ihrer Hand, als hätte sie vergessen, dass sie es in der Hand hielt, dann blickte sie auf. Was sie nicht tat, war, ihre Nummer herunterzurasseln.

Fuck. Jetzt wurde sie schon wieder schwierig.

Hatte sie Angst, dass er sie stalken würde? Oder sie belästigen oder so?

Er seufzte.

Er hatte genug Muschis, er musste keiner nachjagen. Nicht mal einer wie Syn.

Aber wenn sie sich nicht wohlfühlte, musste er das respektieren und auch akzeptieren. Auch wenn es ihn ein bisschen ärgerte.

Er lehnte sich über die Bettkante, nahm seine ausrangierte Jeans vom Boden auf und holte seine Brieftasche heraus.

»Dann gebe ich dir meine.« Er kramte eine Visitenkarte für die Bar heraus. »Ihr könnt mich anrufen, wenn ihr bereit seid, in diese Gegend zurückzukehren. Ich werde einen Platz für euch reservieren.«

Sie beäugte die Karte, die er ihr entgegenstreckte, als ob sie beißen könnte. Sie hatten gerade die letzten Stunden nackt, schwitzend und Flüssigkeiten austauschend verbracht und plötzlich war sie ihm gegenüber misstrauisch?

Er richtete sich auf und lehnte sich gegen das Kopfteil.

Wenn sie es wollte, musste sie zu ihm kommen. Andernfalls, scheiß auf sie. Er bettelte nicht. Er hatte schon mehr für sie getan als für die meisten Frauen, die in seinem Bett gelandet waren.

Er hat ihrer Band eine Chance gegeben, obwohl er das gar nicht musste. Sie erzählte ihm auch Dinge, die sie sicher nicht freiwillig mit ihm teilte. Noch wichtiger ist, dass er mit ihr Dinge geteilt hat, über die er nie gesprochen hat.

Wenn sie ihm nach all dem nicht mehr vertraute, dann war das ihr Problem, nicht seins.

Trotzdem verstand er die plötzliche Kehrtwende nicht. Aber wann hatte er denn jemals Frauen verstanden? Er sollte es besser wissen, denn es hat bei ihm noch nie gut funktioniert.

Sie starrten sich weiterhin im Dunkeln an. Er würde seine Hand erst herunternehmen, wenn sie sich ihm näherte und die Karte nahm. »Ich werde nicht beißen.«

Haben sich ihre Lippen leicht gekräuselt?

Hm. »Es sei denn, du willst es.«

Fuck, ja, das haben sie.

Schließlich riss sie sich von ihrem Platz los und trat näher heran. Sie riss ihm die Karte aus den Fingern und blickte sie an. »Du hast deine persönliche Handynummer auf die Karte drucken lassen?«

»Ja, denn ich bin der Manager und verteile sie nicht wie Süßigkeiten. Und jetzt, wo Stella schwanger ist, will ich nicht, dass sie jemand belästigt. Und ihr Mann will es auch nicht.«

Sie begann, die Karte zwischen ihren Fingern hin und her zu drehen.

Sie drehte sich nicht um und lief davon, das war ein gutes Zeichen. Vielleicht würde sie ernsthaft in Erwägung ziehen, wiederzukommen und zu spielen.

Nicht nur auf der Bühne. Sondern mit ihm.

Er machte selten Wiederholungen mit den Frauen, die er mit nach oben nahm, aber aus irgendeinem Grund war die heutige Nacht mit Syn nicht genug. Wie ihre Band würde er auch sie gerne in die regelmäßige Rotation aufnehmen. Das war das erste Mal für ihn.

Wenn sie dazu bereit war.

»Stella. Ihr gehört der Laden?«

»Die Hälfte. Die andere Hälfte gehört offiziell dem Club. Nun, da sie legal mit dem President verheiratet ist, gehört dem Club inoffiziell wohl alles.«

Ihre dunklen Augenbrauen zogen sich zusammen. »Und wenn sie sich scheiden lassen?«

Er schnaubte. »Sie werden sich nicht scheiden lassen.« Sie waren ein Paar für die Ewigkeit. Genau wie die Tattoos, die sie auf ihren Ringfingern hatten.

»Niemand hat vor, sich scheiden zu lassen. Aber es kommt vor.«

»Stimmt. Wenn das passiert, dann weiß ich es verdammt noch mal nicht. Solange ich Geld habe, ein Dach über dem Kopf, ein richtiges Bett zum Schlafen und meine Tür von beiden Seiten aufgeschlossen werden kann, ist mir das egal.«

Der letzte Teil war das Wichtigste. Dieses Mal tat er sein verdammtes Bestes, um seine Freiheit zu behalten.

Sie schnippte die Visitenkarte mit ihrem Fingernagel an. »Also ... Wenn wir zurückkommen ... Ist es nur, damit die Band spielen kann?«

»Ich denke, du weißt die Antwort. Du hättest nicht fragen müssen.«

»Wenn ich nicht fragen müsste, hätte ich nicht gefragt«, sagte sie mit einem Anflug von Attitüde.

Eine, die er ihr am liebsten mit einer Handfläche auf den geisterweißen Backen ausgetrieben hätte.

So wie sich sein Bett in eine Drehtür verwandelt hatte, hatte er selten die Gelegenheit, so zu spielen. Würde es ihr gefallen oder würde sie ihm dafür in die Eier treten?

Er unterdrückte sein Grinsen und den Drang, nach seinem Schwanz zu greifen. Auch wenn sie in dieser Nacht so oft gefickt hatten, hatte er immer noch ein gewisses Verlangen.

Nach mehr. Von ihr. Die Frau, die seine Visitenkarte in ihre Gesäßtasche steckte und dann seinen Blick mit dem ihren begegnete und ihm standhielt. Es war fast so, als ob sie seine schmutzigen Gedanken gelesen hatte.

Selbst in dem spärlichen Licht schimmerten ihre Augen so, dass er sich auf das gefasst machen musste, was sie als Nächstes sagen würde. »Du erwartest, dass ich auch zum Spielen komme? Mit dir?«

Nun, verdammt. »Stimmt etwas nicht mit dieser Vereinbarung?« Er sah kein Problem darin, aber er brauchte auch ihre Bereitschaft. Er würde auch gerne noch weiter gehen, als er es getan hatte. Ihre Grenzen ein wenig erweitern. Sehen, was sie dazu bringen würde, sich zu winden.

Sein toter Schwanz erregte sich bei diesem Gedanken sogar ein wenig.

»Ist das der einzige Grund, warum du meine Band wieder buchen willst?«

»Was denkst du denn?«

»Ich hätte gerne eine Antwort, das ist es, was ich denke.«

Fuck. Diese Attitüde. Sie ärgerte ihn und machte ihn gleichzeitig noch schärfer auf sie. »Warum stellst du Fragen, auf die du die Antworten schon kennst?«

»Weil ich nichts vermuten werde. Mit Vermutungen kann man dich über den Tisch ziehen. Ich mag es nicht, verarscht zu werden. Und ich bin mir sicher, dass du das auch nicht willst.«

Standpunkt verstanden.

Er atmete tief ein und blies damit seinen restlichen Ärger aus. »Nein, es ist nicht nur, weil ich dich in meinem Bett haben will. Aber ich werde nicht lügen. Deine Band zu buchen, ist auch ein gutes Geschäft. Der Sex wäre ein Bonus. Ich denke, wenn ihr einmal im Monat oder so kommt, dann werden die Stammgäste erzählen, wie gut ihr seid. Ich könnte mir vorstellen, dass ihr regelmäßig ein gutes Publikum anlockt.«

Ihr Kinn hob sich leicht. Wieder diese verdammte Attitüde, die seine Finger dazu brachte, sich so zu krümmen, als würden sie sich um ihre Kehle legen. »Wir würden eine Gage plus einen Anteil verlangen.«

Sie wollte was? »Einen Anteil wovon?«

»Vom Eintritt, wenn es einen gibt. Wenn nicht, dann einen Prozentsatz der Einnahmen von der Bar.«

Neulich hatte sie ihn praktisch angefleht, sie für Trinkgeld spielen zu lassen. Und jetzt stellt sie Forderungen?

Verschwinde bloß von hier.

»Ich sags dir noch mal. Du bist gut, aber ich bin mir nicht sicher, ob deine Band so gut ist, dass du dich wie ein Verhandlungsführer aufführen kannst.« Als sie ihren Mund öffnete, fuhr er fort. »Bevor du mir noch mehr von dieser Einstellung servierst, denk darüber nach, was ich gerade gesagt habe.«

Die Frau hatte eine gute Stimme, aber ihre Band war mittelmäßig. Nicht furchtbar, aber auch nicht erstklassig. Das Talent war definitiv nicht gleichmäßig in dieser Band verteilt.

Ihre Band würde in dieser Gegend als gut, vielleicht sogar als großartig gelten. Aber wenn sie versuchen würden, einen Gig in einem großen Club in New York oder L. A. zu buchen?

Dodge bezweifelte, dass das passieren würde, bis sie den Rest von ihnen losgeworden war. Nun, wenn sie nur die richtigen Musiker hinter sich haben würde …

»Und du bist nicht in der Musikbranche, also weiß ich nicht, warum du dich für einen Experten hältst.«

»Wie wärs mit der Tatsache, dass ich mein ganzes Leben lang Musik gehört habe? Verdammt gute Musik. Außerdem habe ich viele verdammte Bands gebucht, die auf der Bühne da unten spielen. Ist das der Madison Square Garden? Fuck, nein. Aber ich weiß, was zum Teufel ich gehört habe, als du an beiden Abenden gespielt hast. Wenn du nicht gewesen wärst, hätte ich deine Jungs gestern Abend nicht eingeladen, um zu spielen. Das ist die harte Wahrheit, ob du sie hören willst oder nicht. Ich stelle keine Garagenbands ein, Syn. Und ich sage es dir nur ungern, aber ohne dich sind sie genau das.«

Sie öffnete ihren Mund und er machte sich auf einen Hagelsturm gefasst. Aber jetzt war er bereit zu kämpfen, denn jemand brauchte eine Gesinnungsjustierung und wenn er das nicht auf die Art und Weise tun konnte, wie er es gerne hätte, würde er es mit seinen Worten tun.

Er versuchte, ihr zu helfen, und sie hatte die Eier, Forderungen zu stellen.

Was zum Teufel?

Sie sollte sich bei ihm bedanken, anstatt ihm verdammtes Sodbrennen zu bereiten.

Sie biss auf die Zähne, hielt aber das Kinn erhoben. Außerdem starrte sie ihn an.

Oh ja. Vielleicht war es gut, dass sie nicht hierblieb. Während sie seinen Schalter auf eine gute Art und Weise umlegte, würde es nicht viel mehr brauchen, um ihn in die andere Richtung umzulegen.

»Ich werde darüber nachdenken.«

Er zuckte lässig mit den Schultern und tat so, als wäre es ihm scheißegal, ob sie es tat oder nicht.

»Mach das. Du hast mein Angebot und meine Nummer. Mach damit, was du willst.«

Sie nickte, auch wenn es so aussah, als ob diese Geste mehr

Anstrengung erforderte, als sie sollte. »Nun, es war ...« Ihre Worte schweiften ab und sie ließ ihren Blick von ihm auf den Boden fallen.

Er wusste genau, warum sie den Blickkontakt abbrach. Diese unterwürfige Handlung brachte sein Blut wieder in Wallung.

Sie hatte Feuer in sich, aber sie wusste, wann sie sich zurückhalten musste.

Das gefiel ihm.

Ein kontrollierbares Feuer.

Als ob sie eine Öllaterne wäre und er den Docht regulierte. Er wollte der Einzige sein, der sie heiß brennen ließ.

Der Gedanke, dass ein anderer sie berühren könnte, um sie so zum Brennen zu bringen ...

Er biss die Zähne zusammen.

Er sollte nicht solche Gedanken über sie haben. Es machte einfach keinen verdammten Sinn.

Während er darauf wartete, dass sie ihren Gedanken zu Ende führte, zählte sein Herzschlag die Sekunden.

Als sie es endlich tat, war er enttäuschter, als er es sein sollte. »Ich muss los«, murmelte sie und drehte sich zur Tür.

Ohne zu zögern, riss sie sie auf, trat auf den Treppenabsatz hinaus und schloss die Tür leise hinter sich.

Das leise Klicken durchfuhr ihn wie ein Pistolenschuss.

Ja, im Moment war es das Beste, wenn sie ging. Er musste sich darüber klar werden, warum er dieses Verlangen und diese Gedanken über sie hatte.

Noch wichtiger war es, herauszufinden, ob ihr Bruder auch sein Bruder war.

Gott, warum zog sich sein Arschloch dabei zusammen?

Er stand auf und ging nackt zu den Fenstern, wobei er die Jalousien mit den Fingern gerade so weit öffnete, dass er hinausschauen konnte, ohne entdeckt zu werden. Sie erschien an der Hintertür des Crazy Pete's. Doch anstatt zum Bus zu eilen, blieb sie in der Gasse stehen und neigte ihren Kopf, der von der Kapuze mit den Katzenohren bedeckt war, nach unten.

Sein Herz begann in seiner Brust zu pochen, während er abwartete, was sie als Nächstes tat.

Hatte sie etwas vergessen?

Warum stand sie in dieser verdammten Sweatjacke in der eisigen Kälte und bewegte sich nicht?

Ein paar Herzschläge später hob sie den Kopf, blickte über ihre Schulter und zu seinen Fenstern hinauf.

Fuck.

Er hielt den Atem an, als sie weiter zu ihm hinaufstarrte. Er wusste, dass sie ihn nicht sehen konnte, aber sein Herz klopfte trotzdem wie wild.

Dann bewegte sie sich.

Die ganze Luft, die er angehalten hatte, entwich ihm, als sie zu dem wartenden Schulbus eilte und darin verschwand.

Nicht einmal eine Minute später quoll schwarzer Rauch aus dem Heck des Busses, als der Fahrer das Gaspedal durchdrückte und das Scheißauto vorwärtsfuhr.

Auf der Fahrt raus aus Manning Grove und Syn mitnehmend.

14

Sobald Dodge die Tür zu The Barn öffnete, schlug ihm die Musik entgegen. Darüber konnte er die Schreie seiner Brüder hören, die tranken, Darts und Billard spielten und einfach nur miteinander fickten.

Rauch, sowohl von der Sorte Tabak als auch von dem guten Zeug, schwebte in der Luft.

Old Ladys, Sweet Butts und Prospects waren nicht in Sicht, denn während eines Kirchentreffens war der Zutritt zum Clubhaus nicht erlaubt.

Als er mit seinem Power Wagon den Weg zur Farm hinunterfuhr, fiel sein Blick automatisch auf die Stelle, an der der Schulbus der Synners geparkt war.

Natürlich war der Platz leer.

Sie war weg.

Zum hundertsten Mal in den letzten zwei Tagen sagte er sich, dass es so am besten sei.

In gewisser Weise war er froh, dass sie ihm ihre Nummer nicht gegeben hatte, denn er wäre versucht gewesen, sie jedes Mal anzurufen oder ihr zu schreiben, wenn er an sie dachte.

Vielleicht sogar, um ihr zu sagen, dass sie zurückkommen sollte.

Das allein war schon verdammt lächerlich. Sie war nervtötend und stur. Ganz zu schweigen davon, dass sie verdammt noch mal viel zu jung war.

Und zum hundertsten Mal seit dem frühen Samstagmorgen erinnerte er sich daran, dass er Frauen in seinem Alter bevorzugte. Manchmal sogar älter.

Shade hatte es richtig gemacht, als er sich mit Chelle einließ, die elf Jahre älter war als er. Der Mann war verdammt glücklich. Nun, so glücklich, wie ein Mann sein konnte.

Und trotzdem …

Dodge ging sie nicht mehr aus dem Kopf. Er hätte sie nie ficken dürfen. Das machte alles nur noch schlimmer für ihn. Sie ging ihm nur noch tiefer unter die verdammte Haut.

Vielleicht musste er sich einfach nur die Haut abziehen, sie sauber kratzen und jemand anderen finden, auf den er sich konzentrieren konnte. Seine Gedanken auf etwas oder jemanden konzentrieren.

Auf irgendjemanden außer ihr.

Er könnte sogar eine Sitzung mit Billie einlegen. Eine Sitzung, in der sie ihn so stark in die Mangel nehmen würde, dass er tatsächlich darüber nachdenken würde, sein Safeword zu benutzen. Er hatte es noch nie benutzen müssen, aber vielleicht würde das sein Gehirn dazu bringen, einen anderen Gang einzulegen.

Einen kompletten Reset durchführen.

Das konnte er später tun, nach dem Treffen und nachdem er mit Sig gesprochen hatte.

Das war sein anderes Problem. Was, wenn durch eine verrückte Fügung des Schicksals der Vice-President der Fury tatsächlich derselbe Sig war, den sie erwähnt hatte?

Wie viele Menschen auf der Welt hatten diesen Namen? Wahrscheinlich nur sehr wenige. Und wie groß war die Wahrscheinlichkeit, dass der Sig, den er kannte, dieselbe Person war wie ihr Bruder?

Bei seinem verdammten Glück standen die Chancen verdammt gut.

Er ging direkt zur Bar und duckte sich dahinter, um nach dem Tequila zu greifen und sich einen doppelten einzuschenken. Bei genauerer Betrachtung … Er kippte die Flasche noch einmal und machte daraus einen dreifachen.

Er würde ihn brauchen, um mit Sig zu reden.

Aber zuerst mussten sie die Clubangelegenheiten besprechen und auch Tater und Possum unterbringen.

Die beiden Prospects waren nicht da, obwohl sie den Abend im Crazy Pete's freihatten, da Micah und Scar in der Bar arbeiteten. Wahrscheinlich hatte einer der Offiziere ihnen gesagt, dass sie zurück in die Schlafbaracke gehen sollten, mit der Ausrede, dass Prospects nicht an den Clubtreffen teilnehmen durften.

Auf diese Weise konnten sie überrascht werden.

Trip schlich sich an Deacon heran. »Hast du ihre Patches?«

Der Treasurer des Clubs nickte. »Ja, unter der Bar. Ich kann sie dir geben, wenn du bereit bist.«

Trip klatschte einmal kräftig in die Hände. Sein typisches Signal, dass alle aufpassen sollten.

Als das nicht funktionierte, brüllte Judge: »Hey, ihr Arschlöcher, passt auf. Euer President wird gleich sprechen.«

Das brachte alle zum Schweigen und lenkte die Aufmerksamkeit auf Trip, der sich auf seine ›Box‹ stellte, um sich von den anderen abzuheben.

Dodge bewegte sich hinter der Bar und legte kurz seine Kutte ab, um seine Lederjacke auszuziehen. Im mittleren Kamin loderte ein Feuer, und im The Barn war es verdammt warm.

Er warf seine Jacke auf das Ende der Bar und zog seine Farben wieder an, da er sich ohne sie nackt fühlte. Sobald er sich umdrehte, packte ihn eine Hand am Arm.

Diese Hand, die zu Sig gehörte, zerrte den Ausschnitt seines Thermoshirts von seinem Hals weg. »Fuck, Bruder. Du hast dich mit einer verdammten Katze geprügelt? Das sind ja furchtbare Kratzspuren.«

Verdammt. »So was in der Art«, murmelte er. Er hatte keine Möglichkeit, die Kratzer zu verbergen, die seinen Hals noch immer zierten. Nicht ohne Frauenschminke zu benutzen, und es wäre scheiße, wenn er das tun würde. Ausreden waren einfacher.

Dodge riss sich los und zog seinen Halsausschnitt wieder an seinen Platz und schob ihn ein wenig höher.

Mit einem wissenden Grinsen entdeckte Sig dann Dodges entblößte Unterarme, wo er die Ärmel bis zu den Ellbogen hochgeschoben hatte. Er zog sie wieder herunter, bis sie ihn bis zu den Handgelenken bedeckten.

»So hast du dich noch nie gewehrt«, sagte Sig mit tiefgezogener Stirn. »Ich wusste auch nicht, dass du auf so etwas stehst.«

Dodge warf ihm einen schiefn Blick zu. »Wir haben alle unser Ding.«

Sig grinste und seine braunen Augen leuchteten auf. »Das haben wir, Bruder.«

Die Ironie dieses Gesprächs war Dodge nicht entgangen und er war verdammt dankbar, als Trip wieder in die Hände klatschte. »Zwingt mich nicht, den verdammten Hammer zu holen. Denn wenn ich diese verdammte Treppe hinaufsteigen muss, werde ich ihn nicht auf die Theke schlagen, um eure verdammte Aufmerksamkeit zu bekommen, sondern euch stattdessen einen Schlag auf den Kopf verpassen.«

»Oder du nimmst den Punisher«, schlug Judge vor und runzelte die Augenwinkel. »Das ist ein bisschen näher dran. Eigentlich macht es mir nichts aus, es für dich zu tun, Prez. Ich habe mit Daze Hau-den-Lukas geübt.«

»Du bringst ihr bei, dich abzulösen und unser erster weiblicher Enforcer zu werden?«, rief Cage aus dem hinteren Teil der Gruppe und kicherte.

Verdammt, diese Frage war ein gutes Mittel, um alle zum Schweigen zu bringen, verdammt.

»Ein weiblicher Enforcer?«, grummelte Dutch neben Dodge. »Das wird nie passieren.«

»Sag niemals nie, alter Mann«, sagte Rook und grinste dabei. »Jet wäre eine gute Wahl.«

»Frauen haben ihren Platz in diesem Club, und zwar nicht als Offizier«, sagte Dutch als Nächstes.

»Und auch nicht als Mitglied. Steht das nicht in den Statuten?«, fragte Deacon.

Trip schüttelte den Kopf. »Als Offizier solltest du doch wissen, was in der Satzung steht.«

»Es ist ja nicht so, dass ich mit einer Kopie in meiner Hosentasche herumlaufe.«

»Na gut«, rief Trip und rieb sich die Stirn. »Genug von dieser Scheiße. Dutch hat recht, also lass es. Wenn die Frauen einen Club wollen, können sie ihren eigenen gründen.«

»Einen Scheiß werden sie«, knurrte Shade. Wahrscheinlich war er von dieser Idee nicht überzeugt, da er drei Frauen in seinem Haushalt hatte, um die er sich kümmern musste.

»Nicht *unsere* Frauen. Andere Frauen«, stellte Trip klar und hob dann eine Hand. »Und was ich gerade gesagt habe, kommt bei unseren Frauen nicht an. Hast du mich verstanden?«

»Ja, Trip will in der Nacht nicht mit dem Punisher verprügelt werden«, sagte Easy und lachte. »Stella wäre ein toller President. Sag ihr nicht, dass sie etwas nicht tun oder sein kann, denn wie ich sie kenne, würde sie es wahrscheinlich absichtlich tun, um das Gegenteil zu beweisen.«

Das war verdammt sicher. Da in ihren Adern das Blut eines Originals floss, war Stella Trips Königin und konnte leicht seinen Platz einnehmen. Aber Dodge behielt diesen Scheiß für sich. Er mochte ein Idiot sein, aber so ein Idiot war er nicht.

»Stel hat schon genug um die Ohren. Niemand pflanzt diesen verdammten Samen.«

»So wie du deinen gepflanzt hast?«, fragte Deacon mit einem halben Grinsen.

Trip riss sich seine schwarze Baseballkappe vom Kopf, fuhr sich mit den Fingern durch das Haar und setzte sie dann wieder auf. Eine Geste, die er zu machen pflegte, wenn er aufgebracht war.

Das war auch ein Signal für alle, sich wieder an die Arbeit zu machen, bevor er ausrastet.

»Jemand soll die beiden Wichser holen«, befahl der President. »Sie sollten in die Clubangelegenheiten von heute Abend einbezogen werden. Wir geben ihnen ihre Patches und bringen das erst einmal hinter uns.«

Whip schlüpfte schnell durch die Tür zwischen der Scheune und der Schlafbaracke, um die beiden Prospect zu holen.

»Sind die ganzen Sweet Butts hier?«, fragte Trip in die Runde.

»Ja«, antwortete Sig. »In der Küche bereiten sie alles für die Feier danach vor.«

Trip nickte. »Na gut, dann haltet alle mal die Fresse. Sie haben keine Ahnung, dass wir alle schon gewählt haben, also wenn ich es ihnen sage, dann sollten wir sie erst ein bisschen verarschen, bis sie sich in die Hosen machen.«

Selbst wenn die Abstimmung anders ausgegangen wäre, hätte Dodge sie im Crazy Pete's behalten wollen. Sie machten beide einen guten Job in der Bar und gute Leute waren schwer zu finden. Jetzt, wo sie übernommen würden, müsste er mit Stella darüber sprechen, was er ihnen als Gehalt anbieten könnte.

Als Prospect waren sie kostenlose Arbeitskräfte. Sie bekamen ein Dach über dem Kopf, einen Platz zum Schlafen und Essen und Trinken, um ihre Bäuche zu füllen. Wenn sie mehr Geld brauchten, mussten sie sich das woanders verdienen.

Wenn sie im Pete's arbeiteten, verdienten sie wenigstens Trinkgeld. Das würde nicht zum Leben reichen, wenn sie nicht schon alles andere bekommen hätten.

Sie wurden zwar wie Sklaven behandelt, aber für das Nötigste sorgte der Club. Alles, was darüber hinausging, mussten sie selbst regeln.

Sogar Dutch ließ sie alle Reparaturen oder Wartungsarbeiten an ihren Schlitten abarbeiten.

Ein Prospect zu sein, war normalerweise scheiße. Als Prospect hatte Dodge es leicht, und das war ihm auch bewusst. Er musste nur halb so viel arbeiten wie die neueren Prospects und er hatte Glück, dass er die Stelle als Manager im Crazy Pete's bekommen hatte, denn das war ein solider verdammter Job. Einen, für den man keine formale Ausbildung brauchte.

Abgesehen von der gelegentlichen Schulung durch die Alkoholkontrollbehörde musste er nur gut mit Menschen umgehen können und einen gesunden Menschenverstand haben. Zwei Fähigkeiten, die vielen Leuten fehlten.

Wenn er das nicht im Gefängnis gelernt hatte, lernte er es im Umgang mit Kunden. Aber die Menschen brachten ihn dazu, sich jeden Tag an seinem verdammten Kopf zu kratzen. Er fragte sich auch, wie sie ihr Leben auf die Reihe bekamen.

Der ganze Raum wurde still, als sich die Hintertür wieder öffnete und Whip den Weg anführte. Tater und Possum folgten langsam. So viel Dodge auch mit ihnen arbeitete, er konnte die Sorgen auf ihren Gesichtern erkennen, auch wenn sie ihr Bestes taten, um sie zu verbergen.

Dodge presste die Lippen zusammen, um sich ein Grinsen zu verkneifen. Trip brauchte sie nicht zu verarschen, denn ihre Hosen waren schon voll.

»Tater Twat und Puss Sack, bewegt eure Ärsche hierher und stellt euch in die Mitte«, brüllte Judge und deutete auf einen Platz vor Trip, der auf der Kiste stand. Er hatte jetzt auch den Punisher in der Hand und klopfte ihn gegen seine Handfläche.

Allein dieses Geräusch sollte alle ihre Arschlöcher kribbeln lassen. Besonders das von Cage.

Cages Deckenparty war ein Tag, den keiner von ihnen je vergessen würde und der sie alle zweimal überlegen ließ, bevor sie etwas Dummes taten.

Zum Beispiel die Schwester des Bruders auf dem Billardtisch zu ficken.

Immerhin war seine Ausrede, dass er nicht wusste, wer sie war. Und ein Teil der Schuld lag bei Sig, denn er hatte nie erwähnt, dass er eine verdammte Schwester hatte. Oder eine Halbschwester. Wie auch immer.

Unwissenheit sollte in dieser Situation eine gültige Entschuldigung sein. Er hoffte, dass Sig sie akzeptieren würde, wenn er und Syn tatsächlich verwandt waren.

Sie alle hatten Geheimnisse, aber dieses eine war besonders groß. Dodge konnte auch nicht verstehen, warum Sig Syn geheim gehalten hatte.

Seine einzige Hoffnung war, dass die beiden nicht einmal einen Tropfen Blut gemeinsam hatten.

Heilige Scheiße, lass das verdammt noch mal der Fall sein ...

Als sich die Prospects näherten, wichen einige von Dodges Brüdern vorsichtig von Trip und Judge zurück und trugen ihren Teil dazu bei, dass die Arschlöcher der Prospects noch enger zusammengepresst wurden. Sowohl Tater als auch Possum blickten in Richtung von Dodge, der schnell einen grimmigen Gesichtsausdruck aufsetzte und den Kopf schüttelte:»Tut mir leid, ich kann euch nicht helfen. Ihr zwei seid auf euch allein gestellt.« Beide Augenpaare weiteten sich und beide Männer blickten sich schnell an. Sie waren auch totenblass.

Dodge hoffte wie der Teufel, dass jemand das heimlich aufnahm.

»Wir wissen, dass ihr Dodge damit genervt habt, dass ihr eure Patches bekommen wollt. Lasst mich zuerst sagen, ihr hättet niemanden damit nerven sollen. Habt ihr mich verstanden?«

Die beiden Prospects, die jetzt nebeneinander vor Trip standen, nickten beide unisono. Die beiden waren so verdammt gegensätzlich. Tater war durchschnittlich groß, aber sehr rund und Possum war größer und schlank. Nicht so schlank wie Bones, aber verdammt nah dran. Sie erinnerten Dodge irgendwie an Laurel und Hardy. Nicht, dass die beiden jungen Biker wüssten, wer zum Geier sie waren.

»Sollen wir sie auf die Knie zwingen, damit sie kriegen, was sie verdient haben?«, fragte Judge und schlug immer noch mit der befleckten Keule auf seine Handfläche. Jeder nahm an, dass diese Flecken vom Blut der Originals stammten. Oder vom Blut von Fremden.

Auf jeden Fall war es das Blut von jemandem.

Selbst von dort, wo Dodge stand, konnte er sehen, dass beide noch blasser wurden. Wenigstens waren sie nicht grün. Trip wäre stinksauer, wenn einer von ihnen auf ihn kotzen würde.

»Die sollten mir erst mal die Stiefel lecken für das, was sie getan haben«, sagte Trip.

»Was haben …« Possum fing an.

Judge unterbrach ihn mit einem Blick und einem lauten Schlag des Punishers gegen seine riesige Handfläche.

Dodge hielt sich den Mund zu, um seine Reaktion zu verbergen, als er schwor, Possum von dort, wo er stand, schlucken zu hören.

Als Tater in die Knie ging, bellte Trip ihn an: »Nein. Du stehst auf und kassierst, was dir bevorsteht, wie ein verdammter Mann. Wir sind hier keine Weicheier. Nur Männer werden Fury-Mitglieder. Vergiss das nicht.«

Tater richtige sich wieder auf, obwohl Dodge sah, dass er ein wenig schwankte.

Trip streckte seine Hand in Richtung Judge aus, als ob er den Punisher wollte. Stattdessen beugte sich Deacon über die Bar und drückte ihm zwei Blood-Fury-Top-Rocker in die Hand. Dodge hatte keine Ahnung, wie zum Teufel Deke sein Gesicht aufrechterhalten konnte. Er war nur froh, dass er hinter den Prospects stand und nicht vor ihnen. Sonst hätte er vielleicht den Verstand verloren und alles verraten.

»Jetzt«, fuhr Trip fort, während er die Patches mit beiden Händen nach oben hielt, als würde er ein Opfer bringen. »Seid ihr Männer oder Weicheier?«

»Männer!«, riefen beide Prospect, die endlich begriffen hatten, was los war.

»Seid ihr würdig, die Farben der Blood Fury zu tragen?«

»Fuck yeah!«, riefen beide wieder.

»Ich wette, ihr seid bereit, aus diesem verdammten Schlafsaal zu verschwinden.«

»Verdammte Scheiße, ja«, rief Tater.

Sie hassten es beide, ein Zimmer mit Scar zu teilen und umgekehrt. Dodge wollte auf keinen Fall seine verdammten Augen in einem dunklen Raum schließen, wenn Scar nur einen Meter entfernt war. Wenn Scar sein Zellengenosse gewesen wäre, hätte Dodge wahrscheinlich nie geschlafen.

»Du weißt, was es bedeutet, diese Farben auf dem Rücken zu tragen, oder? Ich muss euch doch nicht erklären, wie wichtig diese Patches sind, oder?«

»Fuck, nein!«, riefen beide, die jetzt wieder Farbe im Gesicht hatten und keine Angst mehr vor dem Sterben. Ihr Faltenfaktor war jetzt auf null gesunken.

Dodge grinste.

»Wir haben neulich abgestimmt und wie ihr wisst, muss es einstimmig sein. Und zu eurem Glück war es das auch.«

Beide nickten, als Trip ihnen ihre Top-Rocker überreichte. Deacon kam mit den unteren Rockern und den kleineren quadratischen ›MC‹-Patches um die Bar herum und sagte: »Die Prospect-Patches werden diese Woche entfernt und durch eure dauerhaften Patches ersetzt.«

Von da an ging es weiter. »Das Einzige, was noch bleibt, ist die Wahl eures Straßennamens. Ich bin mir verdammt sicher, dass ihr beide das letzte verdammte Jahr damit verbracht habt, darüber nachzudenken. Und ich bin mir auch sicher, dass keiner von euch den Namen behalten will, den wir euch gegeben haben. Also, lasst sie uns hören.« Er blickte zuerst zu Tater.

»Dozer.«

Dozer?

Genau wie Dodge hob auch Trip eine Augenbraue, schüttelte den Kopf und blickte dann zu Possum hinüber.

»Woody.«

Von den Brüdern um Dodge herum kamen verschiedene Geräusche. Er hatte die gleiche Reaktion wie sie, nur dass er ein gemurmeltes »Gott« von sich gab.

»Du siehst aus wie ein verdammter Kartoffelbrei und du siehst aus wie ein verdammter Tampon. Aber ihr wollt Dozer und Woody nehmen?« Trip zuckte mit den Schultern und schüttelte erneut den Kopf.

Neben ihm schnaubte Judge, ließ den Kopf sinken und schüttelte ihn ebenfalls.

»Den Namen Dozer kann ich irgendwie verstehen«, sagte Ozzy und lachte. »Schließlich ist er so schnell wie einer.«

»Und auch so groß wie einer«, fügte Dutch genervt hinzu.

»Woher hast du Woody?«, fragte Trip den ehemaligen Prospect.

»Mein Name ist Elwood. Ich dachte, Woody würde passen.«

»Ich habe einen Woody …«, begann Deacon und griff sich mit einem verschmitzten Grinsen in den Schritt.

»Der ist vielleicht nicht so schlau«, sagte Trip zu Possum. »Das ist fast das Gleiche, als wenn man Pecker Head als Namen wählen würde.« Sein Kopf drehte sich zu Sig. »Merk dir den Namen für einen zukünftigen Prospect.«

Sig gab seinem Bruder einen Daumen hoch.

»Das ist ein Name, den ich mein ganzes Leben lang gehört habe«, erklärte Possum. »Nun, bis ich ein Prospect wurde.«

»Jetzt ist der perfekte Zeitpunkt, ihn zu ändern«, schlug Trip vor.

»Ich will ihn nicht ändern.«

Trips Augenbrauen schossen hoch. »Okay, dann scheiß drauf. Possum ist jetzt offiziell Woody.« Er schüttelte wieder den Kopf. »Viel Glück damit, verdammt noch mal.«

»Wir haben jetzt Zugang zu den Sweet Butts, richtig?« Dozer, früher bekannt als Tater Tot, fragte mit leuchtenden Augen.

Gott. Das Erste, was Dozer tun wollte, war sich einen Fick zu holen. Dodge konnte es ihm nicht verübeln, denn der Mann bekam nur Körbe, wenn er im Pete's irgendwelche Weiber aufgabeln wollte. Das lag nicht nur daran, dass er wie eine Kartoffel geformt war, sondern auch daran, dass er nirgendwo einen Platz hatte, um sie zu vögeln. Die meisten Frauen hatten keine Lust auf Sex in einer Schlafkoje, wo jeder hereinspazieren und zuschauen konnte. Und würden.

Jetzt hatte er sein eigenes Zimmer und die Sweet Butts würden ihn nicht abweisen. Nun, sie konnten es, aber sie wussten es besser. Für jeden der Brüder verfügbar zu sein, gehörte zu den ›Jobanforderungen‹ eines Sweet Butts.

Wenn es ihnen nicht gefiel, konnten sie sich einen neuen Job suchen.

»Ja, voller Zugang, genau wie in der Küche«, sagte Judge und grinste. »Aber ich bin mir sicher, dass du weniger in ihnen sein wirst als im Kühlschrank.«

»Na gut. Wir haben Wichtigeres zu besprechen, als dass Dozer eine der Sweet Butts mit überrollen will.« Trip schnitt eine Grimasse und täuschte ein Schaudern vor. »Lasst uns loslegen, damit wir feiern können, anstatt zu kotzen.«

Ozzy schnaubte und schlug Dozer auf die Brust. »Dieses

Bild geht mir nicht mehr aus dem Kopf.« Er täuschte einen Knebel vor.

»Ich bin so was von bereit für die Party!«, brüllte Woody, stemmte eine Faust in die Luft und ignorierte alle anderen.

Trips Augenbrauen hoben sich und Woody hatte seine Aufregung schnell unter Kontrolle. »Na gut. Der nächste Punkt auf der Tagesordnung ... Es hat ewig gedauert, aber ich habe endlich ein Motto gefunden, das zu uns passt. Nicht die Originals - wir. Denn auch wenn viele von uns das Blut der Originals in sich tragen ... Wir. Sind. Nicht. Sie!« Die letzten vier Worte wurden geschrien. »Und ich will sichergehen, dass wir auch nie zu ihnen werden.«

Ein Gebrüll erhob sich in der Scheune und ein paar Stiefeltritte begleiteten es. Trips Leidenschaft für den Club brachte auch das Blut aller anderen in Wallung. Die Fury-Bruderschaft würde ohne ihn nicht existieren.

Er fuhr fort: »Ich möchte wissen, was ihr darüber denkt, denn, wie ich schon sagte, es gehört uns. Uns allen. Wenn es euch nicht gefällt, sprecht es aus. Denn wenn niemand etwas dagegen hat, wird es offiziell sein. Wir werden das Schild über der Eingangstür entfernen und es hier an die Wand hängen. Ich werde ein Schild mit dem neuen Motto besorgen, um es zu ersetzen. Ja?«

Ein paar »Fuck yeah!« kursierten im Raum, darunter auch eines von Dodge.

Er hatte Rook schon einmal dafür gedankt, dass er ihn in diese Bruderschaft eingeladen hatte, aber nach heute Abend wollte er ihm noch einmal danken. Auch Trip. Er war den beiden Männern etwas schuldig, weil sie ihm einen Rettungsring zugeworfen hatten, um ihn vor dem Untergang zu bewahren. Sein letzter Besuch im Gefängnis war der bisher härteste gewesen, und er war dankbar, dass Rook ihm den Rücken freigehalten hatte.

Sonst hätte Dodge vielleicht lebenslänglich bekommen,

denn ein paar Mal war er kurz davor gewesen, ein paar Wichser abzustechen. Mehr als ein paar Mal.

Also, ja, er schuldete Rook etwas. Außerdem schuldete er dem Mann, der ihr neues Motto rief, etwas.

Aus der Asche erheben wir uns,
Für unsere Brüder leben und sterben wir!

AM ENDE STEMMTE TRIP SEINE FAUST IN DIE LUFT UND ALLE JOHLTEN UND RIEFEN NOCH EINMAL. Als es wieder ruhiger wurde, fragte er:»Hat jemand etwas dagegen? Hat jemand eine bessere Idee?«

Natürlich hatte niemand etwas.

Es war nicht das Motto, das ihre Bruderschaft ausmachte, es waren die Männer, zwischen denen er stand.

Dodge ließ seinen Blick über die Gruppe schweifen. Familie. Alle waren jetzt seine verdammte Familie. Und wie es sein sollte, würden sie füreinander sterben. Anders als die Originals, die sich am Ende gegenseitig beschmutzten.

»Lasst uns das noch mal machen. Ihr wisst alle, wie das funktioniert«, rief Trip,»Aus der Asche erheben wir uns ...«

Alle riefen unisono:»Für unsere Brüder leben und sterben wir!«, und reckten ihre Fäuste in die Luft.

Ein weiteres lautes »Fuck yeah!« ertönte von irgendwo hinter Dodge. Um ihn herum wurde noch mehr gestampft und auf die Brust geklopft, sodass ihm ein Schauer über den Rücken lief.

»Aber sind wir nicht schon aus der Asche auferstanden?«, fragte Whip.

Trip entdeckte ihn in der Menge.»Man hört nie auf, aufzustehen. Denn in dem Augenblick, in dem du das tust, fängst du an zu fallen.«

»Dann ist das wohl geklärt«, begann Deke. »Ich werde die Amish bitten, ein Schild anzufertigen und es über der Tür anzubringen.«

Trip nickte und wandte sich wieder an die anderen. »Jetzt zu den anderen verdammten Neuigkeiten ...« Er übergab das Wort an Judge.

»Apropos aufsteigen: Wie ihr alle wisst, versuchen die Shirleys, sich aus ihrem eigenen Schlamm zu erheben. Die Aktivitäten da oben nehmen jeden Tag zu. In den letzten Tagen hatte der Clan eine Crew da oben, die einen Haufen Reparaturen an den verbliebenen Strukturen durchgeführt hat. Es scheint, als hätten sie es eilig, wieder einzuziehen, bevor der Winter hart zuschlägt. Das ist ein Problem, das wir genau im Auge behalten.«

»Was werden wir dagegen tun?«, fragte Cage, sein Tonfall so scharf wie eine Klinge.

»Wie ich neulich schon sagte, wissen wir nicht, was die Feds machen. Im Moment heißt es abwarten«, antwortete Trip.

»Hat irgendjemand einen Feds-Bullen gesehen?«, fragte Easy.

»Nein, aber das heißt nicht, dass sie nicht auf der Lauer liegen«, antwortete Judge. »Sie werden sich nicht am Fuße des Hillbilly Hill niederlassen, um diese inzestuösen Wichser zu überwachen.«

»Also warten wir einfach, bis sie zurückkehren, anstatt sie auszuschalten, wenn sie eintreffen?«, fragte Rook, genauso scharf wie Cage. Es gab nicht viele, die Rook etwas bedeuteten, aber seine Nichte Dyna gehörte dazu. »Es ist einfacher, mit ihnen in kleinen Gruppen fertig zu werden als mit einem ganzen verdammten Clan auf einmal.«

»Stimmt, aber *noch mal*«, seufzte Trip, »wenn die Feds sie beobachteen und wir dort hingehen, ratet mal, wer sich auch in ihrem Netz verfangen wird? Wir. Wollen wir das? Ich will das nicht. Ich habe ein Leben außerhalb von Betonmauern und Stacheldraht, das ich irgendwie mag. Wir wollen auch nicht auf ihrem Radar landen. Das Letzte, was wir wollen, ist, dass sie uns im Auge behalten. Das könnte unangenehm werden, wenn wir unter demselben verdammten Radar bleiben müssen. Verstehst du, was ich meine? Was ist, wenn wir uns um etwas kümmern müssen und Agenten wegen verdächtiger Aktivitäten auf das Krematorium angesetzt werden? Was dann? Dann sind wir am Arsch. Wir müssen uns gut überlegen, wie wir die Sache angehen wollen. Niemand will diese Wichser mehr auslöschen als ich.«

»Sig und Cage«, erinnerte Shade den President. Dodge bezweifelte, dass Trip diese Erinnerung brauchte. Keiner von ihnen brauchte sie.

Trip fuhr fort:»Als Red entführt wurde, wurde sie uns allen entrissen. Das Gleiche gilt für Dyna. Dyna ist unser Kind, nicht nur das von Cage und Jemma. Genauso wie Daisy, Jude, Ry, die Mädchen von Chelle, jetzt Dane und bald auch mein eigener Sohn zu uns gehören. Es ist unsere Pflicht, jedes verdammte Kind zu beschützen und zu lieben, egal, aus wessen Lenden es stammt. Ich habe es schon einmal gesagt, aber ich sage es noch einmal: Dein Kind ist mein Kind. Meines wird deines sein. Wir ziehen diese Kinder gemeinsam auf. Und wenn wir es gut machen, werden sie die nächste Generation der Fury sein. Ich will, dass sie besser sind als wir. Ich will stolz auf sie sein. Sicherlich wollt ihr das auch.«

Stille senkte sich über die Gruppe, denn niemand hatte vor, das zu bestreiten. Jeder, der das tat, gehörte nicht zur Fury. Der Familienzusammenhalt innerhalb der Bruderschaft war stark. Genau wie Trip es anstrebte und genau wie es sein sollte.

Ohne die Fury hätte Dodge gar nichts. Er würde wieder das Gleiche wie vorher machen, und nichts von dem ›Gleichen‹ war gut gewesen.

Er befand sich auf einem geraden Weg ins Nirgendwo.

»Ja, Trip hat recht. Wir müssen klug und wachsam bleiben. Wir haben es schon einmal gesagt und wir werden es so oft wie nötig wiederholen. Wir dürfen nicht nachlässig werden und müssen auch mit einer Gegenreaktion rechnen«, fügte Judge hinzu. »Diese Wichser sind zu blöd, um zu wissen, wann sie aufhören müssen.«

»Wir könnten sie zuerst zuschlagen lassen, und wenn die Feds nicht auftauchen, dann wissen wir, dass sie uns nicht beachten«, schlug Rev vor.

»Es ist so oder so ein Risiko. Entweder bekommen wir endlich den Krieg, von dem wir dachten, dass er kommt, bis die Feds sich einmischten, oder wir werden Opfer der Feds«, sagte Trip. »Wir müssen uns vor den Shirleys schützen, aber wir müssen uns auch vor den Feds schützen. Zwei Seiten derselben verdammten Medaille.«

»Diese Hinterwäldler«, sagte Sig, »müssen alle einen langsamen, qualvollen Tod sterben.«

»Indem sie an ihren eigenen abgetrennten Schwänzen ersticken«, sagte Easy mit einem Grinsen. »Das war knallhart, Sig. Aber ich habe immer noch Albträume davon. Manchmal wache ich mitten in der Nacht auf, um mich zu vergewissern, dass mein Schwanz noch dran ist.«

Dodge war sich ziemlich sicher, dass sie das alle taten. Diejenigen, die es nicht selbst miterlebt hatten, hörten davon in allen Einzelheiten. Definitiv das Zeug für Albträume.

»Wenn sie zuerst zuschlagen und die Feds nicht auftauchen, können wir tun, was wir tun müssen, und zwar so, wie wir es tun müssen«, sagte Shade in seiner normalen, bedächtigen Art und wählte jedes Wort sorgfältig aus.

Je länger er mit Chelle zusammenlebte, desto schneller wurde seine Sprache, aber sie war immer noch langsamer als normal. Dodge hatte keine Ahnung, warum es einen Unterschied machte, mit Chelle zusammen zu sein, aber es war eine offensichtliche Veränderung. Vielleicht hatte es damit zu tun, dass seine Old Lady Schulbibliothekarin war.

Dodge wusste es nicht und es war ihm auch egal, denn es ging ihn so oder so nichts an. Shade hatte wahrscheinlich die meisten Geheimnisse von allen seinen Brüdern und das war für ihn in Ordnung. Er war nur froh, dass der stille, aber tödliche Mann mit den langen, lockigen Haaren auf ihrer Seite war. Der Mann hatte verrückte Messerfähigkeiten, um die ihn alle anderen beneideten.

»Immer noch riskant, aber ein Risiko, das wir vielleicht eingehen müssen«, antwortete Trip.

»Und wenn wir alle Mundatmer da oben auslöschen? Was dann? Es ist möglich, dass sie immer wieder kommen, weil sie sich fortpflanzen und ihre Zahl vergrößern wollen. Wann, zum Teufel, wird das alles enden? Werden wir nie in Frieden leben können?«, fragte Cage. »Werden unsere Familien nie sicher sein? Werden wir uns immer Sorgen um unsere Schwächsten machen müssen? Um unsere Frauen und Kinder?«

»Am besten wäre es, den verdammten Berg in die Luft zu jagen, damit nichts mehr übrig bleibt, wohin sie zurückkehren könnten«, knurrte Sig. »Dann haben sie keine andere Wahl, als weiterzuziehen, verdammt.«

»Ja, ganz einfach, oder?« Trips Frage enthielt scharfen Sarkasmus. »Wir müssen nur genug Ammoniumnitrat besorgen, um den verdammten Hügel in die Luft zu jagen. Selbst wenn wir nur eine kleine Menge Sprengstoff kaufen, werden die Gesetzeshüter aufhorchen. Außerdem bräuchten wir mehr als die Menge, die man braucht, um ein Loch zu sprengen, das groß genug für einen Tunnel durch die Bergwand ist. Erstens könnten wir uns das nie leisten, und zweitens weiß hier niemand, wie man mit so etwas umgeht. Es ist nicht so, als würde man einfach eine verdammte Lunte anzünden. Also lass uns in die Realität zurückkehren und uns eine echte Lösung überlegen.«

»Wenn wir es niederbrennen, bauen sie es einfach wieder auf. Wenn wir sie alle töten, werden sie sich woanders weiter vermehren und vielleicht zu diesem Berg zurückkehren. Gibt es also eine echte Lösung?«, fragte Deacon.

Trip ließ den Kopf sinken und rieb sich die Stirn unter der Krempe seiner Mütze.

Dodge verstand es. Es musste verdammt frustrierend sein, alle in Sicherheit bringen zu wollen. Trip tat sein Bestes, um seine ›Familie‹ vor einem verrückten Clan von inzestuösen Hinterwäldler zu schützen, die zu dumm waren, um zu wissen, dass sie nicht an den Ort ihres letzten Verbrechens zurückkehren sollten.

Dodge dachte nur ungern daran, dass es vielleicht das Beste wäre, wenn sich die Feds um sie kümmern würden. Aber wenn die Shirleys sich eine Weile bedeckt hielten und nichts Illegales taten, um dem Bundespolizei keinen Grund zu geben, sie wieder von dem Berg zu holen, was dann?

Sie waren auf jeden Fall eine Bedrohung für die Fury.

Dodge wollte nicht in Trips Schuhen stecken. Auf keinen Fall. Das wollte auch sonst niemand. Sie alle verließen sich darauf, dass der Mann sie anführte und die richtigen Entscheidungen traf.

Jetzt, wo Stella schwanger war, musste der Druck auf ihn noch größer geworden sein.

Das ganze Problem mit den Shirleys hatte damit zu tun, dass Sig Red in dem Zustand auf dem Berg gefunden hatte, in dem sie gefunden wurde. Hätte einer von ihnen etwas anders gemacht? Wahrscheinlich nicht. Sig hat Reds Leben gerettet und auch Levis Leben. Im Gegenzug rettete Red Sigs Leben.

Sig war auf dem Weg ins Verderben gewesen. Trip hatte verzweifelt versucht, seinem Bruder zu helfen und war gescheitert. Wer hätte gedacht, dass Sigs Retter nackt und schwanger einen Berg hinunterrennen würde?

Niemand, der bei Verstand war.

Schicksal.

Genau das war es. Anders kann man es nicht ausdrücken.

Sie haben sich im richtigen Augenblick gefunden.

Wenn Syn die Schwester von Sig war, hat das Schicksal sie dann in Dodges Weg geworfen? Oder war es nur Zufall? Sobald das Treffen vorbei war, nahm er Sig und Trip zur Seite. *Nachdem* er noch mehr Tequila getrunken hatte und bevor Sig verschwunden war, wie er es zu tun pflegte. Er war nie zu lange von Red getrennt.

Aber heute Abend würde er vielleicht nicht gleich in seine Wohnung gehen, denn sobald die Patch-Party losging, konnten die Old Ladys, die Prospects und die Sweet Butts mitmachen.

»Wie auch immer, der Sinn dieser Diskussion war es, dir zu sagen, dass die Offiziere für alle Ideen offen sind.« Trip warf Sig einen kurzen Blick zu. »Außer einen Berg in die Luft zu jagen.« Er blickte wieder in die Runde. »Wir brauchen *vernünftige* Ideen. Das war auch eine Erinnerung daran, dass ihr eure Augen und Ohren offen halten solltet. Ihr werdet wahrscheinlich krank werden, wenn wir euch das sagen, aber es ist, was zum Teufel es ist. Mir ist es lieber, ihr werdet krank von uns, als dass ihr tot oder wieder in einer verdammten Betonkiste landet. Habt ihr das alle verstanden?«

Gemurmelte »Ja« umkreisten Dodge.

»Ihr berichtet mir, Judge oder Sig alles, was ihr findet. Auch wenn ihr nicht sicher seid, ob es wichtig ist. Im Moment neige ich dazu, sie zuerst in unserem Gebiet zuschlagen zu lassen, wie wir es schon mal versucht haben. Bevor diese verdammten Feds sich eingemischt haben. Wir dachten, damit wäre die Sache erledigt. Wir hätten es besser wissen müssen.«

»Dumm ist, wer Dummes tut«, sagte Judge.

»Ja, sie haben nur ein Dutzend Gehirnzellen, die sie sich teilen, und noch weniger Zähne. Wir müssen davon ausgehen, dass sie nie lernen werden, dass sie, wenn sie sich mit uns anlegen, am Ende noch härter gefickt werden.«

»Das ist eine Lektion, die wir ihnen beibringen müssen«, sagte Cage. »Wenn sie mich und die Meinen noch einmal anfassen ...« Dutchs jüngster Sohn schüttelte den Kopf.

»Dann werden sie sich auch mit Dad, mir und Jet herumschlagen müssen. Sie werden Jemma und Dyna nicht mehr anfassen«, versprach Rook. »Wenn ich wieder reingehen muss, dann gehe ich auch wieder rein.«

Dutch, der hinter seinem ältesten Sohn stand, schlug Rook auf den Kopf. »Wir tragen diese Farben aus einem verdammten Grund. Wir müssen alle zusammenhalten, Arschloch. Wenn du anfängst, Selbstjustiz zu üben, wird es dem Club genauso ergehen wie den Originals.«

»Einverstanden«, sagte Trip. »Wir müssen alle an einem Strang ziehen und dürfen uns nicht auf eigene Faust auf den Weg machen. Das könnte das Fundament des Clubs genauso schnell zerstören wie Verrat und der ganze andere Mist, den die Originals gemacht haben.« Er holte tief Luft und schloss mit den Worten: »Okay, genug von diesem schweren Scheiß, jetzt ist es Zeit zu feiern. Brüder, sagt euren Frauen Bescheid. Whip, sag allen in der Schlafbaracke Bescheid, dass sie sich uns anschließen können. Jemand soll die Musik aufdrehen, das Bier und den Schnaps fließen lassen und ich brauche einen verdammten Zug von hochwertigem Kush.« Er stieg von seiner Kiste und blickte sich um. »Wer hat was?«

Der President verschwand hinter ein paar von Dodges Brüdern, aber Dodge musste ihn zur gleichen Zeit wie Sig einfangen.

Dodge duckte sich wieder hinter die Theke, schnappte sich die Tequila-Flasche und nahm sich diesmal nicht einmal ein Glas vor. *Scheiß drauf.* Er setzte die Flasche an die Lippen und ließ das Zeug seine Kehle hinuntergleiten und seinen Bauch wärmen, in der Hoffnung, dass es ihm genug Kraft für ein Gespräch gab, auf das er sich nicht freute.

Tequila in dieser Menge zu trinken, war schon ein bisschen

hart, aber er hatte das Gefühl, dass das Gespräch, das er gleich führen würde, noch härter sein würde.

Er sah, wie Sig neben Trip stand und eine Bong hin und her schob.

Gut, vielleicht würde das die Temper Twins ein wenig milder stimmen.

Er nahm einen weiteren langen Schluck des Jose Cuervo, schlug sich mit der Faust gegen die Brust, während sich die Flüssigkeit in seinem Bauch sammelte, und knallte die Flasche auf den Tresen.

Lass es uns verdammt noch mal durchziehen.

Er ging um das Ende der Bar herum und trat zu den Halbbrüdern hin. Trip bot ihm die Bong an und Dodge nahm sie ohne zu zögern an.

Ein bisschen Kush zusätzlich zum Schnaps würde auch nicht schaden.

Nachdem er den Rauch aus seinem Mund entweichen gelassen hatte, sagte er:»Ich muss dir was erzählen, Bruder.«

»Wem?«, fragte Trip mit einem Stirnrunzeln.

»Sig. Aber du musst auch in der Nähe bleiben.«

Sig runzelte plötzlich genauso die Stirn wie Trip.»Hat es etwas mit den Shirleys zu tun?«

Dodge schüttelte den Kopf.»Nein.«

Das Stirnrunzeln des Vice-Presidents wurde zu einer finsteren Miene.»Red?«

Dodge schüttelte erneut den Kopf. Vielleicht war das jetzt nicht der beste Zeitpunkt, denn er hatte diese verdammten Kratzer im Nacken. Sig könnte zwei und zwei zusammenzählen.

Es könnte auch sein Temperament auslösen. Es war mehr als hässlich, als Sig auf Vernon Shirley, den inzwischen toten ehemaligen Clanführer, losging. Das war das Werk eines Mannes, der nicht mehr zurechnungsfähig war.

Trip hatte die Angewohnheit, Stella zu berühren, wenn er

seine Wut ein wenig abreagieren musste. Vielleicht funktionierte es bei Sig und Red genauso.

»Kommt Red zu uns runter?«

Sofort war es, als hätte jemand einen Knopf gedrückt, Sig richtete sich auf und jeder Muskel spannte sich an. »Warum?«

Verdammt. »War nur so eine Frage.«

»Muss sie ein Teil von dem sein, was du mir erzählst?«

»Nein.« Er musste den Scheiß einfach hinter sich bringen.

Er könnte sich umsonst Sorgen machen.

Oder er hatte allen Grund, sich Sorgen zu machen.

Es konnte so oder so ausgehen.

Es war das Nichtwissen, das ihn beunruhigte.

15

Dodge zog eine handgerollte Zigarette aus seiner Kutte, zündete sie an und nachdem er einen tiefen Zug genommen hatte, um seine Lungen zu füllen, ließ er den Rauch langsam wieder hinausgleiten, während er fragte:»Hast du eine Schwester?«

Wenn er vorher dachte, dass Sig angespannt war, schaute er sich jetzt an, wie der Mann zu Beton wurde. Die Augen des Vice-Presidents verengten sich.»Wie bitte?«

Gott. »Hast du eine Schwester?«, fragte Dodge erneut, dieses Mal lauter. Verrückterweise wiederholte Trip, der ebenfalls steif geworden war, dieselbe verdammte Frage zur gleichen Zeit, sodass sie in Stereo zu hören war.

Sigs dunkle Augen blickten kurz zu seinem Halbbruder, dann richteten sie sich wieder auf Dodge.»Wovon zum Teufel redest du?«

»Du weißt schon, eine verdammte Schwester. Ein Geschwisterchen, das aus Silvias Möse gekommen sein könnte. Du solltest wissen, was eine verdammte Schwester ist«, knurrte Trip.

Besser das Trip sich gegenüber Sig wie ein Arschloch

verhielt als Dodge. Denn er war versucht gewesen, etwas Ähnliches zu sagen.

»Vielleicht sollten Red und Stella an diesem Gespräch teilnehmen«, schlug Dodge vor und hoffte, dass keiner der beiden Männer, wie das Aluminiumnitrat explodierte, von dem Trip sagte, dass sie es bräuchten, um Hillbilly Hill zu sprengen.

Sig schüttelte den Kopf und blickte sich um. Dann neigte er den Kopf in Richtung der Treppe, die zum Besprechungsraum führt. »Oben.«

Verdammt, da der Mann nicht sofort leugnete, eine Schwester zu haben, war es vielleicht das Beste, wenn sie das Gespräch an einem etwas privateren Ort führten. Vor allem, weil es in der Scheune laut und unruhig war und es im Laufe des Abends nur noch schlimmer werden würde.

Wenn Sig Nein gesagt hätte, wäre die Diskussion im Nu vorbei gewesen, Dodge wäre frei und sie könnten sich alle darauf konzentrieren, sich zu besaufen.

Dodge war mit dem Tequila und dem Gras schon auf dem besten Weg dorthin, aber es war noch ein weiter Weg, bis er besoffen genug wäre. Er trank kaum, wenn er an der Bar im Pete's arbeitete, aber wenn er eine Auszeit brauchte, ließ er sich gerne gehen.

Im Moment war nichts locker. Weder bei ihm, noch bei Sig oder Trip.

»Ja, oben«, sagte Trip, riss sich seine Baseballkappe vom Kopf und schlug sie sichtlich erregt wieder auf.

Dodge nickte und ging in diese Richtung. Er stieg selten die Treppe hinauf, da er kein Offizier war und keinen Grund hatte, dort hinaufzugehen. Die wenigen Male, die er dort hinaufstieg, waren, wenn er eine Sweet Butt oder eine heiße Tussi mitnahm, um sich bei einem Schweinebraten oder einer Party ein bisschen zu amüsieren.

Oder, *zur Hölle,* einfach jede Nacht, die in einer Muschi endete. Wenn er statt im Pete's zufällig auf der Farm war, während es im Clubhaus von verfügbaren und angenehmen Mösen wimmelte.

Als er die Treppe hinaufstieg, erinnerte er sich daran, wie er, Ozzy und Easy eine Tussi aus Harrisburg anmachten, die dachte, es wäre lustig, mit einem MC zu feiern. Sie beschlossen, ihr die volle Erfahrung zu geben.

Hinterher sagte Ozzy, der Unterschied zwischen ihnen und den Originals sei, dass die Originals nicht aufgehört hätten, wenn sie versucht hätte, einen Rückzieher zu machen. Zum Glück änderte sie ihre Meinung nicht und genoss jede verdammte Sekunde.

Es war eine gute Nacht gewesen.

Heute Nacht war es vielleicht nicht so eine gute verdammte Nacht.

Das würde er schon bald herausfinden.

Sobald die drei den Raum betreten hatten, schloss Trip die Tür, drehte sich um und stemmte die Hände in die Hüften.

Sig stand jetzt neben dem langen Tisch, ebenfalls mit den Händen in den Hüften, aber mit gesenktem Kopf und starrte auf die Schnitzerei in der Mitte des Tisches, auf der die Insignien der Fury abgebildet waren. Als sein Bruder nichts sagte, fragte Trip Dodge:»Warum fragst du, ob Sig eine Schwester hat?«

»Die Band, die hier auf der Farm geparkt hat? Die Band, die mittwochs und freitags im Pete's gespielt hat? Vielleicht hat er den aufgesprühten Namen an der Seite übersehen.«

»Er vielleicht, aber ich nicht. Da stand The Synners.«

Dodge nickte und behielt Sig im Auge, während er mit Trip sprach, der die Augenbrauen hochzog.

»In dem Bus saß Sigs Schwester?«

»Das kann ich erst beantworten, wenn ich weiß, ob Sig eine verdammte Schwester hat.« Zu diesem Zeitpunkt konnte er es schon erahnen. Jetzt musste er nur noch herausfinden, wie seine Schwester heißt.

Er war sich aber sicher, dass er auch das schon wusste.

Aus den Augenwinkeln sah Dodge, wie Sig sich umdrehte. »Von wem hast du diese verdammten Kratzer?«

Ah, Fuck. Vielleicht war es das Beste, jetzt eine Halbwahrheit zu sagen. »Eine Tussi, die ich Freitagabend abgeschleppt habe.«

Sigs Augen verengten sich auf seinen Hals. »Hat sie sich gegen dich gewehrt oder war sie einfach so scharf darauf?«

Dodge kämpfte gegen den Instinkt an, seinen Hals mit der Hand zu bedecken. »Ich stehe nicht darauf, Frauen zu irgendwas zu zwingen, Sig. Ich dachte, du kennst mich inzwischen besser.«

»Ich weiß nicht, auf was zum Teufel du stehst«, brummte Sig.

»Er muss niemanden zwingen, Bruder«, versicherte ihm Trip. »Ich habe ihn oft im Pete's beobachtet und ich kann dir sagen, dass er nicht so hart arbeiten muss.«

Dodge wollte die Sache schnell hinter sich bringen und war sich nicht sicher, warum Sig zögerte und die Sache in die Länge zog. Er holte sein Handy aus der Gesäßtasche, drückte auf den Einschaltknopf und rief seine neuesten Fotos auf. Drei davon waren von Syn auf der Bühne. »Ist sie das?«

Wenn Syn ihn dabei erwischt hätte, hätte er ihr einfach gesagt, dass er die Fotos von allen Bands, die im Pete's spielen, zu Werbezwecken gemacht hat. Das Problem war nur, dass auf allen drei Fotos nur sie zu sehen war. Keiner ihrer Bandkollegen war auf dem Bild zu sehen.

Absichtlich.

Sig kam herüber und riss Dodge das Handy aus den Fingern. Er schielte auf jedes Foto und wischte zwischen den drei Fotos hin und her.

»Wisch nicht zu weit«, warnte Dodge ihn.

Sigs Kopf hob sich und er starrte Dodge an. »Wehe, du hast Nacktfotos von meiner Schwester hier drin.«

»Es gibt keine Nacktfotos von Syn.« Dem Teufel sei Dank, gab es keine.

»Ich schätze, das ist sie?«, fragte Trip, nahm Sig das Handy ab und blickte durch die Fotos.

»Ich habe sie nicht mehr gesehen, seit sie klein war, also bin ich mir nicht sicher.«

»Mensch, Bruder, das sollte nicht schwer herauszufinden sein. Sie hat mir erzählt, dass sie einen Bruder namens Sig hat. Wie groß ist die Wahrscheinlichkeit, dass es noch ein Geschwisterpaar mit demselben Namen gibt?«, fragte Dodge und begann, genervt zu sein. »Du hast eine Schwester namens Syn?«

»Ja.«

Nun, Fuck.

»Fuck«, wiederholte Sig Dodges Gedanken und strich sich mit den Fingern über den Bart. Da bemerkte Dodge, wie angespannt der Kiefer des Mannes war. »War die Band nicht verdammt pleite?«

»Ja«, antwortete Dodge. »Die haben einen Scheißdreck. Sie hatten nicht mal eine Heizung, bis ich ihnen geholfen habe.« Vielleicht würde es den Schock abmildern, dass er Sigs Schwester gefickt hatte. Die zufällig auch noch zwölf Jahre jünger war als er.

Aber das sollte keine Rolle spielen, da Sig von allen auf jüngere Frauen stand. Richtig *jung*. Wenn er die verdammte Frechheit besaß, darauf hinzuweisen, wie viel jünger Syn im Vergleich zu Dodge war, dann musste er den Vice-President daran erinnern, dass seine eigene Old Lady sieben Jahre jünger war als er.

Sig warf ihm einen strengen Blick zu. »Wohnt sie nicht mit einem Haufen Jungs in dem Bus?«

»Drei.«

Sig nahm seinem Bruder das Handy ab, schaute sich die Bilder noch einmal an und reichte es dann an Dodge zurück. »Warum hast du Bilder von ihr?«

Dodges Blick glitt zu Trip und wieder zurück. Der President war klug genug, um zwischen Wahrheit und Lüge zu unterscheiden, aber in dieser Situation musste er es riskieren. Er erzählte Sig nicht, dass er schnell von seiner kleinen Schwester besessen war.

Er mochte ein Dummkopf sein, aber er war klug genug, um es besser zu wissen, als das zuzugeben.

»Um ...« *Nein, versuch es noch einmal.* »Dafür. Um zu sehen, ob du sie kennst. Sie hatte keine Ahnung, wie dein Nachname lautet, was für Geschwister verdammt seltsam ist. Sie wusste definitiv nicht, dass du zur Fury gehörst oder hier in Manning Grove bist. Außerdem stand der verdammte Bus nur ein paar hundert Meter von deiner Wohnung entfernt, Sig.«

»Ich habe sie aus den Augen verloren«, knurrte er. »Das hättest du mir sagen sollen, bevor der verdammte Bus gestern weggefahren ist.«

»Gib mir nicht die Schuld, dass du deine eigene Schwester aus den Augen verloren hast. Oder dass du nicht auf den riesigen Namen geachtet habe, der wie eine Reklametafel auf die Seite des verdammten Busses gemalt war.«

»Wir haben uns aus den Augen verloren«, knurrte der Mann und fletschte praktisch die Zähne.

Dodge hob seine Handflächen. »Es hat keinen Sinn, sich darüber zu streiten. Du hast recht, ich hätte dir eine SMS schicken und fragen sollen.« Aber in diesem Moment hatte er eine nackte Syn in seinem Bett.

»Einverstanden«, sagte Trip. »Wir können die Zeit nicht zurückdrehen, also müssen wir herausfinden, wie es weitergeht. Und wie wir sie kontaktieren können. Du willst doch wieder mit ihr in Kontakt treten, oder?«

Anstatt auf Trips Frage zu antworten, fragte Sig: »Hast du ihre Nummer?«

Scheiße. Dodge versteifte sich. »Nein.«

»Was zum Teufel?« Sig explodierte.

Verdammt noch mal, das lief genauso, wie er es erwartet hatte. »Ich habe gefragt und sie wollte sie mir nicht geben.«

»Warum? Sie hat dir diese verdammten Kratzer verpasst, aber ihre Nummer nicht herausgegeben? Dafür muss es doch einen Grund geben.«

Er ignorierte die Frage nach den Kratzern, weil er diesen Scheiß nicht bestätigen wollte. Nicht jetzt, wo Sigs Temperament auf dem Siedepunkt war. Vielleicht auch niemals. Was er und Syn in seinem Bett - und auf dem Billardtisch - getan hatten, ging den Mann verdammt noch mal nichts an. Genauso wie der Scheiß, den Sig mit Frauen gemacht hatte, bevor er Red entdeckte, ihn wirklich nichts anging.

»Sagen wir einfach, sie mag es, schwierig zu sein ... wie du. Es macht also Sinn, dass ihr beide verwandt seid. Aber ich habe ihr meine Nummer gegeben, da sie sich geweigert hat, mir ihre zu geben.«

»Vielleicht wollte sie keine Wiederholung. Du hast wohl keinen guten Eindruck hinterlassen.« Trip grinste.

Auch das ignorierte Dodge.

Das Grinsen verschwand schnell. »Okay, lass uns zum eigentlichen Thema zurückkehren und nicht zu Dodges Leistung oder der Möglichkeit, dass es Sigs Schwester war, die diese Kratzer hinterlassen hat.« Eine von Trips Augenbrauen hob sich. »Denn ich gehe davon aus, dass sie die Kratzer hinterlassen haben, bevor du herausgefunden hast, wer sie ist.«

Er nickte, obwohl er nicht sicher war, ob es einen Unterschied gemacht hätte, wenn er es gewusst hätte.

Er wollte Syn damals und er wollte Syn auch jetzt noch. Dass Sig ihr Bruder war, hatte daran nicht das Geringste geändert.

Trip drehte sich zu Sig um und die beiden Halbbrüder starrten sich ein paar Sekunden lang an. Dodge spürte, wie sich die Spannung zwischen ihnen aufbaute.

Diese beiden Männer *waren* verdammtes Aluminiumnitrat und beide hochexplosiv.

Vielleicht sollte er sich unter den schweren Holztisch ducken, um sich vor dem Fallout zu schützen.

»Du hast mir, deinem verdammten Bruder, nicht ein einziges Mal erzählt, dass du eine Schwester hast. Nicht ein einziges Mal, Sig. Nicht ein einziges Mal in den letzten drei verdammten Jahren. Das ist eine wichtige Tatsache, die du mir mitteilen solltest, oder?« Beide Augenbrauen waren jetzt so hochgezogen, dass sie unter seiner Baseballkappe verborgen waren.

»Das geht niemanden etwas an«, murmelte Sig.

»Das geht verdammt noch mal niemanden etwas an?«, brüllte Trip. Er neigte den Kopf und starrte Sig mit geblähten Nasenlöchern an, ohne dabei glücklich auszusehen. Natürlich nicht. Dem President war die Familie sehr wichtig. Deshalb hat er Sig ausfindig und ihn zum Vice-President gemacht, obwohl der Mann es damals nicht verdient hatte. Als er nichts weiter war als ein entgleister Zug. »Willst du mir das erklären? Mir, deinem verdammten *Bruder*?«

»Sie ist *nicht* deine Schwester und, wie ich schon sagte, ich habe sie aus den Augen verloren.«

»Sie gehört zur Familie«, schrie Trip ihn an.

»Sie ist *nicht* deine Familie«, brüllte Sig zurück. »Sie hat nicht einen verdammten Tropfen Blut mit dir geteilt. Sie hat nicht einmal Fury-Blut in sich.«

»Blödsinn. Sie ist nah genug dran. Sie ist Silvias Tochter und sie ist deine Schwester. Das macht sie auch zu meiner Schwester. Blut oder nicht.«

Beide Männer standen sich gegenüber und hatten ihre Finger zu lockeren Fäusten geballt. Es würde nicht lange dauern, bis sich diese Fäuste zusammenzogen und zu schwingen begannen. Wenn das passierte, würde sich Dodge nicht in die Scheiße einmischen. Sie könnten sich gegenseitig verprügeln, wenns nach ihm ginge. Vielleicht war es das, was sie brauchten.

Außerdem würden ihre Frauen dafür sorgen, dass sie es bereuten, sich geprügelt zu haben. Das allein würde den beiden Männern mehr Schmerzen und Unbehagen bereiten als ein echter Kampf. Beide Frauen würden sauer und enttäuscht sein. Stella wäre eher sauer, Red eher enttäuscht.

Dodge wusste ganz genau, dass Sig seine Frau nicht enttäuschen wollte. Vielleicht sollten sie daran erinnert werden. Das würde die beiden vielleicht ein wenig abkühlen.

»Stel und Red werden eure Nüsse in den Fäusten haben«, sagte Dodge und drückte seine Hand in die Luft, als wolle er eine Nuss mit bloßen Händen knacken, »wenn ihr zwei anfangt, euch gegenseitig zu kloppen.«

Die beiden Männer starrten sich noch ein paar angespannte Sekunden lang an, dann nickten sie beide.

Dem Teufel sei Dank. Eine Krise wurde abgelenkt.

»Weiß Red über sie Bescheid?«

Er nickte steif. »Ja. Red weiß alles. Ich verheimliche nichts vor ihr, selbst wenn es hässlich ist.«

»Dann sag mir doch, warum du das vor uns geheim gehalten hast.« Trip schüttelte den Kopf. »Vor mir. Du hast es Red erzählt, aber mir konntest du es nicht sagen.« Er verbarg seine Enttäuschung nicht.

Trip kam aus einer beschissenen Familie, wie die meisten von ihnen. Er strebte danach, besser zu sein als die letzte Generation und diese Einstellung an die nächste Generation weiterzugeben, um sich weiter zu verbessern. Das war einer der wenigen Gründe, warum Dodge großen Respekt vor Trip hatte. Er hatte zwar seine Fehler, aber das Gute übertraf sie.

»Sie sollte ein verdammt gutes Leben führen. Ich dachte, es wäre besser, wenn ich nicht dabei bin.«

Sigs Geständnis ließ Dodge plötzlich an sein eigenes Geschwisterkind denken, das man weggegeben hatte, um ihm oder ihr eine bessere Chance im Leben zu geben.

Dodge hat es verstanden. Das tat er. Aber …

»Du irrst dich, Sig«, sagte er zögernd, weil er wusste, dass dies eine weitere Welle der Wut auslösen könnte. Aber der Vice-President musste es trotzdem hören. »Sie sagte, sie wünschte, ihr Bruder wäre zurückgekommen, um sie zu holen.«

Sig zuckte mit dem Kopf und starrte Dodge an, dessen Gesicht jetzt eine Maske aus Nichts war. Ein verdammtes Nichts. Hinter den Augen des Mannes bewegte sich eine ganze Menge Zeug, aber nichts davon erreichte seinen Ausdruck.

Was Dodge sagte, musste ihn tief getroffen haben. Es war nicht seine Absicht, aber er wollte, dass Sig wusste, dass der Mann für seine Schwester etwas wert war, egal ob er das dachte oder nicht. Egal, wie abgefuckt Sig war oder was für ein Wrack er gewesen war, bevor Trip ihn wieder auf die Gleise gezerrt hatte.

»Warum brauchte sie mich, um zu ihr zurückzukommen?«

Ja, er versuchte es zu verbergen, aber der Schmerz und das Bedauern waren offensichtlich.

Für jeden außerhalb des Clubs konnte Sig wie ein hochgradig gestörter, sehr sprunghafter Mann wirken. Seine Fury-Familie kannte die Wahrheit. Sie wussten es, weil er so mit Red umging.

Seine Gefühle für seine Old Lady waren intensiv und schwer zu ignorieren.

Keiner seiner Fury-Brüder wollte in Sigs Schuhen stecken - oder in seinem Kopf - aber sie wollten die gleiche Liebe, die der Mann für seine Seelenverwandte empfand. Sie alle schätzten sich verdammt glücklich, wenn sie etwas fanden, das auch nur annähernd so war.

Dodge hoffte, dass er dasselbe finden würde, wenn er sich jemals entschließen würde, sesshaft zu werden. Er würde niemals nie sagen, denn er hatte miterlebt, wie sich seine Brüder nacheinander wie Dominosteine in ihre Frauen verliebt hatten. Keiner von ihnen war auf der Suche nach einer Old Lady.

Trip war die Ausnahme. Allerdings war Dodge noch hinter Gittern, als der President seine Königin fand, und er hatte nicht miterlebt, was das Paar durchmachte, bevor sich die Ecken und Kanten glätteten und die Teile schließlich perfekt zusammenpassten. Er hatte nur davon gehört.

»Tut mir leid, Bruder, ich habe keine Ahnung, warum sie dich brauchte, außer dass du ihr Blut bist. Ich habe nicht ihre ganze Lebensgeschichte mitbekommen, da wir nur wenig Zeit miteinander verbracht haben. Ich bezweifle, dass sie sie mir erzählt hätte, denn hauptsächlich hat sie den Mund nur aufgemacht, wenn sie auf der Bühne gesungen hat. Sagen wir einfach, sie ist kein sozialer Schmetterling. Und sie hat bestimmt keine Geheimnisse ausgeplaudert.« *Genau wie du, Bruder.*

»Aber du trägst ihre Kratzer, nicht wahr?«, fragte Sig und sein Ton wurde scharf. Sogar gefährlich. »Das hat sie mit dir gemacht, nicht wahr? Du hast gesagt, ich sollte dich gut genug kennen. Bruder, das tue ich. Ich weiß, dass du keine tiefgründigen Gespräche mit den Mädels führst, die du normalerweise bumst. Ich weiß auch, dass du keine tiefgründigen Gespräche mit Frauen führst, die du nicht bumst. Du musstest eins mit ihr lang genug geführt haben, um herauszufinden, wie ihr Bruder hieß.«

»Ich habe der Band ausgeholfen. Sie sind am Ende.«

»Oder hast du dir selbst ausgeholfen?«

Dodge holte tief Luft. »Tiefschlag, Sig.«

»Ich sags, wie ich es sehe. Ich frage dich jetzt, und ich erwarte die verdammte Wahrheit. Hast du meine Schwester gevögelt?«

Fuck. Die Wahrheit war, dass Dodge wusste, dass es früher oder später herauskommen würde. Vor allem, wenn Syn jemals wieder in Manning Grove auftauchen würde. »Wann hast du das letzte Mal etwas für sie getan? Abgesehen davon, dass du sie aus deinem Wohnwagen herausgeschmuggelt und einer anderen Familie gegeben hast, was zur Hölle hast du für sie getan?« Dodge hob eine Handfläche. »Oh, warte, du hast ihr ein Handy gekauft und dann aufgehört, sie anzurufen und ihr zu schreiben.«

Sig runzelte die Stirn. »Das hat sie dir erzählt?«

»Ja.«

»War das bevor oder nachdem sie dir diese verdammten Kratzer verpasst hat?«

»Das kannst du sie fragen, und auch, warum sie dich gebraucht hat.«

»Ich kann sie nicht fragen, wenn ich keine Möglichkeit habe, sie zu kontaktieren, du Arschloch.«

»Und wenn wir nicht miteinander geredet hätten, hättest du nie gewusst, wo zum Teufel sie ist, *Arschloch*. Vielleicht solltest du mir für diese verdammten Kratzer danken. Jetzt weißt du wenigstens, dass deine verdammte Schwester noch lebt. Ganz zu schweigen davon, dass sie daran interessiert ist, dich, ihr Arschloch von einem Bruder, zu finden. Vielleicht *wäre* es besser für sie, wenn sie nicht wüsste, wo du bist.«

»Verdammt!«, Trip schrie. »Genug. Ihr seid beide im verdammten Unrecht hier. Der Unterschied ist, Sig, du wusstest, dass du eine Schwester hast und hast es uns verheimlicht, während Dodge ... eine ... Diskussion mit ihr hatte, bei der es darum ging ... ein paar Stellen zu kratzen.« Er zog eine Grimasse und strich sich mit der Hand über den Bart. »So weit wäre es sicher nicht gekommen, wenn er gewusst hätte, dass Syn deine Schwester ist.«

»Glaubst du, er hätte sie aus seinem Bett geworfen, sobald er es gewusst hätte?«, fragte Sig, wobei jedes Wort wie brodelnde Lava klang. »Hast du ihr gleich gesagt, wo ich bin, als sie meinen Namen sagte?«

»Nein, denn ich wollte es erst mit dir besprechen. Meine Brüder haben Vorrang vor irgendeiner ...« Er atmete aus und war froh, dass er sich selbst stoppen konnte, bevor es ihm herausrutschte. »Frau. Und ich wollte nicht annehmen, dass du ihr Bruder bist. Ich dachte, es wäre klüger, zuerst mit dir zu reden. Jetzt bereue ich es verdammt noch mal. Genauso wie du, weil du sie nie angerufen oder ihr eine SMS geschickt hast.« Diesmal hat er es geschafft, das »Arschloch« wegzulassen. Gerade noch so.

»Mein verdammtes Handy ist verloren gegangen, als ich mal wieder gesessen hab. Ich habe es nie wieder gesehen. Ich hatte mir die Nummer nicht gemerkt. Oder irgendeine verdammte Nummer. Als ich rauskam, ging ich zu der Adresse der Familie, die sie aufgenommen hatte. Sie war nicht mehr da. Sie war nicht mehr auf der gleichen Schule. Damals dachte ich, es sei das Beste, denn ich war so zugedröhnt von Drogen und hatte so viel getrunken, dass ich mehr weggetreten war, als dass ich bei Bewusstsein war. Jetzt weißt du also, warum ich sie aus den Augen verloren habe. Also fick dich«, knurrte er. »Ich sollte, das niemandem außer ihr erklären müssen. Jetzt bekomme ich vielleicht nicht mal mehr diese Chance, du verdammtes Arschloch.«

Er hatte recht. Die einzige Person, der er es wirklich erklären musste, war seine Schwester. Sig war niemandem sonst eine Erklärung schuldig. »Ich sagte, ich habe versucht, ihre Nummer zu bekommen.«

»Du hättest sie nicht gehen lassen dürfen!«, schrie Sig, sein Gesicht war blutrot angelaufen.

Die Tür flog auf und Autumn stürmte herein, ihr Gesicht bleich wie ein Geist. Ihre großen haselnussbraunen Augen fielen auf Sig. Sie stürzte zu ihm hinüber, nahm sein Gesicht in die Hände und zog seinen Kopf nach unten, sodass sich ihre Augen trafen. »Was ist hier los?« Als Sig nichts sagte, beharrte Red: »Sig, sag mir, was los ist. Ich habe dich unten bei all dem anderen Lärm gehört.«

Das Blut und die Hitze wichen aus Sigs Gesicht, sodass es wieder seine normale Farbe annahm, als er seine Old Lady anstarrte. Aber seine Brust war immer noch schwer und ein

Muskel in seiner Wange zuckte, weil er die Zähne so fest zusammengebissen hatte.

Ohne sein Gesicht loszulassen, blickte sie zu Trip hinüber. »Was ist hier los? Kann mir das jemand sagen?«

Ihre Panik wurde immer größer. Wie Sig litt auch sie unter einer schweren posttraumatischen Belastungsstörung, weil sie so viel Scheiße durchgemacht hatte. Wenn sie in eine Panikattacke geriet oder komplett abschaltete, wie sie es manchmal tat, würde das Sig nur noch mehr aus der Fassung bringen.

Dem Teufel sei Dank bemerkte Sig das in seiner blinden Wut auch. Er drückte einen Augenblick lang die Augen zu. Als er sie öffnete, zog er Red an sich und schloss sie fest in seine Arme. Seine Wange drückte gegen ihr feuerrotes Haar und er atmete einen weiteren Augenblick lang einfach nur.

Von Sekunde zu Sekunde entspannte er sich sichtlich. Aber es war Trip, der sprach.

»Syn war in der Stadt. Dodge wusste nicht, wer sie für ihn war, also hat er sie gehen lassen. Wir haben im Moment keine Möglichkeit, mit ihr in Kontakt zu treten, um ihr zu sagen, dass Sig hier ist.«

Red nickte Trip zum Dank zu, hielt sich aber weiterhin an ihrem Old Man fest.

Dodge schaute sich erstaunt an, wie sich ihre Atmung synchronisierte. Er hatte keinen Zweifel daran, dass dies auch für ihre Herzschläge galt. Es war wild und er würde es nicht glauben, wenn er es nicht selbst gesehen hätte.

Red drehte ihren Kopf zu Dodge. »Du wusstest es nicht?«

»Ich war mir nicht sicher … bis jetzt. Mein verdammter Fehler.«

»Nein, er hat sie gefickt und wollte nicht, dass ich das weiß.«

»Das ist nicht der Grund, Sig. Wenn ich wüsste, dass sie deine Schwester ist, warum zum Teufel sollte ich dich dann fragen, ob sie deine Schwester ist? Ich hätte sie einfach gehen lassen und kein verdammtes Wort gesagt. Gott. Ich habe diese

Scheiße so satt. Soll ich sagen, dass ich es versaut habe?« Dodge zuckte mit den Schultern. »Dann ist es eben so, dass ich es versaut habe. Mein Fehler. Ich nehme die ganze Schuld auf mich. Aber ich werde mich nicht dafür entschuldigen, dass ich deine Schwester gevögelt habe, weil ich damals nicht wusste, dass sie deine Schwester ist. Und wenn du mir das nicht glaubst, dann ... Fick dich.«

Trip schloss seine Augen und stieß einen lauten Seufzer aus.

»Sie ist ein verdammtes Kind.«

»Sie ist alles andere als ein verdammtes Kind, Sig. So *siehst* du sie, weil du sie aus den Augen verloren hast, als sie klein war. Aber sie ist dreiundzwanzig Jahre alt und nur zwei Jahre jünger als Red, als du sie kennengelernt hast. Als ich das letzte Mal nachgesehen habe, war sie volljährig und alt genug, um selbst zu entscheiden, in wessen Bett sie landet.«

»Okay«, mischte sich Trip schnell ein. »Können wir das Gerede über Betten und ... und was in Betten passiert, jetzt vermeiden?«

»Was wäre, wenn es Tessa wäre?«, fragte Sig ihn.

»Glaubst du, Tessa ist eine Jungfrau und fickt nicht?«, schoss Trip zurück. »Ich bin kein Dummkopf und du auch nicht.«

»Du hättest also kein Problem damit, wenn Dodge Tessa fickt?«

Dodge schaute sich Trips Gesicht an, aber irgendwie schaffte es der Mann, sich herauszureden: »Er müsste erst an mich herantreten und meine Zustimmung einholen, aber ... Das ist nicht dasselbe.«

»Fast das Gleiche«, brummte Sig.

»Schatz, du kannst dem Mann nicht vorwerfen, dass er es nicht wusste.«

Endlich eine Stimme der Vernunft. Dodge hatte recht. Red hätte von Anfang an in dieses Gespräch einbezogen werden sollen. Das hätte die Explosionen vielleicht auf ein Minimum reduziert.

Sigs Nasenflügel blähten sich, als er zu Red hinunterblickte. Nachdem sie scheinbar unausgesprochene Worte ausgetauscht hatten, nickte der Vice-President schließlich.

Doch als er sagte: »Aber jetzt weiß er es«, wusste Dodge genau, was das bedeutete.

Und das würde Dodge nicht gefallen.

Wenn in Zukunft irgendetwas zwischen ihm und Syn passieren würde, wäre das Syns Sache. Nicht Sigs.

Wenn Sig ein Problem damit hatte, dann konnte er es mit Syn klären. Aber als Bruder, der seit über einem Jahrzehnt nichts mehr mit seiner Schwester zu tun hatte, hatte er kein Recht, sie zu kontrollieren.

Dodge bezweifelte ohnehin, dass Syn das zulassen würde. Er unterdrückte sein Grinsen bei dem Gedanken, dass Sig es versuchte.

Dem Teufel sei Dank hatten Sig und Trip ihr Temperament von ihrem Vater geerbt und Syn stammte nicht von Bucks Lenden ab.

»Ich habe sie gebeten, zurückzukommen, und ich würde ihre Band regelmäßig im Pete's auftreten lassen. Hoffen wir, dass sie darauf anspringt. Ich weiß, dass sie sich auf den Weg in den Süden machen, um milderes Wetter zu genießen, denn dieses Stück Scheiße auf Rädern ist genau das: ein Stück Scheiße. Es ist eine Sache, eine Band damit von einem Ort zum anderen zu transportieren. Es ist eine andere, wenn sie alle darin wohnen.«

»Du warst da drin?«, fragte Sig.

Dodge nickte. »Ja. Das ist nicht ideal.«

»Tja, dann warten wir jetzt ab und hoffen verdammt noch mal, dass sie Dodge kontaktiert«, verkündete Trip und hörte sich an, als wäre er mit diesem Gespräch erst einmal fertig.

Stimmt. Es gab nichts, was sie tun konnten, bis The Synners entweder in die Stadt zurückkamen oder Syn sich bei ihm meldete. »Das könnte bis zum Frühjahr dauern«, warnte er sie. Aber er hoffte, dass sie nicht so lange warten würde.

»Besser als gar nichts«, sagte Trip seufzend. Er zog seine Baseballkappe ab und rieb sich die gerunzelte Stirn.

»Sind sie gut?«, fragte Sig Dodge.

Es schien, als wäre der Grad seiner Verärgerung von hundert auf zehn gesunken. Dem Teufel sei Dank für Red.

»Die Wahrheit? Sie ist eine der besten, die ich je gehört habe, Bruder. Die Band, nicht so sehr. Mit dem richtigen Manager könnte sie es weit bringen, aber ich habe ihr gesagt, dass sie den Rest von ihnen abwimmeln muss.«

»Würde sie das?«

»Da, wo sie jetzt sind? Nein. Diese drei Jungs sind ihr gegenüber verdammt loyal. Und abgesehen von dem beschissenen Schulbus, in dem sie leben und reisen, ist das alles, was sie hat.«

»Was zum Teufel«, murmelte Sig. »Ich habe sie einer Familie gegeben, von der ich dachte, sie würde ihr ein besseres Leben bieten. Jetzt lebt sie in einer Blechdose mit drei Männern, die um ihr Überleben kämpfen.«

Dodge wollte ihn fragen, wie gut er diese Familie kannte oder wie viel er über sie recherchiert hatte, bevor er ihr ein Kind übergab, aber er wusste, dass das wie eine Bombe einschlagen würde. Eine Bombe, die ihn zerschmettern könnte.

Er würde es gerne vermeiden, Sig wieder zu verärgern, wenn möglich.

»Ja, ich weiß keine Details über diese Familie. Sie hat sie nicht verraten, aber ich denke, deine gute Tat ging nach hinten los.«

Sig schloss seine Augen und wandte sich ab. »Ich hätte mich mehr anstrengen sollen, sie aufzuspüren.«

»Wann?«, fragte Trip scharf. »Wann warst du verdammt noch mal lange genug aus dem Gefängnis, um ihr zu helfen?«

Sig drehte sich um und knurrte: »Diese letzten drei verdammten Jahre. Ich dachte, sie hätte ein schönes Leben und bräuchte nicht, dass ein gottverdammter Versager wie ich ihr das Leben versaut.«

Trip neigte den Kopf und sah seinen Bruder einen langen Augenblick lang an. »Das hätte sie selbst entscheiden sollen, Sig«, sagte er schließlich etwas leiser. Er kratzte sich im Nacken. »Na gut. Im Moment können wir nichts mehr tun, bis sie Dodge kontaktiert.«

»Wir können eine Online-Suche durchführen, um zu sehen, ob der Name der Band auf irgendeiner Veranstaltungsort-Website auftaucht.«

Alle drei Augenpaare richteten sich auf Red.

Trip schloss seine Augen und schüttelte den Kopf. »Wir sind blöde Wichser. Das ist alles, was ich dazu sagen kann, außer dem Teufel sei Dank für unsere Frauen, die schlauer sind als wir.«

Dodge brüllte ein Lachen heraus. »Dann stecke ich in großen Schwierigkeiten, denn ich habe keine Frau, die mir diese zusätzliche Intelligenz gibt. Ich schätze, ich werde einfach verdammt dumm bleiben.«

Sigs Lippen zuckten, als er Red wieder an sich zog und seine Lippen auf ihre Schläfe presste. »Du bist so verdammt schlau, Baby. Ich weiß nicht, wie ihr es aushaltet, in der Nähe einer Horde von dummen Wichsern wie uns zu sein.«

Sie zuckte mit den Schultern und lächelte ihn an. »Es ist ein Kampf, aber wir schaffen es.« Sie streichelte seine drahtige Kieferpartie.

»Wir sind nicht würdig«, murmelte Sig.

»Ihr seid es, nur auf andere Weise.« Sie grinste leicht. »Hier oben ist die Atmosphäre viel zu schwer. Lasst uns nach unten gehen und zwei weitere frisch gepatchte Mitglieder feiern. Zwei mehr auf dem Weg zu deinem Ziel, Trip.«

»Das sind sie. Das schafft auch Platz für weitere Prospects.«

»Wir müssen nur noch welche finden«, fügte Sig hinzu, ließ Red los und verschränkte stattdessen ihre Hände.

Trip nickte und ging auf die Tür zu. Bevor er sie öffnete, hielt er inne und legte die Hand auf den Knauf. Er blickte über seine Schulter zu seinem Bruder.»Wir werden sie finden. Wenn wir sie gefunden haben, werden wir uns um sie kümmern.«

Nachdem Sig genickt hatte, öffnete Trip die Tür und verschwand durch sie.

Er drehte sich zu Dodge um.»Wir reden später.«

Red zupfte sanft an seiner Kutte.»Nicht heute Abend.« Sie blickte Dodge an.

Er hob anerkennend das Kinn.

Sie drehte sich zur Tür und zog Sig hinter sich her.»Lass uns gehen. Ich verpasse den ganzen Tratsch und auch das Kuscheln mit Dane und Dyna.«

»Das geht nicht«, brummte Sig, als sie verschwanden.

Dodge wartete, bis ihre Schritte verklungen waren, dann folgte er ihnen.

Er würde heute Abend, wenn er wieder in seiner Wohnung war, den Laptop der Bar auspacken und auf Google gehen.

Er hoffte nur, dass die nächsten Bars oder Kneipen, in denen The Synners spielten, eine ähnliche Website hatten wie die, die Ozzys Old Lady Shay für das Crazy Pete's erstellt hatte. Die meisten Kneipen hatten keine.

Dodge befürchtete, dass The Synners nur in solchen Lokalen um einen Platz betteln konnten.

Und das auch nur für verdammtes Trinkgeld.

Trips Worte füllten erneut seinen Kopf.»*Wir werden sie finden. Und wenn wir sie gefunden haben, kümmern wir uns um sie.*«

Dodge schnaubte. Syn wollte wahrscheinlich nicht, dass man sich um sie kümmert.

Am Ende hatte sie vielleicht keine andere Wahl.

Für Trip war Familie Familie.

Punkt.

16

Syn wälzte sich auf der Couch, die sich in ein ausziehbares Bett verwandeln ließ, hin und her.

Normalerweise schlief sie unruhig, weil das ›Bett‹ beschissen war. Das war heute Abend nicht der Fall. Oder heute Morgen. Oder wie spät es auch immer war.

Das Schnarchen der Jungs erfüllte den Schulbus. Rex schlief in seiner Liege über dem Fahrersitz. Eddie und Nico teilten sich den Raum und das Doppelbett im Heck. Manchmal zwangen sie Rex, mit ihnen zu tauschen, weil sie vom gemeinsamen Schlafen krank wurden.

Syn bot sich an, mit ihnen zu tauschen, aber keiner der Jungs wollte sie lassen. Es gab nicht viele Leute, denen sie vertraute, aber diese drei standen ganz oben auf der Liste. Eigentlich war die Liste so kurz, dass sie nur ihnen vertraut hatte.

Bis vor Kurzem.

Ihr Bauchgefühl sagte ihr, dass sie Dodge vertrauen konnte.

Und wenn sie jemals ihren Bruder finden würde, hoffte sie, dass sie auch Sig vertrauen konnte. Leider hatte sie keine Ahnung, wie er war. Das letzte Mal, dass sie mit ihm gesprochen hatte, war kurz bevor …

Kurz bevor sich alles änderte.

Sie atmete tief ein und drückte die Augen zu. Nicht, um zu vergessen, sondern um sich daran zu erinnern, warum sie sich so anstrengte, warum sie weitermachte, auch wenn es sich anfühlte, als käme sie nicht weiter.

Warum sie auf einer Tretmühle lief, die nie aufhörte, sich zu bewegen.

Sie würde weitermachen, bis sie nicht mehr weitermachen könnte.

Sie würde kämpfen, bis sie tot und begraben war.

Sie würde niemals aufgeben.

Sie hoffte, dass Sig, wenn sie ihn finden würde, ihr irgendwie helfen könnte.

Sie hoffte nur, dass er keine Enttäuschung sein würde. Davon hatte sie schon zu viele erlebt.

Das Telefon, das er ihr geschenkt hatte, ist sie nie losgeworden. Es lag immer noch irgendwo unten in ihrer Reisetasche vergraben. Es war seit Jahren nicht mehr aufgeladen worden und war veraltet. Trotzdem konnte sie es nicht loswerden.

Es mochte zwar nutzlos sein, aber für sie war es der einzige Faden, der sie und ihren Bruder verband. Wenn sie es wegwerfen würde, hätte sie nichts mehr von dieser Verbindung. Alle Hoffnung wäre dahin. Also klammerte sie sich daran, so wie sie sich an ihre Hoffnung klammerte.

Sie war nicht zu stolz, ihn um Hilfe zu bitten. Nicht, wenn es um die Hilfe ging, die sie brauchte und um den Grund, warum sie sie brauchte. Wenn er es nicht konnte, hatte sie keine Ahnung, was sie als Nächstes tun sollte.

Sie hatte alles andere ausgeschöpft, bis zu dem Punkt, an dem sie sich machtlos und hilflos fühlte.

Sie wollte nicht darüber nachdenken. Sie konnte nicht darüber nachdenken. Sonst würde sie in ein dunkles Loch gesogen werden und es würde ihr schwerfallen, wieder herauszuklettern.

Ihr Daumen rieb gedankenlos über den Bildschirm ihres aktuellen Handys hin und her. Sie hatte es mit ins Bett genommen, weil sie heute Abend schon zu oft an Dodge gedacht hatte. Jedes Mal war sie in Versuchung, ihm eine SMS zu schreiben. Das war eine schlechte Idee.

Er bot ihnen einen regelmäßigen Gig an. Für jede andere Band wäre das vielleicht keine große Sache, aber für sie konnte es einen regelmäßigen Geldzufluss bedeuten. Zumindest einmal im Monat oder so oft, wie er The Synners auf den Spielplan setzen wollte.

Es würde vielleicht nicht zum Leben reichen und auch nicht für das, was sie brauchte, aber es wäre besser als nichts.

Heute Abend waren sie verzweifelt genug, um einen Park zu finden, ihre Ausrüstung aufzubauen und ein ›Open-Air‹-Konzert ohne Verstärker oder gar Strom zu spielen. Das bedeutete, dass sie sich auf die Kraft ihrer Stimme, Eddies Schlagzeugspiel und ihre Akustikgitarren verlassen mussten, um ein Publikum anzulocken.

Die Andrang war zwar enttäuschend, aber sie bekamen genug Geld in ihre Trinkgeldkasse, um eine warme Mahlzeit zu kaufen und den Tank aufzufüllen.

Das war natürlich, bevor die Polizei auftauchte und ihnen drohte, sie zu verhaften, wenn sie ihr Konzert nicht wegen einer fehlenden Genehmigung abbrächen. Offenbar hatten sie das, was The Synners taten, mit Betteln gleichgesetzt.

Was auch immer.

Wenn sie wüsste, dass es ihr helfen würde, ihre Träume aufzugeben und einen normalen Job anzunehmen, dann würde sie es tun. In der Vergangenheit hatte es jedoch nicht funktioniert, da sie außer ihrem musikalischen Talent keine vermarktbaren Fähigkeiten hatte. Also musste sie hoffen, dass sich diese Talente eines Tages auszahlen würden.

Sie wünschte sich nur, dass dieser Tag bald kommen würde. Bevor es zu spät war.

Sie hörte auf, mit dem Daumen über den glatten Bildschirm zu streichen und zog ihr Handy unter der Decke hervor. Sie hielt es vor ihr Gesicht, drückte auf die Seitentaste, um es einzuschalten, und blinzelte, als das helle Licht in ihre Augen fiel.

Sobald Rex den Schulbus am letzten Samstagmorgen vom Crazy Pete's weggefahren hatte, hatte sie sowohl die Direktnummer der Bar als auch Dodges Handynummer in ihr Telefon eingegeben. Dann steckte sie die Karte in ihren Rucksack, nur für den Fall, dass ihrem Handy etwas zustoßen würde.

Sie blickte auf die Uhr. Es war spät, aber das war nicht der Grund, warum sie ihm keine SMS mehr schreiben sollte. Es lag daran, dass sie nicht aufhören konnte, an ihn zu denken.

Sie konnte nicht aufhören, daran zu denken, was er mit ihr auf dem Billardtisch gemacht hatte. Oder in seinem Bett.

Wenn sie ihre Augen schloss, sah sie sein Gesicht.

Wenn sie ihre Augen schloss, spürte sie seine Berührung.

Wenn sie ihre Augen schloss, erinnerte sie sich an seinen Duft.

An seine Stimme.

An den Geschmack seiner Zunge auf ihrer.

An den Druck seiner Lippen auf ihren.

Wie ihr Körper unter seinem bebte.

Sie konnte nicht aufhören, an ihn zu denken, sosehr sie es auch versuchte.

Das beunruhigte sie und machte sie wütend zugleich.

Sie hatte eine Nacht mit ihm.

Eine.

Eine Nacht sollte nichts bedeuten. Die Leute hatten ständig One-Night-Stands. *Verdammt*, wie viele ›Quickies‹ hatte sie schon auf den Toiletten und in den hinteren Lagerräumen von Lokalen gesehen, in denen The Synners gespielt hatten? Sie selbst hatte keine Quickies oder One-Night-Stands, aber andere

Leute taten das, und sie bezweifelte, dass sie von der Person, die sie fickten, besessen waren.

Für diese Leute war es eine Transaktion, kein Kauf.

Vielleicht war ihre unerwartete Besessenheit darauf zurückzuführen, dass ihr müdes Gehirn nicht richtig funktionierte.

Ihr Finger schwebte über der App für ihre Kontakte.

Sie sollte ihn in Ruhe lassen und ihn vergessen.

Sie sollte ihn vergessen. Sie brauchte keine Ablenkung.

Das brauchte sie nicht.

Tu es nicht. Tu es nicht, Syn.

Wenn du ihn kontaktierst, gibst du ihm Macht.

Er wird wissen, dass er in deinen Gedanken ist. Er wird wissen, dass du nicht aufhören kannst, an ihn zu denken.

Sie legte das Telefon auf ihre Brust, bis der Bildschirm dunkel wurde.

Sie starrte auf das Dach des Busses, hörte das Schnarchen und stieß ein langes, frustriertes Stöhnen aus.

Sie schnappte sich das Telefon und der Bildschirm leuchtete wieder auf.

Bevor sie sich stoppen konnte, öffnete sie ihre Kontakte-App und fand seine Nummer. Schnell tippte sie eine SMS und drückte auf *Senden*, bevor sie in Versuchung kam, sich selbst zu stoppen.

Ihre Nachricht war einfach. *Danke, dass du uns eine Chance gegeben hast.*

Schnell fügte sie noch hinzu: *Danke für die Heizkörper.*

»Fuck«, flüsterte sie, schaltete den Bildschirm aus und knallte das Handy mit dem Gesicht nach unten auf ihre Brust.

Es *war* schon spät. Wahrscheinlich würde er die Nachrichten sowieso nicht vor morgen früh bekommen.

Sie sollte ihr Telefon ausschalten. Um den Akku zu schonen. Um ihm nicht noch mehr SMS zu schreiben.

Plötzlich wurden ihre Augen groß und ihr Puls raste.

Er hatte jetzt ihre Telefonnummer.

Oh Scheiße. Das war ein großer Fehler.

Oder war es überhaupt ein Fehler?

DODGE STARRTE AUF SEIN HANDY, während er seine Finger von seinem Ständer löste. Die beiden SMS, die kamen, verdeckten das Foto von Syn. Das Foto, auf das er zufällig starrte, während er ein wenig Selbsthilfe zum Stressabbau betrieb.

Sollte er sich schuldig fühlen, weil er ihr Bild verwendet hat? Wahrscheinlich.

Tat er das? Fuck, nein.

Die letzte Runde im Erdgeschoss war vor über einer Stunde gewesen. Micah und der neu benannte Dozer hatten Feierabend gemacht und die Bar war leer. Alles war ruhig. Es war die perfekte Zeit, um sich zu entspannen und abzuschalten, damit er einschlafen konnte.

Er wollte nicht daran denken, wie oft er heute Abend bei der Arbeit sein Handy herausgezogen und eines ihrer Fotos betrachtet hatte. Er wollte auch nicht daran denken, wie oft er das seit letztem Samstag getan hatte.

Zu oft, um es zu zählen.

Das Problem war nur, dass er sie nicht aus seinem Kopf bekam, um überhaupt daran zu denken, jemand anderen zu ficken.

Sie lebte mietfrei in seinem verdammten Kopf. Er sollte sie rausschmeißen.

Aber ihre SMS bewies, dass er auch in ihrem lebte.

Sein Mund verzog sich an einer Seite nach oben und er kratzte sich am Bart, während er erneut über ihre SMS nach-dachte. Hatte sie überhaupt gemerkt, dass er jetzt ihre Nummer besaß, weil sie ihm eine SMS geschickt hatte?

Hatte sie das absichtlich getan?

Wenigstens hatte Sig jetzt eine Möglichkeit, sie zu kontak-tieren. Dodge hatte den Mann seit letztem Sonntag nicht mehr gesehen, aber der Vice-President schrieb ihm immer wieder SMS, um zu fragen, ob Dodge etwas von seiner Schwester gehört hatte.

Als ob Dodge es ihm nicht sagen würde, wenn es so wäre. Das würde er weder Sig noch Syn antun.

Aber zuerst musste er Syn vorwarnen. Das wäre doch nur klug, oder?

Ja, natürlich. Es gab ihm auch die perfekte Ausrede, um ihre rauchige Stimme wieder in seinem Ohr zu hören. Wenn sie den Hörer abnehmen würde, anstatt ihn direkt auf die Mailbox zu schicken.

Wahrscheinlich war sie jemand, der Anrufe hasste und SMS bevorzugte. Verdammt, schade.

Er drückte auf das Telefonsymbol in ihrem Text und war verdammt geschockt, als der Anruf ankam. Ein geflüstertes »Hey« drang an sein Ohr.

Das beste verdammte »Hey«, das er je gehört hatte. Es erfüllte ihn mit einem Gefühl, das er noch nie gefühlt hatte und das er sicher nicht identifizieren wollte.

Das führte auch dazu, dass sich seine Erektion anspannte und ihn daran erinnerte, dass er sie unhöflicherweise vergessen hatte.

Gott. Er hatte nur eine Nacht mit ihr geschlafen. Seine Reaktion auf sie war nicht normal.

Nichts davon war es.

»Du musst mir nicht noch einmal danken.«

»Das muss ich nicht. Aber eine der Heizungen ist gerade angegangen und das hat mich an dich erinnert.«

Er räusperte die spätabendliche Heiserkeit aus seiner Kehle. »Soll ich beleidigt sein, weil du dich nur wegen der Heizung an mich erinnerst und nicht wegen sonst irgendetwas?«

»Sie hat mich gewärmt, also hat sie mich an dich erinnert.«

Konnte er ein echtes Lächeln in ihrer kehligen Stimme hören? Oder bildete er es sich nur ein?

Wie auch immer, ihr Geständnis brachte ihn zum Grinsen. »Ich fasse es dann als Kompliment auf.«

Es gab eine Pause und er konnte ihr leises Atmen hören. Er konnte aber auch jemanden schnarchen hören. Das erinnerte ihn daran, dass sie sich gerade einen engen Raum mit drei verdammten Männern teilte.

Darüber freute er sich genauso, wie Sig es getan hatte.

»Warum hast du mich angerufen?«, flüsterte sie, wahrscheinlich um ihre Bandkollegen nicht zu wecken.

»Ich wollte deine Stimme in meinem Ohr hören. Wie deine Heizungen wärmt sie mich.« Er starrte an die Decke und schob seine Hand wieder in seine Boxershorts, wo er seine Eier umfasste und sie leicht drückte. »Wo bist du?«

»Im Bett.«

Dodge lachte, denn sie war schon wieder schwierig. »Du weißt, was ich meinte.«

»In Virginia.«

Jedes Mal, wenn sie sich wie eine Göre aufführte, hatte er das Bedürfnis, ihr den Hintern zu versohlen, aber er war sich nicht sicher, ob sie darauf eingehen würde. Er war sich nur sicher, dass er es gerne herausfinden würde. Er hoffte, dass er diese Gelegenheit bekommen würde. »Wie schnell kannst du wieder hier sein?«

Wieder ein Zögern, dann: »Ich habe uns einen Gig in Richmond besorgt. Wenn ich danach hier in der Gegend nichts mehr finde, fahren wir weiter nach Süden.«

Das konnte nicht gut gehen. »Wann ist euer Gig?«

»Morgen Abend.«

»Nach deinem Auftritt musst du zurück in den Norden kommen.« Er achtete darauf, dass sein Tonfall nicht nach einem Vorschlag klang. Das sollte keine Diskussion werden.

Erneutes Schweigen antwortete ihm.

Nach ein paar Augenblicken nahm er das Telefon weg, um sicherzugehen, dass sie nicht aufgelegt hatte. Er drückte den

Hörer wieder an sein Ohr und wenn er genau hinhörte, konnte er das Schnarchen wieder hören. »Ich habe etwas Besseres für dich als diese Heizungen.«

Ein leises Schnauben drang an sein Ohr.

»Das nicht.« Er ließ seine Finger an seinem harten Glied auf und ab gleiten. Er tupfte einen Tropfen Sperma von der Spitze ab. »Okay, ich will nicht lügen ... Das vielleicht auch. Aber nein, es ist nicht meine Karotte, mit der ich dich locke, damit du zurückkommst.« *Zu mir und mein Bett*, fügte er leise hinzu.

»Ich hasse Karotten.«

»Vielleicht hasst du diese nicht.«

»Wie wäre es, wenn du es mir einfach sagst, anstatt dieses Spiel zu spielen.«

»Ich spiele kein Spiel, Syn. Ich spiele keine verdammten Spiele. Spiele sind was für Jungs. Es ist schon lange her, dass ich ein Junge war.«

»Dann erzähl mir von dieser goldenen Karotte.«

Sie war alles andere als golden. Sie war sogar angeschlagen und verbeult. »Dein Bruder.«

Schweigen erfüllte die Hunderte von Meilen zwischen ihnen, dann flüsterte sie: »Sig?«

»Ja. Nun, ich habe ihn nicht wirklich gefunden. Ich habe eher herausgefunden, wer er war ... oder ist.« Er schürzte die Lippen für eine Sekunde. »Er ist auch mein Bruder.«

»Was?«, platzte es aus ihr heraus. Wahrscheinlich laut genug, um ihre Bandkollegen zu wecken.

Dodge zuckte bei dieser möglicherweise falschen Annahme zusammen. »Club-Bruder«, korrigierte er sich schnell.

»Er ist ... Wie lange ist er schon dein Clubbruder?«

»Seit ungefähr drei Jahren oder so.«

Plötzlich klang das Telefon dumpf und er konnte nicht herausfinden, was sie tat. »Syn?« Keine Antwort. »Yo. Syn!«

Was zum Teufel?

Die Hintergrundgeräusche änderten sich. Er konnte jetzt

sogar den Verkehr durch das Telefon hören. »Syn!«, rief er.

»Ich bin hier«, zischte sie. »Ich musste nach draußen gehen. Ich versuche, nicht auszuflippen.«

»Weil du aufgeregt bist?«

»Nein, weil du meinen Bruder kennst und mir nichts gesagt hast, als ich ihn erwähnt habe.«

»Ich war mir nicht sicher ...«

»Wie viele verdammte Leute haben diesen Vornamen?«, brüllte sie ins Telefon.

Wenn es ihm nicht in den Fingern juckte, wenn sie ihn anschrie, dann wusste er nicht, was es war. Er blieb ruhig und antwortete: »Das weiß ich nicht, aber es muss mehr als einer sein.«

Sie knurrte. Das sollte eigentlich nicht sexy sein, *aber verdammt*, das war es. »Er war genau dort in Manning Grove und wir sind gegangen?«

Fuck. So viel dazu, dass er erwartet hatte, sie würde sich freuen, ihren Bruder zu finden. Andererseits hätte er wissen müssen, dass sie kein typischer Sonnenschein war. Ihre Persönlichkeit erinnerte ihn eher an eine stürmische Winternacht als an einen klaren Sommertag.

»Lass mich dir etwas erklären, bevor ich bereue, dir gesagt zu haben, wo dein Bruder ist ... Hör gut zu. Meine erste Loyalität gilt meiner Bruderschaft. Ich hatte keine Ahnung, dass mein Bruder derselbe ist wie deiner. Du wusstest seinen Nachnamen nicht, und ich habe einen Scheißdreck gewusst. Also wollte ich ihn erst fragen, um sicherzugehen. Wenn du das nicht für vernünftig hältst ...« Er saugte an seinen Zähnen und zog seine Hand aus seiner Boxershorts, da er seinen Ständer verloren hatte. »Weißt du was? Es ist mir scheißegal, ob du das für vernünftig hältst oder nicht. Ich wollte dir keine falschen Hoffnungen machen, falls es nicht ein und derselbe ist. Ich habe dich nach deiner Nummer gefragt und du hast dich geweigert, sie mir zu geben.«

»Warum zum Teufel hast du mir nicht gesagt, dass du sie deshalb wolltest?«

»Weil es nicht der einzige Grund war. Es war vielleicht ein Teil des Grundes, aber nicht der ganze verdammte Grund.«

Die Luft zischte aus ihr heraus. »Was war der Rest?«

»Du bist schon wieder schwierig, weil du die verdammten Gründe weißt. Ich sollte sie dir nicht buchstabieren müssen.«

»Weil du mich wieder ficken willst.«

Das wollte er nicht leugnen. »Und was ist der andere Grund?«

»Willst du wirklich, dass wir wieder im Pete's spielen?« Diese Frage kam etwas leiser heraus. »Ich dachte, das wäre nur eine Ausrede.«

»Ja, Syn, das will ich. Ich denke, es wäre gut für The Synners und auch für die Bar.«

Als sie ausatmete, drang es an sein Ohr und versetzte ihn für eine Sekunde zurück in die letzte Freitagnacht und den frühen Samstagmorgen.

Sein Schwanz zuckte, als er sich daran erinnerte, wie heiß und eng sie gewesen war und wie sehr sie es genossen hatte. Er wünschte sich, sie wäre jetzt wieder in seinem Bett. Seine Faust war ein schlechter Ersatz. Wenn er erst einmal mit ihr telefoniert hatte, musste er vielleicht wieder seine Jelly Pocket Sleeve ausgraben.

Er räusperte sich. »Ich möchte, dass du zurückkommst.« Das war kein Vorschlag, aber es war auch keine Forderung. Jedenfalls noch nicht.

»Was hat mein Bruder gesagt?«

Fuck, der hat ganz schön viel Scheiße erzählt. »Er war sauer, dass ich deine Nummer nicht bekommen habe.«

»Er will wieder Kontakt aufnehmen?«

Er konnte die Hoffnung hören, die in ihren Worten mitschwang. »Ja, Syn, er will wieder Kontakt aufnehmen. Er hat gesagt, dass er dich aus den Augen verloren hat, als er das eine

Mal in den Knast musste und sein Telefon verloren ging. Er hatte sich deine Nummer nicht gemerkt.«

Ein seltsames, gedämpftes Geräusch kam durch das Telefon.

»Ich bin sicher, er hat sich selbst ein paar Mal in den Hintern getreten, weil er deine Nummer verloren hat. Noch wichtiger ist, weil er dich nicht mehr finden konnte. Er sagte, er sei zum Haus deiner Familie gefahren, um dich zu suchen, aber du warst weg.«

»Ich habe dir gesagt, dass wir umgezogen sind. Wir sind umgezogen ...« Ihre Stimme war angestrengt und schwerfällig geworden.

Dodge drückte seine Augen zu und presste das Telefon fester in seine Finger, als er es hörte.

Ein gedämpfter Schluckauf-Schluchzer.

Verdammt noch mal, wollte sie etwa durchdrehen?

»Du solltest dich freuen, nicht weinen, Baby«, sagte er leiser und hoffte, dass sie sich zusammenreißen würde. »Das ist eine gute Sache, dachte ich. Ja?«

Sie räusperte sich und er hörte ein Schniefen. »Ich weiß nicht, was ich fühle. Ich ... Ich bin irgendwie erleichtert, aber ich bin habe ...«

Er wartete. Als sie zu lange zögerte, drängte er: »Du hast?«

»Angst.«

Angst? Seine Augenbraue senkte sich tief. »Warum zum Teufel solltest du Angst haben?«

»Weil ich ...« Nach einem weiteren frustrierenden Zögern sprudelten die Worte aus ihr heraus. »Ich brauche seine Hilfe und ich habe Angst, dass er mir nicht helfen wird. Oder dass er nicht in der Lage ist, mir zu helfen.«

Dodge setzte sich im Bett aufrecht hin. »Was zum Teufel ist das für ein Problem?« Und warum hat sie ihn nicht gefragt, als sie in seinem verdammten Bett lag? Als sie nicht antwortete, brüllte er: »Hilfe wofür, Syn?«

»Es ist ... Es ist eine Familienangelegenheit.«

Dodge fuhr sich mit den Fingern durch sein zerzaustes Haar. »Du vertraust mir nicht«, sagte er barsch.

»Das ist es nicht. Ich ... kenne dich nicht gut genug, um dich mit dieser Scheiße zu belasten.«

»Du *kennst* ihn auch nicht, Syn«, erinnerte er sie. »Du hast gesagt, dass er dich als Baby bei Fremden abgesetzt hat und dass ihr nur telefoniert und euch ein paar Mal gesehen habt, als ihr jünger wart.«

»Ich weiß ...«

»Das heißt aber nicht, dass ihr euch nahesteht. Würdest du ihn überhaupt wiedererkennen, wenn du ihn siehst?«

»Ich weiß es nicht.«

»Würde er dich wiedererkennen?«

»Ich weiß es nicht.«

»Wenn du Hilfe brauchst, hättest du zu mir kommen können.«

»Warum?«

Dodge schloss die Augen und zog langsam die Luft durch die Nase ein. Das war eine berechtigte Frage. Warum?

Warum zum Teufel sollte er sich für eine Frau, die er kaum kannte, einsetzen?

Warum sollte sie überhaupt glauben, dass er ihr helfen würde? Sie hatte recht, sie kannte ihn nicht. Wenn man nur ein paar Stunden zusammen verbracht hatte, war man noch lange kein Verbündeter. Jemanden, den sie um Hilfe bitten konnte.

Sie hatte drei Männer, die mit ihr in dieser Blechdose lebten. Warum hat sie sie nicht dazu gebracht, ihr bei ihrem Problem zu helfen?

Oder hatte sie es getan und sie waren nicht in der Lage gewesen, etwas zu tun?

Wenn nicht, was zum Teufel war dann dieses ›Problem‹? War es so groß, dass Sig auch nichts tun konnte?

»Sag mir, was das Problem ist.«

»Ich ... kann nicht.« Ihr gebrochenes Flüstern ließ sein Herz in seiner Kehle pochen.

»Warum?« Als sie nicht antwortete, sagte er: »Du könntest. Du willst nur nicht.« Er verbarg seine Enttäuschung nicht in seinem Tonfall. »Warum, Syn?«, fragte er mit Nachdruck.

»Weil ich nicht kann«, schrie sie in den Hörer, sodass er ihn leicht vom Ohr wegzog.

»Aber du wirst es Sig sagen.«

»Ja.«

»Einem Mann, den du genauso gut kennst wie mich.«

»Er ist mein Bruder. Wir sind eine Familie.«

»Nur weil jemand blutsverwandt ist, heißt das nicht, dass er sich verpflichtet fühlt, zu helfen. Sieh dir deine Mutter an. Sieh dir meine an. Blut bedeutet gar nichts, Syn. Das *weißt* du.«

»Ich muss gehen.«

»Syn ...«

»Wir fahren gleich nach unserem Auftritt nach Norden. Wir brauchen das Geld zum Tanken und für Lebensmittel.«

»Ich kann euch Geld schicken.«

»Das musst du nicht tun.«

»Du hast recht. Ich muss es nicht. Aber ich möchte es.«

Wieder Schweigen. »Ich will dir nichts schuldig sein.«

»Du wirst mir einen Scheißdreck schulden.«

»Das sagst du jetzt, aber ich weiß, wie es funktioniert.«

Gott. So verdammt schwierig. »Gut. Du rufst mich an, wenn du Geld brauchst. Ich kann es von der Gage der Band abziehen, wenn ihr das nächste Mal im Pete's spielt.«

»Okay«, hauchte sie, was sich wie Resignation anhörte.

»Soll ich Sig deine Nummer geben? Soll er dich anrufen?«

»Kannst du mir stattdessen seine geben?«

»Ich schicke sie dir per SMS.« Er überlegte, ob er sie vor den Problemen ihres Bruders warnen sollte. Vielleicht war es das Beste, wenn sie es selbst herausfand. Er wollte nicht, dass sie davon abgehalten wurde, in den Norden zu kommen. »Ich werde ihm sagen, dass er warten soll, bis er von dir hört. Aber ich muss ihm sagen, dass du auf dem Weg zurück bist. Er wird das mit Sicherheit wissen wollen.«

Er wartete darauf, dass sie darauf bestand, dass sie nicht zurück in den Norden kam. Als sie das nicht tat, war er erleichtert.

»Dodge ...«

»Ja?« Sie brauchte sich nicht zu bedanken, er hörte es an ihrem Schweigen. »Mach dir keine Sorgen. Ich will nur helfen.«

»Ich weiß nicht, warum ...«

»Manchmal müssen wir nicht wissen, warum, Syn. Es hat keinen Sinn, zu fragen. Akzeptiere es einfach. Also gut, pass auf dich auf. Du hast meine Nummer.« Er hoffte, dass diese Scheiße auf Rädern sie heil nach Pennsylvania zurückbrachte. Zum Glück waren sie nicht allzu weit gekommen.

»Okay.«

»Bis bald.«

Sein Telefon verstummte. Er zog es vom Ohr weg und sah, dass sie aufgelegt hatte.

Ein paar Sekunden später tauchte eine SMS auf.

Ich danke dir trotzdem, ob du es willst oder nicht. Nimm es einfach an.

Er grinste über seine eigenen Worte, die auf ihn zurückgeworfen wurden.

Er würde herausfinden, warum sie Hilfe brauchte, ob sie es wollte oder nicht. Was auch immer ihr Problem war, Sig musste es nicht allein bewältigen. Er hatte eine ganze Bruderschaft hinter sich.

Diese Bruderschaft würde auch hinter Syn stehen.

Sie wusste nur nicht, wie mächtig eine Bruderschaft sein konnte, die zusammenhielt.

Aber sie würde es.

Daran hatte er keinen Zweifel.

17

Kaum hatte Rex den Bus neben dem Schuppen auf der MC-Farm geparkt, war Dodge auch schon da. Er hämmerte gegen die Falttür des Busses und ließ es so klingen, als würde er die Tür vor Ungeduld aufbrechen. Rex blickte mit hochgezogenen Augenbrauen über seine Schulter zu Syn und sie nickte nur. Ihr Leadgitarrist verdrehte die Augen und drückte den Hebel fester als nötig, sodass sich die beiden Türhälften öffneten und ein Schwall kalter Luft hereinströmte.

Sobald sie so weit geöffnet waren, dass Dodge sich hindurchzwängen konnte, tat er das. Als er die Treppe hinaufstieg, fühlte sich der Schulbus noch kleiner an, als er ohnehin schon war. Er reckte Rex das Kinn entgegen, dann richteten sich seine dunklen Augen auf sie und musterten sie von Kopf bis Fuß. Fast so, als wollte er sich vergewissern, dass sie noch ganz war.

Fast wäre sie nicht so angekommen. Je weiter sie nach Norden fuhren, desto schlimmer wurde der Schnee. Mindestens fünf Zentimeter lagen bereits auf dem Feldweg.

Die Reifen des Busses waren total kaputt - an einigen Stellen verrottet und an anderen ohne Profil - und sollten ersetzt werden. Leider würde das in nächster Zeit nicht passieren. Das war ein weiterer guter Grund, weiter nach Süden zu fahren.

Aber hier waren sie wieder. In einem Land mit Schnee und Eis. Auf einer Farm, die einem Motorradclub gehörte. Eine Farm, auf der ihr Bruder lebte.

Es war verrückt. Vor über einer Woche waren sie so nah beieinander gewesen und hatten es nicht einmal gewusst.

Sie rief ihn nicht an, aber sie schrieb ihm eine SMS, um ihm zu sagen, wann sie ankommen würden, und sagte ihm, dass sie miteinander reden würden, sobald sie sich gegenüberstanden. Sie musste ihn sehen, wenn sie mit ihm sprach.

Offen gestanden, musste sie ihn einfach sehen. Sie musste sehen, wer er war und wollte wissen, wie er hierhergekommen war. Sie war einfach nur froh, dass er nicht mehr im Gefängnis saß und hoffte, dass er sein Leben so geändert hatte, dass er nie wieder zurückgehen würde.

Obwohl Syn es kaum erwarten konnte, ihn zu sehen, hatte Dodge recht. Sie kannte Sig kaum. Nur weil sie biologisch verwandt waren, hieß das noch lange nicht, dass sie sich gut verstehen würden.

Im Gegensatz zu ihrer begrenzten SMS-Konversation mit Sig hatte Dodge sie jeden Abend angerufen, meistens nachdem er die Bar geschlossen hatte und sobald er allein in seiner Wohnung war. Tagsüber schrieb er ihr mehrmals eine SMS. Sie sprachen nicht über etwas Tiefgründiges. Er hat sie auch nicht wegen ihres ›Problems‹ bedrängt, aber sie konnte es an seiner Stimme hören.

Er wollte es wissen. Er war auch ein bisschen sauer, dass sie es ihm nicht sagen wollte.

Sie hätte es fast getan. Mehrmals.

Sie wollte die Last loswerden, die sie so lange vergraben und allein getragen hatte. Aber sie wollte zuerst mit ihrem Bruder reden, weil sie niemandem ihr Geheimnis erzählt hatte.

Nicht einmal Rex, Nico oder Eddie.

Wenn sie aus irgendeinem Grund mitbekämen, dass sie es Dodge erzählte, wären sie vielleicht verärgert, dass sie es nicht mit ihnen teilen wollte. Vielleicht wären sie sogar enttäuscht.

Sie konnten ihr auch sagen, dass es nicht klug sei, in einem verdammten Bus herumzureisen und zu versuchen, Geld zu verdienen, und konnten ihr sogar vorschlagen, die Band aufzulösen und sie ermutigen, sich einen Mindestlohnjob zu suchen, der nichts einbrächte.

Der Mindestlohn hieß nicht umsonst so. Man bekam nur so viel, dass man sich das Minimum leisten konnte, wenn überhaupt. Und sie brauchte viel mehr als das Minimum, um ihr Problem zu lösen. Oder zumindest zu versuchen, es zu lösen.

Sie war schon seit Langem ratlos. Sie war völlig ratlos.

Sie dachte, die Dinge würden sich ändern, sobald sie achtzehn wurde.

Sie hatte sich geirrt.

So sehr geirrt.

Sie dachte, es würde ein magisches Alter sein. Sie würde offiziell ›erwachsen‹ werden und die Macht zurückbekommen, die sie Jahre zuvor als Teenager verloren hatte.

Sie fand auf die harte Tour heraus, dass das nicht stimmte.

Sie stellte schnell fest, dass sie mit achtzehn Jahren genauso hilflos war wie mit zwölf, dreizehn, vierzehn und jedem Jahr danach. Und warum? Weil sie kein Geld hatte.

Als Erwachsene abgestempelt zu werden, brachte gar nichts. Geld zu haben hingegen schon.

Das Sprichwort stimmte: Geld regiert die Welt.

Das einzig Gute daran, alt genug zu sein, war, dass sie gehen konnte.

Das einzig Schlechte war das, was sie zurücklassen musste.

Sie war hin- und hergerissen.

Jetzt hoffte sie, dass ihr Bruder ihr helfen würde, das zurückzubekommen, was man ihr gestohlen hatte.

Nicht ihre Unschuld. Die konnte nie wiedergewonnen werden.

Aber das, was sie im Leben am meisten schätzte.

Ihr Geheimnis.

Das Geheimnis, das sie so tief in sich eingeschlossen hatte und über das sie nie sprach, weil es ihr sonst das Herz in eine Million kleiner Splitter zerbrechen würde, und sie hatte Angst, sich davon nie wieder erholen zu können.

Sie musste stark und entschlossen bleiben. Und sich konzentrieren.

Auf ihre Musik. Darauf, sich einen Namen für die Band zu machen. Auf ihre Ziele. Und darauf, Geld zu verdienen.

Egal, wie schwer es wurde, sie hat nie aufgegeben. Nicht ein einziges Mal.

Dodges tiefe und köstliche Stimme erfüllte ihre Ohren und brachte sie zurück in den Schulbus. Sie konzentrierte sich wieder einmal auf ihn. Auf seine überlebensgroße Präsenz. Auf den Mann, der alles in ihr verdreht hatte. Der sie dazu brachte, fast alles infrage zu stellen.

Der sie dazu brachte, ihren Schutz fallen zu lassen.

Er hatte sie mit seinen Augen wachsam angeschaut. Ihm gefiel nicht, was er auf ihrem Gesicht gesehen hatte. Er mochte es nicht, im Dunkeln gelassen zu werden.

Aber er musste es nicht mögen. Es war ihre Bürde, nicht seine.

Ein Gefühl der Wärme durchströmte sie, als sie es ihm gleichtat, und sie musterte ihn von seinem mit einer Strickmütze bedeckten Kopf bis hin zu seinen Bikerstiefeln, die noch immer mit einer Schneeschicht bedeckt waren.

Als sie ihren Blick wieder hob und ihre Augen sich erneut trafen, neigte er seinen Kopf in Richtung der Tür zu seiner Linken. »Draußen.«

Ihr Herz begann aus zwei Gründen schwer in ihrer Brust zu pochen. Der Mann, der vor ihr stand, und der Mann, den sie gleich treffen würde. Ein Bruder und doch ein Fremder. Obwohl Sig das nicht sein sollte.

Als sie ein paar Schritte machte, um die Lücke zwischen ihnen zu schließen, behielt Dodge seine Augen auf sie gerichtet, während er befahl:»Los, schließ den Bus wieder an die Versorgungsleitungen an. Ihr werdet für eine Weile nirgendwo mehr hingehen.«

Er wartete nicht auf eine Antwort der Jungs, sondern drehte sich auf seinem Stiefelabsatz um und ging zurück nach draußen in die Kälte.

Als sie an Rex auf dem Fahrersitz vorbeikam, nickte sie. »Schließt den Bus erst mal an. Ich weiß nicht, wie lange wir hierbleiben werden.«

»Wir sollten mit dir gehen«, sagte Nico hinter ihr.

»Nein, das ist schon in Ordnung. Ich muss erst mit meinem Bruder reden und ein paar Dinge klären. Dann können wir einen neuen Plan machen.«

»Syn …«, sagte Rex und verwandelte ihren Namen in eine Warnung.

»Ich komme schon klar. Ich schaue auch, ob ich noch mehr Essen für uns besorgen kann. Wartet ab, ich bin so schnell wie möglich zurück.«

»Wir wissen nicht, wer diese verdammten Leute sind«, beharrte Rex.

Syn hielt auf der untersten Stufe inne.»Du hast recht.« Sie trat hinaus in die späte Nachtkühle. Sie war überrascht, dass Dodge überhaupt auf der Farm gewartet hatte und nicht in der Bar arbeitete, da es ein Samstagabend war.

Die Bustür schloss sich fest hinter ihr und in der Dunkelheit sah sie den Mann, der ebenfalls fast ganz in Schwarz gekleidet war, an der Seite stehen. Er wartete.

Große, schwere Schneeflocken fielen um sie herum, landeten auf seinen lederbekleideten Schultern, auf seiner schwarzen Mütze und verfingen sich in seinem Bart.

Blitzschnell schlängelte sich seine Hand aus der Dunkelheit, legte sich um ihren Hals und er drehte sie beide, bis ihr Rücken gegen die Seite des Busses gedrückt wurde. Seine Brust und seine Hüften drückten auf ihre und hielten sie fest.

Mit der anderen Hand griff er in ihr Haar, warf ihren Kopf zurück und hob ihren Hals, an dem er sich festhielt, und nahm ihren Mund. Ihre Lippen und Zungen trafen aufeinander.

Genau dort. Draußen in der Dezembernacht, während um sie herum der Schnee fiel und ihre Bandkollegen nur wenige Meter entfernt waren. Ihr Bruder, der wusste, wo ... Er könnte in den Schatten stehen und sie anschauen.

Aber es war ihr egal, wer sie sah. Dodge anscheinend auch.

Der viel größere Mann beanspruchte ihren Mund, stahl ihr den Atem und rührte ihre Seele.

Sein Daumen strich über den Puls an ihrem Hals. Er musste spüren, wie er pochte. Mit ihrem Verlangen nach ihm.

Eine Nacht.

Das war alles, was sie brauchte, um mehr zu wollen.

Warum er?

Sie stöhnte auf, als er den Kuss vertiefte und ihren Mund weiter in Beschlag nahm, als gehöre er ihm.

Sie griff nach dem Handgelenk der Hand, die sich um ihren Hals gelegt hatte, unternahm aber nichts, um ihn zu befreien. Sie hielt sich nur fest, um sich auf den Beinen zu halten. Um zu verhindern, dass ihre gummiartigen Beine nachgaben.

Sie hatte keine Angst zuzugeben, dass sie seine Hand dort mochte. Sie mochte die Macht, die sie ihm gab. Mehr, als sie je gedacht hätte.

Eine stille Stärke. Eine besitzergreifende Berührung. Ein Versprechen auf das, was kommen könnte.

Alles an ihr begann zu pochen, zu pulsieren, zu rasen. Jede Zelle in ihrem Körper schrie nach seiner Berührung.

Ihr Stöhnen vermischte sich mit seinem, als seine Erektion

hart gegen ihren Bauch drückte. Er neigte seine Hüften gerade so weit, dass sie es nicht verpassen konnte.

Ein unmögliches Kunststück. Leider machte es sie nur noch mehr scharf auf ihn.

Jetzt war weder die Zeit noch der Ort dafür.

Sie drehte ihren Kopf, um den Kuss zu unterbrechen, denn er hatte den Jungs gesagt, sie sollten den Bus anschließen. Sie könnten jeden Moment aussteigen und sie so sehen.

Zu sehen, wie ihre ›Anführerin‹ jemand anderem die Kontrolle überlassen hat. Für sie könnte das ein Zeichen von Schwäche darstellen oder sie würden die Situation falsch einschätzen. Denken, dass das, was Dodge tat, nicht erwünscht war.

Dabei war es weit, weit davon entfernt.

Egal, was passierte, sie wollte keine weiteren Spannungen zwischen Dodge und Rex verursachen. Und auch nicht zwischen ihm und Nico und Eddie.

Sie waren eher ihre großen Brüder als Sig.

Seine Finger legten sich ein wenig fester um ihre Kehle, während sie nach Luft schnappte und versuchte, ihre kreisenden Gedanken zu bremsen.

Als sie ihr Gesicht wieder zu ihm drehte, versuchte sie ihm zu sagen, dass sie sich vom Bus entfernen sollten. Doch als sie sein Gesicht in dem spärlichen Licht sah, das von der Lampe über der Schuppentür ausging, stieß sie nur ein rasselndes Röcheln aus.

Sein Kopf war nach unten geneigt. In dem dunklen Winkel, in dem sie standen, konnte sie seine Augen nicht lesen, aber sie konnte sie spüren.

Heiß. Intensiv. Sogar besitzergreifend.

Ein Kribbeln und Angst schossen durch sie hindurch.

Ihr Atem wurde flacher und das ohrenbetäubende Pochen ihres Herzens erfüllte ihre Ohren.

Sie wusste dann auf der Stelle, dass er sie besitzen wollte.

Nicht nur Sex mit ihr haben, sondern sie wirklich zu seinem Eigentum machen.

Aber das machte keinen Sinn.

Wer, der bei Verstand war, ließ das zu? Gab jemand seine Macht freiwillig an jemand anderen ab?

Und warum wollte sie ihm das geben? Sich selbst an ihn ausliefern?

Auch das ergab keinen Sinn. Es war verrückt.

Sie hatten nur eine Nacht zusammen. Eine verdammte Nacht!

War sie letztendlich auseinandergebrochen und sah zu, wie sich ihre Teile verteilten?

Er umfasste ihren Kiefer und fuhr mit dem Daumen über ihre Unterlippe, die von seinem Kuss geschwollen war.

»Warum will ich dich so verdammt sehr?«, murmelte er und klang verärgert.

Über sie? Über sich selbst? Sie wusste es nicht. Aber was sie wusste, war, dass sie sich diese Frage auch schon gestellt hatte.

»Ich habe nur an dich denken können.«

Sein Geständnis überraschte sie. Für sie war es dasselbe, aber sie wollte es nicht laut zugeben. Das würde ihm die Macht geben, die sie nicht bereit war, abzugeben.

Im Gegensatz dazu zeigte er ihr damit, dass er keine Angst davor hatte, dasselbe zu tun. Er hatte keine Angst, ihr Macht zu geben, sonst hätte er diese Information für sich behalten.

Sie musste aufhören, in der Kälte vor dem Bus zu stehen und sich mit ihrem Bruder treffen. Das war der wahre Grund, warum sie den Bus gewendet hatten und zurück nach Norden gefahren waren. Nicht, um ihren verdammten Verstand wegen eines Mannes infrage zu stellen.

»Was du gesagt hast …«, begann sie.

»Es ist wahr.« Der gutturale Klang seiner Stimme wirbelte um sie herum, wie der fallende Schnee.

Sie schüttelte den Kopf. »Dass wir eine Weile nirgendwo

hingehen werden. Wir müssen mehr Gigs finden, Dodge. Wir können nicht lange bleiben.« Ihre Stimme war heiserer geworden als normal. Ihre Brustwarzen spitzten sich schmerzhaft, sowohl von der Kälte als auch davon, dass er sie immer noch an sich drückte. »Das ist unser Lebensunterhalt.«

Er ließ ihre Kehle los und seine Fingerspitzen strichen langsam über ihre Haut, was sie schwer schlucken ließ. Sie wollte ihm sagen, dass er sie nicht loslassen sollte.

Dass er sie festhalten sollte, damit sie nicht zusammenbrach.

»Ihr könnt morgen Abend im Pete's spielen.«

»Du hast keine andere Band gebucht?«

»Normalerweise buche ich sonntags keine Bands, aber …«

»Wir nehmen, was wir kriegen können«, sagte sie schnell und war erleichtert, dass sie wieder ein bisschen Geld in die Tasche stecken konnten. »Mein Plan ist dann, am Montagmorgen wieder loszufahren.«

Dodge warf ihr einen Blick zu, der selbst im Dunkeln deutlich sagte: »Wir werden sehen.«

Ja, sie würden es sehen.

Das Einzige, was diese Entscheidung ändern könnte, wäre das, was zwischen ihr und Sig passierte. Ob ihr Bruder ihr helfen konnte oder nicht. Oder ob er überhaupt dazu bereit war.

Wenn nicht, gab es definitiv keinen Grund, zu bleiben. Und außerdem musste sie an ihre Jungs denken. Ob sie blieben oder gingen, hing nicht nur von ihr ab. Diese Entscheidung betraf auch die Männer im Bus.

Ein Schauer durchlief sie heftig.

Er strich ihr mit den Fingerknöcheln über die kalte Wange und griff vorn an ihrer Kapuzenjacke mit den Katzenohren und zerrte leicht daran. »Dieses verdammte Sweatjacke. Ich werde die Schwesternschaft fragen, ob sie dir einen Mantel leihen können.«

»Die Schwesternschaft?«

»Ja, die Old Ladys.«

»Die Old Ladys sind … die Ehefrauen?«

»Gleicher Scheiß.«

Aus rechtlicher Sicht bezweifelte Syn, dass es so war. »Ich werde keinen Mantel brauchen, wenn wir in den Süden fahren.«

»Das werden wir sehen«, sagte er dieses Mal laut.

Er ergriff ihre Hand, verschränkte ihre Finger und zog sie vom Bus weg. »Bist du nervös?«, fragte er, während er sie wie ein Schlittenpferd durch den Schnee zu dem großen, scheunenähnlichen Gebäude zog.

Anstatt sie zur Eingangstür zu bringen, gingen sie an der Seite entlang und hinten herum, wo er ihre Hand losließ. Er ruckte mit dem Kinn in Richtung der Metalltreppe, die kaum mit Schnee bedeckt war, weil die Stufen wie Gitterroste waren.

Sie hob ihren Blick auf den beleuchteten Treppenabsatz über ihnen und bemerkte zwei massive Türen und zwei große Panoramafenster. An beiden waren die Jalousien geschlossen, aber ein paar Lichtstrahlen fielen trotzdem hindurch.

»Kopf hoch«, sagte er.

»Wohin gehen wir?«

»Wir treffen deinen Bruder. Er und Red warten auf uns.«

»Red?«

»Seine Old Lady. Geh.« Er gab ihr einen sanften Schubs.

Sie stieg die Treppe hinauf, sehr wohl wissend, dass er ihr dicht auf den Fersen war. Als sie oben ankam und über ihre Schulter blickte, ruckte er mit dem Kopf zur Tür auf der rechten Seite. Sie ging darauf zu und zögerte, während ein weiterer Schauer sie durchfuhr. Diesmal war es sowohl die Winterkälte als auch die Nervosität.

Als sie die Tür anstarrte, machte ihr Herz einen Satz und begann dann zu pochen. Sie hatte lange auf diesen Moment gewartet.

Was, wenn sie sich geirrt hatten und dieser Sig nicht ihr

Bruder war? Würde dies eine weitere Enttäuschung sein, die sich zu der bereits langen Liste von Enttäuschungen gesellen würde?

»Bist du sicher, dass er es ist?«, flüsterte sie und gab ihr Bestes, um nicht mit den Zähnen zu klappern.

»Ja, Baby, er ist es.« Dodges Brust drückte gegen ihren Rücken, als er sich an ihr vorbeugte und mit dem Handballen an die Tür klopfte. Genauso wie ihr Herz jedes Mal pochte, wenn er sie ›Baby‹ nannte. So hatte sie noch nie ein Mann genannt, ohne dass es sich beleidigend oder herablassend anfühlte.

Nach ein paar Sekunden flog die Tür auf und sie blinzelte, als das Licht in ihre Augen fiel. Sie konnte nur eine männliche Silhouette vor sich sehen.

Als der Mann zurücktrat, ließ das Innenlicht ihren Bruder erscheinen und ihr stockte der Atem.

Dodge hatte sich nicht geirrt. Dieser Sig war ihr Sig.

Heilige Scheiße.

Dodge stieß sie erneut mit der Brust an den Rücken und sie machte automatisch einen weiteren Schritt nach vorn in die Wärme und aus dem Schnee heraus. Er folgte ihr hinein, obwohl sie ihm nicht viel Platz ließ, um die Tür hinter ihnen zu schließen.

»Bruder«, grüßte Dodge mit einem kiesigen Grollen.

Sig antwortete ihm nicht, stattdessen starrte er sie an. Seine Augen waren dunkel und beunruhigt, als er sie von Kopf bis Fuß musterte, genau wie Dodge es getan hatte. Seine Stirn legte sich in Falten und seine Augenbrauen senkten sich. Als er fertig war, blickte er an ihr vorbei zu Dodge und sein Kiefer verzog sich, bevor sein Blick wieder auf ihr landete.

»Syn«, kam es aus seinem Mund.

Seine Stimme brachte die Erinnerungen an ihre kurzen Gespräche am Telefon zurück. Allerdings klang der Tonfall reicher und erwachsener, als er es damals war.

Sie nickte, nicht sicher, was sie tun sollte. Ihn umarmen?

Was sie auf keinen Fall tun wollte, war, zu seinen Füßen in ein heulendes Chaos zusammenzubrechen. Aber die Erleichterung, die sie überflutete, ließ ihre Augen plötzlich brennen. Schnell rieb sie sich die Augen und holte tief und zittrig Luft.

Die breite Hand, die auf ihrem Rücken lag, drängte sie sanft vorwärts. Auch nachdem sie einen weiteren Schritt auf den Bruder zugegangen war, den sie seit mindestens zehn Jahren nicht mehr gesehen hatte, hielt Dodge seine Hand auf ihrem Rücken.

Wieder besitzergreifend. Vielleicht sogar ein bisschen beschützend.

Auch Sig bemerkte das und seine Nasenflügel blähten sich.

Sie studierte sein Gesicht. Er sah so aus, wie sie ihn in Erinnerung hatte, und gleichzeitig ganz anders.

Er war sicher älter, aber man sah ihm an, dass das Leben auch für ihn nicht einfach gewesen war.

»Hi, Syn, ich bin Autumn.«

Syn zuckte zusammen. Sie war so sehr damit beschäftigt gewesen, den Mann vor ihr anzustarren, dass sie die Rothaarige an der Seite gar nicht bemerkt hatte. Sie hatte keine Ahnung, wer diese Frau war.

Sie sah sehr jung aus, vielleicht ein paar Jahre älter als Syn. Wahrscheinlich Mitte bis Ende zwanzig. Aber in ihren haselnussbraunen Augen lag etwas, das Syn erkannte.

Wie Syns Bruder hatte auch Autumn Dinge gesehen und erlebt, die Spuren hinterlassen hatten.

Dodges tiefe Stimme drang an ihr Ohr. »Das ist die Old Lady deines Bruders.«

»Ich dachte, du hättest gesagt, sie heißt Red«, murmelte sie halblaut.

Autumns Lächeln wurde breiter. »So nennen mich alle hier. Du kannst mich so oder Autumn nennen. Ich höre auf beides.« Sie trat einen Schritt näher. »Ich bin so froh, dich endlich kennenzulernen.«

»Du wusstest über mich Bescheid?«

Sie nickte. »Ja. Dein Bruder und ich halten nichts zwischen uns verborgen. Egal, was es ist.«

Egal, was es ist.

Syn hielt diese Aussage für merkwürdig, aber deshalb war sie nicht hier.

Wieder hob Sig seinen Blick und sah Dodge über Syns Schulter hinweg an. »Gibt es einen Grund, warum du noch hier rumstehst?«

Die Hand auf ihrem Rücken verkrampfte sich. »Ja. Sie will mich hier haben.«

Will sie das?

»Das geht dich nichts an«, sagte Sig barsch.

»Das glaubst du vielleicht nicht«, antwortete Dodge, dessen Stimme so angestrengt klang, als hätte Nico eine seiner Gitarrensaiten überstrapaziert.

Verdammt!

»Du fickst meine Schwester und denkst jetzt, sie ist dein Eigentum?«, fragte Sig, sein Ton so scharf wie eine Klinge und genauso bedrohlich.

»Eigentum?«, wiederholte Syn.

»Das ist es nicht, Bruder.«

Sigs Kinn hob sich. »Was ist es dann, *Bruder?*«

»Willst du, dass ich gehe?«

Die gemurmelte Frage brachte sie dazu, ihren Kopf zu drehen und zu ihm aufzuschauen. Wollte sie das? Sig mochte zwar Blut sein, aber Dodge war der Einzige, den sie in dieser Wohnung wirklich kannte. Seine Anwesenheit beruhigte sie. Sie schüttelte den Kopf und drehte sich wieder zu Sig um. »Ich will, dass er bleibt.« Nicht nur *wollen*, sondern *brauchen.*

Seine Hand auf ihrem Rücken verankerte sie. Wenn er gehen würde, könnte sie sich fühlen, als würde sie von einer Flutwelle aufs Meer hinausgezogen werden.

Dodge hatte auch etwas davon gesagt, dass er ihr bei ihrem

›Problem‹ helfen würde. Wenn er dazu in der Lage war, wollte sie, dass er in der Nähe blieb und sich alles anhörte. Sie wollte es nur einmal sagen, nur ein einziges Mal.

»Möchtest du, dass ich gehe?«, fragte Red. »Ich kann nach unten oder nach nebenan gehen, während ihr euch unterhaltet.«

»Ich denke, es ist besser, wenn du auch bleibst«, sagte Dodge zu ihr.

Zwischen Red und Dodge muss es eine stumme Botschaft gegeben haben, denn nach einer Sekunde nickte Red und trat näher an Sig heran. Als ob sie sich auf etwas vorbereiten würde.

»Vielleicht sollten wir uns hinsetzen«, sagte Red leise. »Bist du hungrig? Durstig?«

Sie war es, aber jetzt war nicht die Zeit, etwas in ihren Magen zu stopfen. Noch nicht. Nicht, solange ihr Magen aufgewühlt war und sich drehte.

Bevor sich irgendjemand in Richtung der Couch bewegen konnte, wurden sie von Sigs Worten aufgehalten und blieben wie erstarrt stehen. »Du bist verdammt noch mal verschwunden.«

Syn holte tief Luft. »Ich, verschwunden? Jedes Mal, wenn du ins Gefängnis musstest, bist *du* verschwunden.«

Es entging ihr nicht, dass sich seine Finger zu Fäusten formten und sein Körper sich verkrampfte. Sie erinnerte sich wieder daran, dass er zwar ihr Bruder war, sie ihn aber nicht wirklich kannte.

Überhaupt nicht.

Und das war alles seine Schuld. Wenn er nicht so oft im Gefängnis gewesen wäre, hätte er vielleicht nicht sein Handy und ihre Nummer verloren.

»Und als ich rauskam, warst du verdammt noch mal verschwunden.«

»Das war nicht meine Entscheidung, Sig. Ich hatte keine

andere Wahl, als mit den Leuten umzuziehen, bei denen du mich gelassen hast.«

»Du meinst deine Eltern?«, knurrte er, während sich seine Finger an seiner Seite kräuselten und wieder lösten.

Dodge hatte sie gewarnt, dass er eine kurze Zündschnur hatte, die Sig von seinem biologischen Vater geerbt hatte. Sie sah schon die ersten Anzeichen dafür, und sie hatten kaum angefangen zu reden.

»Wenn du sie so nennen willst. Ich würde es nicht tun.«

Sig zuckte, und das ließ Syn erneut zusammenschrecken. Dadurch wurde auch Dodges Hand auf ihrem Rücken fester. Ihr Bruder drehte sich um und schritt aufgeregt davon.

Er blieb an der Theke der kleinen Küche stehen und hielt ihnen den Rücken zu. Er stemmte die Hände in die Hüften und ließ den Kopf sinken.

Autumn rührte sich nicht und schaute ihm stattdessen von ihrem Platz aus zu. Sie schien zu wissen, dass es das Beste war, ihn einfach machen zu lassen, was immer er auch machen wollte.

Als er sich schließlich wieder umdrehte, sah sie es.

Schuldgefühle.

Sowohl in seinem Gesichtsausdruck als auch in der Luft, die ihr das Atmen schwer machte.

Für sie beide.

Dies würde kein freudiges Familientreffen werden, sondern ein schmerzhaftes.

Sobald sie das überwunden hatten, konnten sie daran arbeiten, es zu heilen und es dann hinter sich zu lassen. Hoffentlich bis zu dem Punkt, an dem sie eine Beziehung aufbauen könnten.

Das wollte sie. Er war die einzige echte Familie, die sie hatte.

In Wahrheit brauchte sie ihn. Nicht nur wegen seiner Hilfe, obwohl das auch wichtig war. Aber sie sehnte sich danach, einen Bruder zu haben. Einen richtigen Bruder. Um Dinge mit ihm zu teilen, um zu ihm zu gehen, wenn sie Hilfe brauchte, um seine Unterstützung zu bekommen. Und im Gegenzug könnte sie aus denselben Gründen für ihn da sein.

Aber wenn er dazu nicht bereit war ...

Es waren nicht nur Schuldgefühle, die sein Gesicht verzerrten, sondern auch Wut. Seine Stimme war rau, als er behauptete: »Neben Red bist du die einzige gute Tat, die ich je vollbracht habe. Und jetzt scheißt du auf die Sache.«

Das war hart, aber wahr. Nur, weil er nicht alles wusste. Noch nicht.

Vielleicht würde er anders denken, wenn er es wüsste.

»Glaubst du, ich weiß es nicht zu schätzen, dass du mich von ihr weggebracht hast? Aber du hast mich einfach bei einer x-beliebigen Familie gelassen, Sig.« Ihre Stimme versagte und sie schüttelte den Kopf.

Dodges Hand glitt von ihrem Rücken zu ihrer Hüfte und er trat neben sie, um sie an seine Seite zu ziehen.

Das war nicht nur eine Unterstützung für sie, sondern auch eine klare Botschaft, dass er beschützen wollte, was ihm gehörte.

Diese Geste ließ Sigs Lippen zu einem Knurren anschwellen. »Besser, als ins System zu gehen.«

»Aber war es das?«

»Sie *hätte* dich verkauft, Syn. Erst deine Jungfräulichkeit und dann dich. Und sie hätte nicht gewartet, bis du älter wärst, sondern als du noch ein verdammtes Baby warst. Das habe ich dir gesagt. Vielleicht hast du mir nicht geglaubt, weil du noch zu jung warst, um es wirklich zu verstehen. Aber sie hat sich einen Scheiß um dich gekümmert. Sie hat sich einen Scheißdreck um irgendetwas anderes gekümmert als um ihren nächsten Schuss. Ihre nächste Flasche. Der nächste Mann, der sie dafür bezahlt, dass sie sich seinen Schwanz in ihre Fotze stecken lässt.« Er schlug sich mit der Hand auf die Stirn und begann, von der Kante des Küchentischs zum Rand des Flurs und zurück zu laufen.»Sie haben dich schon beäugt, als du erst ein paar Tage alt warst, Syn. Tage!«, schrie er.»Was für kranke Wichser stehen auf Neugeborene? Überhaupt auf irgendwelche verdammten Babys? Verdammt noch mal!«

Sowohl die Lautstärke als auch die ungebremste Wut seiner Schimpftirade ließen Syn zusammenzucken und sie sah, wie Autumns Gesicht sich zu verziehen begann, ebenso wie ihre Hände, die sie vor sich verschränkt hatte. Die junge Rothaarige hatte auch ihre Unterlippe zwischen die Zähne gepresst. Es würde Syn nicht wundern, wenn sie Blut schmecken würde.

Dieses Gespräch berührte sie. Zutiefst.

Verdammt, es betraf sie alle. Dodge schien das einzige ruhige Schiff in dieser stürmischen See zu sein.

Bevor Syn antworten konnte, hielt Sig inne und knurrte: »Dann hätte ich dich einfach dort verrotten lassen und mich selbst retten sollen.«

»Sig«, flüsterte Red scharf, als sie nahe genug herankam, um eine Hand um seinen Unterarm zu legen und sie zu drücken. Sig ließ seinen Blick auf ihre Hand fallen und Syn konnte sehen, wie er sichtlich Luft holte. Dann noch einmal. Es dauerte ein oder zwei Minuten, aber er klang nicht mehr so wütend, als er schließlich fortfuhr.»Ich habe mein Bestes gegeben, Syn.«

Sie schloss für einen Moment die Augen. Sie sollte es nicht sagen, aber sie musste es tun. Sie musste endlich die Chance haben, es auszusprechen. Solange sie das nicht tat, würden sie nicht in der Lage sein, die turbulente Luft zwischen ihnen zu klären.»Du hättest mich mitnehmen können.«

Sie wäre einen Schritt zurückgewichen, wenn Dodge sie nicht so fest umklammert hätte, als Sig schrie:»Willst du mich verarschen? Ein durchgeknallter Dreizehnjähriger und ein Kleinkind, die auf der Straße leben? Das wäre verfickt dumm gewesen.«

»Wenn er das getan hätte, hätten so viele Dinge schiefgehen können, Syn. In diesem Alter tat er, was er für das Beste hielt.

Für dich. Er dachte, er hätte die Kontrolle über die Geschichte. Schadensbegrenzung«, sagte Dodge, seine Stimme war zu ruhig, zu gleichmäßig, als müsste er sich anstrengen.

Sie schloss wieder die Augen und ließ den Sauerstoff langsam und vollständig in ihre Lungen einströmen. Mit geschlossenen Augen sagte sie: »Ich weiß. Aber das Problem war, dass die Familie, zu der er mich brachte, nicht das war, was sie zu sein schien.« Sie öffnete ihre Augen und fand die von Sig. »Du hast mich nicht gerettet. Indem du mich ihnen gegeben hast, hast du das Unvermeidliche nur hinausgezögert. Du hast mich geopfert, ohne es zu merken.«

18

Die Luft in der kleinen Wohnung wurde so dick und drückte so schwer auf ihre Brust, dass es Syn schwerfiel, Luft zu holen.

Sig musste es wissen. Er musste alles wissen.

Na ja, vielleicht nicht alles. Zumindest das Wichtigste.

»Willst du mir das verdammt noch mal erklären?«, knurrte Sig, befreite sich aus Autumns Griff und ging mit langen Schritten auf Syn zu.

Dodges Finger krallten sich an ihrer Hüfte fest und er brummte warnend: »Yo, Bruder.«

Sigs dunkle Augen richteten sich auf den Mann neben ihr.

»Du hast hier nichts zu suchen.«

»Am Arsch habe ich hier nichts zu suchen!«

»Nur weil du sie einmal gefickt hast, heißt das noch lange nicht, dass du ein Mitspracherecht hast. Oder dass du es wieder tun darfst.«

Dodge versteifte sich gegen sie. »Das hast du nicht zu entscheiden.«

»Sig, hör auf«, zischte Autumn und stellte sich hinter ihn. »Du machst es niemandem leicht. Syn ist erwachsen und kann ihre eigenen Entscheidungen treffen. Was sie für Dodge empfindet, wenn überhaupt, geht dich nichts an.«

»Am Arsch geht es mich nichts an!«, sagte Sig.

»Nein«, sagte Syn und schüttelte den Kopf. »Tut es nicht. Deshalb bin ich nicht hier.«

»Wenn du nicht willst, dass ich mich wie dein Bruder verhalte, warum zum Teufel *bist* du dann hier?«

»Ich bin hier, weil ich dich in meinem Leben haben will, aber auch ... brauche. Und ja, ich will, dass du dich wie mein Bruder verhältst, aber nicht wie mein Vater. Da gibt es einen Unterschied.«

»Sag mir, was zum Teufel passiert ist und warum das, was ich getan habe, so ein verdammter Fehler war«, beharrte Sig. Er drückte seine Finger an die Schläfe und zuckte zusammen, als hätte er starke Kopfschmerzen.

»Bevor ich dazu komme, möchte ich dir sagen, dass ich dich um Hilfe bitte. Ich hoffe, dass du mir helfen kannst, denn ich weiß nicht, an wen ich mich wenden soll und ich bin ... verzweifelt. Aber der Grund, warum ich diese Hilfe brauche, ist viel wichtiger als das, was mir passiert ist. Auch wenn es in Wahrheit zusammenhängt.«

»Welche Art von Hilfe brauchst du?«, fragte Autumn ganz ruhig. »Wir werden alles tun, was wir können.«

Syn glaubte ihr. Sie richtete ihre Antwort an die Frau ihres Bruders und nicht an ihn. Da sie eine Frau ist, würde sie vielleicht verstehen, warum sie so verzweifelt war. »Ich brauche einen Anwalt.«

»Einen Anwalt?«, fragte Sig und zog die Stirn in Falten.

»Einen Verteidiger?«, fragte Dodge neben ihr.

Sie schüttelte den Kopf. »Nein. Keinen Verteidiger.«

»Warum zum Teufel brauchst du dann einen Anwalt?«, fragte Sig mit finsterer Miene. »Sag einfach, was zum Teufel los ist, verdammt noch mal.«

Sie atmete tief ein und aus. Es ihnen zu sagen und den

tiefen Schmerz auszugraben, wäre so, als würde man das Seil an einem Eimer vom Grund eines Brunnens ziehen. Der Versuch, den vollen Eimer an die Oberfläche zu heben, ohne ihn dabei zu kippen. Sie hatte den Eimer schon vor langer Zeit auf den Grund fallen und ihn dort stehen lassen, denn jedes Mal, wenn sie versuchte, ihn hochzuziehen, kippte er um und rutschte aus, und als er endlich oben ankam, war der Eimer leer.

Sie hoffte inständig, dass sie jetzt Hilfe bekommen würde, um den vollen Eimer an die Oberfläche zu bekommen, ohne einen Tropfen zu verschütten.

Trotzdem drehte sich ihr der Kopf, und ihr Magen wurde unruhig angesichts dessen, was sie gleich preisgeben würde. »Um mir zu helfen, meine Tochter zu holen.«

»Was zum Teufel?« Sig knurrte und Dodge flüsterte gleichzeitig.

»Welche Tochter? Du bist nicht alt genug, um eine Tochter zu haben!«, brüllte Sig.

Das war nicht wahr. »Ich habe eine ...«

»Wer zum Teufel hat sie? Wie alt ist sie? Verflucht noch mal, warum hat sie jemand anderes? Warum zur Hölle ist sie nicht bei dir?«

»Sig! Gib ihr die Chance, eine Frage nach der anderen zu beantworten, anstatt sie mit allen Fragen auf einmal zu bombardieren«, schimpfte Autumn und hielt ihn erneut fest. »Das muss schwer für sie sein.«

Dodges Hand bewegte sich von ihrer Hüfte, glitt ihren Rücken hinauf, unter ihr Haar und seine langen, warmen Finger legten sich in ihren Nacken. Aus irgendeinem seltsamen Grund gab ihr seine Berührung Kraft. »Das Problem ist, dass ich einen guten Anwalt brauche, aber ich kann mir nicht einmal einen schlechten leisten. Ich kann mir nicht einmal einen Anwaltsvorschuss leisten.«

»Wer hat sie? Der Vater?« Die Fragen von Dodge wurden

zwar in ruhigem Ton ausgesprochen, aber sie waren dennoch scharf.

Syn schüttelte den Kopf. »Die Leute, denen Sig mich gegeben hat. Sie haben sie und wollen sie mir nicht geben. Ich will sie nur zurück. Das ist alles, was ich will. Alles andere ist mir egal.«

»Was meinst du mit ›alles andere ist mir egal‹?«, fragte Dodge und nutzte den Griff um ihren Nacken, um sie zu ihm zu drehen. Seine dunkelbraunen Augen verengten sich auf sie.

Er hatte zwischen den Zeilen gelesen, aber sie wollte nicht in den klaffenden Zwischenraum hineingezogen werden. Sie musste standhaft bleiben und sich an diese kritischen Zeilen halten.

Also ignorierte sie die Frage. Das war nicht das Wichtigste. Es ging darum, Maya zurückzubekommen. »Sie haben mir nach der Geburt die Vormundschaft für sie genommen und lassen mich jetzt nicht einmal mehr zu ihr. Sie haben Angst, dass ich sie ihnen wegnehme. Dass ich sie einfach mitnehme und weglaufe.«

»Sie ist dein kleines Mädchen. Natürlich würdest du das tun«, grummelte Dodge.

»Ja, das würde ich. Sie ist mein Kind. Ich habe sie neun Monate lang ausgetragen. Nach stundenlangen Wehen mussten sie schließlich einen Kaiserschnitt machen.« Aufgrund ihres Alters waren ihre Hüften zu schmal und sie hatten keine andere Wahl. Sie schlug sich eine Hand auf die Brust. »Ich habe das durchgemacht, nicht sie. Gleich nach der Geburt beantragten sie die Vormundschaft, weil ich ihr nicht geben konnte, was sie brauchte, und benutzten mein Alter als Ausrede. Sie behaupteten, ich könne mich nicht um sie kümmern, weil ich mich nicht einmal um mich selbst kümmern könne. Meine einzige Möglichkeit war, mir einen Anwalt zu nehmen und gegen sie zu kämpfen. Es spielt keine Rolle, wie alt ich bin, ich bin ihre«, Syns Stimme brach, aber sie zwang sich, den Rest zu sagen,

»Mutter. Ich sollte ihr Vormund sein, nicht sie. Sie gehört an meine Seite. Sie gehört *zu* mir.«

Brich jetzt bloß nicht zusammen, Syn.

Sie hatte keine Ahnung, was diese Leute Maya antaten. Sie hatte keine Ahnung, ob ihre Tochter in Sicherheit war. Als sie das letzte Mal versuchte, sie zu sehen, sagten sie Syn, dass sie eine einstweilige Verfügung gegen sie hätten und sie verhaften würden, wenn sie jemals wieder versuchen würde, Maya zu sehen oder auch nur ihr Grundstück zu betreten.

Sie konnte sie nicht einmal erwischen, während Maya in der Schule war, weil sie sie zu Hause unterrichteten, genau wie sie es mit Syn gemacht haben.

Was würde es Maya nützen, wenn Syn im Gefängnis landen würde? Ihr blieb nichts anderes übrig, als sich vor Gericht zu wehren, aber dazu brauchte sie einen Rechtsbeistand. Einen *guten* Rechtsbeistand. Den sie sich aber nicht leisten konnte.

»Hast du versucht, jemanden zu finden, der es pro bono macht?«, fragte Autumn.

»Damit habe ich kein Glück gehabt. Diese Leute lügen. Sie lügen bei allem. Das geht so weit, dass sie den Vollzugsbehörden erzählen, dass ich nicht Mayas Mutter bin und dass ich psychische Probleme habe und mich weigere, meine Medikamente zu nehmen. Ich nehme aber gar keine Medikamente. Aber so haben sie eine dauerhafte einstweilige Verfügung gegen mich erwirkt. Sie sagen, ich würde versuchen, Maya zu stehlen, um ihr wehzutun. Dass ich eifersüchtig auf das neue Baby sei, das sie *adoptiert* haben.« Ein bitteres Lachen entrang sich ihr. »Sie haben sie gar nicht adoptiert. Vielleicht haben sie auch bei der Vormundschaft gelogen. Ich weiß es nicht genau, aber sie haben anderen erzählt, ich sei adoptiert, aber das war ich nie. Sie haben gefälschte Papiere angefertigt, um sie der Schule und allen, die danach fragten, zu zeigen. Es war alles gefälscht. Alles.«

Sig, der zu platzen drohte wie eine geschüttelte Zwei-Liter-

Flasche Limonade, wandte sich an Autumn. »Ist Reese gerade nebenan?«

Die Rothaarige nickte, machte große Augen und wirkte ein wenig geschockt.

»Baby, kannst du sie holen? Ich glaube, sie muss das alles jetzt hören, damit Syn nicht alles wiederholen muss.«

»Gute Idee«, sagte Autumn, ging zur Tür und holte einen Mantel vom Haken. Sie zog sie an und blickte Syn an. »Ich bin gleich wieder da.«

Nachdem sich die Tür hinter ihr geschlossen hatte, wurde es in der Wohnung so still, dass sie ihr Herz in den Ohren klopfen hören konnte.

»Bruder, wenn der Scheiß hier geklärt ist, werden wir reden«, sagte Sig zu Dodge.

»Ja, du hast recht, das werden wir«, stimmte Dodge zu.

Die Spannung zwischen ihnen lag in der Luft. Und das war ihre Schuld. »Ich will kein Problem zwischen euch beiden verursachen.«

»Es gibt kein Problem«, versicherte Dodge und drückte sie leicht in den Nacken.

»Doch, das gibt es und Sig hat recht. Nur weil …«

Ihre Gedanken wurden unterbrochen, als die Tür wieder aufging. Zwei Personen und die Winterkälte folgten Autumn zurück ins Haus.

Syn blinzelte den Mann an, der sie begleitete. Er sah aus wie ein Wikinger, denn sein Kopf war auf beiden Seiten glatt rasiert und sein langes Haar war in der Mitte von der Stirn bis zum Kragen geflochten. Mit aufmerksamen, aber intensiven Augen nahm er die Szene wahr.

Die Frau bei ihm war eine große, kurvige Blondine, vielleicht Mitte bis Ende dreißig, und trug ein gewickeltes Baby auf dem Arm. Der Säugling gab ein Geräusch von sich, das einen scharfen Schmerz in Syns Herz schoss und sie durchströmte.

Es war ungefähr fünf Jahre her, dass sie Maya gesehen hatte.

Fünf verdammte Jahre war sie daran gehindert worden, ihre eigene verdammte Tochter zu sehen.

Sie hoffte nur, dass die Menschen in dieser Wohnung ihr helfen konnten, dieses Unrecht wiedergutzumachen. Mit starken Verbündeten im Rücken hatte sie vielleicht eine bessere Chance als allein.

Von nebenan sagte Dodge:»Das sind Deacon und seine Old Lady Reese. Das ist Syn, Sigs Schwester.«

Sowohl Deacon als auch Reese blickten sich verwirrt an, dann wieder zu Syn.

»Du hast eine Schwester, Sig?«, fragte Deacon.»Seit wann?«

»Seit unsere Fotzenmutter sie vor dreiundzwanzig Jahren rausgepresst hat«, antwortete Sig und schüttelte den Kopf.»Der Scheiß ist jetzt nicht wichtig. Ich brauche Reese, um diese Scheiße zu hören. Ich brauche ihr Fachwissen. Der Rest kann warten.«

Das war sehr wahr.

»Du bist Anwältin?«, fragte Syn die sehr gepflegte, ältere Frau namens Reese. Für eine frisch gebackene Mutter sah sie nicht erschöpft oder gestresst aus, sondern so, als hätte sie alles im Griff. Allein ihr Auftreten verriet, dass sie gut organisiert war und keinen Unsinn machte. Das könnte bedeuten, dass das Kind, das sie im Arm hielt, nicht ihr erstes war.

»Baby, gib mir meinen Jungen«, sagte Deacon und hielt Reese seine Hände hin,»damit du dich um das kümmern kannst, was auch immer es ist, und dich nicht von ihm ablenken lässt.«

Reese nickte und übergab das schläfrige Baby seinem Vater, dann drehte sie sich wieder zu Syn um, mit einem ganz sachlichen Gesichtsausdruck.»Ich bin Zivilprozessanwältin.«

»Das ist ein Anwalt, richtig?« Sie hatte keine Ahnung, was der Unterschied zwischen einem Prozessanwalt und einem Anwalt war oder ob es überhaupt einen gab.

»Ja, aber …«

»Vielleicht kannst du helfen …«

»Sie hatte ein Baby und die Leute, die Syn adoptiert haben, haben es ihr weggenommen und wollen es nicht zurückgeben.« Sigs Unterbrechung war von Ungeduld geprägt.

Reese schüttelte den Kopf, als wolle sie ihn klären. »Was? Und wann? Dieser eine Satz wird nicht ausreichen, Sig.« Sie wandte sich an Syn. »Wie alt ist das Baby?«

»Sie ist kein Baby mehr.«

Reese runzelte die Stirn und neigte den Kopf, als wüsste sie bereits, dass ihr die Antwort nicht gefallen würde: »Wie alt ist sie?«

Das war der Punkt, an dem die Dinge schnell entgleisen konnten. Das war der Teil, den Syn fürchtete, auch wenn er sich nicht vermeiden ließ. Sie holte tief Luft und antwortete dann mit dem Ausatmen: »Neun.«

Reese blinzelte und Stille senkte sich über den Raum.

Zumindest, bis Sig explodierte. »Neun? Verdammt noch mal, das muss ich falsch verstanden haben.« Er drehte sich zu Autumn um. »Hat sie *neun* gesagt? Ist mein Gehör im Arsch?«

Autumn hatte sich den Mund zugehalten, als Syn das Alter von Maya gesagt hatte, und auf Sigs Frage hin ließ sie den Arm fallen, um zu antworten: »Ja, das habe ich auch gehört. Oh mein Gott.«

»Du siehst nicht … Wie alt bist du?«, fragte Reese und ignorierte die Reaktion der Männer völlig.

Syn tat auch ihr Bestes, um das Feuer um sie herum zu ignorieren und sich auf das Wesentliche zu konzentrieren. »Dreiundzwanzig.«

»Das ist …«, Reese schüttelte den Kopf und wusste nicht, was sie sagen sollte. Ihre Reaktion war einer der vielen Gründe, warum sie nie jemandem erzählt hatte, dass sie eine Tochter hatte. »Das ist …«

»Abgefuckt, das ist es, was das ist«, knurrte Deacon.

»Heilige Scheiße«, murmelte Dodge. »Heilige verfickte

Scheiße. Du warst ... wie alt? Vierzehn, als du sie bekommen hast?«

Syn nickte, konzentrierte sich aber auf die Anwältin. Jemand, der ihr vielleicht tatsächlich helfen konnte.

»Du warst vierzehn, als du schwanger wurdest?«, fragte Reese schnell, als wüsste sie, dass der Raum kurz vor dem Explodieren war.

Syn versteifte sich. »Dreizehn.«

Man hätte eine Stecknadel fallen hören können.

Reese machte weiter, als ob sie eine Splitterschutzweste trüge. »Und die Familie des Jungen?«

»Junge?«, fragte Syn. *Fuck.* Sie hatte gehofft, das Unvermeidliche zu vermeiden.

»Der Junge ... Der Vater des Babys. Ich nehme an, es war jemand in deinem Alter?« Reese schloss ihre Augen und flüsterte: »Bitte sag, dass es so war. Dass ihr zwei Kinder wart ... die nicht wussten, was sie taten und nur einen Fehler gemacht haben ...«

Syn war sich nicht sicher, was sie sagen sollte. Sie wollte sich nicht darauf konzentrieren. Sie wollte sich darauf konzentrieren, Maya zurückzubekommen. Mehr nicht. Die Vergangenheit konnte nicht geändert werden, aber die Zukunft schon. Sie mussten sich auf die Zukunft konzentrieren.

An der Vergangenheit konnte man nichts ändern. Außer sie hinter sich zu lassen.

Über die Details zu sprechen, half nicht, sondern ließ sie die Vergangenheit wieder aufleben.

Das wollte sie nicht tun. Sie wollte es nicht.

Sie konnte es nicht.

»Spielt es eine Rolle, wer der Vater ist?« Natürlich spielte es eine Rolle, aber sie wünschte sich, dass es nicht so wäre.

»Nun, ja, es spielt eine Rolle. Wird er um das Sorgerecht kämpfen? Oder dafür kämpfen, dass du es nicht bekommst?«

»Kann er das?«, fragte Syn Reese, nicht ahnend, dass sich

diese Sorge zum Rest des Stapels gesellen würde. »Ich war erst dreizehn, als ich schwanger wurde. Ist das nicht ein Verbrechen?«

Dodge erstarrte so sehr neben ihr, dass sie dachte, er würde sich in eine Betonstatue verwandeln. Seine Fingerspitzen gruben sich in ihren Nacken. Sie zuckte zusammen und ruckte mit dem Kopf, damit er merkte, wie stark er drückte und seine Finger lockerte. Was er aber nicht tat, war sie zu entfernen.

Reeses Gesicht wurde blass. »Das kommt darauf an, denke ich. Es hängt von seinem Alter ab und von der Volljährigkeit in dem Staat, in dem ihr ...« Sie stieß zischend die Luft aus.

»In welchem verdammten Staat dürfen Dreizehnjährige von einem Mann geschwängert werden?«, wütete Sig.

»In keinem, von dem ich wüsste, Sig«, versicherte ihm Reese, »aber das ist nicht mein Fachgebiet. Ich müsste nachsehen ...«

»War das in West Virginia?«, fragte Autumn sanft.

Syn nickte.

Dodge ließ ihren Nacken los, zog das Handy aus seiner Gesäßtasche und begann schnell zu tippen. Sein Gesicht war dunkel und stürmisch. Genauso schlimm wie das von Sig. Er starrte eine Sekunde lang auf sein Handy, seine Augen wanderten über den Bildschirm und als er den Kopf hob, warf er Sig einen Blick zu. »Sechzehn.«

»Nun, zum Glück - und ich hasse es, dieses Wort in diesem Fall zu benutzen - könnte uns das helfen«, sagte Reese.

»Nein«, sagte Syn.

Alle Augen richteten sich auf sie.

»Warum nicht?«

»Mir wurde gesagt, dass ich niemandem etwas darüber sagen darf, wie ich schwanger geworden bin. Wenn ich das täte, drohten sie mir, Maya an eine andere Familie wegzugeben und schworen, dass ich sie nie wieder sehen würde. Ich weiß nicht, ob das stimmte oder nicht, da sie über so viele andere Dinge gelogen haben, aber damals habe ich es geglaubt. Ich wusste, wenn Sig mich an eine beliebige Familie geben konnte, konnten sie das auch mit Maya tun. Ein Risiko, das ich nicht eingehen wollte und immer noch nicht will. Ich will sie nicht aus den Augen verlieren.« Sie blickte zu Sig. »Wie wir. Schau mal, wie lange es gedauert hat, bis wir uns wiedergefunden haben.«

Ihr Bruder rieb sich mit einer tätowierten Hand über den Mund, sagte aber nichts.

»Wie bist du schwanger geworden?«, fragte Dodge, seine Stimme war ein gefährliches Grollen. »Dieser Typ war doch kein Teenager, oder? Er war ein verdammter Erwachsener?«

Syn presste ihre Hände auf ihre Augen. Sie wollte diesen verdammten Weg nicht einschlagen. »Das spielt keine Rolle«, flüsterte sie.

»Doch, verdammt noch mal!«, brüllte Sig. »Es ist eine Sache, wenn zwei Teenager miteinander ficken, aber eine andere, wenn ein erwachsener Mann eine Dreizehnjährige fickt.«

»Vergewaltigt«, korrigierte ihn Reese. »Nicht fickt. Vergewaltigt.«

Syn holte angestrengt Luft. Das war ein Fehler gewesen. Sie ließ die Hände von ihrem Gesicht fallen und blickte zu Dodge auf. »Ich kann nicht …« Die Worte blieben ihr im Hals stecken und sie räusperte sich, schüttelte den Kopf, sah ihm in die Augen und sagte: »Ich kann nicht. Ich muss gehen.«

Sie begann sich umzudrehen und erwartete, dass Dodge sie aufhalten würde, aber stattdessen war es Autumn, die sie aufhielt. »Nein, warte! Das ist wichtig, Syn. Wir wissen, wie wichtig es für dich ist, Maya zurückzubekommen. Das bedeutet, dass es auch für uns wichtig ist. Wir wollen helfen, wo wir nur können. Vielleicht«, sie blickte sich um, »könnten die Jungs uns Mädels ein bisschen in Ruhe lassen.«

»Drauf geschissen!«, knurrte Sig.

Reese verdrehte die Augen. »Das wäre vielleicht das Beste, bis ich alle Details kenne und herausgefunden habe, wie wir helfen können. Ihr helft nicht, indem ihr«, sie kratzte sich an der Stirn, »na ja, indem ihr *ihr* seid. Ist die Situation schlimm? Ja. Helft ihr, sie leichter zu machen? Nein. Deke, kannst du Sig und Dodge mit Dane nach nebenan bringen. Im Kühlschrank steht eine Flasche, falls du sie brauchst.«

Deacon starrte seine Frau ein paar Sekunden lang an, dann nickte er. »Ja. Lassen wir ihnen etwas Privatsphäre.«

»Nein«, sagten Sig und Dodge gleichzeitig.

»Doch«, beharrte Reese. »Genau das wird passieren. Deke, bring sie nach nebenan.«

Deacon schnitt bei diesem Befehl eine Grimasse. »Du hast sie gehört. Los gehts.«

»Aber ich muss wissen …«, begann Sig.

»Das wirst du, nur nicht jetzt«, versicherte ihm Reese. »Lass mich erst einmal verarbeiten, was passiert ist und was passieren muss, dann bringen wir dich auf den neuesten Stand. Okay? Entweder das, oder sie geht wegen des Drucks, den du auf sie ausübst, und dann finden wir nichts heraus und Maya bekommt nicht die Hilfe, die sie braucht. Hast du das verstanden?« Sie zog beide Augenbrauen hoch.

»Fuck«, murmelte Sig und fuhr sich mit den Fingern durch das Haar.

Dodge trat vor sie und neigte seinen Kopf nach unten, sodass sie sich nur auf sein Gesicht konzentrieren konnte. Es war nicht zu erkennen, aber sein Körper war angespannt. »Ich bin gleich nebenan, verstanden?«

Syn nickte.

»Ich will alles wissen«, sagte Dodge.

»Das wird sie entscheiden«, sagte Reese fest. »Nicht du. Nicht Sig.«

Sig öffnete seinen Mund und Autumn flehte: »Sig.«

Der Mund ihres Bruders klappte zu und er starrte seine Old Lady eine Sekunde lang an. Er schien ein wenig die Luft anzuhalten, bevor er nickte. »Ich bin mir nicht sicher, ob ich will, dass du die Details erfährst.«

Syn fragte sich, warum er diese Sorge hatte. Vielleicht hatte es mit dem Blick zu tun, den er in Autumns Augen gesehen hatte. Dass er befürchtete, dass alles, was Syn sagen würde, ein Auslöser für sie sein könnte.

»Wenn dir der Scheiß nahe geht, komm nach nebenan.« Sig wandte sich an Reese. »Wenn du das siehst, schickst du sie nach nebenan, hast du mich verstanden?«

Reese nickte. »Ja.«

»Lass mich das nicht bereuen«, sagte Sig über seine Schulter, während er Dodge und Deacon aus der Wohnungstür folgte.

»Oh Gott«, flüsterte Reese. »Diese Männer. Sie lieben uns so sehr, dass ihre Gefühle manchmal dem klaren Denken in die Quere kommen. Sie überreagieren, bevor sie denken.«

»Ich bin mir nicht sicher, ob sie in diesem Fall überreagieren«, murmelte Autumn.

Syn seufzte. »Tut mir leid. Ich wollte das nicht auslösen, indem ich um Hilfe gebeten habe.«

»Nein. Du tust das Richtige. Ich bin nur froh, dass Trip nicht hier war. Sonst wäre das hier ein Verhör, wie im Krieg geworden.« Sie stieß ein einziges trockenes, gestelztes Lachen aus. »Okay, lasst uns hinsetzen. Red, kannst du Syn ein Glas Wasser holen?«

Autumn nickte und ging um den Tresen herum in die Küchenzeile, während Syn und Reese es sich auf der Couch bequem machten.

»Also … Eins nach dem anderen. Ich bin kein Familienanwalt, aber da ihr euch keinen leisten könnt, werde ich tun, was ich kann. Wenn ich mich an einen Kollegen wenden muss, werde ich das tun.«

»Das kann ich mir nicht leisten …«

»Es wird dich nichts kosten. Wir werden uns schon was

einfallen lassen. Geld ist hier nicht wichtig, sondern dass du deine Tochter zurückbekommst. Und du gehörst zur Familie. Ich habe keinen Zweifel daran, dass Trip den Club dazu bringen wird, alles Nötige zu finanzieren, denn er legt großen Wert auf die Familie. Aber hoffentlich muss es nicht so weit kommen. Wenn wir es allein schaffen, werden wir es tun. Aber wir *werden* deine Tochter zurückbekommen. Das verspreche ich dir als Mutter.«

Autumn trat an die Couch heran und reichte Syn ein Glas Eiswasser, dann setzte sie sich ihnen gegenüber. »Wenn wir das nicht auf legalem Weg lösen können, befürchte ich, dass diese Typen zu drastischen Maßnahmen greifen werden. Das wollen wir nach Möglichkeit vermeiden.«

»Einverstanden«, sagte Reese. »Aber ich brauche mehr Details, damit wir wissen, welche Schritte wir unternehmen müssen.«

Syns Finger umklammerten das Glas, aber sie konnte noch nicht trinken. Selbst ein kleiner Schluck würde sich anfühlen, als würde sie ertrinken.

»Erstens, diese Familie, die Maya hat, hat sie das Sorgerecht?«

»Sie haben mir gesagt, dass sie die Vormundschaft haben, also bin ich mir nicht sicher, was das für das tatsächliche Sorgerecht bedeutet.«

»Du hast doch nichts unterschrieben, oder?«, fragte Reese. »Du hast deine Rechte als Mutter nicht abgetreten?«

»Nein.«

»Der Vater … Es tut mir leid, aber wir müssen das wissen, falls es zu einem Rechtsstreit kommt. Wie alt war er?«

»Das weiß ich nicht genau.«

»Kanntest du ihn?«

Syn nickte. »Ja, seinen Bruder.«

»Wessen Bruder?«

»Der Mann, der mein Adoptivvater sein sollte. Es war sein Bruder.«

Reese legte eine Hand um ihre Stirn und hauchte:»Okay. Kannst du schätzen, wie alt er war?«

»In den Dreißigern, ganz sicher. Ich weiß es nicht genau.«

»Und … Und …«, Ihre grünen Augen blickten zu Autumn, die auf der Couch saß.»Und du wolltest nicht, dass er dich anfasst, richtig?«

Syn musste ihre Zähne zusammenbeißen, um zu antworten. »Nein.«

»Wussten deine Adoptiveltern - ich nenne sie mal so, weil ich nicht weiß, wie ich sie sonst nennen soll. Wussten sie, dass er dich vergewaltigt hat? Ich meine, wissen sie, dass er derjenige war, der dich geschwängert hat und dass er Mayas biologischer Vater ist?«

Syn zwang ein »Ja« aus ihrem geschlossenen Mund.

»Hatten sie etwas damit zu tun … Gott, es tut mir so leid, dass ich diese Fragen stellen muss. Hatten sie etwas damit zu tun, was mit dir passiert ist? Oder haben sie es erst später herausgefunden?«

»Ich bin mir nicht sicher. Es passierte immer, wenn sie ihn baten, auf mich und ihren Sohn aufzupassen, der ein paar Jahre älter war als ich. Sam hat gewartet, bis ihr Sohn im Bett war, und dann … dann …«

Reese schüttelte den Kopf und hob ihre Hand.»Ich muss die Details nicht wissen, wenn du sie nicht erzählen willst. Ich habs verstanden.« Wieder glitt ihr Blick zu Autumn hinüber, die still dasaß und die Hände fest in ihrem Schoß verschränkt hatte. Nach einer Sekunde wandte sich Reese wieder an Syn.»Okay.« Sie atmete tief ein und aus.»Wir könnten das auf legale Weise machen, aber wenn wir das tun, wird alles, was dir passiert ist, aufgedeckt. Ich fürchte, wenn sie mit dir um das Sorgerecht streiten, könnte es ein langer, langwieriger Kampf werden. Schlimmer noch, sie könnten sie dort verstecken, wo niemand sie finden kann.«

Das darf nicht passieren.»Ich will nur Maya zurück. Es ist

mir scheißegal, was er mir angetan hat. Das kann nicht ausgelöscht werden.« Sie hatte schon zehn Jahre lang damit gelebt.
Sie wollte sich nicht damit beschäftigen und zulassen, dass es sie
für den Rest ihres Lebens auffrisst.

»Ich weiß, aber was ist, wenn er das auch mit anderen
Mädchen macht?«

Syn schloss ihre Augen. Reese hatte recht. Oder sie könnte es
nur gewesen sein, weil sie gelegen kam und Sam wusste, dass
sein Bruder ihn niemals verraten würde. Syn lernte auf die
harte Tour, dass sie ihn eher als Syn beschützen würden.

Für sie war Blut dicker als Wasser. Syn war das schmutzige
Spülwasser.

»Ich weiß, dass du die Jungs hier raushaben wolltest, Reese,
aber vielleicht ist es besser, wenn sie das hören«, sagte Autumn.
»Vielleicht müssen sie sich ja einmischen.«

Reese starrte an die Decke und ließ nach ein paar Augenblicken schließlich den Kopf sinken. »Sie werden sich selbst in
Gefahr bringen. Das weißt du doch. Du weißt doch, wie sie
sind.«

»Ich weiß, wie sie sind«, bestätigte Autumn. »Aber ich sage
es nur ungern, aber es könnte das Beste sein. Wenn ein Rechtsstreit Syn dazu bringt, ihre Tochter nicht zurückzubekommen,
und wenn Maya in dem Haus bleibt, das einen Kinderschänder
willkommen heißt und schützt ...«

»Verdammt«, flüsterte Reese barsch, als sie ihr Handy aus
der Fleece-Weste zog und eine SMS schickte. »Bevor sie hier
reinplatzen ... Was läuft da zwischen dir und Dodge? Ich bin
mir nicht sicher, wie er in all das verwickelt ist.«

»Wir ...« Sie wusste nicht, wie sie ihnen sagen sollte, dass sie
und Dodge nur eine Nacht miteinander verbracht hatten und er
sich plötzlich in ihre Angelegenheiten einmischte und
versuchte, das Kommando zu übernehmen.

Reese hob eine Hand, um sie zu stoppen. »Das ist alles, was
du zu sagen hattest. Ich kann es in deinem Gesicht sehen und in

diesem einen Wort hören. Wir wissen, wie es ist, sich mit diesen Männern einzulassen. Es kann intensiv und überwältigend sein. Wenn du ihn nicht dabeihaben willst, sag es einfach. Ein einziges Wort an Trip würde genügen.«

Syn schüttelte den Kopf. »Nein. Das musst du nicht tun. Er hat mich nicht unter Druck gesetzt, etwas zu tun. Er war immer nur hilfsbereit. Ich ... mag ihn.« Das tat sie. Irgendetwas an ihm verankerte ihre Füße auf dem Boden, anstatt dass sie hilflos schwebte und nach Halt suchte.

»So wie er sich in deiner Nähe verhält, scheint er dich auch zu mögen.« Autumn rollte ihre Lippen nach innen.

»Diese Typen sind *nicht* einfach, aber glaub mir, sie sind es wert«, gab Reese zu. »Deacon hat mir eine ganz neue Welt eröffnet, von der ich gar nicht wusste, dass ich sie verpasse, weil ich mich so sehr auf meine Karriere konzentriert habe. Meine Schwester hatte recht, ich hätte mich zu Tode arbeiten können und hätte nie die Chance gehabt, das Leben nebenbei zu genießen.«

»Jetzt seht euch zwei an«, sagte Autumn mit einem sanften Lächeln. »Und jetzt hast du Dane ...«

»Ich hatte nicht vor, Kinder zu bekommen und ja, jetzt sieh mich an. Ich habe jetzt zwei.«

»Dane und Reilly?«, fragte Autumn und legte ihre Stirn in Falten.

Sie schüttelte den Kopf. »Dane und Deacon.«

Die beiden Frauen lachten und einen Augenblick lang war es schön, ein leichtes Lachen zu hören. Es stimmte, dass es die Seele besänftigte. Sie hatte schon lange nicht mehr gelacht, also atmete Syn das Lachen wie Sauerstoff ein, um nicht in den Tiefen der Dunkelheit zu ertrinken.

Nicht einmal dreißig Sekunden, nachdem das Lachen verklungen war, stürmten die drei Männer wieder herein und begutachteten sofort die Lage. Sig untersuchte Autumn, während Dodge dasselbe mit Syn tat.

»Reißt euch zusammen, hört ihr mich?«, warnte Reese sie. »Wenn einer von euch durchdreht, werde ich nicht zögern, euch wieder rauszuschmeißen. Sig?«

Sigs Kinnlade wackelte, aber er nickte.

»Dodge?«

Dodge nickte ebenfalls.

»Red meint, wir sollten die Sache nicht auf legalem Weg regeln. Und weißt du was, ausnahmsweise stimme ich dem zu. Das würde zu lange dauern und es klingt, als müssten wir Maya so schnell wie möglich aus dieser Situation herausholen. Also - ich kann nicht glauben, dass ich das sage - wir werden es auf die Fury-Art machen.«

Alle Männer starrten sie an, als wäre ihr ein dritter Kopf gewachsen.

»Wie war das?«, fragte Deacon und hüpfte auf und ab, während er den gewickelten Hintern eines jetzt sehr wachen Babys tätschelte.

»Du hast mich gehört. Ich werde es nicht wiederholen.«

»Verdammt«, flüsterte er. »Wenn du so herrisch wirst ...« Er grinste, aber das Grinsen verschwand schnell, als Reese ihm einen ›Nicht jetzt‹-Blick zuwarf.

»Okay«, begann Deacons Old Lady. »Ich schlage Folgendes vor. Um uns abzusichern, müssen wir die DNA von Maya, Syn und dem Vater nehmen. Wenn später Fragen auftauchen, haben wir so den absoluten Beweis, dass Syn die Mutter von Maya ist. Wir haben auch den Beweis, wer Mayas Vater ist. Das ist ein Beweis, den wir als Druckmittel benutzen können, da Maya während des«, sie schnitt eine Grimasse, »Übergriffs auf ein Kind gezeugt wurde.«

Die Luft begann zu vibrieren.

»Reißt euch zusammen«, ermahnte Reese die Männer erneut. »Ich spüre schon, wie die Temperatur hier drinnen steigt. Wir müssen in dieser Sache klar und logisch denken.« Sie holte tief Luft und wandte sich an Syn. »Werden sie wollen, dass diese Information ans Licht kommt? Dass dieser Mann«, sie zog wieder eine Grimasse, »ein Kind angefasst und geschwängert hat?«, Reese schüttelte den Kopf. »Das bezweifle ich. Selbst wenn es herauskäme, würden wir mit diesen Beweisen das Sorgerecht beantragen und den Fall gewinnen, Syn. Daran habe ich keinen Zweifel.«

»Was ist, wenn der Wichser mit ihr um das Sorgerecht kämpft?«, knurrte Dodge. »Ist das nicht schon mal passiert? Ein Vergewaltiger hat um das Sorgerecht gekämpft?«

»Wenn er das tut, werden wir aufdecken, was er getan hat, und er wird ins Gefängnis gehen und das Sorgerecht sowieso automatisch verlieren. Zumindest hoffe ich, dass ich recht habe. Das Justizsystem ist ein wenig fehlerhaft …«

»Ein wenig?«, brüllte Sig.

Reese ignorierte seinen Ausbruch und fuhr fort: »Ich glaube, wenn wir ihm damit drohen müssen, wird er still und leise verschwinden.«

»Wollen wir, dass der Wichser still und leise verschwindet?«, fragte Deacon mit einer hochgezogenen Augenbraue und einem Glitzern in den Augen.

Sigs Augen verengten sich. »Drauf geschissen. Der Wichser wird verschwinden, aber das wird verdammt noch mal nicht leise passieren.«

19

Obwohl Syn sich freute, dass etwas passieren würde, machte sie sich auch Sorgen.

Sie wollte nicht, dass ihr Problem der Grund dafür war, dass einer von ihnen länger im Gefängnis saß. Ihr Bruder hatte jetzt ein Zuhause und eine Frau, die ihn ganz offensichtlich liebte. Deacon hatte eine Frau und ein Baby. Oder sie nahm an, dass Reese seine Frau war. Allerdings sah sie keine Eheringe an ihren Fingern.

Und Dodge ... Wäre er bereit, seine Freiheit für sie zu opfern? Für eine Frau, die er kaum kannte?

Das ergab keinen Sinn.

»Ich möchte nicht, dass ihr denkt, ich hätte nicht versucht, es auf dem richtigen Weg zu tun. Ich wollte ihnen beweisen, dass ich mich um sie kümmern kann. Und ich habe mich jeden verdammten Tag um sie gekümmert, bis ich siebzehn wurde. Dann zog ich aus, in der Hoffnung, dass wir nur vorübergehend getrennt sein würden, besorgte mir einen Job und eine beschissene kleine Einzimmerwohnung. Aber nichts davon war gut genug für sie, um sie mit mir gehen zu lassen. Ich konnte mir keine Tagesbetreuung leisten. Ich konnte mir nicht mehr als die Miete leisten. Ich konnte mir gar nichts leisten. Ich dachte dann fälschlicherweise, sie würden sie mir geben, als ich achtzehn wurde. Auch das lehnten sie ab und erfanden daraufhin einen Scheiß, um die einstweilige Verfügung zu bekommen. Alles, was ich tat, war also umsonst. Nichts davon war gut genug.«

Nichts, was sie getan hatte, war gut genug. Und das würde es auch nie sein. Sie hatten nie vor, ihre Tochter zurückzugeben. Sie wollten Maya für sich selbst behalten.

Vielleicht dachten sie, wenn sie sie behielten, würde die Wahrheit über Sam nie ans Licht kommen. Indem sie sie behielten, war es ihre Versicherungspolice und sie benutzten Maya als Werkzeug, um Syn zu kontrollieren. Um sie zum Schweigen zu bringen. Das Verrückte war, dass Cara und Lyle Danzig eigentlich anständige Eltern für Syn gewesen waren. Bis zu dem Zeitpunkt, als Sam Danzig das erste Mal in ihr dunkles Schlafzimmer kam.

Dann das zweite Mal.

Und das dritte Mal.

Sam drohte ihr, wenn sie nur ein Wort über das sagen würde, was er tat, würde ihr niemand glauben und ihre ›Eltern‹ würden sie auf die Straße setzen. Er sagte immer wieder, dass Blut dicker als Wasser sei. Er erinnerte sie daran, dass Syn für sie kein Blut war. Sam schon. Sie war nur ein ›dummes‹ Kind, das als Unruhestifterin und Lügnerin gelten würde. Wer würde einem Kind mehr glauben als einem Erwachsenen? Niemand.

Er sagte auch, dass ihre Eltern wütend auf sie sein würden, weil sie Probleme verursachte. Weil sie über Sam log und versuchte, ihn in Schwierigkeiten zu bringen. Weil sie versuchte, ihre Familie auseinander zu bringen. Sie würden ihr die Schuld in die Schuhe schieben, anstatt dort, wo sie hingehörte.

Sie schloss die Augen und spürte plötzlich diese überlebensgroße Hand, die ihren Mund bedeckte. Sie erdrückte sie und ließ sie nach Luft ringen. Die endlosen stechenden, scharfen Schmerzen, als ob ihr Inneres zerrissen würde.

Das schwere Gewicht, das sie erdrückte. Die Schweißtropfen, die auf ihr Gesicht tropften und sich mit ihren heißen Tränen vermischten. Das leise Stöhnen. Und der letzte Stoß, immer begleitet von einem langen Stöhnen und gefolgt von einem Keuchen, bei dem sein heißer Atem ihre Haut überfiel.

Nach einer gefühlten Ewigkeit sackte er auf ihr zusammen, tätschelte ihren Kopf und sagte ihr, dass sie ein ›gutes Mädchen‹, sei und dass gute Mädchen sich gut um ihre Onkel kümmerten.

Gute Mädchen kümmerten sich gut um ihre Onkel.

Er war nicht ihr Onkel. Er war nichts weiter als ein riesiges Stück Scheiße, das man im Klo herunterspülen und in die Kanalisation schicken musste, wo es hingehörte.

Als ihre ›Eltern‹ herausfanden, dass sie schwanger war, war es zu spät, etwas dagegen zu tun. Sie zwangen sie, ihnen zu sagen, mit wem sie ›geschlafen‹ hatte, als ob es ihre Entscheidung gewesen wäre. Sie wollten, dass die Familie des ›Jungen‹, der ihr das ›angetan‹ hatte, Unterhalt für das Kind zahlte.

Schon komisch.

Als sie ihnen sagte, wer es war, glaubten sie ihr zuerst nicht. Sie nannten sie eine Lügnerin.

Sie beschuldigten sie sogar, Sam verführt zu haben.

Als würde sie wollen, dass ein Mann um die dreißig ihr so heftig in die Innereien stößt, bis sie Blutungen und lähmende Krämpfe hat, während er sie anschwitzt und ihr die Luft abdrückt, um sie ruhig zu stellen. Am Ende hat er sie geschwängert.

Sams verdammte Ausrede? Er wusste nicht, dass sie alt genug war, um schwanger zu werden.

Er wusste nicht, dass sie alt genug war, um schwanger zu werden.

Als ob das einen Unterschied gemacht hätte.

Sie war bereits im fünften Monat schwanger, als sie es

entdeckten. Sie zogen sofort um und nahmen sie von der öffentlichen Schule, um sie zu Hause zu unterrichten. Um ihre Schwangerschaft zu verbergen. Um zu vertuschen, was Sam getan hatte.

Sie verlor jeglichen Respekt vor der Familie, die sie aufgenommen hatte, als sie Maya für sich beanspruchten. Als sie Sam mit seinen Taten davonkommen ließen.

Haben seine Besuche aufgehört, als die Wahrheit herauskam? Ja. Wurde ihm untersagt, jemals wieder auf Syn aufzupassen? Ja.

Aber zu diesem Zeitpunkt war der Schaden bereits angerichtet worden. Sie taten nichts, um dieses Unrecht wiedergutzumachen. Nicht das Geringste.

Sie machten alles nur noch schlimmer, als sie sich nahmen, was ihnen nicht gehörte.

Die Couch sank neben sie und warme, lange Finger legten sich wieder einmal um ihren Nacken und drückten zu. Sie erinnerten sie daran, dass sie damit nicht länger allein fertig werden musste. Sie würde endlich einmal Menschen auf ihrer Seite haben.

Aber diese ganze Diskussion war genau der Grund, warum sie nicht darüber reden und warum sie sich nur darauf konzentrieren wollte, Maya zurückzubekommen. Sie wollte nicht wieder auf den Grund dieses tiefen, dunklen Brunnens fallen.

»Wohnen sie immer noch in der gleichen Wohnung?«, fragte Dodge.

»Ich bin mir ziemlich sicher, dass sie das tun. Ab und zu fahre ich zurück und versuche, sie zu sehen. Es ist schon ein paar Monate her, aber als wir das letzte Mal in der Gegend waren, habe ich Rex gebeten, den Schulbus dorthin zu fahren. Ich habe sie angefleht, mich zu ihr zu lassen. Sie schlugen mir die Tür vor der Nase zu und drohten mir, die Polizei zu rufen, weil ich gegen die einstweilige Verfügung verstoßen hatte.« Sie hatte sich gezwungen, auf den Beinen zu bleiben, anstatt zusammenzubrechen und zu heulen, wie sie es eigentlich wollte.

Das hätte nicht nur nichts gebracht, sondern die Jungs hätten es mitbekommen und sie dann aufgefordert, ihnen zu sagen, was passiert war und warum.

»Wissen die Jungs Bescheid?«, fragte Dodge als Nächstes.

Sie schüttelte den Kopf. »Nein, ich habe jedes Mal eine Ausrede erfunden. Ich hatte Angst, sie würden die Band auflösen wollen, damit ich einen anderen Job bekomme. Aber sie wissen nicht ... Im Moment ist meine Musik alles, was ich habe. Sie ist das Einzige, was die Risse in meiner Seele davor bewahrt, so groß zu werden, dass ich mich in nichts auflöse. Ich würde zu Staub im Wind werden.«

Er umfasste ihr Gesicht und drehte es zu ihm hin. Als sich ihre Blicke trafen, sagte er: »Jetzt hast du uns, Syn. Du hast jetzt eine ganze verdammte Armee hinter dir.«

»Wir werden sie zurückholen«, sagte Sig. »Das ist verdammt sicher. Und das Arschloch wird dafür bezahlen. Das werden sie alle.«

»Sig«, hauchte Autumn.

»Niemand tut meiner Schwester so etwas an und kommt damit verdammt noch mal davon. Keiner, Red. Meine Nichte kommt nach Hause.«

Meine Nichte kommt nach Hause.

»Warte ... Ich ... Das ist nicht mein Zuhause«, sagte sie schnell. »Wir können hier nicht bleiben. Wir müssen reisen, um Auftritte zu buchen ... Ich ...«

»Hör zu«, begann Dodge und hielt ihr Kinn und ihren Blick fest. »Darauf müssen wir uns im Moment nicht konzentrieren. Dieser Scheiß wird sich am Ende schon klären. Im Moment müssen wir Maya holen. Einverstanden?«

Sie verstand, was er andeuten wollte, aber sie sprach es nicht laut aus. Sie wollte darüber reden, aber ja, jetzt war nicht der richtige Zeitpunkt. Das Wichtigste war, Maya zurückzubekommen, und dann musste sie sich mit der Band zusammensetzen und besprechen, wie sie weiter vorgehen wollten.

Sie hatten ein Mitspracherecht. Die Band trug zwar ihren Namen, aber es ging nicht nur um sie. Seit Jahren waren sie füreinander da und sie hatte nicht vor, diese Familie zu verlassen, auch wenn sie ihren Bruder und seine Fury-Familie gefunden hatte.

Ihre kleine Welt wurde größer. Sie hoffte inständig, dass das etwas Gutes war. Sie brauchte etwas Gutes in ihrem Leben, außer ihrer Musik.

Sie blickte auf das M hinunter, das sie sich auf das Gewebe ihrer rechten Hand tätowieren ließ. Sie rieb mit dem linken Daumen darüber hin und her. Sie sah diese Erinnerung an ihre Tochter, wann immer sie auf der Bühne das Mikrofon ergriff. Sie sah es, wenn sie aß oder trank. Sie starrte jeden verdammten Tag auf diese Erinnerung. Eine Erinnerung daran, wofür sie kämpfte. Eine Erinnerung daran, niemals aufzugeben.

Jeder in dieser Wohnung, Sigs Bruderschaft und ihre Old Ladys könnten genau das sein, was sie brauchten. Ein Teil von Sigs Leben zu werden, könnte ihr und Maya ein gewisses Maß an Wurzeln geben.

Sie konnte es nur hoffen. Daran hatte sie sich seit dem Tag geklammert, an dem sie aus der Tür ging, um ein Leben für ihre Tochter zu schaffen, damit sie sie endlich zurückbekommen konnte. Diese Hoffnung war im Laufe der Jahre immer wieder mit Füßen getreten und zerstört worden. Aber jetzt …

Jetzt …

Dodges tiefe, grollende Stimme holte sie zurück. »In Ordnung. Wir sind hier vorerst fertig. Lasst uns einen soliden Plan ausarbeiten. Wir haben es hier nicht mit Hillbilly Hill zu tun, Sig. Niemand schert sich einen Dreck darum, was mit den Shirleys passiert, außer den Shirleys. Irgendjemand könnte sich einen Dreck um diese Wichser scheren.«

Syn hatte keine Ahnung, wer die Shirleys waren und was der

Hillbilly Hill war. Sie war sich nicht einmal sicher, ob sie das wissen musste.

»Wollen wir Trip da mit reinziehen?«, fragte Sig.

»Haben wir eine Wahl?«, fragte Deacon.

»Nein«, antwortete Dodge ihm. »Wir müssen uns schnell treffen und besprechen, wie wir die Sache angehen wollen. Wahrscheinlich brauchen wir mehr als nur drei von uns. Ich denke, wenn wir das allein machen und es Trip erst hinterher erzählen, wird er verdammt sauer sein.«

Deacon nickte. »Ja, ich denke, das ist das Beste. Und wenn wir den mürrischen grünen Riesen und Jet brauchen, können sie uns auch helfen.«

»Meinst du, Rook ist einverstanden, dass Jet mitmacht?«, fragte Reese, erhob sich von der Couch und nahm das schreiende Baby aus Deacons Armen.

Deacons Lippen zuckten. »Glaubst du, Jet interessiert es, was das Arschloch sagt? Ich glaube, er braucht eine Titte, Babe.«

»Ja, meine Titten und ich sind uns dessen sehr bewusst, danke«, antwortete Reese ihm.

»Fuck, ich vermis…«

»Sig!«, schrie Autumn und unterbrach Syns Bruder.

Im ganzen Raum hoben sich die Augenbrauen und Autumns Gesicht wurde so rot wie ihr Haar. Sie drückte eine Hand an ihre Wange und warf Sig einen Blick zu, der Bände sprach.

»Wie auch immer«, murmelte er.

Syn fragte sich, was das zu bedeuten hatte. Vielleicht war es besser, wenn sie es nicht wusste, denn es ging um ihren Bruder.

Dodge schnaubte neben Syn. »Okay, dann. Ja, lasst uns etwas mit der Bruderschaft ausarbeiten. Oder zumindest mit Trip, damit er entscheiden kann, wer alles daran beteiligt ist. Die Shirleys müssen erst einmal warten. Sie stellen keine unmittelbare Bedrohung dar.«

»Trip wird das nicht gefallen, aber er wird damit einverstanden sein. Und wir haben immer noch die Prospects, die sich da oben abwechseln, um den Hinterwäldlern auf die Finger zu schauen«, sagte Deacon.

»Es wäre besser, wenn meine Finger ihnen den Hals umdrehen würden«, sagte Sig.

»Ich wünschte, es wäre so einfach«, murmelte Deacon. »Aber wir wissen, dass es nicht so ist.« Er legte eine Hand auf Reese' Rücken. »Okay, mein Kind muss essen. Sprich mit Trip.«

»Je eher wir einen Plan haben, desto eher können wir ihn ausführen«, sagte Dodge.

»Einverstanden«, sagte Sig. »Ich glaube, er ist oben im Haus. Ich werde mit ihm reden und euch Bescheid sagen. Ja?«

»Ja«, antworteten Deacon und Dodge unisono.

Nachdem Deacon und Reese mit ihrem wütenden Sohn nach nebenan gegangen waren, standen sie und Dodge auf.

»Hast du einen Mantel für sie übrig?«, fragte Dodge Autumn. »Was sie anhat, ist nicht warm genug für dieses Wetter, und ihr scheint euch in der Größe zu ähneln.«

»Dodge …«, fing Syn an.

»Ich glaube, ich habe was. Lass mich nachsehen.« Sie ging den kurzen Flur entlang und verschwand in einem hinteren Zimmer.

»Das hättest du nicht tun müssen«, zischte Syn.

»Sie wird nichts dagegen haben und du kannst ihn zurückgeben, wenn wir dir etwas Warmes besorgt haben. Eine Sache, die du in diesem Club lernen wirst, ist, dass alle zusammenhalten. Einschließlich der Schwesternschaft.«

»Ich gehöre nicht zur Schwesternschaft«, erinnerte sie ihn.

»Am Arsch gehörst du nicht dazu«, antwortete Sig, bevor Dodge es tun konnte.

Er stellte sich vor sie. Als er das tat, rückte Dodge tatsächlich näher und stand wie eine Mauer hinter ihr. Sig blickte zu ihm auf und nickte ihm dann leicht zu, aber Dodge bewegte sich nicht weg. Er blieb in ihrem Rücken stehen.

Warum Dodge das Bedürfnis hatte, das zu tun, wusste sie

nicht. Es gab viele Untertöne zwischen der Gruppe, die sie nicht verstand.

»Ich dachte, ich hätte dich vor dem Bösen bewahrt. Ich schätze, ich habe dich zu etwas Schlimmerem gebracht. Ich werde es wieder gut machen. Hast du das verstanden?«, fragte ihr Bruder.

Syn nickte und flüsterte: »Und es tut mir leid, dass ich dir Vorwürfe gemacht habe. Du hast das Beste getan, was du damals tun konntest. Ich kann dir nicht vorwerfen, dass du mich verloren hast, so wie ich mir nicht vorwerfen sollte, dass ich Maya verloren habe.«

»Du bist nicht die Einzige, der es leidtut«, murmelte er und zog sie dann überraschend in seine Arme.

Die Umarmung war unbeholfen und steif zwischen ihnen, aber es war ein Anfang.

Seit über fünf verdammten Jahren ertrank sie in Frustration und Hilflosigkeit. Sie versuchte, nicht zu oft daran zu denken, damit sie weitermachen und auf eine Zukunft hinarbeiten konnte, in der sie hoffte, dass sie und Maya wieder vereint sein würden.

Vielleicht würde diese Frustration und Hilflosigkeit nach heute Abend ein Ende haben. Vielleicht würde heute Abend der Wendepunkt sein, nach dem sie gesucht hatte. Sie hoffte inständig, dass das der Fall war.

Sie hoffte auch, dass die Menschen, die sie jetzt umgaben, die Armee sein würden, die sie in ihrem Rücken brauchte, wie Dodge sagte.

Sie sollte sich nicht zu viele Hoffnungen machen. Noch nicht. Sie hatte noch einen langen Weg vor sich.

Aber zumindest war dieser Weg jetzt mit guten Vorsätzen gepflastert.

Und noch besser: Sie würde ihn nicht allein gehen.

* * *

»WAS MEINST DU, wie schnell können wir sie holen?«

»Wir?«, fragte Dodge, als sie durch die verschneite Winternacht zurück zum Bus gingen. Sie trug jetzt einen warmen Mantel, den Autumn ihr geliehen hatte.

Die Old Lady ihres Bruders hatte sie auf dem Weg nach draußen ebenfalls umarmt. Ihre Umarmung war warm und umfassend, anders als die von Sig. Und Syn hatte ihr Bestes getan, um dabei keine Tränen zu vergießen.

Jahrelange Tränen hatten sie nicht weitergebracht. Nur Taten würden helfen.

Und wenn Dodge glaubte, dass sie nicht mitkäme, wenn sie Maya zurückholten, dann hätte er einen Riesenstreit am Hals.

»Ja, *wir*.«

»Ich weiß nicht. Wie wärs, wenn du zurück zum Bus gehst und deinen Jungs erzählst, was du ihnen sagen willst, während ich zum Haus gehe und mit Sig und Trip rede?«

»Dann kommst du und erzählst mir, was der Plan ist?« Sie hatte Mühe, mit ihm Schritt zu halten, da ihre kürzeren Beine nicht mit seinen viel längeren mithalten konnten. Aus irgendeinem Grund schien er es eilig zu haben.

»Ich weiß nicht, ob der Plan in Trips Küche gemacht wird oder ob wir erst alle zusammentrommeln müssen. Aber ja, ich werde dich danach abholen.«

»Ich habe nicht gesagt, dass du mich abholen sollst.«

»Ich habe gehört, was du gesagt hast. Du hast auch gehört, was ich gesagt habe.«

Verdammt. Sie trat auf die Bremse. Warum erregte und ärgerte sie seine Herrschsucht gleichzeitig?

Einige lange Schritte später hielt auch Dodge an und blickte über seine Schulter zu ihr.»Problem?«, fragte er mit einer hochgezogenen Augenbraue.

»Ja. Ich weiß alles zu schätzen, was du getan hast und was du vorhast ...«

»Aber?«, stieß er hervor und drehte sich zu ihr um. Der

fallende Schnee bildete einen Spitzenvorhang zwischen ihnen. Er war jetzt viel schwerer als vorhin und schien sich schnell zu einem Wintersturm zu entwickeln.

»Aber ich weiß nicht, was ich damit anfangen soll.«

Er schloss die Lücke zwischen ihnen und neigte sein Gesicht zu ihrem hinunter. Sie starrte auf die Schneeflocken, die sich an seinen dichten, schwarzen Wimpern verfingen und schaute zu, wie sie zu Wassertropfen schmolzen.

Sie wollte sie mit ihrer Zungenspitze berühren.

»Womit?«

Sie schüttelte sich innerlich. »Mit dem hier.« Sie wedelte mit ihrer Hand in dem schmalen Spalt, den er zwischen ihnen gelassen hatte.

»Was zum Teufel musst du denn noch wissen?«

»Warum du mich *holen* kommst, anstatt mit mir zu *reden*, wenn du mit Sig und Trip fertig bist.«

»Es sollte keine verdammte Verwirrung geben.«

»Dodge. Wenn ich nicht verdammt verwirrt wäre, würde ich es nicht erwähnen.«

DIESE ATTITÜDE WAR WIEDER DA.

Dodge starrte sie an, während ihre Zunge über ihre Unterlippe fuhr, in der Kälte, in der Dunkelheit, während der Sturm um sie herum immer schneller wurde.

Wenigstens hatte sie jetzt einen anständigen Mantel an.

»Keine Verwirrung. Du gehst weiter zum Bus und redest mit deinen Leuten, während ich mit meinen rede. Wenn ich fertig bin, hole ich dich mit meinem Truck ab. Sei bereit.«

»Für?«

»Was zum Teufel meinst du mit ›für‹? Willst du mich absichtlich missverstehen?«

Sie hob ihr Kinn an und das Feuer war wieder da. Das Feuer, das in Sigs Wohnung gelöscht worden war. Er wusste nicht, was alles gesagt worden war, nachdem er nach nebenan zu Deacon gegangen war, aber eines war sicher: Er wollte es herausfinden. Vielleicht nicht alles heute Abend, aber irgendwann würde er alles hören.

»Nein, was ich zu verstehen versuche, ist, warum du mich abholst.«

»Fuck, Frau. Wenn ich es verdammt noch mal buchstabieren muss, werde ich es tun.« Er trat nah genug an sie heran, um mit ihr auf Tuchfühlung zu gehen. »Also, hör gut zu, ich sage das nur einmal.«

Ihre Augenbrauen hoben sich so hoch, dass sie fast die Kapuze mit den Katzenohren berührten, die sie sich über den Kopf gezogen hatte. Der Mantel, den sie sich von Red geliehen hatte, war groß genug gewesen, damit sie ihren geliebten Kapuzenpulli darunter tragen konnte.

»Ja, ich will, dass du es buchstabierst.«

»Du weißt, dass es verdammt noch mal schneit, oder?«

Sie streckte ihre Hand aus und neigte ihren Kopf in Richtung der fetten Flocken, die auf ihrer offenen Handfläche landeten. »Glaubst du, das ist das, was da vom Himmel fällt?«

Alles, was er sah, war, dass sie Handschuhe brauchte.

»Ich denke, du muss dir den Hintern versohlen, das denke ich.«

Ihre Augen verengten sich, aber ihre Lippen spitzten sich und selbst im fernen Licht über der Eingangstür der Scheune konnte er sehen, dass sich ihre Wangen verdunkelt hatten.

Fuck yeah.

Ein erschrockenes Zischen entkam ihrem Mund, den er so sehr begehrte.

»Du zitterst doch nicht, weil dir kalt ist, oder?« Er schloss die winzige Lücke zwischen ihnen und fuhr mit seinen Händen in ihre Kapuze und in ihr Haar, wobei er ihr Gesicht nach oben kippte, während er seines fallen ließ.

Er beanspruchte ihren Mund. Genau dort, wo jeder sie

sehen konnte, und es war ihm scheißegal. Er fuhr mit seiner Zunge tief hinein und erkundete jeden Winkel. Er schmeckte sie. Spürte ihre weichen Lippen auf seinen.

Er wollte, dass sich diese Lippen um seinen Schwanz legten. Das hatte er noch nicht gehabt. Aber heute Nacht ...

Heute Abend würde es passieren. Jedes Mal, wenn er in seinem Bett lag und ihre sinnliche Stimme in seinem Ohr hörte, während sie sich unterhielten, fantasierte er davon.

Aber nichts davon würde passieren, bevor er sie nicht zu sich nach Hause geholt hatte. Sie mussten die Sache abschließen und dorthin zurückkehren. Vor allem, weil der Schnee so schnell fiel.

Er schluckte ihr Stöhnen hinunter und küsste sie so fest, dass sie es noch einmal tun musste. Als er den Kuss beendete, drückte er seine mit einer Mütze bedeckte Stirn an ihre.

Eine Sekunde lang atmeten sie einfach nur. Der undurchsichtige Nebel, der durch ihr schnelles Hecheln entstand, bildete einen Kokon um sie herum.

»Hör gut zu, Syn«, mahnte er leise, sobald er nicht mehr so klang, als hätte er gerade einen Hundert-Meter-Sprint hinter sich.

Sie nickte, aber nicht genug, um ihren Kontakt zu unterbrechen.

»Ich will dich.« Dieser Teil war offensichtlich. Aber was er dann sagte, überraschte sogar ihn selbst. »Und auch keine Affäre für eine Nacht.« *Scheiß drauf,* er konnte genauso gut weitermachen. »Ich will dich in meinem Bett. Ich will dir was beibringen. Ich will alles mit dir erforschen. Ich will jeden verdammten Zentimeter von dir kennenlernen. Ich hoffe, du willst dasselbe.«

Sie zog sich zurück und starrte zu ihm auf. »Meinst du dauerhaft in deinem Bett? Oder nur für die nächsten paar Tage, bis wir Maya zurückbekommen?«

»Du hast nicht zugehört.«

»Ich habe dich gehört, Dodge, aber … ich habe eine Tochter.«

»Ohne Scheiß.«

»Ich meine …«

»Was zum Teufel hat das mit irgendwas zu tun?«

»Ich will ein Leben mit ihr beginnen. Die Zeit nachholen, die wir verpasst haben. Die Band … meine Musik …«

»Das habe ich verstanden. Du sagst, in diesem Leben ist kein Platz für jemand anderen?«

»Meinst du das jetzt ernst?«

Sie wollte einen Schritt zurücktreten, aber er packte ihre Handgelenke und hielt sie fest. »Denkst du, ich verarsche dich?«

»Wir kennen uns doch kaum.«

»Das lässt sich leicht lösen. Ich will jede verdammte Minute deines Lebens wissen. Ich will deine Hoffnungen und Träume kennen. Ich will wissen, was dir Angst macht. Was dich zum Schnurren bringt, dich zum Kommen bringt, dich zum Lachen bringt. Oder auch nur zum Lächeln. Ich will meinen Namen auf deinen Lippen hören, wenn du über mich herfällst, wenn du etwas brauchst oder auch, wenn du gar nichts brauchst.«

»Dodge …«, hauchte sie.

»Ja, Baby, genau so.«

»Aber …«

»Das hier ist auch keine Verhandlung, also denk nicht, dass es das ist.«

»Was ist, wenn ich dich nicht genauso will?«

»Wenn du das nicht willst, sehe ich das als eine Herausforderung an. Aber wenn du sagst, dass du es nicht willst, werde ich dich eine verdammte Lügnerin nennen. Diese Nächte am Telefon mit mir. Jeden Tag diese SMS. Glaubst du, ich liege herum und telefoniere wie eine geile vierzehnjährige Jungfrau mit jedem? Das habe ich noch nie mit jemandem gemacht. Nicht einmal mit vierzehn. Das sollte dir also etwas sagen, Syn. Und du bist eine verdammte Lügnerin, wenn du dich nicht genauso darauf gefreut hast wie ich.« Er lehnte sich näher heran, zog die Kapuze von ihrem Ohr und presste seinen Mund darauf. »Hast du nicht?«

Als sie »Ja« flüsterte, überflutete ihn Erleichterung und durchtränkte ihn bis ins Innerste.

Er wusste nicht, warum er diese Frau mehr wollte als jede andere, mit der er zusammen war. Er verstand es überhaupt nicht.

Vielleicht war er nicht dazu bestimmt. Es war möglich, dass er nur dazu bestimmt war, es zu akzeptieren und nicht zu hinterfragen, was - oder wen - das Universum auf seinen Weg schickte. »Sag es noch einmal, Syn, diesmal lauter.«

Ein Schauer durchfuhr sie und er musste sich ein Grinsen verkneifen, als er ihre Reaktion sah.

»Ja«, rief sie fast. »Ja, ich habe mich auf sie gefreut, auf deine Stimme. Auf deine Nachrichten. Ich habe mich darauf gefreut zu wissen, dass sich jemand für mich interessiert. Ich werde nicht lügen, die Antwort war und ist immer noch: Ja.« Als er sich aufrichten wollte, packte sie ihn am Kragen und hielt ihn dort fest. »Ich freue mich auch auf später. Ich freue mich darauf, alles auszuprobieren, was du mir beibringen kannst. Ich bin bereit, alles zu lernen. Und ich will alles mit dir lernen.«

Heilige Scheiße. Sein Schwanz war jetzt ein Stahlrohr in seinen Jeans und pochte so stark wie ein angeknackster kleiner Zeh.

Wenn das Gespräch, das er mit Sig und Trip führen musste, nicht so verdammt wichtig wäre, würde er sie an den Haaren zu seinem Truck schleifen, sich einen dunklen Platz suchen und die Scheiße aus ihr herausficken. Nachdem er sie dazu gebracht hatte, sich auf seinen Schoß zu legen, völlig nackt, während er ihren Arsch mit seiner Handfläche markierte.

Verdammt noch mal, er konnte doch nicht mit seinen Brüdern reden, während er wegen Syn einen Ständer hatte. Mit diesen Fantasien, die in seinem Kopf herumschwirrten. Mit dieser

Vorfreude. Mit seinen Fingern, die sich danach sehnten, diese perfekte blasse Haut zu markieren.

»Solange es auch dauert«, fügte sie hinzu und brachte diese Gedanken zum Stillstand.

Er richtete sich auf. »Nein, Syn. Ich habe dir doch gesagt, dass das keine Verhandlung ist. Die Sache ist die: Wenn du mir gehörst, gehörst du mir. Dafür gibt es kein Zeitlimit. Hast du mich verstanden?«

Er trat einen Schritt zurück und sagte nichts, als sie zu ihm aufblinzelte.

Er hatte mehr Attitüde von ihr erwartet. Er hatte verdammt noch mal nicht erwartet, dass sie ihm gehorchen würde.

Aber das war es, was er bekam, als sie flüsterte: »Ja, ich habe dich verstanden.«

Er war sich nicht sicher, was heißer war oder was ihn härter machte. Dass sie zustimmte oder dass sie dagegen argumentierte.

»Ich will jetzt verdammt noch mal hier raus, aber zuerst kommt Maya, ja? Ich werde also kurz mit meinen Brüdern reden und überlegen, was wir als Nächstes tun werden. Dann bringe ich dich für deine erste Lektion zu mir nach Hause. Hast du heute Abend Lust dazu?« Wenn sie nicht wollte, würde er das verstehen. Sie hatten genug Zeit, um neue Dinge zu entdecken. Um herauszufinden, was sie mochte und nicht mochte. Womit sie sich wohlfühlte und womit nicht. Um ihr zu zeigen, was Sex sein kann und nicht nur das, was sie in der Vergangenheit erlebt hatte.

Als sie nickte, schüttelte er den Kopf. »Nein, ich muss es hören, Syn. Bist du dazu bereit?«, fragte er noch einmal, damit sie sich sicher war.

»Ja.«

Dem Teufel sei Dank. »Bevor du zum Bus gehst, will ich noch einmal deinen Mund. Von jetzt an gehört dein Mund mir und ich will ihn, bevor wir getrennte Wege gehen. Jedes Mal, Syn, keine Ausnahmen. Wir machen diese Lektion zur Nummer eins. Sie ist einfach, aber wichtig.« Jedes Mal, wenn sie ihn in der Öffentlichkeit oder sogar privat küsste, erinnerte sie das daran, zu wem sie gehörte.

Es würde ihn auch daran erinnern, dass er sich um sie kümmern sollte. Um alle ihre Bedürfnisse zu erfüllen.

Aber ... sie würde nicht nur ihm gehören, er würde auch ihr gehören.

Darüber würde er sich im Klaren sein.

Wenn sie ihm alles geben würde, würde er im Gegenzug dasselbe tun.

Er blieb auf seinem Platz stehen und brachte sie dazu, zu ihm zu kommen. Als sie das tat, schlang er seine Arme um sie, zog sie an sich und legte beide Handflächen auf ihren Hintern, wobei er sich verdammt wünschte, dass sie wieder in seiner Wohnung wären und seine Hände stattdessen auf ihrer nackten Haut lägen.

Erst das Geschäft, dann das Vergnügen.

Die Vorfreude würde ihn umbringen, aber das wäre es wert.

Als sie sich auf die Zehenspitzen stellte und ihre Lippen auf die seinen presste, bewegte er sich nicht. Als sie ihre Lippen fester auf seine presste, öffnete er seinen Mund weit genug, um ihre Zunge hineinzulassen. Sie berührte zaghaft die seine. Beim zweiten Mal, als sich ihre Zungen berührten, war sie selbstbewusster.

Nach dem dritten Mal übernahm er und küsste sie, bis sie beide wieder außer Atem waren.

Gut, dass er Boxershorts angezogen hatte, sonst hätte er vielleicht einen verdammten nassen Fleck auf der Vorderseite seiner Jeans gehabt, weil ständig Sperma aus ihm herauslief.

»Wenn wir nicht mitten in einem verdammten Schneegestöber wären, könnte ich dich unter dem Pavillon dort ficken.«

»Sig ...«

»Ich werde ihm auch etwas klarmachen. Er wird sich daran gewöhnen müssen, dich mit mir zu sehen.«

»Nicht so«, sagte sie und brachte ihn zum Grinsen.

»Stimmt, so nicht«, stimmte er mit Bedauern zu. Er gab ihr einen Klaps auf den Hintern. »Na gut. Ich werde mir einen Plan ausdenken.«

Die Erleichterung in ihrem Gesicht war so klar wie ein verdammter Tag. Er hoffte nur, dass sie erfolgreich waren und es nicht zu einer Katastrophe wurde.

»Bevor wir gehen, können wir noch etwas zu essen besorgen und es den Jungs bringen?«

Dodge nickte. »Ja. Ich werde mit Trip abklären, ob sie Zugang zur Küche, zur Bar, zu den Duschen und zu den anderen Räumen haben.«

»Lässt er sie stattdessen in der Schlafbaracke übernachten?«

»Ich weiß es nicht, Baby, aber ich kann fragen.« Das könnte eine große Herausforderung bei Trip sein.

»Sei überzeugend.«

Seine Lippen zuckten bei ihrer Forderung. »Verstanden. Geh zum Bus und wärm dich auf. Bin gleich wieder da.«

Vielleicht würde der President den Jungs erlauben, den Schlafsaal mit Scar, Castle und Bones zu teilen, nachdem Dozer und Woody in ihre eigenen Zimmer gezogen waren. Zumindest so lange, bis sie sich wieder auf den Weg machen.

Wenn es nach Dodge und höchstwahrscheinlich auch nach Sig ginge, würden sie ohne ihre Leadsängerin auf Tour gehen.

Aber das war nicht das Problem, um das sie sich zuerst kümmern mussten. Sie mussten ihre Tochter zurückholen. Er konnte sich nicht vorstellen, dass Syn mit ihrer Neunjährigen in einem verdammten, halb kaputten Bus unterwegs sein wollte. Maya musste zur Schule gehen und ein stabiles Zuhause haben.

Außerdem musste sie wieder eine Beziehung zu ihrer richtigen Mutter aufbauen.

Syn hatte sich gerade so durchgeschlagen. Ein Kind bei ihr zu haben, würde ihr Nomadenleben noch härter machen.

Sie musste wirklich Wurzeln schlagen. Zumindest für Maya. Und es gab keinen besseren Ort dafür als Manning Grove. *Zum Teufel*, genau auf dieser verdammten Farm.

Als er auf das Farmhaus zuging, blickte er kurz über die Schulter, um zu sehen, dass sie den Bus erreicht hatte und bereits einstieg.

Es war verrückt, wie schwer es ihm in diesem Augenblick fiel, sich von ihr zu trennen, obwohl er wusste, dass er sie bald wiedersehen würde.

Das zierliche Kraftpaket mit der rauchigen Stimme, das ihn in sich aufgesogen und nicht wieder ausgespuckt hatte, stellte sein Leben so schnell auf den Kopf und ließ ihn die Zukunft in Frage stellen, von der er dachte, er hätte sie schon längst geplant.

Wenn er ehrlich zu sich selbst war, hasste er nicht die Vorstellung, dass Syn ein fester Bestandteil seines Lebens sein könnte. Als er durch den Schnee stapfte, wurde ihm klar, dass er in letzter Zeit, wenn er genau hinsah, all die namen- und gesichtslosen Muschis hasste, die in seinem Bett ein und aus gingen wie durch eine dieser Drehtüren.

Das Leben war verdammt seltsam. Er würde die starke Anziehungskraft, die er auf Syn ausübte, nicht leugnen oder so tun, als gäbe es sie nicht.

Fuck, nein, er hatte vor, es durchzustehen und zu sehen, wohin es sie führte.

Das bedeutete auch, dass er Sig zur Seite nehmen und Syns Bruder von seinen Absichten erzählen musste. Das könnte etwas mehr Überzeugungsarbeit erfordern, als es bei Syn selbst der Fall war. Aber auch dieser Herausforderung war er gewachsen.

Er würde sicherstellen, dass er diese Herausforderung nicht verlieren würde.

20

ls sich der Schnee auftürmte, kamen sie zurück zu seiner Wohnung, bevor die Straßen unpassierbar wurden. Ein paar Mal wurde es sogar ein bisschen haarig.

Die Stadt hielt die Main Street so gut wie möglich frei, aber nachdem sie die Straßen gesalzen hatten, warteten sie normalerweise damit, die Nebenstraßen zu räumen, sobald der Sturm vorbei war. Vor allem, wenn die Stürme so schnell kamen wie der aktuelle. Und die Gassen? Sie wurden jedes Mal als letztes geräumt. Mit dem Allradantrieb und den Stollenreifen seines Powerwagens kam er zum Glück durch die meiste Scheiße.

Micah und Dozer hatten die Bar wegen der tückischen Bedingungen sogar vorzeitig geschlossen. Außer ein paar eingefleischten Stammgästen, die in Gehweite wohnten, war niemand geblieben. Alle anderen, die zum Trinken fuhren, waren klug genug, zu gehen, bevor sie rausgeschmissen wurden.

Nachdem er durch die Hintertür hineingegangen war, überprüfte er automatisch den Vordereingang, um sicherzugehen, dass er verschlossen war. Dann brachte er Syn mit der Reisetasche nach oben, in der sie alles packen sollte, was sie in den nächsten zwei Tagen brauchen würde.

Wenn der Schnee nicht bald aufhörte, hatte er das Gefühl, dass sie mindestens einen Tag lang im Crazy Pete's festsitzen würden. Wenn er schon in der Bar festsitzen musste, wollte er sich nicht darüber beschweren, dass er mit Syn dort festsaß.

Als Erstes zog er sie aus, stellte sie beide unter die Dusche und zeigte ihr, wie er sie nach dem ›Unterricht‹ pflegen würde. Dabei wusch er nicht nur ihr Haar, sondern auch jeden Zentimeter ihres Körpers. Danach wickelte er sie in ein Handtuch und trocknete sie ab, bevor er das Gleiche bei sich selbst tat.

Wenn sie sich ihm hingab, tat er alles, was nötig war, um seine Wertschätzung für dieses Geschenk zu zeigen. Dazu gehörte auch, sie zu verwöhnen.

Um ganz offen zu sein, sagte er ihr, dass er bestimmte Dinge von ihr erwarten würde, aber dass sie im Gegenzug das Gleiche von ihm erwarten könnte. Überraschenderweise schien sie mit den Bedingungen einverstanden zu sein, die er aufstellte.

Obwohl es eine Partnerschaft sein würde, warnte er sie, dass er das letzte Wort haben würde.

Manche Frauen mögen das nicht - er konnte sich nicht vorstellen, dass eine Frau wie Reese oder sogar Stella diesen Bedingungen zustimmen würde - und er rechnete mit einem gewissen Widerstand von Syn.

Er versprach, sie nie zu verletzen und sich immer zuerst um ihre Bedürfnisse zu kümmern. Außerdem versprach er, ihr zuzuhören und sie zu ermutigen, ihre Bedenken zu äußern, wenn sie sie hat. Respekt ist eine Straße, die in beide Richtungen führt.

Ihre Beziehung würde ein Geben und Nehmen sein. Ebbe und Flut.

Wenn sie sich ihm völlig hingab, würde er ihr im Gegenzug alles geben. Wenn sie etwas wollte, würde er sein Bestes tun, um diese Wünsche und Bedürfnisse zu erfüllen.

Eines dieser Bedürfnisse war, Maya zurückzubekommen. Auf der Fahrt von der Farm zum Pete's erzählte er ihr von dem Plan, den er, Sig und Trip sich ausgedacht hatten.

Trip hatte Shade angerufen, als sie in der Küche des Farmhauses standen und die Möglichkeiten besprachen, weil er dachte, er sei der beste Mann, um in dieser Situation zu helfen. Nachdem das zurückhaltende Fury-Mitglied die notwendigen Details gehört hatte, erklärte er sich bereit, Dodge und Sig auf dieser wichtigen Mission zu begleiten.

Der Mann wusste, wie man sich leise bewegen und ein Messer effizient zum Töten einsetzen konnte, im Gegensatz zu Sig, der einem Mann einfach den Schwanz abhackte und eine riesige Sauerei hinterließ, die jemand anderes aufräumen musste.

Irgendwie wusste Shade auch, wie man in ein Haus einbricht und die Alarmanlage ausschaltet, ohne die Bewohner zu alarmieren. Eine Fähigkeit, die in diesem Fall gebraucht werden könnte.

Natürlich war es nicht Sigs Plan, den Mann namens Sam Danzig unauffällig auszuschalten. Danzig wäre vielleicht auch nicht der Einzige, der auf dem Rücksitz des Lieferwagens über die Grenze nach Pennsylvania und zu den Einäscherungsöfen von Tioga Pet Services gebracht würde. Einige Stunden später, nachdem sie in den Easy-Bake-Ofen gelegt würden, kämen sie in einen Eimer oder eine Kiste, bis der Schnee auf den Feldern verschwunden sei. Eines der weit entfernten Felder würde ihre letzte Ruhestätte sein.

Asche zu Asche, Staub zu Staub, ihr wollt euch mit Kindern anlegen, eine Lektion euch erteilen wir müssen - wenn ihr erlaub'.

Eine andere Möglichkeit wäre, ihr Verschwinden wie einen Unfall aussehen zu lassen. Aber das würde mehr Planung und Präzision erfordern, als einfach reinzugehen und den Job zu erledigen.

Dodge gefiel die Schock- und Angstvariante besser. Reinkommen, rauskommen. Nicht Rumpimmeln.

Er versicherte Syn, dass sie, sobald der Schneesturm vorbei war und die Straßen befahrbar waren, nach West Virginia fahren und ihre Tochter holen würden.

Es kam nicht unerwartet, dass sie darauf bestand, mitzufahren. Dodge gefiel das nicht. Er wusste, dass Sig und Shade es hassen würden, aber sie hatte ein überzeugendes Argument.

Maya war neun. Ihr Leben, so wie sie es kannte, war dabei, auf den Kopf gestellt zu werden. Sie würde ein vertrautes Gesicht brauchen, wenn Männer, die sie nicht kannte, bei ihr einbrachen, sie abholten und sie von der einzigen Familie, die sie kannte, wegbrachten.

Das würde verwirrend und beängstigend sein. Mit Syn hoffte Dodge, dass sich das auf ein Minimum reduzieren würde.

»Wird sie sich an dich erinnern?«, hatte Dodge sie gefragt und seine Augen auf die Straße gerichtet, während er vorsichtig durch den Schnee manövrierte, der ihren Weg kreuzte.

»Das sollte sie. Es ist schon ein paar Jahre her, dass ich sie sehen durfte, aber ich habe sie aufgezogen, bis ich mit siebzehn wegging. Ich bin nur gegangen, um einen Haushalt für sie zu schaffen, damit ich sie aus dem Haus und von Sam wegbekomme, nur für den Fall, dass er das Gleiche mit ihr versucht. Das war meine größte Angst, auch wenn er wusste, dass Maya sein leibliches Kind war. Ich war besorgt, dass das keinen Unterschied machen würde.«

Sie hatte ihr Gesicht für ein paar Sekunden in ihren Händen vergraben und es war offensichtlich, dass sie sich für diese Entscheidung Vorwürfe machte. Das sollte sie nicht. Sie war erst siebzehn und selbst noch ein Kind gewesen. Sie dachte, sie würde das Beste für ihr Kind tun. Es stellte sich als Fehler heraus.

Dodge drängte sie nicht, weiterzumachen. Er wartete, bis sie bereit war, es selbst zu tun. Er wollte sie berühren, um sie zu trösten, aber bei den schlechten Straßenverhältnissen musste er beide Hände am Lenkrad lassen, außer wenn er schalten musste. Und selbst dann war sein Truck ein wenig unruhig geworden.

»Danach durfte ich sie nur noch unter Aufsicht besuchen, bis ich achtzehn wurde. Sie sagten, das sei die Bedingung für die Vormundschaft. Ich bin mir sicher, dass das eine Lüge war und jetzt denke ich, dass eine gerichtlich bestellte Vormundschaft nie existiert hat. Warum sollten sie mich so anlügen?«

Der Schmerz und die Traurigkeit in ihrer Stimme brachten ihn dazu, seine verdammte Windschutzscheibe einschlagen zu wollen. Er und Sig würden sich höchstwahrscheinlich darüber streiten, wer Sam Danzig und vielleicht sogar ihre Adoptiveltern, von denen er jetzt wusste, dass sie Cara und Lyle hießen, ausschalten durfte.

»Weil diese Wichser ihre eigenen Pläne hatten, Syn. Die Leute sind verdammt bescheuert im Kopf. Sie tun alles, um anderen ohne Grund zu schaden, und es ist ihnen scheißegal. Sie sind egoistisch und verdammt grausam. Sie treten auf anderen herum, um das zu bekommen, was sie für sich selbst wollen. Wenn du nur ein einziges Mal im Gefängnis sitzt, wirst du etwas sehen, das deine Welt ganz anders aussehen lässt.«

Er wollte nicht auf das Misstrauen eingehen, das ihm während seiner ganzen Zeit im Gefängnis in Blut und Knochen gesickert war. Sie hatte das auch schon in ihrem Körper. Er hatte es an dem Abend gesehen, als sie zum ersten Mal ins Crazy Pete's kam. Jetzt, da er etwas über die Vorgeschichte wusste, konnte er es ihr nicht verübeln, dass sie auf der Hut war.

Er hatte dieses Leben selbst lange Zeit gelebt. Erst als er in Manning Grove bei der Fury-Bruderschaft sein Zuhause fand, begann er, seine Mauern fallen zu lassen. Aber bei jeder Frau, die seinen Weg kreuzte, hatte er diesen Schutz aufrechterhalten.

Bis zu Syn.

In der Sekunde, in der er diesen Schutz ablegte, wusste er, dass es ein Fehler gewesen war, denn sie war ihm unter die Haut gegangen und er konnte sich ihrem Einfluss nicht entziehen.

Vielleicht war es am Anfang ein Fehler gewesen, aber jetzt? Er hatte keine Lust mehr, sich von ihr loszureißen.

Das war der Grund, warum er ihr vorhin draußen und vor der Scheune sein verdammtes Herz ausgeschüttet hatte.

Das war der Grund, warum sie jetzt in seinem Truck auf dem Weg zurück zu seiner Wohnung war.

Das war der Grund, warum sie für immer in seinem Bett sein würde, wenn er ein Wörtchen mitzureden hatte.

Das war auch der Grund, warum er die endlose Parade von Frauen aufgeben würde, um nur eine zu haben. Etwas, von dem er nie erwartet hatte, dass er es jemals tun würde. Sein ganzes Leben lang hatte er sich vor ernsthaften Beziehungen gedrückt.

Viele seiner Brüder hatten diese Pussy-Parade ebenfalls aufgegeben, als sie ihre Old Ladys gefunden hatten. Diese eine Person, für die es sich lohnt, alles andere aufzugeben. Diejenige, die sie nicht verlieren wollten. Diejenige, bei der …

Es. Einfach. Passt.

Aber Syn das jetzt zu sagen, würde sie überfordern. Denn, *verdammt noch mal*, es überwältigte ihn.

Wer hätte gedacht, dass eine sehr junge, launische, zierliche Frau mit einer Kapuzenjacke mit Katzenohren und einer bezaubernden Stimme in sein Leben treten und es für immer verändern würde, als wäre es ein verdammtes Hexenwerk.

Sicherlich nicht er.

Er hatte sich zu ihrem Gespräch zurückgerissen. »Du warst achtzehn, als du sie zuletzt gesehen hast.«

Dieser Gedanke brachte sein Blut in Wallung. Diese Arschlöcher, die ein Kind von seiner Mutter trennten, machten ihn verdammt wütend. Ihre ›Eltern‹ waren genauso ein Stück

Scheiße wie der Mann, dessen ungewolltes Sperma Maya gezeugt hatte.

Seine Finger umklammerten das Lenkrad des Trucks mit dem Drang, diesen Wichsern die Kehle durchzuschneiden. Jedem einzelnen von ihnen.

Er konnte sich nicht vorstellen, wie es ist, als dreizehnjähriges Mädchen nicht nur mit einem dreißigjährigen Wichser zu tun zu haben, der sich ihr aufdrängt, sondern auch noch das Kind ihres eigenen gottverdammten Vergewaltigers gebären zu müssen. Allein das ließ eine ungesunde Wut in ihm auflodern. Dann kommt noch hinzu, dass die Familie, die sie eigentlich lieben und wie ihre eigene Tochter behandeln sollte, genau dieses verdammte Kind stiehlt.

Er stieß einen Atemzug aus und musste die Zähne zusammenbeißen, bevor er sie bis zu den Wurzeln zermalmte. Er zwang sich, seine schwelende Wut zu zügeln, denn er wollte Syn nicht noch mehr Stress machen, als sie ohnehin schon hatte.

Aber wenn es nach ihm ginge, würden sie alle bald ihren letzten Atemzug tun. Jeder einzelne von ihnen, verdammt. Syn hatte einen älteren Bruder erwähnt. Wie viel älter als sie war, wusste Dodge nicht und es war ihm auch egal, aber er musste mindestens Mitte zwanzig sein.

Er mag zwar erwachsen sein, aber wollten sie ihn ohne beide Elternteile zurücklassen? Scherten sich Dodge oder Sig einen Dreck darum, die Mutter am Leben zu lassen? Sig nicht. Dodge sollte das auch nicht.

Syns Adoptiv-›Mutter‹ Cara war böse genug gewesen, um Syn von Maya fernzuhalten. Sie hatte wirklich keinen Freifahrtschein verdient.

»Es ist fünf Jahre her«, flüsterte sie. »Ich bin sicher, sie ist so viel gewachsen, seit ich sie das letzte Mal gesehen habe.«

Er hatte seinen Blick für den Bruchteil einer Sekunde von der Straße genommen und starrte die Frau auf der anderen

Seite der Sitzbank an, die aus dem Beifahrerfenster starrte. Ihre Kapuze mit den Katzenohren war wieder über ihren Kopf gezogen. Sie trug das verdammte Ding, als wäre es ein Schutzschild. Als ob es magische Kräfte hätte und sie unsichtbar würde, wenn sie es trug.

In diesem verdammten Augenblick wurde ihm klar, dass sie für ihn niemals unsichtbar sein würde. Egal, wie sehr sie versuchte, sich in sich selbst zurückzuziehen. Sie konnte noch so sehr versuchen, ihre Gefühle zu verbergen, die in ihr herumschwirrten.

Er beschloss dann auch, dass sie mit zwei Fahrzeugen nach West Virginia fahren würden. Er wollte nicht, dass Maya oder Syn in einem Lieferwagen mit der Leiche eines Kindervergewaltigers fuhren. Eine Leiche mindestens. Wenn es nach ihm ginge, würden drei in den Lieferwagen gestapelt werden.

Während sie darauf warteten, dass der Sturm weiterzog, suchte Deacon die Adresse von Sam Danzig heraus und sie würden als Erstes bei diesem Arschloch zuschlagen. Dann würden sie Maya abholen und sich um Syns Adoptiveltern kümmern.

Aber sie hatten noch ein paar Tage Zeit, bevor sie losfahren konnten. In dieser Zeit konnten sie ihren Plan ausarbeiten. Natürlich wollte Trip, dass die Aktion ordentlich und nicht chaotisch verlief. Er machte auch deutlich, dass er nicht wollte, dass das, was sie in West Virginia taten, in irgendeiner Weise auf die Fury zurückfallen würde.

Keiner von ihnen würde die Fury-Farben tragen und wenn etwas schiefgehen sollte, sollten sie den Namen des Clubs nicht in den Mund nehmen. Sie würden den neuen Lieferwagen benutzen, der für das Krematorium gekauft wurde und auf dessen Seite der Name des Unternehmens noch nicht prangte.

Trip meinte sogar, dass sie den Wagen vielleicht gar nicht für Fälle wie diesen kennzeichnen sollten. Er sagte Shade, er solle Cassie bitten, stattdessen große abnehmbare Magnete zu kaufen. Auf diese Weise konnten sie ihn benutzen, wenn sie inkognito gehen mussten.

Dodge hatte vom President des Clubs nichts anderes erwartet. Nach außen hin wollte Trip, dass die Fury ›sauber‹ blieb. Was unter der Oberfläche geschah, war eine ganz andere verdammte Geschichte.

Wenn etwas erledigt werden musste, wurde es auf jede erdenkliche Weise erledigt.

Wie bei der Möchtegern-Miliz, dem Shirley-Clan, und ihrer bescheuerten souveränen Nation Guardians of ›Freedumb‹.

Wie mit Reillys missbräuchlichem Ex-Freund Billy.

Wie mit den Umständen, die Jude in das Leben von Shade und Chelle gebracht haben.

So oder so, die Fury tat, was die Fury tun musste. Trip hätte es nur lieber gesehen, wenn sie es nicht auf so rücksichtslose Weise getan hätten.

Leider ließ sich das manchmal nicht ändern.

So wie Sig, der völlig den Verstand verlor und Vernon Shirley einen Albtraum bescherte.

Sig durfte in diesem Fall nicht den Verstand verlieren. Dodge hoffte, dass der Mann sich zusammenreißen und sich auf die Ausführung des Plans konzentrieren würde, damit sie aus West Virginia abhauen konnten, bevor sie erwischt wurden.

Das Ziel war es, Maya zu schnappen, aber auch so, dass niemand am Ende Metallarmbänder tragen musste.

In der Zwischenzeit hatten sie ein paar Tage Zeit, um zu warten und an dem Plan zu arbeiten. Er wollte diese Zeit mit Syn verbringen. Bevor Maya nach Hause kam.

Ja, *nach Hause*. Denn ob Syn es nun sehen wollte oder nicht, Manning Grove würde jetzt für sie und ihre Tochter das Zuhause sein.

Wenn sie anders dachte, würde sie diesen Kampf verlieren.

Aber im Moment stritten sie sich nicht um irgendetwas. Was

sie vorhatten, war so weit von einem Streit entfernt, wie es nur möglich war.

Er saß nackt auf der Bettkante, sein Schwanz ragte wie eine Stahlstange aus seinem Schoß, während eine ebenso nackte Syn zwischen seinen Schenkeln stand. Während er vorher nicht wusste, was es war, erkannte er jetzt, dass die kleine, sehr verblasste, horizontale Narbe auf ihrem Unterbauch von einem Kaiserschnitt stammte.

Er konnte sich nicht vorstellen, dass man aufgeschnitten werden musste, um ein Kind zur Welt zu bringen, das ein Produkt einer Vergewaltigung war. Noch verblüffender war es, das Kind immer noch zu wollen und zu lieben, obwohl man zu jung war, um es zu gebären oder aufzuziehen. Das Kind immer noch zu wollen und zu lieben, auch wenn es Syn für den Rest ihres Lebens daran erinnern könnte, wie ihre Tochter entstanden ist.

Dieses Kind zu wollen und zu lieben, als wäre es geplant und nicht aufgezwungen worden.

Sie alle hatten Reds Entscheidung unterstützt. Es war für alle Beteiligten die beste Entscheidung gewesen, besonders für Levi. Sigs Frau bereute es nicht, dass sie das beste Leben für das Baby wollte. Sie war selbstlos genug, um zu wissen, dass es in ihrer Situation nicht bei ihr und Sig sein würde.

Genauso wie es Dodge nichts ausmachte, dass der Staat seiner drogensüchtigen Mutter das Geschwisterchen wegnahm. Er hoffte, dass die Entscheidung dem Kind die Chance auf ein besseres Leben gegeben hatte.

Sig hatte dasselbe mit Syn getan. Sein Ziel war es, seine kleine Schwester vor schrecklichen Umständen zu bewahren. Nur hatte er keine Ahnung, dass sich seine guten Absichten ins Gegenteil verkehren würden.

Jetzt musste er mit diesem Ergebnis leben, zusammen mit all den anderen Problemen, mit denen der Mann bereits zu

kämpfen hatte. Aber vielleicht konnte es helfen, Maya zurückzuholen und sie in die Fury-Familie aufzunehmen.

Aber darauf sollte sich Dodge im Moment nicht konzentrieren. Nicht, wenn Syn vor ihm stand, schamlos nackt und
eindeutig bereit für ihn.

Als ihre Finger an seinem bärtigen Kiefer entlang glitten,
blickte er auf und sah, wie sie sein Gesicht mit der Unterlippe
zwischen den Zähnen studierte.

Fuck.

»Ich weiß nicht, was damals mit dir passiert ist, und du musst
es mir auch nicht erzählen. Ich werde zuhören, wenn du es tust.
Aber die Sache ist die … Ich muss wissen, ob dich irgendetwas,
was ich tue, stört, und zwar in der Sekunde, in der es passiert,
verstehst du mich? Wenn du auch nur eine Frage hast, sag es. Ich
werde nicht wütend werden. Ich werde dich nie zwingen, etwas
zu tun, was du nicht tun willst. Es gibt genug andere Dinge, die
wir stattdessen tun können und die das gleiche Ergebnis bringen.«

Er hielt sich an ihren Hüften fest, um sie genau dort zu
halten, wo sie stand, während er ihr das klarmachte. Er würde
nichts tun, bei dem sie sich unwohl fühlte, es sei denn, sie wollte
ihre Grenzen austesten.

Jetzt, da er wusste, was er wusste, wenn er etwas Neues
ausprobieren wollte, entweder für sie oder sogar für sie beide,
würde er langsam anfangen, nichts voraussetzen, und dann
darauf aufbauen.

Egal, wie sehr ihn etwas verdammt noch mal anmachte,
wenn es bei Syn nicht das Gleiche bewirkte, würde er es
vermeiden.

Geben und nehmen.

Es gab eine Zeit, in der er hart und dominant war, aber auch
eine Zeit, in der er sanft und verständnisvoll war.

Er wollte, dass sie seine Version von *Vanille-Gewürz* genießt.
Er wollte, dass sie an diesem Gewürz nippt, es genießt und

dann nach einem Nachschlag fragt. Wenn sie sich mit dem, was sie ausprobierten, wohlfühlte, würde er die Würze erhöhen, bis sie das gefunden hatten, was ihnen beiden gefiel.

Ebbe und Flut.

Er hatte gesehen, wie es bei Deacon und Reese funktionierte, die völlig gegensätzlich waren. Bei ihnen funktionierte das Auf und Ab perfekt. Ein weiteres Beispiel für totale Gegensätze waren Ozzy, der überheblich sein konnte, und seine introvertierte Old Lady Shay. Es stellte sich heraus, dass Shays Persönlichkeit genau das war, was der Club-Secretary zum Ausgleich brauchte.

Auch Dodge neigte dazu, anmaßend zu sein, besonders wenn es um Sex ging. Er bevorzugte Frauen, die mit seiner Aggressivität im Bett umgehen konnten.

Er hoffte, verdammt noch mal, dass Syn mit ihm umgehen konnte. Er wollte sich nicht so weit herunterfahren, dass er nie das bekam, was er brauchte. Sig musste viel abschalten, um mit Red zusammen zu sein, und manchmal zeigte sich das. Sig war bereit, alles zu tun, was nötig war, um mit Red zusammen zu sein, selbst wenn es für ihn ein Opfer bedeutete.

Dodge hoffte nur, dass es nicht nach hinten losgehen würde. Red war die Art von Frau, die nicht damit leben könnte, wenn es doch passieren würde.

Er verdrängte die Gedanken an Syns Bruder und konzentrierte sich stattdessen auf Syn.

Er beugte sich vor, nahm eine Brustwarze in den Mund und saugte sie so tief, wie er konnte, bis seine Backenzähne an der Spitze kratzten. Er hielt sie weiterhin fest und ließ nicht zu, dass sie sich zurückzog. Wenn ihr nicht gefiel, was er tat, musste sie es ihm sagen. Er hatte nicht vor, zu raten.

Das hatte er ihr schon unter der Dusche klargemacht. Und er erinnerte sie erneut daran, als er das Handtuch langsam abwickelte, während sie vor ihm stand.

Als er ihre Brustwarze losließ, war sie glänzend und leicht

geschwollen, aber während er an ihr saugte, waren ihre Finger in sein Haar gerutscht und hielten es fest. Sie ließ sein Haar nicht los, als er sich leicht zurückzog und ihr ins Gesicht schaute. Ihre Augen waren unkonzentriert und ihre Lippen leicht geöffnet.

Er fand, dass ihre kleineren Titten es ihm erlaubten, fast alles in seinen Mund zu nehmen. Das gefiel ihm. Viel mehr, als er erwartet hatte.

Mehr als eine Handvoll ist eine Verschwendung.

Dieses Sprichwort stimmte zwar nicht ganz, aber was Syn hatte, war perfekt für ihre Größe. Und diese Handvoll war verdammt lecker.

Er riss eine ihrer Hände aus seinem Haar und wickelte ihre Finger um seinen Ständer, um ihr zu zeigen, was er von ihr wollte.

Während sie ihn langsam streichelte, strich er mit dem Fingerrücken über ihre gerötete Wange und legte sie dann fest um die zarte Kehle.

Das Spiel mit dem Atem hatte ihn schon immer verdammt erregt. In der letzten Nacht schien es sie nicht zu stören, aber er hatte es auch nicht zu weit getrieben. Jetzt wusste er nicht, ob es sie vielleicht ihren Kopf ficken würde.

»Ich muss wissen, ob meine Hand an deinem Hals dich triggern wird. Deshalb spreche ich immer wieder von Kommunikation. Sie ist der Schlüssel zu den meisten Dingen, die wir tun.« Eher bei den meisten Dingen, die er machen wollte. *wollte.*

»Neulich hat es das nicht.«

»Gut zu wissen.«

»Willst du wissen, warum?«, fragte sie und streichelte ihn immer noch, aber sie erhöhte das Tempo ein wenig. Er versuchte, sich auf das zu konzentrieren, was sie besprachen, und nicht auf das, was sie mit ihrer Hand tat. Aber als sie ihn fest drückte, zuckten seine Hüften. Sie tat es wieder, als würde sie versuchen, das letzte bisschen Zahnpasta aus der Tube zu quetschen.

Er war überhaupt nicht sauer darüber.

Er zwang sein Gehirn zu funktionieren, damit er fragen konnte: »Weil du darauf stehst?« Genau wie sie waren ihre Hände zierlich, aber die Hand, die ihn wichste, hatte es in sich.

»Nun, das. Überraschenderweise. Aber das ist nicht der einzige Grund.«

Er hielt eine Hand auf ihrem Hals und fuhr mit dem Daumen der anderen Hand über ihre Unterlippe, bevor er ihn in ihren Mund tauchte. Ein Mundwinkel kräuselte sich, als ihre Zungenspitze die Spitze seines Daumens berührte. »Sag es mir«, flüsterte er, während sein Schwanz in ihren Fingern zuckte.

Ihre Worte klangen wie in Honig getränkt, als sie sagte: »Weil ich dir vertraue.«

Weil ich dir vertraue.

Fuck. Diese vier Worte bedeuteten ihm mehr, als sie je wissen würde. Für ihn waren sie fast dasselbe wie die Aussage, dass sie ihn liebt. Er wusste, dass sie das nicht tat. Sie hatten nicht genug Zeit miteinander verbracht, um das zu entwickeln.

Um jemanden vollständig zu lieben, musste man ihm vertrauen. Es könnte also der erste Schritt zu etwas Festem zwischen ihnen sein. Ein Samen, aus dem möglicherweise mehr werden könnte.

Fuck, das konnte er nur hoffen.

Diese Erkenntnis schockierte ihn zutiefst.

»Ja, Baby, Vertrauen und Kommunikation müssen Hand in Hand gehen.«

Er ließ ihre Kehle los und drehte sie auf die Seite, um ihren Griff zu lösen, damit er seine Ladung nicht einfach in ihre Hand spritzen konnte.

Er strich mit beiden Händen über die seidenweiche Haut ihres Rückens, bis er ihren Hintern erreichte. Er umfasste beide

Backen und staunte, wie gut sie in seinen Handflächen lagen, genau wie ihre Titten in seinem Mund. Als ob sie für ihn gemacht wäre.

Er hielt sich für einen Künstler und ihren Arsch für eine frische Leinwand. »Ich möchte deinen Arsch markieren, Syn, aber ich werde es nicht tun, bis du bereit bist. Wenn du so weit bist, musst du es mir sagen.«

Sie zitterte leicht unter seiner Berührung, aber es war das Räuspern in ihrer Kehle, das ihn am meisten ansprach.

»Wenn es Spielzeuge, Techniken oder Stellungen gibt, die du ausprobieren willst, brauchst du es nur zu sagen. Nichts ist vom Tisch. Nicht eine verdammte Sache. Selbst wenn du etwas an mir ausprobieren willst, musst du nur fragen. Wenn du mir vertraust, muss ich dir auch vertrauen.«

»Tust du das?« Wie ihr Körper, so zitterte auch ihre Frage leicht.

Während er ihren Hintern festhielt, steckte er beide Daumen in ihre Falte und spaltete sie dort. Er wollte sie an Stellen probieren, an denen sie noch nicht probiert worden war. »Ja.«

Jeder Teil von ihr gehörte jetzt ihm. Sie verstand das vielleicht noch nicht, aber sie würde es verstehen.

Er ließ sich zurück auf das Bett fallen, hob den Kopf leicht an und streckte seine Hand aus. »Steig auf, Baby, ich will mit dir eine Runde drehen.«

Sie drehte sich um und kletterte ohne zu zögern auf das Bett und seinen Körper hinauf, wobei sie ihre warme, feuchte Muschi über seine Haut gleiten ließ.

Als sie an seiner Brust angekommen war, sagte er: »Dreh dich von mir weg.«

Sobald sie sich umdrehte und auf seiner Brust saß, trennte er diese engen Backen wieder und fuhr mit einem Finger die Naht entlang und um ihr noch engeres Loch herum.

»Weg von meiner Brust und auf mein Gesicht.«

Sie erhob sich auf die Knie und schlurfte rückwärts, bis sie über seinem Mund schwebte. Der Anblick ihrer glitzernden Muschi ließ ihm das Wasser im Mund zusammenlaufen und der Duft ihrer Erregung stieg ihm in die Nase.

»Spreiz dich. Nein, nicht da ... Das ist es ... da.« Vorsichtig berührte er mit seiner Zungenspitze den Rand ihres Anus. »Komm zu mir runter, Baby. So ist es gut ... Lass dich fallen.«

Er packte ihre Hüften und zog sie nach unten, sodass er vollen Zugang zu diesem Teil von ihr hatte. Er leckte und knabberte und küsste sowohl dort als auch an ihrer Muschi, bis sie tropfte, was für ihn wie Nektar schmeckte. Es verteilte sich auf seinem Bart, auf seinen Lippen. Auf seiner Nase. Es war ihm scheißegal. Er wollte mehr.

Er leckte abwechselnd ihren Arsch und ihre Muschi. Nach ein paar Augenblicken, in denen er sie einfach nur verwöhnte, legte er seine Hand in die Mitte ihres Rückens und drückte sie nach unten. Sein Schwanz schmerzte, seine Eier zogen sich zusammen und eine Spur von Sperma hing bedrohlich herunter.

Zumindest, bis sie es mit ihrer Zunge auffing.

Ein Geräusch kam aus ihrem Inneren und er zuckte zusammen, als sie die Wurzel seines Schwanzes packte und ihren heißen, kleinen Mund um die Spitze legte. Ihre Zunge wirbelte um die Krone und er war so sehr darin gefangen, dass er mit einer ihrer Falten in seinem Mund erstarrt war.

Fuuuuuuck.

Es war merkwürdig, weil sie nicht wusste, was zum Teufel sie da tat, aber das war ihm egal. Vor allem, als sie seinen Schwanz mit einem feuchten Knall freigab und dann ihre kleine Zunge herausschnellte und über seine Länge leckte.

Heilige Scheiße.

Er hatte schon einige richtig gute Blowjobs gehabt und auch einige richtig schlechte. Das hier lag irgendwo in der Mitte. Aber wenn es ihr erstes Mal war, wovon er ausging, konnte er damit leben.

Er würde es genießen, ihr zu zeigen, was er mochte. Aber jetzt war nicht der richtige Zeitpunkt dafür. Stattdessen ließ er sie tun, was ihm in den Sinn kam, und setzte seine Reise fort, um sie zum Orgasmus zu bringen.

»SPRICH MIT MIR, BABY«, murmelte Dodge in ihr Ohr, während sich seine Hüften bei jedem Stoß beugten. Dieser Mann wusste, wie er die richtigen Stellen treffen konnte. Er wusste, wie er sich bewegen musste, was er sagen musste und vor allem, wie er sie zum Orgasmus bringen konnte.

»Mach weiter«, flüsterte sie.

»Ja, das versteht sich von selbst«, sagte er mit leichtem Amüsement in seiner Stimme. »Ich meine, mit allem anderen.«

»Du bist gut.«

»Das ist auch klar.« Er schnaubte tatsächlich.

»Du musst nicht übermütig werden«, rügte sie ihn. Obwohl er wirklich jedes Recht hatte, mit seinen Fähigkeiten und den zwei sehr intensiven Orgasmen, die sie bereits hatte, übermütig zu werden.

Jetzt arbeitete er daran, ihr einen dritten zu verschaffen.

Syn wusste, dass er sich zurückhielt, vor allem, nachdem er ihr immer wieder gesagt hatte, was er vorhatte und dass sie mit ihm kommunizieren sollte.

Sie wusste das zu schätzen. In ihrer begrenzten Erfahrung hatte sie noch nie einen Mann gehabt, der ihr das sagte. Für diese Männer ging es immer nur darum, das Ziel zu erreichen und nicht den Weg dorthin. Das erkannte sie jetzt.

Dodge machte ihr auch klar, warum Sex für sie nicht so wichtig gewesen war.

Jetzt ... Schon in der zweiten Nacht mit ihm konnte sie verstehen, warum manche Menschen vom Sex besessen sind. Wenn man den richtigen Partner hat, können sich die Dinge ändern. Und zwar schnell.

Sie hatte etwas verpasst.

Nicht nur beim Sex. Sondern das Leben im Allgemeinen.

Sobald sie Maya zurückhatte, würde sie ihre Zukunft und ihre Ziele neu überdenken müssen.

Zu wissen, dass sie bald wieder mit ihrer Tochter vereint sein würde, gab ihr ein Gefühl des Friedens, das sie schon lange nicht mehr hatte.

Sie hoffte nur, dass alles glattgehen würde. Sie war sich nicht sicher, ob sie noch mehr Liebeskummer ertragen konnte, wenn es darum ging, das zu verlieren, was ihr im Leben am wichtigsten war. Ihre Tochter.

Sie war zwar noch sehr jung, als sie Maya bekam, aber trotzdem war die Verbundenheit, die sie spürte, als sie den kleinen Menschen in die Arme schloss, sehr intensiv gewesen.

Besonders nachdem sie ihren ersten leisen Schrei gehört hatte. Und während der Bindung, die beim Stillen ihrer Tochter entstand.

Der Instinkt, sie zu lieben und zu beschützen, hatte Syn überwältigt.

Dieser Instinkt wurde nicht dadurch behindert, wie das Baby zustande kam. Es spielte keine Rolle, wer ihr biologischer Vater war. Nichts war wichtig, außer Maya.

Sie schloss für einen Moment die Augen. Vor etwas mehr als zwei Wochen war sie in eine Bar gegangen, in der ihr Leben in Scherben lag und sie das Gefühl hatte, ihr Leben nicht mehr unter Kontrolle zu haben.

Jetzt war ihre Hoffnung stärker denn je zurückgekehrt.

Das hatte viel mit dem Mann zu tun, dessen feuchte Wange an ihre gepresst war und dessen warmer Atem über ihre erhitzte Haut strich, sodass sie eine Gänsehaut bekam.

Allein sein Anblick ließ ihr Herz höherschlagen. Auf eine gute Art und Weise. Außerdem wärmte er sie von Kopf bis Fuß. Er erwärmte sie bis in ihr Innerstes.

Er ließ sie glauben, dass alles gut werden würde. Dass er bei jedem Schritt für sie da sein und sie unterstützen würde, wenn sie es brauchte.

Ein Gefühl der Sicherheit, das sie nie gehabt hatte.

Dieses Gefühl wollte sie nie wieder loslassen. Sie hoffte, dass sie das nie tun musste.

Es war verrückt. Das alles war einfach nur verrückt. Sie wusste es und es war ihr egal. Es mochte verrückt sein, aber es fühlte sich richtig an.

Für ihn schien es genauso zu sein.

Er machte ihr klar, dass er sie nicht nur heute Nacht in seinem Bett haben wollte. Er wollte sie immer noch, obwohl er wusste, was mit ihr passiert war und selbst nachdem er herausgefunden hatte, dass sie ein neunjähriges Kind hatte.

»Ich habe dir einen dritten versprochen. Ich warte auf dich, damit ich meinen bekommen kann.«

Sie öffnete ihre Augen und schaute direkt in seine dunkelbraunen. Langsam stieß sie einen Atemzug aus.

»Danke«, flüsterte sie.

Seine Augenbrauen zogen sich zusammen. »Für was?«

»Für alles.«

»Ich habe noch nicht alles gemacht.«

Sie strich ihm über die Wange. »Ich weiß. Aber nur zu wissen, dass du mir alles geben willst ...« Sie schluckte gegen die Enge in ihrer Kehle an. Die Enge kam nicht von seiner Hand - er hatte seinen Griff heute Abend sehr locker gehalten - sondern von den aufsteigenden Gefühlen, die sie tief in ihrem Inneren unterdrückt hatte.

Sie konnte nicht glauben, dass es noch nicht einmal zwölf Stunden her war, dass Rex den Schulbus zurück auf die Farm gefahren hatte. Seitdem war so viel passiert.

Und so vieles stand ihr noch bevor.

Auch ein weiterer Orgasmus.

Er hatte ihr einen dritten versprochen und dieses Versprechen hielt er auch.

21

Er schlief auf dem Bauch und schnarchte leise, wobei er einen Arm schwer über ihre Taille gelegt hatte. Wahrscheinlich, damit er aufwachen würde, wenn sie versuchte, aus dem Bett zu fliehen.

Aber sie wollte nicht fliehen. Im Moment war es für sie völlig in Ordnung, wo sie war.

Sie waren zwei Tage lang eingeschneit gewesen. Während dieser Zeit hatten ihre Gefühle hin und her geschwankt.

Sie wollte Maya unbedingt abholen, war aber auch froh, mit Dodge allein zu sein. Dass sie im Pete's festsaß, das wegen des Sturms vorübergehend geschlossen war, bedeutete, dass sie ihn mit niemandem teilen musste.

Das würde sich aber schnell ändern, wenn sie ihre Tochter zurückholten, denn es würde eine Weile dauern, bis Syn Maya außerhalb ihrer Hörweite gehen ließ.

Sie hatte keine Ahnung, wo sie am Ende leben würden. Oder wie sie es schaffen würde, sie aufzuziehen, wenn The Synners aufbrechen würden.

Denn sie würden sich wieder auf den Weg machen müssen.

Und zwar bald. Es war ihre einzige Einnahmequelle, so schlecht sie auch sein mochte.

Selbst wenn sie regelmäßig im Pete's spielten, würde es nicht zum Leben reichen. Oder um die Miete zu bezahlen. Oder um Maya Schulkleidung und -material zu kaufen.

Sobald Maya wieder bei ihr war, mussten so viele Vorkehrungen getroffen werden. Es war zu viel, um an alles auf einmal zu denken. Das alles war so verdammt überwältigend.

Wenn sie anfing, sich Sorgen zu machen, fragte Dodge sie, was sie beschäftigte, und sie zögerte nicht, es ihm zu sagen.

Er hatte darauf bestanden, dass sie ihm gegenüber immer offen war und das würde er auch tun. Noch besser war, dass er die Probleme gemeinsam lösen wollte, anstatt dass sie versuchte, sie allein in ihrem Kopf zu lösen.

Was sie nicht besprochen hatten, war, dass sie in Manning Grove bleiben würde. Sie vermutete, dass er darauf wartete, sich mit Sig zusammenzutun, um sie zu überzeugen.

Er brauchte es nicht zu sagen, sie konnte es spüren. Er tat bereits so, als würde sie sich hier einleben und bleiben. Selbst wenn das irgendwann der Fall sein sollte, musste sie an ihre Tochter denken, und sie konnten auf keinen Fall in einer Einzimmerwohnung über einer Bar leben.

Sie und Maya würden sich irgendwo eine eigene Wohnung suchen müssen. Ihre Tochter würde zur Schule gehen müssen.

Syn musste auch ein ernsthaftes Gespräch mit ihren Bandmitgliedern führen. Alles, was sie entschied, würde auch sie betreffen. Sie hatten seit Jahren zu ihr gehalten und sie würde ihnen niemals den Rücken kehren.

Obwohl sie schon gesungen hatte, seit sie denken konnte, entdeckte sie erst mit dem Klavierunterricht ihre große Liebe zur Musik und wie natürlich sie ihr vorkam. Man sagte ihr, sie habe ein ›Ohr‹ dafür und eine Stimme, die das Publikum aufhorchen lässt.

Der Klavierunterricht wurde schnell abgebrochen, weil er

für ihre Adoptiveltern zu teuer war. Aber bis dahin hatte sie die Grundlagen gelernt, einschließlich wie man Noten lesen kann. Erst als sie sich Eddie, Rex und Nico anschloss, einer jungen Band, die einen Leadsänger suchte, lernte sie, Gitarre und Schlagzeug zu spielen. Nico hatte ihr auch mehr über das Keyboard beigebracht, als ihr Klavierlehrer es je getan hatte.

Da sie nicht genug Geld hatten, um irgendetwas zu tun, nahm Syn in ihrer Freizeit oder im Schulbus zwischen den Auftritten alles auf, was ihre Bandkollegen ihr beibrachten. Während sie unterwegs war, übte sie ständig und beherrschte jedes Instrument, das im Bus verstaut war.

Auch dafür verdankte sie ihnen so viel, und das war ein weiterer Grund, warum sie ihnen ihre Loyalität schuldete.

Sie krümmte sich unter Dodges schwerem Arm und betrachtete die Club-Farben, die auf seinen Rücken tätowiert waren, und fragte sich, ob ihr Bruder das Gleiche auf seinem Rücken hatte.

Um so etwas dauerhaft zu machen, musste es Dodge ernst sein mit der Zugehörigkeit zur Fury. Menschen markieren ihren Körper nicht für etwas, das nur ein flüchtiges Hobby ist.

Es bewies, dass der Club ein wichtiger Teil seines Lebens war.

Der MC war auch ein wichtiger Teil von Sigs Leben. Dann stellte sich jedoch heraus, dass Sig einen Bruder hatte, der nicht mit Syn verwandt war, und zwar den President der Fury selbst.

In einem ihrer langen Telefongespräche mitten in der Nacht hatte Dodge ihr die Geschichte erzählt, wie er nach seinem letzten Gefängnisaufenthalt Teil des Clubs wurde und warum Trip den MC wiederbelebte, der zuvor ausgelöscht worden war.

Trips Grund für den Wiederaufbau war nicht, die Vergangenheit wieder aufleben zu lassen, sondern ihre Fehler zu beheben. Er wollte den Menschen, die von diesen Fehlern betroffen waren, helfen und sie miteinander verbinden. Um aus all den Scherben etwas Ganzes zu machen.

Syn verstand das. Sie wollte das auch.

Sie wollte ihre Beziehung zu Sig reparieren und stärken.

Um ihre Tochter zu bekommen.

Und endlich ihr Leben so leben, wie sie es leben wollte.

Sogar mit Dodge zusammenleben.

Er schien das auch zu wollen, aber sie konnte sich nicht erklären, warum, da sie noch nicht viel Zeit miteinander verbracht hatten. Zumindest nicht lange genug, um eine Entscheidung über ein mögliches ›für immer‹ zu treffen.

Dafür war es noch viel zu früh, nicht wahr?

Sie schlüpfte unter seinem Arm hervor und rutschte auf seine Hüfte. Er hatte einen schönen Rücken. Stark und schlank. Allerdings wies er jetzt an mehreren Stellen Kratzer auf.

Wenn sie das Laken dort wegzog, wo es an seinem Hintern hängen geblieben war, würde sie auch dort ihre Kratzer finden. Wenn er sich umdrehte, würde sie ihre Handschrift auf seiner Brust und seinem Hals sehen. Auf seinem Bauch und über seinen Hüften.

Seine Höllenkatze.

So hatte er sie in den letzten zwei Tagen mehrmals genannt.

Meine Höllenkatze, war das was er ihr ins Ohr flüsterte.

Er machte ihr klar, dass sie ihm gehörte.

Sie gehörte ihm.

Zuerst dachte sie, er würde das nur sagen, um sie anzutörnen, dann merkte sie, dass er es wirklich glaubte.

Er wollte sie für sich beanspruchen. Er wollte sie ganz und gar in Besitz nehmen.

Nun, wenn er das tat, dann tat sie das Gleiche.

Dodge gehörte jetzt auch ihr. Er war der ihre.

Sie hatte in ihren dreiundzwanzig Jahren schon viele Fehler gemacht, sie hoffte nur, dass sie mit Dodge nicht noch einen machen würde. Das Problem mit Fehlern war, dass man meistens erst dann wusste, dass man einen machte, wenn es zu spät war …

So wie damals, als sie dachte, es wäre gut, das Haus ihrer Adoptiveltern zu verlassen und ihr eigenes Leben zu beginnen. Stattdessen ging es nach hinten los. Sie übergab die Kontrolle über Maya an ihre ›Eltern‹ und sie nahmen sie Syn weg. Das Gegenteil von dem, was sie vorhatte.

Jetzt war sie wieder hier und überließ Dodge die Kontrolle.

Nur hoffte sie dieses Mal, dass sie Sig und vielleicht sogar Trip im Rücken haben würde, wenn die Dinge schiefgingen.

Sie beugte sich vor und fuhr mit ihrer Zungenspitze langsam jede Linie und Kurve seines riesigen Fury-Tattoos nach. Das Schnarchen hörte auf, seine Atmung veränderte sich und seine Muskeln zuckten entlang ihres Weges. Als sie fertig war, drückte sie einen Kuss in die Mitte der Clubfarben, genau in die Mitte des Totenkopfes.

Wenn der Mann seinem Club und seiner Bruderschaft gegenüber so loyal war, dass er sich diese Tätowierung stechen ließ, dann zweifelte sie nicht daran, dass er auch ihr gegenüber loyal sein würde.

Das wäre eine Voraussetzung dafür, dass sie seine Frau werden könnte.

Ihr Leben musste stabil bleiben, um ihre Tochter großzuziehen. Sie hatte die nächsten neun Jahre, um die letzten neun Jahre aufzuholen, bevor Maya alt genug sein würde, um ihren eigenen Weg zu gehen.

Ein heiseres Lachen entrang sich ihr, als er sie unter sich verdrehte und einschloss. Er strich ihr mit seinem rauen, drahtigen Bart über die Wange, bevor er ihren Mund nahm. Als er damit fertig war, bohrte er seine Ellbogen in die Matratze und stupste ihre Nase mit seiner.

»Die letzten zwei Tage haben mir gezeigt, dass du eine kleine Verrückte in dir hast, Baby. Du musst sie nur bitten, zum Spielen rauszukommen.«

Sie schüttelte den Kopf. »*Du* musst sie fragen.«

Dodge nahm ihr Haar in beide Hände und zog ihren Kopf

weit genug zurück, um ihren Hals zu heben. Er fuhr mit seinen Lippen an ihrem pochenden Puls entlang und tauchte dann seine Zunge in die Mulde. »Ich werde nicht fragen, Baby, ich werde es verlangen. Bist du bereit dafür?«

War sie das?

Er bewegte sich so weit, dass er in eine Brust kniff, bevor er das Gleiche mit der anderen tat. Er wusste, wie er ihr gerade genug Schmerz zufügen konnte, um die Lust zu steigern.

Er eröffnete ihr eine ganz neue Welt. Eine, die völlig unerwartet war. Eine, auf deren Erweiterung sie sich freute.

Alles, was in ihrer Welt falsch war, wurde langsam in Ordnung gebracht.

Jetzt mussten sie nur noch Maya bekommen.

Dann wäre das Leben einen Schritt näher an der Perfektion.

* * *

SIE NAHMEN DEACON MIT, um den gemieteten Käfig zu fahren, mit dem sie Syn und Maya nach Pennsylvania zurückbringen wollten. Sie entfernten das hintere Nummernschild des neuen Krematoriumsfahrzeugs und montierten ein altes, abgelaufenes Nummernschild vom Schrottplatz hinter Dutch's Garage an.

Ihre Kutten ließen sie zu Hause. Auch ihre Waffen ließen sie dort, denn es war nicht klug, zwei Staatsgrenzen zu überqueren. Stattdessen schnallten sie sich Messer um, falls sie sie brauchen würden.

Während der langen Fahrt in den Süden befal Dodge Syn, im Käfig zu bleiben, egal, was zum Teufel auch geschah. Es sei denn, es wurde ihr etwas anderes gesagt. Er sagte Deacon, er solle sicherstellen, dass sie den Anweisungen gehorcht, die ihr gegeben wurden. Sie war nur da, um Maya zu trösten, nachdem alles vorbei war. Um ihrer Tochter zu versichern, dass sie in Sicherheit war.

Und natürlich, um sie wieder mit ihr zu vereinen.

Syn sollte sich nicht einmischen. Sie sollte nicht Zeuge von irgendetwas anderem werden, was passierte. Seine Brüder stimmten ihm in diesen Punkten alle zu. *Dem Teufel sei Dank.*

Deacon parkte den gemieteten Käfig auf dem Parkplatz eines Einkaufszentrums eine Meile entfernt und sollte dort warten, bis sie erfuhren, dass Dodge, Sig und Shade mit Sam Danzig fertig geworden und auf dem Weg zu Syns Adoptiveltern waren.

Der Kopfgeldjäger sollte aus einer anderen Richtung in das Viertel fahren und den Käfig in der Nähe des Zielhauses parken. Sie wollten nicht, dass die beiden Fahrzeuge von Zeugen gesehen werden.

So würde die Flucht sauberer verlaufen.

Shade bestand darauf, den ersten Ort selbst zu betreten, damit er das tun konnte, was er am besten konnte, nämlich keine Beweise, sondern eine Leiche hinterlassen.

Es würde schnell und leise gehen.

Aber das war nicht das, was Sig oder Dodge wollten.

Es bedurfte einiger Überzeugungsarbeit, aber schließlich gab Shade nach. Wenn auch widerstrebend.

Deacon erinnerte sie auch daran, dass sie die DNA von Danzig brauchten, bevor sie ihn zu Asche machten. Zu Versicherungszwecken, wie Reese gesagt hatte.

Hoffentlich würden sie sie nie brauchen. Aber es ist besser, sie zu haben, als sie nicht zu haben, auch wenn sie nie das Licht der Welt erblickt.

Auf der Fahrt vom Parkplatz zu Sam Danzigs Haus überlegten sie hin und her, ob sie den Bastard auf der Stelle töten und seinen Arsch nach Manning Grove schleppen sollten, um ihn dort zu entsorgen, oder ob sie ihn am Leben lassen und ihn bezahlen lassen sollten, bevor sie ihn von seinem Elend erlösten.

Die zweite Variante war viel riskanter als die erste.

Aber, *verdammt noch mal*, es würde auch viel befriedigender sein.

Dodge erkannte den Ausdruck auf Sigs Gesicht und in seinen Augen, als er für die zweite Variante plädierte. Syns Bruder ignorierte Shade, als er weiter auf die erste Variante drängte.

Dodge war hin- und hergerissen. Er wollte sich einfach nur um die Sache kümmern und sie alle verdammt noch mal da rausholen, ohne erwischt zu werden. Aber er wollte auch, dass Maya in Sicherheit war.

Das war sein Hauptziel. Aber auch die Rache zerrte an ihm.

Er wollte, dass Sam und sogar Syns Adoptiveltern die verdienten Konsequenzen für ihr Handeln trugen. Sam für das, was er Syn angetan hat. Ihre ›Eltern‹ dafür, dass sie es zugelassen haben und dann eine schlechte Situation noch schlimmer gemacht haben.

Scheiß auf alle. Sie alle mussten dafür bezahlen.

Egal, was passierte, er musste seinen Scheiß unter Kontrolle haben. Und sowohl Shade als auch Dodge mussten Sig im Auge behalten.

Von ihnen vier war er der lose Faden, der die ganze Mission zum Scheitern bringen konnte.

In der Dunkelheit der Nacht bewegten sie sich schnell und leise durch die Hinterhöfe der Fertighäuser. Da sie von hinten alle gleich aussahen, mussten sie vorsichtig sein und sicherstellen, dass sie in das richtige einbrachen.

Shade gab ein Geräusch von sich, das wie das Miauen einer streunenden Katze klang und aus der Dunkelheit kam. Dodge konnte ihn und Sig in den Schatten nicht sehen.

Dodge bewegte sich weiter, hielt sich in der Nähe von Büschen, Schuppen und jeder anderen Deckung auf, die er finden konnte. Als er schließlich zu der Stelle kam, an der Shade und Sig warteten, standen sie mit dem Rücken an die Hauswand gepresst, in der kein Licht brannte.

Gut so.

Der Wichser lag hoffentlich schlafend in seinem Bett und würde nicht wissen, was ihn traf, bis es zu spät war.

»Kein Sicherheitssystem«, flüsterte Shade. »Handschuhe an?«

Sowohl Sig als auch Dodge hoben ihre Hände, um zu zeigen, dass sie Handschuhe trugen, damit sie keine Abdrücke hinterließen.

Shade nickte kurz, trat an die Hintertür und zog einen Dietrich aus seiner Gesäßtasche. Innerhalb von Sekunden war ein leises Klicken des Riegels zu hören. Er hob das Kinn und öffnete langsam die Tür. Alle hielten den Atem an und hofften, dass die Tür nicht knarrte.

Dem Teufel sei Dank, tat sie es nicht.

Die drei betraten das dunkle Haus und das, was wie eine Küche aus dem Jahr 1950 aussah. Die Spüle war voller Geschirr, auf dem Tisch türmte sich alles Mögliche, und einer der Schränke hatte eine kaputte Tür, die aus den Angeln hing.

Dodge bemerkte auch ein paar leere Schnapsflaschen, die auf dem Tresen und auf dem überquellenden Müll verstreut waren.

Shade neigte seinen mit einer schwarzen Mütze bedeckten Kopf in Richtung des Flurs, der von der Küche abging, hob dann aber die Hand, um Sig und Dodge davon abzuhalten, ihm zu folgen. Leise schlich er den dunklen Flur entlang und spähte dabei in offene Türöffnungen. Am Ende des kurzen Flurs blieb er stehen, starrte sie an und gab ihnen ein Handzeichen, ihm zu folgen.

Sie folgten.

Dodge spähte ebenfalls durch die Türen, um sicherzustellen, dass außer der Zielperson niemand im Haus war.

Shade neigte seinen Kopf in Richtung der offenen Tür des Schlafzimmers, vor dem sie standen, hob seine Hand, streckte drei Finger hoch und zählte sie herunter. Drei ... Zwei ... Eins ... Sie bewegten sich.

Dodge ging zum Kopf des schlafenden Wichsers und schlug ihm beide Hände auf den Mund. Shade packte seine Handgelenke und Sig setzte sich auf seine Beine.

Dann begann der Kampf.

Dodge unterdrückte die Schreie, während Sig die Knöchel des Mannes mit Klebeband zusammenklebte, damit er sich nicht wehren konnte. Als er fertig war, half Sig Shade das graue Klebeband, um die Handgelenke des Wichsers zu wickeln und sie zusammenzubinden. Als Danzig völlig gefesselt und hilflos war, gab Dodge seinen Mund frei.

»Hey!«, schrie der Mann, der nach abgestandenem Schnaps roch. »Was zum Teufel ist hier los?«

Dodge streckte seine Hand aus und die Rolle Klebeband wurde auf seine Handfläche geklatscht. Er riss einen großen Streifen ab und sagte: »Sorry, ich konnte dich nicht hören, Arschloch. Was?«, und bedeckte Sams flatternden Mund mit dem Klebeband. »Setzt ihn auf«, befahl er dann.

Sig und Shade zogen den Mann in eine sitzende Position und Dodge benutzte viel zu viel Klebeband, als er es mehrmals um den Kopf des Wichsers wickelte, um den Mund des Mannes zu sichern.

»Das war verdammt einfach«, knurrte Sig.

»Es ist noch nicht vorbei, Bruder«, erinnerte ihn Shade. »Jetzt müssen wir ihn aus dem Haus und in den Lieferwagen bringen, ohne entdeckt zu werden.«

Shade zog eine schwarze Nylontasche aus seiner Tasche und zog sie dem mit großen Augen blickenden Danzig über den Kopf. Auch wenn das Klebeband seinen Mund abdeckte, konnten sie seine gedämpften Schreie hören.

So ein Pech, so verdammt traurig.

Shade sagte: »Ich fahre den Lieferwagen nach hinten. Bringen wir ihn zur Hintertür.«

Zu dritt schleppten sie den sich windenden und wehrenden Kinderschänder durch das kleine Haus, ohne Rücksicht darauf zu nehmen, dass sein Kopf an den Wänden und Ecken abprallte, und in die Küche. Sie warfen ihn mit einem lauten Knall auf den Linoleumboden.

Sig verpasste ihm zur Sicherheit noch einen Tritt in die Rippen.

Shade schlüpfte durch die Hintertür, während Sig und Dodge sich einen Blick zuwarfen und dann beide auf den Mann herabblickten, der Syns Jungfräulichkeit gestohlen, ihre Unschuld geraubt und sie geschwängert hatte, als sie erst dreizehn verdammte Jahre alt war.

Mann. Nein, dieser Wichser war kein Mann. Er war nicht einmal ein Mensch.

Männer beschützten Frauen und Kinder. *Männer* beschützten die Schwachen. *Monster* verletzten sie. Eine untermenschliche Spezies, die ausgerottet werden musste.

Wie das Arschloch, das zu seinen Füßen auf dem Boden lag.

Dodge hockte sich neben das sich windende Stück Scheiße. »Du hast noch eine lange Fahrt vor dir, um über deine beschissenen Lebensentscheidungen nachzudenken. Wenn du nicht weißt, was zum Teufel das hier ist, verspreche ich dir, dass du am Ende Bescheid weißt.«

Er stand auf und sah Sig in die plötzlich seelenlosen Augen, als Shade an der Hintertür wieder auftauchte.

Innerhalb von fünf Minuten hatten sie den Scheißkerl in den hinteren Teil des Lieferwagens geladen, in Planen eingewickelt und zwischen verschiedenen Autoteilen von Dutch's Garage versteckt, damit niemand, der durch die vorderen Fenster schaute, etwas Verdächtiges sehen konnte.

Danzig war noch keine Leiche. Wenn es nach Sig ginge, würde es eine Weile dauern, bis er eine war.

Aber das würde noch warten müssen. Zuerst mussten sie zu ihrem nächsten Ziel fahren.

* * *

Das Betreten des Hauses von Cara und Lyle Danzig verlief genauso reibungslos wie beim ersten. Der einzige Unterschied war, dass Deacon den Mietwagen am Ende der Straße parkte, zu Syn sagte, sie solle dort warten, bis sie ihr eine SMS schickten, und dann zu ihnen kam.

Sie schätzten, dass mindestens zwei Erwachsene in dem Haus sein würden. Möglicherweise auch drei, wenn der ältere Sohn noch zu Hause wohnte.

Shade ging hinein, durchsuchte kurz das Haus und kam wieder heraus. Er hielt zwei Finger hoch.

»Ist Maya da drin?«, fragte Dodge leise.

»Ja, sie schläft«, antwortete der jüngere Bruder leise.

Dodge nickte. »Ich glaube, wir müssen sie zuerst rausholen, sie zu Syn bringen und dann zurückgehen und den Rest erledigen.«

»Wie ich das machen will, könnte eine Weile dauern«, flüsterte Sig in einem todernsten Ton.

»Das wird nicht passieren, Bruder«, sagte Deacon zu ihm. »Das ist verdammt riskant. Wir werden uns an den Plan halten.«

»Sie müssen eine Lektion lernen«, erinnerte Sig Deke.

»Ja, wir werden ihnen eine Lektion erteilen, aber nicht so, wie du es willst«, sagte Dodge. »Lasst uns nicht dumm sein. Wir müssen so schnell wie möglich aus diesem Scheißstaat verschwinden. Vor allem mit der Ladung, die wir transportieren.«

Selbst im Dunkeln konnte Dodge sehen, wie sich Sigs Kinnlade scharf bewegte.

»Wir müssen nur eine klare Botschaft hinterlassen«, sagte Dodge. »Die, auf die wir uns geeinigt haben.«

»Dem habe ich nicht zugestimmt«, knurrte Sig leise.

»Am Arsch hast du nicht«, zischte Deacon.

Shade seufzte und alle hielten die Klappe. »Willst du es vermasseln, bevor wir überhaupt drinnen sind?«

Dodge schwor, dass sie alle gemeinsam durchatmen würden, dann bliesen sie den Blödsinn aus, damit sie sich konzentrieren konnten.

»Lasst es uns so machen, wie wir es geplant haben«, sagte Deacon. »Bereit?«

Sie nickten alle.

Nachdem Shade das Schloss an der Hintertür geknackt hatte, folgten sie ihm alle ins Haus. Da es sich um ein zweistöckiges Haus handelte, gingen sie davon aus, dass sich alle Schlafzimmer im oberen Stockwerk befanden, und Shade führte sie in diese Richtung.

Oben auf der Treppe zeigte Shade auf einen Raum mit einer geschlossenen Tür und stemmte dann seine offene Hand vor die Hüfte, um anzuzeigen, dass dies der Raum war, in dem Maya sich befand.

Dann zeigte er den Flur hinunter auf einen anderen Raum mit einer geschlossenen Tür und hielt wieder zwei Finger hoch.

Alle nickten verständnisvoll.

Als Deacon, Sig und Shade sich leise in Richtung des Raums bewegten, in dem die Erwachsenen waren, ging Dodge in Richtung von Mayas Zimmer.

Er warf einen letzten Blick in den Flur, wartete, bis seine drei Brüder drinnen verschwunden waren, und betrat dann schnell das Zimmer von Syns Tochter.

Dem Teufel sei Dank gab es ein Nachtlicht, sodass er sie unter der Bettdecke mit einem Arm über dem Kopf sehen konnte.

Er hatte keine Ahnung, wie er sie wecken sollte, ohne sie zu Tode zu erschrecken. Oder schlimmer noch, sie schreien zu lassen.

Außerdem wollte er vermeiden, dass sie für den Rest ihres Lebens Albträume hatte.

Nachdem er sich auf die Bettkante gesetzt hatte, sagte er leise ihren Namen.

Das kleine Mädchen rührte sich, wachte aber nicht auf.

»Maya«, flüsterte er wieder und rüttelte sanft an ihrer Schulter. »Maya, ich habe deine Mutter zu dir gebracht.«

Mayas Augen blitzten auf und als sie Dodge entdeckte, wurden sie ganz groß. *Fuck!*

»Schrei nicht. Ich bin mit deiner Mutter hier. Ich verspreche es dir. Ich bin nicht hier, um dir weh zu tun«, versicherte er ihr schnell.

Der Atem des Mädchens zitterte, als sie ihn anstarrte.

Er machte weiter und hielt ein Ohr offen, um zu hören, was unten im Flur passieren könnte. Bis jetzt hörte er nichts. Das war ein gutes Zeichen. »Mein Name ist Dodge. Ich bin ein Freund deiner Mutter. Sie wartet draußen auf dich.«

»Nein, tut sie nicht.« Auch wenn ihre Stimme zitterte, war Mayas Haltung unverkennbar und der von Syn sehr ähnlich.

»Doch, tut sie. Ich verspreche es dir. Sie ist gekommen, um dich zu holen. Sie liebt dich und möchte, dass du mit ihr kommst. Willst du sie sehen? Ich weiß, es ist lange her. Ich wette, du vermisst sie.«

Maya nickte, die Unterlippe zwischen die Zähne geklemmt.

Sogar im Dunkeln konnte Dodge sehen, wie sehr sie auch Syn ähnelte. Dem Teufel sei Dank sah sie nicht aus wie dieser bald tote Wichser.

»Du redest komisch.«

»Ja, ich habe nicht so einen Akzent wie du.«

»Nein, das ist es nicht.«

Dodge presste kurz die Lippen aufeinander, wartete, bis der Drang zu lachen verging, und fragte dann: »Willst du mit mir kommen?«

Maya schüttelte den Kopf. »Ich soll nicht mit Fremden mitgehen.«

Dodge stieß einen Atemzug aus. *Mist.* Normalerweise war

das eine gute Sache, aber nicht so sehr in diesem Fall.«»Okay. Das stimmt, das solltest du nicht. Wie wäre es, wenn deine Mom dich stattdessen hier abholt?«

Maya neigte den Kopf und setzte sich auf einen Stuhl.»Ist es wirklich meine Mom?«

»Ja, sie ist es wirklich, meine Kleine. Sie hat versucht, dich zurückzubekommen. Sie vermisst dich auch sehr. Sie hat gerade ein gebrochenes Herz, das nur durch dich wieder in Ordnung gebracht werden kann.«

Er zog eine Grimasse. *Gott,* das hörte sich an wie etwas, das ein Entführer sagen würde, um ein Kind in seinen verdammten Perversionswagen zu locken.

Er holte sein Handy aus der Gesäßtasche.»Maya, ich werde ihr eine SMS schicken. Während wir warten, kannst du deine wichtigsten Sachen zusammensuchen?«

»Ich gehe?«

Er schickte eine kurze SMS an Syn und erinnerte sie daran, sich im Schatten zu verstecken, wenn sie sich dem Haus näherte.»Ja. Du fährst mit deiner Mom.«

»Meine Mom wohnt hier.«

Fuck. Er schüttelte den Kopf.»Deine richtige Mom.« Er rief ein Bild von Syn auf und drehte sein Handy zu ihr.»Erinnerst du dich an sie?«

Maya nahm ihm das Handy ab und starrte es an. Nach einer Sekunde nickte sie.

»Sie erinnert sich auch an dich, weil sie immer nur an dich denkt. Sie kommt jetzt, also musst du alles mitnehmen, was du willst. Ja? Zum Beispiel irgendetwas, das dir besonders wichtig ist. Ein Kuscheltier oder ein Lieblingsshirt. Wir können nicht alles mitnehmen, aber ein paar Sachen schon. Außerdem musst du dich anziehen. Zieh dir warme Kleidung und eine Jacke an.«

»Aber wo sind meine Eltern?«, fragte sie, als sie ihre Beine unter der Bettdecke hervorzog.

Jetzt war nicht der richtige Zeitpunkt, um sie darüber aufzuklären, wer ihre Eltern waren. Jetzt war es an der Zeit, sie verdammt noch mal aus diesem Haus zu holen. »Sie sind damit beschäftigt, mit meinen Freunden zu reden.«

»Warum?«

»Weil sie … Meine Freunde holen sich von ihnen die Erlaubnis, dass du mit deiner Mutter gehen darfst.«

»Sie haben gesagt, sie wollen nicht, dass ich mit ihr gehe. Dass ich hier wohnen muss. Wenn ich sie sehe, soll ich weglaufen und mich verstecken, die Polizei rufen oder um Hilfe schreien. Sie sagten, sie wolle mir wehtun.«

Mein Gott. »Ich weiß, Kleines, aber sie … haben ihre Meinung geändert. Deine Mutter will dir nicht wehtun. Das verspreche ich dir. Sie glauben jetzt, dass es das Beste ist, wenn du bei deiner richtigen Mom lebst, und sie hat hart daran gearbeitet, dich nach Hause zu bringen.«

»Das ist unser Zuhause«, sagte Maya. Wenn sie wie Daisy gewesen wäre, hätte sie ihre Worte mit einem Fußstampfen begleitet.

»Dein Zuhause ist bei deiner Mom.« *Fuck!* Er hatte keine Ahnung, ob das, was er sagte, sie zum Teufel schicken würde, aber er wusste nicht, wie er sonst mit einem Kind umgehen sollte.

Er hatte keine Erfahrung mit Kindern, abgesehen von dem begrenzten Umgang mit dem Mädchen von Judge und Cassie. Er fühlte sich in dieser Situation verdammt hilflos. Dann wurde ihm klar, dass er es lernen musste, wenn Syn in seinem Leben bleiben sollte.

Andererseits würde Syn das auch tun müssen. Maya großzuziehen, würde für beide eine Lernerfahrung sein.

Zum Glück würden sie viel Hilfe haben.

Es braucht ein Dorf …

Deine Kinder sind meine Kinder. Meine Kinder sind deine Kinder.

Wir sind eine verdammte Familie. Wir springen ein, wenn es nötig ist.

Das war ein guter Grund, warum Syn in Manning Grove bleiben musste.

Familie und Unterstützung.

Und nicht zu vergessen, er selbst.

Ein Keuchen ließ seinen Kopf in Richtung der offenen Tür drehen. Syn hielt sich mit einer Hand am Türrahmen fest und hielt sich mit der anderen den Mund zu.

»Du musst ein paar ihrer Sachen packen und sie zum Auto bringen«, wies Dodge Syn langsam und ruhig an und warf ihr einen Blick zu, der mehr sagte als seine Worte. »Ich fahre euch zwei zurück. Deke wird mit Sig und Shade fahren, sobald wir hier fertig sind.«

Syn nickte, das Nachtlicht spiegelte sich in ihren glänzenden Augen.

»Mach das Licht an, Baby, und pack ein paar ihrer Sachen ein. Zieh ihr etwas Wärmeres als ihren Pyjama an. Ja? Und besorg ihr einen Mantel.«

Sie nickte wieder, aber sie blieb wie erstarrt stehen.

Er konnte es sehen. Der Kampf, sich zusammenzureißen. Am liebsten wäre sie auf der Stelle zusammengebrochen. Völlig zusammenbrechen, verdammt noch mal.

Er nahm es ihr nicht übel, aber sie musste warten. Und im Moment würde ihre Tochter vielleicht ausflippen.

Syn legte den Lichtschalter um, sodass das Zimmer in einem sanften Licht erstrahlte, und ließ dann langsam ihre zitternde Hand von ihrem Mund fallen. »May...« Der Name ihrer Tochter blieb ihr im Hals stecken.

Damit war die Sache für Dodge erledigt.

Nachdem sie einen Schritt ins Zimmer gemacht hatte, schloss sie die Tür hinter sich und starrte das kleine Mädchen an, das jetzt neben Dodge stand.

Syn streckte ihre Hand aus. »Maya. Komm her, Baby.«

Dodge blickte nach unten und sah, wie Syns Tochter wie erstarrt dastand, ihre Augen weit aufgerissen, aber genauso glänzend wie die von Syn. Der Konflikt in ihrem Gesicht war nicht zu übersehen, als sie auf Syns ausgestreckte Hand starrte.

»Ich werde dir nicht wehtun.« Syns Worte waren so dick wie Teer.

Und Mayas Worte waren es auch. »Das ist nicht das, was sie gesagt haben.«

»Ich weiß, Baby, aber es stimmt nicht. Niemand von uns wird dir etwas tun. Aber du musst mit mir kommen.«

»Sie sagten, du hättest mich verlassen.«

»Das habe ich nicht. Ich verspreche, dass ich es nicht getan habe. Ich bin jetzt hier. Ich habe versucht, dich früher zu holen, aber ...« Syn schüttelte den Kopf und ging dann die paar Schritte, die sie von Maya getrennt waren, bevor sie zu den Füßen ihrer Tochter auf die Knie sank. »Ich habe dich so sehr vermisst, Baby. Ich möchte dich umarmen. Lässt du mich?«

Diese Frage war wie ein Messer in Dodges Herz. »Wir müssen uns beeilen, Syn«, erinnerte er sie leise.

Ihre dunklen Augen trafen seine und sie nickte. Doch bevor sie aufstehen konnte, stürmte Maya auf sie zu und warf sie fast auf ihren Hintern zurück. Syns Arme legten sich automatisch um ihre Tochter und drückten sie fest an sich.

Dann fingen die verdammten Tränen an.

Dodge musste sich wegdrehen. Er begann in einer Kommode zu wühlen und warf Unterwäsche und Socken auf das Bett. Er nahm ein paar Sweatshirts und Pullover aus einer anderen Schublade und legte sie auf den Haufen.

Er riskierte einen Blick über die Schulter, um zu sehen, wie Syn die Haare aus Mayas Stirn strich und sie dort küsste. Dann umarmte sie sie wieder fest, während beide weiter weinten.

»Ich habe dich vermisst, Mami. Ich«, Mayas Stimme brach, »habe dich vermisst.«

Gott. Wenn ihm das nicht das Herz zerriss ...

»Ich weiß, Schatz. Es tut mir so leid. Es tut mir so verdammt leid. Ich wünschte, ich hätte die ganze Zeit für dich da sein können. Ich wollte es, ich schwöre es.« Ihre Stimme war von Tränen erfüllt.

»Du hast mich verlassen.« Mayas Gesicht war in Syns geliehenem Mantel eingeklemmt und ihr Körper zuckte bei jedem Schluchzen.

»Sie haben mich nicht gelassen ...« Syn schüttelte den Kopf und schniefte. »Das spielt keine Rolle. Wir sind jetzt zusammen. Du kommst mit uns. Alles wird gut werden.«

»Versprichst du das?«

Syn lehnte sich zurück und nickte. »Ich verspreche es. Dodge und dein Onkel Sig sind hier, um uns in unser neues Zuhause zu bringen, wo wir endlich wieder zusammen sein werden. Willst du das?«

Maya nickte, wischte sich über ihre laufende Nase und schniefte.

Verdammt noch mal, Maya könnte Syns jüngere Schwester sein.

Maya war nur einen halben Meter kleiner als Syn, wenn überhaupt. Sie sah vielleicht so aus wie Syn, aber sie hatte die Größe ihres biologischen Vaters. Sie würde größer sein als Syn, noch bevor sie ausgewachsen war.

Er verschaffte ihnen noch ein paar Minuten, indem er Mayas Schrank durchwühlte und ein paar Sachen herausholte, von denen er dachte, dass das kleine Mädchen sie brauchen könnte. Zumindest, bis sie ihr neues Zeug gekauft hatten.

Er fand einen kleinen pinkfarbenen Koffer, der ganz unten in ihrem Schrank vergraben war, warf ihn auf das Bett, öffnete den Reißverschluss und fing an, ihn mit dem von ihm gemachten Haufen vollzustopfen. Er warf zwei Paar Schuhe darauf und ließ ein Paar Schneestiefel auf den Boden fallen, neben ein Paar Jeans und einem weiteren Sweatshirt, das er auf der Matratze auslegte.

Syn musste Maya anziehen und sie von dort wegbringen.

»Syn, wir haben eine lange Fahrt nach Hause. Wir müssen

los.« Wieder sorgte er dafür, dass sein Tonfall ihre Dringlichkeit widerspiegelte, aber hoffentlich nicht so sehr, dass Maya das mitbekam.

»Okay«, sagte Syn mit einem weiteren Schniefen und wischte sich erst über Mayas Tränen verschmiertes Gesicht und dann über ihr eigenes. »Gibt es irgendetwas, das du unbedingt mitnehmen willst?«

»Mein ganzes Zeug«, antwortete Maya.

Ja, natürlich.

Dodge räusperte sich und sagte: »Du kannst nicht alles mitnehmen, meine Süße. Nimm nur das Wichtigste.« Er ging zu Syn hinüber, packte ihren Arm und zog sie ein paar Schritte von ihrer Tochter weg. Er senkte den Kopf und legte seinen Mund an ihr Ohr, wobei er seine Stimme leise hielt. »Nimm ihr Zeug und bring sie verdammt noch mal hier raus. Wir besorgen alles, was sie braucht, wenn wir wieder zu Hause sind. Wenn du irgendwelche Bullen siehst, haust du ab. Du nimmst Maya und fährst zurück, hörst du mich? Wenn das passiert, verschwinde so schnell wie möglich aus West Virginia. Warte verdammt noch mal nicht auf uns und halte nicht an, wenn es nicht absolut notwendig ist. Dann fährst du zur Farm und direkt zu Trip. Sag mir, dass du hörst, was ich sage.«

Sie schniefte und nickte.

Dodge schloss für eine Sekunde die Augen, um seinen Kopf wieder klar zu bekommen. Als er sie wieder öffnete, sagte er: »Geh, wir sind gleich da. Reiß dich zusammen, Syn. Für sie.«

Syn nickte wieder mit einem Schluckauf, den sie mit Mühe unterdrückte.

Er hob ihr Kinn mit seinem Daumen an. »Ich sehe mal nach den Jungs. Du hast weniger als fünf Minuten, um sie anzuziehen und zum Auto zu bringen. Sieh zu, dass du sie direkt nach draußen bringst. Kein Lebewohl, wenn du verstehst, was ich meine.«

Syn nickte noch einmal. Diesmal nickte auch er, hoffentlich

in einer Weise, die ihr versicherte, dass alles in Ordnung sein würde.

Dodge warf ihnen einen letzten Blick zu, trat auf den Flur hinaus und schloss die Schlafzimmertür hinter sich.

Dann ging er mit langen, entschlossenen Schritten durch den Flur zum Hauptschlafzimmer. Als er dort ankam, schloss er auch dort die Tür.

22

»Was ist, wenn sie versuchen, sie zurückzuholen?«, fragte Syn. Er saß auf einem Hocker an der Bar und sie war zwischen seinen muskulösen Schenkeln eingeklemmt und lehnte sich an ihn.

Er schluckte den Jack Daniel's Sinatra Select, den er für sich selbst hinter der Bar versteckt hielt, hinunter und stellte das Glas wieder ab.

Ihr blasses, gezeichnetes Gesicht war ihm zugewandt und er hasste es, die dunklen Ringe unter ihren Augen zu sehen. Doch außerhalb der Bar brach bereits ein neuer Tag an.

Sie waren beide erschöpft von den Ereignissen und der langen Heimreise.

In dem Mietwagen waren viele Tränen geflossen. Das allein musste schon anstrengend für die Mädchen sein. Auch für ihn war es anstrengend, denn er hatte die ganze Fahrt zurück nach Manning Grove damit zu kämpfen, seinen eigenen Scheiß unter Kontrolle zu halten.

Nachdem Maya oben auf der Couch vor Erschöpfung eingeschlafen war, waren er und Syn wieder nach unten in die leere Bar gegangen, um über alles Mögliche zu reden.

Genau wie mit der Couch würde es auch mit Maya im Schulbus nicht funktionieren, ob Syn nun anders dachte oder nicht.

Sie mussten ein ernsthaftes Gespräch darüber führen, wie es weitergehen sollte. Dass Maya auf seiner Couch schlief, war für ein paar Tage in Ordnung, aber nicht auf Dauer. Die Wohnung war ohnehin schon eng und hatte keine Schlafzimmer, also würde es nicht funktionieren, wenn sie alle zusammenwohnen würden. Maya verdiente genauso viel Privatsphäre wie Syn und Dodge.

Er wischte sich mit der Hand über den Mund. »Wenn sie das tun, werden sie es bereuen. Außerdem haben wir Reese auf unserer Seite und die ist ein verdammter Pitbull.« Normalerweise würde er Cujo sagen, Rooks Chihuahua, aber er wusste nicht, ob sie sich an den kleinen Scheißer aus der Werkstatt erinnern würde. »Glaub mir, sie kann jemanden zu Tode streiten.«

Als Dodge das Schlafzimmer der Danzigs betrat, lag Lyle Danzig zusammengerollt auf dem Boden.

Er war weit davon entfernt, um Gnade zu betteln, zu weinen oder gar zu wimmern.

Shade und Deacon standen bei der Frau des Mannes Wache und stellten sicher, dass Cara Danzig nicht in die Lektion eingriff, die Sig ihrem Mann und Syns *ehemaligem* Adoptivvater erteilte.

Die Knöchel des Vice-Presidents sahen aus wie gemahlenes Fleisch und überall, wo Dodge hinkam, war Blut verspritzt. Auch auf Sigs Kleidung und sein Gesicht.

»Hat Syn sie rausgeholt?«, fragte Deke ihn.

»Sie arbeitet daran. Wir werden diese Wichser so lange beschäftigen, bis sie es tut.«

»Wie lange?«, fragte Shade als Nächstes, blickte zu Sig und hob eine Augenbraue.

Dodge sah das Gleiche wie Shade. Sig war in seinem eigenen

Kopf verloren und stand über einem Mann, den er mit seinen Fäusten fast zu Tode geprügelt hatte. Dem Blut an seinen Stiefeln nach zu urteilen, hatte er vielleicht auch ein oder zwei gute Treffer mit den Stahlspitzen gelandet.

Dodge kratzte sich im Nacken. »Geben wir ihnen fünf Minuten. Sie muss sie anziehen und noch ein paar Sachen packen.« Er blickte auf den reglosen Haufen blutigen Fleisches und den rot gefärbten Pyjama. »Atmet er noch?«

Shade zuckte lässig mit den Schultern, wahrscheinlich weil es ihm scheißegal war, ob der Mann atmete oder nicht.

Dodge blickte zu Syns *ehemaliger* Adoptivmutter, die wie erstarrt vor Angst auf dem Bett saß und ihren Mann mit Tränen auf den Wangen anstarrte. Es fiel ihm schwer, Mitgefühl für die Frau aufzubringen, die sich einen Dreck um ihre angebliche ›Tochter‹ geschert hatte.

Die, die sie als Kleinkind in ihr Haus aufgenommen hatte, um sie aufzuziehen, zu beschützen und zu lieben.

Das einzige Gefühl, das er für sie empfand, war Abscheu, Enttäuschung und der Drang, ihr direkt in den verdammte Fresse zu schlagen. Er zügelte diesen Drang, denn er schlug keine Frauen, selbst wenn sie totale Miststücke waren und es verdient hatten.

Dodge trat an das Bett heran und sah ihr ins Gesicht. »Sind das Tränen? Was glaubst du, wie viele Syn für ihre Tochter vergossen hat?«

»Sie hat sie nicht verdient.«

Dodges Finger verkrümmten sich in seinen Handflächen. »Und du schon?«

»Wir haben ihr ein gutes Leben gegeben. Syn kann ihr nicht annähernd das geben, was wir ihr geben können.«

»Ihr habt erst Syn und dann Maya in einem Haus gehalten, zu dem ein Kindervergewaltiger Zugang hatte. Und das war dir egal?«

»Sam hat einen Fehler gemacht. Als wir das herausfanden, hat er es nie wieder getan.«

Dodge wollte über das, was sie sagte, lachen, obwohl es nicht lustig war, sondern total absurd. Er und Shade warfen sich einen Blick zu. Der andere Mann war gut darin, seine Mimik zu verbergen, aber Dodge konnte es in seinen Augen sehen. Er würde der Schlampe am liebsten die Kehle durchschneiden.

Shade war nicht der Einzige.

Dodge richtete seine Aufmerksamkeit wieder auf die Frau.

»Wie oft ist dieser kranke Wichser hier vorbeigekommen, nachdem er eine Dreizehnjährige geschwängert hatte?«

Cara Danzig blinzelte. »Er hat uns versichert, dass er sie nie wieder anfassen würde.«

»Und ihr habt einem verdammten Kinderschänder geglaubt?«

Der Frau blieb der Mund offen stehen. »Hat er es wieder getan?«

»Du weißt es nicht, verdammt?« Dodge brüllte geradezu. Maya könnte immer noch im Haus sein, er musste sich unter Kontrolle halten.

»Wenn sie sagt, dass er es getan hat, lügt sie«, zischte die Frau.

»Genauso wie du sie über Mayas Vormundschaft belogen hast?«

Cara klappte der Mund zu.

»Das habe ich mir verdammt noch mal gedacht.« Er schluckte den feurigen Wutausbruch hinunter. »Du hast nichts getan. Du hast es nicht gemeldet. Du hast diesen Wichser nicht verhaften lassen. Schlimmer noch, du hast ihn mit zwei verletzlichen Mädchen in dieses Haus gelassen. Damit es keine Missverständnisse gibt … Ich werde das nur einmal sagen, also hör verdammt gut zu …« Er drückte seine Nase fast an ihre und hielt der Schlampe die Augen zu, als er knurrte: »Maya gehört zu Syn. Wenn du versuchst, ein Kind zurückzuerobern, das nicht zu dir gehört, werden wir dich noch *einmal* besuchen kommen. Ein Besuch, der ihm«, er neigte seinen Kopf in Richtung des blutigen Durcheinanders auf dem Boden,»und dir noch viel weniger gefallen wird als dieser. Hast du mich verstanden?«

»Ihr könnt Maya nicht mitnehmen.«

»Doch, das können wir. Und das tun wir auch.« Er richtete sich auf.»Hör auf meine Warnung, du Fotze, sonst liegst du das nächste Mal mit ihm auf dem Boden.«

Shade und Deacon mussten Sig schließlich von Danzig wegziehen und ihn aus dem Raum schleifen. Als sie draußen in der eisigen Luft waren, erwachte Sig aus seiner beschissenen Trance.

So hatte Dodge ihn seit der Nacht in Hillbilly Hill nicht mehr gesehen, als sie seine Frau von den inzestuösen Ziegenfickern zurückholen wollten, die sie gestohlen hatten.

Shade äußerte sich besorgt darüber, dass Sig seine Handschuhe ausziehen würde, um Danzig zu verprügeln, und dass dabei wahrscheinlich DNA zurückbleiben würde.

»Das ist mir scheißegal«, war die einzige Antwort von Sig.

»Wenn du wieder hinter Gittern landest, wird Red durchdrehen«, erinnerte ihn Dodge.

»Hoffentlich sind sie nicht so dumm, die Bullen zu rufen«, sagte Shade, als sie zurück zum Lieferwagen und zum Mietwagen gingen, wo Syn und Maya warteten.

Dodge hielt am Lieferwagen an.»Ich bringe sie zurück ins Pete's. Hast du das verstanden?« Er reckte sein Kinn zum Lieferwagen hoch.

»Wir schaffen das«, versicherte ihm Shade.»Niemand muss sich mehr Sorgen um diesen Wichser machen. Es gibt nur einen Weg, mit einem Mann fertig zu werden, der auf Kinder steht …«

Dodge brauchte den Rest nicht zu hören, er wusste, dass seine Brüder das Problem schon in den Griff bekommen würden. Stattdessen machte er auf dem Absatz kehrt, kletterte hinter das Lenkrad des Mietwagens und brachte seine Mädchen nach Hause.

Und jetzt waren sie hier. Zu Hause, aber nicht *zu Hause*. Denn überm Crazy Pete's zu wohnen, würde verdammt noch mal nicht funktionieren. Er würde sich mit Trip zusammentun müssen, denn der President würde wollen, dass jemand Vollzeit über der Bar wohnt. Dodge würde Woody oder Dozer vorschlagen, aber er konnte es nicht mehr sein.

Er würde auch andere Vorkehrungen treffen müssen. Je früher, desto besser für alle Beteiligten.

»Wenn du willst, können du und Maya vorübergehend ins Motel ziehen.«

»Ich muss auf Tour gehen. Die Band ist mein Lebensunterhalt. Um ein Kind großzuziehen, braucht man Geld.«

Dodge blies die Luft aus seiner Nase. Er wollte sich nicht streiten. Aber wenn er es musste, würde er es tun. »Syn …«

»Ich bin eine Sängerin, Dodge. Das ist es, was ich mache.«

»Das weiß ich und du bist verdammt gut darin. Ich sage nicht, dass du nicht weiter singen sollst, sondern dass du dich hier niederlassen und Manning Grove als Basis nutzen solltest. Du hast hier Leute, die dir mit Maya helfen. Jemand muss bei ihr sein, wenn du einen Auftritt hast. Sie von Bar zu Bar zu schleppen, wird nicht funktionieren. Außerdem müssen wir sie in der Schule anmelden.«

»Wir«, wiederholte sie.

»Ja, *wir*, Syn. *Wir*. Ich will für dich da sein. Und für sie auch.«

»Aber deine Wohnung …«

»Ja. Ich weiß.« Er strich mit dem Daumennagel über seine Augenbraue. »Ich muss mir etwas anderes einfallen lassen.«

»Warte mal … Redest du davon, von oben wegzuziehen?«

»Habe ich denn eine andere Wahl?«

Syn blinzelte. »Dodge«, hauchte sie. »Du wirst doch nicht dein Leben für uns auf den Kopf stellen.«

»Es wird nicht auf den Kopf gestellt und es ist für uns alle.
Hast du das verstanden?«

»Aber …«

»Es gibt kein ›Aber‹. Es wird ein bisschen dauern, bis wir
uns einig sind, aber wir werden uns einig sein.«

»Aber …«

»Ich habe gerade gesagt, es gibt kein ›Aber‹. Ich bin zu müde,
um zu streiten, Syn. Außerdem bin ich nicht in der Stimmung.
Alles, was ich will, ist mit dir ins Bett zu klettern und die
nächste Woche zu schlafen. Versprich mir, dass wir uns etwas
einfallen lassen. Für dich und Maya. Für uns. Für deine Band.«

Sie stieß einen müden Seufzer aus. »Ich muss mich mit den
Jungs zusammensetzen und über die Zukunft von The Synners
nachdenken. Aber ich sage dir jetzt schon, dass ich weder meine
Karriere noch meinen Traum aufgeben werde. Ich werde es
schaffen, so oder so.«

Er mochte ihre Entschlossenheit, aber sie musste erkennen,
dass sie nicht mehr alles allein machen musste. Sie hatte jetzt
eine richtige Familie. Nicht nur ihre Bandkollegen.

»Du brauchst nur einen guten Manager. Einen, der dich
nicht verarschen will.«

»Wir können uns keinen Manager leisten, sonst hätten wir ja
einen.«

»Ihr könnt es euch nicht leisten, nicht den richtigen
Manager zu haben, Syn. Ohne den richtigen Manager werdet
ihr nie auf anständigen Bühnen spielen oder anständig Geld
verdienen. Ihr werdet nur weiterhin in Dreckslöchern gebucht,
die nichts zahlen und euch ausnutzen. Ihr müsst für etwas
anderes spielen als für verdammte Trinkgelder.« Er ließ seine
Fingerknöchel über die weiche elfenbeinfarbene Haut ihrer
Wange gleiten. »Hör zu, ich kenne vielleicht den Richtigen. Ich
werde diese Woche ein paar Anrufe machen und sehen, ob ich
dich nicht mit dem Manager von Dirty Deeds zusammen-
bringen kann. Der Leadsänger ist Mitglied in einem unserer

befreundeten Clubs, den Dirty Angels, und sie haben auf Trips und Stels Hochzeit gespielt. Sie waren verdammt gut. Aber sei darauf gefasst, dass er dir ein paar harte Wahrheiten sagen wird, die du dir anhören musst. Zum Beispiel über deine Bandkollegen. Vor allem, wenn es darum geht, wer dir hilft, voranzukommen und wer dich zurückhält.«

Ihre Lippen sind an den Ecken nach unten gezogen. »Ich will meine Band nicht auflösen. Ich schulde ihnen mehr, als du weißt.«

»Das verstehe ich. Aber manchmal muss man harte Entscheidungen treffen. Wenn du es mit deiner Musik ernst meinst, dann musst du auch ernsthafte geschäftliche Entscheidungen treffen. Wie Maya aufzuziehen, wird nicht einfach sein.«

»Was weißt du schon von beidem?«

»Die Wahrheit? Ich weiß es nicht. Aber ich habe schon so viele Bands in diesem Laden gebucht, dass ich genug gelernt habe, indem ich ihnen Drinks serviert und zugehört habe. Wenn mir langweilig war, habe ich Fragen gestellt. Es kann nicht schaden, ihn zu kontaktieren.«

»Und wenn er nicht interessiert ist?«

»Dann ist er nicht interessiert. Wir werden dann jemand anderen finden. Wie ich schon sagte, wir werden uns schon was einfallen lassen. Damit und mit allem anderen auch. Es wird nur ein bisschen Zeit und Geduld brauchen.«

Wofür er keine Geduld hatte, war, Syn wieder unter sich zu bekommen, selbst so hundemüde wie er war.

Sie nahm sein Gesicht in ihre Hände und drückte ihre Stirn an seine. »Ich weiß nicht, wie ich dir danken soll«, flüsterte sie.

»Ich habe eine Idee«, flüsterte er grinsend zurück.

Sie richtete sich auf und legte den Kopf schief. »Was?«

Er schüttelte seinen. »Sobald ich Zeit habe, werde ich es dir zeigen. Aber nicht heute Abend. Und damit du es weißt: Es ist nicht so, wie du denkst.« Er schnappte sich sein Glas Whiskey und trank den Rest aus. Dann schlang er seine Arme um sie, legte seine Hände auf ihren Hintern und drückte sanft auf diese tollen, festen Backen. »Bist du zu müde für eine Runde Billard? Ich denke, ein gutes Spiel wird uns davon ablenken, was letzte Nacht passiert ist und was in Zukunft passieren wird. Wenn auch nur für eine kurze Zeit. Dann können wir nach oben gehen und einschlafen.«

Sie zuckte mit den Schultern. »Das hängt davon ab, wie aggressiv das Spiel wird.«

»Baby, dieses Spiel wird langsam und einfach sein.« Er hatte nicht die Energie, noch viel zu tun.

»Nun, ich könnte ein bisschen Übung gebrauchen.«

Als sie mit ihrem Daumen über seine Unterlippe strich, packte er ihn mit den Zähnen und biss sanft darauf.

Nachdem er sie losgelassen hatte, sagte er: »Ja, ich werde es einfach halten. Wenn wir mehr Zeit, mehr Privatsphäre und mehr Energie haben, werde ich dir kompliziertere Stöße beibringen.«

Sie lehnte sich wieder zu ihm und murmelte: »Darauf freue ich mich auch«, auf seine Lippen.

Fuck, ja, er auch.

* * *

DAS DRÖHNEN EINES DIESELMOTORS ERSCHÜTTERTE DIE FENSTER DER PROVISORISCHEN UNTERKUNFT, die auf der Farm aufgebaut worden war. Es war eines der Mobilheime, die Reilly für Shelter from the Storm gekauft hatte. Zusammen mit dem vorübergehenden Wohnwagen hatten sie auf einem Grundstück neben dem von Rook und Jet provisorische Versorgungseinrichtungen installiert. Die Reihe der Häuser auf der anderen Seite der Baumgrenze in der Nähe der Scheune und der Schuppen wuchs.

Sobald der Frühling käme, würden sie dort den ersten

Spatenstich machen und ein Haus in Modulbauweise auf einem Fundament errichten lassen.

Zumindest war das der Plan. Mit Syn hatte er die Details nur vage besprochen, weil er sie überraschen wollte. Außerdem waren die Dinge zwischen ihnen noch neu und er wollte sie nicht unter Druck setzen. Auch zwischen ihr und Maya liefen die Dinge noch nicht ganz rund.

Mutter und Tochter waren dabei, ihre Beziehung aufzubauen. Syn und Sig waren dabei, ihre wieder aufzubauen. Und Syn war dabei, ihren Platz innerhalb der Schwesternschaft des Clubs zu finden.

Eine Schwesternschaft, die sie natürlich mit offenen Armen empfing, weil diese Frauen einfach so verdammt geil waren. Und ein weiterer Grund, warum jedes Mitglied der Fury für sie in den Krieg ziehen würde.

In den letzten Wochen war es ein bisschen schwierig gewesen, denn bis sie einen Vertrag mit dem Manager von Dirty Deeds unterschrieben hatten, hatten The Synners Auftritte angenommen, wo und wann immer sie konnten.

Sogar gegen Dodges Zustimmung. Ihm gefielen einige der schäbigen Orte nicht, an denen sie spielten. Er hatte sich mit Rex, Eddie und Nico ernsthaft darüber unterhalten, als Syn nicht da war.

Sie waren seine Augen und Ohren, wenn die Band auf Tournee war.

»Ist das deine Mom?«, rief Dodge Maya zu.

»Ja!«, hörte er sie aus dem Wohnzimmer rufen. Er grinste über die Aufregung in ihrer Stimme.

Er würde nicht lügen, er fühlte selbst ein wenig davon.

»Wie wärs, wenn du deinen Mantel anziehst und dich ein bisschen mit den Jungs unterhältst, während ich mit deiner Mutter etwas bespreche. Sie sollen dir ein Lied vorspielen, damit du dein Singen üben kannst.«

»Okay!«

Sogar vom Hauptschlafzimmer aus konnte er hören, wie Maya sich bemühte, ihre Stiefel anzuziehen und sich einen Mantel überzustreifen. Er hatte schnell herausgefunden, dass Neunjährige nicht leise sind. Maya war nicht ganz so schlimm wie Daisy, aber nahe dran. Mayas Verhalten entsprach ungefähr einer Stufe fünf auf einer Skala von eins bis zehn, verglichen mit Daisys Stufe fünfhundert auf der gleichen verdammten Skala.

Trotzdem war er dankbar, dass Red gerne Zeit mit Maya verbrachte, um ihm eine Pause zu gönnen. Besonders, wenn Syn über Nacht weg war. Aber im Moment war es nicht mehr als eine Übernachtung pro Woche. Das war etwas, bei dem er ein Machtwort sprach, vor allem weil er nicht wollte, dass sie Maya mit in diese Bars nahm. Die anderen Auftritte, die sie hatte, lagen in Fahrdistanz.

Ein Kind zu haben, war für ihn neu und gewöhnungsbedürftig. Vor allem an ein Mädchen, das im Gegensatz zu ihrer Mutter verdammt gesprächig war. Syn sparte sich ihre Stimme eher für die Bühne auf.

Maya mochte es, jeden Gedanken mitzuteilen, der ihr durch den Kopf schoss, egal ob er geteilt werden sollte oder nicht.

»Sag deiner Mutter, sie soll sofort herkommen«, rief er, kurz bevor sie die Tür zuschlug.

Gott. Kinder wussten auch nicht, wie man eine verdammte Tür schließt wie normale Leute.

Er grinste.

In Wahrheit war Maya ein gutes Kind.

Die Dinge fügten sich langsam zusammen.

Wie zum Teufel konnte er von einem Junggesellen, der noch vor ein paar Monaten über einer Bar wohnte, zu einer Frau und einem Kind kommen?

Er wusste es nicht. Aber hier waren sie.

Ehrlich gesagt, er würde nichts daran ändern.

Nun ja, er würde ... Und die Dinge würden sich bald ändern. Wieder einmal.

Und zwar zum Besseren.

Syn erschien in der Schlafzimmertür, ihr Gesicht war von der Bühnenschminke befreit und ihr Haar zu einem Pferdeschwanz hochgesteckt. Sie war ein Bild der Unschuld und sah ungeschminkt viel zu jung für ihn aus.

Aber das interessierte ihn nicht mehr. Das Alter spielte keine Rolle. Was zwischen ihnen war, schon.

»Wie ist es gelaufen?«

Sie zuckte mit den Schultern, verschränkte die Arme vor der Brust und lehnte eine Hüfte gegen den Türrahmen. »Es lief ganz gut.«

»Der Manager hat dich bezahlt, oder?«

Sie nickte. »Sechshundert. Und zwar in bar.«

»Gut.«

Sie hatte ihm die Geschichte von dem Barbesitzer in Scranton erzählt, der sie betrogen hatte. Er und ein paar seiner Brüder statteten dem Barbesitzer in den frühen Morgenstunden einen Besuch ab und trieben die Schulden der Band ein. Dodge würde auch dafür sorgen, dass so etwas nie wieder passiert. Syn wusste jetzt, dass sie ihn anrufen musste, wenn jemand noch einmal so einen Scheiß mit ihr machen wollte.

Niemand außer ihm würde seiner Frau jemals sagen, sie solle auf die Knie gehen. Nicht, wenn sie weiteratmen wollten.

Er senkte seine Stimme eine Oktave tiefer und befahl: »Mach die Tür zu.«

Nach einem kurzen Blick über ihre Schulter flüsterte sie: »Dafür haben wir jetzt keine Zeit.«

»Weißt ich. Mach einfach die verdammte Tür zu.«

Hitze flammte in ihren Wangen auf und er konnte sehen, wie sich die Spitzen ihrer Brustwarzen durch das langärmelige Eurythmics-T-Shirt, das sie trug, verhärteten, sodass es ganz offensichtlich war, dass sie keinen verdammten BH trug.

Eigentlich brauchte sie keinen, aber ihm war es lieber, wenn sie in der Öffentlichkeit einen trug, und zwar genau aus dem Grund, auf den er gerade starrte.

Das hatten sie schon besprochen. Offensichtlich würde er das Gespräch noch einmal mit ihr führen müssen.

Nur nicht jetzt.

Syn verdrehte die Augen, ging ins Schlafzimmer und schloss die Tür. »Bin ich in Schwierigkeiten?«

Dodge zog eine Augenbraue hoch bei dem Spiel, das sie jetzt regelmäßig spielten. Es war ein verdammt lustiges Spiel. »Hast du etwas getan, wofür du es verdient hast, dass ich deinen perfekten Arsch markiere?« Er neigte seinen Kopf in Richtung ihrer Brust.

»Ich weiß es nicht.«

Sie wusste es. Sie wusste es, verdammt noch mal. »Du weißt es nicht oder du willst es nicht sagen?«

Sie schürzte ihre Lippen und setzte eine Maske der Unschuld auf. Sie strich mit beiden Handflächen über ihre Brustwarzen. »Ich habe vielleicht etwas vergessen.«

»Ja, das hast du. Komm her.«

Ihre Augen funkelten und ihre Lippen spitzten sich, als sie näher kam. Sobald er den Bus hatte anfahren hören, setzte er sich auf den Stuhl, den er in ihrem Zimmer hatte. Sie nutzten ihn oft, wenn Maya nicht da war.

Syns dunkle Augen wanderten zu dem Gürtel, den er absichtlich über die Lehne des Stuhls gelegt hatte. Dodge schüttelte leicht den Kopf.

Er spreizte seine Schenkel weiter, deutete auf den Boden zwischen seinen Füßen und befahl: »Auf die Knie.«

Dodge schaute zu, wie sich ihre Kehle langsam drehte. Nein, nicht *ihre* Kehle. *Seine.*

Jeder Teil von ihr gehörte ihm.

Im Gegenzug gehörte ihr jeder Teil von ihm. Jeder verdammte Teil. Auch das Herz, das in seiner Brust schlug.

Sein Schwanz pochte in seinen Jeans, als sie sich über die Lippen leckte und sich langsam auf die Knie sinken ließ.

Aber das war kein Spiel.

Das hier war ernst.

Sie neigte ihren Kopf und ihre Augen nach unten und wartete.

Er konnte sehen, wie sie in Erwartung und Erregung leicht zitterte. Das ließ seinen Schwanz zu Stahl werden.

Das ist keine Spielzeit. Konzentriere dich.

Er griff hinter seinen Rücken, schnappte sich die kleine Schachtel, die er dort verstaut hatte, und hielt sie über seinem Schoß in Höhe ihres gesenkten Blicks.

»Sieh mal«, sagte er und gab ihr die Erlaubnis, die Augen zu heben.

»Was ist das?«, fragte sie, als sich ihr Blick zu ihm hob.

»Ein Geschenk.«

Verwirrung füllte ihre Augen. »Wofür?«

Er schüttelte den Kopf.

»Für mich?«

»Ist sonst noch jemand in diesem Raum?«

Sie musterte ihn mit zusammengekniffenen Augen, lächelte aber. »Nein.«

»Dann ist es wohl für dich. Also solltest du es besser öffnen. Sonst findet Maya es und denkt, es sei für sie.«

»Ich brauche keine Geschenke, Dodge. Du hast mir schon so viel gegeben.«

»Mach es zuerst auf. Dann kannst du entscheiden, ob du es ablehnen willst.«

Sie nahm ihm die Schachtel aus den Fingern und hob den Klappdeckel an. Darin befanden sich zwei Schlüssel.

Ein kleiner Messingschlüssel und ein größerer aus einer Metalllegierung.

Sie warf ihm einen komischen Blick zu. »Die Schlüssel zu deinem Herzen?«

Er schnaubte. »Tut mir leid, Baby, so romantisch ist das nicht. Aber wenn du das denken willst, kannst du das.«

Sie hob und senkte eine Schulter. »Wofür sind sie dann da?«

Er nahm den größeren silbernen Schlüssel aus der Schachtel und hielt ihn hoch. »Dieser hier ist für unser Haus.«

»Unser Haus?«

»Ja, ich habe dir doch gesagt, dass das hier nur vorübergehend ist, weil das Mobilheim Shelter from the Storm gehört. Wir brauchen etwas Dauerhafteres. Ein Fundament. Für das Haus. Für uns. Für Maya.«

Syns dunkle Augenbrauen zogen sich zusammen. »Wo ist dieses Haus?«

»Noch nirgends. Aber das Grundstück gehört uns.« Das ist einer der Vorteile, wenn man zur Fury gehört und ihr treu ist.

»Wirklich?«

»Ja, und im Frühjahr - sobald ein Bautrupp den ersten Spatenstich machen kann - wird hier ein Haus gebaut. Hast du Lust dazu?«

»Für uns drei?«

»Ja. Und vielleicht eine Katze oder einen Hund für Maya. Wir werden sehen. Lass uns zuerst das Haus holen. Wenn du das willst. Du hast noch nicht Ja gesagt.«

»Ja«, hauchte sie. »Verdammt ja. Es wird perfekt sein.«

»Nichts im Leben ist perfekt, das wissen wir beide, aber es wird ein Schritt in diese Richtung sein.«

Sie blickte auf den einzigen Schlüssel, der noch in der offenen Schachtel steckte. Sie zog ihn heraus und hielt ihn zwischen den beiden hoch. »Wofür ist der hier?«

»Der ist genauso wichtig wie«, er hob den Hausschlüssel hoch, »dieser hier.« Er ließ ihn zurück in die Schachtel fallen. Er nahm ihr den kleinen Messingschlüssel aus den Fingern, griff dann wieder hinter seinen Rücken und holte die Geschenktüte hervor, die er dort versteckt hatte. Er hielt sie ihr hin. »Mach es auf.«

»Ich habe nicht Geburtstag.«

»Ach was. Falls du es nicht bemerkt hast, das war keine Bitte, sondern ein Befehl. Mach es auf.«

Sie schenkte ihm ein freches Grinsen und öffnete dann das blutrote Seidenpapier, das oben aus der schwarzen Geschenktüte hervorlugte.

Sie grub ihre Hand tief in die Tüte und hielt inne. Ihre Augenbraue senkte sich und sie zog langsam den Kreis aus schwarzem Leder heraus.

Als sie ihn in ihren Fingern sah, war er hin und weg.

Das ist keine Spielzeit. Noch nicht.

Das glatte Halsband war nur etwa einen Zentimeter breit und statt eines O-Rings an der Vorderseite war der Ring wie der Umriss eines Katzenkopfes geformt. Ein Kreis mit Katzenohren. Genau wie ihre Sweatjacke mit Katzenohren, das sie so verdammt sehr liebte.

Sie starrte ihn an. »Ich verstehe das nicht.«

»Das wirst du.« Als er sich vom Stuhl erhob, zog er sie auf die Füße. »Dreh dich um.«

Sie zögerte nur kurz, dann tat sie, was er verlangte.

Sein Schwanz spannte sich ungeduldig in seiner Jeans. Er würde warten müssen.

»Heb dein Haar hoch.«

Sie schob ihren Pferdeschwanz aus dem Weg und entblößte so ihren zarten Hals.

»Beweg dich nicht«, warnte er mit der Stimme, die er benutzte, wenn es Zeit zum Spielen war.

Er beugte sich vor und drückte ihr einen Kuss auf den Nacken, dann richtete er sich auf. Nachdem er das Halsband abgeschnallt hatte, legte er es ihr um den Hals, so wie er es mit einer goldenen Halskette mit einem Diamantanhänger tun würde.

Für ihn war das verdammt viel besser als jeder Diamant oder Gold. Er holte ein kleines Messingvorhängeschloss aus der

Vordertasche seiner Jeans und legte ihr das Halsband um den Hals. Er achtete darauf, dass es eng anlag, aber nicht so eng, dass es ihre Haut reizen würde.

»Wie einen verdammten BH trägst du es, wenn du in der Öffentlichkeit bist. Oder sonst, wenn ich es dir sage. Wenn du auf der Farm oder hier zu Hause bist und wir es nicht im Spiel verwenden, dann musst du es nicht tragen, wenn du nicht willst. Aber auf der Bühne wirst du es *immer* tragen. Ich kann es kaum erwarten, dich mit meinem Halsband im Scheinwerferlicht singen zu sehen, weil ich weiß, dass du zu mir gehörst. Einige Leute werden erkennen, was es ist, viele werden es nicht wissen. Wenn dich jemand danach fragt, sagst du ihm, was du willst. Aber du wirst ihnen immer sagen, dass du vergeben bist. Hast du das verstanden?«

»Ja.«

Er nutzte ihre Hüften, drehte sie um und strich mit seinen Lippen über ihre. Dann trat er einen Schritt zurück und streckte seine Hand aus, drehte sie um und öffnete sie. Auf seiner Handfläche lag der kleine Messingschlüssel.

Sie starrte ihn verwirrt an.

»Nimm ihn. Der gehört dir. Damit kannst du das Halsband abnehmen, wann immer du willst. Ich will nie, dass du denkst, dass du an mich gebunden bist oder dass du nicht jederzeit gehen kannst. Aber wenn du gehst, wird es nur einmal passieren. Hast du mich verstanden?«

Sie nickte, ihre Augen waren genauso heiß wie ihre Wangen.

»Ja.«

»Ich bin dabei, solange es geht, Syn. Ich hoffe, verdammt noch mal, du bist es auch.«

Sie nahm ihm den Schlüssel aus der Hand, umschloss ihn mit ihren Fingern und drückte ihn fest zu. »Ich bin dabei.« Dann überraschte sie ihn, indem sie seine Hand ergriff, sie anhob und die Handfläche nach oben drehte. Sie streckte ihre Faust aus, öffnete sie und ließ den Schlüssel wieder auf seine

Handfläche fallen. »Ich werde diesen Schlüssel nicht brauchen.«

Heilige Scheiße.

»Du weißt, was das bedeutet, oder?«, fragte er sie.

»Ja.«

Er hob eine Augenbraue. »Bist du sicher?«

»Ja. Und du?«

»Nichts, was ich mehr will, Syn. Okay, ich habe mich geirrt, es gibt etwas.«

»Und was ist das?«

»Ich will, dass du glücklich bist.«

»Das bin ich«, flüsterte sie und ein Lächeln umspielte ihre Lippen.

»Ich will auch, dass du dich sicher fühlst.«

»Das tue ich. Und …«

»Und?«

»Ich fühle mich auch sehr geliebt.«

Ein seltsamer Druck breitete sich in seiner Brust aus und explodierte dann, sodass er fast in die Knie ging.

Nein, es war nicht seltsam. Er wusste genau, was es war.

Sie strich mit ihren Fingern über das glänzende schwarze Leder, das ihren Hals umschloss. »Ich liebe es. Es ist perfekt für uns. Danke, dass du meine Welt erweitert hast.«

»Danke, dass du mich in deine aufnimmst.«

EPILOG

Ein voller Tank

Dodge behielt Syn und Maya im Auge, während sie mit Red durch den Super-Walmart-Parkplatz liefen. Sig ging neben ihm her und tat dasselbe.

Maya brauchte noch ein paar Klamotten und ein paar Sachen für die Schule.

Er und Sig hassten es, einkaufen zu gehen und würden sich am liebsten Splitter unter die Fingernägel klemmen, aber verdammt noch mal, wenn sie die Damen allein gehen ließen. Das Problem war nur, dass die Frauen in letzter Zeit sehr viel einkaufen gingen.

Neunjährige schienen eine Menge Zeug zu brauchen.

Im Laden angekommen, erinnerte er Syn daran, dass sie besser noch heute alles besorgen sollte, was Maya brauchte, denn in ein paar Tagen würde er das bestimmt nicht mehr tun.

Plötzlich verlangsamte Sig sein Tempo und rief: »Yo.«

Dodge blieb stehen und blickte über seine Schulter auf den Vice-President. »Was?«

Er drehte sich um, um die Frauen im Auge zu behalten, die weiter über den belebten Parkplatz gingen, ohne zu wissen, was zwischen ihren Männern vor sich ging.

Sig trat auf ihn zu und knurrte: »Was zum Teufel hat sie da am Hals? Du hast meine Schwester an die Leine gelegt?«

Gott. Er hatte vergessen, dass Sig noch nicht gesehen hatte, dass Syn ein Halsband trug. Wie sie es besprochen hatten, als er es ihr gab, hatte sie es auf der Farm nicht getragen, und wenn er sie nicht überredet hätte, heute einkaufen zu gehen, hätte Syns Bruder es vielleicht lange nicht mehr gesehen.

Aber jetzt waren sie hier.

Jetzt wusste Sig Bescheid. Und es war keine Überraschung, dass der Mann wusste, dass es mehr als nur ein dekoratives Halsband war.

»Noch nicht.«

Sig starrte ihn an. »Aber du hast es vor?«

Was er mit Syn vorhatte, ging Sig einen Scheißdreck an. Bruder hin oder her.

»Das Halsband ist nicht anders als die Tattoos, die Trip und Stella auf ihren Ringfingern haben. Genauso wie die Kutte, die Red trägt und auf deren Rückseite dein Name steht, der verdammt deutlich macht, zu wem sie gehört. Gleiche Scheiße, andere Ausführung.«

Sigs bärtiger Kiefer bewegte sich wie immer, wenn sein Temperament zu kochen begann. »Das ist nicht dasselbe.«

Dodge scherte sich einen Dreck um das Temperament des Mannes und beugte sich näher vor, um zu sagen: »Beweise das Gegenteil.«

»Du denkst, sie gehört dir, stimmts?«

Dodge hatte nicht vor, diese Frage zu beantworten, denn Sig wusste die Antwort bereits und musste sich verdammt noch mal damit abfinden.

Aber Sig war noch nicht fertig damit, seine unerwünschte Meinung kundzutun. »So einen Scheiß machen wir hier nicht,

Bruder. Wenn du sie offiziell als dein Eigentum anerkennen willst, dann forderst du sie am Tisch ein, so wie wir anderen auch. So ist das in unserer Welt. Du warst lange genug ein Teil davon. Tu nicht so, als wüsstest du das nicht.«

»Ich weiß es, und wer sagt, dass ich es nicht weiß? Ich weiß, worauf du hinaus willst, Sig. Nur weil du es nicht mehr tust, heißt das nicht, dass du nicht mehr darüber nachdenkst. Das gilt auch für mich. Es ist schon lange her, dass ich den richtigen Partner gefunden habe.«

Sigs Nasenlöcher blähten sich und sein Kiefer klappte vor. Dodge hatte keinen Zweifel daran, dass der Mann mit den Zähnen knirschte, um sein Temperament zu kontrollieren. Das, was er früher mit den Frauen gemacht hatte, half ihm dabei. Jetzt hatte er dieses Ventil nicht mehr.

Der Mann kämpfte - an manchen Tagen schlimmer als an anderen - aber er lebte damit. Und das nur aus einem einzigen Grund.

Red.

»Wir wollen das hier auf dem Parkplatz machen? Vor Maya und unseren Frauen?«

In Wahrheit konnte Sig kein Wort sagen, denn das Halsband war nicht viel anders, als eine Kutte mit der Aufschrift ›Eigentum von‹ zu tragen.

Als Sig nicht antwortete, fuhr Dodge fort: »Du weißt, dass sie jetzt glücklich ist, oder? Du hast es ja gesehen. Das ist das Einzige, worüber du dir Sorgen machen solltest. Das ist das Einzige, worüber du dir Sorgen machen solltest. Zusammen damit, dass sie so bleibt und dass für sie und Maya gesorgt ist.«

Sigs Kinnlade klappte sichtlich auf und er rief den Frauen zu: »Red, warte. Geht nicht weiter.«

Die Frauen wollten gerade die Fahrspur überqueren, die die Parkplätze von der Bordsteinkante trennte, um zum Eingang des Ladens zu gelangen.

Die drei drehten sich zu ihnen um, warteten aber ab. Weder

Dodge noch Sig wollten, dass sie aus ihrem Blickfeld verschwinden.

»Also«, begann Dodge, »sind wir fertig mit dem Reden darüber? Oder willst du noch mehr Zeit mit Dingen verschwenden, über die du keine Kontrolle hast?«

»Mach es auf die richtige Art.«

»Ich habe sie schon eingefordert, Bruder, aber ich werde es auch am Tisch tun. Damit habe ich kein Problem. Aber so wie das verdammte Halsband muss sie es auch wollen.«

Sig blies einen rauen Atemzug aus seinen Nasenlöchern, der wie ein verärgerter Stier klang, schüttelte den Kopf und setzte sich wieder in Bewegung.

Dem Teufel sei Dank.

Dodge folgte dem Vice-President und als sie bei den Frauen ankamen, sagte er: »Lass uns das Zeug holen, das du brauchst, und dann verschwinden wir von hier. Ich weiß, ich habs schon mal gesagt, aber ich sags noch mal: Ich hasse Shoppen.«

»Ihr hättet nicht mitkommen müssen«, sagte Syn.

»Doch, mussten wir. Erstens weißt du, warum. Zweitens, wer hilft euch beiden mit dem ganzen verdammten Zeug, das ihr besorgen müsst? Weißt du noch, was ich gesagt habe? Diese Reise soll sich lohnen. Damit wir es nicht ständig wiederholen müssen.«

»Wir sind durchaus in der Lage, das Zeug zu besorgen. Wenn nicht, können wir jemanden im Laden um Hilfe bitten.«

Dodges Augen verengten sich auf Syn und sie schenkte ihm ein freches Lächeln. Er hob warnend eine Augenbraue und ihr Lächeln wurde noch breiter. Dann warf er ihr einen Blick zu, der ihr deutlich sagte, dass sie mit dem Feuer spielte, und sie erwiderte seinen Blick, um ihm zu zeigen, dass sie es wusste und es ihr scheißegal war.

Sigs Schnauben unterbrach ihre stille Unterhaltung. »Hilfe? Hier? Die haben nicht mal genug Leute, um die verdammten Kassen zu bedienen. Die tragen einen Scheiß für dich.«

»Ohren, Sig«, erinnerte Red ihn und richtete ihren Blick auf Maya.

Dodge gluckste. Er machte sich nicht die Mühe, sein Fluchen in Gegenwart von Syns Tochter zu zügeln, es war sinnlos. Da sie auf der Farm lebten und Teil des Clubs waren, war es unmöglich, ihre Sprache jugendfrei zu halten.

Daisy war noch jünger als Maya und konnte schon fluchen wie ein verdammter Trucker. Judge und Cassie versuchten, dieses Problem zu lösen, aber sie merkten, dass es ein aussichtsloser Kampf war. Sie machten ihr klar, dass sie weder in der Schule noch vor ihren Freunden fluchen durfte.

Bislang war Daisy noch nicht in den Schulknast gewandert, also hielt sie sich wohl an diese Regel. Wahrscheinlich hat es geholfen, dass Shades Old Lady Chelle an der gleichen Grundschule arbeitete und einsprang, wenn es nötig war.

Die Luft um sie herum veränderte sich schlagartig, als Red ganz still wurde und sich geisterhaft weiß färbte, wobei jede Sommersprosse auf ihrer hellen Haut hervorstach. Ihre haselnussbraunen Augen weiteten sich und ihre Pupillen weiteten sich, als sie an Dodge vorbei auf etwas hinter ihm auf dem Parkplatz starrte.

Was zum Teufel?

Aber erst als sie eine Hand auf Sigs Unterarm legte und ihre Nägel tief in seine Haut grub, waren Sig und er in höchster Alarmbereitschaft und die Haare im Nacken stellten sich auf.

»Was zum Teufel, Baby? Was ist denn los?«, fragte Sig sie, der bereits anfing, sich aufzuregen.

Sie drehten sich beide um, um zu sehen, wo ihr Blick klebte.

Sig zog die Lippen zu einem Knurren hoch und Dodge entdeckte schließlich, was er sah.

Ein dunkler Van für fünfzehn Personen mit dunkel getönten Scheiben war am anderen Ende des Parkplatzes geparkt. Es war derselbe Van, den auch die Shirleys fuhren.

Dodges Herz begann zu pochen bei dem, was er erblickte. Frauen und Kinder.

Fuck.

»Diese Wichser«, knurrte Sig. »Die haben die verdammten Eier, bei Tageslicht in die Stadt zu kommen.«

»Glaubst du, das sind die Shirleys?«, fragte Dodge und schaute sich den Van und die Leute um ihn herum an.

Die Frauen trugen selbst gemachte Präriekleider, die sich nur durch die Stoffmuster unterschieden. Auch ihre Haare waren ähnlich hochgesteckt.

Die Leute vor dem Van erinnerten ihn irgendwie an die Shirleys, aber irgendetwas stimmte auch nicht mit ihnen. Es könnte sich um eine Gruppe von Mennoniten handeln, die den Shirleys so ähnlich sahen, dass Red erschrak. Allerdings trug keiner von ihnen ein ›Sündentuch‹ auf dem Kopf, wie es die Mennoniten vor Ort taten.

Nein, irgendetwas stimmte definitiv nicht mit denen, wer auch immer sie waren.

Red schüttelte den Kopf, wandte ihren Blick aber nicht von dem Van oder der Gruppe ab, die aus ihm ausstieg. »Das sind nicht die Shirleys. Aber sie sind ein Teil der Guardians of Freedom.«

»Woher weißt du das?«, fragte Sig scharf und sein Körper wurde steif wie ein Brett.

»Weil«, sie holte erschrocken Luft, »das meine Mutter ist.« Mit besorgten Augen sah sie zu ihrem Old Man auf. »Sig, das ist meine *Mom*. Was macht sie denn hier? Warum ist sie hier? Gehört sie zu *ihnen*?«

Natürlich tat sie das. Denn das Leben konnte nicht einmal für ein paar verdammte Monate reibungslos verlaufen. Wenn es nicht das eine war, dann war es etwas anderes, das Scheiße baute.

»Warum ist sie nicht in Ohio?«, fragte Red und ihre Augen und ihre Stimme wurden von Panik erfüllt.

»Verdammt noch mal«, brüllte Sig und riss Red aus dem Blickfeld.

Dodge legte der verwirrten Syn eine Hand auf den Rücken. »Nimm Mayas Hand und geh hinter den Truck.«

»Was ist hier los?«, fragte Syn, während sie tat, was ihr gesagt wurde.

»Mama, was ist los?« Die Angst in Mayas Stimme war deutlich zu hören.

Und das zu hören, machte ihn verdammt wütend. »Nur ein paar Leute, die nicht sehr nett sind und die wir meiden wollen«, sagte Dodge schnell und versuchte, seine Stimme ruhig und gleichmäßig zu halten.

»Dodge!«, sagte Syn scharf.

Er wusste nicht, was er zum Teufel noch sagen sollte. Jeder, der mit dieser beschissenen souveränen Nation zu tun hatte, konnte gefährlich sein. Jeder von ihnen konnte eine Bedrohung sein.

Nur hatte er keine Ahnung, warum einige aus dem Ohio-Clan hier in Pennsylvania waren.

Es sei denn, sie waren dort, um Hillbilly Hill wiederzubesiedeln.

Könnte das sein?

Wollten sie auf diese Weise ihre Zahl wieder vergrößern? Frauen und Kinder aus anderen Clans einschleusen?

Fuck. Fuck. Fuck.

Es war nicht schwer, Reds Mutter zu erkennen. Ihr Haar hatte die gleiche feurige Farbe wie das von Sigs Old Lady. Selbst wenn sie zu einem engen Dutt hochgesteckt war, brannte es, wenn die Sonne darauf schien.

»Wessen Kind hat sie im Arm?«, fragte Dodge.

»Ich schätze ihres. Aber mein Halbbruder müsste jetzt etwa fünf Jahre alt sein. Das Baby, das sie in der Hand hält, sieht nur etwa ein Jahr alt aus.«

In diesem Moment kletterte ein rothaariger Junge von etwa

fünf Jahren aus dem Wagen und stellte sich neben Reds Mutter. Dann lehnte sich die Frau in den Wagen und half einem dritten Kind beim Aussteigen. Dieser Junge schien ein paar Jahre jünger zu sein als der Älteste.

»Oh mein Gott, Sig«, flüsterte Red, eine Hand auf ihre Stirn gepresst, die andere immer noch in Sigs Arm gebohrt. »Oh mein Gott. Sag mir, dass das nicht wahr ist. Glaubst du, sie sind hier und suchen nach mir? Es sieht so aus, als hätte sie nach Ezrah noch zwei weitere Kinder bekommen. Aber warum? Warum sollte sie das unschuldigen Kindern antun?«

Vergesst die Kinder, warum zum Teufel sollte die Frau das ihrer eigenen erwachsenen Tochter antun?

Weil die Frau und Reds Stiefvater völlig durchgeknallt waren. Sie hatten Red an die Shirleys gegeben, damit sie als Zuchttier eingesetzt werden konnte. Um frisches Blut in den inzestuösen Hinterwäldler-Clan zu bringen. Ihre eigene verdammte Mutter hatte den größten Albtraum in Reds Leben verursacht. Einen, der sie tief gezeichnet hat. Eine, von der sie sich nie ganz erholen würde.

Sig hatte ursprünglich vorgehabt, nach Ohio zu gehen, um sich für Red zu rächen, es aber nie getan. Dodge fragte sich, ob seine Frau es ihm ausgeredet hatte. Wahrscheinlich bereute Sig das in diesem Moment.

»Nein, Baby, sie wissen nicht, wo du bist«, versicherte Sig ihr. »Sie wissen nicht, dass sie hier nach dir suchen müssen.«

Dodge hoffte, dass er verdammt noch mal recht hatte.

»Woher weißt du das? Woher willst du das wissen? Sie sind diejenigen, die mich hierhergeschickt haben.« Ihre Stimme war noch lauter geworden.

Wenn Red sich in ihren dunklen Raum zurückzog, würde Sig ausrasten. Und mitten auf dem Walmart-Parkplatz ist nicht der richtige Ort, um einen Nervenzusammenbruch zu haben. Das würde die Aufmerksamkeit der Leute auf sie lenken. Einschließlich der Gruppe in der Nähe des Vans.

»Lasst uns von hier verschwinden, Fuck«, schlug Dodge vor.

»Geh schon mal zum Truck, Syn. Nimm Mayas Hand und lass sie nicht los. Hast du mich verstanden?«

»Ja.«

Dem Teufel sei Dank wusste sie es besser, als jetzt stur zu sein. Normalerweise liebte er es, wenn sie sich wie eine Göre aufführte, damit er ihr eine Lektion erteilen konnte. Das war eine der Arten, wie sie spielten.

Aber jetzt war nicht der richtige Zeitpunkt. Das hier war kein Spiel. Es war alles ernst.

Sig lenkte Red in die gleiche Richtung, in die sie gingen, und hielt sie dabei fest im Griff. »Tu nichts, was die Aufmerksamkeit auf uns lenkt«, warnte er und sagte dann zu Red: »Du verlässt die Farm nicht, wenn ich nicht bei dir bin. Syn, das gilt auch für dich. Ohne einen von uns gehst du nirgendwo hin.«

Red nickte, als sie ging. Dodge bemerkte, dass Syn es nicht tat.

»Dieser Scheiß muss ein Ende haben«, knurrte Sig und ging mit größeren Schritten. »Es ist mir egal, was wir tun müssen. Es ist mir egal, wie wir es tun müssen. Aber das muss ein für alle Mal aufhören.«

Dodge war mit all dem einverstanden. Er blickte auf seine eigene Verantwortung hinunter. Die beiden Menschen, die er beschützen musste.

Er spürte es bis in seine verdammte Seele. Er verstand jetzt, warum Trip so beschützerisch gegenüber Stella war. Sig gegenüber Red. Judge gegenüber Cassie und Daisy. Zusammen mit all den anderen seiner Brüder, die Frauen und Kinder hatten. Oder noch Babys in ihren Bäuchen hatten.

In ihm wuchs ein beschützender Wolf heran, der ausbrechen wollte und bereit war, jeden anzuknurren, zu beißen und das Genick zu brechen, der versuchte, Syn oder Maya Schaden zuzufügen.

Genau wie Sig war es Dodge egal, wie sie es tun mussten,

aber er würde helfen, es zu tun. Er würde alles tun, um die Familie zu schützen, die jetzt zu ihm gehörte.

Sobald sie zu Hause waren, würde er Syn klarmachen, wie wichtig Sigs Auftrag war, und er würde erklären, warum. Er wollte nur vermeiden, es vor Maya zu tun. Er hatte die Shirleys kurz erwähnt, gerade so viel, dass sie wusste, dass sie Ärger machten, aber nicht so viel, dass sie sich Sorgen machen musste, Maya in die Schule zu schicken. Er wollte nicht, dass seine Frau in Angst lebte, aber leider würde er jetzt ins Detail gehen müssen.

Hässliche, verdammte Details, damit sie es auch wirklich verstand.

Er hoffte nur, dass diese Details sie nicht davon abhalten würden, in Manning Grove zu bleiben.

Er würde ihr auch versichern, dass er alles tun würde, um sie und Maya in Sicherheit zu bringen, selbst wenn er diesen verdammten Berg in die Luft sprengen würde.

Wenn er deswegen wieder hinter Gittern landete, war das verdammt noch mal egal.

Solange die Menschen, die er liebte und um die er sich sorgte, in Sicherheit waren, war er bereit, dieses Opfer zu bringen.

* * *

Erwarte keine Veränderung, wenn du nicht bereit bist, Opfer zu bringen.

* * *

Blättern Sie um und lesen Sie den Prolog von Blood & Bones: Whip (Blood Fury MC, Buch 11)

* * *

Melden Sie sich für Jeannes Newsletter an, um über ihre kommenden Veröffentlichungen, Verkäufe und mehr zu erfahren!

http://www.jeannestjames.com/newslettersignup

VORSCHAU AUF BLOOD & BONES: WHIP

PROLOG

Für immer verlieren

»O-Opa! Opa!« Whip atmete noch einmal tief durch, als er über den Hof und die Verandatreppe hinauf sprintete. »O-Opa!«

Gerade als er die Fliegengittertür erreichen wollte, schwang sie auf und sein Großvater stand da und versperrte ihm den Weg. »Warum bist du hier draußen und heulst wie ein Kater, der den Geruch einer läufigen Katze verfolgt?«

»Er ist wieder da!«

Sein Großvater zog die Stirn in Falten. »Wer?«

»E-er.«

»Benutze deine verdammten Worte, Whip. Einfach nur ›er‹ zu sagen, funktioniert nicht, schon vergessen? Bilde deine Worte und sprich sie deutlich aus.«

Er hat es versucht. Er hatte es schon mal besser gemacht. Bis jetzt. »D-Dad.«

Die Wirbelsäule des alten Mannes richtete sich auf und seine trüben Augen verengten sich. »Den Teufel tut er.«

»J-ja. Er ist …« Whip schluckte einen weiteren Schluck Luft. »Er ist h-hier.«

Sein Opa trat auf die hölzerne Veranda hinaus, die einen neuen Anstrich brauchte, und ließ die hölzerne Fliegengittertür hinter sich zuschlagen, sodass Whip aufsprang und über seine Schulter blickte.

Die Fliegengittertür brauchte auch einen neuen Anstrich, aber Opa sagte, dass er zu alt sei, um diesen ›Scheiß‹ zu machen und dass Whips Mutter sich einen Mann suchen müsse, der die Arbeit im Haus erledigen und bei der Erziehung von Whip helfen könne. Anstelle des Mannes, mit dem sie derzeit verheiratet war und der zufällig auch der jüngste Sohn von Opa war.

Ob blutsverwandt oder nicht, Opa sagte, seine beiden Söhne seien nutzlose Scheißkerle. Und so hat er es auch gesagt. Er sagte laut und oft, dass er sich wünschte, er hätte nie einen von beiden gehabt.

Er sagte auch, dass das einzig Gute an den beiden Hautfetzen seine Enkelkinder und seine Schwiegertöchter seien. Whip, Whips Mutter, seine Tante Jennie und seine beiden Cousins waren die Einzigen, die sein Leben lebenswert machten.

Whip liebte seinen Opa.

Viel mehr als seinen Vater. Oder seinen Onkel.

Opa nannte sie niederträchtige Verlierer. Und zwar oft. Vor allem, wenn im Haus Zeug zu erledigen war oder Rechnungen bezahlt werden mussten und keiner von ihnen zu finden war.

Opa sagte, dass sein Onkel Scott, der immer darauf bestand, stattdessen Spider genannt zu werden, zu sehr damit beschäftigt war, auf seinem Motorrad herumzufahren und sich Ärger mit dem Gesetz einzuhandeln. Und Whips Vater war zu sehr damit beschäftigt, sich mit anderen Frauen Ärger einzuhandeln.

Whip wusste nicht, warum das so war, denn sein Vater hatte eine sehr gute Frau zu Hause. Wenn er ein bisschen netter zu

Whips Mutter wäre, würde Opa ihn vielleicht sogar bleiben lassen.

Aber sein Vater war nie nett.

Niemals.

Nicht zu seiner Mutter, nicht zu Opa und auch nicht zu Whip.

Whip hasste seinen Vater sogar. Er war gemein. Vor allem, wenn er getrunken hatte.

Er hatte keine Ahnung, warum seine Mutter ihn geheiratet hatte. Als Whip sie das einmal fragte, sagte sie, dass er nicht so war, als sie ihn kennenlernte. Opa sagte, dass Whips Vater kein ›gemeiner Hundesohn‹ war, bis sein Trinken außer Kontrolle geriet.

»I-ich wette, er … e-er ist wieder wegen des Geldes hier, O-Opa.«

»Das würde mich nicht wundern«, brummte Opa. Er drehte sich um und riss die Fliegengittertür auf. »Geh rein und such deine Mom. Warne sie, dass dein Daddy hier ist und sag ihr, sie soll mir meine Schrotflinte bringen. Die geladene, die neben meinem Bett liegt. Ich werde das erledigen.«

Whip mochte Opas Ton nicht. Es war der, den er hörte, wenn er verärgert war, z. B. wenn die Steelers verloren hatten und er schrie, dass er ›fertig‹ mit diesem ›verdammten Team‹ sei.

»O-Opa …«

Sein Großvater runzelte die Stirn und zeigte nach drinnen. »Geh und tu, was ich dir gesagt habe. Und komm nicht wieder raus, bevor ich es dir sage. Hast du verstanden, Junge?«

Whip nickte.

»Geh!«, bellte Opa.

Whip ging.

»M-Mom!«, schrie er, während er durch das Haus rannte.

»Warum rennst du?«, fragte sie, als sie durch die Tür der Waschküche spähte. »Du hörst dich an wie eine stampfende

Büffelherde.« Sie musste wieder Wäsche falten. Sie faltete immer Wäsche.

»D-Dad ist zurück.«

Er war sich nicht sicher, ob sie wegen dieser Nachricht oder wegen seines Stotterns die Stirn runzelte. Es war schon eine Weile her, dass er es getan hatte. Der Arzt hatte gesagt, er hätte es endlich überwunden.

Jetzt war es wieder da.

Genau wie sein Vater.

»O-Opa hat gesagt, d-du sollst seine Schrotflinte holen.«

Sie blinzelte verwirrt. »Was?«

»Sch-Schrotflinte.«

Mit großen Augen stürmte sie aus der Waschküche. »Nein! Ich hole seine Schrotflinte nicht! Wo ist er?«

»Drau…ß-ßen.«

»Wo ist dein Dad?«

»A-auch draußen.«

»Wo?«, fragte sie und eilte mit Whip auf den Fersen den Flur entlang.

»O-Opa will seine Sch-Sch-Sch-Schrotflinte.«

»Ich gebe ihm seine verdammte Schrotflinte nicht!«, schrie sie genervt.

Whip trat auf die Bremse und starrte auf den zurückweichenden Rücken seiner Mutter, die zur Haustür ging. Eine Sekunde später hörte er die Fliegengittertür hart zuschlagen.

Whip drehte sich um, rannte zurück in das Zimmer seines Opas und entdeckte die Schrotflinte, die an der Wand neben dem Kopfende seines Bettes lehnte.

Er durfte es nicht anfassen. Es sei denn, Opa zeigte ihm, wie man damit schoss. Manchmal machten sie das draußen im Wald mit Zielscheiben. Wenn er es jetzt anfassen würde, könnte er Ärger bekommen.

Aber Opa wollte es.

Opa war der Mann im Haus.

Opa würde sie beschützen. Er versprach, dass er das immer tun würde. Er sagte, er würde alles wiedergutmachen, was seine nutzlosen Söhne getan haben.

Das lange Gewehr war unhandlich, aber nicht zu schwer, sodass er damit den Flur hinunterlaufen konnte. Als er an der Haustür ankam, hörte er draußen laute Stimmen.

Opa stritt sich mit Whips Vater.

Sein Vater klang betrunken. Schon wieder.

Er stieß die Fliegengittertür mit der Schulter auf und eilte hinaus auf die Veranda.

»Lass mich vorbei, alter Mann. Ich wohne auch hier.« Bobby Byrne sprach undeutlich und stank nach Bier.

»Mach, dass du hier wegkommst. Du bist hier nicht mehr willkommen! Das habe ich dir schon beim letzten Mal gesagt«, schrie sein Vater. »Tonya, du solltest mir meine verdammte Schrotflinte bringen.«

Sein Opa fluchte gerne. Und zwar sehr oft.

Er sagte auch, er sei launisch.

Whip stimmte ihm zu.

»Was willst du denn machen, alter Mann? Dein eigenes Fleisch und Blut erschießen?«, schrie Whips Vater, seine Worte waren undeutlich, sein Gesicht rot und seine Augen verengt.

Whip mochte es nicht, wenn sein Gesicht so rot wurde. Das bedeutete immer Ärger. Und zwar keinen ›guten Ärger‹, wie sein Opa Whip nannte.

»Wenn es sein muss«, antwortete Opa, der jetzt auch rot im Gesicht war. Er blickte Whip an und hielt ihm die Hand hin. »Bring das her, Whip.«

»Wage es ja nicht, Junge«, brüllte sein Vater.

»Tyler, bring das wieder rein«, befahl seine Mutter und schrie ebenfalls.

Warum stand sie so nah bei seinem Vater? Sie war in Reichweite der Fäuste. War ihr das nicht klar?

»M-Mom!«, warnte er.

Opa drehte sich auf den Fersen um und stieg die Stufen zur Veranda hinauf, wobei er mehr als normal humpelte.

Wahrscheinlich lag es an der Arthritis, über die sein Großvater oft klagte.

Er rieb sich mit einer Hand die Hüfte und streckte die andere aus, deren Fingerknöchel ebenfalls von der Arthritis geknickt waren. »Gib sie her, Whip, und geh wieder rein.«

Whip schüttelte den Kopf.

»Geh rein. Sofort!«, schrie ihn sein Opa an, riss ihm die Schrotflinte aus den Händen und zeigte auf die Tür.

Sein Großvater schrie ihn selten so an. Whip presste die Lippen zusammen und eilte hinein. Er stellte sich direkt neben die Tür, damit er sehen und hören konnte, was vor sich ging, aber nicht entdeckt wurde.

Er wollte keinen Hausarrest bekommen. Er hasste es, wenn er Hausarrest hatte, weil er nicht lange aufbleiben oder mit seinen Freunden spielen durfte.

Er schaute sich an, wie Opa sich langsam die Treppe hinunterarbeitete, die Schrotflinte an die Schulter hob und den doppelläufigen Lauf auf Whips Vater richtete. »Geh mir aus dem Weg, Tonja. Wenn er nicht von allein gehen will, werde ich ihm helfen, sich anders zu entscheiden.«

Whips Mutter stellte sich vor ihren Mann, die Handflächen vor sich ausgebreitet. »Nein, Daniel, er ist es nicht wert, ins Gefängnis zu gehen.«

»Ich hätte dich nicht für klug gehalten, Frau, aber ich habe mich wohl geirrt«, sagte Bobby Byrne. »Er wird mich nicht erschießen. Der alte Mann ist nichts als heiße Luft.«

»Fordere mich nicht heraus, Junge«, warnte Opa und trat mit erhobener Schrotflinte einen Schritt näher. »Tonya, geh mir aus dem Weg. Ich tue das, um dich und Whip zu schützen.«

»So geht man das nicht an, Daniel.«

»Ja, hör auf meine Frau«, spottete sein Vater und schubste

sie dann aus dem Weg. Whip wäre fast wieder nach draußen gestürmt, als sie stolperte.

Ein Geräusch entrang sich Whips Kehle, als sein Vater sich auf seinen Großvater stürzte. Bevor der alte Mann den Abzug betätigen konnte, wurde er zu Boden gestoßen. Bobby Byrne kickte die Schrotflinte außer Reichweite, zog Opa am Kragen seines Flanellhemds hoch und schlug dann Whips Großvater mitten ins Gesicht.

Sein Opa fiel in einem Haufen zurück auf den Boden.

»O-Opa!«, schrie Whip.

»Das hast du davon, wenn du versuchst, mich von meiner Frau und meinem Kind fernzuhalten, alter Mann. Sie gehören nicht dir, sie gehören mir.«

Whip stieß die Fliegengittertür auf, rannte hinaus und die Treppe hinunter. Er sprintete auf seinen Vater zu, der sich gerade bückte, um Opa wieder zu packen. Whip stürzte sich auf den Rücken seines Vaters, legte ihm einen Arm um den Hals und würgte ihn, so fest er konnte. »L-lass ihn in R-R-Ruhe!«

Mit acht Jahren war er nicht annähernd so stark wie sein Vater, nicht einmal, wenn der Mann betrunken war.

»Lass mich verdammt noch mal los, Junge!«

»L-lass uns in R-Ruhe!«, schrie er und schlug seinem Vater auf den Rücken.

Eine Hand packte ihn am Arm und plötzlich flog er durch die Luft. Er schlug so hart auf dem Boden auf, dass er die Luft verlor und Sterne sah.

»Tyler!« Der panische Schrei seiner Mutter hallte in seinen Ohren wider.

Whip schüttelte ihn ab, kam auf die Beine, knurrte und stürzte sich wieder auf seinen Vater. Als er dort ankam, verpasste ihm sein Vater einen so harten Schlag ins Gesicht, dass er rückwärts fiel und auf seinem Hintern landete.

Er saß da, eine Hand auf seiner pochenden Wange, und

wartete darauf, dass die Dunkelheit, die sich ihm näherte, vorüberging.

»Du hast gesagt, er hat aufgehört zu st-st-stottern!«

Whip versuchte, den Schmerz in seinem Kopf wegzublinzeln.

»Das hat er. Jetzt tut er es nur noch, wenn du in der Nähe bist, Bobby.«

»Du gibst mir die Schuld, dass der Junge so d-d-dumm ist?«

»Es ist alles deine Schuld«, schrie sie und ging ihm ins Gesicht. »Und hör auf, dich über ihn lustig zu machen!«

Sie sollte nicht so nah bei ihm sein. Er würde ihr als Nächstes wehtun. »M-Mom!«

Sein Vater packte seine Mutter am Hals und schleuderte sie zur Seite. Als sie mit einem Schrei auf dem Gehweg landete, packte er sie an den Haaren, riss sie hoch und gab ihr ebenfalls eine Ohrfeige.

»Gib mir nicht die Schuld für deinen Bockmist!«, brüllte Whips Vater.

»M-Mom!« Whip schrie auf und konnte seinen Blick nicht von seinen Eltern abwenden, um zu sehen, wo sein Großvater steckte oder ob er verletzt war.

»Du bist seine verdammte Mutter, du hast das verursacht.« Er ohrfeigte sie erneut. Die Ohrfeige war so laut, dass sogar Whip den Schlag spüren konnte.

Als sie weinend zu Boden fiel, konnte Whip sich wieder aufrappeln und auf ihn zustürzen. »G-geh runter von ihr!«

Es war, als würde er gegen eine Wand stoßen. Zwei große Hände schubsten ihn und er fiel rückwärts, landete neben seiner Mutter und schürfte sich die Handflächen am Beton auf, als er diesmal versuchte, seinen Sturz zu bremsen.

»Verdammt fehlerhaftes Kind. Ich fange an zu zweifeln, ob du von meinen Lenden abstammst.«

»Du willst von fehlerhaft reden? Hast du mal in den

verdammten Spiegel geschaut, Trottel?«, hörte Whip seinen Opa schreien.

Whip blickte in die Richtung, aus der die Stimme kam, und sah, wie sein Großvater aufstand und sich das Blut aus dem Mund wischte.

Er sah auch, dass sein Großvater die Schrotflinte wieder in der Hand hatte. Aber sie war auf den Boden gerichtet, da Whip und seine Mutter zu nahe bei Bobby Byrne standen.

Wenn sein Großvater jetzt abdrücken würde, könnten sie mit Schrot überschüttet werden.

»Er stottert, um Aufmerksamkeit zu bekommen. Er macht das mit Absicht. Hast du das noch nicht kapiert, alter Mann? Es muss aus ihm herausgeprügelt werden, nicht aus ihm heraus-gepaukt.«

»Ich weiß mehr als du über deinen eigenen verdammten Sohn. Ich kümmere mich um sie, nicht du, du nutzloses Stück Scheiße. Ich wünschte, wir hätten dich nie bekommen.«

Whips Vater knurrte: »Zu spät, alter Mann.«

»Ich habe dich in diese verdammte Welt gesetzt und ich kann dich auch wieder herausholen, Bobby.«

»Tu es, alter Mann. Tu es, verdammt! Das ist nichts weiter als eine leere Drohung.«

Opa hob die Schrotflinte.

Whip rollte sich auf dem Boden zu einer Kugel zusammen und machte sich so klein wie möglich.

Sobald er hörte, dass sich sein Vater bewegte, spähte Whip zwischen seinen Fingern hervor.

Opa hatte den Finger auf dem Abzug. Whip war beigebracht worden, den Finger erst auf den Abzug zu legen, wenn er bereit war, ihn zu drücken. Er duckte sich wieder, hielt sich die Ohren zu und kniff die Augen zusammen.

Dann explodierte seine Brust, als die Schrotflinte losging.

Warme Tropfen spritzten auf sein Gesicht, seine Hände, seine Arme …

Nichts von dem, was seine Mutter schrie, ergab für Whip einen Sinn. Vielleicht sollte er es nicht verstehen oder vielleicht lag es daran, dass seine Ohren klingelten und er nur seinen eigenen Herzschlag hören konnte.

Er wusste es nicht und es war auch nicht wichtig. Nichts davon war im Moment wichtig.

Whip zwang sich, die Augen zu öffnen. Sein Vater war irgendwie noch auf den Beinen und bewegte sich immer noch auf Opa zu, aber jetzt hielt er sich einen Arm über den Bauch, wo ihn der Schuss getroffen hatte und wo er blutete.

Seine Augen waren weit aufgerissen, aber er war immer noch entschlossen. Er konzentrierte sich immer noch auf Opa.

Wie konnte er noch leben oder gar aufrecht stehen? Sein Hemd war zerfetzt, ebenso wie das darunter liegende Fleisch.

Er blickte zu seinem Opa, der aussah, als stünde er selbst unter Schock.

»O-Opa!«, schrie er warnend, als sein Vater auf seinen Großvater zukam.

Hatte Opa ihn gehört? Oder dröhnte es auch in seinen Ohren?

Warum bewegte er sich nicht? Warum starrte er auf die Schrotflinte und nicht auf seinen herannahenden Sohn?

»O-Opa!«

Als sein Großvater endlich den Kopf hob, war sein Gesicht blass und gezeichnet, seine Augen waren leer, aber dann war es zu spät.

Whips Vater riss Opa die Schrotflinte aus der Hand.

»Opa!« Whip schrie auf, als sein Vater das Gewehr hoch in die Luft hob und den Kolben direkt in Opa Stirn rammte.

Es war fast wie in einem dieser Actionfilme, in denen sich alles in Zeitlupe bewegte. Whip schaute zu, wie sein Großvater zusammenbrach und regungslos auf dem Boden landete.

Mitten in seiner Stirn klaffte ein Loch, aus dem Blut floss.

In diesem Moment fiel Whips Vater um und landete auf seinem eigenen Vater.

Whip wusste dann sofort, dass sein Opa tot war. Genau wie sein Vater.

Und währenddessen schrie seine Mutter weiter.

Blood & Bones: Whip

WENN IHNEN DIESES BUCH GEFALLEN HAT

Vielen Dank, dass Sie Blood & Bones: Dodge gelesen haben. Wenn Ihnen die Geschichte von Dodge und Syn gefallen hat, hinterlassen Sie bitte eine Rezension bei Ihrem Lieblingshändler und/oder bei Goodreads, damit andere Leser es auch wissen. Rezensionen sind immer willkommen und schon ein paar Worte können einem unabhängigen Autor wie mir sehr helfen!

HOLEN SIE SICH IHR KOSTENLOSES BUCH!

Tragen Sie sich in meine E-Mail Liste ein, um als erstes von Neuerscheinungen, kostenlosen Büchern, Sonderpreisen und anderen Zugaben zu erfahren.

https://geni.us/jungfrauunddervampir

BÜCHER VON JEANNE ST. JAMES

Die Dare-Ménage-Serie:
(können unabhängig gelesen werden)
Gewagte Verführung
Gewagtes Angebot
Ein Gewagter Dreier
Gewagtes Verlangen
Gewagte Hingebung
Gewagte Reise

Blood & Bones: Blood Fury MC™**
Blood & Bones: Trip
Blood & Bones: Sig
Blood & Bones: Judge
Blood & Bones: Deacon
Blood & Bones: Cage
Blood & Bones: Shade
Blood & Bones: Rook
Blood & Bones: Rev
Blood & Bones: Ozzy

BÜCHER VON JEANNE ST. JAMES

Blood & Bones: Dodge
Blood & Bones: Whip
Blood & Bones: Easy

ÜBER DIE AUTORIN

JEANNE ST. JAMES ist eine USA Today-Bestsellerautorin für Liebesromane, die ein Alphamännchen (oder zwei) liebt. Sie war erst dreizehn, als sie mit dem Schreiben begann, und ihre erste bezahlte Veröffentlichung war eine erotische Geschichte im Playgirl-Magazin. Ihr erster erotischer Liebesroman, Banged Up, wurde 2009 veröffentlicht. Sie ist glücklicherweise im Besitz von furzenden französischen Bulldoggen. Sie schreibt M/F-, M/M- und M/M/F-Ménages.

www.ingramcontent.com/pod-product-compliance
Lightning Source LLC
Chambersburg PA
CBHW020004120726
47903CB00004B/1129